위대한 수사학 고전들

위대한 수사학 고전들

발행일
2024년 2월 15일 초판 1쇄

지은이 | 한국수사학회
펴낸이 | 정무영, 정상준
펴낸곳 | (주)을유문화사

창립일 | 1945년 12월 1일
주소 | 서울시 마포구 서교동 469-48
전화 | 02-733-8153
팩스 | 02-732-9154
홈페이지 | www.eulyoo.co.kr

ISBN 978-89-324-7503-5 93800

위대한 수사학 고전들

한국수사학회 지음

일러두기

1. 책 제목은 『 』로, 논문 제목, 책의 편명이나 장 제목은 「 」로 표기했다.
2. 지은이가 독자의 이해를 돕기 위해 인용문에 부연 설명을 넣은 경우 [ ]로 표기했다.
3. 인명, 지명 등의 한글 표기는 국립국어원의 표기 원칙을 따랐으나, 고대 그리스어와 라틴어의 몇몇 표기는 예외로 두었다. 예를 들어 그리스어의 '윕실론(Υ, υ)'은 '이'가 아니라 '위'로 표기했다. 또 일부 관례로 굳어진 표기도 예외로 두었다.
4. 참고 문헌은 처음 나올 때 서지 사항을 모두 표기하고, 동일 문헌이 반복되어 나올 때는 저자명과 제목만 표기했다. 동일 문헌이 바로 이어질 때는 '같은 글' 또는 '같은 책'으로 표기했다.

차례

제3부 서양 근현대편

수사학회 창립 20주년, 그리고 그 너머를 본다

지난 2023년 11월 10일과 11일 이틀에 걸쳐서 한국수사학
회 창립 20주년을 기념하는 학술대회가 열렸다. "수사학
의 역사, 역사의 수사학History of Rhetoric, Rhetoric of History"이
라는 제목을 붙였다. 세계수사학사회 ISHR, International Society
for the History of Rhetoric 현 회장인 캐나다의 데이비드 미르
하디David Mirhardy(Simon Fraser University, 서양 고전학 전공)
를 비롯해서 영국의 마이크 에드워즈Mike Edwards(University
of London, 서양 고전학 전공)와 독일의 만프레드 크라우스
Manfred Kraus(University of Tübingen, 서양고전학 전공) 두 명의
전임회장을 비롯한, 현재 세계 수사학회의 담론을 주도하
는 중요한 여러 외국 학자들이 국내 학자들과 함께한 국제
학술대회였다.

  학술대회 마지막 날에는 역대 한국수사학회 회장 7명,
전성기(1, 2대), 박우수(4대), 김종갑(5대), 김종영(6대), 하병

학(8대), 이상철(9대), 김헌(10대)이 함께 "수사학, 나에게?
너에게? 우리에게?"라는 제목으로 학회 20년을 회고하는
라운드 테이블을 가졌다. 양태종(3대), 이재원(7대) 전임회
장은 개인적인 사정으로 참석하지 못했지만, 구두로 축하
의 메시지를 전했다. '우리가 어떻게 여기까지 왔고, 이제
어디로 가야 하는가?'라는 주제로 유쾌한 분위기에서 허심
탄회하게 이야기를 나누었다.

　이때를 위해 준비했던 책이 바로 이 책이다. 학회의 활
동을 학문적으로 정리해 보고, 창립 20주년을 기념하면서
동시에 그 너머를 향한 새로운 여정을 그려보기 위해서였
다. 이 책에 실릴 글을 모으기 위해 2021년 3월 27일부터
매월 마지막 주 토요일에 '수사학 아카데미'를 월례 정기
모임으로 개최하였다. 첫 모임은 그야말로 '몸풀기'였다.
'동양의 수사와 서양의 레토릭'이라는 제목을 내걸고 수
사학/레토릭의 개념부터 짚어보고 시작하자는 것이었다.
Rhetoric은 영어지만, 그 뿌리는 고대 그리스어 Rhētorikē에
두고 있다. 이를 전통적으로 '수사학'이라고 번역하지만,
과연 이 번역을 당연한 것으로 받아들일 수 있을지를 문제
삼자는 것이었다. 우리는 우리말로 학문을 하는데, 그리스
로부터 로마를 거쳐 서양 전반에 퍼진 '레토리케'의 전통
이 과연 '수사'라는 말로 대치될 수 있는지 의문이 든다는
비판적 문제 제기였다.

　이 문제는 한국수사학회가 2003년에 출범하면서부터

제기되던 문제였다. 한국수사학회의 전신은 '수사학 연구회'였고, 2000년 7월부터 고려대학교의 '레토릭 연구소'를 중심으로 '수사학' 연구 모임을 주도하였다. 전성기, 이영훈 교수의 노력에 힘입어 학자들이 관심을 가지고 참여하면서 학회로 발전하게 된 것이다. 이 상황에서부터 모임의 정체성과 이를 표현하는 이름이 문제가 된 것이다. '수사학'이냐, '레토릭'이냐, 그것이 문제였다. 이 논쟁은 학회 창립 초반에 몇 년 동안 진지하게 진행되었고, 동서양 수사학/레토릭 관련 학자들의 뜨거운 논쟁과 토론이 있었다. 그 몇 가지 중요한 쟁점들이 이 책의 1장 김헌의 글과 2장 김월회의 글에 정리되어 있고, 8장 안성재의 글에도 상세하게 반영되어 있다. 아니, 사실 이 책에 실린 22편의 글이 저마다 도대체 수사학이, 레토릭이 무엇이냐는 의문에 대한 반성과 학문의 정체성에 대한 고민을 나름대로 담고 있다.

수사학/레토릭의 개념에 관한 논의를 바탕으로, 서양과 동양에서 고대로부터 현대에 이르기까지 수사학/레토릭을 만들어 낸 고전들을 우선 20편 엄선하여 다루었다. 수사학 아카데미에서는 대체로 시대순을 따라 서양과 동양을 오가며 논의를 진행시켰다. 한 시간 발표에 한 시간 토론이 이어지면서, 발표자들은 다시 차분하게 글을 다듬어 갔고, 다른 발표를 경청하면서 자신의 글에 다양한 문제의식을 반영하려고 노력했다. 2년 동안 단 한 번의 중단도 없이 꾸준하게 21번의 모임이 진행되었다는 것은 한국수사학회 회원들의 학문적 열정이 있었기에 가능한 일이었다.

이 책은 모여진 글들을 3부로 나누어 수록했다. 제1부 서양 고대, 제2부 동양, 제3부 서양 근현대라는 제목을 붙였다. 독자가 이 책을 읽으면서 다양한 시대적, 문화적 맥락 안에서 자연스럽게 수사학의 개념과 기능을 이해할 수 있도록 배려한 것이다. 물론 시대적으로, 지리적으로 스펙트럼이 매우 넓기에 스무 명의 필자들의 글을 모아 하나의 단행본으로 짜임새 있게 모양을 다듬어 내기가 쉽지는 않았다. 구성상의 통일성과 일관성을 위해, 장마다 한 권의 고전을 제시하고, 그 책을 쓴 저자의 삶과 활동, 그 시대적인 배경과 수사학적인 문제의식과 이념을 간략하게 소개하고 내용을 개괄적으로 보여 준 후, 수사학의 역사에서 학문적으로 어떻게 이바지했는지를 평가하는 내용을 담아내기로 했다. 모든 필자들이 최선을 다해 이 지침에 따라 내용을 다시 정리하였다. 나름 가지런하게 풍부한 내용을 담아내고 있다고 할 수는 있겠지만, 저자들의 개성은 여전히 분명하긴 하다. 그리고 동서양 수사학의 역사가 20권의 고전으로 모두 설명될 수는 없기에, 비록 이 책이 주어진 여건 속에서 최선을 다했음에도 불구하고, 여전히 공백이 있고 앞으로 더 채워야 할 부분들이 많음을 고백하지 않을 수 없다. 이 책에는 '위대한 수사학 고전들'이라는 제목이 붙었는데, 구체적으로는 '동서양의 역사 속에서 수사학/레토릭을 만들어낸 고전들'이라고 할 수 있다. 독자들은 이 책을 통해 동서양의 수사학/레토릭의 주요 고전들을 다양하게 맛보면서 수사학이 어떤 학문인지를 풍부하게 이해할 수 있을 것이다. 그리고 이 책에 소개된 내용에 더해서 어떤 고전들이 더 보완되어야 하는지를 알아두면 좋을 것이다.

제1부에서 이소크라테스의 『안티도시스』(3장)와 플라톤의 『파이드로스』(4장), 그리고 아리스토텔레스의 『수사학』(5장)을 고대 그리스의 대표적인 고전으로 다루었다. 여기에 더해 이소크라테스와 플라톤의 다른 저술들과 기원전 5~4세기(그리스 고전기)에 왕성하게 활동했던 연설가 및 연설문 작성가들의 실제 연설문들을 공부할 수 있다면 더 좋다. 그리고 이 책은 고대 그리스 고전기에서 바로 로마로 건너가 키케로의 『연설가에 대하여』(6장)와 퀸틸리아누스의 『연설가 교육』(7장)을 다루었다. 이 연결은 굵직한 선을 이룬다. 그렇지만 두 시대 사이에 다양한 활동과 중요한 저술을 내놓았던 헬레니즘 시대의 수사학 이론가들을 다루어야 한다. 또한 로마에서 중세를 건너뛰고 제3부 근현대로 넘어간 부분도 큰 공백이 있다. 아우구스티누스를 비롯한 많은 신학자와 철학자들이 말의 중요성과 수사학의 긍정적 역할에 주목하였고 이에 관한 연구가 엄연히 존재하기 때문이다. 이 부분을 '암흑기 중세'라는 이름 아래 수사학도 없었다고 생각하면 안 된다. 제3부의 8편의 글은 서양 근현대의 주요 수사학적 쟁점들을 잘 짚어 가면서 나름대로 수사학의 역사의 윤곽을 그려냈다. 그런데 내용의 대부분

은 수사학의 고유한 의미, 즉 '연설가의 설득의 기술'이라는 측면에서 접근한 것이라고 할 수 있다. 반면, 이른바 '줄어든 수사학'이라 불리기도 하는 '표현의 수사학'이 문학비평과 창작에서 어떤 역할을 했는지에 대한 논의는 거의 통째로 빠져 있다. 기회가 된다면 이 주제는 또 한 권의 단행본에 담아내야 할 큰 주제이니, 앞으로 이 책이 나올 수 있기를 기대하고 응원해 준다면 고맙겠다.

제2부도 동양의 수사학 전통을 개략적으로 그려내는 데는 어느 정도 성공했다고 볼 수 있다. 공자, 장자, 손자, 귀곡자 등, 굵직한 제자백가 사상가들을 수사학적인 관점에서 재조명한 것은 한국수사학회의 고유한 성과이다. 그러나 수사학적으로 중요한 한비자와 법가, 묵자, 공손룡의 묵자 등의 사상가들이 수사학적인 탐구를 기다리고 있음은 분명하다. 그리고 제자백가의 시대를 지나 중국의 다양한 지적 전통 속에서의 수사학적 논의가 부족한 것도 사실이다. 제자백가의 사상가들의 '수사' 담론도 좀 더 보강되어야 하겠지만, 그 이후의 수사학의 교육과 실천의 역사를 그려낼 수 있으려면 몇 편의 고전을 더 발굴하고 전체적인 맥락 안에서 포괄적인 연구를 진행해야 할 것이다. 특히 근현대의 동양, 적어도 한국과 중국, 일본의 수사학을 조명할 수 있을 고전을 찾아내, 현재의 목차에 덧붙여야 한다. 동서양이 본격적으로 만났던 시점에 한자문화권의 지식인들이 서양의 레토릭을 만나면서 보였던 반응들이 면밀하게

검토되어야 한다. 그래야 지금 우리가 어떤 연구를 왜, 어떻게 하고 있으며, 할 수 있고, 해야만 하는지를 입체적으로 그려낼 수 있을 것이다. 덧붙이자면, 인도의 다양한 사상에서도 수사학적 논의를 분명 끌어낼 수 있을 테니, 여기도 주목할 필요가 있다. 이렇게 보면, 동양의 수사학을 위한 독립적인 책이 한 권 이상 필요할 것만 같다.

20년이라는 세월이 한 사람으로 본다면 긴 세월이지만, 학문의 역사로 본다면 아주 짧은 시간이다. 지금 이 책을 한국수사학회의 20년의 결산이라고 단적으로 말할 수는 없겠지만, 그래도 중요한 열매의 하나라고 말할 수는 있다. 그리고 이것은 해를 거듭하며 10년, 20년을 이어가며 '한국수사학회'라는 학문 공동체가 더 높이, 더 멀리, 더 넓게 나아갈 수 있는 단단한 디딤돌이 될 것이다. 그리고 수사학에 관심을 가진 독자들에게 이 책이 유익한 정보를 많이 줄 수 있기를 기대하며, 더 많은 학자들이 수사학에 관심을 가지고 연구에 동참하기를 희망한다.

마지막으로 감사의 글을 올린다. 먼저 이 책을 채워 주신 필자들에게 감사한다. 여러 가지 일들로 바쁜 와중에 귀한 시간을 내서 글을 쓰고, 발표하고, 제기된 문제들을 반영하여 끝까지 최선을 다해 다듬어낸 노고에 진심으로 감사드린다. 필자들과 함께 수사학 아카데미에 참여해 주신 한국수사학회 회원들께도 고마움을 전한다. 21회에 걸친 수사학 아카데미가 원활하게 진행될 수 있도록 수고해 주신 수사학회 박현희 총무이사(현 한국수사학회 부회장), 김기훈 총무이사(현 학술이사), 안성재 교육이사의 노고에 감사드린다. 더불어 발표자들에게 원고료와 강연료를 제공할 수 있도록 재정적인 지원을 아끼지 않고 통 크게 기부한 박상진 부회장(현 한국수사학회 자문위원, ㈜ JSG 인베스트먼트 대표이사)의 학문적 관심과 열정에 깊은 감사를 드린다. 출판 시장이 어려운 상황 속에서도 기꺼이 이 책의 출판을 결정해 주고 지원해 준 정상준 을유문화사 대표와 책임 편집을 맡아 출판을 진행해 준 여임동 차장에게 각별한 감사의 말씀을 드린다. 이 모든 분들의 노력이 합해져 이 멋진 책이 세상에 나올 수 있게 된 것이다.

2024년 1월, 20명의 필자들을 대표하여 김헌 쓰다.

1장
레토리케는 수사학인가?[1]

김헌(서울대학교)

이 뜻밖의 질문을 상식선에서 이해할 만한 것으로 풀어 주기 위해서는 우선 각 낱말의 뜻을 그리스어와 한자어로 풀면서 이야기를 시작해야 한다. 이 문제는 두 단어의 분석 수준에서 끝나지 않고, 고대 그리스에서 발생하여 서구 문화와 역사의 중요한 부분을 차지했던 학문의 한 분야로서의 '레토리케 rhêtorikê'가 동양에 '수사학'이라고 번역되어 전해지면서 겪는 문화의 전이 문제와 맞닿는다. 더 깊게는 서구의 레토리케 도입 이전의 동양 문화에서 이미 이루어지던, 레토리케에 버금갈 만한 수사修辭의 전통과 레토리케 전통 사이의 공통점과 차이점에 대한 고찰에서, 더 나아가서는 동양과 서양의 공통된 전통을 아우르며 종합해 새롭게 구

---

1 이 글은 2004년 5월에 열린 한국수사학회 봄철 학술대회에 발표한 후, 같은 해 『철학과 현실』 제61호 153-168에 실린 글을 새롭게 다듬은 것이다.

축할 총체적인 문화 체계의 창조에서, 그리고 인문학의 새로운 가능성의 모색에서 이 문제가 보다 심각하고 중대한 의미를 가질 수 있다.

이 질문은 크게 두 가지 방향으로 접근이 가능하다. 첫 번째 방향은 '수사修辭'라는 표현이 '레토리케'에 적합한가라는 문제로 나아가며, 두 번째 방향은 레토리케를 체계적이고 이론적인 학문으로 보아 수사'학學'이라 할 것인가, 아니면 일종의 실천적인 기술 체계로 보아 수사'술術'이라고 할 것인가라는 문제로 나아간다. 이 글은 우선 첫 번째 방향에서 이루어진 글이며, 두 번째 방향에서 이루어질 수 있는 논의는 다음 기회를 타야겠다.

1. 레토리케의 본래 의미를 찾아서

'레토리케'는 인류 최초로 민주정을 만들어 낸 고대 그리스의 역사적, 사회적, 교육적 상황에서 꽃핀 독특한 언어 소통 방식의 한 기술, 즉 **레토르**rhētōr의 기술을 지칭하는 개념이다. 기원전 5세기경에 본격적으로 사용되기 시작한 것으로 보이는 레토르라는 낱말은[2] '말하다, 알리다'라는 동

---

2   그 이전에도 이에 상응하는 낱말이 사용되었는데, 예를 들어 기원전 700~800년경에 문자화된 것으로 추정되는 호메로스Homeros의 서사시에서 우리는 'rhêtôr'와 어원과 의미가 같은 'rhêtêr'라는 단어를 발견할 수 있다(『일리아스Ilias』 9. 443).

사 'eirō'와 같은 어원인 'Fhr-:*werə- /*wer- 또는 *wer-'(관례적인 어구를 말하다dire la formule/formuler)에서 파생된 것이라고 한다.[3] 'Fhr-'는, 좀 더 정확하게 그 뜻을 따져 보면, '일정한 형식의 틀을 갖춘 언어 행위', 특히 종교적인 행사나 연례적인 공적 제전, 그리고 법정이나 정치적 회합 등에서의 공식적인 담론 행위를 표현하기 위한 낱말이었다. 여기에 형용사를 만들어 주는 매개어 '-to-'가 첨가되고, 거기에 다시 사람을 표시하는 접미사 '-or'가 붙어 'rhētōr'가 만들어진다. 말의 뿌리를 따져 볼 때, 이 말은 '공적인 자리에서 공식적인 연설을 하는 사람celui qui parle en public'을 가리킨다. 여기에 '-ikē'가 붙으면, 그와 관련된 능력이나 기술을 뜻하게 되므로, 레토리케는 결국 '레토르, 곧 연설가의 기술'을 의미한다. 이 낱말은 문헌상으로 기원전 4세기 초 알키다마스Alcidamas의 글과 플라톤Platon의 대화편『고르기아스Gorgias』(448d~449a)에서 처음으로 확인되며, 'tekhnē(기술)'라는 말이 함께 붙거나, 보통 생략된 것으로 여겨져 홀로 사용된다. 이 낱말이 공식적으로 등장하기 전에는 'logōn tekhnē(연설의 기술)'(기원전 400년경) 또는 '**레토레이아** rhētoreia(연설, 웅변)'라는 표현(이소크라테스Isocrates, 『소피스트 반박Kata tōn sophistōn』, 21)이 사용되었다.[4] 이 모든 개념은

---

3 Chantraine, P., *Dictionnaire étymologique de la langue grecque* (avec un supplément), Paris; Librairie Klincksieck, 1999[1968], p. 326. 이 동사는 라틴어의 'verbum', 나아가 영어의 'verb'에 해당하는 낱말들의 뿌리다.

4 Pernot, L., *La Rhétorique dans l'Antiquité*, Paris; Le Livre de Poche, 2000, pp. 38~41.

폭력이나 마술, 정치적 압력이나 종교적 권위, 협박에서 자유로운 일반 시민들이 이루어 놓은 고대 그리스 민주정의 특징을 반영한다.

그런데 당시에 사용되던 '레토르'라는 말이 현대적인 의미에서 변호사나 검사, 판사, 또는 입법 의회 의원이나 전문적인 연설가를 지칭한다고 보기는 힘들다. 독재적, 독점적인 정치 지도 체제의 붕괴 이후 새롭게 조성된 자유로운 제도적 틀 안에서, 법률적 분쟁이 생길 경우 소송 당사자가 직접 자기의 이익을 변호하거나 다른 사람을 고소/고발하고, 시민 개인이 직접 정책을 입안하는 의회에 참석해 자기 의견을 자유롭게 발표하던 고대 그리스의 민주정 안에서는, 적어도 이론적으로는 자유 시민이면 누구나 연설가일 수 있었고, 연설가여야 했다. 따라서 고대 그리스에서 레토리케는 법정, 의회, 그리고 국가 규모로 치러지던 장례식이나 종교 행사의 틀 안에서, 특정 청중을 대상으로 설득을 일구어 내기 위한 연설가의 공식적 언어 행위의 기술이면서도, 전문적인 기술이라기보다는, 한 시민이 제대로 시민 생활을 하기 위해 필요한 일반 교양 지식이요, 생활의 기술이었다. 의회나 법정에서 자기 의견 쪽으로 청중의 자발적인 판단을 끌어오는 설득의 기술이요, 일반 시민의 공적인 삶의 방편이었던 레토리케는, 이 기술을 가르쳐 주겠다며 당시 교육에 일대 혁신을 주도한 소피스트와 이소크라테스 같은 교육자들에 의해 저변이 확대되었고, 실제 현장 일선에서 활약하던 정치가들에 의해 활발하게 실천되었으며, 철학자 플라톤의 비판적인 검토와 아리스토텔레스Aristoteles의 적극적인 이론화 작업에 의해 체계화되었다.

특히 서구 레토리케의 체계와 방향을 결정한 아리스토텔레스의 이론은 역사적 상황과 정치적 현실을 바탕으로 수집된 구체적 자료들에 근거하여, 당대 연설가들의 방법을 다루고 있다. 그의 이론은 설득을 목표로 한 모든 종류의 의사소통 방식에 적용될 수 있는 담론의 기술 및 지식으로 일반화될 수도 있지만, 본래의 뜻대로 '연설가의 기술'로서의 레토리케를 다루었다. 그는 "레토리케는 각 주제에 관하여 설득력 있는 요소를 통찰할 수 있는 힘이라고 하자(『레토리케에 관하여(=수사학에 관하여?)*peri rhētorikēs*』, I, 2, 1355b25~26)"라고 제안하였으며 연설logos의 근본 구성 요소를 "말하는 사람", "말의 주제와 내용", "말을 듣는 사람"으로 나누고, 그에 맞추어 설득력 있는 논거pistis를 구성할 수 있는 세 가지 근거, 곧 연설가의 성격ēthos에 대한 신뢰성, 연설 내용 자체의 사실성과 논리성logos/pragmata, 청중의 감정 상태pathos라는 방법론적 논의의 틀을 마련했다(I, 3, 1358a37~b2). 그런데 이 틀은 언어 행위 전반, 곧 설득을 목표로 할 때뿐만 아니라, 설득의 요소가 조금이라도 관련되는 다양하고 복합적인 인간 의사소통 방식 전반에, 심지어 설득이 전혀 문제가 되지 않아 보이는 곳에도, 유연하게 적용될 수는 있다. 하지만 그가 제시하는 정의와 방법론은 결국 레토리케를 둘러싼 고대 그리스의 구체적인 상황과 조건을 배경으로 이루어진 것이다. 실제로 그는 "레토리케와 관련된 연설의 종류"를 나눌 때, 심의 연설(의회 연설)sumbouleutikon, 법정 연설dikanikon, 부각 연설(예식 연설)epideiktikon 등 당대 성시를 이루던 연설의 3대 장르를 제시하며(I, 3, 1358b7~8), 그 각각에 필요한 특정 요소ta eidē(1권 4~15장의 주제)와 그 모든 것에 적용되는 공통 말터topous tous koinous(2권의 주제)를 축으로 연설의 방법을 이야기한다. 그 방법은 좀 더 체계적으로 살펴본다면, 아리스토텔레스는 레토리케의 주제로 "무엇을 말해야 하는가"와 "그것을 어떻게 말할 것인가"라는 두 가지 문제를 내세우고(III, 1, 1403b15~18), 이를 모두 네 가지 부분으로 세분화한다. 그는 첫 번째 문제에 대해서는 말의 내용을 이루는 "생각dianoia"을 어떻게 "발견하고heurein", 착상하는가의 문제로 논의하며(1권 4장에서 2권 끝까지), 두 번째 문제에 관해서는 적절한 낱말과 어휘를 찾아내는 "표현lexis"의 문제(3권 2장에서 12장까지)와 이를 문장과 연설의 전체로 배치하는 "배열taxis"의 문제(3권 13장에서 19장까지), 그리고 연단에서 연설가가 연설의 내용을 효과적으로 청중에게 전달하기 위하여 적절한 발성, 몸짓과 표정을 연출하는 일종의 "실연(實演; hupokrisis)"의 문제(3권 1장)로 나누어 설명한다. 이와 같이 요약되는 아리스토텔레스 레토리케의 방법론은 분명 당대의 정치적 상황과 역사적 배경에 깊은 뿌리를 두고 이루어진 것이다. 그의 이론에 아무리 많은 일 반화 가능성과 요소가 함축되어 있다 하더라도, 그것은 어디까지나 그리스 정치 체제 내의 특정한 공적 의사소통 의 방식, 즉 법정의 배심 재판관krites, 투표권을 행사하는 민회 구성원enklesiastes, 공적 예식이나 연설에 참석한 관람 객theoros 등 대중을 앞에 두고 이루어지는 언어logos 행위와 관련이 있었다.

그가 구축한 레토리케의 개념망을 구성하는 이 네 가지 부분은 "말의 원리ratio dicendi" 또는 "말 잘하는 기술ars bene dicendi"이라는 훨씬 일반화된 개념으로 그리스의 레토리 케 체계를 받아들인 고대 로마 수사학에 이르러 발견·착상 inventio, 표현elocutio, 배치dispositio, 실연actio, 기억memoria, 이 렇게 다섯 가지 부분으로 공식화된다. 그런데 로마의 경우 에도 공화정을 바탕으로 각종 정치적인 집회와 법정 논쟁 이 이루어졌으며, 경쟁적인 정복 활동을 통해 세력 확장의 역사가 이어지면서 화려한 개선과 장엄한 장례식의 대규 모 집행이 가능했다. 황제를 중심으로 이루어진 제정의 역 사가 이어진 2~3세기에도 신처럼 떠받들어진 황제와 웅장 하게 건설된 로마를 찬양하는 연설가가 필요했다.[5] 이 모

5　레토리케와 관련해서 서구 사회에서 지난 20년간 고전학 부문에서 돋보이는 연구 는 이 시기의 연설가들의 활약을 다룬 제2의 소피스트 운동이라고 할 수 있다. 이 에 관한 개괄적인 정보에 관해서는 Pernot, L., "Les sophistiques réhabilités", *Actualité de la rhétorique*, L. Pernot (éd.), Paris, 2002, pp. 13~48 참조.

든 로마의 사회·역사적 조건은 시민들에게 언론의 자유가
보장되던 고대 그리스의 정치적 상황과 조건에 버금간다.
장소가 옮겨졌지만 여전히 레토리케는 말과 글을 통한 대
중의 설득 기술로서 건재했다. 말하자면 레토리케는 그리
스의 민주주의와 로마의 공화정을 주된 무대로 자유롭게
활동하던 여러 분야의 "연설가들rhêtôr/orator"에 의해 형성
된 의사소통의 기술을 지칭하는 일종의 고유 명사였던 셈
이다.

2. 레토리케는 수사학이 아니다

고대 그리스 민주주의와 로마의 공화정 체제, 또는 연설가
가 공식적으로 활동할 수 있었던 로마 제정 2~3세기에 활
동하던 레토르가 사라져 감과 동시에 고유한 의미의 레토
리케는 사라진다. 이 사실은 자유로운 의사 표현의 제도적
장치가 일인 독재 체제에 의해 무너질 때, 레토리케도 무너
진다고 지적했던 타키투스Tacitus의 통찰에서 잘 찾아볼 수
있다.[6] 지시체가 사라지면 고유한 의미를 잃고 떠도는 공
허한 명사처럼, 그 공허한 명사가 새로운 지시체에 착생하
여 변질된 의미를 담고 사용될 경우 기형적인 개념이 되는

---

6 *Dialogus de Oratoribus*, 36 참조.

것처럼, 레토리케의 경우 지시체가 사라지자, 설득을 위한 연설의 마당에서가 아니라, 쾌감과 감동을 주는 극문학과 시와 같은 문예 창작의 영역에서, 설득의 문제 이외의 다양한 목적을 가진 글쓰기와 말하기의 영역에서 작문과 표현의 기술로서 살아남는다. 서구 사회에서 이러한 현상이 극단으로 치닫는 것은 레토리케가 프랑스의 공식 교육에서 제외되던 1885년을 기점으로 19세기 말에 문체의 극단적인 분류학으로 특화되고, 그 이후 은유와 환유 등의 특정 문채와 전의의 문제에 집중하면서 새로운 면모를 갖추어 나가는 과정에서였다. 이를 두고 레토리케를 구성하는 전통적인 다섯 요소 가운데 하나인 표현과 "담론의 장식 des ornements du discours/colores rhetorici"에 관한 연구로 레토리케가 제한되었기에 '줄어든 레토리케'라고 이름 붙이는가 하면,[7] "레토리케는 황폐해진 떠돌이 분야의 하나가 되었으며 la rhétorique devenait une discipline erratique et futile", 결국 "죽었다 morte"라고 애도하기도 하고,[8] 레토리케가 끝장나는 과정 Fin de la rhétorique을 체계적으로 서술하기도 한다.[9] 일본에 이어, 중국과 한국이 서구 유럽으로부터 레토리케를 받아들일 무렵, 이미 레토리케는 그 고유한 영역과 의미, 생동력을 잃고, '줄어들고', '황폐해져 떠돌며', '죽음'으로

---

7 Genett, G., "Rhétorique restreinte", *Communications* 16, 1970, pp. 158~159.

8 Ricœur, P., *La métaphore vive*, Paris, 1975, pp. 13~14.

9 Todorov, T., *Théories du symbole*, Paris, 1977, pp. 85~139.

'끝장'날 판이었다.[10]

특히 '수사학'이 "독자에게 감동을 주기 위해 가장 효과적으로 표현하는 방법을 연구하는 학문",[11] 또는 "말이나 문장을 수식하여 보다 묘하고 아름답게 하는 일 또는 기술",[12] "[독자에게 감동을 주기 위하여] 문장, 사상, 감정을 효과적으로 표현하기 위한 언어 수단들의 선택과 그의 이용 수법을 연구하는 학문",[13] "말이나 글을 아름답고 정연하게 꾸미고 다듬는 일, 또는 그 재주"[14]라고 정의될 경우, 서구 문화사 속에서 줄어들면서 일그러진 레토리케의 모습을 잘 반영한다. 한국, 중국, 일본 등 한문 문화권에서 레토리케의 번역어로 '수사학'을 택했을 때, '수修'는 '가다듬고 꾸민다'는 개념으로 이해되고 있으며, '수식修飾'이나 '수식변폭修飾邊幅',[15] '수리修理',[16] 수선修繕, 수정修整과 같은 낱말들에서 볼 수 있듯이, 피상적인 장식이나 변형, 조작의 의미를 담게된다. 이 경우 '수사학'은 '미사학美辭學'과 거의 같은 뜻을 갖

---

10 물론 이와 같은 시각과 정반대에서 레토리케의 변화와 그 역할 및 중요성을 이야기할 수도 있다. 이에 관해서는 박성창의 『수사학』(서울: 문학과지성사, 2000, pp. 162~198), 『수사학과 현대 프랑스 문화이론』(서울대학교출판부, 2002) 참조.

11 일본의 대표적 국어사전인 『고지엔広辞苑』(신무라 이즈루新村出 편)에 소개된 정의. 이영훈, 「일본의 수사학 연구 동향」(한국수사학회 4월 월례발표회, 2004)에서 재인용.

12 이희승, 『국어대사전』, 서울: 민중서림, 1963[1961].

13 신기철·신용철, 『새 우리말 큰 사전(상)』, 서울: 삼성출판사, 1981.

14 이기문, 『동아 새국어 사전』, 서울: 두산동아, 2003[1990].

15 겉을 꾸밈. 외관外觀을 꾸밈. 변폭邊幅은 포백布帛의 가장자리로서 외모外貌, 외관을 뜻한다(이상은 감수, 『한한대자전漢韓大字典』, 서울: 민중서림, 1966, p. 100).

16 낡았거나 고장 난 데나 허름한 데를 손보아 온전한 것으로 고침.

게 된다. 실제로 일본의 학자들은 서구의 레토리케를 소개
하면서 작문의 이론으로서 표현에 중심을 두고, 수사학(슈
지가쿠修辭學) 이외에 미사학(비지가쿠美辭學)이라는 용어도
함께 사용하였으며,[17] 중국 학계도 서구의 레토리케를 연구
하는 과정에서 주로 언어의 표현 방식으로서의 문체, 문채
그리고 전의를 주로 다루는 표현의 '수사학'에 치중하였다
는 보고가 있다.[18] 그러나 고유한 의미의 레토리케는 그런
식의 수사학은 아니다!

　일단 '수사학'이라는 번역어는 두 가지 문제점을 안고 있
다. 첫째, 이 번역어는 위와 같이 정의되고 이해되는 한, 레
토리케를 구성하는 다섯 부분 가운데 한 부분으로 무게 중
심이 쏠려 있으며, 다른 요소를 제대로 함축, 암시하지 못
한다는 것이다. 한 부분으로 전체를 의미하려는, 일종의 제
유인 셈이다. 더 나아가 이 번역어는 전통적으로 레토리케
의 핵심을 이루는 '설득peithō'의 개념이 빠져 버리고, 다른
개념, 말하자면 심미적 쾌감이나 정서적인 감동이 그 핵심
을 대신하고 있어서 본질적으로 변질된 것이다. 이 같은 문
제는 '수사학' 또는 '미사학'이라는 번역어를 사용하는 한문
문화권 사람들에게만 문제가 되는 것이 아니라, 이런 식으
로 받아들일 수밖에 없을 만큼 레토리케를 일그러지게 하

17　이영훈, 「일본의 수사학 연구 동향」, 2004.
18　이승훈, 「중국현대수사학의 몇 가지 문제」, 한국수사학회 1월 월례발표회, 2004.

고 쪼그라들게 하였으며, 핵심마저 제거한 텅 빈 상태의 레토리케, 더 이상 레토리케가 아닌 것에 대해 계속 레토리케라는 명칭을 사용하고 있는 서구인들의 경우에도 마찬가지거나, 어떤 점에서는 더 심각하다. 고대 레토리케의 발생과 역사, 전통을 고려할 때, 설득의 계기가 빠지면, 고유한 레토리케는 없기 때문이다. 설령 문장의 장식과 기막힌 표현의 기술에 온 힘을 기울이더라도, 설득의 목표가 분명하면, 거기엔 일종의 레토리케가 있는 반면, 레토리케에서 가장 중요한 부분으로 인정되는 논거의 발견과 착상에 온 힘을 기울이더라도, 그리고 레토리케를 구성하는 전통적인 다섯 가지 부분을 골고루 고려할 경우에도 설득이 목표가 아닌 곳에는, 설득의 계기가 사라진 곳에는, 레토리케를 구성하는 세부적인 기술의 차용은 있을지라도, 고유한 레토리케는 없기 때문이다. 레토리케가 아닌 것에 레토리케라는 이름을 붙이는 그것을 '수사학'이라고 부르는 경우보다 더 심각하기 때문이다. 그러니 문체와 표현의 기술로서, 설득에 대한 고려가 없는 '수사학'이라면, 그 수사학은 고유한 레토리케가 아님은 너무도 뚜렷하다.

3. 수사학이 레토리케이려면

서구 역사 속에서 체계화되고 특화되었던 레토리케를 받

아들여 우리의 문화생활에 보탬이 되게 하려면, 줄어든 번역어인 '수사학'을 깊이 고찰하고 레토리케의 고유한 의미를 잘 담아낼 수 있는 대책을 마련해야 한다. 우리는 세 가지 정도의 대책을 생각할 수 있다.

첫째, 수사학을 대체할 새로운 번역어를 찾는 것이다. 레토리케의 어원을 그대로 담은 '연설가의 기술', '웅변의 기술'이라든가, 레토리케의 핵심에 초점을 맞춘 '설득의 기술' 등이 대안으로 인정될 수 있다. 이 두 번역어는 적어도 고대 그리스·로마의 전통 레토리케와 잘 어울린다. 또는 키케로Cicero가 즐겨 쓰던 라틴어 표현인 '말의 원리·방법ratio dicendi', 또는 그 기술ars dicendi, 그리고 퀸틸리아누스Quintilianus가 사용하던 '말 잘하는 기술ars bene dicendi'과 취지를 같이해서 '담론의 기술', '언어 소통의 기술' 등도 가능한 대안일 수 있다. 이때 기왕에 사용하던 표현인 '수사학'은 폐기될 필요 없이 표현과 문채, 문체의 이론, 작문과 독서의 이론을 지칭하는 것으로 계속 사용할 수 있다. 다시 말해 서구 레토리케 역사를 통해 구별할 수 있는 전통적인 의미의 레토리케에 대해서는 다른 번역어를 부여하며, 전통적인 의미의 레토리케에서 벗어난, 또는 줄어든, 또는 변질된 레토리케에 대해서는 '수사학'을 계속 사용하는 전략이다. 이 대안은 서구인들이 레토리케라는 명칭을 처음부터 지금까지 사용하면서 겪었던 혼란과 문제를 사전에 차단하는 효과를 얻을 수 있다.

둘째, 마땅한 번역어가 만족스럽게 찾아지지 않는다면, 말과 글을 통해 담론의 상대자를 설득하는 기술이라는 넓고 고유한 의미의 레토리케를 위해서는 그냥 원어 그대로 레토리케를 사용하는 것이다. 이 경우 '수사학'이라는 기존의 명칭은 폐기될 수도 있고, 또 첫 번째 경우처럼 재활용될 수도 있다. 재활용될 경우는 첫 번째 대안처럼 서구 단어 'rhetoric, Rhetorik, rhétorique' 등에 누적되어 있는 혼란, 곧 레토리케의 변질과 축소, 소멸과 재생의 역사에 엮여 있는 골치 아픈 문제를 용어 차원에서 어느 정도 해소할 수 있다는 장점이 있다. 우리는 이 두 대안을 통해 전통 레토리케와 변형된 레토리케 사이의 선명한 분별을 깔고 논의를 진행해 나가면서 개념상의 혼동 내지 혼란에서 벗어날 수 있지만, 그 혼동과 혼란 자체에 담긴 미묘하고 복잡한 문제에 접근하는 길을 애초부터 끊게 되어 서구 레토리케 역사 속에 흐르는 연속성과 출렁이는 갈등의 내용을 읽기 힘들다는 위험 부담을 감수해야 한다.

이런 점에서 두 대안이 못마땅하다면, 지금까지 사용해 오던 수사학을 계속 사용하되, 종전과는 확실하게 다른 개념으로 정의하는 방법이 또 하나의 유력한 대안이다. 이 대안은 새로운 번역어를 발굴하고 홍보하는 수고를 덜어내 주고, '수사학'이라는 번역어를 합법적으로 계속 사용할 수 있게 해 줄 것이다. 새로운 정의를 위해 무엇보다도 '수사修辭'라는 낱말이 기본적으로 담고 있는 '언어를 다듬다'라는 개념에 언어를 다듬는 목적, 곧 고유한 의미의 레토리케의 핵심을 이루는 목적에 해당하는 설득의 개념을 덧붙여야 한다. "표현의 가장 적극적인 형태"가 바로 설득이며, 서양의 고대는 물론 언어 소통 구조를 전제한 사회 속에서 "진지한 설득의 중요성을 아는 사람이 의미 있는 삶을 살기 위해 필요한 언어 구사 기술"이 바로 수사학임을 부각해야 하기 때문이다.[19] 동시에 "다듬어야 할 언어 표현"의 내용을 이루는 생각의 발견을 비롯해서 가능한 한 서구 전통 레토리케의 필수적인 다섯 항목(발견·착상, 표현, 배치, 실연, 기억)을 포괄할 수 있도록 정의를 구성해야 한다. 이와 같은 재정의 작업은 '언어를 다듬다'라는 의미로 압축되는 '수사'를 가지고 연설가에 관한 이야기를 하는 키케로의 레토리케 이론(『연설가에 대하여 De Oratore』)과 잘 맞아떨어진다. 그는 기본적으로 언어의 장식과 다듬질을 시작으로 연설을 말한다. 그가 전면에 내세우는 "장식되고 매끈하게 닦인 연설 ornata oratio et polita"(I, 31), "매끈하게 닦여 돋보이는 연설 oratio expolitione distincta(I, 50)"이라는 표현은 언뜻 우리가 이미 사절했던 수사학의 옛 정의와 꼭 맞는 것 같아 보인다. 하지만 그 표현이 엮여 있는 문맥은 우리가 제시하는 방식의 새로운 정의를 정당한 것으로 만들어 준다.

---

19 이태수, 「인문학의 두 계기—진리 탐구와 수사적 설득」, 장회익 외, 『삶, 반성, 인문학—인문학의 인식론적 구조』, 서울: 태학사, 2003, p. 104 참조.

〔그 무엇이〕 지혜로운 생각과 중후한 언어로 장식되고 매끈하게 닦인 연설만큼이나 지성과 귀에 상쾌한 것입니까?(I, 31)[20]

이것만이 분명, 말을 잘하는 사람들이 고유한 것이라 여기는 것이겠지요. 곧 잘 짜이고 잘 장식되었으며 그 어떤 기예로 매끈하게 닦여 돋보이는 연설. 하지만 이런 연설도 그 내용이 연설가에 의해 감지되고 인지되어 깔려 있지 않다면, 반드시 공허한 것이 되고, 모든 사람의 비웃음이 되고 말겠지요(I, 50).[21]

잘 닦인 연설에 알차게 채워지는 '생각'이 부각된다. 결국 지혜로운 내용이 알차고, 잘 이해되며, 동시에 듣기에도 감미롭고, 우아하고, 아름답게 장식되며, 매끈하게 닦인 언어, "내용에 거친 것이 하나도 없고 우아한 담론sermo facetus ac nulla in re dudis"으로 좋은 연설은 정의된다. 이와 같은 연설은 쾌적하고 인간에게 가장 고유한 것이다. 왜냐하면 "서로 대화할 수 있으며quod conloquimur inter nos, 말을 통해 생각을 표현할 수 있다는 점에서만quod exprimere dicendo sensa possumus"(I, 32) 인간은 짐승을 월등하게 능가하기 때

---

20 quid enim est (⋯) aut tam iucundum cognitu atque auditu quam sapientibus sententiis gravibusque verbis ornata oratio et polita.

21 unum erit profecto, quod ei, qui bene dicunt, adferunt proprium. compositam orationem et ornatam et artificio quodam et expolitione distinctam, haec autem oratio, si res non subest ab oratore percepta et cognita, aut nulla sit necesse aut omnium inrisione ludatur.

문이다. 여기에 설득의 개념이 첨가된다. 연설가는 생각을 "말로 표현하는 능력을 통해 사람들의 모임을 유지할 수 있고posse dicendo tenere hominum coetus, 그들의 정신을 매혹하며 mentis adlicere, 그들의 의지를 자신이 원하는 곳으로 몰아가기도 하고voluntates impellere quo velit, 자신이 원하는 곳에서 끌어내기도 하는 능력unde autem velit deducere"(I, 30)을 발휘한다. 이러한 설득을 탁월하게 수행할 수 있도록 언어를 다듬고 매끈하게 닦고 장식하는 데서 우리는 새로운 정의를 추출할 수 있다. 우리는 제안한다. 수사학은 모든 주제에 관하여 설득을 목적으로, 언어를 다듬어 생각을 분명하고 참신하게 전달할 수 있도록 담론을 구성하고 표현할 수 있는 능력, 기술, 또는 학문이라고. 이와 같이 개선된 정의는 앞서 소개한 아리스토텔레스의 레토리케에 대한 정의 및 체계와도 핵심적인 부분에서 충실하게 일치하며, 그 이후 서양 고대의 전통 레토리케의 내용을 무리 없이 담을 수 있는 동시에 서구 레토리케의 역사 속에서 축소, 변질된 레토리케를 부분으로서 함축할 수 있는 여지를 넉넉히 갖도록 조정된 것이다. 우리가 이 정의를 받아들인다면, 수사학은 충분히 레토리케다.

물론 이 경우 우리는 첫 두 대안이 갖고 있던 이점을 누리지 못한다. 서구인들이 고대 그리스에서 만들어진 레토리케라는 용어를 현대까지 줄기차게 사용하는 것처럼, 그 용어에 대응하는 하나의 고정된 용어를 사용하기 때문에,

서구 레토리케의 역사 변곡선을 따라 겪는 혼란과 문제점을 많은 부분 고스란히 떠안게 될 수 있다. 이것과는 별도로 또 다른 하나의 문제점을 갖게 될 수 있다. 이 문제점은 우리가 수사라는 용어를 레토리케에 대해 사용할 경우 반드시 해결해야 할 문제이기도 하다. '수사'라는 개념이 서구의 레토리케에 대한 기존의 정의나, 우리가 새롭게 제안한 정의와는 상당히 다른 의미로 사용되었던 사례나 전통이 한자를 사용하는 동양 문화권 안에서 발견된다면?

4. 레토리케를 넘어서는 수사학

그렇다. '수사'라는 표현은 단순히 서구의 레토리케를 받아들이기 위해 일본 학자가 급조한 신조어는 아니다. 서구의 레토리케에 대해 수사학이라는 번역어를 사용하기 이전에 이미 동양의 문헌 안에서 '수사'라는 표현을 찾아볼 수 있으며,[22] 원대元代에는 '수사'라는 표현이 들어간 왕구王構의 『수사감형修辭鑒衡』이라는 이름의 저술이 있었다.[23] 그러나 우리의 논의를 발전시키기 위해 가장 주목할

---

22 '수사'라는 표현과 그와 관련된 내용을 보여 주는 여러 중국 문헌에 관해서는 周振甫, 『中國修辭學史』, 臺北市: 洪葉文化, 1995 참조.

23 '감鑒'이란 '거울로 삼다'라는 뜻이고 '형衡'이란 '저울질하다', 즉 '평가하다'라는 의미다. 이 책 서문에 보면 "所以敎爲文與詩之術也"라고 했는데, 이 말은 이 책이 위문爲文과 위시爲詩, 즉 글을 짓고 시를 짓기 위한 기술을 교육하기 위한 목적으로 저술된

만한 것은 바로 『주역周易』의 「건괘문언전乾卦文言傳」이다.
이 문헌은 또한 수사라는 표현이 등장한 최초의 중국 문헌
이기도 하다.[24]

> 문언文言에서 말했다. "구삼九三에서 말하기를, '군자가 종일토
> 록 꿋꿋이 힘쓰고(君子終日乾乾) 저녁때 삼가 저어하면, 위태롭
> 지만 허물은 없다(夕惕若厲无咎)'는 것은 무엇을 말하는 것입니
> 까? 공자께서 말씀하셨다. '군자는 덕을 밀고 나가 업을 닦는다
> (君子進德修業). 충忠과 신信은 덕을 밀고 나가는 수단이 되고(所
> 以進德也), **말을 닦고 정성스러운 마음을 바로 세우는 것**(修辭立
> 其誠)은 업을 하는 수단이 된다(所以居業也). (⋯)'"

구삼九三은 인생에서 30대이며, 하층부에서 마지막으로
상층부로 진입하는 시기이다.[25] 『주역』에서는 수사가 이
시기에 따라야 할 행동 지침의 하나로 권장되고 있다. 군자
는 보다 높은 위치로 상승하기 위해 하루 종일 부지런히 힘
써 꿋꿋하게 진리를 터득하려고 노력해야 한다. 진리를 터
득하는 방법은 두 가지다. 하나는 충忠과 신信을 통해 진리
를 직접 실천하는 진덕進德이며, 다른 하나는 진리를 인식
하는 수업修業이다. 이 가운데 수업은 마음속에 있는 성性과

것임을 알 수 있게 해 준다.

24 周振甫, 『中國修辭學史』, p. 18.
25 이기동 역해, 『주역강설(상)』, 서울: 성균관대출판부, 1997, p. 66.

천명天命을 인식하는 것이다. '성'을 알기 위해서는 먼저 마음을 알아야 하고, 마음을 알기 위해서는 마음이 밖으로 표현되는 '말'을 알아야 한다. 말을 닦아 거짓 없이 진실되게 그 성실誠實함을 바르게 세우면 마음을 알게 되고, 마음을 알면 성性을 알게 되며, 따라서 성性을 실천할 수 있기 때문에 성誠을 확립할 수 있다('誠'은 글자 자체에 '말(言)을 이룬다 (成)'는 뜻이 있어 앞에 나오는 '수사'의 실천으로도 통한다).

이 구절에서 우리는 레토리케의 번역어인 '수사학'에서의 수사와는 사뭇 다른 이상理想을 발견한다. 도를 닦듯[修道], 학문이나 정신을 닦듯[修練], 품성과 지덕을 닦듯[修養], 학문을 닦듯[修學], 불법을 닦듯[修行], 닦는다는 의미로 우리가 '수修'를 이해한다면, 수사修辭란 단순하게 말을 수식하고 장식하는 차원을 넘어, 진리를 터득하기 위해 마음의 본질을 알 수 있도록 전인격적인 차원에서 '말을 닦는' 일이 된다. 수신修身이 단순하게 목욕재계하고, 옷을 단정히 하며, 신분과 성품에 맞게 우아하게 치장한다는 말이 아니듯, 말을 닦는다는 '수사'는 단순히 말의 장식이나 꾸밈이 아니다. 장식과 꾸밈, 나아가 "거짓이 없고, 지저분한 사심 없도록"[26] 투명하게 언어를 닦는 것이다. 더 깊게 보면 말을 이루는 생각을 정성껏 올바로 세우는 것이며, 생각을 다듬어

---

26 김병호 강의, 김진규 구성, 『아산의 주역 강의(상)』, 아산학술총서 제3집, 부산: 소강, 1999, pp. 104~105.

내는 성품을 바르게 하는 것이다. 마침내 수사는 생각과 성품에 어울리는 고상하고 아름다운, 우아하고 힘 있는 언어행위를 지향하는 것이 된다. 이와 같은 언행의 단계에서 수사는 일차적으로 '자기가 품고 있는 생각을 성誠을 바탕으로 정확하게 전달해 사람들이 잘 이해할 수 있도록 하는 것'이다.[27] 이와 같은 수사로 업을 닦는다면, 군자는 인간 본성을 이루는 고유한 성품과 만물을 지배하는 하늘의 뜻을 일치시킬 수 있다. 안으로는 충성스럽고 미더운[忠信] 덕을 갖춘 인격을, "밖으로는 늘 말 한마디마다 잘 닦아 헛되게 하지 않고 성실함이 있도록"[28] 언행을 지향하는 것, 이것이 바로 『주역』에 나타난 수사의 정신이라고 할 수 있다.

이와 같은 의미의 수사는 정치적인 이야기 마당인 의회나 법정, 여러 종류의 식장式場이나 강연회에서 청중을 설득하고 교화하며, 자신의 재능을 드러내는 일회적인 사건으로서의 연설을 실천하는 연설가를 모델로 구성된, 그리고 설득이 문제가 되는 모든 의사소통 구조의 인간관계를 포괄하도록 조직된 서구적 개념의 레토리케를 포괄하면서도, 그 너머를 지향한다. 거기에는 분명 생활 전체를 관통하는 삶의 자세로서의 동양적인 선비 정신과 학문 정신, 그리고 인문학의 정신이 들어간다. 상대의 마음과 감정을 헤

---

27 남동원, 『주역해의 1: 주역 상경』, 서울: 나남출판, 2001, pp. 77~78.
28 김석진, 『대산 주역강의 1: 상경』, 서울: 한길사, 1999, pp. 186~187.

아릴 줄 알며, 때와 장소를 분별하는 힘. 항상 자신의 성품과 몸가짐, 언행을 바르게 하려는 자세. 하늘로부터 주어진 천명에 따라 바르게 세워진 성품으로 사리를 분별하며, 올바른 판단으로 시시비비를 가릴 줄 아는 능력. 여기에서 우리는 마음과 말을 닦는 선비와 군자의 모습을 볼 수 있다. 우리가 언행에 초점을 맞추어 학문 활동을 정의한다면, 분명 그것은 혼신을 다해, 자신의 생애를 다해 언어를 닦는 '수사修辭'의 행위일 것이다. 이와 같은 수사의 이념을 지향하는 학문으로 수사학이 성립한다면, 이것은 정녕 설득을 목표로 이루어지는, 연설에서 그 전형을 찾을 수 있는, 설득력 있는 담론 구성의 기술인 서구적 개념의 레토리케를 넘어선다. 레토리케를 넘어 인간과 언어와 관련된 전 영역으로 넘쳐나며, 레토리케를 중심으로 이해될 수 있는 서구적 인문학의 전통과 동양적 학문 정신을 아울러 한 차원 상승한 포괄적인 시각의 수사학을 그려 볼 수 있다. 더 나아가 우리가 인문학을 말할 때, 그 인문학이 궁극적으로 지향하는 바가 훌륭한 인간의 양성이며, 인문학이 가장 구체적으로 생산하는 것이 인간의 언행, 언표에서 확인된다면, 인문학은 이와 같은 '수사'의 이념을 지향하는 학문이다. 위기에 빠져 있다고 진단되는 한국의 아니 세계의 인문학의 회복을 위해, '수사'의 정신을 하나의 전형으로 삼아 새로운 모습의 학문을 구성하여 '수사학'과 '인문학'을 바르게 세워 볼 수 있을 것이다.

참고 문헌

김병호 강의, 김진규 구성, 『아산의 주역 강의(상)』, 아산학술총서 제3집, 부산: 소강, 1999.

김석진, 『대산 주역강의 1: 상경』, 서울: 한길사, 1999.

남동원, 『주역해의 1: 주역 상경』, 서울: 나남출판, 2001.

박성창, 『수사학』, 서울: 문학과지성사, 2000.

——, 『수사학과 현대 프랑스 문화이론』, 서울대학교출판부, 2002.

신기철·신용철, 『새 우리말 큰 사전(상)』, 서울: 삼성출판사, 1981.

이기동 역해, 『주역강설(상)』, 서울: 성균관대학교출판부, 1997.

이기문, 『동아 새국어 사전』, 서울: 두산동아, 2003[1990].

이상은 감수, 『한한대자전漢韓大字典』, 서울: 민중서림, 1966.

이승훈, 「중국현대수사학의 몇 가지 문제」, 한국수사학회 1월 월례발표회, 2004.

이영훈, 「일본의 수사학 연구 동향」, 한국수사학회 4월 월례발표회, 2004.

이태수, 「인문학의 두 계기 — 진리 탐구와 수사적 설득」, 장회익 외, 『삶, 반성, 인문학 — 인문학의 인식론적 구조』, 서울: 태학사, 2003.

이희승, 『국어대사전』, 서울: 민중서림, 1963[1961].

周振甫, 『中國修辭學史』, 臺北市: 洪葉文化, 1995.

Chantraine, P., *Dictionnaire étymologique de la langue grecque*(avec un supplément), Paris, 1999[1968].

Genett, G., "Rhétorique restreinte", *Communications* 16, 1970.

Pernot, L., "Les sophistiques réhabilités", *Actualité de la rhétorique*, L. Pernot (éd.), Paris, 2002.

Pernot, L., *La Rhétorique dans l'Antiquité*, Paris, 2000.

Ricœur, P., *La métaphore vive*, Paris, 1975.

Todorov, T., *Théories du symbole*, Paris, 1977.

2장
'수사修辭'의 의미와 변천 양상[1]

'수사입기성修辭立其誠'을 중심으로

김월회(서울대학교)

1.

'레토리케rhêtorikê'는 처음에는 '미사학美辭學(아름다운 글에 대한 학)', '선론지리善論之理(논변을 잘하는 이치)', '선언지법善 言之法(말을 잘하는 법)' 뜻으로 번역되었다. 그러다 '수사학修 辭學'이라는 표현으로 정착된다. 서구 문명을 긍정하고 그 실과를 번역 소개함으로써 근대 중국에 큰 영향을 미친 엄 복嚴復이 '언어과言語科(말에 대한 학)'라고 번역했음에도 수 사학이라는 말이 최종적으로 선택된다.

　이는 언어라는 표현보다는 수사라는 표현이 상대적으로 선택될 여지가 많았기 때문이다. 수사라는 표현이 레토리

1　이 글은 김월회, 「'수사修辭'의 의미와 변천 양상: '수사입기성修辭立其誠'을 중심으로」 (한국수사학회, 『수사학』 제44집, 2022)를 수정·보완한 것이다.

케가 품은 '말의 기술' 내지 '설득의 기술' 같은 뜻과 더 잘 어울릴 여지가 많았기에 그러하다. 물론 언어라는 표현이 '말의 기술'이나 '설득의 기술'이란 뜻과 연관이 없었던 것은 아니다. 『논어論語』「헌문憲問」에 보면 공자孔子가 덕행·언어·정사·문학의 네 분야로 나누어 몇몇 제자의 장점을 꼽은 대목이 나온다. 여기서 언어는 말을 온당하게 잘함을 뜻하는 어휘로 쓰였다. 그러나 언어라는 표현을 접할 때 이러한 용례가 우선 떠오른다고 할 수는 없다. 또한 언어라는 표현은 아름다운 글[美辭], 좋은 논변[善論], 좋은 말[善言] 등의 뜻과 직접적으로 연관되어 있지 않고 그러한 뜻을 직관적으로 현시하지도 않는다. 반면에 수사라는 표현은 그렇지 않다. 게다가 수사는 미문美文 지향이라는 한문의 성향 체계와도 긴밀히 연계된다. 수사는 '말을 꾸미다' 내지 '문채가 가해진 말[文辭]'의 뜻으로도 쓰이기 때문이다. 한문을 문언文言, 그러니까 문채가 가해진 글이라고 부른 데서 알 수 있듯이 한문은 본성적으로 미문을 욕망한다. 전근대 시기 최고의 문학 이론서인 『문심조룡文心雕龍』을 저술한 유협劉勰이 "예로부터 글이란 아름답게 다듬어 꾸밈을 본체로 삼았다"[2]라고 선언한 까닭이다.[3] 반면에 언어라는 표현 자체

2　古來文章, 以雕縟成體(『문심조룡』「서지序志」).

3　전근대 시기 중국의 경우, 말에 대하여 상반된 두 가지 관점이 있었다. 하나는 말에는 문채가 내재되어 있지 않다는 관점이다. 문채는 "문文은 바탕에 수식을 가한 것이다(文爲質飾者也)"(『한비자韓非子』「해로解老」)라는 언급에서 볼 수 있듯이 외부로부터 가해진 것으로 보는 관점이다. 다른 하나는 말에는 문채가 내재되어 있다는 관점이다.

에는 이러한 한문의 본성적 성향 체계와 직접적으로 연관된 뜻이 담겨 있지 않다. 언어라는 표현에서 미문을 계기적으로 떠올릴 근거도 미약하다. 언어과라는 표현보다는 수사학이라는 표현이 레토리케의 번역어로 선택될 여지가 상대적으로 넓었던 것이다. 하여 지금은 레토리케의 번역어로 수사학이란 표현이 한·중·일 모두에서 일반화되어 있다. 다만 이 과정에서 레토리케가 원래 지니고 있던 의미는 조정을 거치게 되어 수사는 '글을 아름답게 꾸밈', 수사학은 그러한 수사에 대한 학문 정도의 뜻으로 널리 쓰이고 있다.

그러나 수사라는 말은 레토리케의 번역어로 수사학이 선택되기 전부터 오랜 세월에 걸쳐 여러 의미로 이해되어 왔다. 하여 "레토리케의 번역어의 일부로 선택되기 전 수사는 어떠한 의미로 쓰였을까?" 하는 물음을 던져 볼 필요가 있다. 수사학이라는 표현은 쓰이지 않았지만, 그 일부인 수사라는 표현은 레토리케가 유입되기 한참 전부터 한문 글쓰기의 전통과 밀접한 연동 아래 사용되었기에 그러하다. 게다가 문언이라고도 불리는 한문의 미문 전통은 가장 이른 시기의 문헌이라고 할 수 있는 『시경詩經』, 『서경書經』, 『역경易經』 등에서 이미 본격적으로 구현되어 있다. 전근대 시기 중국에서는 3000여 년에 육박하는 유장한 미문 전통

한문을 문언이라 칭하고, 말은 본성적으로 문채를 욕망하기 마련이라는 관점 등이 이에 해당된다.

이 형성되어 있었다. 말 자체에 대한 사유도 늦어도 공자의 시대에는 이미 본격적으로 전개되고 있었다. 『논어』에서는 전체 500여 장 가운데 65장에서 말에 대하여 담론했을 정도이다. 2500여 년 전인 공자의 시대부터 말에 대한 담론의 전통이 확실하게 형성되었다. 수사의 의미와 그에 대한 이해의 역사는 서구에서 유입된 레토리케의 번역어의 일부로 선택되어 사용됨과 별개로 이러한 한문의 미문 전통 속에서 산출되고 형성되었다. 이 글에서는 이러한 역사적 배경을 지닌 수사라는 표현에 대한 이해의 역사를 기존 연구에서 대표적 이해로 꼽아 온 사례를 중심으로 다시 살펴보고자 한다.

2.

수사라는 표현은 『역경易經』 건괘乾卦의 의미를 해설한 「문언전文言傳」에 처음 나온다.

> "건괘의 세 번째 괘[九三]의 괘사卦辭[4]에서 말한 '군자가 종일토록 꾸준히 노력하고 저녁때까지도 두려운 마음으로 조심하면

---

4 『역경』의 64괘 하나하나의 의미에 대한 해설을 말한다. 한편 하나의 괘는 음효陰爻 (--)와 양효陽爻))(-) 여섯 개로 이루어져 있다. 이렇게 하나의 괘 안에서 개개 효가 지니는 의미를 해설한 것을 효사爻辭라고 한다.

위태로운 지경에 처할지라도 탈은 없을 것이다'라는 것은 무엇을 말하는 것입니까?" 공자께서 말씀하셨다. "군자는 덕으로 나아가며 공업을 이룬다. 충실함과 미더움은 덕으로 나아가는 근거요, 말을 닦고(修辭) 그 참됨을 실현함(立其誠)은 공업을 이루는 근거이다."[5]

이 문장에서 수사가 어떠한 뜻으로 쓰였는지를 규명하는 길에는 적어도 두 가지가 있다. 하나는 수사가 '수' 자와 '사' 자의 합성어인 만큼 각각의 글자가 어떤 의미를 지니고 있는지를 규명하는 길이다. 다만 글자의 뜻은 시대의 추이에 따라 변화되기도 하므로 시대를 한정하여 살펴볼 필요가 있다. 곧 「문언전」이 산생된 시기까지를 중심으로 그 뜻을 규명해야 한다는 것이다. 다른 하나는 수사라는 표현이 들어 있는 구절의 발화자가 공자로 제시되어 있는 만큼 공자와의 연관 아래서 수사의 뜻을 고찰하는 길이다.[6]

'수' 자와 '사' 자 가운데 '사'는 주로 '말[言]' 또는 '문사', 곧

---

5 "九三曰, '君子終日乾乾, 夕惕若, 厲无咎', 何謂也." 子曰, "君子進德修業. 忠信, 所以進德也. 修辭立其誠, 所以居業也." 여기서 "공업[業]"은 공적, 업적이라는 뜻이 아니라 군자로서 마땅히 해야 할 일이라는 뜻이다. 따라서 공업을 이룬다고 함은 군자로서 해야 할 일을 실천하여 완수한다는 의미이다. 한편 "입기성立其誠"을 "그 참됨을 실현하다"라는 뜻으로 풀이한 근거에 대하여는 후술한다.

6 이 두 가지 외로, 「문언전」에서 수사가 "그 참됨을 실현하다[立其誠]"와 짝을 이루어 제시되었고, 수사입기성은 "충실함과 미더움[忠信]"과 짝을 이루어 제시되었기 때문에 그 의미는 좁게는 "입기성立其誠"과의 의미 연관 아래, 넓게는 "충신忠信"과의 의미 연관 아래서 살펴보는 길도 있다. 이에 대하여는 후술한다.

문채가 가해진 말이라는 뜻으로 쓰였다. 다만 1세기 초엽
에 저술된 현전하는 최초의 자전인『설문해자說文解字』에
는 "사辭는 소송하다[訟]'라고만 풀이되어 있다.『설문해자』
는 선진先秦 시기[7]부터 한대에 걸쳐 형성된 한자의 의미가
담겨 있는데 여기에는 말 내지 문사라는 뜻은 실려 있지 않
다. 그러나 '사'가 춘추전국 시대에 말 또는 문사라는 뜻으
로 쓰인 용례는 이 시대에 산생된 저술에서 적잖이 목도된
다. 이 점에서『설문해자』의 풀이와 무관하게 '사'가 말 또
는 문사의 뜻으로 널리 쓰였음을 확인할 수 있다. 한편『설
문해자』에서 '수' 자는 '식飾' 자의 뜻으로 풀이되어 있다.
이에 대해『설문해자주說文解字注』[8]는 "식은 닦다[飯]'라는
뜻이고 "쇄飯는 식飾이다", "식은 닦아서 그 광채를 드러나
게 하는 것"이라고 풀이하였다.[9] 이로부터 '수' 자나 '식' 자
가『설문해자』가 출현하기 전의 시기에는 우리에게 익숙
한 '꾸미다'라는 뜻이 아니라 '닦다'라는 뜻으로 쓰였음을,
또한 무언가를 닦아 그것을 빛나게 해 주는 행위를 뜻했음
을 알 수 있다. 이때 '닦는다'라고 함은 대상을 깨끗게 하여

---

7 서기전 220년 진시황이 전국을 통일하기 이전 시기를 가리킨다.

8 청대 단옥재段玉裁가 저술한 것으로『설문해자』해설에 대하여 독보적 권위를 지닌
   주석서다.

9 "수는 식이다. 건부에는 '식은 쇄다'라고 나와 있다. 또 우부에는 '쇄는 식이다'라고
   나와 있다(飾也. 巾部曰, '飾者, 飯也.' 又部曰, '飯者, 飾也')."; "식은 오늘날[청대를 가리
   킴]의 '식拭' 자로, 깨끗이 닦아서 그 광채를 드러나게 하는 것이다. 그래서 이로부터
   뜻이 파생되어 문식을 입히다는 뜻이 되었다(飾卽今之拭字, 拂拭之則發其光采, 故引伸
   爲文飾)."(단옥재,『설문해자주』).

그것을 빛나게 하는 것으로, 무언가를 새로이 첨가하여 그것을 빛나게 해 주는 것이 아니다. 곧 수사는 '사'를 닦는다는 것이고 이는 '사'가 원래 지니고 있던 것을 빛나게 드러내 주는 행위를 뜻한다. "사를 닦음"이라는 행위가 애초에는 말에는 원래 없었던 문채를 추가하여 말을 아름답게 꾸미는 행위와 무관했음이다. 이는 공자의 "정나라에서 문서를 만들 때 비심이 기초하였고 세숙이 자세히 검토하였으며, 행인 벼슬의 자우가 수식하고 동리 출신 자산이 윤색하였다"[10]라는 언급에서 한층 분명하게 확인된다. 여기서 수식을 글을 아름답게 꾸미는 활동으로 보면 마지막 단계인 윤색과 의미가 겹친다. 결국 같은 활동을 두 번에 걸쳐 한다는 얘기가 되니 이는 해석상의 오류다. 그래서 송대 성리학을 집대성한 주희朱熹는 "수식은 말을 더하고 빼는 것을 말한다"[11]라는 주석을 붙였다. 말을 더하고 빼는 행위는 글을 아름답게 꾸미는 윤색하는 활동과 무매개적으로 연동되지는 않는다. 후술하겠지만 말을 더하고 뺀다는 것은 말의 진실성을 갖추는 활동과 연계된다. 같은 맥락에서 수사의 '사'를 문사라는 뜻으로 볼 수도 없다. 문사라는 뜻으로 보면 수사는 문채를 드러내 빛나게 해 주는 활동이 되어 결

---

10 爲命, 裨諶草創之, 世叔討論之, 行人子羽修飾之, 東里子産潤色之(『논어』 「헌문」).

11 修飾, 謂增損之(주희, 『논어집주論語集註』)). 한편 주희는 "윤색潤色"에 대하여는 "윤색은 문채를 가함을 일컫는다(潤色, 謂加以文采也)"라고 주석하였다. 곧 수식과 윤색의 활동을 명확하게 구분하여 윤색은 말에 문채를 추가하는 행위임을, 수식은 이와 구분되는 행위임을 분명히 하였다.

과적으로 윤색과 의미가 겹치기 때문이다. 따라서 '사'는 말이라는 뜻으로 봐야 한다. 곧 수사는 말에 내재된 무언가를 드러내 빛나게 해 주는 활동으로, 말 바깥에서 무언가를 가져와 말에 추가하여 빛나게 해 주는 것이 아니라 말에 원래 있었던 것을 드러내어 빛나게 해 주는 행위를 가리킨다.

　여기서 말이 원래 지니고 있던 것이 무엇인지를 규명할 필요가 생긴다. 이를 위해서는 '수사입기성'의 발화자가 공자라는 점에 주목할 필요가 있다. 말에 대한 공자의 관념을 살펴볼 필요가 있다는 뜻이다. 공자는 "말은 반드시 미덥고자 한다",[12] "말은 충실함을 사모한다"[13]라며 말은 미더움[信]·충실함[忠] 같은 덕목을 지향하게 마련이라고 여겼다. 곧 공자는 말이 윤리를 본성적으로 지향한다고 본 것이다.[14] 이를 '윤리 지향성'이라고 지칭하기로 한다. 이는 말의 진실성에 주목하는 관점으로, 말의 진실성은 말에 담긴 내용의 진실함과 말과 행함의 일치를 통해 구현된다.[15] 이

12　言必信(『논어』 「자로子路」).

13　言思忠(『논어』 「계씨季氏」).

14　말과 윤리의 직결은 공자만의 관점이라기보다는 당시 보편적 관점이었다고 할 수 있다. "뜻은 도로써 평안해지고 말은 도로써 대한다(志以道寧, 言以道接)"라는 『서경書經』「여오旅獒」의 언급이 대표적 전거다. 이 구절에 대하여 한대 공안국孔安國은 『상서정의尙書正義』에서 "마음에 있으면 뜻이 되고 목소리로 뱉어지면 말이 되는데 둘 다 도를 근본으로 삼고 있다(在心爲志, 發氣爲言, 皆以道爲本)"라고 풀이하였다. 여기에는 '도'로 대변되는 윤리가 말의 근본으로 설정되어 있다.

15　공자는 "교묘하게 말을 꾸미고, 아양 떠는 낯빛을 띠는 자 중 어진 이는 드물다(巧言令色, 鮮矣仁)"(『논어』「양화陽貨」)라고 함으로써 말에 담긴 내용의 진실함을 강조하였고, 군자는 "말을 하였으면 반드시 행동으로 옮길 수 있어야 한다(言之必可行也)"(『논어』「자로」)라고 함으로써 말과 행함의 일치를 강조하였다.

러한 점을 감안하면 말을 닦음으로써 드러내어 빛나게 하는 대상은 말에 깃들어 있는 윤리 지향성일 가능성이 있다. 공자는 "뜻은 미덥고자 하고 말은 아름답고자 한다"[16]라고 함으로써 말이 예술적 지향도 본성적으로 지니고 있다고 보았지만 이를 뜻, 그러니까 말에 담기는 내용의 진실함과의 관계 속에서 사유했다는 점에서 그가 일관되게 말의 윤리 지향성을 우선했음을 알 수 있다. 따라서 공자는 '말을 닦음'을 말에 내재하여 있는 윤리 지향성을 드러내 빛나게 하는 활동으로 이해했을 가능성이 크다. 수사에 대한 이러한 이해 아래 입기성立其誠의 의미를 파악해 보면, 대명사인 '기'가 무엇을 받느냐에 따라 ① "그것(수사)의 참됨을 실현하다"와 ② "그(수사의 주체)의 참됨을 실현하다"의 두 가지로 이해 가능하다. ①은 수사의 진실함을 실현한다는, 곧 수사가 공허하지 않도록 한다는, 달리 표현하면 내용과 형식이 조화를 이루도록 수사를 행한다는 의미이고 ②는 수사라는 행위를 하는 이의 진실함을 구현한다는 의미로, 둘 다 수사입기성 뒤에 나오는 "공업을 이루는 근거"라는 진술과 유기적으로 연결될 수 있다. 다만 ②는 말하는 이에 대한 윤리적 요구라는 점에서 수사입기성 앞부분의 "군자는 덕으로 나아가며 (…) 충실함과 미더움은 덕으로 나아가

---

16 子曰, "情欲信, 辭欲巧."(『예기禮記』「표기表記」) 여기서 "정情"은 좁게는 글에 담긴 감정을, 넓게는 글에 담긴 내용 전체를 가리킨다.

는 근거이다"라는 언급에 담겨 있는 요구와 겹친다. 또한
공자는 "말은 전달하는 것일 따름이다"[17]라고 단정한 바 있
는데, 이러한 공자의 관점을 감안하여 입기성에 대한 이해
를 시도해 보면 ②의 이해보다는 ①의 이해가 한층 적합하
다. 곧 입기성은 수사의 진실함을 실현함으로써 말이 온전
히 전달되는 것을 가리키는 것으로 이해 가능하며, 이렇게
보면 "군자는 덕으로 나아가며 (⋯) 충실함과 미더움은 덕으
로 나아가는 근거이다"라는 대목과도 중첩되지도 않는다. 곧
수사입기성은 "말을 닦고 그[말을 닦음]의 참됨을 실현한다"
라는 뜻이며, 이때 수사와 입기성은 병렬 관계로 구조화된
것이다. 한편 위 ①, ② 어느 경우든 공자가 수사를 윤리적
자장 안에서 우선으로 사유했다는 점에서는 공통적이다.

　수사에 대한 윤리적 해석은 「문언전」의 "말을 닦고 그
참됨을 실현함은 공업을 이루는 근거이다"에 대한 경세經
世적 해석으로도 표출된다. 이 구절에 대하여 당대 공영달
孔穎達은 『주역정의周易正義』에서 "[수사의] 사는 문치교화
를 말하고 [입기성의] 성은 성실을 말한다. 밖으로는 문치
교화를 펼치고 안으로는 성실함을 실현하면 안팎이 서로
를 완성해 주게 되어 곧 공업을 이룰 수 있게 된다. 그래서
공업을 이루게 된다고 말한 것이다"[18]라고 해설하였다. '사'

17　子曰, "辭達而已矣."(『논어』「위령공衛靈公」).

18　辭謂文教, 誠謂誠實也, 外則修理文教, 內則立其誠實, 內外相成, 則有功業可居, 故云
　　居業也. 여기서 "수리修理"는 "다스리다[治理]"라는 뜻으로, "문치교화를 다스리다"라

를 말이나 문사의 뜻이 아니라 문치교화, 곧 예악법도로 세상을 교화함이라는 뜻으로 풀었다. 이는 수사를 말에 담긴 문치교화 관련 내용을 실행한다는 뜻으로 이해한 것이다. '사'를 이렇게 언어 자체가 아니라 그에 담긴 또는 그와 연관된 내용으로 볼 수 있는 근거는 적어도 세 가지다. 첫째, '사'는 괘사나 효사의 내용을 가리킨다. "길흉을 변별하는 것은 사에 담겨 있다. (…) 사는 각각 그 괘나 효가 나아가는 바를 가리킨다",[19] "괘에 사를 붙여서 성인이 하고자 한 말을 다하였다"[20]라는 『역경』「계사전상繫辭傳上」의 언급이 그 전거다. 실제로 『역경』에 나오는 사의 대다수는 괘에 대한 해설인 괘사나 효에 대한 해설인 효사를 가리킨다. 한편 "성인의 뜻은 사에 드러나 있다. (…) 재화를 다스리고 사를 바로잡아 백성이 그른 행동을 하지 못하게 금함을 일컬어 의로움이라고 한다"[21]라는 「계사전하繫辭傳下」의 언급을 감안하면 '사'는 성인의 뜻을 담고 있는 말이 된다. 이는 괘사나 효사를 성인이 지었다고 여겼다는 점에서 '사'를 괘사나 효사의 내용으로 보는 것과 결과적으로는 같은 견해다. 둘째, '사'는 신에게 바치는 말을 가리킨다. 이는 '사'를 자원字源 차원에서 따져 본 결과로 신과의 소통을 담당했던 축

고 함은 문치교화를 닦아서 드러냄을 가리킨다. 이 글에서는 이러한 맥락에서 "수리문교修理文敎"를 "문치교화를 펼치다"라고 번역한다.

19 辨吉凶者存乎辭, (…) 辭也者, 各指其所之.

20 繫辭焉以盡其言.

21 聖人之情見乎辭. (…) 理財正辭禁民爲非曰義.

祝·사史 같은 관리가 신과의 소통을 목적으로 지은 말을 가리킨다.[22] 셋째, 『설문해자』의 풀이에서 알 수 있듯이 '사'는 '소송하다'라는 뜻으로 사용되었다. 곧 '사'는 송사에서 당사자들이 하는 말을 가리킨다.

이상은 모두 '사'를 그에 담긴 또는 그와 연관된 내용을 가리키는 것으로 이해한 예다. 따라서 수사는 '사'에 담긴 내용 또는 그와 연관된 내용을 실행한다는 뜻이 된다. 언어 활동이 아닌 경세 활동을 가리키는 것이 된다.[23] 그런데 한대 경학자인 정현鄭玄은 『시경』의 「판板」의 "사辭가 온화하면 백성들은 모여들고, 사가 흡족하면 백성들은 안정된다"[24]라는 시구에 대한 주석에서 "사는 말이다. 여기서는 정교의 뜻이다. 왕에 있어서는 정교와 온화한 말이 백성에게 순조로우면 민심이 합치되어 안정되는 것이다"[25]라고 풀이하였다. '사'를 말의 뜻으로 보면서도 "여기서는"이라는 조건을 붙여 문치교화와 통하는 정교라는 뜻으로 풀었다는 점에서 이는 공영달의 해석의 선행 전거라고 할 수 있다.

---

22 '사'가 신과 소통하는 용도로 사용된 글을 가리켰다는 것에 대해서는 王齊洲, 「"修辭立其誠"本義探微」, 『文史哲』 6, 2009, pp. 76~77 참조.

23 왕치저우王齊洲는 수사를 성인이나 군자가 자신의 직분을 수행하는 활동으로 보고 이렇게 이해하는 것이 공자의 원의에 더욱 부합한다고 주장했다. 이는 '사'는 성인의 직무 활동과 연계된 글을 가리켰고, 축관이나 사관같이 귀신과 소통하는 직분을 수행하는 이가 직무 수행 과정에서 작성한 글을 가리켰는데, 이 모두는 정사와 교화와 직결되는 활동이었다는 분석에 근거하고 있다. 이에 대해서는 王齊洲, 「"修辭立其誠"本義探微」, pp. 75~78 참조.

24 辭之輯矣, 民之洽矣, 辭之懌矣, 民之莫矣.

25 辭, 辭氣, 謂政敎也. 王者政敎和說順於民, 則民心合定(정현 전箋, 공영달 소疏 『모시정의毛詩正義』).

그런데 정현은 '사'를 정교라고 풀면서 "여기서는"이라는 단서를 붙였다. 그러고는 뒤이어 "정교와 온화한 말"이라고 하였다. '사'가 성인의 뜻을 가리킬 수 있으므로 "성인의 가르침으로 교화한다"라는 뜻의 정교로만 풀 수 있음에도 굳이 말이라는 뜻을 부가하였다. 이는 '사'가 그에 담긴 바 내지 연관된 내용을 가리킨다는 관념이 퇴조하고 말이나 문사라는 뜻으로 널리 사용하게 된 상황의 소산으로 보인다. 언중이 '사'라는 글자를 접했을 때 정교처럼 그에 담긴 바 내지 연관된 내용을 먼저 떠올리는 것이 아니라 말 내지 문사라는 뜻을 먼저 그리고 주로 떠올리는 상황에서 붙인 해설이었기에 그러한 양상이 나타났다는 것이다. 정현이 "여기서는 정교의 뜻"이라는 식으로 해석을 시도했던 까닭이다.

게다가 공영달이 수사입기성에서 '사'를 문치교화로 푼 것은 수사입기성을 둘러싼 문맥과도 순통한다. 바로 뒤 구절인 "공업을 이루는 근거이다"와 의미상으로 유기적으로 연관된다는 것이다. 따라서 입기성도 "공업을 이루는 근거이다"와 유기적 연관 아래 이해해야 한다. 다만 이때도 대명사 '기'가 무엇을 가리키는가에 따라 적어도 두 가지로의 이해가 가능하다. 하나는 '기'가 문치교화를 받는다고 볼 때이다. 이렇게 보면 '입기성'은 "문치교화의 참됨을 실현하다"라는 뜻이 된다. 다른 하나는 '기'가 수사, 그러니까 문치교화를 펼치는 이를 받는 것으로 볼 때다. 이렇게 보면

'성'은 공업을 이루는 데 필요한 주체의 윤리적 역량을 가리키는 것으로 이해 가능하다. 예컨대 정성, 성실, 충실 등으로 해석 가능하다는 것이다. 실제로 공영달은 앞에서 살펴보았듯이 '사'는 문교로, '성'은 성실로 풀이한 다음 "밖으로는 문치교화를 펼치고 안으로는 성실함을 실현하면 안팎이 서로를 완성해 주게 된다"[26]라고 하여 입기성을 문치교화를 수행하는 데 필요한 내적 역량을 갖추는 것으로 풀이하였다. 입기성에 대한 공영달의 이러한 이해는 수사 주체에 대한 윤리적 요구가 수사입기성의 앞 구절인 "충실함과 미더움은 덕으로 나아가는 근거이다"라는 구절에서 이미 표출되었다는 점에서 의미상의 중복을 피하지 못했다는 한계를 지닌다. 다만 공영달은 수사입기성에 대한 경세적 이해답게 수사입기성을 "수기치인修己治人(자신을 수양하고 남을 다스린다)" 또는 "내성외왕內聖外王(안으로는 성인이 되고 밖으로는 왕도를 실현한다)"의 구도에 맞추어 이해했다고 볼 수 있다. 곧 수사는 치인 내지 외왕에, 입기성은 수기 내지 내성에 해당하는 활동으로 이해했다는 것이다. 이는 수사와 입기성을 병렬 관계로 본 것으로 수사입기성에 대한 한층 강화된 윤리적 이해라고 할 수 있다.

---

26 修辭立其誠, 所以居業者, 辭謂文敎, 誠謂誠實也. 外則修理文敎, 內則立其誠實. 內外相成, 則有功業可居, 故云居業也(공영달, 『주역정의』).

3.

수사라는 활동이 윤리적 자장 안에서 이해되었다고 하여 말의 꾸밈이라는 활동이 부재했던 것은 아니다. 이는 수사를 윤리적 자장 안에서 사유했던 공자가 "말에 문채가 가해져 있지 않으면 멀리까지 유포되지 못한다"[27]라고 단언한 데서도 확인된다. 나아가 공자는 앞서 언급했듯이 뜻은 미덥고자 하고 말은 아름답고자 한다고 함으로써 말이 본성적으로 아름답고자 하는 지향을 지닌다고 보았다. 결국 공자는 말에는 윤리 지향성과 미문 지향성이 동시에 깃들어 있다고 본 것이다. 수사라는 표현은 처음에는 이 중 말의 윤리 지향성과 결합되어 사용됨으로써 말의 꾸밈과 연관되지 않았을 따름이지 말의 꾸밈이라는 활동 자체가 부재했다든지 이에 대해 무관심했던 것은 아니다.

실제로 말의 꾸밈은 공자가 "교언영색"을 경계한 데서 보이듯이 공자의 시대에도 만연해 있었다. 그러다 전국 시대에 들어 한층 발달했다. 이 시기는 제자백가라 불리는 다양한 사상의 소유자들이 대거 출현하여 저마다의 사유를 펼쳐 냈고, 자신의 사유를 효과적으로 표출할 수 있도록 말을 갈고닦았다. 그 결과 말을 조련하는 수준이 자못 높아졌다. 한비자의 다음 진술은 그 면모를 잘 말해 준다.

---

27 仲尼曰, "言之無文, 行而不遠."(『춘추좌전春秋左傳』「양공 襄公 25년 조」).

말이 술술 이어지고 매끄러우며 풍부하고 줄줄 이어지면 겉만 화려하고 내실이 없는 것처럼 보입니다. 정중하고 지나치게 삼가며 딱딱하고 지나치게 신중하면 서투르고 조리가 없어 보입니다. 많은 말을 하고 장황하며 비슷한 사례를 잇대고 사물을 늘어놓으면 공허할 뿐 실제로는 쓸모없어 보입니다. 핵심만을 간추리고 대강만을 말하며 직설적이고 간결하게 거두절미하여 말하면 변별할 줄 모른다고 보입니다. 거칠고 급하게 다가서서 남의 속마음을 깊이 아는 듯이 말하면 주제넘고 염치를 모르는 것으로 보입니다. 말이 스케일이 크고 넓디넓으며 오묘하고 심원하면 과장되기만 하고 필요 없게 보입니다. 소소하게 따지고 자잘하게 말하며 세세하게 갖추어 말하면 융통성이 없어 보입니다. 세속에 가깝고 거스르지 않게 말하면 목숨을 아끼며 아첨한다고 보입니다. 말이 세속을 멀리하고 유별난 말재간으로 세상 이목을 끌면 허황되다고 보입니다. 기민하게 말주변을 부리며 번다하게 수식을 가하면 현학적으로 보입니다. 일부러 학식을 드러내지 않고 있는 그대로만 얘기하면 비루하다고 보입니다. 수시로 고전의 구절을 들먹거리며 지나간 옛것을 진리로 본받으면 그저 외워서 말할 따름이라고 보입니다.

『한비자』, 「난언難言」[28]

---

28 言順比滑澤, 洋洋纚纚然, 則見以爲華而不實. 敦祗恭厚, 鯁固愼完, 則見以爲掘而不倫. 多言繁稱, 連類比物, 則見以爲虛而無用. 總微說約, 徑省而不飾, 則見以爲劌而不辯. 激急親近, 探知人情, 則見以爲譖而不讓. 閎大廣博, 妙遠不測, 則見以爲夸而無用. 家計小談, 以具數言, 則見以爲陋. 言而近世, 辭不悖逆, 則見以爲貪生而諛上. 言而遠俗, 詭躁人間, 則見以爲誕. 捷敏辯給, 繁於文采, 則見以爲史. 殊釋文學, 以質信言, 則見以爲鄙. 時稱詩書, 道法往古, 則見以爲誦.

이는 "지언知言", 그러니까 상대의 말을 파악하는 기술에 대하여 상론한 내용이지만 이를 통해 말을 꾸미는 기술을 본격적으로 추구했던 세태를 목도할 수 있고 전국 시대에 말을 조련하는 기술이 상당히 발달하였음을 확인할 수 있다. 말뿐이 아니었다. 전국 시대에 들어서는 본격적으로 글을 짓기 시작한다. 최소한 식자층에서는 구두 전승 문명 패러다임이 문자 전승 문명 패러다임으로 전이되고 있었다. 이에 책을 쓴다는 관념이 보급되었고 때마침 대거 등장한 제자백가에 의해 적지 않은 저술이 이루어졌다. 앞서 축적되었던 말의 꾸밈 기술은 글로도 이전되었고 과도한 글 꾸밈에 대한 비판이 여기저기서 제기될 정도였다. 한비자는 "이른바 겉모습을 지나치게 꾸밈은 사악한 길"[29]이라고 하였고, "논변을 좋아하여 실용을 추구하지 않고 화려한 수식을 지나치게 하여 효용을 돌아보지 않는다면 나라가 망할 수도 있다"[30]라며 과도한 글 꾸밈을 국가 멸망의 원인으로 꼽았다. 그러나 이렇게 주장했던 한비자는 물론이고, 장자莊子처럼 과도한 문식을 비판하고 참된 앎에 이르기 위해서는 언어를 초월할 것을 주장한 글조차 적잖은 문채를 띠고 있었다.[31] 미문 지향이

---

29 所謂貌施也者, 邪道也(『한비자』「해로」).

30 好辯說而不求其用, 濫於文麗而不顧其功者, 可亡也(『한비자』「망징亡徵」).

31 가령 유협은 한비자와 장자의 글쓰기에 대하여 『장자』와 『한비자』를 자세히 살펴보면 실제를 화려하게 꾸밈이 지나치게 과도하고 사치스럽다(詳覽莊韓, 則華實過乎淫侈)"(『문심조룡』「정채情采」)라고 평가하였다.

글의 기본값으로 실현되고 있었던 것이다. 급기야 전국 시대 말엽에는 초사楚辭라 불리는 미문 지향을 고도로 구현한 아름다운 운문이 출현했다. 글을 아름답게 쓰고자 함을 목적으로 한 미문이 본격적으로 발달하기 시작한 것이다. 초사의 대표 작가인 굴원屈原은 우국충정을 노래하면서도 세련되고 화려한 필치를 고도로 펼쳐 냈다. 이러한 미문 전통은 한대에는 부賦라는, 운문과 산문의 중간 양태의 문체로 이어져 미문 빚기 기술이 극도로 발전했다. 문식을 본격적으로 입힌 유형의 글을 '문사文辭'니 '문장文章', '사장辭章' 같은 어휘로 지시하며 실용적 문장처럼 그렇지 않은 글들과 구별하였고, 그러한 글을 짓는 이를 '문인文人'이라고 갈래지어 부르기도 했다. 미문, 그러니까 예술을 위한 예술적 글쓰기라고 할 수 있는 전통이 윤리적·경세적 글쓰기로부터 독자적 영역을 명실상부하게 구축했다.

이러한 경향은 위진남북조 시대에 들어 더욱 가속화되었다. 급기야 위나라의 황제였던 조비曹조는 "문학[文章]은 나라 경영의 큰 사업이자 썩지 아니할 위대한 일이다"[32]라고 선언하면서 예술로서의 문학의 가치를 황제의 이름으로 공인하였다. 황제가 미문의 가치를 나라 경영과 직결해야 할 만큼 미문 지향이 널리 퍼져 있었던 것이다. 때마침

---

32 蓋文章經國之大業, 不朽之盛事(「전론典論」「논문論文」). 여기서 "문장文章"의 '문文'과 '장章'은 모두 문채라는 뜻으로 문장은 문채, 그러니까 예술성이 본격적으로 구현된 글을 가리킨다.

시대적 혼란이 가속화되면서 형식주의적, 유미주의적 풍조가 성행하였다. 운문인 시는 물론이고 산문도 변려문騈儷文이라는, 형식미와 수사미를 극도로 추구한 문체가 주류를 점하며 크게 유행하였다. 서역에서 들어온 불경을 한문으로 번역하는 과정에서 음성학에 개안하였고 이는 글의 청각적 미감을 체계적으로 구현하는 역량의 발달로 이어졌다. 창작 시 자구의 조탁 역량이 크게 신장된 것은 물론이고 이에 대한 이론적 접근도 본격적으로 수행되었다. 그 결과 남조 송나라의 문제文帝는 조정에 학관을 세울 때 유儒·현玄·사史·문文을 설치하였고, 송나라의 명제明帝는 총명관總明觀이라는 학관을 설립하여 유·도道·사·문·음양陰陽의 다섯 가지 학문 분야를 총괄하게 했다. 여기서 '문'은 예술로서의 문학을 가리키는 것으로, 황제가 잇달아 문학의 독자성을 공인하여 별개의 학문 분야로 정립할 정도로 창작과 이론 모두의 영역에서 미문이 크게 발달하였다. 이러한 시대 조류 아래 '수사'라는 표현이 '말을 꾸밈'이라는 뜻으로 본격적으로 쓰이기 시작했다. 그 시초는 남조 양나라의 유협이 저술한 『문심조룡』이다.

『문심조룡』에는 수사라는 표현이 모두 다섯 차례 쓰였고 모두 말을 꾸밈이라는 뜻으로 사용되었다. 「재략才略」에는 "국교는 수사로써 정나라를 지켜 냈다"[33]라는 언급이 나온다. 국교는 춘추 시대 정나라 재상이었던 자산子産을 가

---

33 國僑以修辭扞鄭.

리킨다.「서기書記」를 보면 "사辭는 말의 문채로서 자기 생각을 타인에게 전하는 것이다. 자산은 말에 문채가 있었기에 제후들이 그를 의지하였다"[34]라는 언급이 나온다. 이를 근거로 하면 "수사로써 정나라를 지켜 냈다"에서의 수사는 말에 문채를 가하는 활동, 곧 말을 꾸민다는 뜻으로 풀어야 한다. 또한「종경宗經」에는 "문사는 행실을 통해서 정립되고 행실은 문사를 통하여 전해진다. 문사와 행실은 공자의 네 가지 가르침 중 첫머리에 오는 것으로 서로가 어울려 문채를 발한다. 덕을 힘써 닦고 명성을 세움에 성인을 스승 삼지 않는 사람이 없지만, 말을 배치하고 문사를 꾸밈(建言 修辭)에 경전을 모범으로 삼는 사람은 드물다"[35]라는 언급이 실려 있다. 이 대목은 "덕을 힘써 닦고 명성을 세움"과 "말을 배치하고 문사를 꾸밈"이 대對를 이루는 형식으로 각각 말의 윤리 지향성, 미문 지향성과 호응한다. 여기서도 수사는 말을 꾸밈이라는 뜻으로 쓰였다. 나머지 두 사례는「축맹祝盟」에 나온다. "무릇 말을 할 때에는 화려함에 힘쓰고 신에게 빌 때에는 실질에 힘쓴다. 말을 꾸미고[修辭] 참됨을 실현함에 부끄러움이 없어야 한다",[36] "신중히 제사 지내고

---

34 辭者, 舌端之文, 通己於人. 子産有辭, 諸侯所賴.

35 夫文以行立, 行以文傳, 四敎所先, 符采相濟. 邁德樹聲, 莫不宗聖, 而建言修辭, 鮮克宗經. 여기서 "사교四敎", 곧 공자의 네 가지 가르침은『논어』「술이述而」의 "공자는 문사, 행실, 충실함, 미더움의 네 가지로 가르쳤다(子以四敎, 文行忠信)"에서의 문사, 행실, 충실함, 미더움의 네 가지를 말한다. 이 중 충실함과 미더움은「문언전」에서 말한 "충실함과 미더움은 덕으로 나아가는 근거"라는 구절과 호응하고, 문사와 행실은 각각 수사와 입기성과 호응하는 것으로 이해할 수 있다.

36 凡群言務華, 而降神務實, 修辭立誠, 在於無媿.

공경되게 신의 뜻을 밝힘에 제사를 주관하는 축관들은 말을 갖추어야 한다. 참됨을 실현하여 엄숙히 하고, 말을 꾸며[修辭] 반드시 아름답게 한다"[37]가 그것으로, 말에 대한 윤리적 요구는 "참됨을 실현하다[立誠]"에, 말의 아름다움에 대한 요구는 "말을 꾸미다[修辭]"에 각각 할당되어 있다.[38] 『문심조룡』에 이르러 수사입기성에서의 수사가 말을 꾸민다는 의미로 분명하게 쓰였던 것이다.

이로써 유협이 수사입기성에서의 수사를 글의 아름다움을 구현하는 활동으로 이해하였음을 알 수 있다. 그렇다면 입기성은 어떻게 이해했을까? 이에 대하여 『문심조룡』에 서술된 바는 없다. 따라서 『문심조룡』의 논지를 바탕으로 재구성해 볼 수밖에 없다. '문심조룡'이라는 서명은 이와 관련하여 유용한 단서가 된다. 유협은 '문심'을 '글을 짓는 데 쓰이는 마음', 달리 표현하자면 '글 짓는 마음'이라는 뜻으로 풀었고 '조룡'은 '아름다운 문사'라는 뜻으로 풀었다. 그리고 이 둘을 글을 구성하는 양대 기축으로 여겼다. 곧 문심과 조룡으로 빚어낸 것이 글이라고 보았다. 유협의 이

---

37 惢祀欽明, 祝史惟談. 立誠在肅, 修辭必甘.

38 유협이 축관의 말은 진실함을 근간으로 한다고 본 것은 축관의 말에 대한 전통적 이해에 근거한 관점이다. 그 전거는 다음과 같다. "이른바 도라고 함은 백성에게 충실하고 신에게 미더운 것입니다. 군주가 백성을 이롭게 할 것을 생각하는 것이 충실함이고 축관과 사관이 말을 올바르게 하는 것이 미더움입니다(所谓道. 忠于民而信于神也. 上思利民, 忠也. 祝史正辭, 信也)."(『춘추좌전』「환공桓公 6년』). 이에 근거하면 수사는 "말을 올바르게 하다[正辭]"이고, "정사正辭"함으로써 미더움[信]을 구현하는 것이 입기성이 된다.

러한 관점은 『문심조룡』에 일관되게 반영되어, 글 쓰는 이가 갖추어야 할 역량과 덕목이 강조되었고 글에 담기는 작가의 사상과 감정 등의 진실성이 중시되었다.[39] 이를 감안하면 입기성은 글의 진실성을 실현하는 활동을 지시할 개연성이 높다. 그런데 「문언전」을 보면 글 쓰는 이에 대한 요구는 수사입기성 앞부분의 "충실함과 미더움은 덕으로 나아가는 근거"라는 구절에 담겼으므로 입기성은 글의 내용적 차원의 진실성에 대한 요구로 특정할 수 있다. 이렇게 보면 '기'는 수사를, '성'은 내용의 진실함을, '입'은 그것을 온전히 실현하는 활동을 각각 가리키는 것이 된다. 유협이 수사입기성을 말의 형식과 내용 모두를 온전하게 구현하는 뜻으로 이해했던 것이다. 한편 여기서 유협이 "감정과 이치를 적절한 자리에 배치하면 문채는 그 가운데서 드러나게 된다"[40]라고 여겼음을 감안하면, 곧 말의 내용이 적절하게 갖춰지면 문채가 저절로 구현된다고 보았음을 참조하면 수사입기성은 내용과 형식이 조화로운 일체를 이루도록 하는 행위로 이해될 수도 있다. 달리 말해 역대로 문예의

---

39 이는 유협이 수사를 말을 꾸밈으로 이해하였지만 그렇다고 그가 말을 윤리적 자장 바깥에서 이해하였다고 볼 수 없다는 점에서도 목도된다. 그는 "사람에게 어떤 마음이 생기면 말이 생기게 되고, 말이 생기면 문채가 밝히 드러남은 스스로 그러한 도이다(心生而言立. 言立而文明. 自然之道也)"(『문심조룡』「원도原道」)라고 함으로써, 곧 말이 문채를 띰은 도의 자연한 발로라고 규정함으로써 말을 꾸밈, 곧 말의 미문 지향을 윤리적으로 정당화하였다. 유협의 이러한 관점은 가령 『예기』「유행儒行」의 "말은 어짊의 문채이다(言談者, 仁之文也)"와 같이 유가 경전에 그 뿌리가 닿아 있다.

40 情理設位, 文采行乎其中(『문심조룡』「용재鎔裁」).

최고 경지로 꼽혀 온 형식[文]과 내용[質]이 조화롭게 빛나는 상태인 "문질빈빈 文質彬彬"을 구현하는 활동으로 볼 수 있다는 것이다.[41]

수사입기성에 대한 이러한 이해는 수사입기성을 미문 빚기라는 차원에서 사유한 결과이다. 그렇다고 예술적 차원에서만 사유했다는 뜻이 아니다. 유협은 말은 본성적으로 문채를 띠게 마련이라고 여겼고 글의 내용적 진실성, 글 쓰는 이의 진실함 등을 중시하였다. 곧 그에게 미문은 말의 윤리 지향성과 예술 지향성이 합일된 결과이지 말의 윤리 지향성을 도외시하거나 부차화한 결과물은 아니다. 유협에게 수사입기성은 글의 이러한 합일을 일구어 내는 행위였다. 각도를 달리하여 표현한다면 유협의 수사입기성 이해는 윤리의 예술화 결과라고 할 수도 있다.

4.

송대에 들어 성리학이 유학의 주류로 발돋움한다. 그 정점은 주희이다. 그는 '신유학'이라는 말로 묶일 수 있는 선행

---

41 수사입기성에 대한 이러한 이해는 가령 양명학을 정초한 명대의 대학자 왕양명王陽明의 "무릇 글을 지을 때면 자신의 역량에 맞추어야 한다. 말을 너무 과하게 함 또한 '수사입성'이 아니다(凡作文字, 要隨我分限所及, 若說得太過了, 亦非修辭立誠矣)"(『전습록 傳習錄』)와 같이 수사입기성을 말의 중용을 구현하는 활동으로 이해하는 관점으로 흐르기도 했다.

하는 흐름을 집대성하여 성리학을 정초한다. 성리학의 특징 중 하나는 강한 도덕 중심주의적 경향성이다. 수사입기성에 대한 해석도 마찬가지였다. 주희는 수사입기성에 대하여 이렇게 정리하였다.

> 정호程顥 선생께서 말씀하셨다. "수사입기성이라는 말은 세심하게 이해해야 한다. 말을 성찰할 수 있게 되면 곧 참됨을 실현하게 마련이라는 것이다. 만일 말을 꾸미는 것에만 마음을 쓴다면 단지 거짓을 행할 따름이게 된다." 말을 잘 성찰하여 이에 자신의 참됨을 실현하게 되면 이것이 곧 스스로 공경함으로써 마음을 곧게 하고 의로움으로써 행실을 바르게 하는 실질적 일을 체험하여 깨닫는 것이다.
>
> 주희·여조겸呂祖謙, 『근사록近思錄』 권2[42]

정호는 송대 초엽 성리학의 기초를 놓은 주희의 선배 학자이다. 그는 수사입기성에서 수사를 "말을 성찰하다"의 의미로 풀었다. 수사의 수를 "성찰하다[修省]"라는 뜻으로 본 것이다. 그리고 이를 "꾸미다[修飾]"라는 것과 대비하였다. 주희도 이를 이어받아 "말을 성찰함은 참됨이 실현되는 근

---

42 明道先生曰, "修辭立其誠, 不可不子細理會. 言能修省言辭, 便是要立誠. 若只是修飾言辭爲心, 只是爲僞也." 若修其言辭, 正爲立己之誠意, 乃是體當自家敬以直內義以方外之實事.

거이고, 말을 꾸밈은 거짓이 늘어나게 되는 근거이다"[43]라고 언급하였다. 수사를 예술의 차원이 아닌 윤리의 차원에서 이해한 것이다. 곧 성리학의 시대에 와서 수사는 다시 말의 윤리 지향성을 실현하는 행위, 그러니까 말의 진실성을 갖추는 활동으로 회귀했다. 다만 이들은 수사입기성을 『역경』「문언전」과는 다르게 이해하였다. 곧 「문언전」에서의 수사입기성은 "공업을 이룬다[居業]"의 맥락에서 이해하도록 문맥이 형성되어 있다. 이에 의거하면 수사입기성은 수사해서 공업을 이루고 입기성해서 공업을 이루는 것이다. 곧 수사와 입기성은 병렬 구조다. 이는 공영달의 이해에서도 마찬가지다. 수사의 '사'를 문치교화로 해석하였지만 수사와 입기성을 병렬 구조로 이해하여 각각이 '공업을 이루다'로 귀결되는 활동이라고 이해한 점에서는 동일하다. 이에 비해 정호와 주희는 각각 "말을 성찰할 수 있게 되면 곧 참됨을 실현하게 마련", "말을 잘 성찰하여 이에 자신의 참됨을 실현한다"라고 함으로써 수사가 입기성을 위한 조건이 되는 활동으로 설정하였다.

여기서 수사가 입기성의 조건으로 설정될 수 있었음은 정호나 주희가 수사의 '수'를 성찰한다는 뜻으로 보았기 때문이다. '성찰하다'의 원문인 "수성修省"은 『역경』진

---

43 修省言辭, 誠所以立也, 修飾言辭, 僞所以增也(『회암선생주문공문집晦庵先生朱文公文集』권 47.「답여자약答呂子約」; 姜飛.「"修辭立其誠"新解」.『內江師範學院學報』1, 2004, p. 32에서 재인용).

괘震卦의 「상전象傳」의 "거듭 우레가 치니 군자가 두려워하여 수성한다"[44]가 그 유래로, 공영달에 의하면 수성은 "수신하여 자신의 잘못을 성찰하다"[45]라는 뜻이다. 따라서 수사는 말의 잘못을 성찰한다는 뜻이 된다. 여기서 말의 잘못은 적어도 두 가지로 이해 가능하다. 하나는 말 자체의 오류(①)를 가리키고 다른 하나는 말과 실천의 관계에서 언행일치를 이루지 못함(②)을 가리킨다. ①은 말을 내용적 차원과 형식적 차원에서 오류 여부를 검토하는 행위이다. 이 중 형식적 차원의 오류를 검토하는 행위를 '성찰하다[省]'라는 동사와 결부하는 것은 어색하다. 성찰한다는 행위는 전적으로 윤리적 자장에서 적용되기에 그러하다. 따라서 ①은 말의 내용적 차원의 오류, 곧 말의 내용적 진실성을 검토하는 행위로 이해된다. 이렇게 보면 ①과 ②는 수사의 '사'를 말 자체가 아니라 각각 말의 내용적 차원, 말과 발화 주체의 관계 차원과 연관된 바를 가리키는 것을 지시하게 된다. '사'를 이렇게 말에 담긴 내용 내지 그와 연관된 바로 보는 이해는 '사'를 문치교화, 곧 정교의 뜻으로 본 공영달의 견해, '사'를 괘사나 효사의 내용 내지 성인의 뜻으로 본 견해와 궤를 같이한다. 특히 '사'를 말에 담긴 성인의 뜻으로 보는 견해는 수사를 내용적 차원 내

---

44 洊雷震. 君子以恐惧修省.

45 修身省察己过(공영달 소, 『주역정의』).

지 언행일치 차원에서의 말의 오류를 성인의 뜻에 비추어 성찰하는 행위로 이해 가능하다는 장점이 있다. 다만 어느 경우든 수성은 윤리적 차원의 행위라는 점에서 정호와 주희의 수사 이해는 수사에 대한 윤리적 전통 위에 굳건히 서 있다고 할 수 있다.

입기성도 윤리적 자장 안에서 이해해야 한다. 이러한 전제를 감안하면 앞서 서술했듯이 입기성의 '기'는 수사 자체를 받는 경우와 수사의 주체를 받는 경우로 나누어 볼 수 있다. 전자로 보면, "그 성[其誠]을 실현한다"고 할 때 "그"는 말을 성찰함을 받고 "성을 실현함"은 "말을 성찰함의 참됨을 실현한다"는 뜻이 된다. 여기서 "말을 성찰함의 참됨"의 실질은 수사의 '사'에 대한 다음과 같은 분석에 의거하여 규명 가능하다. 앞서 서술했듯이 수사의 '사'는 『설문해자』에는 '소송하다[訟]'라고 풀이되어 있다. 여기서의 '송訟'의 의미를 규명하기 위해서는 수사입기성의 출처인 「문언전」이 실려 있는 『역경』에서의 '송'에 대한 관념을 참조할 필요가 있다. 『역경』 송괘訟卦의 괘사 중에는 "송은 믿음이 있어도 막히면 두렵고 중간이 길하며 끝은 흉하다. 대인을 보아야 이롭다"[46]라는 대목이 있다. 「단전彖傳」에서는 이를 "송은 믿음이 있어도 막히면 두렵지만, 중간이 길함은 강건함이 도래하여 중도를 얻었음이다. 끝이 흉함은 송사를 [원하는 대로] 마무리 지을 수 없음이다. 대인을 보는 이로움은

---

46 訟, 有孚窒惕, 中吉, 終凶. 利見大人.

중정을 숭상함이다"[47]라고 풀이하였다. 여기서 대인을 보아야 이롭다는 것은 소송의 결과가 좋다는 뜻이다. 「단전」에 따르면 그러기 위해서는 "중정을 숭상해야(尙中正)" 한다. 이때 중정에 대하여 공영달은 "송사할 때에 대인을 보는 것이 이로운 까닭은 한창 다투어 싸울 때 귀하게 여기는 것은 가운데 서서 올바름 얻음을 주로 삼아 판정을 내리는 것이기 때문"[48]이라고 풀이하였다. 불편부당하게 소송에 임하고 진실만을 취하여 판결하는 것이 곧 "중정을 숭상한다"는 것의 실제인 것이다. 이러한 해석에 따르면 수사입기성의 수사는 말이 중정에 부합하도록 닦는 것을 가리키고 입기성은 그 중정을 실현한다는 의미가 된다. 따라서 '성'은 중정, 그러니까 공평하고 거짓 없음이라는 뜻을 표하게 된다.[49] 사실 '성'을 거짓이 없음, 참됨으로 보는 견해는 「문언전」의 수사입기성 구절 앞부분에 나오는 "사악함을 방지하여 그 참됨을 보존하다(閑邪存其誠)"에 의해서 확실하게 지지된다. 여기서는 삿됨[邪]이 '성'과 대립적 관계로 설정되어 있기 때문이다.[50] 공영달이 '성'을 성실이라고 푼 것

---

47 訟, 有孚窒惕, 中吉, 剛來而得中也. 終凶, 訟不可成也. 利見大人, 尙中正也. 不利涉大川, 入于淵也.

48 所以於訟之時, 利見此大人者, 以時方鬥爭, 貴尙居中得正之主而聽斷之(공영달 소, 『주역정의』).

49 '송訟' 관련 논의는 王齊洲, 「"修辭立其誠"本義探微」, pp. 79~80을 참조하였다.

50 林雄洲, 「"修辭立其誠"新辨 — 兼論周策縱持議之失」, 『北京社会科學』 8, 2015, p. 58에는 『중용』, 『맹자孟子』 「이루상離婁上」, 『여씨춘추呂氏春秋』 「효행孝行」 등에서의 언급을 근거로 '성'이 '선'과 통하며 '사'와 대립되는 것으로 이해되었음에 대한 논의가 나와 있다.

도 이러한 이해의 연장선상에서 볼 수 있다. 성실을 비롯하여 정성, 충실 같은 덕목에는 "공평하고 거짓 없음"이 기본적 의미 자질로 내포되어 있기 때문이다. 우리말로 '참됨'이라고 표현해도 마찬가지다. 이 글에서 '성'을 "참됨"이라고 푼 까닭이다.

한편 입기성의 '기'가 수사의 주체를 받는 경우로 보면 수사입기성은 정호가 "그 언사를 성찰함은 바로 자신의 참된 뜻을 실현한다는 것이다"[51]라고 푼 것처럼 "수사하여 그 주체의 성"을 실현한다는 의미가 된다. 여기서 '성'의 의미를 규명하기 위해서는 성리학에서 '성'이 어떻게 이해되었는지를 참고할 필요가 있다. 주지하듯이 성리학에서는 오경이라는 유학의 전통적 경전 외에 『논어』, 『맹자孟子』, 『대학大學』, 『중용中庸』의 사서라는 경전도 더불어 중시하였다. 이 중 『중용』에 보면 "성은 하늘의 도이고 성해지려고 함은 사람의 도리이다"[52]라는 언급이 나온다. 또 『맹자』에는 "성은 하늘의 도이고 성해지고자 지향함은 사람의 도리이다"[53]라는 언급이 있다. '성'이 하늘의 도, 그러니까 하늘의 본질로 설정되어 있다. 이에 근거하여 성리학에서는 '성'을 수신의 최고 목표로 설정하였다. 이에 입각하면 성리학의

---

51 修其言辭, 正爲立己之誠意(이광지李光地, 『주역절중周易折中』; 丁秀菊, 「"修辭立其誠"的語義學診釋」, 『周易研究』 1, 2007, p. 24에서 재인용).

52 誠者天之道也, 誠之者人之道也.

53 誠者天之道也, 思诚者人之道也(「이루상」).

단초를 연 당대 한유韓愈가 "그 문사를 닦아서 그 도를 밝힌
다"[54]라고 한 것처럼 입기성은 주체가 하늘의 도를 실현함
을 가리킨다.[55]

결국 어느 경우든 정호나 주희가 수사입기성을 "수사하
여 입기성하다"의 구조로 이해한 것은 수성이라는 윤리적
행위를 수행함으로써 입기성이라는 윤리적 목표를 달성한
다는 뜻을 표방한 것이 된다.[56] 곧 수사입기성은 수사 주체
내면의 참됨이 실현되어 그것이 말로 온전히 드러남을 실
현하는 행위가 된다.[57] 다만 앞의 인용만으로는 정호나 주
희가 수사와 입기성 중 어디에 방점을 찍었는지는 불분명
하다. 방점을 입기성에 찍었다면 수사는 입기성을 하는 여

---

54 修其辭以明其道(『쟁신론爭臣論』).

55 입기성에 대한 성리학에서의 이해가 이렇듯 "하늘의 도를 실현하다"라는 뜻이었음이
    규명되었다고 해도 그러한 의미를 지닌 '성'을 우리말로 어떻게 풀이할 것인지는 여
    전히 문제적이다. 이 글에서는 하늘의 본질을 참됨이라는 기표로 지시할 수도 있다
    는 점에서 참됨이라고 풀었지만 이는 어디까지나 잠정적 대안에 불과하다.

56 수사를 "말을 성찰하다"라는 뜻으로 본다고 하여 항상 수사와 입기성의 관계를 "수사
    하여 입기성하다"라는 식으로만 이해한 것은 아니다. 가령 송대 왕응린王應麟은 "수
    사입기성은 그 내면을 닦으면 참되게 되는 것이고 그 외면을 닦으면 아름다운 말이
    된다는 것이다(修辭立其誠, 修其內則為誠, 修其外則為巧言)"(『곤학기문困學紀聞』 권1; 王
    齊洲, 「"修辭立其誠"本義探微」, p. 75에서 재인용)라고 함으로써 수사와 입기성을 "글 쓰
    는 이의 내면 성찰"과 "글의 꾸밈"이라는 병렬 구조로 보았다. 한편 왕응린의 견해는
    입기성을 "수기성修其誠"으로 이해했다는 점이 특징이다.

57 유가들은 내면의 참됨이 실현되면 그것이 밖으로 드러나게 마련이라고 보았다. 가령
    『대학』의 "내면에서 참되게 되면 바깥으로 드러나게 된다(誠於中, 形於外)"라는 언급
    이 그 전거다. 이에 따르면 보이지 않는 '내면[中]'과 보이는 '밖[外]'을 일치해 가는 것
    이 수사입기성이 된다. 한편 공자의 "덕이 있는 자는 반드시 말을 하게 된다(有德者必
    有言)"(『논어』 「헌문」)도 내면의 윤리적 성취가 저절로 외면으로 드러나게 됨에 대한 통
    찰이다.

러 경로 중 하나라는 위상을 지니고, 방점을 수사에 찍었다면 수사는 입기성을 하는 데 관건이라는 위상을 지니게 된다. 가령 명대 채청蔡淸은 수사입기성에 대하여 "'사악함을 방지하여 그 참됨을 보존하다'와 '말을 성찰하여 그 참됨을 실현하다'는 동일한 구법이다. 사악함을 방지함은 곧 그 참됨을 보존하는 근거이고 말을 성찰함은 그 참됨을 실현하는 근거이다. (…) 사악함을 방지함 외에 참됨을 보존하는 다른 공부는 없기에 바로 이어 그 참됨을 보존한다고 한 것이고, 말을 성찰함 외에 참됨을 실현하는 다른 공부가 없기에 바로 이어 그 참됨을 실현한다고 한 것이다"[58]라고 풀이했는데 이는 방점을 수사에 찍은 예다. 곧 수사의 비중을 최대치로 높인 견해로, 이는 문면상으로는 "수사하여 입기성하다"라는 뜻으로 풀었지만 실질적으로는 "수사가 곧 입기성이다"라는 뜻으로 푼 것이다. 수사에 대한 윤리적 이해의 정점을 찍은 견해라고 할 수 있다.

---

58 閑邪存其誠與修辭立其誠同一句法. 閑邪即所以存其誠, 修辭亦即所以立其誠. (…) 閑邪之外再無存誠功夫, 故承之曰存其誠. 修辭之外再無立誠工夫, 故承之曰立其誠(『역경 몽인易經蒙引』권1; 王齊洲, 「"修辭立其誠"本義探微」, p. 78에서 재인용). "사악함을 방지하여 그 참됨을 보존하다(閑邪存其誠)"라는 구절은 「문언전」의 수사입기성이 나오는 대목의 앞부분에 나온다.

5.

이상의 논의를 통해 수사입기성에서 비롯된 수사가 ① '말을 닦음', 곧 말에 내재되어 있는 윤리 지향성을 드러내어 빛나게 하다, ② '문치교화를 펼쳐 냄', 곧 수사에 대한 경세적 해석, ③ '말을 꾸밈', 곧 말의 미문 지향성을 구현하다, ④ '말을 성찰함' 등의 뜻으로 이해되었음을 확인하였다. 또한 수사가 ①의 뜻일 때 '그 참됨을 실현하다'라는 뜻의 입기성은 수사, 곧 '말을 닦음'의 진실성을 실현하는 활동으로, ②의 뜻일 때는 문치교화를 펼치는 데 요청되는 주체의 내면적 역량을 갖추는 활동으로, ③의 뜻일 때는 말의 내용 차원의 진실성을 구비하는 활동으로, ④의 뜻일 때는 수성과 연관된 주체에 대한 윤리적 요구를 구현하는 활동으로 이해되었다는 것도 확인하였다.

수사를 바라보는 관점이 크게 두 가지로 대별된다는 점도 확인하였다. 하나는 윤리적 차원의 관점으로, 수사를 말의 진실성을 갖추는 활동으로 이해하거나 문치교화를 펼치는 활동, 윤리적 차원에서 말을 성찰하는 활동으로 이해한 것이 그 예다. 다른 하나는 예술적 차원의 관점으로, 수사를 말을 아름답게 꾸미는 활동으로 이해한 것이 그것이다. 다만 예술적 차원에서 수사에 접근했을지라도 그것은 어디까지나 윤리적 지향과의 합일 속에서의 이해였다. 곧 수사라는 표현에 대한 이해에서 윤리적 차원의 접근이 예술적 차원의 접근보다 훨씬 우선되고 주류였다. 전근대 시기 말을 아름답게 꾸민다는 활동을 지시할 때 수사라는 표현이 본격적으로 활용되지 않았던 까닭이다. 미문 빚기에 대하여 본격적이고 전문적으로 논한 『문심조룡』만 하더라도 글을 아름답게 꾸민다는 뜻으로 수사라는 어휘를 사용한 예는 고작 다섯 차례에 불과했을 정도다. 한편 수사와 입기성은 각각 글의 형식과 내용을 갖추는 것에서 나아가 형식미와 내용미를 구현하는 활동으로 이해할 수도 있고, 수사는 글을 쓰는 행위를 가리키고[59] 입기성은 글 쓰는 이가 글을 쓰기 위해 필요한 예술적 역량 등을 갖추는 행위를 가리키는 것으로 볼 수도 있다. 또한 수사는 말의 아름다움을, 입기성은 사람됨의 아름다움을 구현하는 활동으로 이해할 수도 있고, 수사는 이름을 닦고 입기성은 실질을 갖추는 것으로, 곧 전국 시대 이래 꾸준히 담론되었던 형명론形名論[60]의 각도에서 이해할 수도 있다. 이 글에서 다룬 수사

---

59 실제로 수사는 '글을 짓다'라는 뜻으로 쓰였다. 위진남북조 시대 적원翟元은 수사입기성을 "교령을 지음에 진실하고 미더움을 갖추면 백성이 공경하며 교령을 따른다(修其教令, 立其誠信, 民敬而從之)"(손성연孫星衍, 『주역집해周易集解』; 뇌적선賴积船·뇌붕賴鹏, 「修辞立其诚考辨」, 『湖南科技大學學報(社会科學版)』 1, 2009, p. 106에서 재인용)라고 해설하였다. 수사의 '사'를 교령으로 푼 것으로 교령은 군주나 관청 등에서 내리는 각종 명령을 담은 문서를 가리킨다. 따라서 수사는 교령이 담긴 문서를 짓는다는 뜻이고 입기성은 문서 내용의 참됨을 실현하는 행위이다.

60 이와 관련해서 다음 언급을 참조할 만하다. "이름을 닦아 실질을 살피고 실질에 의거하여 이름을 정한다. 이름과 실질은 서로 형성해 준다(修名而督實, 按實而定名, 名實相生)."(『관자管子』 「구수九守」). 여기서 이름과 실질은 각각 기표와 기의로 대체하여 이해할 수도 있다.

입기성에 대한 논의 외에도 역대로 수사입기성에 대한 다양한 이해가 있어 왔다는 것이다.

수사입기성에 대한 이와 같은 전근대 시기의 이해가 레토리케의 번역어로 수사학이 선택된 것과 무관하다고 할 수는 없다. 그렇다고 수사라는 어휘를 둘러싸고 이루어진 이러한 풍부한 이해의 실제와 역사를 '레토리케의 번역어로서의 수사학'이라는 각도에서 다 포괄하거나 개괄할 수 있는 것도 아니다. 지금까지 다룬 수사입기성에 대한 견해는 전근대 시기에 이루어진 관련 이해의 일단에 불과하다고 할 정도로 전근대 중국에서는 수사입기성에서 발원한 수사라는 표현으로 포괄하고 개괄할 수 있는 담론 전통이 풍요롭게 형성되어 있었기 때문이다.

참고 문헌

김월회, 「말 닦기와 뜻 세우기[修辭立其誠](1)—고대 중국인의 수사 담론과 그 저변」, 『동아문화』 43, 2005, pp. 123~140.

순자, 『순자』, 김학주 옮김, 을유문화사, 2001.

염정삼, 「'文' 개념을 통해 본 중국적 수사의 특성」, 『수사학』 11, 2009, pp. 179~203.

왕양명, 『전습록』, 김학주 옮김, 명문당, 2005.

이승훈, 「수사의 어원과 그 의미의 변천과정—修辭立其誠과 『문심조룡』을 중심으로」, 『중국문학』 43, 2005, pp. 37~51.

조비, 「논문」, 『문선역주8』, 김영문·김영식·양중석·염정삼·강민호 역주, 소명출판, 2010.

한유, 『한유산문역주1』, 이종한 옮김, 소명출판, 2012.

姜飛,「"修辭立其誠"新解」,『內江師範學院學報』1, 2004, pp. 31~37.

孔安國 傳, 孔穎達 疏,『尙書正義』; 十三經注疏整理委員會,『十三經注疏』, 北京: 北京大學出版社, 2000.

段玉裁 注, 魯實先 正補,『說文解字注』, 臺北: 黎明文化事業公司, 1985.

戴望 校注,『管子校正』,『諸子集成』卷5, 臺北: 世界書局, 1983.

杜預 注, 孔穎達 正義,『春秋左傳正義』; 十三經注疏整理委員會,『十三經注疏』, 北京: 北京大學出版社, 2000.

賴積船·賴鵬,「修辭立其誠考辨」,『湖南科技大學學報(社會科學版)』1, 2009, pp. 106~108.

李相馥,『『文心雕龍』修辭論研究』, 中國文化大學 博士學位論文, 1996.

林雄洲,「"修辭立其誠"新辨 ─ 兼論周策縱持議之失」,『北京社會科學』8, 2015, pp. 55~61.

王先愼 撰,『韓非子集解』;『諸子集成』卷5, 臺北: 世界書局, 1983.

王齊洲,「"修辭立其誠"本義探微」,『文史哲』6, 2009, pp. 72~81.

王弼 注, 孔穎達 疏,『周易正義』; 十三經注疏整理委員會,『十三經注疏』, 北京: 北京大學出版社, 2000.

丁秀菊,「"修辭立其誠"的語義學診釋」,『周易研究』1, 2007, pp. 24~33.

鄭玄 箋, 孔穎達 疏,『毛詩正義』; 十三經注疏整理委員會, 北京:『十三經注疏』, 北京大學出版社, 2000.

鄭玄 注, 孔穎達 疏,『禮記正義』; 十三經注疏整理委員會, 北京:『十三經注疏』, 北京大學出版社, 2000.

趙岐 注, 孫奭 疏,『孟子』; 十三經注疏整理委員會,『十三經注疏』, 北京: 北京大學出版社, 2000.

周振甫,『文心雕龍今譯』, 北京: 中華書局, 1988.

朱熹 撰,『四書集註』, 臺北: 學海出版社, 1984.

朱熹·呂祖謙,『近思錄』, 이범학 역주, 서울대학교출판부, 2004.

何晏 集解, 邢昺 疏,『論語』; 十三經注疏整理委員會,『十三經注疏』, 北京: 北京大學出版社, 2000.

제1부 서양 고대편

3장
철학이라는 이름으로 수사학을 하다

이소크라테스의 『안티도시스』

김헌(서울대학교)

1. 이소크라테스, 학교를 세우다

이소크라테스Isocrates(BC 436~338)는 기원전 4세기 그리스 고전기를 대표하는 수사학 교사로 알려져 있다. 그는 평생 플라톤Platon(BC 428~348)과 경쟁 관계를 유지하며 자신의 교육과 정치적 신념을 펼쳤는데, 그는 스스로 "나는 평생 참된 철학philosophia을 가르쳤다"라고 자부했다. 그는 수사학 교사로 불리면서도 한 번도 '수사학rhētorikē'이라는 말을 의도적으로 쓰지 않았다. 그가 평생을 두고 비판하던 소피스트들이나 상습적인 소송꾼들의 기술이 수사학으로 불린 탓이다. 특히 플라톤이 그 말을, 아마도 처음으로, 본격적으로 사용하면서 소피스트들을 공격하던 터에 이소크라테스가 자신의 활동을 수사학으로 표현할 수는 없었던 것이다. 그는 자신이야말로 진정 '지혜를 사랑하는 자philosophos',

즉 철학자라 불렀고, 플라톤과 같은 이들이야말로 참된 철학에서 벗어난 '논쟁가eristilos'에 불과하다고 비판했다.

이소크라테스는 기원전 436년에 그리스 아테네에서 태어났는데, 에르키아 데모스 출신이었다.[1] 그의 아버지 테오도로스Theodoros는 아울로스라는 이중 플롯 모양의 악기를 만들어 팔아 큰돈을 모은 부자였다. 그 덕택에 그는 티시아스Tisias(BC 5~4세기 활동), 프로디코스Prodikos(BC 470/460~399), 고르기아스Gorgias(BC 483~375)와 같은 유명한 소피스트에게 교육을 받았으며, 소크라테스Socrates(BC 469~399)의 모임에도 참여했다고 한다.

그가 다섯 살이 되던 기원전 431년에 아테네와 스파르타를 중심으로 그리스 전체가 펠로폰네소스 전쟁에 휩싸였다. 전쟁은 무려 27년 동안 계속되었다. 이소크라테스는 청소년기를 전쟁과 함께 보낸 셈이다. 당시 아테네를 이끌던 정치 지도자는 페리클레스Perikles(BC 495~429)였다. 그가 아테네를 중심으로 하는 델로스 동맹을 이끌었을 때, 아테네는 그리스 세계의 정치, 경제, 문화와 교육을 주도하며 황금기를 구가할 수 있었다. 이소크라테스가 전쟁에 참여했다는 기록은 없다. 하지만 전쟁은 그의 삶과 생각에 큰

---

1   기원전 509년 클레이스테네스Cleisthenes가 귀족 중심의 부족 체제를 무력화시키고, 아테네를 139개의 '데모스Dēmos'로 나누어 정치적 단위로 만들면서, 각 데모스의 시민들이 정치적 권력, 즉 '크라티아Kratia'의 주체가 되는 '민주정Dēmokratia'을 세웠다. 그 이후로 아테네인들은 사람을 소개할 때, 자기가 속한 데모스를 밝히곤 했다.

영향을 주었을 것임이 틀림없다. 특히 그리스 도시 국가들이 서로 싸워야 한다는 현실에 깊이 고뇌했다.

스파르타의 승리로 전쟁이 끝난 직후인 기원전 403년경, 30대 초반이었던 이소크라테스는 연설문 작성가logographos로 활동했는데, 법정 소송의 연설문 세 편이 남아 있다.[2] 그의 재능은 플라톤의 대화편 『파이드로스Phaidros』에서 소크라테스의 입을 통해 잘 표현되어 있다. 어느 날 파이드로스가 소크라테스에게 '아름다운 이소크라테스'에 대한 평가를 요구하자, 소크라테스는 이소크라테스가 당대 최고의 법정 연설문 작성가였던 뤼시아스Lysias보다 재능이 더 뛰어나며, 고상한 성품을 겸비하고 있다면서 "그 사람[이소크라테스]의 생각에는 어떤 철학Philsophia이 있다네"[3]라고 말했다.

소크라테스의 기대에 부응이라도 하듯, 이소크라테스는 기원전 392년경 40대 중반에 연설문 대필을 그만두고 학교를 세워 '철학Philosophia'을 가르치겠다고 선언했다. 이때 『소피스트 반박』을 내놓았다. 타고난 목소리가 약하고 좋지 않았으며 수많은 청중 앞에서 연설할 배짱을 갖지 못했던 그는 정치적인 대중 연설가로 활동하는 것보다는 교사의 길이 낫다고 생각했던 것이다. 그의 선택은 옳았다. 그

2　『칼리마코스 고소문』, 『로키테스 고소문』, 『에우튀노스 고소문』 등의 법정 연설문이 남아 있다.

3　플라톤, 『파이드로스』, 279a~b.

의 학교는 유명해졌고, 아테네는 물론 그리스 전역의 많은 도시 국가에서 유력한 인사들과 그 자식들이 이소크라테스를 사사하기 위해 찾아왔다.

2. 철학과 수사학 사이

이소크라테스의 성공은 아테네 민주정을 배경으로 한 것이었다. 직접 민주정을 살아가던 아테네 시민들은 법적 분쟁이 생겼을 때 직접 검사나 변호사가 되어야 했고, 제비뽑기를 통해 판사나 배심원의 역할을 맡기도 했다. 한편 정치적 활동을 위해 법정과 의회에 나가 직접 입법과 제도, 정책을 위한 연설을 할 수도 있었다. 따라서 연단에 서서 말로써 청중을 설득할 수 있는 연설 능력은 사적인 법적 다툼에서는 자신의 권리를 지키고, 공적인 정치 집회에서는 자신의 주장을 피력하고, 나아가 권력을 얻고 행사할 수 있는 중요한 수단이었다. 그런 연설과 설득의 능력은 '레토리케 rhētorikē'라고 불렸고, 우리는 '수사학修辭學'이라고 새긴다. 이소크라테스의 학교는 그런 시대적 요청과 대중적 수요에 맞춰 대중적인 '말의 교육paideia tōn logōn'을 지향한 것처럼 보인다.

그런데 당대 수사학 교육은 이른바 소피스트Sopistēs라 불리는 교사들에 의해 주도되었다. 그 때문에 부정적인 인상이 있기도 했다. '지혜로운 것을 아는 사람'⁴이라는 뜻의 소피스트는 본래 존경의 명칭이었지만, '어떤 소송에서든 이길 수 있는 말솜씨를 갖추게 해 주겠다, 권력에 가까이 갈 수 있는 덕과 능력을 가르쳐 주겠다'라고 호언장담하는 수사학 교사의 행태 때문에 비난의 명칭이 되곤 했다. 이 소크라테스도 그런 소피스트들에 대해서는 신랄한 비판을 가했고, 그들의 기술인 수사학을 자신의 교육을 일컫는 명칭으로 사용하지 않았다. 대신 그는 자신의 활동을 '철학'이라 불렀고, 스스로 철학에 일생을 바친 교육자라고 자부했다.

그가 생각한 철학은 급변하는 정치적 상황 속에서 유익한 판단을 내리는 현명함phronēsis을 지니고 시의적절kairos한 의견doxa을 제시하며 다른 사람들과 소통할 수 있는 '연설 능력을 갖춘 사람rhētorikos'의 지혜와 그것을 추구하며 연구하고 가르치는 교육이었다. 그래서 그의 교육은 '말의 교육'이었는데, 그에게 말logos이란 몸 안에 숨겨져 있는 영혼을 드러내며, 그 영혼 속에 담긴 생각과 품성, 나아가 삶의 이력을 보여 주는 그림eikōn이나 표상eidōlon과도 같은 것이었다. 따라서 그가 추구한 '말의 교육'은 말로 표현되는 '생각dianoia'의 교육이었고, 인격과 삶을 일구어 나가는 교육이었다. 그것은 소크라테스의 용어 그대로 '영혼을 돌보

---

4   플라톤, 『프로타고라스*Protagoras*』, 312c.

는 것*epimeleia tēs psukhēs*'이었다.

그렇기 때문에 현실 세계 너머의 보편적인 존재와 진리를 추구하는 것이 철학이라고 생각했던 플라톤과 정면으로 충돌할 수밖에 없었다. 플라톤의 눈에는 이소크라테스가 진리를 추구하는 철학자라기보다는 현실에서 대중에게 먹히는 '의견'을 구성하고 연설로 설득하는 훌륭한 연설가를 키우는 수사학 교육자로 보였던 것이다. 아무리 훌륭한 의견을 내놓고 현실을 변화시키고 사람들을 이롭게 한다 해도 그것은 결국 의견일 뿐, 진리로서 명증한 것이 아니며, 따라서 진리를 추구하는 철학의 영역 바깥에 머무를 수밖에 없다는 것이다.

하지만 이소크라테스는 플라톤의 이상은 결국 공허할 수밖에 없다고 생각했다. 우리가 사는 이 현실을 떠나 플라톤의 이데아처럼 영원불변하며 보편적인 존재의 세계가 따로 있을까? 그런 세계가 있다고 해도, 어떻게 이 감각적인 현상 세계에 사는 인간이 이곳을 벗어나 그곳을 알 수 있을까? 그것을 안다 해도 그것이 이 세상을 살아 나가는 데 어떤 소용이 있을까? 그는 이 세상에 사는 한, 진정 중요한 것은 이 세상에서의 삶이며, 이 세상 너머의 초월적이고 추상적인 세계에 대한 앎보다는 현실의 문제를 헤쳐 나갈 수 있는 의견을 구상하여 다른 사람들과 소통하고 공감하여 실천하는 것이라고 믿었던 것이다.

3. 이소크라테스의 교육과 정치적 이념

그런데 이소크라테스의 교육은 일견 사회적 지도층과 특권층을 위한 엘리트 교육이었으며, 그의 학교는 귀족적 특징을 가지고 있었다. 플루타르코스Ploutarchos(AD 46~119)에 따르면, 아테네의 연설가였던 데모스테네스Demosthenes(BC 384~322)는 이소크라테스의 학교에 들어가지 못했는데, 수업료가 너무 비쌌기 때문이라고 한다. 실제로 이소크라테스는 50여 년 동안 학교를 운영하면서 수많은 제자를 길러냈는데, 제자들의 상당수가 당대 유력자들이었다.

하지만 그의 교육은 학교 안에만 머무르지 않았다. 그리스의 민중이 모이는 올륌피아 제전에서도 멋진 연설을 선보임으로써 정치적인 측면에서나 문화적인 측면에서 일반 청중에 대한 일종의 시민 교육을 실천했다.[5] 예컨대 그리스인들이 함께 모이는 올륌피아 제전 제100회 대회(BC 380)에서 『파네귀리코스*Panegurikos*(시민대축전에 부쳐)』를 발표하였고, 아테네의 대규모 제전(BC 342)에서도 『판아테나이코스*Panathenaikos*(판아테나이아 제전에 부쳐)』를

---

5 Poulakos, T., *Speaking for the Polis, Isocrates' Rhetorical Education*, Columbia: University of South Carolina Press, 1997; Poulakos, T. and Depew, D. (eds.), *Isocrates and Civic Education*, University of Texas Press, 2004; Janik, J., *Political Concepts and Language of Isocrates*, Kraków, 2012; 김헌, 「이소크라테스와 시민교육」, 『서양고전학연구』 제54권 1호, 2015, pp. 35~64 등을 보라.

발표했다. 이와 같은 대규모 제전에서 발표된 부각 연설 epideiktikos logos에는 그리스가 직면한 정치적 위기에 대한 진단과 그에 대한 처방이 담겨 있었는데, 그것은 일종의 시민 교육이라고 해도 과언이 아니다. 그러니까 그는 학교에서의 시범 연설을 통해 엘리트 교육을 했으며, 그 내용을 출판하거나 대중적 부각 연설을 통해 일반 시민 교육을 동시에 실천한 셈이다.

그리고 그의 연설은 단순한 교육용에 그치는 것이 아니라, 자신이 생각한 수사학적, 철학적 이념의 실천이기도 했다. 그에 따르면, 훌륭한 연설가란 정치적 현실 속에서 시의적절한 의견을 제시하는 사람인데, 그는 바로 그런 점에서 그리스 역사에 획을 그을 의견을 제시했다. 그것은 '범그리스주의panhellenism'라고 불리는데,[6] 그 핵심은 다음과 같이 표현된다.

> 이제 저는 이방인을 상대로는 전쟁을 하되 우리 자신들은 한마음 한뜻이 될 것을 제안하려고 합니다. 우리 자신들 사이에 존재하는 경쟁심을 버리고 함께 힘을 모아 이방인과 전쟁을 하자는 것입니다.
>
> 『파네귀리코스』, [3]/[19][7]

---

6   이에 관한 전반적인 논의는 김헌, 「이소크라테스의 범그리스주의」, 『인문논총』 제72권 제3호, 서울대인문학연구원, 2015, pp. 45~77을 보라.

7   번역은 필자의 것이다(김헌 외, 『그리스의 위대한 연설』, 민음사, 2015). 이에 대한 수사학적

여기서 이방인은 페르시아인을 가리킨다. 페르시아는 지난 세기에 그리스를 두 차례나 침략했지만(BC 490, 480), 각각 마라톤 전투와 살라미스 해전에서 패하고 물러났다. 하지만 여전히 그리스인들에게 위협적인 존재였다. 그리스는 페르시아의 침략을 물리치고 난 후에는 내부의 갈등에 시달리고 있었다. 특히 아테네가 델로스 동맹을 결성하고(BC 478) 전통적인 강자였던 스파르타를 중심으로 기원전 6세기 중반에 결성된 펠로폰네소스 동맹과 경쟁하면서, 마침내 펠로폰네소스 전쟁이 터졌던 것이다. 이 와중에 페르시아는 그리스 내부의 갈등을 조장하고 이용하여 그리스에 대한 지배력을 강화하고 확장하고 있었다. 이소크라테스는 이런 상황을 그리스의 위기로 인식하고 이를 극복하기 위해서는 그리스가 통합하고, 그 힘으로 페르시아를 강력하게 제압해야 한다고 생각했던 것이다.

4. 그리스 통합과 페르시아 원정을 위한 이소크라테스의 실천

그런데 범그리스주의를 누가 실천할 수 있을까? 이소크라테스는 아테네가 해야 하고 할 수 있다고 주장했다. 아테네

인 분석에 관해서는 김헌, 「『시민대축전에 부쳐』에 나타난 이소크라테스의 수사적 전략」, 『수사학』 제24집, 2015, pp. 49~89를 보라.

혼자서 어렵다면, 스파르타가 함께하는 것도 좋은 방법이라고 주장했다. 당시 스파르타는 펠로폰네소스 전쟁 이후 그리스에서 가장 강력한 도시 국가로 영향력을 행사하고 있었으며, 아테네도 전쟁의 후유증을 극복하며 예전의 힘을 되찾으려고 노력하는 상황이었다. 그러나 그의 주장이 받아들여지지 않자, 그는 다른 도시 국가들로 시선을 돌렸고 범그리스주의를 실현할 만한 왕이나 지도자들에게 권유의 글을 보냈다. 그것은 장문의 연설문이기도 했고, 짧막한 편지글의 형식을 취하기도 했다.

『파네귀리코스』를 발표한 이후, 특히 기원전 380년에서 370년 사이에 그는 퀴프로스의 살라미스 왕들에게 연설문을 보냈고(『니코클레스에게』, 『니코클레스』, 『에바고라스』), 보이오티아와 펠로폰네소스 등 그리스 여러 지역의 정치적 문제들에 대해서도 발언하였으며(『플라타이코스』, 『아르키다모스』), 기원전 368년에는 시라쿠사의 참주 디오뉘시오스Dionysios 1세에게, 기원전 356년에는 스파르타의 아르키다모스Archidamos에게 페르시아 원정에 나서 줄 것을 요청하는 편지를 보냈다. 기원전 350년대에는 아테네 사람들에게 보내는 외교적 정책과 내정에 관한 조언을 연설문에 담아냈다(『평화에 관하여』, 『아레오파고스에 관하여』). 그는 정치적 메시지를 담은 일련의 연설을 통해 그리스 세계 안의 여러 도시 국가가 한마음 한뜻으로 힘을 모아야 하며, 나아가 페르시아에 군사적 원정을 감행해야 한다는 범그리스주의를 실천해야 할 필요성을 피력했다.

기원전 340년대에 이르러 이소크라테스는 그리스 북부의 마케도니아 왕 필리포스 2세에게서 범그리스주의 실현의 희망을 보았다. 그는 필리포스 왕이 그리스 사람들을 하나로 묶고 이방인들을 정복할 군주라고 판단했으며, 그에게 장문의 연설문 『필리포스』(BC 346)와 두 통의 편지(BC 342, 338)를 보냈고, 그의 아들 알렉산드로스 Alexandros에게도 편지를 보냈다(BC 342). 그러나 필리포스는 이소크라테스의 뜻을 온전히 따르지 못했다. 이소크라테스는 외교와 협상을 통한 그리스의 평화적 통합을 원했는데, 필리포스는 결국 그리스 도시 국가들에 대해서도 군사적 원정을 택한 것이다. 그는 무장한 군대를 이끌고 그리스 남쪽으로 내려왔고, 기원전 338년 카이로네이아 전투에서 테베와 그리스 연합군을 격파하였다. 저항하던 테베는 무참하게 파괴되었고, 아테네는 결국 마케도니아 주도의 코린토스 동맹에 강압적으로 편입되고 말았다.

그해에 이소크라테스는 세상을 떠났다. 플루타르코스가 썼다는 기록에 따르면, 이소크라테스가 단식을 감행하다 죽었다고 한다. 필로스트라토스 Philostratos(AD 170~247/250)의 기록과 지은이가 알려지지 않은 이소크라테스의 다른 전기도 그가 단식하다 죽었다는 사실을 전한다. 필리포스의 폭력적인 행동에 대한 항의로 이소크라테스가 단식을 결행하였고, 4일 또는 9일 만에 숨을 거두었다고 한다. 그

의 나이 98세였다. 그리고 그로부터 2년 뒤에 필리포스 2세
는 페르시아 원정을 눈앞에 두고 암살을 당해 갑작스럽게
세상을 떠났다.

하지만 필리포스의 아들 알렉산드로스 3세가 마침내 페
르시아 원정에 성공한다. 이소크라테스의 생각과 글이 알
렉산드로스의 동방 원정에 직간접적으로 영향을 주었음이
틀림없다. 주목할 것은 이소크라테스가 그리스 세계는 물
론 서구 문명의 중대한 변화를 명확하게 읽어 내어 그것을
전망하고 예측했고, 명확한 이념적 지향을 말과 글로써 제
공했다는 사실이다. 그의 정치적 이상은 그리스 세계가 거
대한 제국으로 팽창한 것과 깊은 관련이 있고, 이후 팍스
로마나와 근대 이후 진행되었던 서구 세계의 제국주의적
팽창과도 관련이 있기 때문이다.

5. 이소크라테스가 『안티도시스』를 쓴 까닭은?

이소크라테스는 21편의 연설문과 9편의 편지 등 많은 저술
을 남겼는데 그 가운데 그의 교육과 철학이 가장 명확하고
포괄적으로 정리된 책이 『안티도시스Antidosis(교환 소송에 관
하여)』다. 서양 수사학의 전통을 이야기할 때, 아리스토텔
레스의 『수사학Rhētorikē』 못지않게 중요하게 다루어져야 할
책이면서도 그 가치에 비해 덜 주목받은 책이다. 이것은 이

소크라테스가 기원전 353년 82세의 나이에 발표한 것으로, 법정 연설문의 형식을 갖추고 있다. 뤼시마코스Lysimachos라는 전문 소송꾼sukophans이 이소크라테스에게 교환 소송을 걸었고, 이에 대해 이소크라테스가 변론하는 형식의 글인데, 이 과정에서 이소크라테스는 자신이 무엇을 위해 어떻게 살아왔는지를 밝히면서 마치 자서전 같은 내용을 담고 있다. 플라톤이 쓴 『소크라테스의 변명Apologia Sokratous』과 견줄 만하다.

그런데 안티도시스antidosis, 즉 교환 소송이란 무엇인가? 말 그대로 '교환'이 문제가 되는 소송인데, 이 소송에 연루된 두 명의 부자가 법정에 서게 된다. 기원전 4세기 도시 국가polis 아테네에서는 열 개의 부족에서 재산을 기준으로 각각 상위 120명씩 모두 1,200명의 명단을 작성한 후, 디오뉘소스 축제 등 비극과 희극 공연을 위한 '합창단의 훈련 비용khorēgia'이나 '운동 시합을 준비하는 비용gumnasiarkhia', 그리고 해군 전력을 강화하기 위한 '삼단 노선櫓船 건조나 운영과 관련된 비용triērarkhia'과 같이 공적인 업무를 수행하기 위한 비용이 필요할 경우, 명단에 기록된 부자들에게 지불을 명할 수 있었다.

이때 비용 부담의 대상으로 지목된 부자(A)가 도시의 요청이 부당하다고 생각하면, 다른 사람(B)을 지목하여 '저 사람이 나보다 훨씬 더 부자니까 나에게 부과된 비용 부담의 의무를 저 사람에게 지워야 한다'라고 주장하며 소송을 제기할 수 있었다. 그런데 이때 B가 A의 이의 제기를 받아들여 A 대신에 비용을 부담하겠다고 하면, 소송은 거기서 끝나며 아무런 문제가 없다.

그러나 B가 A의 이의 제기를 거부하면서 '아니다! 나는 저 사람보다 더 부자가 아니니 저 사람에게 부과된 비용 부담의 의무는 저 사람이 그냥 져야 한다'라고 반박하면 소송이 계속되어 다음 단계로 진행된다. A가 B에게 서로의 재산을 완전히 맞바꾸는 교환을 요청하는 것이다. '좋다. 저 사람의 재산과 내 재산을 맞바꿔 달라. 그러면 내가 그 비용을 내겠다'라고 주장하는 것이다. B는 자기가 A보다 더 부자라는 주장에 반박했기 때문에 A가 요청한 '재산 교환antidosis'을 받아들이게 되며, 그렇게 해서 두 사람은 재산의 규모를 속이지 않겠다는 맹세를 한 후, 3일 뒤에 재산의 목록을 제출해야 한다.[8] 이 교환 소송은 솔론Solon (BC 630~560)이 제정한 것으로 보이며, 실제로 실행된 적이 있다는 증거 자료들이 존재하기는 하지만, 일반적인 관행은 아니었던 것 같다.

그렇다면 이소크라테스가 정말로 교환 소송 때문에 법

---

8 그런데 만약 B가 A의 재산 교환의 제안을 거부하면, 소송은 애초에 A에게 비용 부담의 의무를 부과했던 심판단에게 넘어가는데, 그것을 '비용 부담자 판결diadikasia'이라고 한다. 심판단은 두 사람을 놓고 실제로 누가 더 부자인지, 그래서 누가 그 비용을 부담해야만 하는지를 결정해야 한다. 그러나 이런 과정은 교환 소송의 일부가 아니었다고 주장하는 학자도 있다. Gabrielsen, V. "The Antidosis Procedure in Classical Athens", *C&M* 38, 1987, pp. 17~44; Too, L. Y., *A Commentary on Isocrates' Antidosis*, Oxford University Press, 2008, p. 5에서 재인용.

정에서 이 연설을 했던 것일까? 『안티도시스』에서 이소크라테스는 "나는 이미 세 번이나 삼단 노선 건조 비용을 부담했다"(145)[9]라고 말하고 있다. 위僞 플루타르코스의 기록에 따르면, 학교를 세운 후에 많은 돈을 벌어 부유해진 이소크라테스는 국가로부터 삼단 노선 건조 비용을 책임지라는 요청을 받았고, 이 가운데 두 번은 교환 소송을 치렀다고 한다.[10] 첫 번째는 메가클레이데스Megacleides가 국가로부터 삼단 노선 건조 비용을 내놓으라는 요구를 받자 이에 불응하면서, 자신보다 이소크라테스가 훨씬 더 부자이니 그에게 그 비용을 요구하는 것이 당연하다고 책임을 전가하면서 이루어진 교환 소송이었다. 이 소송에서 이소크라테스는 병이 들어 재판정에 직접 나가지 못하고 양아들인 아파레우스Aphareus가 연설문을 대독했는데 승소하였다고 한다. 기원전 366년경의 일로 추정된다.

두 번째 교환 소송은 뤼시마코스의 고소에 의해 이루어졌고, 이 소송에서는 이소크라테스가 패해 삼단 노선 건조 비용을 내야 했다고 한다. 실제로 그는 "제가 예전에 연루된 송사에서 패했다"(43)라고 했다. 그런데 투Y. L. Too를 비롯한 여러 학자는 위 플루타르코스의 기록 가운데 두 번째

---

9 이 번호는 이소크라테스의 『안티도시스』의 편집본에 붙는 일반적인 장章을 가리키는데, 이 연설문은 모두 323장으로 되어 있다. 이하 『안티도시스』의 인용문에는 동일한 형식으로 표기한다.

10 위僞 플루타르코스, 『모랄리아Moralia』, 「10명의 연설가의 생애: 이소크라테스 편」, 838a, 839c.

소송은 실제로 일어난 것이 아니라고 주장한다. 그들에 따르면, 이 연설문은 법정에서 발표된 연설문이 아니며,[11] 위 플루타르코스는 이 가상의 연설문이 실제로 법정에서 이소크라테스에 의해 낭독된 연설문이라고 착각하고서 이소크라테스가 교환 소송을 두 번 치렀다고 생각했다는 것이다.[12] 이 연설문에서 이소크라테스는 자신이 교환 소송에 연루되었던 사실이 있다고 밝히는데, 메가클레이데스가 제기하고 이소크라테스가 승소한 소송이 여기에 포함된다. 이와 다른 교환 소송이 삼단 노선 건조 비용과 관련해서 실제로 벌어졌는지 아닌지는 확언할 수 없다. 그러나 교환 소송은 한 사람이 일생에 두 번이나 치를 만큼 일반적인 소송이 아니기 때문에 메가클레이데스의 소송이 실제로 이소크라테스가 치른 유일한 교환 소송이라고 보는 것이 좋다.

이런 점을 고려한다면, 『안티도시스』는 이소크라테스가

11 많은 학자는 이 연설문이 이소크라테스의 학교에서 학생들을 위한 교재로 사용되었을 가능성이 높다고 생각한다. 당대 수사학 교사들이 연설문을 작성했던 가장 중요한 이유 중 하나는 학생들을 위한 교육 자료로 활용하기 위해서였다. 그 외에도 학생을 끌어모으기 위한 홍보용으로도 활용되었으며, 사회적 이슈들에 관한 자신의 의견을 내는 경우도 있었다. Too, L. Y., *A Commentary on Isocrates' Antidosis*, p. 3.

12 Cuvigny, M. *Plutarque Oeuvres Morales*, Tome XII, Paris: Les Belles Lettres, 1981, p. 210. 퀴비니는 이소크라테스가 패소한 것은 메가클레이데스가 제기한 교환 소송에서였다고 해석한다(p. 208). 반면 투는 위 플루타르코스의 기록대로 메가클레이데스가 제기한 소송에서는 양아들이 나가 변론을 대독하여 승소한 것으로 보면서도, 두 번의 소송에 관한 위 플루타르코스의 기록은 실제와 가상을 혼동한 것이라고 주장한다. Too, Y. L., *A Commentary on Isocrates' Antidosis*, pp. 2~3.

메가클레이데스와의 소송에서 겪은 것들을 되돌아보며 작성한 가상의 변론인 셈이다. 그가 이 소송에서 승리를 거두긴 했지만, 소송 과정에서 많은 사람이 자신에 대해 오해하고 있다는 사실을 깨달았고, 이를 바로잡고 싶어서 이 연설문을 작성했던 것이다. 이 가상의 연설문에서 뤼시마코스는 이소크라테스가 마땅히 국가의 공역, 특히 삼단 노선 건조를 위한 비용을 감당해야 할 큰 부자이면서도 이를 회피했다고 고발한다. 일종의 '세금 포탈'의 죄목을 이소크라테스에게 뒤집어씌운 것이다. 게다가 이소크라테스가 돈을 번 방법도 문제 삼는다. 그는 소피스트들처럼 젊은이들에게 '말솜씨'를 가르치면서 큰돈을 받았으며, 그 교육을 통해 학생들을 망가뜨렸다는 것이 뤼시마코스의 주장이었다. 이소크라테스는 이에 맞서 자신의 결백을 주장한다. 자신은 학생들을 망가뜨리는 교육을 한 적이 없으며, 그들을 가르쳐 돈을 받은 것은 사실이지만, 그것은 아테네 외의 지역에서 온 타지인들에게 한정된 것이며, 게다가 그 수익이 삼단 노선 건조 비용을 맡아야 할 만큼 엄청나게 크지 않았다는 주장이다.

그의 변론의 핵심은 자신의 삶 전체를 통해 실천한 교육의 의미와 가치를 부각하는 것이었다. 철학이라 불리는 자신의 교육은 학생들에게 유익하며, 따라서 그들이 아테네는 물론 그리스 전체에 유익한 영향을 끼칠 사람들임을 강조한다. 한마디로 그의 변론은 자신의 철학을 위한 변명이며, 그런 철학을 성실하게 수행해 온 자기 자신의 삶과 행동, 이념에 관한 고백인 셈이다. 이런 점에서 모밀리아노A. Momigliano와 미슈G. Misch는 이 연설문을 서양 고대의 자서전 전통의 맥락 안에서 중요한 작품으로 본다.[13] 그들에 따르면 이 연설문의 가치는 수사학적 맥락에서는 물론, 전기와 자서전의 전통 안에서 제대로 평가될 수 있는 셈이다.

6. 『안티도시스』의 도입부(1~29)

이소크라테스는 연설문을 시작하면서, "이 연설은 아주 새롭고 전혀 다른 것"이라며 기존의 전형적인 연설, 즉 법정에서의 재판 연설dikanikos logos도, 예식에서의 부각 연설 epideiktikos logos도, 의회에서의 심의 연설sumbouleutikos logos도 아니라고 밝힌다. 그의 목적은 자신의 재산과 학생 수가 부풀려져서 삼단 노선 건조 비용을 물어야 했다는 억울함을 푸는 것도 있지만, 자신의 삶과 활동에 관한 세간의 오해를 풀고 자신에 관한 진실을 밝히려는 것이었다.

---

13 Misch, G., *A History of Autobiography of Antiquity*, Vol. I, D. McLintock (trans.), Cambridge, 1950, p. 173; Momigliano, A., *The Development of Greek Biography. Four Lectures*, Cambridge, 1971, pp. 48~49, 51; 이상은 Too, Y. L., *A Commentary on Isocrates' Antidosis*, p. 4에서 재인용.

저는 저의 생각과 제가 살면서 이루어 온 다른 모든 것의 그림과도 같은 말로 연설을 쓰는 것 말고는 그 일을 해낼 수 있는 다른 방법이 없다는 사실을 발견하였습니다. 실제로 저는 그것을 통해 저에 관한 사실들을 가장 많이 알릴 수 있고, 동시에 그것을 저에 대한 기념물로 청동 조각상들보다 훨씬 더 아름답게 사후에도 남길 수 있으리라는 희망을 품고 있습니다(7).

여기서 주목할 점은 그가 말과 글, 즉 로고스를 '생각과 삶의 여정의 그림'으로 비유하고 정의했다는 것이다. 마음에 품고 있는 생각이 삶에서 구체적으로 실천되고 그것이 말로 표현될 때, 진정한 의미의 말이 된다는 뜻을 함축하고 있다. 거꾸로 생각과 삶과 일치하지 않고 괴리된 말은 참된 의미의 말일 수 없으며, 거짓말이 되고 만다는 경고도 담겨 있는 셈이다. 따라서 그는 자신을 변호하기 위해 그때까지 발표된 글을 소환하려고 하는데, 특히 자신의 교육과 철학의 핵심을 드러내는 것들을 가져오겠다고 밝힌다.

제가 쓴 연설들 가운데 (…) 철학philosophia에 관하여 허심탄회하게 말하고 철학의 힘을 분명하게 드러내는 것입니다. 거기에는 젊은 사람들 중에 배움mathēmata과 교육paideia에 열정적으로 뛰어든 사람이 듣는다면 도움이 될 만한 그런 것들도 있습니다(10).

이소크라테스는 자신이 했던 일을 한마디로 '철학'과 깊은 관련이 있는 것으로 표현하고, 철학에 관한 자신의 글이 배우고 교육받는 사람들에게 유익한 것임을 밝히면서, 그 이후에 이 글의 많은 부분이 그가 생각하는 철학이 무엇인지를 드러낼 것이라는 기대감을 높이고 있다. 그가 철학의 개념을 두고 플라톤과 평생 경쟁 관계를 유지했다는 것을 고려할 때, 플라톤이 추구하던 철학과는 결이 다른 철학이 무엇인지가 본격적으로 표명될 것이라는 기대감 또한 갖게 만든다.

그는 가상의 고발자 뤼시마코스가 자신을 모함하는데, 모함은 가장 큰 해악이며 악행이라고 정죄한다. 진실aletheia을 사라지게 만들고 청중의 마음에 거짓 의견 pseudēdoxan을 심어서 무고한 사람을 부정을 저지른 범죄자처럼 만들어 부당한 손해를 입게 만드는 반면, 거짓말쟁이조차 좋은 평판을 누리게 만들기 때문이다. 그런데 청중은 법정 공방을 벌이는 쌍방 가운데 누가 내놓은 의견이 거짓이며, 어떤 의견이 진실과 진리에 부합하는지를 어떻게 알 수 있을까?

일단 그가 제시하는 첫 번째 방법은, 판정관으로 참여하는 사람들이 맹세하는 것처럼, 말싸움하는 양쪽의 의견, 즉 고발인들과 변론하는 사람들의 말을 똑같이 들어주는 것이다. 열린 마음으로 양쪽의 말을 들으며 편견을 버리고 균형 있는 자세를 유지하고, "법정 싸움을 하는 사람들에게 공통의 호의"(22)를 베풀 수 있을 때, 진실을 향한 첫걸음이 시작된다는 것이다. 이런 생각은 도입부 마지막 부분인 변호의 의지를 피력하는 부분에 잘 정리되어 있다.

> 만약 여러분이 호의를 가지고 듣기를 원하신다면, 저는 제가 해 왔던 작업들에 관해 철저히 속아서 잘못 알고 계신 분들과 비방하길 원하는 사람들에게 설득되신 분들이 그 일들에 관하여 반대로 제게 설득되어 빨리 생각을 바꾸시게 될 것이며, 제가 어떤 사람인지 진짜 모습 그대로 저를 생각하고 계신 분들은 그 생각을 훨씬 더 공고히 하리라는 큰 희망을 품고 있습니다(28).

나중에 덧붙이지만, 그는 자신이 할 변호가 어떤 기준에 맞아야 하는지를 밝힌다.

> 가장 아름답고 가장 정의로운 변론은 재판관들이 투표를 행사할 사안에 관하여 가능한 한 가장 많이 알 수 있도록 해 주고, 진실을 말하는 사람이 누군지 판단할 때 생각이 헷갈리지 않게 해 주고 의심의 여지가 없게 해 주는 그런 변론입니다(52).

7. 이소크라테스의 연설과 학생(30~139)

이소크라테스는 자신에게 씌어진 오해를 풀고 진실을 밝히겠다는 의지를 표명하면서, 자신에게 호의를 가지고 귀기울여 달라고 청중에게 호소한 뒤, 모함으로 가득 찬 고발장의 내용을 정리한다. 첫째, "제가 말하는 방법을, 그리고 정의에 어긋나면서까지 법정 싸움에서 이익을 증폭시키는 방법을 가르치면서 젊은이들을 타락시킨다." 둘째, "저의 학생들 가운데는 일반 시민뿐만 아니라 연설가, 장군, 왕과 참주들도 있으며, 제가 그들로부터 엄청난 돈을 취했다."(30) 이는 고발자 뤼시마코스가 청중의 마음에 부당하게 심어 놓은 의견인데, 이제 변론을 통해 잘못된 의견을 씻어 내고 자신의 모습을 있는 그대로 보게 만들어, "벌을 받기보다는 공명 관대하다epieikēs는 평판을 받는 것이 훨씬 더 정당할 것"(35)임을 밝히겠다고 한다.

그는 먼저 자신이 쓴 글들, 발표한 연설문들이 개인의 사사로운 이익을 보호하는 법정 연설문이 아니라 아테네 도시 국가, 나아가 헬라스 전체와 관련된 연설이나 정치적 연설, 또는 시민대축전에 부치는 연설이었으며(46), 이런 연설 능력은 자신이 추구하던 철학으로부터 얻을 수 있는 것(48)이라고 주장한다. 그에 따르면, 이런 능력을 갖춘 사람은 재판 연설에 능한 사람들보다 "훨씬 더 지혜롭고 더 훌륭하며 많은 이익을 가져올 수 있다."(47) 자신은 바로 이런 사람이 되려고 했고, 이런 사람들을 키워 내는 교육에 전념했다는 것이다. 따라서 그를 고발한 첫 번째 내용은 진실이 아니라고 반박한다.

그가 증거로 제시하는 첫 번째 사례의 연설은 기원전 380년 제100회 올림피아 제전에서 발표되었던 『파네귀리코스(시민대축전에 부쳐)』이다. 이 연설의 핵심은 "이방인들에 대한 군사적 원정을 위해서 헬라스를 불러 모으는 한편" 원정의 주도권은 아테네여야 한다는 것이다. 이것은 명백히 아테네와 헬라스 전체의 이익을 위한 연설이며, 사사로운 법정 연설과는 차원이 다르다. 그러면서 다음과 같이 힘주어 말한다.

> 여러분 스스로 궁리해 보십시오. 과연 제가 말로써 젊은이들을 망치면서 덕arete에 마음을 두라고, 그리고 이 도시를 위해 위험을 무릅쓰라고 권유하지 않는 것으로 보이는지, 그래서 제가 읽었던 부분 때문에 처벌을 받는 것이 정당한 것인지, 아니면 여러분에게서 가장 큰 감사를 받았어야만 하는 것인지를 말입니다(60).

두 번째 연설은 기원전 355년에 발표한 『평화에 관하여 *Peri tēs eirēnēs*』이다. 그는 그리스가 한마음 한뜻이 되기 위해서는 서로 간의 갈등을 풀고 평화의 길로 나아가야 한다고 주장하는데, 특히 아테네가 예전의 동맹국들과 전쟁을 그만두어야 한다고 강조한다. 이를 위해 아테네가 그리스인들 사이에서 권력과 패권을 오용했던 과거를 비판하며 미래 지향적인 외교 관계의 확립을 촉구한다. "저는 정의를 향해 사람들을 불러 모으며 잘못을 저지른 사람들을 치고, 미래에 일어날 일들에 관하여 조언합니다."(65)

세 번째 연설은 기원전 374년에 퀴프로스의 왕이었던 니코클레스Nicocles에게 보낸 연설문이다. 왕으로서 시민들을 어떻게 이끌어 나갈지를 조언하는 내용이다. 그는 왕의 재산이나 권력보다는 그의 지배를 받는 민중의 권익을 지켜 주려는 의도에서 글을 썼고, 덕과 정의를 강조한다. 실제로 독재적인 권력을 행사할 수 있는 니코클레스 왕에게 보내는 글임에도 그는 서문에서 독재정을 비판한다.

> 저는 니코클레스에게 이런 것도 설득하려 합니다. 즉 더 못난 사람들이 더 훌륭한 사람들을 지휘하고, 생각 없는 사람들이 더 현명한 사람들에게 명령하는 것을 보면, 그것은 무서운 일이라고 생각해야 한다고 말입니다(72).

따라서 왕은 민중보다 더 현명하기 위해 노력해야 하고 더 많은 교육을 받아야 하며, 민중을 위해 가장 온화한 정체를 구성하려고 최선을 다해야 한다. 왕을 상대로 말하면서도 민중을 위한 말을 했던 것이다.

이상의 연설문들을 근거로 그는 자신이 이기적인 욕망

을 위한 연설이나 공동체에 해로운 연설을 한 적이 없고, 오히려 아테네의 품격과 자유 시민으로서의 격조를 지키면서 아테네와 그리스 전체의 공동선을 위한 연설을 했음을 부각한다. 이런 연설을 해 온 자신이 어떻게 아테네의 청년들을 타락시킬 수 있겠느냐고 강하게 묻는다.

> 저는 시민들이 행복해지고 다른 그리스인들이 현재 직면하고 있는 재난으로부터 벗어날 수 있게 해 주는 일들만 추진하라고 이 도시 전체를 대상으로 열심히 설득합니다(85). 그런데 우리 시민 모두를 더 훌륭하고 정의로운 모습으로 그리스인들 앞에 서게 하려는 열정을 가진 사람이 자신의 문하생들을 타락시킨다는 것이 어떻게 개연성이 있다고 하겠습니까? 그리고 그런 연설을 발견할 수 있는 사람이 어떻게 사악한 일에 관한 사악한 연설을 찾는 일에 착수할 수 있겠습니까? 특히 저처럼 자신의 연설을 통해 좋은 평판과 명성을 얻은 사람이 그럴 수가 있겠습니까?(86)

강력한 반문에 이어 이소크라테스는 자신의 교육을 통해 육성된 제자들이 타락하기는커녕, 오히려 아테네와 그리스의 여러 도시 국가에서 탁월한 미덕을 보이면서 공익을 위해 훌륭한 성과를 거두어 나간다고 역설한다. 그에 따르면, 고발인 뤼시마코스는 이소크라테스가 정의를 거스르고 남을 이기려고만 하는 연설을 쓰며, 그런 능력을 갖추도록 젊은이들을 교육함으로서 타락시키는 일은 무서운 일이라고 윽박지르면서도, 정작 이소크라테스의 연설 가운데 잘못된 연설의 사례도, 그가 키운 제자들 가운데 타락한 사례도 구체적으로 제시하지 못한다고 지적한다. 반면 이소크라테스는 구체적인 실명을 거론하면서 '젊은이들을 타락시킨다'는 고소문을 반박한다.

> 제가 언급한 이들 모두에게 도시는 명예의 금관을 씌워 주었습니다. 그들이 다른 사람들의 것을 탐했기 때문입니까? 아닙니다. 그들은 모두 **훌륭한 사람**이었고 자기 재산의 많은 부분을 도시를 위해 써 왔기 때문입니다. 그들과 제가 어떤 관계인지 마음대로 가정하십시오. 현재 쟁점에 관한 한 모든 점에서 저는 아름다운 상태입니다(94). (…) 그들은 아름답고 좋은 사람으로 각자 자신만을 내주었지만, 저는 조금 전에 여러분에게 열거했던 수만큼 많은 사람을 내주었기 때문입니다(95). (…) 제가 저의 문하생들을 타락시킨다는 평가가 어떻게 개연성이 있겠습니까?(96)

그는 자신의 제자들 가운데 22년 동안 아테네의 장군으로 도시에 헌신적으로 봉사하며 많은 성과를 냈던 티모테오스Timotheos를 본보기로 제시하며 자신의 제자들이 높은 평판과 명예를 누렸음을 강조한다(101~138). 자신이 젊은이들을 타락시킨다는 뤼시마코스의 고발을 정면으로 반박하는 것이다. 티모테오스는 그렇게 훌륭한 사람임에도 불구하고 말년에 아테네에서 추방당하는데, 이소크라테스는 그것이 자신의 교육의 결함 때문이 아니라, 뤼시마코스와 같은 못된 전문 소송꾼들의 모함 때문임을 강조하면서 또 다른 측면에서 고발인을 공격한다. 그 스승에 그 제자라고 해야 할까? 티모테오스의 안타까운 운명이 현재 이소크라테스가 직면한 상황과 유사함을 내비치고 있는 것이다.

8. 의견을 강조한 철학과 연설가를 위한 교육(140~236)

사사로운 이익을 추구하는 법정 연설에만 몰두한 나머지 논쟁의 승리를 위해 정의와 덕마저 저버리며, 그로 인해 젊은이들을 타락시킨다는 죄목으로 자신에게 가해진 고발의 첫 번째 혐의를 물리친 마당에, 이제 그는 고발의 두 번째 내용, 즉 교육과 철학을 통해 아주 많은 재산을 모았다는 말에 대한 해명을 시도한다. 그 전에 먼저 그는 자신의 삶의 규칙을 밝힌 후(141~153) 재산과 관련된 오해와 모함에 대해 반박한다(154~166). 그리고 드디어 이소크라테스는 자신이 추구한 교육과 철학이 무엇인지를 상세하게 밝혀 나간다. 바야흐로 변론의 핵심으로 들어가는 순간이다. 지금까지도 그래 왔지만, 이제 다시 철학과 그에 바친 자신의 삶을 좀 더 포괄적이고 명확하게 천명하려는 것이다.

제가 하려는 말을 듣게 된 여러분 중에서 공명 관대한 사람들은 정당하지 못한 방식으로 생겨난 의견들에 머무르지 않고, 진실을 충실하게 따라가면서 정의로운 것들을 말하는 사람들에게 설득되어 변할 것임을 저는 잘 알고 있었으며, 또한 철학이 부당하게 모함을 받았다는 것과, 철학이 미움을 받기보다는 사랑을 받아야 훨씬 더 정당하다는 것을 많은 근거를 통해 부각하였다고 생각했기 때문입니다. 지금도 저는 그 견해를 견지합니다(170).

그는 교육이 도시의 미래를 결정하는 아주 중요한 일이며, 교육의 핵심인 철학이 그것에 가까이 오는 사람들을 이롭게 하고 더 훌륭한 사람으로 만들어 주기 때문에(174) 젊은이들에게 다른 작업보다도 철학에 더 많이 소일하라고 조언해야 한다고 주장한다(175). 이 맥락에서 이소크라테스는 교육과 철학을 외연적으로 거의 동일한 것처럼 말하고 있음에 주목해야 한다. 특히 그가 추구하는 교육이 마음과 성품, 생각을 다듬어 말로 드러낼 수 있는 수사적 능력을 갖추게 하는 것이라면, 그의 '철학philosophia', 즉 '지혜 사랑'도 그런 교육의 개념으로 이해되어야 한다. 철학의 본성phusis과 힘dunamis이 무엇인지, 철학은 다른 기술들 가운데 어떤 것에 비교될 수 있는지, 철학을 공부하는 사람에게는 어떤 이점이 생기며, 이소크라테스는 학생들에게 어떤 약속을 하는지가 상세하게 논의된다.

그는 먼저 인간이 몸과 영혼으로 구성되어 있다고 전제

하고 영혼은 사적인 일이든 공적인 일이든 논의하고 결정하는 역할을 하는 반면, 몸은 영혼이 결정한 사항들을 실현하는 도구적인 역할을 하기 때문에 영혼이 더 지배적이라고 강조한다(180). 한 사람이 인간으로서 제대로 역할을 하려면 이 둘을 잘 돌봐야 하는데, 몸을 돌보는 일이 체육과 체련이고 '영혼을 돌보는 일epimeleia peri tas pukhas'은 철학이며, 사람에게서 영혼이 몸보다 더 지배적인 역할을 하므로 몸을 돌보는 일보다 영혼을 돌보는 일, 즉 철학이 더 중요하다(181).

　그렇다면 영혼을 돌보는 철학은 무엇을 하는가? 첫째, 교사는 학생에게 말logos에 쓰이는 모든 형태idea를 설명해야 한다(183). 그다음에 교사는 학생들이 그 형태들을 직접 다루는 경험을 하여 그것에 정통하게 만들고 훈련을 통해 습관으로 배게 한다. 그러면 학생들은 단편적인 학습 내용을 총체적으로 묶어 내고, 자기 의견을 구성할 수 있다. 그는 이런 능력을 갖춘 사람을 '연설가rhētōr'(190) 또는 '수사적 인간rhētorikos'(256)이라고 한다. 여기서 이소크라테스는 지식eidenai/epistēmē보다 의견doxa을 더 중요한 것으로 내세우면서 의견을 폄하하고 지식을 상위에 두는 플라톤과 명백하게 다른 노선을 취한다.

　이런 작업은 학생들이 배운 것들을 보다 확고하게 파악하여 자기 의견doxa을 가지고 시의적절하게kairos 상황에 다가설 수 있도록 하기 위한 것입니다. 아는 것eidenai만 가지고서는 그렇게 할 수 없기 때문입니다. 실제로 모든 사안에서 상황은 지식epistēmē 을 피해 달아나는 반면, 정신을 가장 잘 집중하고 많은 경우에 일어날 일들이 무엇인지를 바라볼 수 있는 사람들이 상황에 잘 대처하는 경우가 가장 많기 때문입니다(184).

지식이 언제나 그럴 수밖에 없는 필연성에 의존한다면, 의견은 언제나 꼭 그런 것은 아니지만 많은 경우에 그럴 수 있는 개연성에 바탕을 둔다. 그렇다고 이소크라테스가 지식의 가치를 완전히 무시한 것은 아니다. 시의적절한 의견을 구성하는 데 필요한 요소로는 인정하기 때문이다. 이소크라테스는 훌륭한 연설가를 키우는 철학과 말의 교육에서 학생들에게 가장 중요한 것은 뛰어난 재능이며, 둘째는 지식을 습득하는 것이며, 셋째는 지식을 실제 상황에 적용할 수 있는 경험과 훈련이라고 하는데, 바로 이 대목에서 지식의 가치가 인정되고 있는 것이다.

이런 태도는 학교를 세우면서 기존의 소피스트들과 철학자들, 논쟁가들을 비판하는 『소피스트 반박』을 내놓았을 때부터 지금까지 약 40년 가까이 지속된 것이다. 그때는 주로 다른 사람들의 교육을 비판하는 데 전념했다면, 지금 이소크라테스는 자신의 교육 프로그램을 구체적으로 제시하는 마당이다. 그가 의견을 강조하는 철학과 교육을 내세운 것은 인간의 인식론적 한계를 인정했기 때문인데, 보편적이고 불변하는 지식이란 존재 자체도 장담하기 어려울

뿐만 아니라, 있다 하더라도 인간이 그것에 도달할 수 없다고 믿었던 것이다. 그런 점에서 그는 자신의 철학을 소박하고 수수하며 겸손한 것으로 만든 셈이다.

그럼에도 불구하고 시의적절한 의견을 구성하는 현명함pronēsis을 키워 내고 시의적절한 의견을 구성할 줄 아는 말의 교육을 핵심으로 하는 철학이 어떤 힘을 발휘하는지를 구체적인 사례를 통해 입증한다. 아테네의 법률을 정비한 솔론과 민주정을 세운 클레이스테네스, 페르시아에 대항하여 살라미스 해전을 승리로 이끈 테미스토클레스Themistocles와 아테네의 전성기를 이끈 페리클레스다 (231~236).

9. 말의 힘을 구현하는 수사적 인간(253~292)

그는 자신의 철학과 말의 교육의 내용을 소개한 후에, 그것에 입각하여 자신에게 가해진 고발과 오해에 관해 다시 한번 반박하고 오해를 해소할 수 있는 몇 가지 추가 증거를 제시한다(237~252). 내용적으로는 중복되는 면이 없지 않으나, 수사학적인 효과에서 반복은 지루함을 일으키기보다는 표현이나 논의의 차원과 초점을 새롭게 하면서 고발에 대한 반박을 증폭시킨다(237~252). 많은 사람이 말의 힘을 존중하고 그 힘을 갖기를 원하면서도 그것을 잘 사용할 수 있는 방법을 가르치고 능력을 키워 주는 교육과 철학에 힘을 쏟은 자신을 비난하고 고발하며 정죄할 수는 없다는 것이다. 그리고 그는 마침내 이 책의 핵심 가운데 하나인 말logos의 힘을 찬양하며 연설의 능력을 부각한다.

> 우리는 서로를 설득할 수 있고 우리 자신에게 우리가 논의하게 될 일들에 관하여 분명하게 드러낼 능력이 있기 때문에 짐승처럼 살아가는 일에서 벗어날 수 있을 뿐만 아니라 함께 모여서 도시를 이루고 살아왔으며, 법을 세울 수 있었고, 기술을 발견할 수 있었습니다. 우리가 고안한 거의 모든 것을 우리에게 마련해 준 힘, 그것이 바로 말입니다(254). (…) 우리는 꼭 필요한 말을 한다는 것을 현명하게 판단을 잘하는 것의 가장 중요한 징표로 삼는데, 참되고 합법적이며 정의로운 말은 참되고 믿을 수 있는 영혼의 모상인 것입니다. 말을 가지고 우리는 양쪽으로 갈릴 수 있는 것들에 관하여 쟁론하며 알려지지 않은 것들에 관해 탐구합니다. 우리는 말을 하면서 다른 사람들을 설득할 경우에 의존하는 입증과 동일한 형식의 입증을 이용하여 논의하며 대중 앞에서 말할 수 있는 사람을 '수사적 인간rhētorikos'이라고 부르며, 사안들에 관하여 스스로를 대상으로 삼아 가장 훌륭하게 대화할 줄 아는 사람을 '논의에 능한 사람euboulos'이라고 생각합니다(256).

인간이 인간답게 공동체를 이루며 살 수 있는 원천적인 힘이 말에 있다는 주장이다. 우리의 행동과 실천의 중요한 부분이 말로 기획되고 소통되며 전달되기 때문에, 말이 우리의 사회와 삶을 만들어 나간다고 말할 수 있다. 물론 행동이나 실천이 없다면, 말은 공허해질 것이다. 그러나 말이 없다면, 행동이나 실천은 본능적인 것이 되며 짐승과 다를 바 없게 되고 말 것이다. 이런 생각에 비추어 본다면, 이소크라테스의 말은 정치 공동체로서의 도시 국가polis를 전제로 하는 '정치 연설polotikos logos'(260)이며, 이런 연설의 능력을 갖춘 사람이 바로 수사적 인간rhētorikos이다. 이소크라테스는 비록 수사학rhētorikē이라는 말은 쓰지 않았지만, 수사학의 능력을 갖추고 실천할 수 있는 사람을 가리키는 말은 사용했다. 그는 플라톤이 말하는 체계적이며 고착적인 '기술'로서의 수사학을 거부하는 대신, 상황에 시의적절하게 대처할 줄 아는 현명한 '사람'에 초점을 맞추며 이론의 체계화보다는 사람의 교육에 평생을 바쳤던 것이다. 그가 말의 교육과 철학을 통해 영혼을 돌보며 키워 낼 인재들은 또한 다음과 같이 정리된다.

우리가 무엇을 행하고 말해야 하는지 알기 위해 가져야 하는 그런 지식을 얻는 것이 우리 인간의 본성에 가능한 일이 아니기 때문에, 나머지 다른 것들을 근거로 저는 이렇게 생각합니다. 즉 많은 경우에 의견에 의해 더 좋은 것에 이를 수 있는 사람이 지혜로운 사람이며, 그와 같은 현명함을 가장 빠르게 취할 수 있는 원천이 되는 것들을 얻기 위해 소일하는 사람들이 철학자라고 생각합니다(271).

이런 사람들은 사적인 이익을 위해, 더 많은 것을 갖기 위해 교육을 받는 것이 아니다. 어떤 공명심을 추구하거나, 무조건 자신의 뜻을 관철해 청중을 설득하려는 정치 권력적 열망에 추동되는 것도 아니다. 오직 오늘의 자기 자신보다 더 훌륭하고 더 가치 있는 사람이 되려는 희망에서 교육을 받는 것이다(275). 따라서 그들이 다루는 주제도 남다르다.

칭찬과 명예를 얻을 만한 가치가 있는 연설을 말하거나 글로 쓰기를 선택한 사람이라면 부정의하거나 사소한 주제들이나 사사로운 계약들에 관련된 주제들이 아니라, 중대하고 아름다우며 인간애가 넘치는 공적인 사안에 관련된 주제들을 다루려고 할 것입니다(276).

그러나 말을 잘한다는 것은 현명한 판단을 내릴 능력을 갖는다는 것을 전제하며 나아가 행위로 실천하는 탁월성으로 귀결된다(277). 그리고 그의 생각과 판단, 말과 행동은 그가 추구하는 덕에 기초하며, 동료 시민들 사이에서 가장 공명 관대하다는 평판을 얻으려는 의지가 진실을 담보하고, 비교할 수 없는 설득력을 갖게 된다. 그것이 현명한 사람의 징표다.

삶으로부터 이루어지는 입증이 말로 이루어지는 입증보다 더 큰 힘을 발휘한다는 사실을 그 누가 모르겠습니까? 그러므로 누구든지 청중을 설득하고 싶다는 열망이 강렬하면 할수록 그만큼 더 아름답고 좋은 사람이 되기 위해 노력할 것이며, 시민들 사이에서 좋은 평판을 갖도록 노력할 것입니다(278).

말logos과 함께 그의 교육이 강조하고 추구하는 덕은 현명함pronēsis으로 표현되는데(294), 그것은 도시 국가라는 공동체 안에서 공적인 삶과 관련하여 올바른 판단과 실천을 담보하는 시민의 탁월성이며 실천적인 지혜다. 현명함을 갖춘 이들이 페르시아의 침략에 맞서 승리를 거두게 하였고, 아테네를 그리스의 최고 도시로 만들었으며, 그리스를 올바른 길로 인도하였던 것이다. "여러분은 우리 도시가 말과 교육을 할 줄 아는 모든 사람에게 교사가 되었다는 사실을 잊어서는 안 됩니다."(295) 이소크라테스는 자신이 평생을 바쳐 실천했던 교육과 철학이 바로 그런 맥락 안에서 이루어졌음을 자랑스럽게 주장한다.

그리고 마지막으로 재판관들에게 간절하게 호소한다. 만약 뤼시마코스가 자신을 대상으로 하는 것처럼 진실에 근거하지 않은 거짓된 의견을 청중의 마음에 심어 주고 올바르고 공명 관대한 사람들을 궁지에 몰아넣는 소송꾼들에게 휘둘린다면 불행한 과거를 반복하게 될 것이라는 위기의식을 불러일으킨다.

> 바로 이 일로 인해서 우리는 전쟁의 수렁에 빠졌으며, 많은 시민들이 일부는 목숨을 잃었고, 일부는 적의 수중에 넘어가 포로가 되었으며, 일부는 삶에 꼭 필요한 것들이 부족해 궁핍에 시달리게 되었던 것을 똑똑히 보았습니다. 게다가 민주정이 두 번이나 전복되고 조국의 성벽이 무너졌던 것도 보았습니다. 그러나 가장 끔찍했던 것은 도시 전체가 노예로 전락하게 될 위험에 빠지고 적들이 아크로폴리스를 점거한 것을 보았던 것입니다(319).

올바른 지혜를 추구하고 생각을 다듬고 말로 표현하며 동료 시민들과 소통하여 시의적절한 의견을 함께 만들어 나갈 수 있는 수사적 인간과 현명한 사람을 키워 내는 교육과 철학만이 도시를 안전하게 지키며 구성원 모두의 행복을 보장할 수 있다는 신념에서 우러나오는 위기감이다. 위기에서 도시를 구하고 안정을 지키는 철학, 그것이 이소크라테스의 수사학이었던 것이다.

참고 문헌

김헌, 「『시민대축전에 부쳐』에 나타난 이소크라테스의 수사적 전략」, 『수사학』 제
24집, 2015.

──, 「이소크라테스와 시민교육」, 『서양고전학연구』 제54권 1호, 2015.

──, 「이소크라테스의 범그리스주의」, 『인문논총』 제72권 제3호, 서울대인문학연
구원, 2015.

김헌 외, 『그리스의 위대한 연설』, 민음사, 2015.

Cuvigny, M., *Plutarque Oeuvres Morales*, Tome XII, Paris: Les Belles
Lettres, 1981.

Janik, J., *Political Concepts and Language of Isocrates*, Kraków, 2012.

Poulakos, T. and Depew, D. (eds.), *Isocrates and Civic Education*,
University of Texas Press, 2004.

Poulakos, T., *Speaking for the Polis, Isocrates' Rhetorical Education*,
Columbia: University of South Carolina Press, 1997.

Too, L. Y., *A Commentary on Isocrates' Antidosis*, Oxford University
Press, 2008.

4장
플라톤의 『파이드로스』와 수사학의 전화
전통적 수사학에서 철학적 수사학으로

김유석(정암학당)

1. 전통 수사학에 대한 소크라테스와 플라톤의 태도

서양 철학사라든가 수사학의 역사에 조금이라도 관심이
있는 사람이라면, 전통적으로 철학과 수사학이 대립 관계
를 유지해 왔다는 사실을 잘 알 것이다. 아니, 까놓고 말하
면, 양자가 '대립했다'기보다는, 철학자들이 일방적으로
수사가들을 '두들겨 팼다'고 보는 편이 좀 더 생생한 평가
일지도 모른다. 철학자는 수사가를 소피스트와 함께 자신
의 타자 내지는 대립자로 간주했다. 특히 '앎과 의견', '확
실성과 개연성', '필연과 설득', '객관적-절대적 가치와 주
관적-상대적 가치', '진리의 탐구자와 지식 상인'처럼 대립
적인 쌍이 등장할 때마다, 철학자는 스스로 언제나 앞자
리를 차지한 반면, 수사가와 소피스트에게는 뒷자리를 강
요했다. 그리고 이렇게 가혹한 비난의 맨 앞에는 소크라

테스Socrates와 플라톤Platon이 온다.

소크라테스는 평생에 걸쳐 수사가들과 소피스트들을 검토하고 비판했으며, 제자인 플라톤은 스승이 그들과 펼쳤던 대결을 자신의 대화편들 속에 상세히 기록해 놓았다. 예컨대 스승의 재판 기록이라 할 수 있는 『소크라테스의 변명*Apologia Sokratous*』에서, 소크라테스는 고발자들이 자신을 설득력 있게 비난하지만, 정작 참이라고는 단 한마디도 하지 않았다고 지적하는가 하면, 자기는 법정의 담론에 익숙지 않으니, 자신이 일상적으로 사람들과 대화하던 방식대로 발언하겠다고 주장하며 수사학의 언어를 거부한다. 무엇보다도 그는 재판관들을 향하여 자신의 발언이 올바른지 아닌지에만 집중해 달라고 요구한다. 왜냐하면 그가 생각하기에, 수사가의 덕은 진실을 말하는 것이요, 재판관의 덕은 그것이 올바른지 아닌지를 가려내는 것이기 때문이다(『변명』, 17a~18a).

소크라테스와 플라톤이 수사학에 그토록 비판적이었던 까닭은 이것이 겉으로는 기술처럼 보이지만, 사실은 진짜 기술이 아니라 일종의 사이비 기술이라고 판단했기 때문이다. 이런 생각은 플라톤의 또 다른 대화편인 『고르기아스*Gorgias*』에 잘 나타난다. 여기서 소크라테스는 이른바 소피스트술과 수사술이 사실은 기술이 아니라, 반복을 통해 익숙해진 경험이자 숙달된 솜씨에 불과하며, 각각 입법과 사법에 대응하는 사이비 기술이라고 주장한다(『고르기아스』, 463b~464d). 그래서 소피스트와 수사가의 일은 언뜻 전문가들의 기술처럼 보이지만, 사실은 정치학(입법)과 법학(사법)과 겉모양만 유사한 이른바 사이비 기술이라는 것이다. 이런 사이비 기술들이 심각한 문제인 이유는 이것들이 그저 가짜라는 데 있지 않고, 오히려 진짜처럼 보인다는 데 있다. 진짜 기술과 유사하면 유사할수록, 사람들은 이것들이 가짜임을 모르고 신뢰할 것이요, 그 피해 역시 더 커질 것이기 때문이다.

그런데 이렇듯 수사학을 기술로 인정하지 않을 정도로 가혹하게 비판하던 플라톤의 태도는 후기의 대화편인 『파이드로스*Phaidros*』에 이르러 미묘하게 달라진다. 물론 플라톤이 전통 수사학에 대한 비판 자체를 포기한 것은 아니다. 다만 기존에는 수사학의 존재 가치를 아예 부정했던 반면, 『파이드로스』에서는 수사학을 바라보는 관점이 한층 더 복잡해진다. 또한 학문으로서의 수사학의 위상과 성격에 대해서는 여전히 부정적인 시각을 유지하지만, 그 사용과 관련해서는 한결 유연하고 긍정적인 태도를 취하기도 한다.

2. 『파이드로스』에 전개된 수사학

플라톤의 작품들을 초기, 중기, 후기로 나누는 전통에 따르면, 『파이드로스』는 대체로 후기의 앞부분에 속하는 대화편으로 분류된다. 그래서 혼의 불사 논증으로 유명한『파이돈Phaidon』과 에로스의 본성을 탐구하는『향연Symposion』, 이데아론과 정치 철학을 다루는『국가Politeia』보다는 뒤에 위치하는 반면, 후기의 존재론과 인식론과 같은 이론 철학의 문제를 본격적으로 고민하기 시작하는『파르메니데스Parmenides』나『테아이테토스Theaitetos』와는 거의 비슷한 시기 내지는 조금 앞에 온다고 본다.

2.1 대화의 얼개: 사랑에 관한 세 편의 연설

『파이드로스』의 큰 줄거리는『향연』과 마찬가지로 에로스에 관한 담론을 중심으로 전개된다. 대화는 소크라테스가 아테네 외곽으로 산책하러 나가던 파이드로스와 마주치는 데서 시작된다.『향연』을 읽어 본 독자라면, 파이드로스는 결코 낯선 인물이 아닐 것이다. 거기서 그는 에로스의 찬미자로 등장하며,『향연』의 대화 주제를 에로스 예찬으로 정하는 데 결정적인 역할을 한 바 있다.『파이드로스』에서도 그 성격은 전혀 변하지 않는다. 그는 당대의 유명한 수사가이자 연설문 작성가인 뤼시아스Lysias의 곁에서 사랑에 관한 연설을 듣고 여운에 젖은 채 걸어 나오던 길이었다. 게다가 그는 뤼시아스의 연설을 적은 파피루스를 갖고 있었는데, 그 내용을 소크라테스에게 들려주길 원한다. 그렇게 함께 산책하던 두 사람은 아테네 외곽의 일리소스 강변에 이르러 뤼시아스의 연설에 관해 대화를 나누게 된다(『파이드로스』, 229c~230e).

대화에는 연설이 세 번 나오는데, 하나는 파이드로스가 읽어 주는 뤼시아스의 연설이고, 나머지 둘은 에로스에 관해 소크라테스가 즉흥적으로 행하는 두 번의 연설이다. 먼저 뤼시아스가 행한 연설의 골자는 '사랑하는 이가 아닌 사랑하지 않는 이와 교제해야 한다'라는 주장이다. 그에 따르면, 사랑하는 사람은 사랑을 얻기 위해 연인에게 모든 것을 바쳐 가며 교제하지만, 헤어진 뒤에 후회막급한 상태에 빠지게 된다. 반면에 사랑하지 않는 사람과의 교제는 굳이 사랑에 집착하지 않고 순수하게 마음에서 우러나는 것이기에, 헤어진 뒤에도 아무런 후회가 남지 않는다는 것이다. 뤼시아스는 이러한 관점을 교제의 사적인 측면, 공적인 측면, 그리고 도덕적인 측면에 적용함으로써 주장의 설득력을 높인다(230e~234c).

하지만 연설을 들은 소크라테스의 반응은 파이드로스의 기대와 달리 뜨뜻미지근하다. 그는 뤼시아스의 연설이 제대로 된 형식을 갖추지 못했다고 평가절하한다. 그러자 파이드로스는 소크라테스에게 제대로 된 연설을 보여 달라고 요구하고, 소크라테스는 사랑에 관한 첫 번째 연설을 하게 된다. 소크라테스는 사랑에 관해 말하려거든 먼저 사랑이 무엇인지를 정의해야 한다고 지적한다. 그에 따르면 사랑은 일종의 욕구로서 좋은 것으로 향하는 이성을 제압하고 육체적인 아름다움으로 향하는 비이성적인 힘이다. 그는 이렇게 사랑을 정의한 뒤에 사랑하는 사람과 교제할 경우 있을 수 있는 유익함과 손해를 거론하고는 연설을 마친다(237a~241d).

파이드로스는 소크라테스가 사랑하지 않는 사람과의 교제에 관해서는 말하지 않은 채 연설을 마쳤다며 항의한다. 소크라테스는 파이드로스의 항의를 무시하고 자리를 뜨려 하지만, 곧이어 '다이모니온'이라 불리는 자기 내면의 신적인 목소리에 의해 제지를 받는다. 다이모니온은 사랑(에로스)이 엄연히 신이고, 신이라면 결코 나쁠 수 없을진대, 소크라테스가 신을 비이성적인 욕구로 규정함으로써 마치 해로운 것인 양 묘사하는 불경을 저질렀다고 경고한다. 따라서 신들의 분노를 사지 않기 위해서는 앞의 연설을 취소하는 재연설을 해야 한다는 것이다. 그렇게 해서 사랑에 관한 소크라테스의 두 번째 연설이 시작된다(241d~243e).

두 번째 연설에서 소크라테스는 에로스를 일종의 광기로 규정한다. 하지만 그것은 신적인 광기로서 인간에게 유익한 것이다. 그런데 광기는 몸이 아니라 혼이 겪는 상태이기에, 에로스를 말하려면 혼의 본성에 관해 알아야 한다. 우선 혼은 스스로 움직이는 자로서, 그 자신이 운동의 원리이기에 영원히 움직인다. 따라서 혼은 불사이며 모든 운동의 원천이자 원리가 된다. 다음으로 혼의 형태에 관해 말하자면, 그것은 이를테면 두 필의 말과 한 명의 마부로 이루어진 날개 달린 마차와 같은 구조이다. 이때 마부는 지성을, 두 필의 말은 각각 기개와 욕구를 상징한다. 모든 혼은 우주의 끝을 향해 여행을 떠나는데, 신들의 혼의 경우, 두 필의 말 모두가 마부의 명령에 복종함으로써 수월하게 상승하고, 천구의 끝에 도착하여 그 너머에 있는 가지可知적 형상들을 직접 관조하며 진리를 혼의 양식으로 삼는다. 반면에 인간 혼의 경우에는 욕구가 기개와 다투며 마부인 지성의 말을 듣지 않기에, 수월하게 상승하지 못하고, 형상들을 제대로 관조하지 못하며, 결국 진리 대신 의견을 양식으로 취한다. 여행을 마친 혼은 몸에 심겨 인간으로 태어나는데, 여행 중에 진리를 얼마나 많이 관조했느냐에 따라, 그 뒤에 태어나는 인간은 철학자부터 참주에 이르기까지 다양한 삶을 누리며, 타락한 정도가 심한 경우에는 인간이 아닌 동물로 태어나기도 한다. 혼의 본성에 관한 이야기는 자연스럽게 사랑이라는 주제로 이어진다. 지상의 아름다운 소년을 보고 사랑이라는 광기에 사로잡힌 혼은 처음에는 육체적인 아름다움에 눈이 멀고 마치 열병을 앓듯이 소년을 숭배하는데, 이를 통해 육화 과정에서 잃어버린 날개가 다시 돋아나며, 혼은 다시 천상의 아름다운 것들을 향해 비행을 시작한다. 즉 신적인 광기인 에로스 덕분에 혼은 연인과 함께 아름다움 자체를 관조하기에 이르고 지고의 행복에 도달한다는 것이다(244b~257b).

2.2 수사학의 새로운 정립: 변증술에 기반한 수사학

연설을 모두 마친 뒤에 소크라테스는 파이드로스와 함께 연설의 본성과 좋은 연설가의 조건에 관해 검토한다. 파이드로스가 생각하기에 수사학은 법정에서 연설을 통해 재판관들을 설득하는 기술 이상도 이하도 아니다. 소크라테스는 이런 파이드로스의 생각을 넓게 확장시킨다. 그에 따르면 수사학이란 '말을 통해 혼을 이끄는 기술'로서, 이 기술은 법정과 같은 공적 영역뿐만 아니라, 온갖 종류의 사적인 모임들에도 공히 적용되는 것이다(261a). 그런데 이렇듯 수사학을 일종의 기술로 규정한 것은 앞서『고르기아스』에서 수사학을 진짜 기술이 아니라 사이비 기술이라고 비판한 것과는 사뭇 다른 평가라 할 수 있다. 수사학이 기술이라면, 그것은 해당 기술이 적용되는 모든 분야에서, 사안의 크고 작음을 가리지 않고 언제나 동일한 방식으로 사용될 수 있어야 한다. 예컨대 의사가 의술을 펼칠 때 같은 질병을 앓고 있는 환자들에게 언제나 같은 처방을 내림으로써 건강을 산출하듯이, 수사학의 기술도 설득과 관련하여 동일한 방법과 규칙에 따라 사용되어야 하며, 그 성능 역시 동일하게 발휘되어야 하는 것이다.

플라톤에 따르면, 기술로서의 수사학은 변증술적 방법에 기반해야 한다. 왜냐하면 변증술이야말로 가지적인 형상들에 대한 인식을 비롯하여, 우주와 인간의 본성에 대한 파악과 설명을 가능케 해 주는 유일한 방법이기 때문이다.

변증술은 대상의 본성을 발견하는 방법으로서 나눔(분석)과 모음(종합)으로 이루어지는데, 이 과정을 통해 소크라테스는 사랑을 다음과 같이 규정한다. 즉 사랑은 일종의 광기이다. 그런데 광기는 신적인 광기와 인간적인 광기로 나뉘며, 다시 신적인 광기는 아폴론이 보낸 예언적 영감, 디오뉘소스가 보낸 비의적 영감, 무사 여신들이 보낸 시적 영감, 그리고 마지막으로 아프로디테와 에로스가 보낸 사랑의 영감으로 나뉜다. 이러한 분석을 통해 사랑은 아프로디테와 에로스가 보낸 사랑의 영감에 사로잡힌 신적인 광기로 규정되는데, 이를 도식으로 표현하면 아래와 같다.

〈그림 1〉 나눔을 통한 사랑의 정의

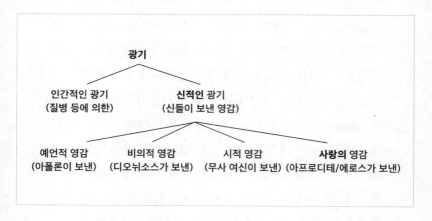

이렇듯 기술로서의 수사학은 모음과 나눔의 기술인 변증

술에 기반해야 하며, 훌륭한 연설가는 변증술에 능한 사람이어야 하는 것이다(265c~266b).

변증술에 관한 논의에 이어서 소크라테스는 글과 문자의 본성을 검토하는 일로 나아간다. 사실 이 대화의 본격적인 시작은 파이드로스가 뤼시아스에게서 얻어 온 사랑에 관한 연설문을 읽어 주고, 소크라테스가 그것을 평가하는 데서 비롯된 것이라 할 수 있다. 소크라테스는 뤼시아스의 글이 연설의 요건을 제대로 갖추지 못했다고 비판하고, 그 대안으로 자신이 직접 두 번에 걸쳐 사랑에 관한 연설을 전개했다. 하지만 그는 '과연 글로 남은 연설문이 글쓴이의 생각을 충분히 반영할 수 있는가'라는 보다 근본적인 질문을 던진다. 사실 이 질문은 전통 수사학과 변증술에 기반한 수사학의 차이를 더욱 부각하는 것처럼 보인다. 왜냐하면 모음과 나눔의 기술인 변증술은 기본적으로 대화의 기술이기 때문이다. 대화자들이 서로 질문과 답변을 주고받으면서 탐구 대상을 그 본성에 따라 분석하고 종합하는 것이다. 반면에 전통 수사학에서 연설은 기본적으로 '로고그라포스logographos'라고 불리는 연설문 작성가의 글에 의존한다. 오늘날과 달리 변호사와 같은 법정 대리인이 없었던 고대 그리스 사회에서는 소송 당사자가 직접 법정에서 발언해야 했다. 연설문 작성가들은 소송인들이 필요로 하는 연설문을 대필해 주는 사람들이었다. 당연한 말이겠지만, 그들은 자기들이 써 준 연설문으로 소송인이 재판에서 이길 경우, 많은 부와 명성을 얻었다. 그중에서도 뤼시아스는 당대의 가장 뛰어난 수사학 교사이자 연설문 작성가였으며, 파이드로스가 옷 안에 품고서 애지중지하던 연설문은 바로 뤼시아스가 자신의 언변을 과시하기 위해 작성했던 사랑에 관한 시범 연설문이었던 것이다.

소크라테스는 글로 쓰인 연설문의 한계를 다음과 같이 지적한다. 우선 글은 질문에 답변을 해 주지 않는다. 또한 글은 읽는 사람의 수준과 상태를 고려하지 않고 같은 내용만을 전달하기에 오독의 가능성을 지니며, 독자가 글의 내용을 잘못 이해하더라도 그것을 고쳐 주지 않는다. 따라서 남이 써 준 연설문에 전적으로 의존하는 것은 위험하다는 것이다. 이러한 글의 한계와 반대의 성격을 지닌 것이 바로 변증술적인 대화이다. 왜냐하면 그것은 함께 탐구에 임하는 대화자끼리 주고받는 살아 있으며 혼이 담긴 담론이기 때문이다. 따라서 연설은 변증술적 대화를 기반으로 조직되어야 한다는 것이다. 물론 그렇다고 해서 글이 지식의 획득에 아무런 쓸모도 없는 것은 아니다. 하지만 소크라테스는 글의 기능이 기억을 보조하는 데 국한된다고 본다. 반면에 진정한 지식의 전달 수단은 글이 아니라 말, 구체적으로는 변증술적 대화여야 한다는 것이다(274b~278e).

어쩌면 플라톤의 이런 입장은 그가 말과 행동이 경합하던 시대에 살고 있었음을 암시한다고 볼 수 있다. 즉 지식의 전달 수단이라는 위상을 놓고서 오래된 구술 전통과 새롭게 대두되는 글쓰기 문화가 경합을 벌이던 시대를 반영한다는 것이다. 호메로스Homeros와 헤시오도스Hesiodos가 활동했던 때가 서기전 8세기였고, 그들의 노래가 본격적으로 글로 기록되었던 때가 서기전 6세기 무렵이었음을 고려하면, 플라톤이 활동한 서기전 4세기는 이미 글이 보급되고 나서 어느 정도 시간이 지난 시기라고 할 수 있다. 하지만 글이 말로부터 완전히 독립하여 독자성을 갖게 된 것은 그로부터 약 한 세기 뒤인 헬레니즘 시대(서기전 323년~서기전 312년)에 들어서고 나서다. 이 시기에 소설이 나오게 되는데, 소설은 서사시(노래)나 비극(대화)처럼 말에 어울리는 기록 방식이 아니라, 글에 고유한 기록 방식이기 때문이다. 하지만 그보다 한 세기 전 사람이었던 플라톤이 생각하기에, 글은 애초에 고안되었던 목적인 기억 보조 장치로서 그 기능을 다하는 것으로 충분하다. 반면에 실제로 진리를 탐구하고, 밝혀낸 지식을 전달하는 일은 변증술적인 대화를 통해서만 가능한 것이다. 또한 이는 인간의 혼을 이끄는 수사학의 경우에도 마찬가지로 해당된다. 오로지 연설문 작성가가 써 준 글에 의지하는 것만으로는 자기 자신과 청중을 제대로 설득할 수 없다. 진정한 설득은 변증술에 기반하여 사물의 본성을 적시하고, 이를 조화롭게 조직화한 연설을 통해서만 가능하다는 것이다. 이상의 논의를 마친 소크라테스는 신에게 기도를 올린 후 파이드로스와 함께 일리소스 강변을 떠나고, 그렇게 대화는 끝난다(278e~279c).

3. 『파이드로스』와 수사학의 전화

이상에서 보았듯이 『파이드로스』의 주된 이야기는 에로스에 관한 연설을 중심으로 전개되지만, 그 안에서는 그저 사랑의 본성에 관한 이야기뿐만 아니라, 이데아론과 혼에 관한 논의들(불사 논증과 삼분설), 후기 변증술로 유명한 나눔과 모음의 방법에 관한 탐구, 문자의 본성에 관한 검토 등플라톤의 후기 철학을 특징짓는 여러 핵심적인 주제들이다뤄진다. 수사학이 다뤄지는 것은 바로 이런 맥락에서다.즉 『파이드로스』의 수사학은 이 작품의 독립된 주제라기보다는, 플라톤이 다양한 철학적 담론을 검토해 나가는 과정에서 그것들에 맞게 수정하고 발전시킨 것이라고 볼 수있다.

초기와 중기 대화편들에서 플라톤의 주된 철학적 관심사는 진리(참)와 진리 아닌 것(거짓)의 배타적인 관계였다.그에 따르면, 진리 탐구를 통해 얻게 된 지식(앎)의 특징은시간의 제약을 받지 않는 불변성에 있다. 또한 진리를 담지한 기술 역시 같은 조건과 대상에 대하여 언제나 동일한 결과를 산출해야 한다. 이런 관점을 수사학에 적용할 경우,그럼직하고 개연적인 것을 논의 대상으로 삼는 수사학은 진리의 조건을 만족할 수 없다. 그래서 플라톤은 소크라테스의 입을 빌려 수사학이 겉보기에는 기술과 닮아 있지만, 기술이 아닌 사이비 기술이라고 주장하는 것이다. 문제는 수사학이 기술과 다르다는 데 있지 않고, 닮았다는 데 있다. 왜냐하면 많은 사람이 수사학을 기술로 착각함으로써, 가치를 비롯하여 삶과 관련된 중요한 문제들을 결정할 때 수사가의 주장을 따르기 때문이다. 초기 대화편 속 소크라테스가 수사학에 대해 엄격한 태도를 취하는 것은 바로 이런 이유 때문이라 할 수 있다.

반면에 『파이드로스』에서 수사학을 바라보는 시선은 한결 유연하게 바뀐다. 이는 무엇보다도 수사학을 기존의 '사이비 기술'에서 '혼을 인도하는 일종의 기술'로 바꿔 규정한다는 점에서 그렇다. 그런데 이러한 시선의 변화 이면에는 무엇보다도 감각 세계에 대한 보다 유연해진 평가가 깔려 있는 것처럼 보인다. 플라톤에 따르면, 우리가 살고 있는 이 우주는 가지적인 형상들의 모상이다. 기존의 평가대로라면, '모상은 참이 아니다'라는 판단으로 끝났을 것이다. 하지만 『파이드로스』에 묘사된 세계는 그저 모상이라는 위상보다는, 완전한 형상들의 모상이라는 데 방점이 찍힌다. 즉 감각 세계는 완전한 형상들과 비슷하기에 형상들만큼은 아니지만 아름답고 훌륭하며, 형상들의 모상인 만큼 일정 정도의 진리를 담고 있다는 것이다. 그리고 여기서 말하는 일정 정도의 진리란 높은 수준의 개연성을 갖춘 참된 의견이라는 것이다. 실제로 우리가 삶의 모든 영역에서 절대적이고 필연적인 지식을 얻을 수는 없다. 하지만 많은 경우, 개연성에 기반한 참된 의견에 따라 판단하고 실천한다면, 실패 없이 행복한 삶을 살아갈 수 있다는 것이다. 수사학의 가치가 결정되는 곳은 바로 개연성이 지배하는 참된 의견의 영역이라 할 수 있다. 변증술의 절차와 방법에 따라 사물의 본성을 파악하고, 그렇게 파악된 것을 적절한 형식에 따라 조직하여 연설을 행한다면, 우리는 성공적인 설득을 행할 수 있으리라는 것이다. 요컨대 수사학은 참된 의견에 기반하여 인간의 혼을 바른 방향으로 이끄는 한에서 그 존재 의의를 갖는다고 할 수 있다.

참고 문헌

김헌, 「아리스토텔레스의 '시학'과 '수사학'」, 『서양고대철학 2』, 서울: 도서출판 길, 2016.
아리스토텔레스, 『수사학/시학』, 천병희 옮김, 파주: 도서출판 숲, 2017.
키케로, 『수사학. 말하기의 규칙과 체계』, 안재원 옮김, 서울: 도서출판 길, 2007.
───, 『토피카』, 성중모 옮김, 파주: 아카넷, 2022.
플라톤, 『고르기아스』, 김인곤 옮김, 파주: 아카넷, 2021.
───, 『소크라테스의 변명』, 강철웅 옮김, 파주: 아카넷, 2020.
───, 『파이드로스』, 김주일 옮김, 파주: 아카넷, 2020.
───, 『향연』, 강철웅 옮김, 파주: 아카넷, 2020.

5장
아리스토텔레스의 『수사학』

손윤락(동국대학교)

기원전 4세기 말 아리스토텔레스Aristoteles가 쓴 『수사학 Rhētorikē』은 연설가의 기술이었던 수사학을 처음 학문의 반열에 올려놓은 기념비적인 저작이다. 서양의 역사에서 '레토리케'라는 말이 처음으로 나온 것은 플라톤의 책 『고르기아스』(448d)에서 '연설술'이라는 뜻으로 쓰인 대목이지만,[1] 같은 말이 학문의 이름으로 제시된 것은 아리스토텔레스의 『수사학』이 처음이다. 아리스토텔레스는 이 책에서 과거 민주정 아테네에서 대중을 설득하는 시민의 지식으로 인식되었던 '연설가의 기술'을 학문으로 정립하였다. 이후 헬레니즘 시대의 그리스와 로마의 학자들이 이 『수

---

[1] 수사학을 의미하는 그리스어 '레토리케rhētorikē'를 어떻게 번역할 것인지에 대한 고민은 플라톤의 『고르기아스』에서 이 낱말이 처음 나오는 곳에서부터 시작된다. 김인곤은 '레토리케'를 우리말로 옮기면서 '수사술', '설득술'을 검토한 후 불편함이 남아 있지만 여러 곳의 문맥에 어울리는 '연설술'을 선택한다(플라톤 2021, 김인곤 옮김, 220). 아리스토텔레스의 『수사학』을 안내하는 이 글에서는 저작을 표시할 때는 『수사학』으로, 그 기술을 의미할 때는 맥락에 따라 '연설술'과 '수사학'을 혼용한다.

사학』을 모범으로 삼아 시민의 기본 지식인 자유 학예artes liberales의 하나로 수사학을 가르쳤으며, 중세를 지나 르네상스 시기와 근대를 거쳐 오늘날에 이르기까지 공적인 말하기와 좋은 글쓰기 등 언어를 매개로 청중이나 독자를 만나는 다양한 수사학 관련 연구 및 실용 영역에서 이 책은 최초이자 최고의 전거로 여겨지고 있다.

1. 아리스토텔레스의 생애와 저작

아리스토텔레스는 기원전 384년 그리스 북동부 마케도니아의 칼키디케 지방 스타게이로스에서 태어났다. 아버지 니코마코스Nikomachos는 마케도니아 왕실의 시의였고, 아리스토텔레스는 왕궁이 있던 펠라Pella에서 자랐으나 일찍 아버지를 여의었다. 그는 기원전 367년 17세의 나이에 아테네로 유학하여 이후 20년간 플라톤의 학교 아카데미아에서 공부하고 가르쳤다. 아리스토텔레스는 아테네에서 시민politēs이 아닌 외국인 거류민metoikos 신분이라 현실 정치에 참여할 수는 없었으나 학자로서 아테네의 법과 정치에 대해 연구했고 윤리학과 정치학 등 학문을 통해 견해를 밝혔기에 '학문적 아테네인'이라고 불렸다.

아리스토텔레스는 아카데미아에서 뛰어난 학생이었고, 20대 중반부터는 스스로 학문적 주제에 대해 집필을 시작한 것으로 보인다. 기원전 347년 플라톤이 죽은 후, 아리스토텔레스는 아테네를 떠나 소아시아의 아소스에서 아카데미아를 개설하고 강의와 연구를 수행했으며, 친구이자 참주인 헤르미아스Hermias의 조카 퓌티아스Pythias와 결혼했다. 그는 기원전 343년 마케도니아의 왕 필리포스 2세의 초청으로 펠라로 갔으며, 한동안 왕자 알렉산드로스Alexandros를 가르쳤고, 이후 레스보스 섬 뮈텔레네로 가서 동료이자 제자인 테오프라스토스Theophrastos와 함께 자연철학을 연구했다. 그는 알렉산드로스가 왕위에 오른 이듬해인 기원전 335년 아테네로 돌아와 자신의 학교 뤼케이온을 설립했다.

아리스토텔레스는 모든 영역에 학문적 관심을 가졌으며, 이론적인 학문과 실천적인 학문을 구분하고 영역별로 연구 및 강의를 수행했다. 현존하는 아리스토텔레스의 저작 대부분은 그의 강의들을 후대에 편집한 것이다. 아리스토텔레스는 기원전 323년 제국의 왕 알렉산드로스가 죽은 후 반反마케도니아 정서가 팽배한 시기 아테네 시민들에 의해 불경죄로 고소당했는데, 이는 앞서 기원전 399년 소크라테스가 고소당했던 죄목과 같았다. 아리스토텔레스는 그해 뤼케이온을 설립한 지 12년 만에 "아테네인들이 철학에 두 번 죄짓지 않도록 하기 위해" 아테네를 떠났고, 이듬해인 기원전 322년 에우보이아섬 칼키스에서 62세로 죽었다.

기원전 4세기 초 그리스에서는 펠로폰네소스 전쟁(BC 431~404)에서 패배한 아테네가 정치적으로 쇠퇴하고, 스파르타와 보이오티아 등 몇몇 폴리스가 패권 다툼을 이어 갔다. 기원전 4세기 후반에 이르러 북쪽의 마케도니아가 세력을 키웠고 기원전 338년 마케도니아 왕 필리포스 2세가 그리스 전역을 통일했으며, 그가 피살된 기원전 336년 알렉산드로스가 왕위에 올라 동쪽의 페르시아를 정복하고 10여 년 만에 중앙아시아부터 페르시아, 바빌로니아, 이집트까지, 당시 인더스강 서쪽의 모든 문명 세계를 아우르는 대제국을 건설했다. 아리스토텔레스는 기원전 367년에 아테네로 유학을 왔으니, 필리포스 2세의 그리스 통일 이전에 온 것이다. 그 당시 아테네는 국제 사회에서 주도권을 잃었으나, 여전히 그리스 문화의 중심지로 남아 있었다. 그때 아테네에는 이소크라테스Isocrates(BC 436~338)가 390년 무렵에 세운 수사학 학교가 있었고 플라톤Platon (BC 427~347)이 기원전 387년에 세운 아카데미아도 있었다. 아리스토텔레스가 아테네를 떠났다가 다시 돌아와 기원전 335년에 자신의 학교 뤼케이온을 세운 곳은 바로 이소크라테스의 수사학 학교가 있던 '아폴론 뤼케이오스' 숲이었다.[2] 당시 아카데미아는 플라톤의 조카 스페우시포스 Speusippos가 교장으로 수학, 기하학 등에 집중했으며, 이소

---

2 '아폴론 뤼케이오스Apollōn Lykeios'는 그리스 신화의 주신 중 하나인 아폴론의 여러 별명 가운데 하나로, 양치기를 보호하고 '늑대를 물리치는 아폴론'이라는 의미이다. 이 이름의 숲은 아테네 아크로폴리스의 동쪽 성문 밖에 있던 아폴론 신의 성소였으며, 아리스토텔레스의 학교 '뤼케이온'은 이 성소의 이름을 딴 것이다.

크라테스의 학교는 연설술rhētorikē을 가르쳤으나 마케도니아의 아테네 점령과 이소크라테스의 사망(BC 338년) 이후 쇠퇴한 것으로 보인다. 이 시기 아테네에서는 문학, 철학, 역사학 외에도 수학, 천문학, 의학 등 다양한 분야의 지식이 발달했으며, 아리스토텔레스 또한 알렉산드로스 치하에서 연구와 강의의 자유를 누렸다.

오늘날 우리가 읽을 수 있는 아리스토텔레스의 작품들은 대부분 그의 강의를 모은 것인데, 아리스토텔레스가 일반인을 위해 지은 외부용 저작들exoterica은 대부분 소실되어 단편만 남아 있고, 반면 자신의 학교에서 했던 내부용 강의들esoterica의 일부가 책으로 편집되어 전해지는 것이다. 뤼케이온에 있었던 아리스토텔레스의 저작들은 우여곡절 끝에 기원전 1세기 로마 장군 술라Sulla가 아테네를 정복할 때 취득된 후, 당시 뤼케이온의 교장으로 알려진 로도스의 안드로니코스Andronikos에게 맡겨져 처음으로 일목요연한 편집이 이루어졌고, 이때 학문의 성격에 따라 전체적인 순서가 잡힌 것으로 보인다. 우리가 읽는 아리스토텔레스의 저작은 19세기 프러시아의 고전학자 임마누엘 벡커I. Bekker의 편집본(1831~1870)을 기준으로 하는데, 이것은 전통적인 '내부용 강의들'로서, 흔히 아리스토텔레스 저작집Corpus Aristotelicum으로 불린다. 이 전집에는 아리스토텔레스의 이름으로 알려졌으나 후대의 작품으로 판단되는 위작 15편을 포함해서 모두 46개의 작품이 실려 있으며, 편집 순서는 학문 도구, 이론학, 실천학, 제작학의 순으로 이른바 전통적인 학문 분류에 따르고 있다.

아리스토텔레스의 저작집에 실린 첫 번째 그룹은 오르가논Organon이라 불리는데, 그 이름은 후대의 것이지만 아리스토텔레스 자신의 생각을 담은 명칭으로 학문 혹은 사고의 '도구'라는 의미이다. 여기에는 낱말이나 명제에 관한 저작, 즉 언어의 형식적인 분석을 주로 전개하는 논리학적 텍스트들이 속하는데, 『범주론Categoriae』, 『명제론De Interpretatione』, 『분석론 전서Analytica Priora』, 『분석론 후서Analytica Posteriora』, 『토피카Topika』, 『소피스트적 논박Sophistici Elenchi』 등이 있다. 오르가논이 학문의 도구라면, 본격적인 학문들은 따로 있다. 아리스토텔레스는 기원전 4세기 당시에 알려진 여러 가지 지식들 가운데 물질적인 기술이 아닌 지혜에 속한다고 판단되는 학문들을 일정한 기준을 가지고 구분하여, 일종의 학문 분류를 이루어냈다.[3] 아리스토텔레스는 종종 학문 혹은 지식을 의미하는 에피스테메epistēmē와 기술을 의미하는 테크네technē라는 말을 동의어로 사용하며, 학문을 그 목적과 대상에 따라 이론학, 실천학, 제작학으로 구분한다. 이 구분에 따르면, 이론학technē theorētikē은 지식 자체를 목적으로 하는 탐구로서 엄밀한 진리를 추구하는 자연학, 수학 같은 학문이 여기에 속

---

3   아리스토텔레스, 『형이상학』 6.1, 1025b25; 김재홍 2016, p. 26.

하며, 아리스토텔레스의 저작으로는 『자연학*Physica*』, 『천체론*De Caelo*』, 『생성소멸론*De Generatione et Corruptione*』, 『기상론*Meteorologica*』, 『영혼론*De Anima*』, 『동물지*Historia Animalium*』, 『형이상학*Metaphysica*』 등이 이 영역에 속한다. 실천학techne praktike은 인간적인 좋음에 대한 탐구로서 엄밀한 진리를 추구하는 것이 아니라 어떻게 잘 행동할 것인가를 아는 것으로, 윤리학, 정치학, 경제학 등이 여기에 속하며, 저작으로는 『니코마코스 윤리학*Ethica Nicomachea*』, 『에우데모스 윤리학*Ethica Eudemia*』, 『정치학*Politica*』 등이 있다. 제작학techne poiētikē은 어떻게 무언가를 만들어 낼 것인가에 대한 탐구로서 시구를 짓는 시학과 법조문을 짓는 법학이 여기에 속하며, 수사학은 연설문을 작성한다는 점에서 본다면 제작학에 속한다고 할 수 있다. 그렇다면 저작으로는 『시학*Peri Poiētikēs*』, 『아테네인들의 정체*Athēnaiōn Politeia*』, 『수사학』을 꼽을 수 있다.

수사학rhētorikē은 인간의 사회 혹은 공동체 안에서 연설가의 기술, 즉 공적인 말로써 대중을 설득하는 기술로 이해되었으며, 달리 말하면 '공적인 말짓기와 말하기에서의 설득의 원리에 대한 탐구'라고 할 수 있다. 수사학은 위에서 분류된 학문 영역들 가운데 전통적으로 '제작학'에 속하는 것으로 이해되었으나, 대중을 설득하는 일이 국가와 공동체의 삶과 밀접하게 관련되어 있고 무엇보다도 실천의 영역, 즉 공동체 안에서의 행위의 영역에 속하는 일이기 때문에, 수사학이 단지 제작학에 속한다고 하기는 어렵다. 더구나 아리스토텔레스의 『수사학』이 연설문 작성을 목적으로 하는 것도 아니기에, 이 문제는 뒤에 가서 『수사학』을 본격적으로 다룰 때 좀 더 자세하게 논의해 보기로 하자.

아리스토텔레스는 정치학politica을 윤리학ethica의 연장선에서 바라보았다. 그는 인간은 가정을 이루고 마을을 이루어 모여 사는 동물이며, 최종적으로 완전히 자족적인 공동체인 국가polis 안에서 시민politēs으로서만 온전한 삶이 가능하다고 보았다. 그는 정치가politikos의 임무는 좋은 국가를 이루는 것이고, 시민의 행복이 국가의 목표라고 생각했다. 아리스토텔레스는 『니코마코스 윤리학』 제1권 2장에서 이렇게 말한다. "정치학이 그런 [총기획적인] 학문인 것 같다. 가령 병법이나 경제학, 또 수사학처럼 가장 높이 평가받는 능력들까지도 정치학 밑에 놓여 있기 때문이다."(1094b4) 여기서 정치학이 국가 차원의 학문이라는 점 외에도 병법, 경제학과 함께 수사학이 정치학 아래에, 즉 실천의 영역에 놓이며, 또한 국가 공동체를 위해 필수적인 지식임을 읽을 수 있다. 아리스토텔레스는 좋은 시민이 좋은 국가를 이루며, 좋은 시민을 기르기 위해서는 국가가 법으로 교육을 규제해야 한다고 주장했다.

이렇게 실천학을 다루는 정치학과 윤리학에서는 이론학에서와는 다른 접근이 필요하다. 아리스토텔레스는 『니코마코스 윤리학』제1권 3장에서, "[정치학에서는] 개략적으로 참을 밝히는 것에 만족해야 한다. '대부분의 경우에 그런 것들ta hos epi to poly'에 대해 논의하고 그런 것들로부터 출발하는 것이기에, 그런 것들을 추론하는 데 만족해야 한다"(1094b20-23)라고 말한다. 여기서 '대부분의 경우에 그런 것들'이라는 말은 수사학을 가르치던 이소크라테스가 즐겨 사용하던 어구로, 엄밀한 이론적 진리와 달리 인간의 공동체 안에서, 특히 민주정 체제 안에서 다수의 사람이 인정하는 경우 그것이 참으로 규정된다는 의미이다. 아리스토텔레스는 이소크라테스의 이 원리를 받아들여 종종 사용하는데, 이는 실천의 영역은 절대적이고 엄밀한 진리가 아닌 가변적이고 합의된 진리, 즉 설득의 영역임을 말하는 것이다. 그러므로 좋은 시민이 되려면 정치학을, 그리고 그 안에 포함되는 수사학을 배워야 한다.

아리스토텔레스는『정치학』제3권에서 좋은 정체와 나쁜 정체를 구분한다. 국가 공동체 안에서의 공적인 말하기와 설득의 문제를 다루는『수사학』을 이해하기 위해서는, 정치학의 이 구분에서 기준이 되는 공공의 이익과 사회적 우애 등을 중시하는 아리스토텔레스가 그리는 이상적인 정치 체제를 이해할 필요가 있다. 아리스토텔레스는 윤리학에서 삶의 궁극적인 목적을 행복이라고 했으며, 정치학에서는 국가의 목적을 그 시민의 행복에 있다고 주장했다. 아리스토텔레스에게 있어서 시민의 주권과 참여,

소통과 행복은 국가가 관장하는 교육으로 시민들의 덕arete (훌륭함)을 증진함으로써 가능하다.[4] 그는 『정치학』 제3권 9장에서 "국가의 목적은 단순한 생존이 아닌 훌륭한 삶eu zēn을 제공하는 것이며"(1280a31), "명실상부한 국가라면 시민적 훌륭함arete politike에 관심을 기울여야 한다"(1280b6)라고 말했다.

아리스토텔레스의 학교 뤼케이온은 고등 교육기관이었고 그가 이곳에서 펼친 강의도 대부분 수준 높은 이론적 내용이었던 것에 비해 그의 책 『정치학』에서 이상적인 국가의 교육으로 언급되는 공교육의 내용은 읽기·쓰기, 그리기, 체육, 음악 등 기초 교육에 해당하는 것이 전부이다. 아리스토텔레스가 생각했던, 초등 교육을 넘어가는 시기의 중등 교육에 대한 내용은 텍스트에 나오지 않지만, 위에서 살펴본 국가와 시민에 관한 그의 이론과 그가 뤼케이온에서 수행했던 고등 교육을 감안해서, 그의 이상을 현실에 적용해 볼 수는 있다. 그러면 중등 교육에서는 아마도 학문 방법론에 해당하는 논리학 및 변증술과 시민의 기본 역량인 수사학을 포함할 것으로 보인다.

---

4 그리스어 arete(아레테)는 고대 그리스인들이 사회적 가치로 추구하던 훌륭함의 통칭으로, 흔히 지혜, 용기, 정의, 절제를 네 가지 주된 덕이라 한다. arete는 플라톤과 아리스토텔레스의 텍스트 번역에서 많은 경우 '탁월함'으로 옮겨지지만, 이 글에서는 '덕'으로 옮기고, 맥락에 따라서 '훌륭함'을 병기한다(손윤락 2012b 참조). 한편 동양의 유가 사상에서도 인仁, 의義, 예藝 등 사회적 가치를 '덕德'이라고 칭하는데, 동양과 서양에서 덕으로 추구되는 개별 가치들은 다소 다르지만 이것들이 사회적 훌륭함으로 추구되었던 점에서는 동서양의 덕 개념이 일맥상통하는 것으로 보인다.

2. 아리스토텔레스의 『수사학』

2.1. 아리스토텔레스의 저작 『수사학』

아리스토텔레스는 수사학을 주제로 한 몇몇 저술들을 남긴 것으로 전해지는데,[3] 그 중 두 편이 아리스토텔레스의 작품으로 인정된다. 하나는 우리가 아는 『수사학』이고, 다른 하나는 지금은 소실된 작품으로, 아리스토텔레스가 아카데미아 체류 시기(BC 367~347)에 연설술에 대해 쓴 『그륄로스Gryllos』이다. 이 작품은 아리스토텔레스의 생애 첫 번째 저작으로 알려져 있는데, 여기서 그는 플라톤의 저작들과 같은 대화체로 플라톤의 시각을 반영하여,[6] 연설술이 왜 하나의 기술technē이 될 수 없는지에 관한 논증을 내놓았다. 이 책의 내용에 대해서는 많이 알려진 것이 없으나, 플라톤의 입장에 서서, 이소크라테스가 주장한 시민의 지식으로서의 수사학에 반대하는 입장을 담았던 것으로 보인다. 그러나 그 후 아리스토텔레스는 공적인 말하기와 설득의 문

---

5 아리스토텔레스의 이름으로 'Technōn Synagōgē'(연설술 개론)이 전해지는데, 이는 이전의 연설술 이론을 모은 편람이다. 또한 'Theodekteia'(테오덱테이아)가 있는데, 이는 연설술 요약집으로 아리스토텔레스의 추종자 테오덱테스가 묶은 것으로 보인다. 그리고 'Rhetorica ad Alexandrum(알렉산드로스 수사학)'도 아리스토텔레스의 이름으로 전해지나, 람사코스 출신 아낙시메네스의 저작으로 판단된다. 이들은 이렇게 위작이거나 편람 정도이기에 아리스토텔레스의 수사학 저술로 소개할 만하지 않다.

6 Kennedy, G. A., *The Art of Persuasion in Greece*, Princeton: Princeton University Press, 1963, p. 83.

제를 공동체 안에서의 중요한 요소로 인정하고 수사학에 학문적으로 접근하게 된 것으로 보인다. 그 결과물이 뤼케이온 시기(BC 335~323)에 나온 『수사학』인데, 이 책에서 그는 논리와 오류를 넘나드는 소피스트식 논박도 청중의 감정에만 호소하는 과거의 연설술도 아닌, 설득의 원리를 분석하는 학문으로서의 수사학을 펼친다.

오늘날 우리가 가지고 있는 아리스토텔레스의 『수사학』이라는 작품은 세 권으로 구성되어 있으나, 3세기의 디오게네스 라에르티오스Diogenes Laertios가 지은 아리스토텔레스의 저작 목록은 『수사학』에 두 권만 언급하는데,[7] 아마도 우리가 가진 『수사학』 제1권과 제2권을 가리키는 것 같고, 『문체론』에 다시 두 권을 언급하는데, 이것은 『수사학』 제3권의 내용을 가리키는 것 같다. 『수사학』 제1권과 제2권이 일관된 수사학 이론을 제시하는 반면, 제3권의 두 가지 주제 즉 문체 및 연설의 부분은 『수사학』 제1권과 제2권의 원래 계획에서는 언급되지 않는다. 아리스토텔레스는 『시학』에서 『수사학』이라는 작품에 대해서 말할 때 (1456a33), 제1권과 제2권은 언급하지만 제3권의 주제는 포함하지 않는다. 따라서 『수사학』 제1~2권과 제3권이 1세기에 로도스의 안드로니코스에 의해 아리스토텔레스 저

---

7 디오게네스 라에르티오스는 서기 3세기에 『유명 철학자들의 생애와 사상Vitae Philosophorum』을 쓴 학설사가이다.

작의 전집에 묶여 나올 때까지는 통합되지 않았던 것으로 보인다. 그럼에도 불구하고『수사학』의 두 이질적인 부분인 제1~2권과 제3권을 연결하는 체계적인 해석은 타당하다. 연설에서 말할 거리 혹은 '생각'에 관련한『수사학』제1~2권의 기획은 제3권의 어떻게 표현할 것인가에 대한 기획, 즉 '문체'에 관한 논의로 보완될 필요가 있는 것이다.『수사학』의 저술 시기를 단정하는 일도 쉽지 않다.『수사학』제2권 23장, 24장에는 아리스토텔레스의 뤼케이온 시기(BC 335~323)의 일들이 언급되기도 하지만, 최소한『수사학』제1-2권의 핵심 내용은 이른 시기, 즉 아카데미아 시기(BC 367~347)에 씌어진 것으로 보인다. 가장 놀라운 것은 초기 저작『토피카』와의 유사성이다.『토피카』가 아리스토텔레스 논리학의 삼단논법syllogismos 이전 단계를 보여 주는 것이라면, 이는『수사학』에 대해서도 마찬가지일 것 같다. 왜냐하면 그 안에 엄밀한 연역 논증으로서의 삼단논법 관련 논의가 거의 없기 때문이다.

2.2. 아리스토텔레스의 '수사학'

아리스토텔레스는『수사학』에서 기원전 4세기 당시에도 이미 대중을 설득하는 연설 기술로 활용되고 있던 '레토리케rhētorikē'에 대해서 그것이 부족하다고 판단했고 기존의 것과 달리 새로운, 학문으로서의 수사학 이론을 펼쳤다. 아리스토텔레스가 '수사학'을 지칭하는 그리스어 'rhētorikē'

는 그 단어 앞에 지식 혹은 기술이라는 뜻의 명사 '테크네 technē'가 생략되어 있는 형태로 쓰인 것이며, 전체적으로는 '테크네 레토리케technē rhētorikē', 즉 '연설가의 기술' 혹은 연설술이라는 의미이다. 아리스토텔레스는 『수사학』에서 연설술을 지칭할 때 종종 '레토리케'를 빼고 그냥 '테크네' 즉 '기술'이라고만 부르기도 한다. 이 기술은 오늘날의 표현으로 옮긴다면 '공적인 말하기 역량'이라고 할 수 있다. 국가 공동체 안에서 공적인 말하기의 중요성은 왕정이나 귀족정에서보다 평민들이 정치에 참여하여 민회가 다수결로 작동하는 민주정에서 훨씬 더 클 것이다. 아리스토텔레스의 시대에서 거슬러 올라가 보면 과거 아테네의 민주정은 평민이 정치의 주체가 되어 입법·사법·의례에 참여하는 체제로서, 민주정하의 주권자인 시민은 의회나 법정이나 예식에서 공적 말하기의 연사이자 청중이 되었다. 아리스토텔레스는 기존의 민주정을 지지하지는 않았으나, 왕정도 귀족정도, 재산 등급별로 시민권에 차등을 두는 금권정도 현실에서는 어려움이 있기에, 현실적으로 본다면 민주정이 각자 자기 자신을 위해서 통치에 참여하는 것이므로 '나쁜 체제'들 중에서는 그나마 낫다고 한 것이다.

아리스토텔레스가 민주정을 반대한 이유가 무지하고 가난한 다수가 국사를 이끌고 공직을 맡고, 그래서 각자 자신을 위해 통치에 참여하게 된다는 데 있었기에, 그가 주장하는 이상적인 체제인 '국가politeia'는 모든 시민이 국가가 주관하는 교육을 받아서 시민적인 덕politikē aretē을 갖춘 국가, 경제적으로는 중산층이 두터운 국가다.『정치학』제8권 3장에서 아리스토텔레스는 국가가 법으로 교육을 관장하고 신분이나 재산에 무관하게 아이들을 같은 장소에 모아서 읽기·쓰기, 그리기, 체육, 음악 등 기본적인 교육을 받도록 해야 한다고 주장한다. 그는 이상적인 국가로 이렇게 모든 시민이 일정한 덕aretē을 갖추고, 서로 번갈아 지배하고 지배받는 체제, 말하자면 모두가 교육을 받아서 모든 시민이 시민으로서의 훌륭함을 갖춘 체제를 추구하는 것이다.[8] 따라서 아리스토텔레스의 이상적인 국가에서도, 과거 아테네 융성기의 민주정 체제에서와 같이 시민의 공론장이 작동하고, 의회와 법정과 예식에서 레토리케, 즉 공적인 말하기 역량이 중요하게 된다. 그러나 과거에 존재했던 현실의 민주정 아테네와 다른 점은, 아리스토텔레스의 '국가'의 시민들은 모두 교육받고 훌륭함을 갖추었다는 점이다. 이것은 결정적인 차이이며, 이제부터 아리스토텔레스가 말하는 '수사학'도 과거와는 다른 새로운 수사학이 된다.

아리스토텔레스의 수사학을 이해하려면 무엇보다도 그가 인간을 국가 공동체 안의 시민으로, 그리고 언어를 통해 분별력과 소통 능력을 갖춘 존재로 보았음을 주목해야 한

---

8   손윤락, 「아리스토텔레스의 『정치학』에서 국가와 시민 교육」, 『서양고전학연구』 48, 2012a.

다. 이 문제에 대해 한석환은 다음과 같이 지적하고 있다. "아리스토텔레스의 인간에 대한 두 가지 근본적 통찰, 즉 인간은 본질적으로 정치적이라는 통찰과 본질적으로 언어 구사 능력을 구비하고 있다는 통찰이 연이어 언급된 것은 결코 우연이 아니다."[9] "'테크네 레토리케'로서의 수사학은 철학적 의미의 실천, 정치, 인간적인 것의 차원에 속하는 학문이다. 그것은 단순히 말을 멋들어지게 하고 글을 맛깔나게 짓는 차원의 일이 아니다. 고전적 의미의 수사학은 상대방과의 교섭이 항상 전제되어 있는 행동 양식이다. 실천의 영역, 정치의 세계, 인간적 삶의 세계는 절대적인 것, 진리, 필연성, 명증성의 세계가 아니다. 상대적이고 의견이 분분하고 개연적이고 불확실하고 가변적인 세계이다. (…) 공존과 번영을 위해 타협과 조정이 있을 수밖에 없다. 수사가, 그리하여 수사학이 필요한 까닭이다."[10]

고대 그리스에서 전통적으로 중시되어 온 '레토리케'는 연설가의 기술 혹은 말을 잘하는 기술로 이해되지만, 아리스토텔레스는 그의 『수사학』에서 "그것의 과제는 설득하는 것이 아니다"(1.1, 1355b10)라고 말한다. 생각해 보면, 만일 레토리케의 목적을 '설득'으로 규정한다면 그것을 가르치는 사람은 과거의 소피스트나 연설문 작가, 아니면 연설

---

9 한석환, 『아리스토텔레스 수사학 연구』, 서광사, 2015, p. 7.
10 앞의 책, pp. 8~9.

교사일 것이다. 그런데 아리스토텔레스가 천명한 것처럼 그의 『수사학』은 설득 기술을 익혀서 연설가가 되도록 하는 것이 교육 목표가 아니다. 『수사학』 제1권에서 아리스토텔레스는 "그것의 과제는 각각의 경우에 주어진 설득 수단들pithana을 발견하는 것이다"(1355b10)라고 함으로써 그가 말하는 수사학이 한 차원 높은 목적을 가진 것임을 보여준다. 그는 또한 "수사학은 각각의 경우에 가능한 설득 수단pithanon을 통찰하는 능력이다"(1355b26)라고 강조하고 있는데, 이를 종합하면 수사학은 설득 수단, 즉 '설득을 이끌어낼 수 있는 요소들'을 찾아내는 학문이다.

아리스토텔레스는 변증술dialektikē이 말을 통한 추론의 방법을 탐구하는 것과 상응하는 방식으로, 수사학은 말을 통한 설득의 요소 혹은 설득 수단을 탐구 대상으로 삼는다고 보았다. 우리는 누구나 말을 사용해 무언가를 설명하고, 또한 설득하기 때문이다. 여기서 아리스토텔레스의 입장은 수사학이 올바른 추론의 방법론인 변증술과 맞먹는 학문이고, 변증술이 통념에서 출발하는 추론의 규칙을 다루는 것처럼 수사학은 순전히 주관적인 것이 아닌 객관적인 설득의 원리, 즉 '설득 수단'을 탐구하는 학문이라는 것이다.

2.3. 『수사학』 텍스트의 구조

아리스토텔레스의 학문 체계에 대한 전통적인 해석에서 수사학은 제작학에 속하는 것으로 알려져 왔다. 쿠퍼L.

Cooper의 연구에서 보는 것처럼 『수사학』은 "연설 작성의 방법을 알려주는 것"으로 이해되었다.[11] 국내의 연구에서도 수사학은 흔히 제작학으로 분류되며 "정치와 법률의 영역에서 청중을 설득할 수 있는 말logos(연설)을 만들어내는 기술"로 이해된다.[12] 그러나 아리스토텔레스의 『수사학』에는 완성된 연설이 수사학의 산물이라는 규정이 나오지 않으며, 연설의 본질에 대한 규정적인 언급도 없다. 수사학의 목적이 연설문 작성에 있는 것이 아니기 때문이다. 그렇다면 수사학을 제작학으로 분류하는 것은 텍스트 상의 근거가 충분하다고 하기 어렵다. 아리스토텔레스는 수사학의 성립 근거를 연설의 본질 규명에 둔 것이 아니라 설득의 요소를 발견하는 데 두었으며, 따라서 그가 다른 학문에서도 원리와 원인을 찾은 것처럼 수사학에서도 설득의 원리 혹은 기제를 탐구했다고 할 수 있다. 그러나 아무리 강조해도 지나치지 않을 만한 사실은, 아리스토텔레스는 이 수사학을 실천학의 구도 안에서 말하고 있다는 것이다. 이는 그가 국가 공동체 안에서 공적인 사안에 대해 진리와 정의를 관철하기 위해 수사학이 유용함을 강조하는 대목에서도 잘 읽을 수 있다.

아리스토텔레스의 『수사학』은 전체가 3권으로 이루어

---

11 Cooper. L, *Rhetoric of Aristotle*, 1960, p. xviii.
12 김헌, 「아리스토텔레스의 '시학'과 '수사학'」, 강상진 외, 『서양고대철학 2』, 길, 2016, p. 229.

져 있고, 제1권과 제2권은 설득력 있는 것pithanon 혹은 설득 수단pistis에 대해 다루고 있는데, 일관성의 관점에서 보았을 때 이 제1권과 제2권이 애초의 집필 계획이었던 것으로 보인다.『수사학』의 제3권은 독립적인 두 가지 주제를 다루고 있는데, 1~12장은 산문체 연설의 언어 표현lexis을 다루고, 13~19장은 연설을 이루는 부분들의 배열taxis을 다루고 있다. 그렇다면, 디오게네스 라에르티오스가 남긴 아리스토텔레스의 저작 목록에서 "두 권"으로 언급된『수사학』은 이 책의 제1권과 제2권의 내용이고, 동일한 목록에 나타나는『문체론Peri Lexeos』이라는 저작은『수사학』제3권의 내용일 가능성이 있다.[13] 전체적으로 제1권과 제2권은 말할 내용에 대해서, 그리고 제3권은 그 방식에 대해서 다루고 있다. 제1권과 제2권의 주제는 제2권의 끝에 나오는 '사고dianoia' 개념으로 정리된다. 사고는 논거의 '발견'과 관련이 되는 연설의 첫 번째 과정이므로, 이렇게 보면 아리스토텔레스의『수사학』에는 로마 시대에 정립된 '수사학의 다섯 과정' 가운데 발견, 배열, 표현, 전달 이렇게 네 가지가 다루어지는 것이다.

『수사학』제1권과 제2권은 두 개의 삼분 구조로 되어 있다. 첫 번째 삼분 구조는 세 개의 피스티스들pisteis, 즉 논리, 감정, 성격이라는 설득 수단으로 이루어지는데, 이것

---

13 한석환,『아리스토텔레스 수사학 연구』, 서광사, 2015, p. 33.

들은 수사학적 방법에 의거하고 연설 안에서만 제공된다
는 의미에서 기술적이다. 연설은 연사의 성격ēthos, 청중
의 감정pathos, 그리고 논증logos 그 자체를 통해 설득을 이
끌어 낼 수 있다는 것이다. 두 번째 삼분 구조는 공적 연
설의 세 종류와 관련된다. 첫째, 의회에서 이루어지는 연
설은 '심의 연설'이고, 여기서 연사는 청중에게 어떤 것을
하도록 권유하거나 하지 않도록 만류한다. 청중은 미래
에 일어날 것들을 판단해야 하며, 이 미래의 사건들이 국
가polis를 위해 좋을지 나쁠지, 그것들이 이익을 가져올지
해악을 가져올지 판단해야 한다. 둘째, 법정에서 이루어
지는 연설은 '재판 연설'이고, 여기서 연사는 누군가를 고
소하거나 자신 혹은 타인을 변호한다. 이런 연설은 과거
에 일어난 일들을 다룬다. 청중 혹은 배심원은 과거 사건
이 실제로 일어났는지 아닌지, 그것이 정당한지 부당한
지, 즉 적법한지 위법적인지 판단해야 한다. 세 번째 종류
는 '의례 연설'인데, 추도 연설이나 기념 연설과 같이 누
군가를 칭찬하거나 비난하며, 그 대상의 행위나 업적을
명예로운 것 혹은 수치스러운 것으로 묘사하려고 한다.
『수사학』제1권은 먼저 설득의 3요소를 언급한 후, 위
의 연설의 세 종류를 차례대로 다룬다. 제1권 4~8장은 심
의 연설을 다루고, 9장은 의례 연설을, 10~14장은 재판 연
설을 다루고 있다. 이 장들은 설득의 논증적 기술, 즉 로고
스logos에 기여하거나 혹은 각 장르의 연설에 고유한 논증

적 설득 방식에 기여하는 것으로 이해된다. 세 가지 종류의 연설에 공통적인 논증적 설득을 다루는 두 번째 부분은 제 2권 19~26장이다. 두 번째 설득 수단인 청중의 감정과 관련해서는, 개별적인 감정들이 제2권 2~11장에서 열거된다. 이어지는 제2권 12~17장이 다양한 유형의 성격pathos들을 다루고 있지만, 이 장들은 첫 번째 설득 수단, 즉 연사의 성격에 의존하는 수단을 상술하지는 않는다. 이 설득 수단의 기본적인 이론은 제2권 1장의 몇 줄에 나온다. 제2권 18장은, 제1권의 끝부분에 직접 이어지는 내용으로, 논증적 설득의 고유한 특성과 공통적 특성들 간에 어떤 연결고리를 제공하려고 한다. 제3권 1~12장은 언어 표현 혹은 문체에 관한 몇 가지 질문에 대해 논의하고 있고, 13~19장은 연설의 다양한 부분들과 그 배열에 할애되어 있다.

3. 아리스토텔레스의 수사학 이론

3.1. 수사학은 변증술의 짝이다

아리스토텔레스는 『수사학』 제1권에서 자신의 수사학을 기존의 것과는 다른 '학문으로서의 수사학'으로 규정하고 수사학의 종류와 영역을 구분한다. 아리스토텔레스가 자신의 수사학을 학문으로서의 수사학이라고 한 것은 어떤 의미이며, 왜 이렇게 새로운 수사학이 필요했을까? 이것

을 이해하기 위해서는 『수사학』 제1권의 첫 문장을 살펴
볼 필요가 있다. "수사학은 변증술dialektikē의 짝antistrophos
이다."(1345a1) 그리고 이어서 "왜냐하면 둘 다 어떤 의미에
서는 모든 사람이 이해할 수 있지만 특정 학문에 속하지 않
는 주제들을 다루고, 또 어떤 의미에서는 모든 사람이 이
둘에 관여한다"는 말이 나온다. 즉, 수사학과 변증술 둘 다
특정 학문의 주제가 아니라 모든 사람이 사용하는 방법을
다루는 기술들technai이라는 말이다. 아리스토텔레스에 있
어서 변증술dialektikē은 논리학의 일부이긴 하지만 참인 전
제로부터 출발하여 엄밀한 명제적 진리를 추구하는 논증
apodeixis과 달리, 우리가 대부분 수용하는 통념endoxa으로부
터 출발하여 추론하되 모순을 범하지 않고 논의를 유지하
는 방법을 탐구한다.[14] 그러므로 아리스토텔레스는 『수사
학』의 첫머리에서 수사학은 이렇게 누구나 사용하는 '통념
에서 추론하는 방법'인 변증술과 같이 '합당한 근거를 통해
설득하는 방법'이라고 규정하고 있는 것이며, 이는 그의 새
로운 수사학이 과거의 연설술에 비해 좀 더 이성적인 측면
을 강조하는 규정을 채택하고 있는 것으로 해석될 수 있다.
　　그런데 여기에서 쓰인 '짝antistrophos'이라는 말은 일찍
이 키케로가 지적한 것처럼,[15] 고대 그리스 비극의 형식에

---

14 김재홍, 2008, p. 391.
15 키케로, 『연설가론De Oratore』 32.114. 이 작품은 안재원에 의해 『수사학』(2006)이
　　라는 제목으로 일부가 번역되었다.

서 온 것이다. 비극 작품의 구조를 보면 배우들의 대사로 이루어진 이야기인 막epeisodion이 하나 끝나면 합창 가무단인 코로스가 동일한 운율의 두 절로 이루어진 노래 정립가stasimon를 부르는데 1절을 스트로페srtophē(회전)라고 하고 그에 상응하는 2절을 안티스트로페antistrophē(반전)라고 한다. 안티스트로포스antistrophos는 이 낱말의 형용사로서, 우리말로는 '상응한다' 혹은 '짝이다'로 옮길 수 있다. "수사학은 변증술의 짝이다"라는 말은, 수사학과 변증술 둘 다 그 적용 범위에 있어서는 탐구 영역이 특정된 학문이 아니고 모든 사람이 관계하는 것이라는 뜻이다. 변증술은 플라톤에서 시작된 '대화를 통한 철학 탐구'의 방법론이며, 아리스토텔레스에서도 여전히 통념으로부터 출발하는 추론의 방법이다. 브렁슈빅J. Brunschwig의 지적처럼 『수사학』 제1권 2장에 나오는 수사학의 윤리학-정치학적 내용이 책의 첫머리에 나오는 수사학과 변증술의 병치를 일견 해체하는 것으로 보이는데,[16] 즉 제1권 1장의 규정을 보면 수사학이 마치 변증술과 같이 추론의 방법이고 논리학적인 주제를 다룰 것 같지만, 2장 이하를 보면 수사학은 기본적으로 국가 공동체의 문제로서 정치학에 속하며, 인간의 성격과 감정을 다룬다는 점에서 윤리학과 심리학의

---

16 Brunschwig, J., "Aristotle's Rhetoric as 'Counterpart' to Dialectic", *Essays on Aristotle's Rhetoric*, A. O. Rorty (ed.), Berkeley: Univ. of California Press, 1996, p. 35.

영역에 걸쳐 있기도 한 학문이다. 따라서 수사학은 추론과 논증을 사용하되 엄밀한 명제적 진리의 세계가 아니라 가변적인 현실의 문제를 다룬다는 점에서 변증술과 다른 것이다. 그러므로 우리는 두 기술에 대해 변증술이 통념에서 출발하여 말로 추론하는 이론적 영역에 적용되는 방법론인 것처럼, 수사학은 말로 설득하는 실천적 영역에 적용되는 기술이라는 의미로 둘의 관계를 이해할 수 있다.

사실 이 'antistrophos'라는 말이 '연설술'과의 관계에서 등장하는 것은 플라톤이 연설가의 기술을 처음으로 '레토리케'로 규정했던 『고르기아스』이다. 이 책에서 대화자로 나오는 소크라테스는 "요리술이 몸에서 연설술rhētorikē의 짝antistrophos이듯, 연설술은 영혼에서 요리술의 짝antistrophos이다"(465d-e)라고 말한다.[17] 말하자면 몸의 건강을 회복하게 해 주는 진짜 기술은 의학이며 요리술이 기술로 보이지만 혀에만 달콤한 유사 기술인 것처럼, 수사학은 사법dikaiosynē의 그림자에 불과한 유사 기술이라는 것이다. 따라서 아리스토텔레스는 플라톤이 연설술에 대해 부정적인 의미로 쓴 'antistrophos'라는 말을 자신의 『수사학』을 여는 첫 문장에 씀으로써 수사학이 단지 유사 기술이 아님을 천명하고 있는 것이다. 즉 아리스토텔레스는 수사학이 요리술과 같은 유사 기술이 아닌, 하나의 유용한 기술

---

17 플라톤, 『고르기아스』, 김인곤 옮김, 아카넷, 2021.

이며 플라톤에서 철학의 방법론이었던 변증술의 짝이라고
한 것이다.

아리스토텔레스는 앞서 본 것처럼 『수사학』의 시작에
서부터 곧바로 연설술 혹은 수사학은 변증술과 밀접하게
연관되어 있음을 강조한다. 그는 이 두 과목 간의 유사성을
설명하기 위해 몇 가지 정식을 제공하는데, 『수사학』의 첫
문장에서 수사학이 변증술의 짝이라고 선언하고(1354a1),
제1권 2장에서는 그것을 변증술과 성격 연구의 한 곁가지
paraphyes ti라고 부르며(1356a25), 결국 수사학이 변증술의
부분이며 그것과 닮았다고 말한다(1356a30 이하).

아리스토텔레스가 이렇게 변증술에 대해 말할 때 그
는 분명 자신의 책 『토피카』를 염두에 두고 있는데, 여기
서 그는 어떤 내용이든 주장들을 공격하거나 방어하기 위
한 논증적 방법을 상당한 길이로 상술하고 있다. 아리스토
텔레스의 변증술적 방법은 플라톤에게서 이어받은 것이
지만, 플라톤이 변증술을 종종 진리를 발견하고 담보하는
방법으로 제시하는 반면, 아리스토텔레스의 변증술은 특
정한 주장을 검토하거나 일련의 명제들의 정합성을 검증
하기 위한 것으로 제한된다. 이것이 아리스토텔레스가 새
로운 수사학을 제시하면서 그것이 변증술과 유사함을 유
비적으로 강조할 때 마음속에 두었던 맥락이다. 랍에 따르
면, 아리스토텔레스가 생각한 수사학과 변증술 간의 이러
한 유비는 두 과목의 몇 가지 공통된 특징으로 구체화될 수

있다.[18] 1) 수사학과 변증술은 둘 다 특정한 유에 속하지 않거나 특정 학문의 대상이 아닌 것들과 관련된다. 2) 수사학과 변증술은 둘 다 특정 학문의 확립된 원칙에 의존하지 않는다. 3) 수사학과 변증술 둘 다 논증을 제공하는 기능을 가지고 있다. 4) 수사학적 논증과 변증술적 논증 둘 다 진리로 확립되지는 않았지만 평판이 좋거나 한 편 혹은 상대편에 의해 받아들여진 가정이나 전제가 되는 통념endoxa에 의존한다. 5) 수사학과 변증술은 둘 다 대립의 양편에 관련되어 있는데, 변증술은 어떤 논제에 대한 찬반 논증을 구성함으로써 관련되고, 수사학은 주어진 사안에서 무엇이 설득력이 있을지를 고려함으로써 관련된다.

이 변증술에의 유비는 아리스토텔레스의 이른바 새로운 연설술, 즉 수사학의 지위에 매우 중요한 귀결을 갖는다. 즉 플라톤의 『고르기아스』에서와 달리 아리스토텔레스는 이 수사학-변증술 유비를 통해 수사학을 하나의 교과목으로서 '기술technē'의 반열에 올려놓는다. 한편 이 유비는 또한 수사학이나 변증술도 제한적이고 잘 정의된 주제를 다루는 일반적인 기술들technai이나 학문과 같지 않다는 생각을 구체화하는 의미도 있다. 이미 지적했듯이, 변증술과 수사학 둘 다 일반적으로 받아들여진 전제들, 즉 통념으로부

<hr>

18 Rapp, Ch., "Aristotle's Rhetoric", The Stanford Encyclopedia of Philosophy, Edward N. Zalta (ed.), 2022. URL=https://plato.stanford.edu/entries/aristotle-rhetoric/

터 나온 논증들을 다룬다는 것이 중요하다. 변증가들은 확립된 학문적 원리에 기초하여 논증하지 않고 단지 평판이 좋은 가정들, 즉 대부분의 사람이 받아들인 가정에 기초하여 논증한다. 비슷한 맥락에서, 연설가는 청중에 의해 받아들여진 가정들을 겨냥하려고 하는데, 왜냐하면 그들은 자신의 신념에 기초하여 청중을 설득하려고 하기 때문이다.

물론 수사학과 변증술은 그 적용 영역이 다른데, 변증술은 철학적-학문적 논쟁에 적용되고 수사학은 대개 공적인 연설에 적용된다. 예를 들어 변증가는 일련의 명제의 정합성을 검증하려고 하는 반면, 연설가는 주어진 청중에 대한 설득을 이루려고 하며, 변증술은 질문과 대답, 즉 쌍방의 주장과 반박이 이어지는 대화로 진행되는 반면, 수사학은 대부분 한 사람의 다수를 향한 단독 발언 형태로 진행된다. 그러나 이런 차이점에도 불구하고, 변증술과 수사학 둘 다 그 방법은 청자에 의해 받아들여진 몇몇 가정을 겨냥한다는 동일한 중심 생각을 공유한다. 더구나 변증가가 상대방의 주장을 논박하기 위한 연역과 귀납에 관심을 가지는 것처럼, 연설가는 청중의 기존 신념들을 자기가 확립하고자 하는 다른 견해들과 논리적으로 연결하는, 혹은 연결하는 것처럼 보이는 연역과 귀납에 관심을 가진다. 아리스토텔레스는 논증 혹은 증명이 어떤 설득 과정에도 중심이라고 생각하는 것 같은데, 왜냐하면 『수사학』 제1권 1장에서 보는 것처럼 사람들은 무언가가 증명되었다고 생각할 때 가장 쉽게 설득되기 때문이다(1355a3 이하). 따라서 논증이나 수사적 증명에 기꺼이 중심 자리를 내주고자 하는 연설가는 그의 설득 방법을 상당한 정도까지 변증술적 논증의 방법에 기초할 수 있다.

그렇다면, '변증술에 상응하는' 새로운 수사학은 어떤 점에서 새로운 것인가? 우선 아리스토텔레스는 이 수사학이 과거의 소피스트식 '만능 기술'도 아니고 반대로 플라톤이 단죄한 '유사 기술'도 아닌, 하나의 학문 혹은 기술techne이라고 주장하고 있다는 사실에 주목할 필요가 있다. 그것은 교묘한 궤변으로 청중의 관심을 돌리거나 극도의 감정으로 청중을 혼란스럽게 하지 않고, 국가 공동체 안에서 진리와 정의를 관철시키기 위해 유용하게 사용될 수 있다. 아리스토텔레스는 이 기술을 통해 공동체의 구성원들이 내는 공통의 의견들, 즉 사회적 통념을 토대로 설득과 논변을 행하고, 실제 상황이 어떠한지 간과하지 않고, 누군가 부당한 논변을 펼칠 때 그것을 반박하는 등 추론과 논증을 행한다는 사실을 강조한다(1355a20-b7).

3.2. 수사학의 본성과 목적

아리스토텔레스의 『수사학』이 독자에게서 거두고자 하는 목적에 대해서는 다양한 견해가 있다. 이 책은 분명 법정에서, 의회에서, 혹은 어떤 예식에서 대중인 청중에게 연설을 하려고 하거나 그런 목적으로 연설문을 작성해야 하는 사람들에게 도움이 되기 위한 것이다. 그러나 이 말이 『수사학』이 주어진 청중의 설득을 목표로 하는 단순한 지침서나 편람이라는 의미일까? 『수사학』 텍스트에 대해, 이것이 청중의 마음을 바꾸는 방법에 대한 안내를 제공하는 교육 지침서인지, 아니면 인간의 소통과 담론 일반과 같은 철학적으로 더 야심 찬 목적을 가진 것인지에 대한 연구자들의 논의가 있었다. 『수사학』이 철학적 목적을 가진다는 해석은 그리말디가 아리스토텔레스의 수사학에 관한 저작의 목적은 궁극적으로 모든 지식 영역에서 인간 담론의 본질을 분석하는 것이라고 주장하는 데서,[19] 또는 가버가 그것은 철학적 탐구의 일부로 읽힐 수 있으며 철학적 기준에 의해 판단되는 것이라고 주장하는 데서[20] 읽을 수 있다. 한편, 오츠는 『수사학』이 한편으로 실용적인 편람으로서의 역할을 하지만, 다른 한편으로 아리스토텔레스가 그것을 논리학, 윤리학, 정치학과 연결하려고 하는 시도를 볼 때 양면성이 있다고 주장한다.[21] 이렇게 아리스토텔레스의 『수사학』 텍스트의 목적은 여러 가지 해석에 열려 있지만, 아리스토텔레스의 수사학에 대한 정의와 수사학의 내적, 외적

---

19 Grimaldi, W. M. A., *Studies in the Philosophy of Aristotle's Rhetoric*, F. Steiner, 1972, p. 1.

20 Garver, E., *Aristotle's Rhetoric, An Art of Character*, Chicago: Univ. of Chicago Press, 1994, p. 3.

21 Oates, W. J., *Aristotle and the Problem of Value*, Princeton: Princeton University Press, 1963, p. 335.

목적에 대해 그가 말하는 것을 고려함으로써 바람직한 읽기에 이를 수 있을 것으로 보인다.

아리스토텔레스의 『시학』이 좋은 비극 작품을 만드는 방법에 대한 지침을 준다고 가정한다면, 그렇다면 아리스토텔레스의 『수사학』도 좋은 연설을 만드는 방법에 대한 지침을 주는 책이라고 기대해야 하지 않을까? 그리고 이 생각의 연장선에서, 수사학을 연설문 작성을 목표로 하는 일종의 제작적인 지식이라고 이해할 수 있지 않을까? 이것은 그럴듯하게 들리며, 몇몇 구절에서 아리스토텔레스는 연설가에게 2인칭으로 직접 말하고 지침을 주는 것처럼 보이기도 한다(1415b35, 1417a2 등). 그러나 이런 구절들은 오히려 전체적인 경향에 비추어 보면 예외적인 경우들이며, 앞서 말한 것처럼 아리스토텔레스는 수사학을 결코 제작의 산물, 즉 연설문을 통해서 정의하지 않는다.

아리스토텔레스는 그 대신, 『토피카』 제6권 12장에서 보는 것처럼, 연설가를 '각각의 사안에서 무엇이 설득력 있는지를 알아볼 수 있는 사람'으로 정의한다(149b25). 이에 맞추어, 『수사학』 제1권 2장에서 수사학은 '각각의 사안에서 가능한 설득 수단을 알아볼 수 있는 능력'으로 정의된다(1355b26). 또한 『수사학』 제1권 1장에도 설득력 있는 것pithanon, 즉 설득 수단이 수사학에서 하는 역할은 추론 syllogismos이 변증술에서 하는 역할과 동일하다고 언급된다 (1355b15-17). 이것은 설득하는 것이 수사학의 정의적 기능

ergon이라고 말하는 것이 아니다. 왜냐하면 연설가, 즉 수사학의 소유자들이 모든 상황에서 사람들을 설득할 수는 없기 때문이다. 연설가의 일은 다른 기술들, 예를 들어 의술과 같은데, 의사의 일은 건강을 산출하는 것이 아니라 가능한 한 건강을 조장하는 것이다. 왜냐하면 건강을 회복할 수 없는 사람조차도 잘 돌봐줄 수 있기 때문이다(1355b10-14). 마찬가지로, 연설가는 수사학이 변화시킬 수 없는 요인들로 인해 비록 모든 청중을 설득할 수는 없지만, 유효한 설득 수단을 알아볼 수 있는 경우에만 그들의 기술을 완전히 갖추는 것이다.

이러한 정의에 비추어 볼 때, 수사학은 일차적으로 설득력의 본질과 원리들에 관련되는 것으로 보이며,『수사학』 텍스트는 이 기술의 다양한 요소들을 상술하는 것을 목적으로 하는 것으로 보인다. 그러한 기술을 갖추는 것이 연설을 구성하는 데 유용할 뿐 아니라 타인의 연설 평가나 설득력 분석 등과 같은 다른 목적에도 유용함은 말할 필요도 없다.

3.3. 설득의 세 요소

아리스토텔레스는『수사학』제1권 2장에서 공적인 영역에서 연설에 의해 설득이 일어나는 현상과 설득을 일으키는 기술을 분석한 결과, 세 가지 설득 수단pistis으로 논리logos, 감정pathos, 그리고 성격ēthos을 들었다(1356a1-4). 이 설득의 세 요소 가운데 감정의 요소는, 그 이전의 주로 청중의 감정만을 겨냥한 비기술적인 연설술과 달리, 다른 설득 요소와 함께 청중에 대한 체계적인 분석을 통해 적절하게 적용될 때 그들의 마음속에서 판단을 바꿀 수 있고, 결국 연사가 원하는 방향으로 청중을 설득할 수 있음을 의미한다.[22] 아리스토텔레스는 수사학의 핵심 주제라고 할 수 있는 이 설득 수단에 대해 설명하면서 설득의 요소들은 '기술에 따른 것'과 '기술과 무관한 것'으로 구분하는데(1.2, 1355b35-1356a1), 후자로는 더 이상 입증이 필요 없는 계약서나 증언 등이 있다고 말한다. 중요한 것은 기술에 따른 것entechnon인데, 여기에 세 요소가 속한다. 텍스트의 표현을 그대로 가져오면, "그것은 첫째, 연사의 성격에 있고, 둘째, 청중을 어떤 심리 상태로 놓는 데 있고, 셋째, 어떤 것을 증명하는 혹은 그렇게 보이는 논증 자체에 있다."(1356a1-4) 이 구절이 수사학에서 "설득의 세 요소"로 불리는 에토스, 파토스, 로고스에 관한 규정이다.

설득의 요소들 가운데 로고스logos는 주제 혹은 내용의 논리를 의미하며, 무언가를 보여 주는 혹은 그런 것처럼 보이는 연사의 말 자체에서 설득이 되는 경우이다. 아리스토텔레스에 따르면 논리를 통한 설득은 각각의 사안에서 설득 수단들로부터 진실이나 진실로 보이는 것을 보여 줄 때

---

22 손윤락, 「아리스토텔레스의 『수사학』에서 감정과 판단의 문제」, 『수사학』 42, 2021.

생기는 것이므로, 이 요소는 설득이 논변이나 수사학적 증명을 통해 이루어지는 경우를 말한다. 훌륭한 연사는 논리적으로 추론할 줄 알아야 하는 것이다. 수사학적 논변도 추론과 마찬가지로 '귀납적인 것'과 '연역적인 것'으로 구분되는데, 말하자면 예증paradeigma은 귀납적 논변이고, 수사추론 혹은 엔튀메마enthymēma는 연역적 논변이다. 이 수사추론에 대해서는 아래에서 좀 더 자세히 살펴보도록 하겠다.

설득의 요소들 중에서 파토스pathos는 청중의 감정을 가리키며, 설득이 청중을 어떤 감정 상태로 놓는가에 달려 있음을 의미한다. 청중의 감정을 통한 설득이란 그들이 연설을 통해 어떤 감정 상태pathos로 이끌릴 때 설득이 일어나는 경우이다. 아리스토텔레스는 요즈음 현실의 연설 작가들은 이런 점에만 몰두한다고 지적하고 있다. 아리스토텔레스는 『수사학』 제2권 서두에서 연사를 통해 이루어지는 설득과 청중의 감정 상태를 통해 유발되는 설득에 대해 다시 논의한다. 연사는 청중의 감정에 호소하며, 청중에게 연사 자신의 목적에 맞는 감정을 불러일으켜야 한다. 아리스토텔레스의 기본적인 생각은 특정한 감정을 불러일으키려면 '무엇 때문에 어떤 감정을 느끼게 되는지, 어떤 사람에게 그런 감정을 느끼는지, 어떤 상태에 있을 때 특정한 감정을 느끼게 되는지' 등을 알아야 한다는 것이다 (1378a20-30). 그리고 나서 그는 인간이 가진 각각의 감정에 대한 논의를 시작하는데, 먼저 분노와 진정, 우애와 혐오,

두려움과 안심, 수치와 몰염치, 친절과 불친절, 동정과 의분, 질투와 경쟁심 등의 감정에 대해 검토한다. 청중의 감정 이해는 청중에 대한 본격적인 분석으로 이어지는데, 청중의 성격ēthos을 인구학적 속성이라고 할 수 있는 연령, 출신, 부, 권력을 기준으로 청년층, 노년층, 장년층, 귀족층, 부유층, 권력층 등 여섯 가지 유형으로 분류하고 그 각각에 대해 심도 있는 분석을 제시한다.

설득의 요소들 중에서 에토스ēthos는 연사의 성격을 가리키며, 연사가 누구인가, 즉 연사의 성격 혹은 성품이 어떠한가에 설득 여부가 달려 있음을 의미한다. 아리스토텔레스는 성격을 통한 설득은 연사가 자신을 신뢰할 만한 사람으로 만드는 방식으로 연설할 때 생긴다고 했다. 이를 위해서 연사는 공정성epieikeia을 갖추어야 하며(1.2, 1356a7-12), 현명함phronesis과 덕aretē과 선의eunoia로 인해 신뢰받게 된다(2.1, 1378a7). 그렇다면 이 '성격' 요소가 어떤 의미에서는 아리스토텔레스의 수사학에서 가장 강력한 설득 수단이라고까지 말할 수 있다(1356a13). 이는 아리스토텔레스의 수사학이 변증술과의 유사성이 부각되고 감정이 아니라 논리적-이성적 측면이 강조되는 것이 사실이라고 하더라도 여전히 유효한데, 그것은 '성격'이 연사에 대한 공신력의 바탕이자 로고스와 파토스의 토대라는 점에서 그러하다.

아리스토텔레스『수사학』에서 가장 유명한 논쟁 가운데 하나는 두 번째 설득 수단, 즉 청중의 감정을 통한 설득과 관련된 것인데, 왜냐하면 그것이 수사학적 설득에 대한 아리스토텔레스의 접근에 있어서 중요한 불일치를 포함하고 있는 것처럼 보이기 때문이다. 즉,『수사학』제1권 2장에서 아리스토텔레스는 감정 혹은 감정의 일어남을 세 가지 기술적 설득 수단 가운데 하나로 인정하지만, 제1권 1장에서는 감정의 수사학적 사용에 대해 한결 주저하거나 심지어 거부하는 태도를 보여 주는 것 같다는 것이다.『수사학』제1권 1장에서 아리스토텔레스는 이전의 연설술 작가들은 이 기술의 일부만을 다루었다고 주장하는데, 왜냐하면 증명이나 엔튀메마enthymēma와 같은 설득 수단만이 기술에 속하는데 저 작가들은 대부분 부차적이고 '주제에서 벗어난 것들'에 주로 몰두하기 때문이다. 아리스토텔레스는 이전 사람들의 이러한 경향을 예시하여, '비방, 연민, 분노와 같은 마음의 감정들'은 해당 사안과 관련되지 않고 재판관에게 [감정적으로] 호소한다고 말한다(1354a11-18). 그리고 조금 뒤에 그는 "재판관에게 분노, 공포, 연민을 불러일으켜서 그들을 그르치게 해서는 안 된다"라고 덧붙인다. 이는 마치 자를 사용하기 전에 그것을 구부려 놓는 것과 같다(1354a24-26).『수사학』제1권 2장이 감정의 수사적 사용을 지지한다는 사실과 별개로, 이렇게『수사학』제1권 1장은 이를 무시하는 것처럼 보인다. 달리 말하면,『수사학』제1권 1장의 언급은 감정을 일으키는 것이 기술적이지 않음을 함의하는 것처럼 보이지만, 반면 제1권 2장은 설득의 세 가지 기술적 수단 가운데 하나로 청중의 감정을 통한 설득을 명백하게 소개하고 있는 것이다.

이러한 불일치를 해결하기 위해 다양한 전략들이 고안되었다. 랍에 따르면,[23] 20세기 초에는 제1권 1장과 2장이 단지 양립할 수 없고 두 장 가운데 하나는 다른 저자가 썼거나,[24] 혹은 두 장을 무능한 편집자가 이어 붙였거나,[25] 혹은 그 두 장이 아리스토텔레스의 철학적 발전에서 서로 다른 단계를 나타낸다고[26] 생각하는 경향이 있었다. 오늘날 졸름젠의 이러한 발전론적 설명은 유행이 지났지만,『수사학』제1권 1장의 '플라톤적' 성격을 강조하는 학자들이 최근에도 있다.[27] 즉 아리스토텔레스가 이 장을 썼을 때 그는 플라톤의 영향하에 있었고, 점차 그것으로부터 해방되었다는 것이다. 한편, 이 불일치를 해결하는 전략 중 하나는 두 장 사

23 Rapp, Ch., "Aristotle's Rhetoric", The Stanford Encyclopedia of Philosophy, Edward N. Zalta (ed.), 2022. URL=https://plato.stanford.edu/entries/aristotle-rhetoric/

24 Marx, F., *Aristoteles Rhetorik* (=*Berichte der koeniglich saechsischen Gesellschaft der Wissenschaften zu Leipzig*, Volume 52), Leipzig, 1900.

25 Kantelhardt, A., "De Aristotelis Rhetoricis," Dissertation Goettingen, 1911; reprinted in Rudolf Stark (ed.), *Rhetorika. Schriften zur aristotelischen und hellenistischen Rhetorik*, Hildesheim: Olms, 1968.

26 Solmsen, F., *Die Entwicklung der Aristotelischen Logik Und Rhetorik*, Weidmann, 1929.

27 Fortenbaugh, W. W., "Aristotle's Platonic Attitude toward Delivery", *Philosophy and Rhetoric* 19, 1986, p. 248; Schuetrumpf, E., "Some observations on the introduction of Aristotle's Rhetoric" in D. J. Furley and A. Nehamas (eds.), *Aristotle's Rhetoric*, Princeton: Princeton University Press, 1994, p. 106.

이의 불일치가 과장된 것은 아닌지 의문을 가지는 것인데, 왜냐하면 두 장은 서로 다른 의제를 가진 것이고, 감정과 관련한 양쪽의 차이점은 이러한 서로 다른 의제로 인한 것일 수 있기 때문이다. 따라서 다음과 같은 제안이 가능하다. 즉, 불일치로 보이는 것은 두 장에 나타나는 '피스티스pistis'라는 말의 서로 다른 의미를 구별하는 것만으로도 해결될 수 있는데, 이것이 제1권 2장에서는 감정이 설득 수단으로서 수사학 '기술'의 하나라는 의미에서 언급된 것이고, 제1권 1장에서는 감정들에 몰두하는 것이 기술적 설득 수단에 반하며, 이는 감정을 기술적으로 사용하는 것이 아니라는 의미라는 것이다. 이렇게 보면 두 장은 불일치하지 않으며, 다만 서로 다른 설정을 제시하고 있는 것이라고 할 수 있다.

4. 연설의 종류와 부분, 수사학의 과정

4.1. 연설의 세 종류

아리스토텔레스는 『수사학』 제1권 3장에서 연설의 종류를 심의 연설, 재판 연설, 의례 연설 셋으로 구분하고 있으며, 이하 제1권의 나머지 부분에서는 연설의 종류별로 연설에 대한 세부적인 논의를 이어간다. 즉, 제1권 4~8장은 의회에서 이루어지는 심의 연설에 대해 말하고, 9장은 예식에서 이루어지는 의례 연설을 설명하고, 10~14장은 법정에서 이루어지는 재판 연설에 대해 설명한다. 연설은 연사, 주제, 청중의 세 요소로 구성되며, 그 목적은 청중을 향해 있다(1358b1). 연설의 종류는 세 가지인데, 왜냐하면 청중의 부류가 셋이기 때문이다. 즉 청중은 민회 의원으로서 미래의 일을 판단하는 사람이거나, 재판관으로서 과거의 일을 판단하는 사람이거나, 아니면 관찰자로서 연사나 연설 대상의 능력을 판단하는 사람이다.

먼저 의회에서 수행되는 연설은 심의 연설symbouleutikos로 규정된다. 심의 연설에서 연사는 청중에게 무언가를 하도록 권고하거나 무언가를 하지 않도록 만류한다. 따라서 청중은 미래에 일어날 일들을 판단해야 하며, 그들은 이 미래의 사건들이 국가에 좋은지 혹은 나쁜지, 즉 그것들이 이익을 가져다줄지 해악을 가져다줄지 결정해야 한다. 다음으로 법정에서 수행되는 연설은 재판 연설dikanikos로 규정된다. 연사는 누군가를 고소하거나 아니면 자신이나 다른 사람을 변호한다. 이런 종류의 연설은 당연히 과거에 일어난 일들을 다룬다. 청중 혹은 재판관은 과거의 어떤 사건이 실제로 일어났는가 아니면 일어나지 않았는가를 판단해야 하며, 또한 그것이 정당했는가 혹은 부당했는가, 즉 법에 부합하는가 아니면 법에 저촉되는가를 판단해야 한다. 심의 연설과 재판 연설의 경우 청중이 대립하는 두 당사자 중 하나에 유리한 결정을 내려야 하는 논란적인 상황에서의 맥락을 갖고 있는 반면, 세 번째 종류인 의례 연설epideiktikos은 그러한 결정을 목표로 하지 않는다. 의례 연설은 장례 연설이나 축하 연설과 같이 예식에서 행해지는 연설이며, 누군가를 칭찬하거나 비난하며, 그 대상의 행위나 업적을 명예로운 것으로 혹은 수치스러운 것으로 묘사하려고 한다(1358b14 이하).

그런데 여기서 연설의 세 종류는 그 자체로 논의되는 것이 아니고, 세 가지 대상 영역 각각에 대한 논증적인 설득 방식을 중심으로 각 영역에 특수한 토포스topos(말터)들을 제공하는 일이 논의된다.[28] 여기서 중요한 것은, 토포스를 각 종류의 연설에 고유한 것과 어느 하나에 국한되지 않고 보편적으로 해당되는 것으로 구분한다는 점이다. 수사학적 논변도 이 셋 중 어느 한 종류의 대상과 관련을 맺는다. 심의 연설의 대상은 유익함 혹은 해로움을 다루고, 재판 연설은 정의 혹은 부정의를 다루며, 의례 연설은 아름다움 혹은 추함을 다룬다는 것이다.

세 종류의 연설 가운데 제1권 9장에 나오는 의례 연설에 대해 조금 더 살펴보도록 하자. 의례 연설은 그 대상이 되는 사람이나 집단의 덕aretē을 찬양하고 부각하는데, 이런 점에서 연사나 청중의 에토스와 관련된다고 할 수 있다. 아리스토텔레스는 여기서, 칭찬하는 자들과 비난하는 자들의 목표는 덕과 악덕, 아름다움과 추함이라고 규정한다.

---

28 아리스토텔레스의 『수사학』에 나타나는 토포스 혹은 말터에 대해서는 이 글 제6장에서 살펴본다.

이것들을 말할 때, 우리가 성격에 있어 어떤 사람인지 드러내 주는 단서들도 보여 주게 될 것이다. 왜냐하면 이것들로부터 우리는 덕과 관련하여 우리 자신이나 남을 신뢰할 만한 사람으로 만들 수 있기 때문이다. 연사가 덕이 있다고 청중이 믿을수록 연사는 누군가의 덕을 찬양할 자격을 갖추게 된다. 칭찬epainos은 덕의 크기를 드러내는 연설이며, 따라서 행위들이 그런 종류의 것임을 보여 주어야 한다. 찬양enkomion은 업적과 관련되는데, 업적은 성정hexis의 표시이며, 따라서 그럴 것이라고 믿으면 찬양하게 된다. 의례 연설은 이렇게 덕과 업적에 대한 부각auxētikos 수단들을 많이 사용해야 하기에 '부각 연설' 혹은 '과시 연설'로도 불리는데, 부각을 위해서는 시간chronos과 상황kairos으로부터 나온 수단을 사용해야 한다. 찬양의 반대, 즉 비난의 경우도 부각이라는 점에서는 마찬가지다.

4.2. 연설의 부분들

아리스토텔레스는 『수사학』 제3권 13~19장에서 연설의 구성과 주요 부분에 관한 내용을 다루고 있다. 이 설명에 따르면 연설의 본체는 두 부분으로 구분되는데, 하나는 사안pragma에 대한 진술diēgēsis이고 다른 하나는 자기 주장의 입증pistis 혹은 증명apodeixis이다. 이 본체의 앞과 뒤에 도입부prooimion와 마무리epilogos를 붙이면 연설의 네 부분이 이루어진다. 이러한 연설의 네 부분을 오늘날의 구분으로 말한다면, 도입부는 서론에 해당하고, 본체 두 부분은 본론, 마무리는 결어에 해당한다고 할 수 있다.

연설의 네 부분 가운데 본론에 해당하는 두 부분은 사안에 대한 진술과 연사 자신의 입장에 대한 논증을 담고 있기 때문에 이성적인 측면이 강조되는 부분이며, 그렇기 때문에 여기서는 먼저 자신의 입장에 대한 논증, 즉 입증pistis이 있어야 하며, 아울러 이것만이 아니라 내 주장에 반대하는 상대의 입장 검토와 그것에 대한 반박elenchos을 포함해야 한다. 한편 본론과 달리 도입부와 마무리는 감정에 더 가까운 부분이다. 도입부에서 연사는 자신에 대한 호의와 주제에 대한 관심을 불러일으키고, 청중의 감정을 읽고 그것에 공감하는 모습을 보여 주며, 마무리에서는 끝으로 청중에게 사안의 문제점과 내 주장의 타당성을 각인시킨다.

4.3. 수사학의 과정: 발견, 배열, 표현, 연기

아리스토텔레스의 『수사학』은 후대인 로마 시대에 정립된 발견invention, 배열dispositio, 표현elocutio, 기억memoria, 전달actio이라는 서양 고대 수사학의 체계를 기준으로 볼 때, 이 다섯 가지 과정 가운데 발견heuresis, 배열taxis, 표현lexis 세 가지를 다루었고, 전달 혹은 연기hypokrisis에 대해서는 중요성만 언급하고 직접 다루지는 않았다. 한편 『수사학』에는 로마 시대의 연설가 키케로에 의해서 강조된 '기억'에 대해서는 언급되지 않는다.

아리스토텔레스가 『수사학』에서 공적인 사안을 주제로 청중의 설득을 목적으로 하는 수사학 기술이 적용되고 펼쳐지는 과정을 설명하면서 가장 많은 부분을 할애하는 내용은 입증 혹은 설득 수단pistis에 관한 논의들인데, 이것이 수사학 기술의 핵심을 이룬다. 이 부분은 수사학의 과정으로 본다면 설득력 높은 논거의 발견heuresis을 위한 과정이 된다. 이 과정에서 연사는 해당 사안 혹은 주제에 대해 내용의 논리logos를 갖추고, 청중의 감정pathos을 움직이며, 자신의 성격ēthos이 신뢰할 만하도록 연설을 구성해야 하는데, 『수사학』 제1권 전체와 제2권의 후반부에 이를 위해서 어떤 것들을 알아야 하는지에 대한 상세한 설명이 나온다.

논거들의 배치 혹은 배열taxis의 문제는 연설을 구성하는 네 가지 주요 부분에 관한 논의에서 다루었는데, 이는 위에서 간략하게 살펴본, 『수사학』 제3권 13~19장의 논의를 바탕으로 한다. 아리스토텔레스는 먼저 연설에서 필수적인 부분은 둘인데, 말하자면 사안에 대한 '진술'과 중심 주장의 '입증'이라고 말한다. 이것이 연설의 본체 혹은 본론을 이룬다는 것이다. 이것을 둘러싸는 것이 도입부와 마무리라고 한다면, 이 네 부분이 아리스토텔레스가 말하는 연설의 배열이 되는 것이다. 다시 말하면 연설은 기본적으로 도입부, 사안의 진술diēgēsis, 중심 주장 입증pistis, 마무리 등 네 부분으로 이루어진다는 것이다(3권 13장). 아리스토텔레스는 이 핵심적인 내용을 넘어서, 도입부부터 마무리까지 연설의 특정 부분들에 대해 제3권 19장에 이르도록 설명을 이어간다.

언어 표현lexis의 문제는 『수사학』 제3권의 앞부분에 나오는데, 요약하자면, 좋은 연설은 언어 표현에 있어서 명료성, 적절성, 참신성을 갖추어야 한다는 것이다. 제3권 1~12장은 일반적으로 '문체'로 번역되는 언어 표현lexis이라는 주제를 소개한다. 이 주제는 수사학 제2권의 마지막 구절까지 언급되지 않았기 때문에, 대부분의 학자들은 이 부분을 다소 독립적인 저작으로 생각하게 되었다. 이 저작을 『수사학』에 삽입한 것은 『수사학』 제1권과 2권이 사고 dianoia, 즉 연설가가 말해야 할 내용을 발견하는 문제를 다루었지만, 이를 말하거나 정식화하는 다양한 표현 방법을 탐구하는 것이 남아 있다는 주장에 의해 동기가 부여되었다. 『수사학』 제3권 1~12장의 강의에서 아리스토텔레스가 상당히 이질적인 접근법을 사용하여 이 작업을 다루고 있음이 밝혀진다. 아리스토텔레스는 『수사학』 제3권 1장에서 언어 표현lexis과 연기hypokrisis 과정에 대한 기초적인 탐색을 한 후, 좋은 산문 문체가 무엇으로 이루어지는지 규정하려고 시도한다. 이 목적을 위해 그는 다양한 종류의 명사를 구별하고 선택하게 되는데, 그 중 하나는 비유 metaphora로 정의된다(3권 2장). 다음 제3권 3~6장은 좋은 산문 문체라는 주제와 느슨하게 연결된 주제들을 다룬다. 이러한 주제 중에는 좋은 문체의 반대, 즉 차갑거나 억제하는 문체psychron가 있고(3권 3장), 비유와 연결되는 것으로 드러나는 직유eikōn가 있다(3권 4장). 이어서 올바른 그리스어 표현의 문제가 제기되고(3권 5장), 또한 표현의 적절성이 언급되고(3권 7장), 그리고 문체가 장황하고 근엄하게 되는 수단들에 관한 논의가 나온다(3권 6장). 『수사학』 제3권 8~9장은 문체 문제에 대한 두 가지 새로운 접근 방식을 소개하는데, 이는 지금까지 언급된 모든 내용과 관련이 없어 보인다. 이것은 산문 문체의 리듬 있는 형성과 주기적이고 비주기적인 연설의 흐름에 관한 내용이다. 제3권 10~11장은 연설가가 어떻게 '사물을 눈앞에 드러낼' 수 있는지에 대해 다루고 있는데, 이는 문체를 더욱 생생하게 만드는 것과 같다. 여기서 다시 한번 비유가 그 목적을 위해 중요한 역할을 하는 것으로 나타나며, 따라서 비유의 주제가 확장된 사례 목록을 통해 다시 다루어지고 심화된다. 제3권 12장은 구어체와 문어체를 구별하고 세 가지 연설 장르에 대한 적합성을 평가함으로써 새로운 출발을 하는 것으로 보인다. 이렇게 『수사학』 제3권 1~12장에 나타나는 문체에 관한 아리스토텔레스의 철학적인 핵심 내용은 좋은 산문 문체에 대한 논의에 포함된 것으로 보이지만, 오늘날에 이르는 후대의 수용에서 가장 주목을 받은 것은 비유라는 주제이다.

5. '엔튀메마' 혹은 수사추론

아리스토텔레스는 레토리케에 독립된 학문의 지위를 부여하여 '기술techne'이라고 불렀는데, 기존의 연설 교사들이 이 기술을 제대로 정립하지도 못했고 그것의 작은 부분만을 다루었다고 보았다. 그런데 그들의 연설술에서 아리스토텔레스가 지적하는 핵심은 '엔튀메마'를 갖추지 않았다는 것이다. 그는 『수사학』 제1권 1장에서 "그들은 설득 수단 혹은 입증pistis의 본체인 엔튀메마enthymēma에 대해서는 전혀 말하지 않고 사안을 벗어난 것들만 주로 다루었다"(1354a11-18)고 비판했다. 그러므로 아리스토텔레스 자신의 레토리케는 연설에서 엔튀메마의 중요성을 인식하고 이를 제대로 갖추었다는 점에서 새로운 것이다. 그렇다면, 엔튀메마enthymēma란 무엇인가? 아리스토텔레스의 『수사학』에 따르면 엔튀메마가 일종의 추론이라는 것은 분명하다. 아리스토텔레스가 수사학을 "변증술의 짝"이라고 선포한 만큼, 그는 수사학 기술이 변증술dialektikē이 사용하는 추론과 밀접하게 관계된다고 주장하고 있는 것이다. 그런데 만일 연설에서 추론과 증명을 다루는 논리학을 그대로 사용한다면 설득에 도움이 되지 않을 것이기에, 아리스토텔레스는 수사학에서는 연역 추론, 즉 삼단논법syllogismos을 쓰되 그대로가 아니라 사안에 따라 변형된 엔튀메마를 사용해야 하며, 이것이 설득 수단, 즉 기술의 핵심이라고 주장했다. 아리스토텔레스는 수사학은 논리학의 엄밀한 추론이나 논증이 아닌 '엔튀메마'를 사용한다고 했는데, 이 엔튀메마에 대해 그는 "일종의 증명이거나 일종의 연역"이라고 표현하고 있다(1355a5-8).

5.1. 엔튀메마의 개념과 형식

『수사학』의 서두에서 "설득 수단 혹은 입증의 본체"라고 불렸던 엔튀메마는 수사학에서 사용되는 추론을 의미하는 전문용어로서 원래 '마음속에 고려하다'라는 의미의 동사 엔튀메이스타이enthymeisthai에서 왔으며, 직역하면 '마음속에 고려된 것'이라는 뜻이 된다. 이 낱말을 그 어원과 의미 둘 다 포착하는 우리말로 옮기기는 어렵고, 의미만을 살려서 하나의 단어로 옮긴다면 "수사추론" 정도가 되겠다.[29] 이 수사추론은 전제로부터 결론이 필연적으로 도출되는 형태인 점에서 연역 추론과 같고 형식에서도 일종의 '삼단논법' 구조를 가지고 있지만, 아리스토텔레스의 논리학 저작인 『분석론』에 나오는 엄밀한 연역 추론이 아니라, "그 나름의 이유로 모든 요소가 언어적으로 표현되지 않지만 어쨌든 식별할 수 있는 삼단논법의 구조"를 갖추고 있다.[30]

---

29 이 글이 아리스토텔레스의 용어 enthymēma에 대한 우리말 번역어로 '수사추론'을 제시하고 있지만, 실제로는 대부분의 경우 그리스어를 음차하여 그대로 '엔튀메마'라고 쓴다. 엔튀메마의 개념에 대한 연구자들 사이의 논쟁도 많지만, 여기서는 가급적 텍스트의 설명을 중심으로 해서 간략하게 논의를 전개하기로 한다.

30 한석환, 『아리스토텔레스 수사학 연구』, 서광사, 2015, p. 159.

그런데 수사학은 엄밀한 명제적 진리를 추구하는 논리학의 영역이 아니라 인간적이고 가변적인 실천의 영역에서 작동하는 기술이며, 수사추론은 이미 사람들 사이에서 통용되는 형식의 추론이기 때문에 저 삼단논법 구조에서 언어적으로 일부 축소되거나 변형된 형태라 하더라도 금방 그 논지가 이해될 수 있으며, 오히려 그렇기 때문에 청중에게 더 강력한 논리의 각인 효과를 불러일으킬 수 있다. 이런 의미에서, 아리스토텔레스의 『수사학』에서 이 수사추론이 설득 수단의 핵심을 이룬다고 할 수 있다.

아리스토텔레스에게 엔튀메마는 대중 연설의 영역에서 증명이나 추론의 기능을 가진다. 추론은 일종의 연역 혹은 삼단논법이기 때문에, 엔튀메마 역시 삼단논법이라고 불리는 것이다. 엔튀메마라는 말은 아리스토텔레스의 전임자들에 의해 이미 만들어졌고 원래 역설이나 모순을 포함하는 영리한 말과 짧은 논증을 가리키는 것이었다. 증명 apodeixis과 삼단논법이라는 개념은 아리스토텔레스의 논리학-변증술 이론에서 핵심 역할을 한다. 아리스토텔레스는 그것들을 전통적인 연설술 용어에 적용하면서 연설 기술의 핵심이라고 강조하는데, 그러나 동시에 엔튀메마의 원래 의미를 규정하고 재정의한다. 즉 사람들이 엔튀메마라고 부르는 것은 삼단논법, 즉 연역 논증의 형태를 가져야 한다는 것이다. 엔튀메마가 실제로 진정한 삼단논법, 즉 연역 논증을 의미하는지 아니면 그것이 단지 일종의 삼단논

법, 즉 약화된 의미의 삼단논법에 불과한지와 관련한 논쟁
이 있다. 만일 후자의 경우로 이해한다면 아리스토텔레스
의 엔튀메마가 삼단논법으로 소개되기는 하지만 '느슨한
추론', 즉 논리적으로 타당하지 않은 추론이거나 그런 것을
포함한다는 말이 된다.[31] 버닛이 제안한 이 해석은 널리 받
아들여졌는데, 아마도 그것이 아리스토텔레스가 엔튀메마
를 삼단논법으로 정의함에도 불구하고, 『수사학』에 실제
로 예시된 엔튀메마들의 논리적 형태는 그의 『분석론 전
서』에 나오는 범주적 삼단논법의 형태와 일치하지 않는 것
처럼 보인다는 문제를 해결하는 데 도움이 되기 때문인 것
같다.

일반적으로 아리스토텔레스는 연역 논증을 몇몇 문장
이 전제들이고 하나가 결론이며, 전제로부터 결론으로의
추론이 오직 전제들에 의해서만 보장되는 일련의 명제들
로 간주한다. 적절한 의미의 엔튀메마는 연역 논증일 것으
로 기대되기 때문에, 엔튀메마의 정식화를 위한 최소한의
요구 사항은 그것들이 연역 논증의 전제-결론 구조를 보여
주어야 한다는 것이다. 이로 인해서 엔튀메마는 주어진 진
술에 대한 일종의 이유뿐 아니라 진술을 포함해야 한다. 이

---

31 Burnyeat, M., "Enthymeme: The Logic of Persuasion," in D. J. Furley and
A. Nehamas (eds.), *Aristotle's Rhetoric*, Princeton: Princeton University
Press, 1994; "Enthymeme: Aristotle on the Rationality of Rhetoric," in A. O.
Rorty (ed.), *Essays on Aristotle's Rhetoric*, Berkeley, Los Angeles, London:
University of California Press, 1996.

이유는 전형적으로 '만일 ~라면' 형태의 조건문이나 '왜냐하면~' 형태의 인과문으로 주어진다. 조건문 유형의 예로는 "만일 신들도 모든 것을 알지 못한다면, 인간은 거의 아무것도 알 수 없다" 혹은 "전쟁이 현재 악들의 원인이라면, 평화를 만들어서 상황을 바로잡아야 한다"와 같은 것이 있다. 인과문 유형의 예로는 "사람은 교육을 받아서는 안 된다, 왜냐하면 (교육받은 사람들은 대개 질투를 받는데) 질투를 받아서는 안 되기 때문이다" 혹은 "그녀는 아이를 낳았다, 왜냐하면 젖이 나오니까"와 같은 것이 있다. 아리스토텔레스는 "우리 중에 자유로운 사람은 없다"라는 명제 그 자체로는 하나의 격언이지만, "왜냐하면 모두가 돈이나 우연의 노예니까"와 같은 이유와 함께 사용되는 순간 하나의 엔튀메마가 된다고 강조한다. 때로는 요청되는 이유가 암시적일 수도 있는데, 예컨대 "필멸자로서 불멸의 분노를 품지 말라"라는 명제에서 우리가 불멸의 분노를 품으면 안 되는 이유는 신적인 것을 의미하는 '불멸의'라는 말에 암묵적으로 주어져 있으며, 이것은 필멸의 인간이 그러한 태도를 가지는 것은 적절하지 않다는 규칙을 암시한다.

5.2. 변증술적 논증으로서의 엔튀메마

위에서 본 것처럼 아리스토텔레스는 엔튀메마를 "입증의 본체sōma tēs pisteōs"라고 부르는데(1354a14), 이는 다른 모든 것은 이 설득 과정의 핵심에 추가되거나 부수되는 것일 뿐임을 함의한다. 엔튀메마가 증명 혹은 입증의 수사학적 종류로서 설득의 수사학적 과정의 중심으로 간주되어야 하는 이유는 우리가 어떤 것이 증명되었다고 생각할 때 가장 쉽게 설득되기 때문이다. 랍이 정리한 바에 따르면,[32] 수사학적 입증의 기본적인 구도는 다음과 같다. 즉, 청중이 Q를 믿도록 하기 위해서는 연사는 먼저 청중이 이미 수용한 명제 P 또는 어떤 명제 P1... Pn을 선택해야 한다. 다음으로, 그는 P 또는 P1... Pn을 전제로 사용하여 Q가 P 혹은 P1... Pn으로부터 나올 수 있음을 보여 주어야 한다. 청중이 합리적인 기준에 따라 그들의 믿음을 형성한다고 할 때, 그들은 Q가 자신들의 의견에 기초해서 입증될 수 있음을 이해하는 순간 Q를 수용할 것이다.

따라서 엔튀메마를 구성하는 것은 일차적으로 통념 endoxa으로부터 연역하기의 문제이다. 물론 그 자체로 수용되는 전제는 아니지만 일반적으로 수용되는 의견들로부터 나올 수 있는 전제들을 사용할 수도 있다. 다른 전제들은 단지 연사가 신뢰할 만하다고 간주되기 때문에 수용된다. 또 다른 엔튀메마들은 사례나 증거와 같은 표시 sēmeion들로부터 성립되기도 한다. 통념들로부터 연역이 만들어진다는 것은 아리스토텔레스적 의미에서 변증술적

---

32 Rapp, Ch., "Aristotle's Rhetoric", The Stanford Encyclopedia of Philosophy, Edward N. Zalta (ed.), 2022. URL=https://plato.stanford.edu/entries/aristotle-rhetoric/

논증을 정의하는 특징이다. 따라서 엔튀메마의 정식화는 변증술의 문제이며, 변증가는 엔튀메마를 구성하는 데 필요한 능력을 가지고 있다. 만일 엔튀메마가 변증술적 논증의 하위 부류라면, 그렇다면 엔튀메마를 다른 모든 종류의 변증술적 논증들과 구별할 수 있는 종적인 차이를 기대하는 것은 당연하다. 그럼에도 불구하고 이러한 기대는 다소 잘못된 것이다. 수사학적 논증인 엔튀메마는 대중 연설의 수사학적 맥락에서 사용된다는 점에서 다른 종류의 변증술적 논증과 다르다. 따라서 더 이상 형식적이거나 질적인 차이가 필요하지 않은 것이다.

그런데 변증가가 만일 연설가가 되기를 원한다면, 그리고 변증술적 논증이 성공적인 엔튀메마가 되기 위해서는, 수사학적 맥락에서 명심해야 할 두 가지 요소가 있다. 첫째, 대중 연설의 전형적인 주제들은 논리학이나 이론 철학의 주제들처럼 '필연적으로 그러한 것들'에 속하지 않고, 실천적 숙고의 목표이면서 또한 '달리 있을 수 있는 것들'에 속한다는 점이다. 둘째, 잘 훈련된 변증가와 달리, 대중 연설의 청중은 지적인 부족을 특징으로 하는데, 무엇보다도 법정이나 의회의 구성원들은 다소 긴 일련의 추론을 따라가는 데 익숙하지 않다는 점이다. 그러므로 엔튀메마는 학문적인 증명만큼 정확해서는 안 되며 일상적인 변증술적 논증보다 더 짧아야 한다. 하지만 이는 엔튀메마가 불완전성과 간결함으로 정의된다는 말은 아니다. 오히려 그 전

제들의 내용과 수가 대중인 청중의 지적 능력에 맞게 조정
된다는 것은 잘 수행된 엔튀메마의 표식이다.

5.3. 엔튀메마의 간결성

아리스토텔레스는『수사학』제1권 2장과 제2권 22장의
잘 알려진 구절에서 엔튀메마가 종종 소수의 전제들 혹은
전형적인 추론들보다 더 적은 전제들을 가진다고 말한다
(1357a7-18, 1395b24-26). 대부분의 연구자들이 쉴로기스모
스 syllogismos 라는 말을 가지고 적절한 연역은 정확히 두 개
의 전제를 가진다고 하는 삼단논법을 가리키기 때문에, 이
런 구절들로 인해 아리스토텔레스가 엔튀메마를 두 개의
전제 중 하나가 생략된 쉴로기스모스, 즉 '생략 삼단논법'
으로 정의한다고 널리 이해하게 되었다. 그러나 텍스트의
언급된 구절들은 분명 엔튀메마의 정의를 제시하는 것이
아니며, 쉴로기스모스라는 단어도 반드시 정확히 두 개의
전제를 가진 연역을 지칭하는 것이 아니다. 사실 두 구절
모두 논리적 불완전성에 관한 것이 아니라 적절한 전제들
의 선택에 관해 말하고 있는 것이다. 제1권 2장에서, 엔튀
메마가 종종 소수의 전제들 혹은 전형적인 추론들보다 더
적은 수의 전제들을 가진다는 언급은 연사가 범할 수 있
는 두 가지 실수에 대한 논의로 귀결된다. 말하자면, 우리
는 이전에 추론된 것들, 즉 이전 논증의 결론으로부터, 혹
은 아직 추론되지 않은 것들로부터 결론을 도출할 수 있다

(1357a7-10). 후자의 방법은 전제들이 수용된 것도 아니고 통념으로부터 온 것도 아니기 때문에 설득력이 없다. 전자의 방법 역시 길이 때문에 따라가기 힘든 것인데, 만일 연설가가 또 다른 추론을 통해 필요한 전제들을 도입해야 하고, 이 이전 추론의 전제들도 또한 도입해야 하는 식이라면, 결국 하나의 긴 일련의 추론들로 끝나게 되는 것이다. 여러 추론의 단계를 포함하는 논증은 변증술적 실천에서 흔하지만, 그러나 대중 연설의 청중이 그렇게 긴 논증들을 따라올 것이라고 기대할 수는 없다. 이것이 바로 아리스토텔레스가 엔튀메마가 더 적은 전제들로부터 나와야 한다고 말한 이유이다.

6. '토포스' 혹은 말터

아리스토텔레스의 『수사학』에 나오는 토포스topos는 원래 '장소'라는 일상어에서 온 용어인데, 이는 일반적으로 말해서 연설가가 주어진 결론을 위한 논증을 도출할 수 있게 해주는 논증 체계라고 할 수 있다. 토포스의 그리스어 topos(복수 topoi)는 후대에 로마 수사학자들이 라틴어 locus(복수 loci)로 번역했는데, 이는 topos를 라틴어로 직역하여 수사학 용어로 받아들인 것이다. topos를 우리말로 옮기기는 매우 어려운 일인데, 지금까지 나온 번역어로는 '말터', '논고', '토포스', '이야기 터' 등이 있으며,[33] 이 가운데 '말터'가 가장 많이 수용되고 있는 것 같다. 그런데 '토포스'는 단지 어떤 수사학적 상황에 사용할 수 있는 하나의 논거 틀topos이거나 논거들이 저장되어 있는 창고topoi일 수도 있지만, 일반적으로 말한다면 논거를 사용하는 다양한 형식, 즉 논증의 체계라고 할 수 있다. 따라서 '말터'라는 번역어도 '토포스'가 나오는 모든 맥락에서 맞춤한 것이라고 하기는 어렵고, 사실 그런 번역어는 없다. 그래서 이 글에서는 topos의 번역어로 '토포스'와 '말터'를 혼용하기로 한다.

6.1. 토포스의 정의

아리스토텔레스는 먼저 포괄적이고 체계적인 토포스의 모음집을 『토피카』에서 제시하고 있다. 랍의 연구에 따르면,[34] 이른바 토포스들topoi이나 공통 토포스들koinoi topoi 같은 말의 사용은 프로타고라스나 고르기아스, 그리고 이소크라테스와 같은 초기 연설가들로 거슬러 올라갈 수 있

---

33 아리스토텔레스의 용어 'topos'에 대한 우리말 번역어로 양태종(2007)과 김영옥 (2020)은 '말터'를 쓴다. 안재원(2006)은 topos의 복수 topoi에 대한 라틴어 loci를 '논거 창고'라는 의미에서 '논고'로 옮겼고 topos는 번역어를 찾을 수 없어서 그대로 '토포스'로 옮겼다. 한편 김재홍은 아리스토텔레스의 Topica를 『변증론』(2008)으로 번역했다가 최근 그리스어를 음차하여 『토피카』(2021)로 옮겼는데, 여기서 topos는 '이야기 터'로 번역되었다. topos의 번역어 문제에 대해서는 김영옥 2020, 7-10 참조.

34 Rapp, Ch., "Aristotle's Rhetoric", The Stanford Encyclopedia of Philosophy, Edward N. Zalta (ed.), 2022. URL=https://plato.stanford.edu/entries/aristotle-rhetoric/

다. 그러나 이 초기의 연설술에서는 토포스가 대부분 특정한 효과를 내기 위해 연설의 특정 단계에서 언급될 수 있는 하나의 완전하고 사전에 조직된 유형이나 정식으로 이해되었지만, 아리스토텔레스의 토포스는 대부분, 특히 『토피카』에 나오는 변증술적 토포스는 대부분 특정 형식의 전제들로부터 특정 형식의 결론이 나올 수 있다는 일반적인 지침들이다. 그리고 아리스토텔레스의 변증술적 토포스의 이러한 '형식적'인 혹은 최소한 주제 중립적인 특성으로 인해, 하나의 토포스가 여러 가지 다른 논증이나 서로 다른 내용에 대한 논증들을 도출하는 데 사용될 수 있다. 아리스토텔레스의 『토피카』는 변증술적 논증들을 구성하기 위한 수백 개의 토포스를 나열하고 있다. 이 토포스의 목록들은 변증가가 제안될 수 있는 어떤 문제에 대해서도 연역을 정식화할 수 있는 방법론의 핵심을 이룬다. 사실 엔튀메마를 구성하기 위해 『수사학』이 제공하는 지침들도 대부분 토포스의 목록으로 이루어져 있다. 특히 『수사학』 제1권은 본질적으로 대중 연설의 세 가지 장르의 주제들과 관련되는 특수 토포스들로 구성되며(5~14장), 반면 제2권 23~24장은 일반적으로 적용 가능한 공통 토포스들을 제시하고 있다.

아리스토텔레스의 『토피카』는 거의 배타적으로 토포스의 모음만을 다루는 저작인데, 이 작품에서 아리스토텔레스는 놀랍게도 토포스의 개념을 정의하려는 시도조차 하지 않는다. 오히려 『수사학』 제2권 26장에 토포스의 개념과 관련한 일종의 정의적인 성격 규정이 나오는데, 내용은 다음과 같다. "요소stoicheion와 토포스는 같은 말이다. 왜냐하면 많은 엔튀메마들이 요소와 토포스로 분류되기 때문이다."(1403a18-19) 여기서 아리스토텔레스의 말은 요소가 엔튀메마의 적절한 부분이라는 것이 아니고, 반대로 요소들이 동일한 유형의 다수 엔튀메마들이 그 아래 포함될 수 있는 일반적인 체계라는 것이다. 이 정의에 따르면, 토포스는 일반적인 논증 체계 혹은 유형이며, 구체적인 논증은 일반적인 토포스의 사례화이다. 토포스가 여러 논증이 도출될 수 있는 일반적인 지침이라는 점은 기술적인 논증 방법에 대한 아리스토텔레스의 이해에서 핵심적인 것이다. 왜냐하면 학생들에게 논증의 준비된 견본들을 배우게 하는 연설술 교사는 그들에게 기술 자체를 전하는 것이 아니라 단지 이 기술의 산물만을 전하는 것이기 때문이다. 이는 『소피스트 논박』에 나오는 말처럼, 마치 어떤 사람이 제화 기술을 가르치는 척하면서 이미 만들어진 신발의 견본만을 학생들에게 주는 것과 같다(183b36 이하).

6.2. '토포스'라는 말과 장소 기술

토포스라는 말은 아마도 목록에 있는 다수의 항목들을 익숙한 연속적인 장소들, 예컨대 거리의 집들과 연관시켜서 기억하는 옛날의 방법에서 파생되었을 것이다. 거리의 집들을 떠올림으로써 우리는 연관된 항목들도 기억

할 수 있다.[35] 이 기술에 대한 고대의 온전한 설명은 키케로의 『연설가론*De Oratore*』에서 가장 분명하게 찾을 수 있으며 (2.86-88; 351-360), 또한 키케로의 이론을 받아들이는 퀸틸리아누스의 『연설가 교육*Institutio Oratoria*』에서도 찾을 수 있다(11.2, 11-33).[36] 아리스토텔레스는 『토피카』 제8권 14장에서 바로 이 기술을 암시하는 것 같다. "기억술에서 단지 장소topos들이 주어지는 것만으로도 즉시 사물들을 떠올리도록 만드는 것처럼, 이 수적으로 제한되어 있는 전제들에 주목함으로써 추론에 능하도록 만들 것이다."(163b28-32) 그러나 토포스라는 이름이 이러한 기억술의 맥락에서 파생되었을 수는 있지만, 아리스토텔레스의 토포스 사용은 장소의 기술에 의존하지 않는다.

적어도 『토피카』의 체계 안에서, 모든 주어진 문제는 특정한 언어적, 의미론적 또는 논리적 기준으로 분석되어야 한다. 이 기준들이란 다음과 같다. 문제되는 문장의 술어가 주어에게 어떤 유나 정의, 혹은 고유 속성이나 우연 속성을 부여하는가? 문장이 모순이나 반대 등 일종의 대립을 표현하는가? 문장이 어떤 것이 더 혹은 덜 사실임을 표현하는가? 그것이 정체성이나 다양성을 유지하는가? 언어학적

---

35 Sorabji, R., *Aristotle on Memory*, 2nd edition, London: Duckworth, 2004, pp. 22~34.

36 퀸틸리아누스의 *Institutio Oratoria*는 전영우에 의해 『스피치교육. 변론법 수업』 (2014)이라는 제목으로 번역되었다.

으로 사용된 단어들은 수용된 전제의 일부인 단어들에서 파생되었는가? 우리는 분석된 문장의 이러한 기준들에 따라 적합한 토포스를 참조해야 한다는 것이다. 이러한 이유로『토피카』에서 일련의 토포스는 두드러진 언어적, 의미론적 또는 논리적 기준에 따라 구성된다. 무엇보다도『토피카』제2권에서 제7권까지에 제시된 토포스들은 이른바 네 가지 '서술가능 항목'에 따라, 즉 술어가 주어의 유나 정의, 혹은 고유 속성이나 우연 속성을 나타내는지 여부에 따라 구조화된다. 이 구조는 추가적인 기억술이 본질적으로 관련되지 않음을 시사한다. 이 모든 것 외에도, 앞서 언급한 기억술을 참조하지 않고서 토포스라는 말의 사용이 설명될 수 있는 구절이 있다. 즉,『토피카』제8권 1장에서 아리스토텔레스는 "우리는 그것으로부터 공격할 장소topos를 찾아야 한다"(155b4-5)라고 말한다. 여기서 토포스라는 말은 분명히 상대방의 주장을 공격하기 위한 '출발점'을 의미하는 데 사용되고 있다.

토포스와 관련하여 대체로『토피카』에서와 동일한 것이『수사학』에도 적용될 수 있는데, 다만『수사학』에서는 토포스의 목록이 대부분 언어적, 의미론적 또는 논리적 기준이 아닌 특정한 내용들로 구성된다는 점이 다르다. 더구나『토피카』에서 토포스를 구성한 네 가지 '서술가능 항목'의 체계도『수사학』에는 나타나지 않는다.

6.3. 토포스의 내용과 기능

아리스토텔레스의 전형적인 토포스는 변증술에서 나타나며, 예를 들어 『토피카』 제2권 7장에서 다음과 같이 볼 수 있다. "게다가 어떤 부수성에 무언가 반대의 것이 있다고 하면, 그 부수성이 속한다고 말해졌던 그것에 그 반대의 것이 속하지는 않는지 검토해 보아야 한다. 왜냐하면 이것[후자의 부수성]이 속한다면 저것[전자의 부수성]은 속할 수 없기 때문이다. 반대의 것들이 동일한 것에 동시에 속하는 것은 불가능하니까."(113a20-24)[37] 랍의 해석에 따르면,[38] 이 구절의 토포스는 대부분의 토포스들과 같이 1) 일종의 일반 지침을 포함하며, 또한 2) 하나의 논증 체계를 언급한다. 그것은 주어진 예에서 '우연적 술어 P가 주어 S에 속한다면, 그 반대인 -P도 동시에 S에 속할 수 없다'라는 것이다. 또한 토포스는 3) 주어진 체계를 정당화하는 일반적인 규칙이나 원칙을 나타낸다. 다른 토포스들은 종종 4) 예증에 대한 논의를 포함한다. 또 다른 토포스들은 5) 주어진 체계를 적용하는 방법을 제안한다. 그런데 이것들이 아리스토텔레스의 토포스에서 규칙적으로 발생하는 요소들이라고 해도, 모든 토포스가 준수하는 표준 형식과 같은 것은 없다. 아리스토텔

---

37 아리스토텔레스, 『토피카』, 김재홍 옮김, 2021.

38 Rapp, Ch., "Aristotle's Rhetoric", The Stanford Encyclopedia of Philosophy, Edward N. Zalta (ed.), 2022. URL=https://plato.stanford.edu/entries/aristotle-rhetoric/

레스가 제시하는 토포스는 종종 매우 간략하여 독자에게 누락된 요소를 추가하도록 맡겨진다.

간단히 말해서, 토포스의 기능은 다음과 같이 설명할 수 있다. 먼저, 주어진 결론에 적합한 토포스를 선택해야 한다. 결론은 누군가가 반박하기를 원하는 상대방의 논지이거나, 아니면 누군가가 확립하거나 옹호하기를 원하는 주장이다. 따라서 토포스는 두 가지 용법이 있는데, 즉, 주어진 문장을 증명하거나 반증할 수 있다는 것이다. 일부는 두 가지 목적으로 다 사용될 수 있고, 다른 일부는 둘 중 하나만을 위해 사용될 수 있다. 아리스토텔레스의 변증술에서 대부분의 토포스는 주제 중립적이므로 주어진 결론의 특정한 언어적, 의미론적 또는 논리적 특징에 의해 선택되어야 한다. 예를 들어, 만일 결론이 하나의 정의를 유지한다면, 우리는 정의와 관련된 목록에서 토포스를 선택해야 한다. 만일 고안된 전제가 변증술적 논쟁의 반대자나 대중 연설의 청중에 의해 받아들여지면 우리는 의도한 결론을 도출할 수 있다.『수사학』에서는 상황이 약간 다른데, 여기서는『토피카』에서 널리 퍼졌던 주제 중립적 유형의 토포스들이 부차적인 역할을 하는 것처럼 보이기 때문이다. 사실『수사학』에 제시되는 다수의 토포스들은 특정한 내용의 결론을 내리는 데에만 유용하다는 특징이 있다. 이것이 바로 여기에서 적절한 토포스가 형식적인 기준에 의해 선택될 수 없고 예상되는 결론의 내용에 따라 선택되어야 하는 이유인데, 결론의 내용이란 예를 들어 어떤 것이 유용하거나 명예롭다거나 옳다고 말해지는지 등이다.

6.4. 수사학적 토포스들

아리스토텔레스의『수사학』에서 토포스의 성격과 용법이 『토피카』에서의 변증술적 토포스에 대한 정교한 설명에 기초하고 있다고 생각할 만한 이유가 있음에도 불구하고, 연구자들은 아리스토텔레스의『수사학』에서 토포스라는 말이『토피카』에서와는 상당히 이질적이라는 어려움에 직면하게 된다.『토피카』에 주어진 설명과 완전히 일치하는 토포스들 외에도,『수사학』에는 주제 중립적이지 않아서, 특정한 논리적 형식의 논증에 대한 지침을 포함하지 않고 오히려 특정 술어를 포함하는 중요한 토포스의 부류가 있다. 그것은 예를 들어 '어떤 것이 좋다, 명예롭다, 정의롭다, 행복에 기여한다'라는 것 등이다. 이러한 토포스들은 결국 주장이나 결론을 고안하는 데 사용되는데, 이것들은 더 이상 변증술적 토포스의 유일한 기능이었던 논증의 구성과는 관련이 없는 것 같다.

7. 맺음말

지금까지 아리스토텔레스의『수사학』의 내용과 그 이론적

인 측면을 전체적으로 살펴보았으나, 엔튀메마, 토포스, 비유 등 지면의 제약으로 인해 충분히 다루지 못한 부분이 많은 것이 사실이다. 더욱 세밀한 각론의 연구는 독자의 몫에 맡기고, 이제 아리스토텔레스의 저작 『수사학』의 전체 내용을 정리하면 다음과 같다.

수사학은 변증술과 짝을 이루는 학문 혹은 기술이며, 설득의 원리를 탐구한다. 좋은 공동체를 위해서는 진리와 정의를 관철시키는 수사학이 유용하다. 수사학은 변증술과 다르지만, 변증술처럼 말이 되는 말을 다룬다. 수사학은 논리학의 엄밀한 추론이나 논증이 아닌, 통념을 전제로 하는 엔튀메마 혹은 수사추론을 핵심적 설득 수단으로 사용한다. 엔튀메마는 "일종의 증명"이거나(1355a5), "일종의 연역"(1355a8)이다. 우리는 이 『수사학』 텍스트를 통해서 연설의 종류를 분석하고 그 형식과 내용을 이해할 수 있다. 훌륭한 연설가는 연사의 성격을 분석하고 이해할 수 있으며, 청중의 감정을 분석하고 이해할 수 있어야 한다. 이상의 논의는 모두 연설의 출발점이 되는 사고dianoia에 대한 논의에 해당하며, 훌륭한 연설가는 이를 전체적으로 이해할 수 있다. 우리는 이 텍스트를 통해 좋은 언어 표현lexis을 구분하고 적용할 수 있다(제3권 2~12장). 연설의 과정에서 중요한 요소 가운데 하나지만 이 텍스트에서 다루지 못한 것은 연기hypokrisis이다. 마지막으로 이 텍스트에서 서론-진술-입증-결어라고 하는 연설 부분들의 배열

taxis에 대해 알게 된다(제3권 13~19장).

아리스토텔레스의 『수사학』을 이해하기 위해 알아야 할 중요한 사실들이 많이 있겠지만, 이 책의 전체적인 구조와 내용의 역사적인 맥락을 이해하기 위해서는 수사학이 인간의 사회와 행위의 문제를 다루는 실천학의 구도 안에 있다는 사실에 주목할 필요가 있다. 수사학은 특히 시민의 공동체를 이루었던 민주정하의 아테네에서 꽃피었으며, 아리스토텔레스도 이 책에서 공동체 안에서 말을 통해 유익함과 덕과 정의를 다루는 수사학의 유용성을 강조했다. 변증술이 철학적 논의를 위한 도구로서 지식을 추구하는 숙련된 청중들을 위한 것이라면, 수사학은 실용적인 토론을 위한 도구이며 공동체의 실용적인 문제를 해결하기 위해 숙련되지 않은 일반 청중을 설득하는 수단이다. 엄밀히 말하면, 수사학은 그 설득의 원리를 탐구하는 학문이다.

참고 문헌

김영옥, 「고대 수사학의 말터 이론과 이를 활용한 텍스트 분석의 예」, 『수사학』 39, 2020, pp. 7~27.
김재홍, 「아리스토텔레스의 생애와 저작」, 강상진 외, 『서양고대철학 2』, 길, 2016, pp. 15~28.
김헌, 「아리스토텔레스의 '시학'과 '수사학'」, 강상진 외, 『서양고대철학 2』, 길, 2016, pp. 227~260.
——, 「아리스토텔레스의 '수사학'」, 조대호 외, 『아리스토텔레스 선집』, 길, 2023, pp. 739~774.

손윤락, 「아리스토텔레스의 『정치학』에서 국가와 시민 교육」, 『서양고전학연구』 48, 2012a, pp. 149~174.

_____, 「아리스토텔레스의 『수사학』에서 성격과 덕 교육」, 『수사학』 17, 2012b, pp. 73~96.

_____, 「아리스토텔레스의 『수사학』에서 감정과 판단의 문제」, 『수사학』 42, 2021, pp. 51~84.

아리스토텔레스, 『니코마코스 윤리학』, 이창우·김재홍·강상진 옮김, 길, 2011.

_____, 『수사학/시학』, 천병희 옮김, 숲, 2017.

_____, 『변증론』, 김재홍 옮김, 길, 2008.

_____, 『토피카』, 김재홍 옮김, 서광사, 2021.

_____, 『정치학』, 김재홍 옮김, 길, 2017.

_____, 『정치학』, 천병희 옮김, 숲, 2009.

_____, 『형이상학』, 김진성 옮김, 이제이북스, 2007.

_____, 『형이상학』, 조대호 옮김, 길, 2017.

_____, 『아리스토텔레스 선집』, 조대호 외 옮김, 길, 2023.

양태종, 「수사학의 분류 체계」, 『키케로, 생각의 수사학』, 양태종 옮김, 유로서적, 2007, pp. 14~159.

퀸틸리아누스, 『스피치교육, 변론법 수업』, 전영우 옮김, 민지사, 2014.

키케로, 『수사학』, 안재원 옮김, 길, 2006.

플라톤, 『고르기아스』, 김인곤 옮김, 아카넷, 2021.

한석환, 『아리스토텔레스 수사학 연구』, 서광사, 2015.

Barnes, J. (ed.), *The Cambridge Companion to Aristotle*, Cambridge: Cambridge University Press, 1995.

Brunschwig, J., "Aristotle's Rhetoric as "Counterpart" to Dialectic", *Essays on Aristotle's Rhetoric*, A. O. Rorty (ed.), Berkeley: Univ. of California Press, 1996, 1996, pp. 34~55.

Burnyeat, M., "Enthymeme: The Logic of Persuasion," in D. J. Furley and A. Nehamas (eds.), *Aristotle's Rhetoric*, Princeton: Princeton University Press, 1994, pp. 3~55.

_____, "Enthymeme: Aristotle on the Rationality of Rhetoric," in A. O. Rorty (ed.), *Essays on Aristotle's Rhetoric*, Berkeley, Los Angeles, London: University of California Press, 1996, pp. 88~115.

Cooper, L., *Rhetoric of Aristotle*, Pearson, 1960.

Cope, E. M., *An Introduction to Aristotle's Rhetoric*, London, Cambridge:

Macmillan and Co.; reprinted Hildesheim: Olms, 1970.

————, *Commentary on the Rhetoric of Aristotle*, Cambridge: University Press, 1877.

Fortenbaugh, W. W., "Aristotle's Platonic Attitude toward Delivery", *Philosophy and Rhetoric* 19, 1986, pp. 242~254.

————, *Aristotle on Emotion*, London: Duckworth, 2002.

Garver, E., *Aristotle's Rhetoric, An Art of Character*, Chicago: Univ. of Chicago Press, 1994.

Grimaldi, W. M. A., *Studies in the Philosophy of Aristotle's Rhetoric*, F. Steiner, 1972.

Guthrie, W. K. C., *The Greek Philosophers–From Thales to Aristotle*, Routledge, 1950.

Heinemann, W., *Aristotle. Rhetoric*, translation, in Loeb Library, Harvard: Harvard University Press, 1926.

Kantelhardt, A., "De Aristotelis Rhetoricis," Dissertation Goettingen, 1911; reprinted in Rudolf Stark (ed.), *Rhetorika. Schriften zur aristotelischen und hellenistischen Rhetorik*, Hildesheim: Olms, 1968, pp. 124~181.

Kennedy, G. A., *The Art of Persuasion in Greece*, Princeton : Princeton University Press, 1963.

————, *On Rhetoric: A Theory of Civic Discourse*, Oxford: Oxford University Press, 2007.

Lanham, R. A., *A Handlist of Rhetorical Terms*, Berkeley: Univ. of California Press, 1991.

Marx, F., *Aristoteles Rhetorik* (=*Berichte der koeniglich saechsischen Gesellschaft der Wissenschaften zu Leipzig*, Volume 52), Leipzig, 1900.

Oates, W. J., *Aristotle and the Problem of Value*, Princeton: Princeton University Press, 1963.

Rapp, Ch., "The Nature and Goals of Rhetoric," in G. Anagnostopoulos (ed.), *A Companion to Aristotle*, Oxford: Blackwell, 2009, pp. 579~596.

————, "Aristotle's Rhetoric", The Stanford Encyclopedia of Philosophy, Edward N. Zalta (ed.), 2022. URL = https://plato.stanford.edu/entries/aristotle-rhetoric/

Rorty, A. O. (ed.), *Essays on Aristotle's Rhetoric*, Berkeley: Univ. of California Press, 1996.

Ross, D., *Aristotle*, 1995; 『아리스토텔레스』, 김진성 옮김, 누멘, 2011.

Schuetrumpf, E., "Some observations on the introduction of Aristotle's Rhetoric" in D. J. Furley and A. Nehamas (eds.), *Aristotle's Rhetoric*, Princeton: Princeton University Press, 1994, pp. 99~116.

Solmsen, F., *Die Entwicklung der Aristotelischen Logik Und Rhetorik*, Weidmann, 1929.

Sorabji, R., *Aristotle on Memory*, 2nd edition, London: Duckworth, 2004.

6장
말로 도대체 무엇을 할 수 있단 말인가

키케로의 『연설가에 대하여』

안재원(서울대학교)

마르쿠스 키케로Marcus Tullius Cicero(BC 106~43)는 적어도 수사학사修辭學史에서만큼은 독보적인 인물이다. '독보적'이라고 말한 것은 두 가지 이유에서다. 하나는 문명사文明史에서 수사학이 가장 융성기를 맞이했을 때, 그 가운데서도 정점에 서 있었던 인물이 키케로였기 때문이다. 다른 하나는, 수사학사에서 이론과 실천을 동시에 겸비한 인물로 키케로만 한 사람을 찾을 수가 없기 때문이다. 대표적으로 이론에 있어서는 아리스토텔레스Aristoteles(BC 384~322)를 당연히 꼽을 수 있다. 주지하다시피 그는 수사학을 경험empeiria의 수준에서 기술techne의 심급으로 끌어올린 철학자다. 그의 『수사학Rhetorica』은 변증술의 짝패로서 발견술ars inveniendi과 실천 철학pragmatikê과 제작 철학poiêtikê을 아우른 작품이다. 그는 철학자였다. 하지만 그는 키케로처럼 정치의 한복판에서, 법정의 한중앙에서, 광장의 '아사리판'

에서 실전을 통해 말의 위력을 경험했던 사람은 아니다. 설득의 실패가 권력의 상실은 물론 죽음과 추방을 초래하는 정치적 경험을 아리스토텔레스가 겪은 것은 아니었다. 물론 그도 마케도니아 출신의 알렉산드로스 대왕과의 친분을 이유로 아테네에서 추방되는 아픔을 감내해야 했다. 그렇지만 추방 생활을 하면서 그가 치열하게 고민했던 영역은 철학이었다. 이에 반해 키케로가 집중했던 주제는 '말의 위력威力과 무력無力'에 대한 반성과 통찰이었다. 이와 관련해서 권력의 최정점에서 밀려난 그가 집중적으로 고민하고 숙고했던 문제는 '말 기술ars dicendi'로서의 수사학에 대한 반성과 통찰이었다. 앞에서도 말했듯이 '말 기술'의 관점에서 키케로 시대의 수사학은 수사학의 역사에서 이미 최정점에 도달했다. 단적으로 그가 어린 시절에 들은 강의를 정리한 『발견술De Inventione』과 그의 작품으로 알려졌다가 지금은 안토니우스Antonius의 어떤 지인(아마도 코르니피키우스Cornificius)의 작품으로 알려진 『헤렌니우스에게 바치는 수사학Rhetorica ad Herennium』은 사실상 말 기술을 정리한 최고이자 최상의 작품이다. 이 작품들이 중세, 르네상스, 근세를 거쳐서 현대에 이르는 과정에서 지속적으로 사랑받고 오늘날에도 여전히 교과서로서의 지위를 누리고 있는 것도 결코 우연은 아니다. 말 기술의 관점에서, 이 두 작품을 능가하는 작품을 굳이 꼽자면, 하인리히 라우스베르크Heinrich Lausberg(1912~1992)의 『문학을 위한 수사학 교본*Handbuch der Literarischen Rhetorik*』(1960)을 들 수 있다. 수사학의 역사에서 기념비적인 위치를 차지하고 있는 이 교본은 규모와 체계 면에서 두 작품을 당연히 뛰어넘는 저술이다. 하지만 이 교본은 독서를 통해 수사학을 배우고 익히는 교재라기보다는 연구자를 위한 참조용 서적에 가깝다. 이런 의미에서『발견술』과『헤렌니우스에게 바치는 수사학』은 수사학을 말 기술의 차원에서 확장하고 교육의 차원에서 활용할 수 있도록 한 전범이자 그리고 실제로 도달할 수 있는 최상의 위치에 서 있는 작품들이라 할 수 있다. 이른바 '학교 수사학school rhetoric'의 정점에 선 작품들인 셈이다. 이런 의미에서 요컨대『발견술』은 키케로가 어린 시절에 지은 습작이라고 해서 단순히 무시할 수 없는 작품이다. 발견술의 교재로서 이론적으로 이 작품만큼 규모나 깊이 면에서 체계적인 저술이 아직은 세상에 나오지 않았기 때문이다.

『연설가에 대하여*De Oratore*』는 말 기술이 최고조로 발전한 시기에, 하지만 말이 위력을 잃고 무력해지기 시작하는 시기에 탄생했다. 이 시기는 율리우스 카이사르Julius Caesar (BC 100~44)가『갈리아 전쟁기*De Bello Gallico*』와 라틴어 문법서인『유추에 대하여*De Analogia*』[1]를 출판하려고 준비하던 때였다. 가이우스 수에토니우스Gaius Suetonius에 따르면,[2]

---

1   키케로, 『브루투스*Brutus*』, 253 참조.
2   수에토니우스, 『황제들의 전기: 율리우스*De Vita Caesarum: Julius*』, 56.5 참조.

『유추에 대하여』는 카이사르가 자신의 부하들과 함께 알프스산을 넘어오는 과정에서 집필했다. 흥미로운 점은 카이사르가 이 문법서를 키케로에게 헌정했다는 것이다. 무슨 의도로 이 책을 키케로에게 바쳤는지에 대해서는 많은 논의가 있지만, 결과적으로 보면 카이사르의 이 책은 말의 힘과 수사학의 운명을 바꾸어 놓는 결정적인 역할을 수행한다. 그의 등장은 자유로운 연설의 축소 내지 금지로 이어졌고, 엄격한 문법 규칙을 강조하는 그의 유추론은 표현의 자유를 억압하는, 말투와 어체와 문체의 규제로 이어졌기 때문이다. 이와 관련해서, 이미 당시에 엄격한 문법의 준수를 강조하는 카이사르 진영의 문법학자들과 역동적이고 자유로운 표현을 사랑하는 키케로 진영의 수사학자들 사이에는 작지 않고 적지 않은 표현 전쟁이 벌어지기도 했다. 물론 수사학자들 사이에서도 논쟁이 격화되었다. 교양과 세련미를 강조하는 아티카주의Atticismus와 웅장함과 화려함을 과시하는 아시아주의Asianismus가, 단어 오류론Barbarismus과 문장 오류론Soloecismus과 비유 이론Tropus과 문채 이론Figura이, 규칙론Analogia과 자율론Anomalia이 서로 대결하고 대치하는 장면은 로마의 교실과 광장과 인근의 별장에서 흔히 관찰되던 풍경이었다.

한편 널리 알려져 있듯이, 키케로는 기원전 63년에 네 번의 연설을 통해서 루치우스 카틸리나Lucius Catilina의 탄핵에 성공한다. 이로부터 그는 나라를 구한 "국부Pater

Patriae" 칭호를 획득한다. 중인 기사equites 신분의 정치 신인homo novus이 말 힘 덕분에 정치적으로 올라갈 수 있는 최상의 정점에 올라간 셈이다. 하지만 키케로의 인생은 이를 기점으로 내리막길로 접어든다. 그는 카틸리나 탄핵 과정에서 저지른 위법 행위를 빌미 삼은 푸블리우스 클로디우스Publius Clodius의 공격으로 기원전 58년에 그리스의 테살로니키로 추방되고, 1년 뒤인 기원전 57년에 다시 로마로 돌아온다. 추방 기간에 많은 생각과 깊은 숙고를 했을 것이다. 돌아오자마자 그가 연이어 출판한『국가 De Re Publica』와『법률De Legibus』이 그 방증이다. 이 책들은 국가와 공동체Res Publica에 대한 깊은 염려와 통찰을 담은 저술이다.『연설가에 대하여』는 국가와 공동체에 대해 그가 가지고 있던 고민의 연장선상에서 기획된 책으로, '문제는 사람이다'라는 반성과 통찰을 바탕으로 지어졌다. 이는 키케로가 당시의 다른 수사학자들이 으레 했던 바와는 달리, 책 제목에 "기술ars"이라는 딱지를 붙이지 않았다는 점에서 분명히 드러난다. 그는 "연설가orator"라는 단어로 책의 얼굴을 장식한다. 이는『연설가에 대하여』라는 작품이 수사학의 기술적인 부분만을 강조하는 '학교 수사학'을 신랄하게 비판하는 내용으로 가득 차 있다는 점에서 쉽게 확인된다. 여기서 키케로가『연설가에 대하여』를 통해 말하려 했던 바가 분명하게 드러난다. 키케로는 수사학의 기술적인 확장 내지 이론적인 심화만을 목표로 하지 않았다. 그는 수사학이 응당 지향해야 할, 혹은 목적으로 삼아야 할 정신 혹은 철학을 규명하고 제시하고자 했다. 이와 관련해서『연설가에 대하여』가 수사학과 철학의 통합을 시도한 작품이라는 점을 굳이 강조할 필요는 없을 것이다.

한마디로『연설가에 대하여』의 주인공은 이상적인 연설가orator perfectus이다. 이상적 연설가는 수사학과 철학의 통합으로 탄생한 인물이다. 물론 당연히 말 기술에 의존하지만 말 기술로 탄생한 인물은 아니다. 엄밀하게 말하자면, 수사학과 철학의 결합으로 탄생한 인물이다. 이를 위한 저술 방식으로 키케로는 입론과 반론을 교차하는 변증술dialectic을 바탕으로 하는 대화를 취한다. 그는 이를 "아리스토텔레스의 방식mos Aristotelicus"이라고 부른다. 이와 같은 방식으로 구성된 대화를 통해서 키케로는 때로는 수사학과 철학의 분리를 선언한 플라톤을 비판하고, 때로는 기술적 측면만이 주로 강조되어 상대적으로 도덕-윤리적 측면이 취약해진 아리스토텔레스의 수사학을 보완하려고 시도한다. 키케로에 따르면, 문제는 기술이 아니라 연설을 하는 사람이라는 것이다. 이소크라테스Isocrates로부터는 이론적인 접근의 약점을 보완하기 위해서 현장과 시의성kairos에 부합하는, 곧 중용의 법칙을 수용한다. 여기에 당시 학교 수사학자들의 입장과 견해에 대해 비판적으로 접근하고 각각의 장단점을 정리한 자신만의 일종의 "수사학을 위한 철학Philosophia ad Rhetoricam"을 입론한다. 그 입론이 바로 이상적 연설가 orator perfectus론이다.[3]

이상적 연설가가 갖추어야 할 능력은 크게 세 가지다. 첫째는 편협하고 특정한 분파의 전문 지식이 아니라 모든 영역을 두루 꿰뚫어 보는 지적 능력이다. 단순한 박식이 아니다. 사태를 추상화하고 객관화하며 일반과 보편의 지평에서 주제를 다룰 줄 아는 능력이다. 여기에는 철학이 매우 중요한 역할을 한다. 이는 또한 철학이 연설에 어떤 역할을 했는지에서 잘 드러난다. 당시 모든 학문의 어머니로 간주되던 철학은 그 하위 분야로 논리학logica, 자연학physica, 윤리학ethica을 포함한다. 이 분야들은 연설가에게 중요한 설득 방법과 연설 주제의 창고 역할을 수행한다. 논리학은 삼단논법과 귀납법 등의 설득 수단과 방법을 제공하고, 아울러 토피카topica는 논거 창고로 논리 전개에 바탕이 되는 논거를 발견하는 데 도움을 제공한다. 자연학도 마찬가지로 중요하다. 예를 들면 연설에서 감정 표현 수단인 운율과 리듬 같은 음악적 요소에 대한 논의들도 당시에는 자연학의 하위 범주에 속했다. 또한 신화적 세계관에 사로잡혀 있는 청중들에게 자연 현상들, 예를 들면

---

3 이하의 글은 안재원, 「고대 로마의 이상적 연설가(orator perfectus)론」, 『서양고전학연구』 20, 2003, pp. 119~140을 바탕으로 이 글의 타래에 따라 재구성한 것임을 밝힌다.

천둥, 번개, 일식, 월식 현상을 합리적으로 해명하기 위해서, 혹은 자신의 연설의 필요에 따라 그것들을 이용하기 위해서는 반드시 자연학을 알고 있어야 한다. 연설 주제도 대부분은 윤리학적 내용이다. 예를 들어 덕과 악덕, 명예와 불명예, 이익과 손해, 아름다운 것과 추한 것… 등이 연설의 주요 주제이다. 이 때문에 이상적 연설가는 반드시 철학을 공부해야 한다. 키케로가 철학을 이렇게 강조한 것은 수사학자들을 비판하기 위해서였다. 당대의 수사학자들은 돈벌이에 도움이 되는 주로 법 기술 혹은 법 기교들에만 관심을 기울였고, 이런 경향은 공화정의 미래에 매우 큰 위험이 되기 때문이다.

두 번째로 연설가가 갖추어야 할 능력은 공동체에 대한 의무감이다. 정치 활동, 곧 공동의 일에 참여하는 것은 키케로에게는 중요한 의무였다. 그의 인간관이 이를 잘 해명한다. 인간은 각각에게 그리고 공동체에 상호 의무를 진 사회적 존재이다. 공동체의 일에 참여하는 것은 말을 매개로 가능하다. 따라서 그에게 연설은 정치 참여의 중요한 수단이다. 이러한 이유에서 그는 수사학을 무시하거나 포기해서는 안 되는 학문이라고 생각하였다. 이 조건은 한편으로 수사학을 멸시하고 무시했던 철학자들을, 다른 한편으로는 공동체의 일에 대한 정치적 참여를 꺼리고 사회적 의무를 방기했던 당대의 지식인을 비판하기 위한 것이었다.

셋째는 주어진 상황과 주제를 파악하고 이에 따라 연설을 효율적으로 조절할 수 있는 능력이다. 이에 따라 이상적 연설가는 각각의 연설 내용과 연설 장소, 청중에 맞게 표현할 수 있는 능력을 지닌 인물이다. 섬세한 주제는 정밀하게, 무거운 주제는 장중하고 숭고하게, 일상적 주제는 가볍고 부드럽게, 그때그때의 상황에 따라 표현 가능한 조절자가 바로 이상적 연설가이다. 이 세 번째 구성 조건은 아티카주의자들을 겨냥한 것이다. 즉 이 조건은 키케로가 브루투스Brutus의 공격을 방어하고 자신의 문체를 옹호하기 위해 제기한 것이다. 이에 따라 키케로의 문체는 경우에 따라 아티카주의자들이 비판하듯이 아시아적인 면도 있지만, 그것은 그 상황과 주제에 따라 행한 것이므로 그야말로 이상적 기준에 적합하고, 따라서 정당화될 수 있다는 것이다. 그리고 오히려 상황과 주제에 관계없이 언제나 똑같은 투로 말하고 정형화된 틀에 사로잡힌 아티카주의자들이야말로 이상적 연설가의 기준에서 보면 잘못되었다는 것이다.

중요한 점은, 이상적 연설가론이 수사학이 아니라 철학에서 출발한다는 것이다. 철학은 의심할 여지 없이 사람들이 어떤 주제에 대해서 보편적이고 풍부하고 상세하게 말하고자 할 때 반드시 필요한 학문이기 때문이다. 키케로는 『연설가에 대하여』에 이렇게 말했다. "전문 지식인에게는 대중적인 설득력이, 달변의 연설가들에게는 세련된 교양이 부족하다ita et doctis eloquentia popularis et disertis elegans doctrina defuit."(『연설가에 대하여』, 13) 키케로는 이 결과의 원인을 사람들이 철학과 수사학의 분리를 당연한 것으로 간주하고, 그것들을 상호 연계 없이 각각 독립적으로 취급하는 데 있다고 본다. 다시 키케로의 말이다. "마치 혀와 심장의 분리와 같은 저 이상하고 백해무익한, 그래서 비난받아 마땅한 분열이 생겨났다. 한 무리는 우리에게 지혜만을, 다른 무리는 말하기만을 가르치는Hinc discidium illud exstitit quasi linguae atque cordis, absurdum sane et inutile et reprehendendum, ut alii nos sapere, alii dicere docerent"(『연설가에 대하여』, 3.61) 잘못된 분리가 생겨났다. 이 잘못을 교정하는 노력의 결실이 바로 수사학과 철학이라는 공동의 토양에서 배태된 이상적 연설가론이다. 사실 이상적 연설가론은 기본적으로 이상적 정치가론이다. 여기서 키케로와 플라톤의 차이가 분명하게 드러난다. 이상적인 철인왕이 아닌, 키케로가 그리는 이상적인 정치가는 연설을 통해 공동체의 일에 참여하는 공적인 삶, 즉 정치적인 활동의 중요성이 강조되기 때문이다. 이는 좋은 연설가들이 많이 나오게 되면 공화정이 위기를 넘겨 더욱 번영할 것이라는 키케로의 염원을 반영한 것이다. 이 염원은 후세를 교육하기 위해 저술한 그의 말기 작품들에서 더욱 분명하게 나타난다. 여기까지가 말 기술에 수사학의 정신 혹은 '수사 철학'을 불어 넣으려고 혼신의 힘을 기울였던 키케로에 대한 이야기이다.

　도대체 왜 그랬을까? 말의 위력을 가장 잘 알고 있던 사람이었지만, 또한 말의 무력無力을 가장 뼈저리게 느꼈던 사람이 키케로였기 때문이다. 카이사르의 무력武力이 얼마나 강했고, 자신의 말이 얼마나 무력無力했는지를 가장 잘 알고 있던 사람이 키케로 자신이었기 때문이다. 카이사르의 칼 앞에서, 키케로는 스스로에게 이런 물음을 던졌을지도 모르겠다. "말로 도대체 무엇을 할 수 있단 말인가?" 이에 대한 답으로 그가 선택한 길은 현실 '정치'가 아니었다. 그것은 바로 교육이었다. 그 증거가 『연설가에 대하여』이다. 물론 '이상적 연설가론'이 이 작품을 관통하는 핵심 논의이다. 하지만 그 논의의 지평을 수사학을 넘어 '인문학 studium humanitatis'으로 확장한 작품이 실은 『연설가에 대하여』이다. 로마 교육을 위해서 키케로가 인문학에 속하는 여러 분과 학문의 체계화를 시도했다는 점은 굳이 강조할 필요가 없을 것이다. 키케로 자신의 말이다.

> 인간을 인간답게 해 주는 목적quae ad humanitatem pertinent에 봉사하는 모든 학문은 서로가 서로를 묶는 공통의 연결 고리를 가지고 있고, 마치 혈연에 의해 연결된 것인 양, 상호 결속되어 있다.
>
> 『시인 아르키아스 변호Pro Archia Poeta』, 제2장

각설하고, 말이 무력해지자 말의 위력을 되찾기 위해서 시작된 고민과 반성을 통해 탄생하게 된 학술 체계가 바로 인문학이다. 이를 마르쿠스 바로Marcus Varro(BC 116~27)는 "자유 교양 학문artes liberales"이라고 불렀다. 물고기를 잡으려고 그물을 쳤다가, 물고기는 못 잡고 백로를 잡은 셈이다. 키케로가 그토록 염원했던 이상적 연설가는 실제 역사에서는 한 번도 출현한 적이 없지만, 대신에 이상적 연설가를 기르기 위해서 그가 제안한 여러 학술들은 '인문학'이라는 이름의 교육 체계로 묶여 역사의 현실로 실현되었기 때문이다. 아니, 인류 문명의 기본 토대가 되었기 때문이다. 이런 의미에서 『연설가에 대하여』는 인문학을 만든 고전이다. 물론 『연설가에 대하여』가 수사학을 만든 고전임은 굳이 강조할 필요는 없을 것이다. 말 기술에 수사학의 정신을 불어넣은 작품이 『연설가에 대하여』이기에.

7장
로마인을 로마인답게, 사람을 사람답게[1]

퀸틸리아누스의 『연설가 교육』

김기훈(공주대학교)

1. 기원후 1세기 로마 제국과 퀸틸리아누스의 삶

고전 수사학의 역사를 산맥에 비유하자면 가장 두드러진
두 준봉峻峯으로 아리스토텔레스와 키케로를 손꼽을 수 있
을 것이다. 이들은 각각 고대 그리스·로마 문명의 대표적
인 정치 사상가이며 또한 이론에 능통한 수사학자이기도
했다. 일종의 학술로서 수사학과 연설술을 체계적으로 검
토하고 정리한 최초의 인물이 아리스토텔레스라면, 키케
로는 수사학을 몸소 실천한 로마의 명연설가이자 현실 정
치가였다고 평할 수 있다. 특히 기원전 2세기에 본격적으
로 지중해 서부에 영향을 끼치기 시작한 그리스 문명은 패

---

1   이 글은 2021년 12월 18일 한국수사학회 수사학 아카데미 월례 강연에서 발표한
     것에 토대를 둔 것이며 완결된 형태의 원고는 『서양고대사연구』 67집(2023년 8월,
     201~227쪽)에 게재된 바 있다.

권자 로마에 지대한 영향을 끼쳤고 키케로는 수사학의 로마 수용사에 있어서 최첨단에 서 있던 인물이다. 젊은 시절 그가 남긴 『발견론De inventione』이나 오랫동안 그의 저작으로 여겨져 온 『헤렌니우스에게 바치는 수사학Rhetorica ad Herennium』은 고중세 라틴어 수사학 교육에서 각각 '신구 수사학Rhetorica vetus/nova'이라 일컬어질 만큼 중요한 비중을 차지했으니, 수사학 이론가로서 키케로의 영향력도 상당했던 셈이다. 그러나 고대 로마에는 이들 못지않게 수사학의 이론과 실천에 이바지한 인물이 있었으니, 통상적인 수사학사修辭學史는 이 또 한 사람의 로마인을 위해서도 서술의 상당 부분을 할애하고 있다.

고대 로마식 성명 표기 관행에 따르면 이 저명한 수사학자의 이름은 마르쿠스 파비우스 퀸틸리아누스Marcus Fabius Quintilianus다. 근현대 서양어에서는 약간의 표기 차이가 있기는 하지만 Quintilian이라는 영어식 명칭으로 더 널리 알려진 인물이다. 서양 중세 문헌의 수사학이나 교육 관련 문맥에서 Fabius라는 이름으로 인용되는 이 역시도 바로 이 고대 로마의 수사학자를 가리킨다. 추정컨대 그는 서기 35년경 당시 로마 제국의 속주 히스파니아의 칼라구리스(오늘날 에스파냐의 칼라오라)에서 태어났다. 유년기를 고향에서 보낸 그는 제국의 수도 로마에서 일종의 유학 생활을 마치고 59년경 다시 귀향한 것으로 보인다. 당대의 통상적인 시민 계층의 교육 관행에 따랐다면, 퀸틸리아누스는 오늘날

초중등 교육 과정, 즉 문법 교육과 초급 수사학 교육을 마치고 로마에서 본격적으로 연설술을 연마했을 것이다. 기원전 1세기 말 이래로 로마 공화정이 제 기능을 다하지 못하고 이제는 실질적으로 일인 통치 체제하에 놓이게 된 무렵, 연설을 위한 공적 공간이나 계기가 협소해진 제정기 로마가 맞는 첫 세기는 혹자의 표현에 빗대자면 어떤 의미에서 "축소된 수사학rhétorique restreinte"의 시대였다. 공적 말하기를 전제로 한 고전 수사학이 발아하고 개화할 수 있었던 배경이 그리스 민주정이나 로마 공화정이었던 점을 상기하자면, 통치 권력을 특정 인물이나 세력이 독과점하는 정치 체제에서는 자유로운 연설이 어려운 법이다. 언론 통제, 여론 조작이나 선동, 반강제적인 자기 검열 따위 등은 모두 반反수사학적인 제약으로 작용한다. 퀸틸리아누스가 수사학을 공부하고 훗날 수사학 교육자가 되기까지의 한 생애는 이와 같은 역사의 일부분이었다.

지중해 동부에서 메시아라 불리던 이가, 훗날 그리스도 교인들이라는 이름으로 불리게 된 많은 추종자를 남기고 수난받았던 그 세기 중엽, 한때 촉망받았던 황제 네로Nero는 역사상 가장 자주 회자되는 폭군으로서의 행적을 남기며 통치 말기를 맞고 있었다. 서기 68년 여름, 이 황제의 폭거에 맞서 반란이 일어났고 그중 히스파니아에 주둔 중이던 총독 갈바Galba가 지도자로 추대되었다. 이에 제대로 맞서지 못했던 네로는 끝내 자결로 생을 마감하고 이로써 소위 율리우스-클라우디우스 황가는 제위에서 내려오게 되었다. 이듬해인 69년에는 갈바를 필두로 네 명의 통치자가 권력을 차지했다. 이른바 "네 황제의 해Year of the Four Emperors"라 불리던 그해 중추 권력의 공백으로 인해 야기된 내전을 끝낸 이는 베스파시아누스Vespasianus(재위 69~79)였다. 그와 그의 두 아들이 통치했던 시대를 흔히 플라비우스 황가 치세(69~96)라고 일컫는다. 수사학자 퀸틸리아누스의 성년 시절, 특히 그의 전성기는 68년 갈바와 함께 로마에 입성하던 무렵부터 시작해 또 다른 폭군 도미티아누스Domitianus 황제 치세(81~96)의 끝자락까지였다. 다시 말해 그가 수사학 이론가이자 교육자로 활약했던 시절의 처음과 끝은 정치적 자유가 지극히 위태로웠던 나날이었던 셈이다.

기원후 1세기 말, 2세기 초쯤의 작품으로 알려져 있는, 역사가 코르넬리우스 타키투스Cornelius Tacitus의 단편 소품 『연설가들에 관한 대화Dialogus de oratoribus』에서는 이와 같은 정치 지형의 변화, 시대에 따른 연설가의 위상 차이 등에 대해서 등장인물들의 설전을 통해 읽어 낼 수 있다. 한 세기의 차이를 두고 공화정 시대의 키케로 같은 연설가와 제정기 당대의 연설가 사이에는 커다란 간극이 있는데, 앞서 언급했듯이 연설의 자유가 발휘될 수 있는 환경과 상황이 크게 달라졌기 때문이다. 이 대화편에서는 등장인물 각각이 신구新舊 논쟁의 대변자로서 연설가의 역할에 대해 다른 주장을 펼치지만, 『연설가들에 관한 대화』는 대체로 제정기의 첫 세기말 연설술 쇠퇴 담론이 어떠했는지를 가늠하기에 유의미한 문헌으로 평가받고 있다. 흥미로운 것은, 지금은 소실되어 유감스럽지만 퀸틸리아누스 역시 『연설[술] 쇠락의 원인에 관하여 De causis corruptae eloquentiae』라는 저술을 통해 마찬가지 문제의식을 피력했으리라는 것이다. 물론 그 원인 진단에 있어서 정치 체제 변화, 타성에 젖은 수사학 교육 현장의 관행 등 그가 비판했을 법한 원인에는 차이가 있었겠지만, 수사학과 연설술이 이전 시대에 비해 퇴행하고 있었다는 현상 분석에는 큰 이견이 없었을 것으로 보인다. 특히 퀸틸리아누스가 수십 년에 걸쳐서 수사학 교육계의 권위자였다는 점을 상기한다면, 동시대 수사학에 대한 그의 비평이 구체적으로 어떠했을지 세세히 읽어 볼 수 없다는 점이 아쉬운 대목이다.

시절을 다시 거슬러 올라가, 68~69년 정치적 격동기에 퀸틸리아누스는 로마로 돌아온 이래 내전으로 인한 피해를 겪었던 것 같지는 않다. 오히려 그는 비유컨대 역사상 최초의 흠정欽定 교수로서 수사학을 공식적으로 교육할 수 있게 되었는데, 로마 안팎의 혼란스러운 정세를 비교적 성공적으로 정비한 황제 베스파시아누스로부터 72년 이래로 재정 지원을 받게 되었기 때문이다. 그리고 87년에는 황제가 인가한 수사학 학교의 책임자로 지정되었는데 92년에 은퇴하기까지 그는 비교적 안정적인 수입과 지위를 누릴 수 있었던 것으로 보인다. 그런 까닭에 퀸틸리아누스의 삶은, 상대적으로 영세하고 처우가 좋지 못했던 수사학 교사들과도 대비되고, 정치적 수완을 통해 황실의 가신으로 출세를 꿈꾸던 제정기 정치가들과도 궤를 달리했던 셈이다. 연설술이 쇠퇴한 시절을 전업 수사학자이자 교육자로서 살아왔던 퀸틸리아누스의 생애는 그런 점에서 역설적이기도 하다. 그런 그가 92년 은퇴 이후에 자신의 생애와 수사학 교육 여정을 되돌아보며 집필에 착수하기 시작해 95년 전후로 집대성해 출판한 것이 『연설가 교육*Institutio oratoria*』이라는 기념비적인 저술이다. 이는 오늘날까지 온전하게 전하는 퀸틸리아누스의 대표적인 수사학 이론서로, 아리스토텔레스, 키케로의 저작과 함께 고전 수사학 이론을 논의할 때 손꼽히는 고전이기도 하다. 이 저술을 남긴 뒤 그는 아마도 서기 100년경 소위 "로마가 이룩한 평화*Pax Romana*"가 새 시대를 열던 무렵 영면에 든 것으로 전해진다.

2. 『연설가 교육』의 구성과 의의

『연설가 교육』은 고전-고대의 저술 분책 방식에 따라 전체 열두 권으로 구성된 수사학 이론서다. 필사본 전승에 따르면 작품 제목은 통칭 "Institutionis oratoriae libri duodecim"으로 표기되며 학계에서는 "Inst." 혹은 "I.o." 식으로 약칭하기도 한다. 그런데 이 저술 제목이 현대에 번역될 때는, 『연설가 교육』이나『연설술/수사학 교육』으로 나뉘기도 하는데, 이 경우 라틴어 원제에 포함된 형용사 oratorius, -a, -um 을 어떤 의미로 번역하느냐에 따라 선택지가 갈리게 된다. 가령,『옥스퍼드 라틴어 사전Oxford Latin Dictionary』에는 이 표제어가 크게 두 가지 뜻을 가진다고 소개되어 있는데, "of belong to oratory" 혹은 "suitable or proper for an orator"다. 전자에 따를 경우 "연설술 교육", 후자를 좇으면 "연설가 교육"이 가능한 번역어가 될 것이다. 서양에서도 번역자나 연구자에 따라서 선택이 달라진다. 이 경우 단순히 번역어 취향에 국한된 문제가 아니라 퀸틸리아누스의 이 수사학 저술의 성격을 어떤 식으로 파악하는지가 적절한 제목 번역을 통해 드러날 수 있다는 점이 중요한 듯하다. 요컨대 이미『연설가 교육』이라는 우리말 번역어에서도 작품 해석에 대해 어느 정도 입장이 제시된 셈이다. 우선,『연설가 교육』의 전체 서문에는 이와 관련된 실마리를 읽을 수 있는 대목이 있는데, 여기서 우리는 이 작품의 저술 동기를 헤아려 볼 수 있다.

마르쿠스 파비우스 퀸틸리아누스가 친구 **트뤼포**에게 안부를. 날마다 성가신 요청으로, 당신은 나의 [벗] 마르켈루스에게 **연설 교육에 관해**de institutione oratoria 써 주었던 책들을 이제 출판할 준비를 하라고 요청했습니다. 사실, 나 자신은 그것들이 아직 충분히 무르익었다고 생각지 않고 있는데, [당신도] 아시다시

피. 2년 남짓한 시간에 걸쳐 다른 때에는 그토록 많은 일에 얽매여 지내다 그것들을 저술하는 데 매달렸습니다. 그 시간은 철필stilus 못지않게 거의 한없이 작품들을 조사하고 헤아릴 수 없는 많은 저술가를 읽는 데 할애되었습니다. (…) 새로운 것을 쓰고자 하는 열망은 얼려 둔 채 꼼꼼히 거듭해서 들여다본 그것들을 마치 독자처럼 살펴보기 위해서 말입니다. 그런데 만일 당신이 긍정하는 만큼 그토록 대단히 그것들이 요청받고 있는 것이라면, [우리는] 돛을 바람에 맡기도록 합시다. 그리고 바람이 해안으로 잘 이끌어 주기를 기도합시다. 한편 당신의 신의뿐만 아니라 또한 면밀함에 많은 것이 달려 있습니다. 가능한 한 그것들이 잘 교정되어 사람들의 손안에 들어가기 위해서는 말입니다. 안녕히!

『연설가 교육』「서문praefatio」

수사학 교육자로서의 경력을 뒤로한 후, 퀸틸리아누스는 한 서적상으로부터 거듭 출판을 권유받았던 것으로 보인다. 위에서 인용한 서문에서 일종의 수신자로 언급된 트뤼포Trypho가 아마도 그 사람인 듯하며, 퀸틸리아누스는 자신이 그간 사용하고 정리했던 수사학 강의안, 지인이었던 마르켈루스Marcellus의 공부를 위해 준비했던 비공식 저술을 초고로 삼아 "2년 남짓한 시간에 걸쳐" 편집, 저술하고 95년경에 완성해 『연설가 교육』을 출판했던 것으로 보인다. 전반적으로 이 저작은 수사학 이론이나 교육에 대한 퀸틸리아누스의 완숙한 경험에서 비롯한 것으로, 다방면의 독서와 역사 지식을 근거로 백과사전적 수사학 교육서 ἐγκύκλιος παιδεία/encyclopedic education로 그 온전한 꼴을 갖추게 되었다. 서술 방식이나 형식 면에서 퀸틸리아누스의『연설가 교육』은, 키케로의 대화편 형식의 수사학 저서들, 예를 들어『연설가에 대하여De oratore』,『브루투스Brutus』,『연설가 Orator』,『수사학Partitiones oratoriae』보다는 아리스토텔레스의 『수사학』이나 키케로의『발견론』과 더 가깝다고 할 수 있다. 즉 역사상의 인물들이 대화 당사자로 등장하여 특정한 역사적 맥락을 배경으로 진행되는 중첩된 대화편 형식이 아니라 일종의 강의 교안처럼 저술된 것이 특징적이다. 그런 까닭에 헬레니즘 시대를 거쳐 이론적으로 정립되어 온 전통 수사학 교육 체계가『연설가 교육』에도 상당 부분 반영되거나 보전되어 있는데, 특히 수사학 이론 학습praecepta 에서 다뤄지는 요소들을 정리하면 다음과 같다.

〈표 1〉『연설가 교육』에서 다뤄지는 수사학 이론

연설가의 의무 officia oratoris	연설가의 능력 vis oratoris	연설 구성의 부분들 partes orationis
λόγος/docere	εὕρεσις/inventio	προοίμιον/exordium
	τάξις/dispositio	διήγησις/narratio
πάθος/movere	λέξις/elocutio	πρόθεσις/propositio-partitio
ἦθος/delectare	μνήμη/memoria	πίστις/confirmatio-reprehensio reprehensio
	ὑπόκρισις/actio	ἐπίλογος/peroratio

아리스토텔레스 이래로, 설득πείθω/persuasio은 연설가가 달성해야 할 목표였고 이를 위해서 연설가가 응당 수행해야 할 바, 갖추어야 할 의무는 세 갈래로 제시되곤 했다. 각각 연설의 논리, 청중의 감정, 연설가의 품성에 상응하여 증명하고, 감동을 주고 마음을 즐겁게 달래 주는 것이 연설가가 마땅히 해야 할 일들이다. 아울러 연설가는 훌륭히 연설하기 위해 세부적인 능력과 역량을 갖추어야 하는데, 적절한 논거와 논변을 찾아내서, 체계적으로 각각의 논변 세목들을 정리, 배치하고, 맵시 있는 표현을 갖춰 연설문을 작성하되, 연설 현장에서 막힘 없이 유창하게 논지를 펼칠 수 있도록 연설 전반을 잘 기억해야 하며 적절한 목소리와 몸짓으로써 설득하고자 하는 바를 효과적으로 전달할 수 있어야 한다. 전통 수사학 교육은 이러한 역량을 갖추도록 예비 연설가들을 훈련하는데, 그러고 나면 연설문을 구성하고 작성하는 방법을 가르치는 데까지 이른다. 수사학자들에 따라 연설문 세부의 적절한 수와 순서에 다소간 차이가 있기는 하지만, 청중의 호감과 주의를 이끌어 내고 연설의 요지를 명확히 밝히는 간략한 서론, 사건 진술, 주장하고자 하는 바를 세분해서 입증하고 반대 측의 입장을 논박하는 부분 이후에 전체 연설의 논지를 요약하고 효과적인 울림을 담아낼 적절한 결어까지 갖게 하는 것이 일반적으로 권장되는 연설 구성의 방식이었다.

간략히 정리한, 이러한 수사학 이론 학습에 더해『연설

가 교육』에 개진되어 있는 수사학 교육의 단계에는, 훌륭한 전범이나 고전을 낭독하거나 말 그대로 답습하며 배우는 모방 학습imitatio, 조금 더 일반적인 문제를 두고 번안하거나 새로이 작문하는 식으로 진행되는 예비 교육 προγυμνάσματα/praeexercitamenta, 그리고 모의 연설declamatio이 포함된다. 특히 모의 연설은 퀸틸리아누스가 활동했던 제정기 로마에서 성행했는데, 그 이유는 앞에서 언급했듯이 실제로 연설가가 활동할 수 있는 연설 공간과 연설가의 입지가 줄어들었던 탓에 수사학 학교가 광장forum을 대체하는 교육 공간으로 주로 활용되었기 때문이다. 모의 연설로 번역되는 라틴어 'declamatio'는 크게 소리친다는 뜻을 가진 동사와 관련된 말로, 문자 그대로 고함치는 동작이나 상태를 가리키는 표현에서 연설가가 실전을 위해 준비한 연설을 일종의 예행연습 삼아 모의로 낭독하는 것까지 의미 외연에 담게 되었다. 그러던 것이 아예 실제 법정이나 의회, 공식적인 의례와는 상관없이 학교나 모임에서 특정 주제를 두고 연습 삼아 작성한 연설을 모의로 실연實演하는 것에만 국한해 이 용어를 쓰게 되는데, 로마 제정기에 접어들면서 이와 같은 모의 연설이 소위 학교 수사학에서 큰 비중을 차지하게 되었다. 과거 키케로 시대에는 법정이나 정치 집회가 들어서고 청중이 원환처럼 에워싸던 광장이 예비 연설가들을 위한 생생한 교육의 산실이었고, 이론적인 수사학 교육을 오래 받는 것보다는 훌륭한 (정치) 연설가의 문하에서 그를 수행하며 일종의 도제식으로 교육받는 것이 관행이었다. 이와는 반대로 모의 연설은 실제 상황이 아니라 신화나 문학, 역사 속 사례들 중에서 선별된 그럴 법한 일들을 두고 찬반 입장을 택해 학교 안에서 연설 솜씨를 연마하는 방편이 되었다. 그중에서 전통 수사학에서 정치 연설genus deliberativum과 법정 연설genus iudiciale 범주에 상응하는 것으로 모의 정치 연설suasoria과 모의 법정 연설controversia 사례들이 오늘날에도 몇몇 문헌으로 현존하고 있는데, 통상 위작으로 평가받기에 위僞 퀸틸리아누스Pseudo-Quintilianus라는 저자명으로 편집, 출간되고 있는 『대大모의연설 모음집Declamationes maiores』(총 3권)과 『소小모의연설 모음집Declamationes minores』(총 2권)을 참고할 수 있다. 한편 『연설가 교육』에서 모의 연설에 대해 비중 있게 다루면서도 이것이 실제 연설과는 상관없이 유희나 오락 혹은 그 자체로 과시성 부업으로 전락한 당대의 행태에 대해서 퀸틸리아누스는 몹시 비판적이었던 것으로 보인다. 동시대 수사학에 대한 그의 비판적 태도는 소실된 작품 『연설[술] 쇠락의 원인에 관하여』의 기조이기도 했을 듯하다.

　『연설가 교육』에 반영된 전반적인 수사학 체제의 특징은 이 작품의 구조를 조금 더 세분하여 분석하면 잘 드러나는데, 방대한 분량과 내용을 제한된 지면에 다 소개할 수는 없어 일단 개략적으로 그 구성을 도식화해 소개하고자 한다.

〈표 2〉『연설가 교육』의 기술ars-장인artifex-작품opus 구도

제1~2권 schola/ars grammatica
제3~11권 schola/ars rhetorica   ars → **eloquentia**
　　제3~7권 inventio-dispositio
　　제8~11권 elocutio-memoria-pronuntiatio

제12권 **vir bonus** dicendi peritus   **artifex → orator perfectus**
　　　　　　　　　　　　　　　　　　　　　　　∴ **opus → civitas Romana**

　　전체 열두 권 가운데 첫 두 권은, 말하자면 생애 주기에 따른 초기 단계의 교육에 관한 것이다. 제1권은 아동이 문법 학교schola grammatica에서 초기 문해 능력을 습득하는 것과 관련되는데, 글자, 음절, 단어 읽기부터 시작해 초보적인 글쓰기, 논리학이나 음악, 기하학 등 다른 과목 학습과의 연계성에 대해서도 다룬다. 특히 『연설가 교육』 제1권 (1장 3절)은 전근대 문헌에서는 이례적으로 아동의 체벌體罰에 반대하는 퀸틸리아누스의 논의를 읽을 수 있어서 교육사 연구자들 사이에서도 자주 참조되곤 한다. 이어지는 제2권은 문법 교사grammaticus에게서 초등 교육을 마친 아이를 언제 수사학 교사rhetor에게 보내 본격적인 수사학 교육을 시작해야 하는지부터 다루기 시작해, 앞에서도 언급한 전통 수사학의 이론을 본격적으로 학습하기에 앞서 거쳐야 할 예비 교육 과정을 세세히 논의한다. 그러고 나서

11장부터 21장까지의 나머지 부분은 비유컨대 수사학 개론이라 일컬을 수 있는 내용을 서술하고 있다. 학술로서의 수사학ars rhetorica/oratoria의 필요성, 수사학의 역사와 성격, 효용성 등이 차례로 다루어지는데 이 대목도 고대 수사학의 역사를 되짚어 볼 때 고전적으로 참고되는 전거 가운데 하나다. 그에 따르면 수사학은 "훌륭하게 말하는 법에 대한 앎 혹은 학문bene dicendi scientia"(제2권, 15장 34절)으로, 넓게 보자면 『연설가 교육』의 대부분은 이 학술ars로서의 수사학, 연설술을 체계적으로 교육하는 데 목적을 두고 있다. 이는 앞에서 살펴본 이 저술의 서문에 나오는 "연설 교육에 관해de institutione oratoria"라는 표현을 상기시키기도 하며, 『연설가 교육』의 제1권에서 제11권까지가 포괄하고 있는 것이 다름 아닌 달변eloquentia이라는 학술이라는 점에서 일견 "연설가 교육"보다는 "연설술 교육"이 이 저술에 더 적합한 제목 번역인 듯도 하다. 그러나 퀸틸리아누스가 염두에 두었던 바는 오직 말재간에만 능통하거나 특정한 요령에 숙달된 말의 숙련공 양성이 아니었고, 수사학 교육의 전체 취지 역시 연설술 자체에 방점이 찍힌 것이 아니었다.

> 그런데 우리가 교육하고자 하는instituimus **이상적 연설가** orator perfectus는 **훌륭한 사람**vir bouns에 다름 아니다. 그러므로 우리는 그에게 **언변 능력**dicendi facultas뿐만 아니라 **심성**

의 온갖 덕목virtutes(훌륭함)을 요구한다.

『연설가 교육』 제1권, 「서문」 9절

한편 내가 교육하고자 하는instituo 이는, 말하자면 **로마인다운 현자**Romanus sapiens인데, 그는 [현실과는] 동떨어진 토론이 아니라, 실제적 사태들에 대한 경험과 활동opera에 **시민다운 인물**civilis vir로서 [자신을] 드러내 보일 사람이다.

『연설가 교육』 제12권, 2장 9절

제목 번역 문제와 맞물려 눈에 띄는 표현들을 이 인용 문에서 확인할 수 있다. 우선, 교육 혹은 양성과 관련된 동사 instituere와 함께 그 대상으로 언급되고 있는 것이 이상적인 연설가, 훌륭한 사람, 시민다운 인물 등이라는 점이 이목을 끈다. 서양 고대 문명, 특히 민주정과 공화정을 대표하는 그리스, 로마의 '시민' 개념을 상기한다면, 훌륭한 시민 혹은 사람civis/vir bonus은 다름 아닌 훌륭한 정치가/연설가orator bonus인 셈이다. 수사학과 연설가의 현실적 역할과 기능은 정치 공동체 내에서 의사 결정 과정을 거치는 동안에 갈등과 분쟁을 최소화하며 소통꾼 역할을 해내는 것이었는데, 직접적으로는 공화정기 키케로에게서 읽을 수있는 이와 같은 입장이 퀸틸리아누스의 『연설가 교육』 제12권에서도 여실히 드러난다. 그리고 이는 수사학의 역사를 거슬러 올라가 소크라테스/플라톤의 소피스트 비판과

도 궤를 같이한다고 간주할 수 있다. 그리고 퀸틸리아누스와 키케로를 통해 로마의 역사를 되짚어 보면 그 전통의 첫머리에 자리한 "로마인다운 현자" 한 사람을 만날 수 있다.

> 그러므로 **우리가 바로 세운**constituimus **연설가는, 마르쿠스 카토에 의해 규정된 말하기에 능숙한 훌륭한 사람**vir bonus dicendi peritus**이 되도록 할 것인데, 그가 우선시한 것인 동시에 자연 본성 자체로도 더 유력하고 중요한 것으로 틀림없이 그런 이는 훌륭한 사람**vir bonus**이어야 할 것이다.** 그 점은, 저 연설 능력이 악한 성격을 갖추게 한다면, 공적, 사적 일들에 있어서 달변보다 더 위험한 것은 아무것도 없다는 이유, 또한 고유한 몫의 노력으로 연설 능력에 맞는 무엇인가를 모으려고 애썼던 우리 자신은 만일 이것들을 병사를 위해서가 아니라 도적을 위해 마련하고 있는 것이라면 인간사에 대해서 최악의 기여를 하는 것이 되리라는 이유 때문만은 아니다. 우리에 대해서 무엇을 나는 얘기하고 있는가? 만물의 본성 자체가, 특히나 인간에게 허락했다고 여겨지며, 우리를 여타의 동물들과 별개의 것으로 만들어 준 것으로 여겨지는 그 점에서 친모가 아니라 계모일 수도 있으니 말이다. 만일 말하기 능력을 죄악의 동맹으로, 결백의 반대자로, 진실의 적대자인 모습으로 발견하게 된다면 말이다.
>
> 『연설가 교육』 제12권, 1장 1~2절

아마도『연설가 교육』전체를 통틀어 가장 널리 인용되는 문구이기도 할, "말하기에 능숙한 훌륭한 사람vir bonus dicendi peritus"이라는 표현은 퀸틸리아누스에 따르면 그 발언 출처가 기원전 2세기의 로마인 마르쿠스 포르키우스 카토Marcus Porcius Cato(BCE 234~149)다. 율리우스 카이사르에 맞서 공화정 수호자로서 최후를 맞았던, 그의 후손 소少 카토Marcus Porcius Cato(BCE 95~46)와 구별하기 위해 노老 카토 Cato Maior라고도 불리는 그는 공화정기 로마가 맞수 카르타고를 꺾고 지중해 세계의 패권을 차지하던 무렵의 유력 정치가였다. 키케로에 따르면, 카토는 명연설가이기도 했고 도덕적으로도 당대는 물론 후대 로마인들에게도 귀감이 되는 인물이었으며, 그런 이유에서인지 키케로는『노년에 관하여De senectute』라는 제목으로 익히 알려진 철학적 대화편의 중심 화자로 카토를 전면에 내세웠다. 말하자면 카토는 전형적인 로마인, 로마인의 이상을 체화한 인물로 존경받았던 위인이었으니, 퀸틸리아누스가『연설가 교육』의 마지막 권을 저술하면서 그의 말을 인용한 것도 주목할 만하다. 기술 혹은 학술로서의 수사학의 이론적 측면을 폭넓게 그리고 세세히 다루고 난 후, 제12권에서 퀸틸리아누스는 연설가가 맞닥뜨릴 수 있는 도덕적 딜레마에 대해 논의하는데 이를 타파할 수 있는 해결책이 다름 아닌 카토가 추구한 이상적 연설가였던 것이다. 요컨대 고전 수사학, 혹은 좀 더 범위를 좁히자면 로마 수사학의 요체는 카토와 키케

로의 유산을 이어받은, 언변에 능하면서도 품성적으로 훌
륭한 사람을 기르는 데 있다.

3. 『연설가 교육』 이후

『연설가 교육』의 상당 부분은 체계적인 연설술, 수사학 교
육 서술에 할애되어 있다. 앞에서 논의된 제1, 2, 12권의 내
용을 제외하고 『연설가 교육』의 나머지 부분의 세부 단위
를 간략하게 짚어 보면, 제3권 초반부터 수사학의 기원, 주
요 이론가들에 대한 논의 이후 수사학 이론praecepta과 연설
가의 의무officia oratoris가 순서에 따라 체계적으로 이어지
게 된다. 발견inventio과 관련된 논의가 제3권 6장에서 제6권
마지막 5장까지, 배치dispositio에 관한 내용이 전체 10장으
로 이루어진 제7권에 할당되어 있다. 이어서 제8권부터 제
11권 1장까지가 표현elocutio에 관한 서술인데, 그중 제10권
은 수월한 언변facultas을 습득하기 위해 권장되는 독서 목
록, 전범 제시, 글쓰기 연습 등을 다루고 있어서 오늘날에
도 자주 참조되곤 하며, 특히 1장은 퀸틸리아누스 당대에
이르기까지의 그리스·로마 작가들과 그들이 남긴 고전에
대한 논평을 담고 있어서 널리 읽힌다. 끝으로 연설가의 의
무 가운데 마지막 두 가지 요소인 기억memoria과 실연實演
/actio이 제11권 2장과 3장에서 다루어지는데 역시나 고대

기억술 논의와 관련해서 해당 대목이 빈번하게 참조된다. 그래서 앞에서 제시한 전통 수사학 체계와 주요 개념을 색인 삼아『연설가 교육』의 본론에 해당하는 부분을 참고할 수 있는데, 사실 이 저술 자체는 독학용이나 교재로 활용되기에는 어려움이 크고 어느 정도 연설술에 능통한 이가 실제로 수사학을 가르치거나 실습하는 데 교안이나 참고 서적으로 요긴했을 것으로 보인다.

혹자는 퀸틸리아누스의『연설가 교육』이 키케로가 다소 산만하게 남긴 수사학 저술들의 요약이자 완결이라고 평하기도 한다. 아울러 이 저술에는 크게 달라진 시대 상황이 곳곳에 표현되어 있고, 많지는 않지만 퀸틸리아누스의 개인사도 얼마간 기록되어 있다. 황제 도미티아누스는 자신의 두 종손자와 상속자들의 교사직을 퀸틸리아누스에게 맡겼던 것 같고(『연설가 교육』제4권,「서문」2절), 그의 부인은 채 19세가 되기도 전에, 두 아들을 남겨둔 채 세상을 떠났던 듯하고, 차남은 다섯 살에, 장남은 아홉 살에 여의었던 것으로 보인다. 이들을 잃은 크나큰 상심은『연설가 교육』제6권 서문에 감동적으로 표현되어 있다. 이러한 단서들에 근거해 보자면, 퀸틸리아누스는 연설술이 쇠퇴해 가던 시기, 연설가에게는 활동 폭이 좁아진 제정기에 교육자로서 그리고 연설술의 수호자로서 모든 덕목을 갖춘 인물이었을 듯하다. 그 자신이 설파했던 대로 문예 전통에 대한 광범위한 지식, 통찰력과 상식을 겸비한 훌륭한 사람vir bonus이었을 듯한 저자 자신의 목소리가 『연설가 교육』 곳곳에서 울림을 주곤 한다.

수사학이 탄생한 이래로 늘 그 사용자나 전문가(로 자처했던 이들)의 오남용으로 인해 많은 오해와 부작용이 야기되곤 했다. 그와 같은 '나쁜' 수사학으로 인해, "훌륭하게 말하는 법에 대한 앎 혹은 학문"은 문학적 기교나 화려한 수식에만 치중한 문체 연마, 미사여구의 허울로 위장한 선전이나 선동 등의 명목으로 고금을 막론하고 숱한 비판을 받고 실패와 낭패를 맛보았다. 일평생을 교육자로서 헌신해온 퀸틸리아누스 역시 연설술이 잘못 활용될 수 있는 사례들을 목격했을 것이고 달라진 정치 환경 속에서 입지가 좁아진 정치가/연설가가 살아가는 혹은 살아남는 방식의 변화도 여실히 체험하고 있었을 것이다. 정치 체제와 함께 연설가의 생태계에도 커다란 변화가 찾아왔던 것이다. 기록에 따르면, 역시나 소실된 것이 유감스럽지만 퀸틸리아누스가 실제로 행했던 변호 연설도 한 편 있었다고 한다. 그것을 제외하면 실질적으로 그가 수사학을 '실천'한 것은 교육과 연설가 양성을 통해서였고, 오늘날 우리에게는 그 실천의 산물로 그의 수사학 '이론'서 『연설가 교육』이 남아있다. 황제의 통치 아래에서 성공한 한 수사학자가 오랜 교육 경험을 토대로 일종의 생애aetas 주기에 따른 수사학 교육 체제를 담아낸 『연설가 교육』은, 서기 1세기 말에 이르러 "로마가 이룩한 평화" 시대에 필요한 인간상, 즉 전통적인 로마인다움Romanitas과 새로운 정치 체제하에서 요구되는 인간상humanitas을 고전-고대 수사학의 얼개 안에서 제시하고 있는 셈이다. 자유libertas와 광장forum의 시대 이후 이상적 연설가orator perfectus는 변화된 환경에서 요구되는 훌륭한 "로마 시민civis Romanus"이되 공화정 시대의 정치적, 문화적 유산eloquentia/studia humanitatis도 계승한 인물이라 할 수 있다. 그런 까닭에, 퀸틸리아누스의 제자였다고 전해지는 가이우스 플리니우스 카이킬리우스 세쿤두스Gaius Plinius Caecilius Secundus(소少 플리니우스, CE 61?~112?)의 연설문이나, 아마도 퀸틸리아누스의 수사학을 잘 알고 있었을 것으로 보이는, 플리니우스의 벗인 역사가 코르넬리우스 타키투스(CE 55?~120?)의 저술에서 그의 흔적을 희미하게나마 감지할 수 있을지도 모른다. 이와 같은 추정은, 동시대의 유명한 시인 마르티알리스Martialis의 평가를 통해 뒷받침될 수 있을지도 모른다. 인용문 속에 포함된 "청년 iuventa"이라는 구절 난외에 익명이 아닌 이름을 주석 삼아 덧붙여 써넣을 수 있다면 말이다.

> 퀸틸리아누스! 변덕스런 청년을 가장 잘 다스리는 이!
> Quintiliane, vagae moderator summe iuventae
> 로마 토가의 영광, 퀸틸리아누스!
> 나 가난하게 살아온 날들 쓸데없지는 않지만 서둘러 살아가나니,
> 용서해 주시오. 어느 누구도 충분히 서둘러 살아가지 않소이다.

이런 일은 미뤄 둘지어다. 조상의 재산 목록을 이기고자 하는
이는,
현관을 넘쳐나는 조상彫像들로 채우고 있는 이는.
나를 즐겁게 하는 것은 화덕과, 시커먼 연기에 화내지 않는
지붕과, 활기찬 샘물과, 잘 자란 초목이오.
나에게는 건장한 가노家奴가, 아주 많이 배우지는 않은 아내가
있게 하소서,
잠 잘 자는 밤이, 송사訟事 없는 낮이 있게 하소서.

마르티알리스, 『경구시Epigrammata』 제2권, 90편 전문全文

반면에 이 증언과는 달리, 이후 고대에 퀸틸리아누스가
직접적으로 어떠한 영향을 끼쳤는지를 제대로 평가하기
는 힘들다. 일부 발췌 인용되거나 논평이 곁들여진 문헌들,
내용의 유사성 등을 통해 고대 후기 그리스도교 교부들도
『연설가 교육』을 읽곤 했다는 점을 감지할 수 있는데, 대표
적인 저자와 문헌들은 다음과 같다.

락탄티우스Lactantius(250?~325), 『거룩한 교육<i>Divinae institu-
tiones</i>』
아우구스티누스Augustinus(354~430), 『그리스도교 교양<i>De do-
ctrina christiana</i>』(제4권)
카시오도루스Cassiodorus(490~590?), 『자유 교양 학문들과 그
지침들에 관하여<i>De artibus ac disciplinis liberalium litterarum</i>』

세비야의 이시도루스Isidorus(560?~630), 『어원론*Etymologiae*』

　그 외에는 고중세를 거치면서 퀸틸리아누스의 『연설가 교육』 전체가 온전히 직접 읽혔던 것 같지는 않다. 『연설가 교육』은 중세 시대에는 다른 저자들이 편집하거나 발췌한 선집이나 요약본으로만 읽혔고 그런 사정으로 인해 일부 훼손되거나 불완전한 상태의 필사본으로만 전승되었지만, 그의 명성과 저서에 대해서는 널리 알려졌던 것으로 보인다. 그러다 1416년 이탈리아의 인문주의자 포지오 브라치올리니Poggio Bracciolini가 장크트갈렌에서 본문 전체가 온전한 형태의 필사본을 발견해 비로소 『연설가 교육』 전체가 재발굴되었다. 초간 인쇄본editio princeps이 1470년 로마에서 출간된 이래 르네상스 이후 19세기 수사학의 부흥 시기까지 퀸틸리아누스의 이 저서는 그 자체로도 널리 읽히고 또한 후대 사상가들의 수사학 관련 저술에도 큰 영향을 끼쳤다. 19세기 이후 수사학 전반이 다시금 전반적으로 쇠퇴기를 맞게 되면서부터는 그에 대한 관심 역시 사양길에 접어들었지만, 20세기 중후반 수사학과 교양 교육에 대한 관심이 고조되면서 『연설가 교육』과 퀸틸리아누스 역시 재조명되고 있으며 특히 서양 학계에서는 새로운 비판 편집본 editio critica과 번역본, 단독 연구 총서들이 속속 출간되는 중이다. 그에게서 일단락된 고전 수사학 이론과 체계 못지않게, 퀸틸리아누스가 표방했던 완벽한 연설가, 말하기에 능

숙한 훌륭한 사람은 고전 수사학의 가치와 함께 오늘날에
도 여전히 되새겨 볼 만한 이상적 인간상을 압축적으로 보
여 준다. 달성하기 어렵기에 이상적이라 일컬어야 할지도
모르지만, 말과 행동을 겸비하고 고상한 성품과 이성을 갖
춘 사람, 아주 단순하게 표현하자면 지금-여기 수사학 역
시 여전히 그와 같은 훌륭한 시민, 좋은 사람이 되기 위해
필요한 학문일 것이다. 오늘 또 누군가가 퀸틸리아누스의
『연설가 교육』을 다시 읽게 되는 이유가 바로 거기에 있을
지도 모른다.

제2부 동양편

8장
정치의 모양을 엿보다[1]

공자의 수사학, 『논어』를 중심으로

안성재(인천대학교)

1. 공자와 『논어』

공자孔子(BC 551~479)의 이름[名]은 구丘이고 자字는 중니仲尼
(둘째라는 뜻)다. 부친 숙량흘叔梁紇은 젊었을 때 첩과의 사이
에서 첫째 아들 공피孔皮를 봤고, 노년에 정식 혼인을 맺지
않은 상태로 안씨顏氏를 맞아들여 낳은 아들이 바로 공구이
다. 공자라는 호칭은 훗날 사람들이 성씨에 스승이라는 의
미를 지닌 자子를 붙여서 부른 존칭이다. 그는 춘추 시대 노
魯나라 사람이었다.

　주나라는 서주와 동주로 나뉘는데, 서주 시기는 개국 이
래 비교적 안정적이었던 전반기라고 말할 수 있다. 이 시기
왕조의 수도는 호경(오늘날의 시안西安)에 있었으므로, 역사

1　이 글은 안성재, 『공자의 수사학』(어문학사, 2017)의 내용을 일부 수정·보완한 것이다.

상 서주라고 부르기도 한다. 동서고금을 막론하고 일반적으로 역대 왕조들은 보통 초기에 상대적으로 안정적인 국면을 보였는데, 그 이유는 개국 초기의 지도자들은 이전 왕조의 붕괴 원인이 지도자의 잘못에 있음을 알았기 때문이다. 따라서 당연히 그들은 자신의 말과 행동, 나아가 통치에 자연스레 신중할 수밖에 없었다. 하지만 시간이 흐를수록 선조들의 이러한 교훈들은 점차 무디어지다 못해 사라져 버리고, 지도자들이 부패하고 무능해짐에 따라 나라의 운명 역시 점차 기울어질 수밖에 없다. 학창 시절 공부에 집중하지 못할 때면, 괜히 아무런 잘못도 없는 책상 위치를 옮겨서 분위기를 바꿔 보려고 한 적이 있을 것이다. 당시 주나라 평왕平王 역시 수도를 동쪽, 즉 낙양(오늘날의 뤄양洛陽)으로 옮겨 나라의 기풍을 새로이 하고자 했다. 하지만 책상을 옮겼다고 안되던 공부가 갑자기 잘되던가? 마찬가지로 수도를 옮기는 것으로 망해 가는 국운을 바꿀 수는 없었다. 역사학자들은 이 시기를 일컬어 춘추 시대라고 불렀는데, 다시 말해서 동주 시기가 바로 춘추 시대였던 것이다. 춘추 시대의 주나라 영토는 서주 시기와 비교하여 많이 줄어든 반면 천자天子의 나라인 주나라를 지켜야 할 주변의 제후국들의 영토가 오히려 크게 확장되었는데, 이는 당시 제후국들의 세력이 점차 강해지면서 주나라의 실질적인 권력은 오히려 약화했음을 방증한다. 이와 반대로 지도에 주나라가 더는 보이지 않고 최종 일곱 개의 제후국만 남는 국면을 전국 시대라고 하는데, 이 일곱 나라 중에서 맨 서쪽에 위치하던 진秦나라가 마지막까지 남아 최초로 전국 을 통일함으로써, 중국 역사상 최초의 통일 왕조가 된다.

그렇다면 왜 역사상 춘추 시대를 대혼란기라고 말하는 것일까? 이때가 단지 각 제후국이 영토를 넓히기 위해서 하루가 멀다고 전쟁을 일삼던 시기였기 때문만은 아니다. 여기서 잠시 몇몇 사례를 소개하기로 하자.

1) 『통지通志』에 의하면 일가족 형제의 항렬은 백伯(적장 자), 맹孟²(서장자), 중仲³(차남), 숙叔(삼남), 계季(사남)의 순서 가 된다. 주공周公을 시조로 하는 노나라는 환공桓公 이후 나 라의 모든 권력이 맹손孟孫과 숙손叔孫 그리고 계손系孫씨에 의해서 장악되는데, 이 세 집안은 모두 환공의 후손이므로 삼환三桓이라고 불리기도 한다. 다시 말해서 삼환은 바로 환공의 자식들이고, 아버지의 자리를 이어 임금 자리에 오 른 장남을 제외한 나머지 세 아들이 모두 경卿이 되어 대대 로 임금보다 더 큰 권력을 행사해 왔음을 알 수 있다. 하루 는 애공哀公이 능판陵阪으로 놀러 가던 중 맹손씨 집안의 맹 무백孟武伯을 만나게 되자, "내가 죽음에 이르겠는가?"라고 물었다. 임금인 애공이 삼환의 권력을 두려워하여 세 번을

---

2 공자의 형 맹피孟皮는 이 항렬에 의해서 자字가 정해졌다. 즉 맹피는 숙량흘의 본처가 낳은 아들이 아님을 다시 확인할 수 있다.

3 공자의 자가 중니仲尼인 것 역시 이 항렬을 따랐기 때문이다.

물었으나, 신하인 맹무백은 끝까지 "저로서는 알 길이 없습니다"라고 비아냥거리며 오만하게 대답했다고 한다.[4]

2) 노나라 임금 소공昭公이 군대를 거느리고 계손씨 집안의 계평자季平子를 공격했지만, 계평자는 맹손씨, 숙손씨와 힘을 합쳐 역으로 소공을 공격했다. 이에 소공은 오히려 패하여 이웃 제齊나라로 달아났다가 다시 진晉나라로 건너갔고 후에 진나라의 힘을 빌려서 계손씨 집안을 축출하고자 했으나, 오히려 계손씨의 뇌물을 받은 진나라 신하들에 의해 계획이 어그러지고, 소공은 결국 타지인 진나라 건후乾侯에서 객사하고 말았다.[5]

3) 위衛나라 선공宣公은 그의 부친 위장공衛莊公의 첩 이강夷姜과 사통했고, 둘 사이에 태자 급伋을 두게 되었다. 태자 급이 장성하여 제나라 희공僖公의 딸을 며느리로 맞이하려 했으나, 선공이 그녀의 미모에 반해서 자기의 아내로 맞이하게 되었으니, 그녀가 선강宣姜이다. 선강은 삭朔과 수壽를 낳았는데, 세월이 흘러서 본래 선공의 정실인 이강이 총애를 잃은 나머지 자살하자, 선강과 삭이 음모를 짜고는 태자 급을 모해한다. 이에 선공은 태자 급을 미워하게 되어서

---

4 『좌전左傳』「애공哀公 27년」.

5 『좌전』「소공昭公 25년」; 『사기史記』「공자세가孔子世家」.

제나라로 쫓아 보내면서 그에게 흰 깃대를 들고 가라고 명령했는데, 사실 선공은 사전에 강도들을 매수하여 국경에서 흰 깃대 장식을 들고 가는 이를 죽이라고 사주했던 것이다. 하지만 이를 알아챈 수가 쫓아가 급을 술에 취하게 하고는, 자신이 급인 것처럼 꾸미고 대신 흰 깃대 장식을 들고 제나라로 가다가 강도들에게 죽임을 당했다. 뒤늦게 국경에 도착한 태자 급은 강도들에게 자신이 위나라 태자임을 밝혔다가 역시 죽임을 당하게 된다.[6]

4) 최저崔杼는 제나라 대부이다. 그는 자신의 아내와 임금 장공莊公이 사통한다는 사실을 알고는 임금을 시해하고 경공景公을 새로운 임금으로 세웠는데, 경공은 오히려 안자晏子로 더 유명한 안영晏嬰을 총애하여 결국 최저를 제거한다.

5) 제나라 양공襄公은 제나라를 혼란에 몰아넣은 대단히 무도無道한 인물이었는데, 심지어 자기 여동생과 사통하는 사이였다. 훗날 여동생이 노나라 환공에게 시집을 갔는데도 이러한 패륜을 멈추지 않다가, 결국에는 환공에게 발각되었다. 하지만 양공은 부끄러워하기는커녕 오히려 환공을 죽이는 등 제나라를 혼란에 몰아넣었다.

---

6 『좌전』「환공桓公 16년」; 『사기』「위강숙세가衛康叔世家」.

『논어論語』, 나아가 당시의 모든 서적은 이처럼 전무후무한 대혼란기를 어떻게 극복하여 평화를 회복하고, 나아가 땅에 떨어진 리더십, 즉 '도'를 회복할 수 있는지에 대한 방법론을 제시한 정치 서적이다. 그렇다면 천자의 나라인 주나라를 무시하고 제후들이 자기 세력 확장에만 열을 올리던 춘추 시대에, 동쪽의 한 작은 제후국인 노나라에 살던 공자는 과연 우리에게 어떤 말을 하고 싶어 한 걸까? 그리고 오늘날의 리더십인 '도'를 설명하기 위해서, 그는 어떤 수사를 사용했던 걸까?

2. 수사의 정의 및 그 적용 대상

2.1 『논어』의 수사학적 가치와 의의

수사학修辭學에 있어서 '수사修辭'라는 표현은 『주역周易』[7]에서 유래하는데, 『주역』「건괘乾卦」'구삼九三'에 다음과 같은 구절이 있다.

군자는 종일 의지하지 않아서, 저녁에도 두려워하니, 위태로워도 재앙이 없다.[8]

---

7 『주역』은 유가 사상을 존숭하는 이들에게 13경經의 하나이기 때문에 『역경易經』이라고도 불린다.

8 君子終日乾乾, 夕惕若, 厲無咎.

그리고 이러한 경經의 내용에 대해서, 해설서인 전傳의 성격을 지니고 있는 「문언文言」에서는 다음과 같이 서술하고 있다.

> 구삼효九三爻에 이르기를, "군자는 종일 의지하지 않아서, 저녁에도 두려워하니, 위태로워도 재앙이 없다." 이는 어떤 것을 이르는가? 공자가 이르시기를, "군자는 덕에 정진하고 공적을 쌓음에 정성스럽고도 성실하기에, 그러므로 덕에 정진하게 되고, 말을 닦음에 그 성실함을 세우기에, 그러므로 공적에 머무르게 된다. 힘쓰는 것을 알아서 그것에 힘쓰니, 가히 좇아서 살필 수 있고, 이루는 것을 알아서 그것을 이루니, 가히 좇아서 의로움을 보존할 수 있다. 이러한 고로 윗자리에 처해도 교만하지 않고, 아랫자리에 있어도 근심하지 않는다. 고로 의지하지 않고, 그 때를 맞춤에 말미암아 두려워하니, 비록 위태롭더라도 재앙이 없는 것이다."[9]

이를 통해서 "말을 닦음에 그 성실함을 세우기에, 그러므로 공적에 머무르게 된다"라는 뜻을 지닌 "수사입기성, 소이거업야修辭立其誠, 所以居業也"는 "말을 잘 풀어서 설명함으로써 그 성실함을 확고하게 하므로 나라와 백성을 위한 공적

---

9   九三, 君子終日乾乾, 夕惕若, 厲無咎. 何謂也? 子曰, "君子進德修業忠信, 所以進德也; 修辭立其誠, 所以居業也. 知至至之, 可與幾也, 知終終之, 可與存義也. 是故居上位而不驕, 在下位而不憂. 故乾乾, 因其時而惕, 雖危無咎矣."

을 세울 수 있는 것이다"로 풀이되고, 또한 수사修辭는 바로 '정성 성誠'과 깊은 관련을 맺고 있음을 확인할 수 있다.

'닦을 수修'는 사람이 물을 헤치고 나아가듯 두 손을 번갈아 가며 써서 실이나 털을 다듬는 행위를 묘사한다. 이를 종합적으로 살펴보면 '닦을 수修'는 사람이 수건을 가지고 정성을 다하여 시체를 닦듯이 실이나 털을 정돈한다는 의미를 지니고 있음을 알 수 있다.

'말 사辭'는 죽을죄를 다스리는 발언을 뜻하는데, 이는 결국 하늘이 정해 놓은 규범, 즉 도道를 어긴 죄를 판결할 때, 가까이에 있는 것(예로부터 내려오는 하늘의 도리)을 인용하여 먼 곳에 있는 것(실제 발생한 사건)을 풀어 설명함으로써, 사사로움을 최대한 배제하여 객관적이고도 공정하게 올바른 도리를 천명하는 것이다. 그리고 나아가 그러한 도리에 근거하여 공정하게 판결한다는 것임을 알 수 있다. 다시 말해서 '말 사辭'는 다름 아닌 법정에서 공정하게 죄를 판결하는 판결문이 되는 것이다.

따라서 공자가 언급한 수사修辭는 말이나 글을 다듬고 꾸미며 아름답고 정연하게 하는 일이나 기술을 뜻하는 것이 아니라, 예로부터 내려오는 도리, 즉 도道를 기록한 문文의 내용에 근거하여 시비를 정확하게 가리고, 나아가 올바른 도리를 명확하게 천명한다는 의미를 지니고 있음을 알 수 있다.

'정성 성誠'은 '말씀 언言'과 '이루다, 완성하다'라는 의미를 지니는 '이룰 성成'이 합쳐진 글자이므로, 정성을 다한다는 것은 다름 아닌 '말씀 언言'을 '이룰 성成' 하는 것이라는 의미가 됨을 알 수 있다. 즉 자신이 말한 것은 반드시 실천하는 것이 바로 정성을 다하는 행동이 되는 것이다.

동양에서 언어의 가치는 단순히 자신의 생각이나 의지를 표현하는 것에서 그치는 것이 아니라, 궁극적으로는 행동으로의 실천으로 이어져야만 그 참된 가치를 오롯이 지닌다. 좀 더 구체적으로 말해서, 도道의 이론적 성격을 지니는 옛 서적들에 적혀 있는 문장[文]을 명확하게 설명하고 알림으로써 상대방을 깨우쳐 실천할 수 있게끔 하는 역할을 하는 것이 바로 수사修辭가 되는 것이다.

그러므로 수사는 오늘날 알려진, 문장을 수식한다는 의미가 아니라, 예로부터 내려오는 올바른 도리인 도道의 이론이 되는 문文을 명확하게 천명하여 이해시키는 역할을 할 뿐 아니라, 나아가 그 이론을 실제 행동으로 옮기게끔 한다는 이른바 실천적 강령으로서의 성격을 지님을 알 수 있다. 즉 수사는 이론으로서의 역할을 수행할 뿐 아니라, 그 이론을 실천으로 옮기지 못하면 이론 자체가 무의미해진다는 의미를 바탕으로 이론과 실천 사이에서 중간 매개체로서의 역할을 수행하는 것이다.

이처럼 기록상 동양에서 '수사'에 대해서 가장 먼저 언급한 인물은 다름 아닌 공자이므로, 공자는 누구보다도 어려운 도리를 잘 풀어서 설명함으로써 사람들이 흔들리지 않고 확고하게 실천에 이르도록 하는 '수사입기성修辭立其誠'의 과정을 명확하게 인지했고, 나아가 실천한 인물이었을 것이다. 그리고 그런 공자의 언행을 기록한 서적이 『논어』이므로, 공자 나아가 당시 옛 중국인들의 수사관을 이해하는 데 있어서 『논어』를 살피는 것은 분명 타당한 선택일 것이다.

2.2 수사의 대상

이제 상술한 수사 개념을 바탕으로, 공자에게 있어서 선善의 원칙을 드러내어 밝히는 수사는 과연 어떠한 형태로 활용되었는지 『논어』의 사례를 들어 설명해 보기로 하자.

첫 번째, 동양에서 전통적으로 행해진 전형적 수사의 상황으로, 지위가 낮은 신하가 상관 혹은 임금에게 선善의 원칙을 설명하고 나아가 설득하고자 한 경우이다. 이와 관련하여 『논어』 「안연顏淵」의 다음 기록을 살펴보자.

> 계강자가 공자에게 정치에 대해 묻기를, "만일 무도한 사람을 죽여, 도가 있도록 이루면 어떻겠소?" 공자가 대답하시기를, "그대는 정치를 함에, 어찌 죽임을 사용하십니까? 그대가 선을 행하고자 하면 백성이 선을 행할 것입니다. 군자의 덕은 바람이고, 소인의 덕은 풀입니다. 풀 위에 바람이 불면 반드시 쓰러지는 법입니다."(12-19)[10]

---

10 季康子問政於孔子曰, "如殺無道, 以就有道, 何如?" 孔子對曰, "子爲政, 焉用殺? 子欲善而民善矣. 君子之德, 風, 小人之德, 草. 草上之風必偃."

이를 현대적으로 좀 더 풀어서 설명하면 다음과 같다.[11] 계강자季康子가 공자에게 정치에 대해 물었다. "만약 강력한 법으로 백성을 통제하고 이를 어기면 엄벌에 처함으로써, 백성들이 겁을 먹고 바르게 살 수 있도록 하는 공포 정치를 행하면 어떻소?" 이에 공자가 대답하셨다. "그러한 엄격한 법치는 오래갈 수 없으니, 먼저 지도자가 올바른 길을 걸어야 백성들 역시 지도자를 믿고 따르게 됩니다. 따라서 지도자가 바람이라면, 백성은 그 바람이 부는 방향에 따라 기울어지는 풀인 민초인 것입니다."

여기서 왜 백성을 민초民草라고 부르는지 이해할 수 있다. 계강자가 강력한 법으로 백성을 통제하고 이를 어기면 엄벌에 처함으로써, 백성들이 이에 겁을 먹고 바르게 살 수 있도록 하는 공포 정치를 행하면 어떤지 묻자, 공자는 그러한 엄격한 법치를 반대했으니, 지도자를 바람으로 그리고 백성을 풀에 비유함으로써 먼저 지도자가 올바른 길을 걸어야 백성 역시 지도자를 믿고 따르게 된다고 말하고 있다. 즉 이는 윗물이 맑아야 아랫물이 맑게 된다는 이른바 솔선수범率先垂範인 것이다.

두 번째, 아랫사람이 윗사람에게 선善의 원칙을 설명하고 나아가 설득하는 상황이 아니라, 피차 동등한 상황에서 완곡한 거절이나 반박을 하고자 한 경우이다. 아래에 제시

---

11 이후로는 별도의 설명 없이 바로 이어서 추가적인 현대어 풀이를 제시한다.

하는 『논어』「팔일八佾」의 왕손가王孫賈와 공자의 대화는 언 뜻 보기에는 마치 위나라 대부와 일반인, 즉 윗사람과 아랫 사람의 대화이고 나아가 아랫사람인 공자가 윗사람인 왕 손가에게 도리를 이해시키고 설득시키는 상황 같지만, 보 다 정확하게 이야기해서 왕손가는 위나라 사람이고 공자 는 노나라 사람으로 신분상 고하 관계라기보다는 상호 평 등한 관계라고 할 수 있을 것이다.

> 왕손가가 묻기를, "'아랫목신을 따르느니, 차라리 부뚜막신을 따른 다'라고 하니, 어떤 것을 일컫는 것이오?" 공자가 이르시기를, "그 렇지 않습니다. 하늘에 죄를 지으면, 빌 곳이 없게 됩니다."(3-13)[12]

왕손가가 물었다. "'여름에 제사를 지낼 때, 부뚜막신에 게 먼저 제사를 지내고 난 후에야 서남쪽 모퉁이의 아랫목 신에게 제사를 지내오. 이는 비록 아랫목신이 높지만 결국 제사의 주인이 아니고, 부뚜막신이 비록 낮지만 결국 제사 의 주인이라는 뜻이 아니겠소? 그러므로 '아랫목신을 따르 느니, 차라리 부뚜막신을 따른다'라고 했으니, 위衛나라 영 공靈公보다 실제 군대 통솔권을 지닌 내가 진정한 위나라의 권력자가 아니겠소?" 공자가 이르셨다. "그렇지 않습니다. 하늘이 정해 준 상하 서열 체계를 어겨서 신하가 임금의 권

---

12 王孫賈問曰: "與其媚於奧, 寧媚於竈.' 何謂也?" 子曰: "不然. 獲罪於天, 無所禱也."

력을 능가하게 되면, 하늘이 용서하지 않을 것입니다.”

왕손가는 위나라 대부大夫이다.『좌전』「정공定公 8년」에 따르면, 위나라 영공이 진晉나라와 맹약을 맺을 때 치욕을 당하고 이에 앙심을 품자, 왕손가가 꾀를 써서 영공이 진나라를 배신할 것을 독촉한다. 결국 왕손가는 남자南子에 빠져 정치에 관심이 없던 영공의 신임을 받게 되고, 군대를 맡는 권신權臣이 되기에 이르렀다.

이제 상술한 구절을 구체적으로 풀이하면 다음과 같다. 당시의 예禮에 따르면, 여름에 제사를 지낼 때 부뚜막신에게 먼저 제사를 지내고 난 후에야 서남쪽 모퉁이의 아랫목신에게 제사를 지냈다. 이에 왕손가는 이러한 예가 비록 아랫목신이 높지만 결국 제사의 주인이 아니고, 부뚜막신이 비록 낮지만 결국 제사의 주인이라는 뜻이 아니겠냐고 본 것이다. 따라서 왕손가는 이 대화에서 실제로는 영공보다 더 큰 전권을 휘두르는 자기를 따르는 것이 낫지 않느냐며 넌지시 공자를 떠본 것이다. 이에 공자는 하늘이 정해 준 상하의 서열 체계를 깨면 큰 화를 입게 된다면서, 왕손가의 잘못된 생각을 일깨우고자 하였다.

세 번째, 아랫사람이 윗사람에게 선善의 원칙을 설명하고 나아가 설득하는 상황이 아니라, 오히려 윗사람인 스승이 아랫사람인 제자에게 일러 주어 깨달음을 주고자 한 경우이다. 이와 관련하여서는『논어』「자한子罕」의 기록을 살펴보기로 하자.

공자가 이르시기를, "예를 들어서 산을 만드는데, 삼태기 하나가 갖춰지지 않았는데, 그만두면, 내가 그만두는 것이다. 예를 들어서 땅을 고르게 하는데, 비록 한 삼태기를 덮더라도, 나아가면, 내가 향하는 것이다."(9-18)[13]

공자가 이르셨다. "예를 들어서 산을 만드는데, 거의 다 완성되어 흙을 담아 나르는 그릇 하나 분량의 흙이 모자랄 뿐인데도 거기서 포기하면, 그것은 다름 아닌 나 스스로 그만두는 것이다. 예를 들어서 땅을 고르게 하는데, 비록 흙을 담아 나르는 그릇 하나 분량의 흙을 덮더라도 끝까지 포기하지 않고 힘써 노력하면, 그것은 다름 아닌 나 스스로 앞을 향하여 매진하는 것이다."

3. 공자의 수사

3.1 성인과 군자

이처럼 수사修辭는 윗사람이나 아랫사람에 상관없이 선善의 원칙을 밝히기 위한 구체적인 방법으로 활용되었다. 이제 공자가 도道를 설파하기 위해서 어떤 수사를 펼쳤는지 구체적으로 살펴봐야 하는데, 그보다 앞서 먼저 성인과 군

---

13 子曰, "譬如爲山, 未成一簣, 止, 吾止也. 譬如平地, 雖覆一簣, 進, 吾往也."

자의 정의에 대해 확인하기로 하자.

『논어』에는 성인聖人이라는 단어가 총 4차례 출현하고, 그중에서 공자가 직접 성인에 대해 언급한 부분은 3차례인 반면, 군자君子라는 단어는 총 107차례나 등장한다는 점에 주목할 필요가 있다. 이와 달리 노자의 『도덕경道德經』에는 성인聖人이라는 단어가 총 31차례 출현한 반면, 군자君子라는 단어는 단 2차례 등장한다. 여기서 거두절미하고 간략하게 성인의 정의에 대해 설명하자면, 이는 대동 사회를 이끌었던 지도자, 즉 삼황오제三皇五帝를 지칭한다. 그렇다면 과연 군자는 구체적으로 어떠한 의미를 함축하고, 또한 공자는 어떠한 의도에서 군자에 대해 집중적으로 언급하고 있는 것일까? 군자를 논하기에 앞서, 먼저 『논어』「술이述而」에 기록된 다음 구절을 살펴보기로 하자.

> 공자가 이르시기를, "성인은, 내가 만나볼 수 없구나. 군자를 만나볼 수 있다면, 이것만으로도 좋겠다."(7-25)[14]

공자가 이르셨다. "대동의 사회를 이끌었던 성인은, 내가 만나볼 수 없구나. 군자를 만나볼 수 있다면, 그것만으로도 좋겠다."

이 기록을 살펴보면 성인과 군자는 분명히 동일한 개념

---

14 子曰, "聖人, 吾不得而見之矣. 得見君子者, 斯可矣."

이 아님을 알 수 있을뿐더러, 나아가 둘 사이에는 일정한 고하高下의 차이점이 있음을 알 수 있을 것이다. 그러므로 공자는 『논어』「계씨季氏」에서 다음과 같이 설명하고 있다.

> 공자가 이르시기를, "군자는 세 가지 두려워함이 있다. 천명을 두려워하고, 대인을 두려워하며, 성인의 말씀을 두려워한다. 소인은 천명을 알지 못하여 두려워하지 않으니, 대인을 업신여기고, 성인의 말씀을 조롱한다."(16-8)¹⁵

공자가 이르셨다. "도를 배우고 부단히 노력하여 실천하는 올바른 지도자인 군자는 세 가지 공경하고도 두려워함이 있다. 하나는 선한 것과 옳은 것을 지키는 것이니, 백성이라는 것이 억압하는 것이 아닌 그들의 천성에 따라 순리대로 다스려야 하는 존재임을 깨닫고, 이를 공경하면서도 두려워하여 받드는 것이다. 둘은 대인, 즉 최고위층의 지배계급인 천자와 제후를 공경하면서도 두려워하여 받듦으로써 어짊[仁]을 따르는 것이다. 그리고 마지막은 대동의 사회를 이끈 성인, 즉 삼황오제의 말씀을 공경하면서도 두려워하여 따르는 것이다. 하지만 도를 따르지 않고 사사로운 이익만을 탐하는 소인은 백성을 억압하고, 천자를 업신여기

---

15 孔子曰, "君子有三畏. 畏天命, 畏大人, 畏聖人之言. 小人不知天命而不畏也, 狎大人, 侮聖人之言."

며, 대동의 사회를 이끈 삼황오제의 말씀인 도를 비웃는다."

여기서 공자는 간략하게나마 대인大人에 대해 언급하는 데, 이와 관련하여 다음의 『예기禮記』「표기表記」의 기록을 살펴볼 필요가 있다.

대인의 그릇이란 위엄이 있어서 사람들이 공경하는 것이니, 천 자는 〔위엄이 있어서 함부로〕 점치지 않지만, 제후는 〔나라를〕 지킴에 점친다.[16]

'대인'이란 단어는 『좌전左傳』「양공 30년」,「소공 18년」, 「소공 31년」 및 『국어國語』「노어하魯語下」,「진어晉語」 그리 고 『예기』「예운禮運」,「악기樂記」,「표기」,「치의緇衣」에 등 장하며, 『국어』「진어」에 나오는 대인만 "키가 큰 사람"을 뜻하고, 나머지는 예외 없이 같은 의미로 쓰이는데, 다름 아닌 최고위층의 지배 계급을 뜻한다. 따라서 대인의 상대 적인 개념이 되는 소인小人의 의미 역시 명확하게 드러나고 있으니, 다름 아닌 피지배 계급, 즉 민民보다도 더 낮은 이 른바 천민 계층임을 알 수 있다.

이제 『예기』「예운」을 통해서 대동大同과 소강小康에 대 해 살펴보기로 하자.

---

16 大人之器, 威敬, 天子無筮, 諸侯有守筮.

공자가 말했다. "큰 도가 실행될 때와, 삼대〔하夏, 상商, 주周〕의 훌륭한 인물들이 정치를 하던 때는, 내가 이를 수 없었으나, 기록이 남아 있다.[17]

여기서 주목해야 할 것이, 공자는 시대를 대도大道가 실행되던 시기인 대동 사회와 하, 상, 주 삼대의 정치 시기인 소강 사회로 나누고 있다는 점이다. 특히 노자는 『도덕경』에서 '도'를 언급할 때 종종 '큰 도[大道]' 또는 '하늘의 도[天道]'라고 칭했는데, 이를 통해서 노자의 '도'는 대동 사회를 지향한 것임을 미뤄 짐작할 수 있다.

큰 도가 실행되던 때는, 세상이 공천하公天下였다. 어질고 재능 있는 이들을 선발하고, 신용을 중시하며 화목함을 갖췄다.[18]

여기서 공자는 대동의 사회는 공천하였다고 말하고 있으니, 이는 다름 아닌 천하위공天下爲公의 사회, 즉 임금을 혈통이 아닌 오로지 정치 능력과 인품만으로 선발하던 선양제禪讓制를 시행하던 대동의 사회를 가리킨다.

그러므로 사람들은 자신의 어버이만이 어버이가 아니었고, 자신의 자식만이 자식이 아니었다.[19]

---

17 孔子曰, "大道之行也, 與三代之英, 丘未之逮也, 而有志焉.
18 大道之行也, 天下爲公. 選賢與能, 講信修睦.
19 故人不獨親其親, 不獨子其子.

따라서 이러한 대동의 사회는 네 것과 내 것을 구분하지 않고 서로 더불어 살아가는 진정한 의미로서의 상생相生과 공생共生을 실천하던 시기였다.

> 노인들로 하여금 귀속되는 바가 있게 하였고, 장년은 쓰임이 있었으며, 어린이들은 키워짐이 있었고, 늙어 부인이 없는 이, 늙어 남편이 없는 아낙, 부모가 없는 아이, 자식이 없는 노인, 장애인들이 모두 부양받는 바가 있었다. 사내에게는 직분이 있었고, 아낙은 시가媤家가 있었다.[20]

여기서 공자는 오늘날의 사회 복지 제도와도 같은 개념을 설명하고 있는데, 이는 두 가지 관점에서 접근할 필요가 있다. 하나는 늙어 부인이 없는 이는 환鰥, 늙어 남편이 없는 아낙은 고寡, 부모가 없는 아이는 고孤, 자식이 없는 노인은 독獨을 가리키니, 바로 국가에서 사회의 취약 계층을 책임지고 돌보아 주었음을 뜻한다. 아울러서 장애인들이 모두 부양받는 바가 있었다고도 했는데, 이는 당시 장애인들을 오늘날과 같이 차별 대우 하지 않았다는 것을 의미한다.

그리고 또 하나는 국가에서 장년은 쓰임이 있도록 함으로써 모든 사내에게 적합한 직분이 있다고 했으니, 이는 다

---

20 使老有所終, 壯有所用, 幼有所長, 矜寡孤獨廢疾者皆有所養. 男人分, 女有歸.

름 아닌 젊은이들이 때가 되면 공평하게 사회에 나가 기여
할 수 있는 기회, 즉 직업을 구할 수 있었음을 뜻한다. 아울
러 아낙은 시부모님이 계시는 시가가 있다고도 하였으니,
국가에서 주도적으로 나서서 짝을 구하지 못한 젊은 남녀
를 연결해 줌으로써 독신으로 외로이 살아가는 이가 없도
록 배려했다는 말이 되는 것이다.

> 재물은, 땅에 버려지는 것을 싫어하였지만(지니고 싶어 하였지
> 만), 반드시 자기가 소유하지는 않았고, 힘은, 자기 몸에서 나오
> 지 않음을 싫어하였지만(자신이 직접 쓰려 하였지만), 반드시
> 자신을 위해서 쓰지는 않았다. 이 때문에 계략이 막혀 일어나지
> 못하고, 도적이나 반란이 발생하지 않았다. 그러므로 밖의 대문
> 을 잠그지 않았다. 이를 대동이라고 일컫는다.[21]

계략이라는 것은 남보다 자신이 더 잘나고 또 잘되기를
바라는 마음에서 비롯된다. 하지만 귀한 물건을 귀히 여
기되 나 혼자만 독차지하지 않고 또 열심히 일하고자 하
나 그것이 반드시 자기 자신만을 위해서가 아닌, 즉 함께
하려는 마음이 있다면, 굳이 타인의 것에 욕심을 부리지
않게 되므로 남의 집 대문을 열고자 하는 탐욕이 일지 않

---

21 貨, 惡其棄于地也, 不必藏于己, 力, 惡其不出于身也, 不必爲己. 是故謀閉而不興, 盜竊
亂賊而不作. 故外戶而不閉. 是謂大同.

게 되는 것이다.

오늘날에는 큰 도가 사라졌으니, 세상이 가천하家天下가 되었
다. 각각 자신의 어버이만이 어버이가 되고, 자신의 자식만이
자식이 되었다. 재물과 힘은 자신을 위해 썼다. 대인〔천자와 제
후〕은 세습을 예의로 삼았고, 성곽을 쌓고 그 주변에 못을 파서
〔적들이 침입하지 못하도록〕 공고히 하였으며, 예의로 기강을
삼았으니, 그럼으로써 군신 관계를 바로 하고, 그럼으로써 부
자 관계를 돈독히 하였으며, 그럼으로써 형제간에 화목하게 하
고, 그럼으로써 부부 사이를 조화롭게 하였으며, 그럼으로써 제
도를 설치하고, 그럼으로써 밭을 구획하였으며, 그럼으로써 용
감하고 지혜로운 자를 존중하고, 공적을 자기의 것으로 여겼다.
그러므로 권모술수가 이때부터 흥기하고, 전쟁이 이때부터 발
생하였다.[22]

하지만 대동의 선양제가 무너지고 임금의 자리를 한 가
문이 대대로 세습하는 시기가 찾아오자, 타고난 계급과 신
분이라는 개념이 발생하고, 나아가 사람들의 마음에는 이
기심이 생기고야 말았으니, 결국 네 것과 내 것을 구별하게
되고 이에 남보다 내가 더 나아지려고 발버둥 치는 풍조가

---

22 今大道既隱, 天下爲家. 各親其親, 各子其子. 貨, 力爲己. 大人世及以爲禮, 城郭溝池以
爲固. 禮義以爲紀, 以正君臣, 以篤父子, 以睦兄弟, 以和夫婦, 以設制度, 以立田裏, 以
賢勇智, 以功爲己. 故謀用是作, 而兵由此起.

도래하게 되었다. 이처럼 사람들 가슴속에 남들보다 더 나아지려는 마음이 생기게 되자, 이에 수단과 방법을 가리지 않고 차지하려는 계략과 권모술수가 둥지를 틀게 되고 심지어는 무력으로라도 빼앗으려는 전쟁조차 불사하기 시작했던 것이다.

> 우, 탕, 문왕, 무왕, 성왕, 주공은 이것[예의]으로 그것[시비]을 선별했다. 이 여섯 군자는, 예의에 삼가지 않는 이가 없었다. 그럼으로써 그 의로움을 분명히 하고, 그럼으로써 그 신의를 깊이 헤아렸으며, 허물을 드러내고, 형벌과 어짊을 꾀하고 꾸짖어, 백성들에게 항상 그러함을 보여 주었다. 만약 이에 말미암지 못하는[이에 따르지 않는] 이가 있다면, 집정자[권세가 있는 사람]일지라도 물리쳐, 대중들이 재앙으로 삼았다. 이를 일컬어 소강이라고 한다.[23]

서로 자신의 이익만을 도모하려는 이기심이 만연하여 온 세상이 큰 혼돈 속으로 빠지게 되자, 이에 옛 대동 사회의 지도자인 성인聖人들의 가르침을 계승하고 나아가 인仁, 의義, 예禮, 신信 등을 강조하여 먼저 솔선수범한 이들이 나타났으니, 이들이 바로 하夏나라 우禹임금과 상商나

---

23 禹, 湯, 文, 武, 成王, 周公由此其選也. 此六君子者, 未有不謹于禮者也. 以著其義, 以考其信, 著有過, 刑仁講讓, 示民有常. 如有不由此者, 在執(勢)者去, 衆以爲殃. 是謂小康.

라 탕湯임금, 주周나라 문왕文王과 무왕武王, 성왕成王, 주공周公과도 같은 뛰어난 지도자인 군자인 것이다. 이처럼 지도자가 먼저 솔선수범하고 나아가 그러한 태도로써 백성들을 바로잡으려고 통제하기 시작한 세상이 바로 소강의 사회인 것이다.

　바로 여기서 우리는 공자가 "우, 탕, 문왕, 무왕, 성왕, 주공 (…) 이 여섯 군자"라고 언급한 부분에 주목해야 하는데, 군자란 다름 아닌 소강 사회를 이끌었던 여섯 명의 지도자임을 알 수 있다. 또 이를 통해서 공자는 춘추 시대라는 대혼란기에 가장 이상적인 대동 사회를 이끌었던 성인을 요구한 것이 아니라, 현실적으로 회복이 가능하다고 판단한 소강 사회의 여섯 지도자인 군자를 본받으려 한 것이라는 점도 알 수 있다. 바꿔 말해서 공자는 소강 사회의 회복을 그 현실적인 목표로 하고, 이러한 꿈을 현실화하기 위해서 지도자로서의 군자를 요구하여 군자 양성에 힘썼음을 알 수 있는 것이다. 그래서 공자 역시 이 여섯 군자가 강조하고 실천한 인의예仁義禮의 실천을 그토록 강조한 것이기도 하다. 결국 군자란 태초에 하늘이 열리고 그와 함께 시작된 대동 사회의 성인과도 같이 태어나면서부터 도道를 깨달아 실천한 인물은 아니지만, 후천적으로나마 성인의 도를 배워서 부단히 실천하려고 노력했던 소강 사회의 지도자를 뜻한다.

3.2 도

먼저 『예기』「중용中庸」의 다음 구절을 살펴보자.

> 공자가 이르시기를, "도는 사람에게서 멀지 아니하니, 사람이 그
> 것을 행하나 사람에게서 멀어진다면, 도라고 할 수 없다."[24]

'도道'는 결코 일순간에 완성되는 것이 아니라, 일생 동안 변치 않고 곁에 두면서 묵묵히 행해야 한다. 즉 '도'에는 변치 않음의 자세를 의미하는 '상常'이 포함되어 있는데, 이는 '도'와 '덕德'을 구별하는 기준이 된다. 좀 더 구체적으로 말해서, 동서고금을 막론하고 덕치德治를 펴서 태평성대를 이끌다가 중도에 변해서 불미스러운 결말을 맞이한 지도자들은, 초지일관하는 '상常'의 자세를 끝까지 견지하지 못해서 결국 최종 단계인 '도'에 이르지 못한 것이다. 그렇다면 '도'에는 몇 가지가 있을까?

> 진실함은 하늘의 도이고, 진실하게 하는 것은 사람의 도이다.
> 진실한 사람은 힘쓰지 않아도 중中하고, 생각하지 않아도 얻게
> 되어, 차분하게 도에 들어맞는 것이니, 성인이다. 진실하게 한
> 다는 것은, 선을 가리어 굳게 잡는 것이다.
>
> 『예기』, 「중용」[25]

---

24 子曰, "道不遠人, 人之爲道而遠人, 不可以爲道."

25 誠者天之道也, 誠之者人之道也. 誠者, 不勉而中, 不思而得, 從容中道, 聖人也. 誠之者, 擇善而固執之者也.

'도'에는 두 가지가 있는데, 애쓰지 않아도 스스로 진실한 무위자연無爲自然은 '하늘의 도', 즉 천도天道이고, 작위作爲하여 애써 노력함으로써 진실하게 하는 것은 '사람의 도', 즉 인도人道이다. 누가 뭐라고 하지 않아도 타고난 천성에 따라서 스스로 진실한 사람은 굳이 그렇게 하려고 힘쓰지 않아도 '중中', 즉 객관적이고 공정하고, 또 굳이 생각하지 않아도 얻게 되어서 차분하게 순리적으로 '도'에 들어맞게 되니, 이는 대동 사회를 이끈 삼황오제와도 같은 성인만이 할 수 있는 것이다. 그러므로 천도天道는 커다란 도, 즉 대도大道라고도 이른다. 반면에 작위하여 애써 노력함으로써 진실하게 한다는 것은 '선善'을 가리어 굳게 잡음으로써 '도'에 들어맞게 하는 것이니, 이는 소강 사회를 이끈 군자들이 부단히 노력하여 실천하려고 했던 것이다.

그렇다면 공자는 천도와 인도 중에서, 과연 어떠한 것을 선택하여 일생 동안 추구하였을까? 이 점에 대해서 공자는 『논어』「팔일」에서 다음과 같이 명확하게 드러내고 있다.

> 공자가 이르시기를, "주나라는 두 왕조를 살폈으니, 찬란하도다. 문文이여! 나는 주나라를 따르리라."(3-14)[26]

---

26 子曰, "周監於二代, 郁郁乎, 文哉! 吾從周."

주지하다시피 공자는 주공을 가장 존경하고 섬겼다. 다시 말해서 주나라의 문왕과 무왕 그리고 주공이 하나라와 상나라의 예악 제도를 계승하고 나아가 종법 제도를 완성했으니, 공자는 주나라의 예악 제도야말로 '문文', 즉 통치에 필요한 모든 법도와 그러한 법도들의 구체적인 내용을 찬란하게 드러낸 가장 이상적인 것이라고 여겼던 것이다. 따라서 공자는 일생 동안 주나라의 예악 제도와 종법 제도를 따랐던 것이니, 공자의 가르침의 목표는 태어나면서부터 '도'를 깨닫고 실천한 성인이 아니라, 옛 성인의 도리를 배워서 부단히 실천하려고 노력하는 군자에 있는 것이다. 그리고 이러한 취지는 다음의 기록에도 오롯이 드러나고 있다.

> 중니는, 요임금과 순임금을 근본으로 하여 그 뜻을 서술하고, 〔주나라〕 문왕과 무왕을 규범으로 삼았으며, 위로는 하늘의 때를 따르고, 아래로는 물과 풍토를 따랐다.
>
> 『예기』, 「중용」[27]

결국 공자는 대동 사회를 이끈 요임금과 순임금을 근본으로 하여 그 뜻을 서술하고, 또한 소강 사회를 이끈 주나라 문왕과 무왕을 규범으로 삼았으며, 위로는 하늘의 때를 따르고도 아래로는 물과 풍토를 따랐으니, 다시 말해서

---

27 仲尼, 祖述堯舜, 憲章文武, 上律天時, 下襲水土.

공자는 비록 요순의 대동 사회의 도를 근본, 즉 이상향으로 삼았지만, 궁극적으로는 주나라 문왕과 무왕의 소강 사회의 도를 실천 이념으로 따랐던 것이다. 그러므로 사실상 천도와 인도는 분리된 별개의 개념이 아니라 상호 계승 관계에 있지만, 무위자연의 천도와 달리 인도는 바로잡으려고 애써야 한다는 차별성이 있다. 이와 관련하여 『예기』와 『논어』「위령공衛靈公」의 다음 두 구절을 살펴보자.

> 공자가 애공을 모시고 앉았다. 애공이 말하길, "감히 묻노니 사람의 도는 누구를 큰 것으로 여기오?" 공자가 엄정하게 낯빛을 고치고는 대답하여 이르길, "임금께서 이 말씀에 이르신 것은 백성의 덕입니다. 진실로 신은 감히 사양치 않고 대답하겠습니다. 사람의 도는 정치를 큰 것으로 여깁니다." 〔애〕공이 말하기를, "감히 묻겠는데 어떤 것이 정치를 한다고 일컫는 것이오?" 공자가 대답하여 이르길, "정치는, 바로잡는 것입니다. 임금이 바르게 하면, 곧 백성이 정치에 따릅니다. 임금의 행하는 바는, 백성의 따르는 바입니다."
>
> 『예기』, 「애공문哀公問」[28]

공자가 이르시기를, "사람이 도를 넓힐 수 있는 것이지, 도가 사

---

28 孔子侍坐於哀公. 哀公曰, "敢問人道誰爲大." 孔子愀然作色而對曰, "君之及此言也, 百姓之德也. 固臣敢無辭而對. 人道政爲大." 公曰, "敢問何謂爲政." 孔子對曰, "政者, 正也. 君爲正, 則百姓從政矣. 君之所爲, 百姓之所從也."

람을 넓히는 것은 아니다."(15-29)²⁹

　이처럼 공자는 사람이 도를 넓힐 수 있는 것이지, 도가 사람을 넓히는 것은 아니라고 생각했으니, 춘추 시대와 같은 혼란기에는 사람의 천성天性을 따르는 무위자연의 천도, 즉 대동 사회의 통치 이념이 아닌 작위하여 애써 바로잡아야 하는 인도, 즉 소강 사회의 통치 이념으로 다스려야 한다고 믿었고, 또 그러하기에 성인이 아닌 군자를 양성하려고 애쓴 것이다.

3.3 덕

공자는 다음과 같이 '도道'와 '덕德'의 관계를 명확히 하고 있다.

> 덕이 있음을 숭상하는 것은 어찌 된 것인가? 그것〔덕〕이 도에 가깝기 때문이다.
>
> 　　　　　　　　　　　　　　　『예기』, 「제의祭義」³⁰

> 따라서 말하기를, 진실로 덕에 이르지 못하면, 도가 머물지 않는다.
>
> 　　　　　　　　　　　　　　　『예기』, 「중용」³¹

29　子曰, "人能弘道, 非道弘人."
30　貴有德何爲也? 爲其近於道也.
31　故曰, 苟不至德, 至道不凝焉.

즉 '덕'을 통해서 궁극적으로 '도'에 이르는 것이라고 규정하고 있다. 이를 좀 더 구체적으로 표현한다면 '덕'이란 '도' 바로 다음의 하위 개념이 되는 것이니, '덕'에 이르러야 비로소 최종 단계인 '도'가 완성될 수 있음을 뜻한다. 그런데 공자는 덕을 설명할 때 『논어』「위정爲政」에서 다음과 같이 말하고 있다.

> 공자가 이르시기를, "정치를 행함에 덕으로 하는 것은, 비유하자면, 마치 북두성이 그곳에 자리를 잡아서 여러 별이 함께하는 것과도 같다."(2-1)[32]

공자가 이르셨다. "지도자가 덕으로 다스리면, 마치 북극성 주변에 수많은 별이 위치하듯이 주변의 수많은 사람이 몰려와 그를 지지하고 따르게 된다."

그렇다면 공자는 왜 '덕'과 정치를 연계하여 설명하는 것일까? 이제 다음의 기록을 보면, 쉬이 이해할 수 있을 것이다.

> 태갑으로부터 옥정, 태경, 소갑, 옹기를 거쳐, 태무에 이르러, 박에 요망한 뽕나무와 곡식[또는 닥나무]이 함께 아침에 나서 하루가 지나 저물녘에 크게 한 아름만 해지니 이척[이윤의 아

---

32 子曰, "爲政以德, 譬如, 北辰居其所而衆星共之."

들]이 말하기를, "요망함은 덕을 이기지 못하니 임금님께서는 그 덕을 닦으소서" 하였다. 태무가 선왕[선대의 어진 임금]의 정치를 닦으니 이틀 만에 요망한 뽕나무가 말라 죽고 은나라의 왕도가 다시 일어나니 이를 불러 중종이라 일컬었다.

『십팔사략十八史略』, 「은왕조殷王朝」[33]

즉 '덕'을 닦는다는 것은, 막연하게나마 태평성대를 이끌었던 선왕들의 정치를 배워서 실천하는 것임을 알 수 있다. 따라서 위 『논어』 「위정」 2장 1절은 지도자가 '덕'으로 다스리는 덕치를 행하면 수많은 사람이 몰려와 그를 지지하고 따르게 된다는 뜻이 된다. 이처럼 '덕'이라는 것은 정치의 구체적인 방법이므로, 이제 그 구체적인 항목들을 살펴보기로 하자.

『상서尙書』 「고요모皐陶謨」에 따르면 덕에는 아홉 가지가 있어서 구덕九德이라고도 하는데, 1) 관이율寬而栗(관대하면서도 엄격함), 2) 유이립柔而立(온유하면서도 확고히 섬), 3) 원이공愿而共(정중하면서도 함께함), 4) 치이경治而敬(다스리면서도 공경함), 5) 요이의擾而毅(길들이면서도 강인함), 6) 직이온直而溫(정직하면서도 부드러움), 7) 간이염簡而廉(질박하면서도 청렴함), 8) 강이실剛而實(강직하면서도 정성스러움), 9) 강

---

33 自太甲, 歷沃丁, 太庚, 小甲, 雍己, 至太戊, 亳有祥桑穀共生于朝, 一日暮大拱, 伊陟曰, 妖不勝德, 君其脩德, 太戊修先王之政, 二日而祥桑枯死, 殷道復興, 號稱中宗.

이의强而義(굳세면서도 의로움)를 말하는 것이다. 이 중에서 삼덕三德, 즉 세 가지 덕을 행하면 가문을 소유할 수 있으니 바로 '제가齊家'를 뜻하고, 육덕六德, 즉 여섯 가지 덕을 행하면 나라를 소유할 수 있으니 '치국治國'을 의미하며, 이 모두를 합친 구덕, 즉 아홉 가지 덕을 섬기면 모든 관료가 엄숙하고 삼가게 되니 '평천하平天下'를 가리킨다. 그런데 이 아홉 가지 덕목을 자세히 살펴보면, 모두 강함과 부드러움의 조화라는 공통점을 발견할 수 있을 것이다. 따라서 덕이란 바로 성인들이 행한 엄격함과 부드러움의 통치법을 조화롭게 실천하려는 절조(절개와 지조)가 되는 것이다.

하지만 정치를 하는 지도자가 어떻게 이 강함과 부드러움을 모두 갖춤으로써 조화롭게 실천할 수 있을까? 타인의 실수는 너그러이 포용하여 감싸 주는 반면 자신의 실수는 엄격하게 따짐으로써 그 허물을 고치는 데 부끄러워하지 않는 모습, 그리고 자신은 검소하게 지내면서 백성들에게는 오히려 베푸는 모습이 바로 그것이다.

그렇다면 이 '구덕' 중에서 '삼덕'과 '육덕'은 어떻게 구별해야 할까? 이어서 다음의 기록들을 살펴보자.

삼덕[세 가지 덕]이라 함은, 첫 번째는 정직함을 말하는 것이요, 두 번째는 강직함으로 다스림을 말하는 것이요, 세 번째는 유함으로 다스림을 말하는 것이니, 평화롭고 안락하면 정직함으로 하고, 굳어서 따르지 않으면 강직함으로 다스리며, 화해하여 따르면 유함으로 다스리고, 성정이 가라앉아 겉으로 드러나지 않으면 강직함으로 다스리며, 식견이 높으면 유함으로 다스리는 것입니다.

『상서』,「주서周書」[34]

즉 삼덕은 정직함과 강직함 그리고 부드러움으로 다스리는 것을 말하는 것이니, 이는 위의 구덕 중에서 2) 유이립(온유하면서도 확고히 섬), 6) 직이온(정직하면서도 부드러움), 8) 강이실(강직하면서도 정성스러움)에 해당하고, 나머지는 바로 육덕이 됨을 알 수 있다.

그렇다면 이러한 '삼덕'과 '육덕' 그리고 '구덕'은 언제부터 있던 개념일까?

〔우임금이〕 구주〔전 중국〕의 쇠를 거두어, 아홉 개의 솥을 주조하니, 세 발은 삼덕을 상징하였다.

『십팔사략』,「하왕조夏王朝」[35]

상술한 기록을 살펴보면 '삼덕'은 우임금 때 존재했음을 알 수 있는데, 그보다 위에서 언급했던 고요의 말을 자세히 살펴보면 순임금 때 이미 '구덕'의 개념이 확립되어 있음을

---

34 三德, 一曰正直, 二曰剛克, 三曰柔克, 平康正直, 彊弗友剛克, 燮友柔克, 沈潛剛克, 高明柔克.

35 收九牧之金, 鑄九鼎, 三足象三德.

엿볼 수 있으니, 이러한 삼덕, 육덕, 구덕은 공자를 떠나서 상고 시대인 대동의 사회부터 존재했던 것이다.

또 바로 여기서 한 가지 풀고 넘어가야 할 오해가 있으니, 그간 『논어』 등을 통해서 알려진 공자의 사상은 공자로부터 비롯된 것이 아님을 알아야 할 것이다. 다시 말해서 공자는 대동 사회로부터 시작하여 소강 사회를 거쳐서 계승되어 온 '도道'를 온전하게 배워 실천하고자 한 정치가이자 사상가, 나아가 그것들을 제자들에게 오롯이 가르치고자 했던 교육자였던 인물이지, 새로운 사상이나 가치관의 창시자는 아니었던 것이다.

3.4 중화: 덕의 양대 요소

앞에서 '덕'은 '도'에 이르기 바로 전의 단계로서, 성인들이 행한 강함과 부드러움의 통치법을 조화롭게 실천하려는 절조(절개와 지조)라고 설명한 바 있다. 그렇다면 이 '덕'을 실천하기 위한 구체적인 행동 강령, 다시 말해서 '덕'을 구성하는 요소들에는 과연 어떠한 것들이 있을까? 먼저 이와 관련하여 다음의 기록을 살펴보자.

> 희로애락이 드러나지 않은 것, 그것을 중이라고 일컫고, 드러나지만 모두 절도에 맞은 것, 그것을 화라고 한다. 중이라는 것은, 세상의 큰 근본이고, 화라고 하는 것은, 세상이 도에 닿은 것이다. 중과 화에 이르면, 천지가 자리를 잡고, 만물이 자란다.

상술한 기록에 따르면, '중中'은 '도'의 근본이고 '화和'
는 그 자체로 이미 '도'에 도달했음을 증명하는 것이다. 또
한 '중'과 '화'에 이르면 세상이 '도'에 닿아서 천지가 자리
를 잡고 만물이 자란다고 말하고 있으니, 이는 '중'과 '화'
가 '도'의 바로 전 단계임을 드러내는 것이다. 그리고 앞에
서 '도'의 바로 전 단계가 '덕'이라고 설명한 바 있으므로,
결국 '중'과 '화'는 '덕'을 이루는 양대 요소가 됨을 알 수 있
는데, 이러한 이론을 더욱 확실하게 증명하는 것이 『논어』
「이인里仁」의 다음 내용이다.

> 공자가 이르시기를, "삼아, 나의 도는 하나로 그것을 꿰뚫는
> 다." 증자가 말하기를, "예." 공자께서 나가셨다. 문하의 제자가
> 말하기를, "무엇을 이르신 것입니까?" 증자가 말하기를, "선생
> 님의 도는, 충과 서일 뿐이다."(4-15)³⁷

공자가 이르셨다. "증자야, 나의 통치 이념은 순일純一한
덕, 즉 지도자가 사사로운 이익을 탐하지 않고 오로지 백성

---

36 喜怒哀樂之未發, 謂之中, 發而皆中節, 謂之和. 中也者, 天下之大本也, 和也者, 天下之
達道也. 致中和, 天地位焉, 萬物育焉.

37 子曰, "參乎, 吾道一以貫之." 曾子曰, "唯." 子出. 門人問曰, "何謂也?" 曾子曰, "夫子之
道, 忠恕而已矣."

과 나라를 생각하는 절조로서 일관하여 섬기는 것이다." 증자가 말하기를, "예." 공자께서 나가셨다. 문하의 제자가 말하기를, "무엇을 이르신 것입니까?" 증자가 말하기를, "스승께서 추구하시는 도는, 한쪽으로 치우치지 않고 객관적이고도 공정하게 처리하려는 마음가짐 그리고 남의 처지에 서서 이해하고 동정하는 자세일 따름이다."

이미 앞에서 누차 강조했다시피, '덕'이란 성인들이 행한 강함과 부드러움의 통치법을 조화롭게 실천하려는 절개와 지조이다. 따라서 하나란 바로 순일한 덕을 가리키는 것이고, 이러한 순일한 덕은 천명에 따라 두 마음을 품지 않고 한결같이 행하는 절조, 다시 말해서 지도자가 사사로운 이익을 탐하지 않고 오로지 백성과 나라를 생각하는 절조를 뜻한다.

그렇다면 '충忠'은 구체적으로 어떤 의미를 지니고 있을까? 『좌전』 「소공 28년」에 다음과 같은 기록이 전해진다. 진晉나라의 가신賈辛이 한 고을의 원님으로 부임하기 전에 위헌자魏獻子를 찾았는데, 위헌자는 그에게 숙향叔向의 일화를 소개했다. "숙향이 정鄭나라에 갔을 때, 종멸鬷蔑이라는 못생긴 인물이 심부름꾼으로 가장해서 그에게 다가가 훌륭한 말을 했소. 그 말을 들은 숙향은 술을 마시다가 말고 '저 사람은 분명히 종멸일 것이다'라고 하여, 그의 손을 잡고 이런 말을 했다고 하오. '옛날 가賈나라 대부가 못생겼는데, 그의 아내는 아름답더랍니다. 하지만 어찌 된 일인지 결혼한 지 3년이 되도록, 그녀는 말하지도 웃지도 않더라는군요. 하루는 그 대부가 아내를 데리고 밖으로 나가 활을 쏘아 꿩을 잡아 주었더니, 그제야 웃더랍니다. 이에 가나라 대부는 사람이란 반드시 한 가지 재주는 있어야 한다고 말했으니, 자신이 못생겼는데 활조차 잘 쏘지 못했더라면, 아내가 평생 말하지도 웃지도 않았을 것이기 때문입니다. 이제 종멸 그대가 훌륭한 말을 해 주지 않았더라면, 나는 그대를 잃었을 것이오.' 그러고는 그날부터 숙향과 종멸은 마치 오랜 친구처럼 지냈다고 하오. 이제 가신 그대가 고을을 다스리러 떠나니, 정성을 다해야 할 것이오!"

이에 공자는 위헌자가 자기와의 관계가 가깝고 멂을 따지지 않고 공정하게 인재를 선발하였으니 의義로운 사람이고, 또한 옳은 말로 가신을 타일렀으니 충忠한 인물이라고 평가했다. 따라서 '충'은 바로 어떤 상황에서도 마음을 객관적이고도 공정하게 하여 정성을 다한다는 의미로 풀이해야 마땅할 것이다.

'서恕'와 관련하여서는, 다음 『맹자孟子』 「이루離婁」의 기록을 살펴보기로 하자.

> 우와 직 그리고 안자는 처지〔신분〕를 바꿔도, 곧 모두 그러할 것이다.[38]

---

38 禹稷顔子易地, 則皆然.

요임금은 곤鯀으로 하여금 홍수를 다스리게 하였으나 실패하자, 순임금에 이르러 그의 아들 우禹에게 아버지의 사업을 맡겼다. 우는 또 직稷을 추천하여 농업을 관장하게 하였으니, 이 두 사람은 물에 빠지거나 굶주리는 백성들을 보면 모두 자신이 일을 잘못해서 그렇게 되었다고 여겼다. 그리고 안자顔子, 즉 안회顔回는 어려운 환경 속에서도 도를 배우는 즐거움을 고치지 않았던 인물이다.

따라서 이 세 명은 처지를 서로 바꿔도 분명 그렇게 했을 것이라고 말하고 있으니, 이것이 바로 그 유명한 역지사지易地思之, 즉 입장을 바꿔서 생각한다는 성어의 원의原義가 되는 것이다. 그러므로 이를 정리해 보면, 서恕는 바로 어느 누구도 함부로 버리지 않고 그의 처지에 서서 이해하고 같아지려는 조화로움을 추구하는 마음이 되는 것임을 알 수 있다.

이제 상술한 내용을 토대로 하여, 또 다음의 기록을 살펴보자.

> 충과 서는 도에서 멀리 떨어져 있지 않으니, 자기에게 베푸는 것을 원하지 않으면, 역시 남에게 베풀지 말아야 한다.
>
> 『예기』, 「중용」[39]

'도'에 이르기 바로 직전의 단계가 '덕'이다. 즉 공자는

---

39 忠恕違道不遠, 施諸己而不願, 亦勿施於人.

'도'에 이르기 위해서 하나[一]로 일관한다고 하고 있으니 순일한 덕을 말하는 것이고, 공자는 이러한 덕을 이루는 양대 요소인 '중'과 '화'를 '충'과 '서'로 달리 표현하여 설명한 것이니, 결국 '중'과 '충' 그리고 '화'와 '서'는 사실상 이름만 다르고 그 본질은 같은 개념이 되는 것이다.

3.5 도의 실천 내용과 형식

앞에서 '덕'을 구성하는 두 가지 중요한 요소가 한쪽으로 치우치지 않는 '중中'과 어느 하나 버리지 않고 모두 함께하는 '화和'라고 설명한 바 있다. 그렇다면 공자에게 있어서 '중'과 '화'는 구체적으로 무엇을 뜻하는 것일까? 이제 이와 관련하여 다음의 『논어』「안연」의 기록을 먼저 살펴보자.

> 극자성이 말하기를, "군자는 본질일 뿐이지, 어찌 아름다운 외관을 위하는가?" 자공이 말하기를, "애석하게도, 어른께서는 그렇게 군자를 말하시는군요! 네 마리 말이 혀 하나를 따르지 못합니다! 형식은 본질과 같고, 본질은 형식과 같은 것입니다. 호랑이와 표범의 털 없는 가죽은 개나 양의 털 없는 가죽과도 같습니다."(12-8)[40]

위衛나라 대부 극자성棘子成이 말했다. "도를 배우고 부단

---

40 棘子成曰, "君子質而已矣, 何以文爲?" 子貢曰, "惜乎, 夫子之說君子也! 駟不及舌! 文猶質也, 質猶文也. 虎豹之鞟猶犬羊之鞟."

히 노력하여 실천하는 올바른 지도자인 군자는 도의 내용만을 중시하면 될 것이지, 굳이 도의 형식이 되는 예禮와 악樂까지 중시할 필요는 없다!" 자공子貢이 말하였다. "애석하게도, 어른께서는 군자를 그렇게 생각하시는군요! 네 마리 말이 세 치 혀 하나를 따르지 못하듯, 내용이 때로는 형식을 따르지 못합니다. 형식은 내용과 떨어질 수 없고, 내용역시 형식과 떨어질 수 없습니다. 따라서 도는 내용이 되는인의仁義와 형식이 되는 예악禮樂을 함께 병행해야 하는 것입니다. 이는 호랑이와 표범의 가죽에 화려한 무늬의 털이없다면, 개나 양의 털을 뽑아 놓은 가죽과 구별할 수 없는것과도 같은 이치입니다."

이미 앞에서 누차 강조한 것처럼, 군자는 '도'를 배우고부단히 노력하여 실천하는 올바른 지도자이다. 그런데 여기서 극자성은 참된 지도자는 '도'의 내용만을 중시하면된다고 말하고 있는 반면, 자공은 '도'의 내용과 형식을 병행해야 한다고 반박하고 있다. 그렇다면 과연 '도'의 내용에는 어떠한 것들이 있고, 또 그 형식에는 어떠한 것들이있는 것일까? 이를 파악하기 위해서는 다음의 기록을 살펴보아야 한다.

어짊이라는 것은, 의로움의 근본이며 순응함의 격식이다.

『예기』, 「예운」[41]

---

41 仁者, 義之本也, 順之體也.

이 문장을 통해서, '인仁', 즉 어짊은 '의義', 즉 의로움의 바탕이 됨을 알 수 있다. 다시 말해서 '의'는 '인'이 없으면, 존재할 수 없는 것이다. 하지만 또 다음 문장을 살펴보자.

어짊을 두터이 하는 이는, 의로움에 박하므로, 〔백성들이〕 가까이하지만 공경하지는 않는다. 의로움을 두터이 하는 이는, 어짊에 박하므로, 〔백성들이〕 공경하지만 가까이하지는 않는다.

『예기』, 「표기」[42]

'인'은 상관 나아가 임금을 진심으로 섬기고 따르는 부드러움이기 때문에, 백성들이 가까이하지만 공경하지는 않는다. 반면에 '의'는 목숨을 걸고 약자와 아랫사람을 지키는 엄격함과 강함이기 때문에, 백성들이 공경하지만 가까이하지는 않는 것이다. 따라서 공자는 이를 통해서 부드러움과 엄격함의 '화和', 즉 조화가 필요하다고 말하고 있으니, 부드러움의 '인'은 엄격함의 '의'의 근본이 되는 것이고 나아가 윗사람에게 순응하는 틀이 되지만, '의'가 없으면 '인' 역시 그 존재 의의를 상실하게 된다는 것이다. 이제 이를 정리하자면, 부드러움의 '인'과 엄격함의 '의'는 어느 한쪽으로 치우쳐 따로 존재해서는 안 되고[中] 반드시 조화를 이뤄야[和] 하는 것이다. 하지만 '인'과 '의'만으로는 '도'에 도

---

42 厚於仁者, 薄於義, 親而不尊, 厚於義者, 薄於仁, 尊而不親.

달할 수 없다. 반드시 '예禮'가 함께해야만 온전한 '도'를 완성할 수 있는 것이다.

> 도와 덕 그리고 어짊과 의로움은, 예가 아니면 완성할 수 없다.
>
> 『예기』, 「곡례상曲禮上」[43]

그렇다면 '인'과 '의' 그리고 '예'는 '도'의 형식과 내용 중에서 과연 어떠한 부분에 해당하는 것일까?

> 의로움의 이치는 예로써 채색하는 것이다. 근본이 없으면 확고하게 설 수 없고, 채색함이 없으면 행할 수 없다.
>
> 『예기』, 「예기禮器」[44]

이에 대해서는 『논어』「팔일」의 다음 기록을 살펴보면 뜻이 보다 명확해진다.

> 자하가 묻기를, "[『시경』에] '어여쁜 미소가 환하고, 아름다운 눈은 흰색과 검은색이 분명하네'라고 하였는데, [이는] 흰색으로 밝게 비추는 것이니, 어찌 된 것입니까?" 공자가 이르시기를: "그림을 그리는 일은 흰 명주 뒤로 미루는 것이네."[자하

---

43 道德仁義, 非禮不成.
44 義理, 禮之文也. 無本不立, 無文不行.

가〕 말하기를, "예는 뒤로 하는 것입니까?" 공자가 이르시기를, "나를 계발하는 이는, 상이로다. 비로소 함께 『시경』을 말할 수 있구나."(3-8)⁴⁵

　자하가 물으셨다. "『시경詩經』「위풍衛風·석인碩人」에 '어여쁜 미소가 환하고, 아름다운 눈은 흰색과 검은색이 분명하네'라고 하였는데, 이는 흰색으로 밝게 비춘다는 것이니, 무슨 뜻입니까?" 공자가 이르셨다. "흰 바탕이 있은 후에야 그림을 그릴 수 있네." 자하가 말하셨다. "흰 명주를 갖춘 다음에 그림을 그릴 수 있듯이, 먼저 내용이 되는 어짊과 의로움을 명확하게 하여 그 내용을 실천하고 그다음에 형식인 예로써 그것을 수식해야 비로소 완전해진다는 것입니까?" 공자가 이르셨다. "자하 네가 새로운 연상 능력으로 나를 일깨우는구나. 이제 비로소 너와 함께 『시경』을 말할 수 있겠구나."

　이를 통해서 막연하게나마 '의'는 '도'의 내용이 되고, '예'는 형식이 됨을 알 수 있는데, 이미 앞에서 설명했듯이 '인'은 '의'의 근본이 되므로 결국 '도'의 내용은 '인'과 '의'가 되는 것이다. 그리고 공자는 '도'의 내용이 되는 '인'과 '의'를 먼저 실천하고, 다시 그것을 형식인 '예'로 완성해야 한

45　子夏問曰, "'巧笑倩兮, 美目盼兮.' 素以爲絢兮, 何爲也?" 子曰, "繪事後素." 曰, "禮後乎?" 子曰, "起予者, 商也. 始可與言詩已矣."

다고 강조하고 있음을 알 수 있는데, 이 점에 대해서는 『논어』, 「팔일」의 기록을 통해서도 다시 한번 확인할 수 있다.

공자가 이르시기를, "사람이 어질지 못하면, 예를 어떻게 하겠는가? 사람이 어질지 못하면, 음악을 어떻게 하겠는가?"(3-3)[46]

공자가 이르셨다. "사람이 도의 내용인 어짊[仁]을 실천하지 못하면, 그 구체적인 내용을 수식하는 형식인 예禮와 악樂, 즉 예악제도禮樂制度가 무슨 소용인가?"

또 이 구절을 통해 어렴풋하게나마 '도'의 형식에는 '예' 외에도 '악'이 존재한다는 것을 알 수 있는데, 그렇다면 '예' 와 '악'은 또 어떠한 관계가 있는 것일까?

인仁은 음악[樂]에 가깝고, 의義는 예禮에 가깝다.

『예기』, 「악기」[47]

'도'의 내용이 되는 '인'은 부드러움인 반면, '의'는 엄격하고도 강함이 된다. 그런데 그런 '인'이 '악'에 가깝고, '의' 는 '예'에 가깝다고까지 말하고 있으니, 이제 이들의 관계를 정리해 보면, 다음과 같은 도표로 표현할 수 있다.

---

46 子曰, "人而不仁, 如禮何? 人而不仁, 如樂何?"
47 仁近於樂, 義近於禮.

〈그림 1〉 인의人義와 예악禮樂의 관계

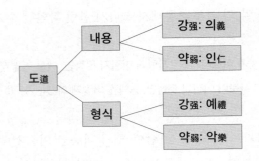

다시 말해서 '도'의 내용이 되는 부드러움의 '인'과 강함의 '의'가 조화를 이뤄서 떨어질 수 없듯이, '도'의 형식인 강함의 '예'와 부드러움의 '악' 역시 상호 불가분의 관계에 놓임으로써 진정한 '화', 즉 조화로움을 이뤄야 하는 것이다.

'도'의 형식이 되는 '예'와 '음악[樂]'은, 결론부터 말하자면 예악 제도禮樂制度, 즉 오늘날의 전례典禮 혹은 의전儀典을 뜻한다. 그러므로 공자는 '도'의 구체적인 내용이 되는 '인'과 '의'라는 것이, 형식이 되는 국가 통치에 있어서의 예악 제도로 절제되고 통제되어야 '화'를 이룰 수 있다고 생각한 것이다. 공자는 『논어』를 통해서 끊임없이 내용과 형식의 조화를 강조하고 있는데, 그 취지는 다름 아닌 내용이 없으면 형식 역시 존재할 수 없고, 형식이 없으면 내용 역시 온전하게 제 역할을 다할 수 없다는 데 있다. 하지만 여기서 유의해야 할 점이 있다.

따라서 군자가 어짊과 의로움의 도를 살피는 데는, 예가 그 근
본인 것이다.

『예기』, 「예기禮記」[48]

　　비록 공자는 '도'의 내용을 먼저 실천한 후에 '도'의 형식
으로 그것을 보필한다고 말했지만, 이는 어디까지나 실천
의 순서일 따름이지 결코 경중輕重의 차이를 의미하는 것은
아니라는 것이다. 따라서 공자는 『논어』 「양화陽貨」에서 다
음과 같이 역설하고 있다.

　　공자가 이르시기를, "예로다 예로다라고 하는데, 옥과 비단을
　　말하는 것이겠느냐? 음악이로다 음악이로다라고 하는데, 종과
　　북을 말하는 것이겠느냐?"(17-11)[49]

　　공자가 이르셨다. "도는 내용과 형식으로 구성된다. 그
리고 도의 형식이 되는 예禮와 악樂은 세부적으로 다시 형
식과 내용으로 나뉜다. 그런데 지금 춘추 시대는 형식만이
난무하고 본질이 되는 내용은 소홀히 여겨지는 일대 혼란
기라서, 본질이 빠진 허례허식에 치우치고 있으니, 참으로
애통할 따름이다."

---

48 故君子欲觀仁義之道, 禮其本也.
49 子曰, "禮云禮云, 玉帛云乎哉? 樂云樂云, 鐘鼓云乎哉?"

따라서 상술한 내용을 토대로 다시 한번 극자성과 자공의 대화를 살펴보면, 극자성은 '도'의 형식인 '예'와 '악'을 반대하고 오로지 그 내용만을 중시해야 한다고 한 반면, 자공은 공자의 뜻을 이어받아서 형식인 예악 역시 중시해야 한다고 강조하고 있음을 알 수 있다. 그러므로 공자에게 있어서의 '중'과 '화'란 다름 아닌 '도'의 내용이 되는 '인의'와 그 형식이 되는 '예악'이 어느 한쪽으로 치우치지 않고 조화를 이뤄야 한다는 뜻이 되는 것이다.

4. 공자의 수사적 영향 관계

『좌전』「양공 25년」에 다음과 같은 기록이 있다.[50] 진陳나라가 초楚나라를 믿고 정鄭나라를 공격했다. 이에 정나라는 진晉나라로 가서 진陳나라를 공격하겠다고 보고했지

---

50 원문은 다음과 같다. 鄭子産獻捷于晉, 戎服將事. 晉人問陳之罪. 對曰, "昔虞閼父爲周陶正, 以服事我先王. 我先王賴其利器用也, 與其神明之後也, 庸以元女大姬配胡公, 而封諸陳, 以備三恪. 則我周之自出, 至于今是賴. 桓公之亂, 蔡人欲立其出, 我先君莊公奉五父而立之, 蔡人殺之, 我又與蔡人奉戴厲公. 至于莊, 宣皆我之自立. 夏氏之亂, 成公播蕩, 又我之自入, 君所知也. 今陳忘周之大德, 蔑我大惠, 棄我姻親, 介恃楚衆, 以憑陵我敝邑, 不可億逞, 我是以有往年之告. 未獲成命, 則有我東門之役. 當陳隧者, 井堙木刊. 敝邑大懼不競而恥大姬, 天誘其衷, 啓敝邑心. 陳知其罪, 授手于我. 用敢獻功." 晉人曰, "何故侵小?" 對曰, "先王之命, 唯罪所在, 各致其辟. 且昔天子之地一圻, 列國一同, 自是以衰. 今大國多數圻矣, 若無侵小, 何以至焉?" 晉人曰, "何故戎服?" 對曰, "我先君武, 莊爲平, 桓卿士. 城濮之役, 文公布命曰, 『各複舊職.』命我文公戎服輔王, 以授楚捷--不敢廢王命故也." 士莊伯不能詰, 複于趙文子. 文子曰, "其辭順. 犯順, 不祥." 乃受之.

만, 허락을 받지 못했다. 하지만 정나라 백성들이 노하여 결국 진陳나라의 항복을 받아내 전리품을 받아냈고 이를 진晉나라에 바치려 하자, 진晉나라 대부 사장백士莊伯은 오히려 어찌 작은 나라를 침략한 것이냐고 계속 트집을 잡으며 물었다. 이에 자산子産은 "자고로 천자의 나라는 사방이 천 리이고, 제후의 나라는 사방 백 리, 그 아래는 더 작습니다. 지금 큰 나라는 그 면적이 사방 몇천 리나 되는데, 만약 큰 나라가 작은 나라를 침략하지 않았다면 어떻게 큰 나라가 되었겠습니까?"라고 대답했다. 사장백은 또 트집을 잡기 위해서 왜 군복을 입고 있었냐고 묻자, 자산은 "과거 진晉나라 문공文公께서는 우리 정나라 문공文公에게 명하시어 군복을 입고 천자를 돕도록 했고 또 초나라의 전리품을 천자께 드리게 했으니, 저는 천자의 명을 받들고 있는 것입니다"라고 대답했다. 결국 사장백은 더이상 할 말이 없어 그대로 조문자趙文子에게 보고하게 되고, 조문자는 자산의 말이 이치에 부합된다며 수긍했다.

이 일에 대해서, 공자는 "말[言]로 뜻[志]을 충족하고, 글[文]로 말[言]을 충족한다고 했다. 말을 하지 않으면 누가 그 뜻을 알고, 글이 없다면 누가 그 말을 오랫동안 전하겠는가? 만약 자산이 아니었다면, 정나라는 진晉나라를 막아 내지 못했을 것이다. 말은 신중해야 한다"라고 평가했다. 따라서 자산의 영향을 받은 공자는 올바른 도리를 천명하는 수사修辭를 '문文-언言-지志'라는 일련의 과정으로 설명한 바 있다. 다시 말해서 참된 '수사'란 말로써 자신의 뜻을 밝히는 것이다. 하지만 말은 즉흥적이거나 임의로 만들어 낸 일개인의 주관적인 것이 아닌, 예로부터 전해 내려오는 기록, 즉 객관적인 문장[文]에 의거해 그것을 유력한 근거로 삼아야 한다는 것이다. 그럼으로써 발언에 신뢰와 설득력이 더해지니까 말이다.

공자가 자산의 영향을 받은 것은 단지 '문-언-지'의 수사 과정에서 그치지 않는다. 사실 자산은 수사적으로 표현한 물과 불의 정치론으로 더 유명한데, 이제 여기서 그 내용을 소개한다.

자산이 병에 들자, 자대숙子大叔을 불러서 말했다. "내가 죽으면 그대가 다스릴 터인데, 오로지 덕이 있는 사람만이 백성을 관대하게 복종시킬 수 있으니, 그다음으로는 엄격하게 다스리는 것이 가장 좋소. 불은 맹렬하기에 불에 죽는 사람이 적지만, 물은 관대하기에 가까이하다가 죽는 이들이 많소. 그러므로 관대함으로 다스리는 것은 어려운 것이오." 자산이 죽고 나서 자대숙이 그를 이어 통치했는데, 백성을 관대하게 다스리자 오히려 도둑이 많아졌다. 자대숙이 자산의 말을 듣지 않은 것을 후회하고 그들을 잡아다 죽이자, 도둑이 줄어들었다. 이 일에 대해서 공자는 "통치를 관대하게 하면 백성이 게을러지고, 게을러지면 엄격하게 바로잡아야 하지만, 엄격하게 통제하면 백성이 상처를 받으니 다시 관대함을 베풀어야 한다. 따라서 관대함과 엄격함이 조화를 이루는 정치가 가장 좋은 것이다"라고 평가했다. 『사기』「공자세가」에 따르면 노나라 소공 20년에 공자가 30세일 때 자산이 죽었는데, 공자는 눈물을 흘리며 그는 예로부터 전해오는 사랑을 따른 사람이었다고 말하며 슬퍼했다고 한다.

이처럼 공자는 '수사'의 큰 틀이 되는 '문-언-지'의 과정에서부터, 물과 불에 빗대어 관대한 통치와 엄격한 통치를 섬세하게 설명함으로써 상대방의 이해와 수긍을 이끌어내는 설득력을 갖춘 모습까지, 자산의 적잖은 영향을 받았고 또 그 학습 효과를 『논어』를 통해 확인할 수 있다.[51]

그렇다면 공자의 수사는 또 후대에 어떤 영향을 미쳤을까? 먼저 다음의 두 기록을 살펴보기로 하자.

1) 공자의 손자이자 제자였던 자사 子思 는 공자보다 36세 어렸는데, 공자가 세상을 떠나자 초야에 묻혀 살았다고 한다. 하루는 위나라 대부가 된 자공이 자사를 찾아와 그의 초췌한 모습을 보고는 병이 들었냐고 묻자, 자사는 "재물이 없는 것을 가난하다고 하고, 도를 배우고도 실천하지 못하는 것을 병들었다고 하오. 나는 가난하기는 하지만 병이 들지는 않았소"라고 대답했고, 자공은 이에 평생

---

51 공자에게 '수사'적 측면에서 영향을 미친 사람은 비단 자산뿐만이 아니라, 노자 등 공자가 존경한 많은 인물이 크고 작은 영향을 미쳤을 것이다. 다만 지면의 한계로 자산의 예를 대표로 든 것임을 밝힌다.

을 부끄러워했다고 한다(『사기』「중니제자열전仲尼弟子列傳」).

2) 장자莊子가 남루한 옷을 입고 삼끈으로 신발을 얽어 묶은 채 위왕을 찾아갔다. 위왕이 물었다. "어째서 선생은 그렇게 병들고 지쳤습니까?" 장자가 대답했다. "가난한 거지 병들고 지친 게 아닙니다. 선비가 도덕을 지니면서 실천하지 못하면 병들고 지쳤다고 합니다. 옷이 해지고 신발에 구멍이 난 것은 가난이지 병들고 지친 게 아닙니다."(『장자莊子』'외편外篇'「산목山木」)[52]

이처럼 『장자』에서는 자사와 자공의 대화를 빌려서 수사적으로 '가난함'과 '병듦'의 개념을 풀어서 설명하고 있거니와, 심지어 인물을 장자와 위나라 임금으로 바꿔서 그 내용을 통째로 가져오기까지 했다. 물론 '수사'적 측면에서 공자의 영향을 받은 것은 비단 장자뿐만이 아니다. 시간과 공간을 초월하여 다양한 시대와 인물들이 크고 작은 영향을 받았다. 다만 지면의 한계로 『장자』의 경우를 일례로 든 것임을 밝힌다.

---

52 『장자』, 김학주 옮김, 연암서가, 2015[2010]; 『장자』, 안동림 옮김, 현암사, 2020 [1993].

참고 문헌

『장자』, 김학주 옮김, 연암서가, 2015[2010].
『장자』, 안동림 옮김, 현암사, 2020[1993].

9장
무심으로 말하는 도리[1]

『장자』

송미령(서일대학교)

1. 『장자』와 장자

『장자莊子』는 전국 시대의 철학자인 장자莊子의 인간과 세계에 대한 깨달음을 서술한 저술이다. 춘추전국 시대의 제자백가는 각자의 세계관과 인생관으로 정치와 사회에 대해 논함으로써 독자적인 학파를 이루고 중국 철학의 전통을 형성하였다. 그들 제 학파의 학자들은 각기 자신의 사상과 학설을 피력한 저서를 남겼는데, 대부분의 학파가 인간사의 이치와 도리를 이지적으로 논변한 데 반해『장자』는 오묘한 진리의 세계를 상상과 함축으로써 절묘하게 표현하여 철학사뿐만 아니라 문학사적으로도 중요한 위치를

---

1   이 글은 『수사학』 제23집(한국수사학회)에 게재된 「『장자』의 치언, 우언, 중언에 대한 고찰 - 「내편」을 중심으로」를 수정·보완한 것이다.

차지하고 있다.

현전하는 『장자』는 진晉나라 곽상郭象이 정리하여 주注한 33편으로 내편內篇 7편, 외편外篇 15편, 잡편雜篇 11편으로 구성되어 있는데, 이 중 내편은 장자의 사상을 일관성 있게 담은 장자의 저작으로 보고 외편과 잡편은 장자 후학의 저술로 보는 것이 전통적인 견해이다.[2] 내편은 도의 세계를 서술한 장자 사상의 요체인 반면 외·잡편은 내편에 대한 설명적 성격이 강하여 장자 사상의 연구는 주로 내편을 중심으로 이루어져 왔다. 『장자』 33편은 다음과 같다.

【내편】「소요유逍遙遊」, 「제물론齊物論」, 「양생주養生主」, 「인간세人間世」, 「덕충부德充符」, 「대종사大宗師」, 「응제왕應帝王」

【외편】「변무騈拇」, 「마제馬蹄」, 「거협胠篋」, 「제유在宥」, 「천지天地」, 「천도天道」, 「천운天運」, 「각의刻意」, 「선성繕性」, 「추수秋水」, 「지락至樂」, 「달생達生」, 「산목山木」, 「전자방田子方」, 「지북유知北遊」

【잡편】「경상초庚桑楚」, 「서무귀徐無鬼」, 「즉양則陽」, 「외물外

---

2   리우샤오간劉笑敢이 『장자』의 내편과 외·잡편의 연대에 대해 비교적 세밀하게 분석했는데, 그는 내편과 외·잡편에 나타난 특정 어휘의 운용, 문장의 체제와 풍격 등을 비교하여 내편이 외·잡편보다 연대가 앞서며 내편이 장주의 저작이고 외·잡편은 후학의 저작일 가능성을 합리적으로 증명했다. 『莊子哲學』, 최진석 옮김, 소나무, 2015[1990], p. 477~506 참고.

物」,「우언寓言」,「양왕讓王」,「도척盜跖」,「설검說劍」,「어부漁
夫」,「열어구列禦寇」,「천하天下」

　장자의 생애에 대해서는 알려진 바가 거의 없고, 사마천
司馬遷의 『사기史記』「노자한비열전老子韓非列傳」에 간략한 소
개가 나와 있다. 『사기』에 의하면 장자는 이름이 주周이고
전국 시대 송나라 몽蒙 지방 사람으로 양혜왕梁惠王, 제선왕
齊宣王과 동시대에 살았다. 그는 옻나무밭을 관리하는 하급
관리를 지냈는데 학문이 해박하여 이르지 않는 곳이 없었
으며 공자孔子의 무리를 비판하고 노자老子의 학설을 받아
들였다. 그가 쓴 저서는 10여만 자이고 대체로 우언으로 되
어 있는데, 그의 글은 빼어난 문사로 이치를 논하며 비유를
구사하였고 그의 말은 거센 물결처럼 거침이 없었다고 한
다. 초나라 위왕威王이 장주의 현명함을 듣고 재상으로 맞
아들이고자 했으나 그는 재상의 지위를 잘 먹이고 입혀 제
사의 희생물로 바쳐지는 소의 처지에 빗대어 거절하고 자
유롭게 살기를 추구했다.

　『사기』와 『장자』 외·잡편 속 일화들로 미루어 보아 장자
가 중국을 대표하는 사상가로 우뚝 서게 된 원천은 그 자신
의 학문적 자질과 노자의 영향, 당시의 시대상에서 찾아볼
수 있다. 사마천의 『사기』에서 서술했듯이 장자는 학식이
방대하여 미치지 않는 곳이 없었고 유가, 묵가 등을 신랄하
게 비판할 정도로 나름의 식견을 가지고 있었다. 이처럼 탁

월한 학문적 경지에 오른 그는 노자의 학설을 듣고 영감을 받아 자신의 사유를 확립한 것으로 보인다. 『장자』 「천하」에서 장자는 노자의 학설을 듣고 기뻐하며 종잡을 수 없는 말들을 하고 다녔다고 한다. 여기서 '종잡을 수 없는 말'이란 사람들의 의식 속에 공고히 자리 잡은 분별과 양단의 틀을 깨뜨린 장자의 도를 가리킨다. 즉 장자는 노자의 학설로 그간의 사유가 확연해졌고 이를 바탕으로 자신의 사상을 전파하기 시작하였던 것으로 추측할 수 있다. 장자 사상의 성립은 장자가 살았던 시대적 상황과도 무관하지 않을 것이다. 전국 시대는 주나라를 중심으로 한 봉건 제도가 무너지고 각지의 제후국들이 병립하며 전쟁이 난무하던 약육강식의 난세였다. 장자가 삶과 죽음, 인간과 자연의 본질을 꿰뚫고 분별과 대립을 초월한 절대의 도를 깨닫게 된 것은 송나라 말기에 살며 백성들의 혼란과 죽음, 궁핍과 절망의 현실을 목도하고 선지자로서 이를 극복하고자 한 사색의 결과였을 수 있다. 전국 시대에 백가쟁명이 절정을 이룬 이유 또한 전란과 살육의 혹독한 세상에서 안정과 질서, 평화와 자유를 추구한 시대적 정신의 필연적 귀결이었을 것이다.

2. 『장자』와 수사학

수사修辭는 언어를 활용하여 의미를 효과적으로 전달하는

일이다. 『장자』의 서문으로 일컬어지는 「우언」에서 장자의 표현 방식을 우언寓言, 중언重言, 치언卮言으로 제시했는데, "우언이 열에 아홉이고 중언이 열에 일곱이며 치언은 날마다 생겨난다(寓言十九, 重言十七, 卮言日出)"라고 하여 장자의 방대하고 자유로운 문장과 예리하고 파격적인 통찰이 우언, 중언, 치언의 방식으로 표현되고 있음을 알 수 있다. 「우언」에 의하면 우언은 본뜻을 다른 사물에 가탁해서 하는 말이고, 중언은 선각자의 말을 인용하는 것이며, 치언은 자신의 견해를 내세우지 않고 대상에 맡기는 무심한 말을 의미한다. 도가 학파로 장자보다 시대가 앞섰다고 알려진 노자의 『도덕경道德經』 첫마디가 "도道라고 할 수 있는 도는 진정한 도가 아니며 이름 지어진 이름은 진정한 이름이 아니다(道可道, 非常道, 名可名, 非常名)"이듯이 심오한 깨달음의 세계를 언어로 설명하는 것이 가능한가에 대해서는 예로부터 궁극적으로 의문시되어 왔다. 장자는 언어 너머의 도를 언어로써 직접 설명하기보다는 우언의 비유, 중언의 인용, 치언의 파격을 통해 인지하고 깨닫도록 도왔다. 상식의 틀을 흔들어 기존의 고정 관념을 해체하고(치언), 본체와 비유체 사이의 공간을 통해 인식하도록 하며(우언), 선인先人의 입을 빌려 밝힘으로써 믿도록 하였는데(중언), 이것이 언어로써 설명할 수 없는 도를 언어로써 전하기 위해 장자가 사용한 최선의 방법이었다. 이와 같이 의사의 전달과 소통을 위해 유효한 표현 방식을 선택하는 것이 바로 수사학

의 영역이다. 『장자』는 은유와 상징, 해학과 풍자로 도의
세계를 탁월하게 표현하여 고금의 찬사를 받아 온 만큼 수
사학적으로 높은 가치를 지녔다고 할 수 있으며, 또한 이러
한 『장자』의 수사는 장자 철학의 깊이를 드러내는 데 핵심
적 역할을 한다고 할 수 있다. 그러므로 『장자』에 대한 수
사학적 고찰은 『장자』를 이해하고 그 가치를 확인하는 또
하나의 방법이 될 수 있을 것이다.

　『장자』의 표현을 알기 위해서는 장자의 도에 대한 이
해가 선행되어야 한다. 『장자』는 자연과 인간의 본질을
통찰한 저서로, 역대의 학자들은 「제물론」을 장자 사상
의 핵심으로 보고 있다.³ 제물론은 '오상아吾喪我'로 시작해
서 '물화物化'로 마무리되는데, 제물론 앞부분 남곽자기와
안성자유의 대화에 나오는 '오상아'는 장자가 추구하는 득
도得道의 경지로서 제물론의 핵심 개념 중 하나라고 할 수
있다.⁴ '오상아吾喪我', 즉 '나를 잊었다'에서 '나[我]'는 타자와
구별되는 개체로서의 나로, '나를 잊었다'라는 것은 자타의
구별을 초월한 경지를 말한다.⁵ '오상아'의 경지에서 몸과

3　제목인 '제물론'의 의미에 대해서는 몇 가지 다른 해석이 있는데 그중 '제물齊物에 관
　한 논論'과 '물론物論을 제齊함', 즉 '모든 사물이 고르다고 보는 이론'이나 '사물에 관
　한 여러 이론을 고르게 함'으로 해석하는 것이 일반적이다.

4　안성자유가 책상에 기대어 앉아 멍하니 하늘을 바라보며 긴 숨을 내쉬는 남곽자기의
　모습을 보고 "어찌 된 일입니까? 몸은 마른 나무와 같게 하고 마음은 불 꺼진 재와 같
　게 할 수 있는 것입니까?(何居乎? 形固可使如槁木, 而心固可使如死灰乎?)"라고 묻자 남
　곽자기는 "나는 나를 잊었다(吾喪我)"라는 말로 자신의 상태를 답한다.

5　'오상아吾喪我'에서 '오吾'는 자타 분별 의식을 초월한 참된 나를 가리키고 '아我'는 자
　타 분별 의식 속의 나를 가리킨다.

마음은 마른 나무와 죽은 재(槁木死灰)같이 되는데, 이는 타자와 변별되는 육체와 의식에서 벗어나 절대 초월의 경지에 들어갔음을 보여 주는 것이다.

남곽자기와 안성자유의 대화로 시작하는 「제물론」은 '나비의 꿈(胡蝶之夢)'으로 마무리된다. 장자는 제물론의 마지막에서 장주가 꿈속에서 나비가 된 것인지 나비가 꿈속에서 장주가 된 것인지 현실과 꿈, 장주와 나비의 경계를 초월한 물화의 경지를 제시한다. 물화는 곧 장주와 나비가 하나로 통하는 만물제동萬物齊同의 이치로 「제물론」의 핵심이자 장자 사상의 요체라고 할 수 있다. 분별과 시비를 뛰어넘어 만물이 하나로 조화되는 물화의 경지는 곧 너와 내가 따로 없는 '오상아'의 경지이기도 하다. 이처럼 「제물론」은 자타를 초월한 '오상아'로 시작해서 만물이 조화를 이루는 '물화'로 끝을 맺으며 수미쌍관을 이루고 있다. 그리고 '오상아'와 '물화'의 경지는 만물을 차별 없이 평등하게 보는 제물의 사상으로 귀납된다.

「제물론」에서는 또 '사람의 퉁소 소리', '땅의 퉁소 소리', '하늘의 퉁소 소리'로써 대자연의 본질이 무엇인지 묻는다. 인간사에서 분출되는 다양한 감정과 말을 사람의 퉁소 소리라고 하고, 바람이 불어 수많은 구멍에서 나는 온갖 자연의 소리를 땅의 퉁소 소리라고 한다면, 사람의 퉁소 소리와 자연의 퉁소 소리를 내도록 하는 하늘의 퉁소 소리는 무엇인가, 즉 '만물로 하여금 소리를 내도록 하는 것은 누구인가(怒者其誰邪)'라는 인간과 자연의 근원에 대한 화두를 던지는데 그 만물의 주재자는 바로 '오상아'의 경지에 이르고 '물화'의 이치를 터득한 사람만이 알 수 있는 도의 정체일 것이다. 이와 같이『장자』는 인간의 감정을 일으키고 자연의 소리가 나게 하는 참주인(眞宰), 즉 도의 정체를 밝혀 나가는 서술이며, 우언, 중언, 치언이라는 고도의 수사를 운용함으로써 깨달음의 절대 경지를 열어 보인다.

3.『장자』의 치언, 우언, 중언

제자백가들이 대체로 사회와 정치에 대한 윤리 도덕과 가치 기준을 의론한 것과 달리 장자는 인간과 자연, 세계와 우주의 본질에 관한 도의 문제를 다루었다. 이러한 도의 영역은 논리적으로 추론할 수 있는 것이 아니라 깨달음을 통해 직관하는 것으로, "위대한 도는 이름이 없고 위대한 변론은 말이 없다(夫大道不稱, 大辯不言)(『장자』「제물론」)"라고 했듯이 말로 지칭하거나 설명할 수가 없다. 도는 본래 경계가 없는데 언어로 표현하면 경계를 지을 수밖에 없기 때문에 언어로써 제시되는 도는 이미 도가 아닌 것이다.[6] 그러나 약정

---

6 "무릇 도란 본래 경계가 없고 말이란 일정함이 없는데 도를 말로 표현하게 되면 구별이 생긴다. (…) 뚜렷이 드러나는 도는 도가 아니며 변론하는 말은 도에 미치지 못한다(夫道未始有封, 言未始有常, 爲是而有畛也. (…) 道昭而不道, 言辯而不及)."(『장자』「제물론」)

의 속성을 가진 언어가 사물의 성질이나 사람의 생각을 완전하게 표현할 수 없다는 한계에도 불구하고 고금의 역사에서 위대한 사상과 철학은 언제나 언어에 의해 계승되었고 언어를 통해 발전되어 온 것이 사실이다. 장자의 사상이 2천 년 넘게 그 가치를 인정받으며 전해져 온 것 또한 그의 탁월한 언어 활용의 결과라고 할 수 있다. 「우언」에서 밝혔듯이 『장자』의 주요 서술 방식은 우언, 중언, 치언이다. 그중 우언과 중언은 말하고자 하는 바를 다른 사물에 가탁하거나 선인에게 의탁해서 표현하는 방법인데, 장자는 직설 대신 가탁과 의탁을 통해 미루어 헤아리거나 신뢰하도록 함으로써 도의 경지를 자각하도록 한 것이다. 치언은 자연과 조화를 이루는 말로 도의 경지에 있는 장자의 말 자체가 치언에 해당된다고 할 수 있다. 여기서는 치언을 통해 장자의 언어 관념을 살펴본 후 우언과 중언을 통해 『장자』가 도를 표출한 방식에 대해 알아보도록 하겠다.

3.1 치언으로 일깨우다

치언의 의미에 대해서는 몇 가지 다른 해석이 있는데, 육덕명陸德明의 『경전석문經典釋文』과 성현영成玄英의 『장자소莊子疏』에 다음과 같은 풀이가 있다.[7]

---

7   『장자』, 안동림 옮김, 현암사, 2020[1993], p. 674.

『경전석문』사마표司馬彪 주注 : 지리支離하면서도 처음과 끝이 없
는 말.

『장자소』: 치卮는 주기酒器임. 치卮가 가득 차면 곧 기울고 치卮
가 비면 곧 바로 섬. 비고 가득 참을 타물他物에 맡기고 기울고
바로 섬을 남에게 따름. 무심無心의 말이 곧 치언卮言임.

치언에 대해 사마표는 앞뒤가 맞지 않는 조리 없는(支離)
말로 인식했고 성현영은 술잔이 차면 기울고 비면 바로 서
듯 사물에 맡기는 무심한 말로 이해했다. 『장자』「우언」에
서는 치언을 다음과 같이 설명한다.

> 치언은 날마다 생겨나는 것으로 자연의 이치로써 조화를 이루
> 며 무궁한 변화에 맡기므로 천수를 다할 수 있다. 시비를 말하
> 지 않으면 만물은 조화를 이룬다. 조화를 이루는 일은 시비를
> 말하는 것과 같지 않고 시비를 말하는 것은 조화를 이루는 일과
> 같지 않다. 그러므로 말을 하지 않았다고 한다.[8]

장자에 의하면 치언은 자연의 이치에 따르고(天倪) 자연
의 변화에 맡기는(曼衍) 말이다. 그렇다면 자연의 이치와 변
화에 부합하는 말은 어떤 말인가? 자연의 이치와 변화에

---

8 卮言日出, 和以天倪, 因以曼衍, 所以窮年. 不言則齊, 齊與言不齊, 言與齊不齊也. 故曰無言.

부합한다는 것은 자연과 조화를 이루는 '제물齊物'이자 '물화物化'를 말하며, '제물'과 '물화'는 곧 '만물제동萬物齊同'으로 분별과 대립을 초월하여 하나로 통한다는 뜻이다. 즉 치언은 만물제동의 말이 되는 것이다. 그러면 만물제동의 말은 어떤 것인가? 만물제동의 말은 옳고 그름의 차별을 두지 않는 말이다. 반대로 말에 옳고 그름의 차별을 두지 않으면 만물제동, 즉 자연의 조화를 이루게 된다(不言則齊). 이와 같이 조화로움과 시비의 말은 합치되지 않으며, 그러므로 '무언無言', 즉 '말을 하지 않았다'고 하는 것은 시비의 말을 하지 않았다는 뜻인 동시에 시비가 없는 무심의 말을 했다는 뜻이기도 하다. 이러한 무심의 말이 곧 '조화롭고도(齊)' '자연의 이치(天倪)'에 따라 '무한한 변화(曼衍)'에 그대로 맡기는 '치언'인 것이다. 그렇다면 무심의 말은 어떻게 말하는 것인가?『장자』「천하」에서 치언의 모습을 찾아볼 수 있다.

옛날 도술에 이런 학설이 있었다. 장주는 그 학풍을 듣고 기뻐했다. 그러고 나서 그는 종잡을 수 없는 말과 터무니없는 말, 밑도 끝도 없는 말들을 했는데, 때로는 제멋대로 하면서도 편향되지 않았고 일부분만으로 견해를 내세우지도 않았다.[9]

---

9   古之道術, 有在於是者. 莊周聞其風而悅之. 以謬悠之說, 荒唐之言, 無端崖之辭. 時恣縱而不儻, 不以觭見之也.

장자는 도가의 시조인 노담老聃과 그의 제자 관윤關尹의
이론을 듣고 나서 갈피를 잡을 수 없는 허황된 말들을 했
다. 그러나 그 말들은 또한 한쪽으로 기울거나 자신의 견해
만을 고집하는 말이 아니었는데, 이는 장자가 하는 말들이
분별과 대립을 떠난 말이라는 뜻이다. 분별과 대립을 떠나
있기 때문에 옳고 그름의 논리가 없고, 그러므로 터무니없
고 황당하며 밑도 끝도 없는 말(以謬悠之說, 荒唐之言, 無端崖之辭)
로 비춰질 수 있었던 것이다. 이러한 장자의 '조리 없는' 말
들은 '조리 없어 보이는' 말로서 분별과 대립을 초월한 무
심의 말과 통하는 치언이라고 볼 수 있으며, 바로『장자』에
나오는 과장과 역설, 비유와 해학의 표현들을 가리킴을 짐
작할 수 있다. 이와 같이 치언은 무심히 하는 조리 없는 말
로 사마표와 성현영의 해석을 모두 아우른다고 할 수 있다.

이상에서 알 수 있듯이 장자의 언어는 자신의 주장을 내
세우고 상대방의 주장을 반박하는 서양의 수사학과는 대
조된다. 장자는 옳고 그름의 분별이나 화려한 언변이 아닌
사심 없이 하는 치언을 추구했으며,[10] "시비가 없는 말을 하
면 평생 말을 해도 말한 적이 없고 시비의 마음이 있으면
평생 말을 하지 않아도 말하지 않은 적이 없다(言無言, 終身言,
未嘗不言. 終身不言, 未嘗不言)"라며 무언無言을 추구했다. 시비 없

---

10 "진정한 말은 어디에 가려져 있어 옳고 그름을 분별하는가 (…) 진정한 말은 화려함에
가려져 있어 유가와 묵가의 시비가 있는 것이다(言惡乎隱而有是非? (…) 言隱於榮華. 故
儒墨之是非)."(『장자』「제물론」)

이 무심으로 하는 치언과 무언은 결국 같은 것으로, 득도의 경지에서 이루어진다.

이처럼 치언은 도의 경지에서 나오는 말이기도 하지만 전국 시대 전쟁의 소용돌이에서 필요에 의해 하는 말이기도 했다. 장자에 대해 묘사한 「천하」의 내용을 보자.

> 천하가 침체하고 혼탁하여 바른말을 할 수가 없었다. 앞뒤가 안 맞는 말(치언)로 무한한 변화에 순응하게 하고, 사람들이 존중하는 옛사람의 말(중언)로 믿게 하고, 다른 것을 빌려 비유한 말(우언)로 확산시켰다. 홀로 천지의 정신과 왕래하며 만물을 얕보지 않고 시비를 가려 꾸짖지 않으며 세속과 더불어 살았다.[11]

장자는 전란의 혼란 속에서 위험과 고난을 겪으며 재물이나 명예를 좇기보다는 자기 자신을 온전히 지키고 자연의 이치에 따라 주어진 수명을 다하는 것이 도리에 맞다고 여겼다. 그러므로 혼탁한 세상에서 "화만이라도 면하기(苟免於咎)(『장자』「천하」)" 위해서 바른말을 하는 대신 사물의 변화에 맡겨 무심히 하는 조리 없는 치언을 구사하여 깨달음의 도를 말했다. 이러한 치언은 성인이나 현자들에 의탁한 중언의 형식으로 신뢰성이 부여되고 이해하기 쉽도록 가

---

11 以天下爲沈濁, 不可與莊語. 以巵言爲曼衍, 以重言爲眞, 以寓言爲廣. 獨與天地精神往來, 而不傲倪於萬物, 不譴是非, 以與世俗處.

탁한 우언의 방식으로 전파되었다.

도를 깨달은 장자의 입장에서는 장자의 말 자체가 치언이라고 볼 수 있으며, 그렇기 때문에 치언은 매일 나올 수 있는 것이다(卮言日出). 우언과 중언은 치언을 실현하기 위한 주요 표현 방식이라고 할 수 있다. 치언이 자아의 개입에 의한 분별을 지양하기에 장자는 분별을 제거하면서도 효과적으로 의미를 전달할 수 있는 방법으로 우언과 중언을 채택한 것이며, 우언을 열에 아홉, 중언을 열에 일곱 구사하여 치언을 실현하려 한 것이다.

3.2 우언으로 전하다

우언은 본뜻을 다른 사물에 빗대어서 풍자나 교훈을 전달하는 이야기를 말한다. 그러므로 우언은 기본적으로 비유의 수사 기법을 내재하고 있다. 중국의 경우 춘추전국 시대에 이미 우언을 활용하여 현실을 폭로하거나 사상을 표현하는 경향이 유행했으며, 그중에서도 우언을 가장 활발하게 사용한 저작으로 『장자』를 꼽을 수 있다. 『장자』의 「우언」에서는 우언에 대해 다음과 같이 설명하고 있다.

> 우언은 열에 아홉으로 다른 사물을 빌려 도를 말한다. 아버지는 제 자식의 중매인이 되지 않는데, 아버지가 자식을 칭찬하는 일이 아버지 아닌 사람이 칭찬함만 못하기 때문이다.[12]

---

12 寓言十九, 藉外論之. 親父不爲其子媒, 親父譽之, 不若非其父者也.

장자에 의하면 우언은 다른 사물에 가탁하여 전하고자 하는 뜻을 표현하는 것으로, 『장자』는 담론의 대부분을 우언을 사용하여 서술했다. 혼사에서 아버지가 자식의 중매를 서면 신뢰성을 담보하기 어려우므로 다른 사람에게 중매를 서도록 하듯이 눈으로 볼 수 없는 도의 세계를 직접적으로 기술하는 것은 다른 사물에 의탁하여 간접적으로 표현하는 것만큼 의미를 효과적으로 전달하기 어렵다고 본 것이다. 이러한 가탁을 통한 비유는 본체와 비유체 사이에 연상의 공간을 마련하여 본체를 인식하도록 돕는 작용을 하는데, 이 연상의 공간은 기존의 지식과 경험의 바탕 위에서 다른 지식과 정보를 이해하도록 유도하기도 하지만 언어로 표현하기 힘든 언어 너머의 세계를 감지하도록 할 수도 있다. 그러므로 장자는 다양한 우언을 풍부하고도 과감하게 구사하여 현실을 비판하고 풍자하는 동시에 도의 세계를 상상하고 이해하도록 했다.

『장자』의 우언은 「소요유逍遙遊」에서 곤붕鯤鵬의 이야기로 시작되며, 곤붕의 우언은 『장자』의 서두이기도 하다.

> 북쪽 바다에 물고기가 살았는데 그 이름을 곤이라고 했다. 곤은 크기가 몇 천 리나 되는지 알 수 없었다. 이 물고기는 변하여 새가 되었는데, 그 이름을 붕이라고 했다. 붕의 등은 길이가 몇 천 리나 되는지 알 수 없었다. 붕이 힘껏 날아오르면 날개가 하늘에 드리운 구름과도 같았다. 이 새는 태풍이 불면 남쪽 바다로

날아가는데, 그 바다를 천지라고 했다.[13]

  곤붕의 이야기는 『장자』의 심오한 사상과 풍부한 문체를 단적으로 보여 준다. 곤붕의 우언에서 장자는 고도의 과장과 상상으로 무한한 도의 세계를 이미지화하는데, 크기를 상상할 수 없는 물고기 곤은 도를 내재한 깨달음 이전의 자아로, 힘껏 솟아올라 날개를 하늘에 드리우며 남쪽 바다로 날아가는 거대한 붕새는 깨달음 이후의 진정한 자아로 이해할 수 있다. 그렇다면 곤에서 붕으로의 변신은 만물이 조화를 이루는 물화의 상징이자 자아의 속박에서 벗어나 영원한 자유를 얻는 절대 초월로의 진입을 의미한다. 이러한 곤붕의 이야기는 「제물론」에서 득도의 모습을 표현한 '오상아'의 정신세계를 구현한 것이라고 할 수 있다. 대립과 분별에서 완전히 초월하여 절대 자유로 들어간 '오상아'의 경지는 언어로 기술 불가능한 무한의 영역이므로 장자는 상식을 뛰어넘는 곤과 붕을 설정하고 과장을 잇대어 깨달음의 세계를 상상하도록 했다. 뒤이어 나오는 매미와 작은 새가 곤붕의 거대한 비상을 비웃는 모습은[14] 자아에 속박된 인간의 모습을 풍자하며 도의 경지를 부각한 것이다.

---

13 北冥有魚, 其名爲鯤. 鯤之大, 不知其幾千里也. 化而爲鳥, 其名爲鵬. 鵬之背, 不知其幾千里也. 怒而飛, 其翼若垂天之雲. 是鳥也, 海運則將徙於南冥. 南冥者 天池也.

14 "매미와 작은 새가 그것을 보고 비웃으며 말했다. 우리는 힘껏 날아야 느릅나무나 다목나무에 오르고 때로는 거기에도 못 미쳐 땅에 떨어지고 마는데, 어째서 구만리나 올라 남쪽으로 가는 것인가?(蜩與學鳩笑之曰. 我決起而飛, 槍楡枋, 時則不至, 而控於地而已矣. 奚以之九萬里而南爲?)"(『장자』「소요유」)

『장자』는 곤붕의 우언으로 절대 자유의 세계를 제시하고 나비의 우언으로 '물화'의 도를 이야기한다.

> 옛날에 장주가 꿈에 나비가 되었다. 그는 나비가 되어 훨훨 날아다녔다. 스스로 유쾌하게 느꼈지만 자기가 장주임을 알지 못했다. 문득 꿈을 깨니 자신은 분명 장주였다. 장주가 꿈에 나비가 된 것인지 나비가 꿈에 장주가 된 것인지 알 수 없었다. 장주와 나비에는 반드시 구분이 있을 것이다. 이것을 일러 만물의 조화라고 한다.
>
> 『장자』, 「제물론」[15]

도의 경지에서는 꿈과 현실도 대립의 관계가 아니다. 장자는 나비의 우언을 통해 장주가 나비의 꿈을 꾼 것인지 나비가 장주의 꿈을 꾼 것인지, 현실이 꿈인지 꿈이 현실인지를 묻고 장주와 나비, 꿈과 현실 사이의 경계가 과연 존재하는지를 궁구한다. "장주와 나비에는 반드시 구분이 있을 것이다(周與胡蝶, 則必有分矣)"라고 한 것은 장주와 나비를 단순히 동일하게 보는 것이 아니라 각각의 구분을 인정한 상태에서 그 구분을 초월하는 것이 물화의 도임을 말하는 것이다. 특히 "장주가 꿈에 나비가 된 것인지 나비가 꿈에 장주

---

15 昔者莊周夢爲胡蝶, 栩栩然胡蝶也. 自喩適志與, 不知周也. 俄然覺, 則蘧蘧然周也. 不知周之夢爲胡蝶與, 胡蝶之夢爲周與. 周與胡蝶, 則必有分矣. 此之謂物化.

가 된 것인지(周之夢爲胡蝶與, 胡蝶之夢爲周與)"라고 한 교차 반복
은 이원론적 고정 관념을 깨고 사고를 전환하여 물화를 인
지하도록 유도한다.

『장자』에서는 옳고 그름, 이것과 저것의 분별과 집착이
의미 없음을 다수의 우언을 통해 강조한다. 대표적으로 조
삼모사 朝三暮四 의 우언으로 아침에 셋과 저녁에 넷이나 아
침에 넷과 저녁에 셋이 일곱이라는 관점에서 차이가 없음
에도 불구하고 희로 喜怒 가 달라지는 원숭이들의 어리석은
분별과 집착을 풍자하며, 사물의 양단이 결국 통하는 것임
을 알아차리지 못하고 갈등과 불화로 헤매는 인간의 모습
을 원숭이에 비유함으로써 자연의 균형과 조화를 깨닫도
록 했다.

분별과 대립의 문제는 생사에 있어서도 예외가 아니다.
여희 麗姬 의 우언은 미녀 여희가 진 晉 의 왕에게 잡혀갈 때
눈물로 옷깃을 적실 정도로 슬퍼했으나 왕궁의 안락한 생
활을 누리자 울었던 일을 후회했듯 죽음을 두려워하고 삶
에 집착하는 것 또한 어리석은 분별일 수 있음을 뜻한다.
"죽은 사람들도 처음에 삶을 바랐던 것을 후회하지 않을
것이라고 어찌 알겠는가?(予惡乎知夫死者不悔其始之蘄生乎)"라고
반문한 것은 이러한 우언의 의도를 간파하게 한다.

또 장자는 '포정해우 疱丁解牛'의 우언을 통해 삶을 북돋
우는 양생 養生 의 도리를 말한다. 즉 소를 잡는 포정(백정)
이 눈으로 분별하여 소를 자르는 기술을 넘어 소의 본래

모습에 따라 도로써 자름으로써 소의 살과 뼈를 다치지 않게 하고 소를 자르는 칼도 손상시키지 않듯이 사람도 사물을 분별하는 마음에서 떠나 초월의 경지에서 자연의 원리에 따라 조화롭게 산다면 자재하고 양생할 수 있음을 함의한 것이다.

이 외에 장자는 형벌로 외발이 된 왕태와 신도가, 숙산무지, 절름발에 곱사등, 결순인 인기지리무신, 추남 애태타 등과 같이 외형은 온전하지 못하지만 내면의 덕이 충만한 현인들의 우언을 통해 덕은 외형에 있지 않음과 외형의 분별을 초월하는 도리를 전한다.

이처럼 『장자』의 우언은 동물, 식물, 사물, 사람 등을 주인공으로 한 이야기 속에 도의 취지를 담아 사람들이 장자의 도를 인식하고 전파하는 데 중심 역할을 하고 있다.

3.3 중언으로 밝히다

중언은 『경전석문』에 "사람들이 소중히 여기는 자의 말"이라고 풀이되어 있다.[16] 「우언」의 중언에 대한 설명은 다음과 같다.

> 중언은 열 가운데 일곱으로 언쟁을 그치게 하기 위한 노인의 말이다. 나이가 많으면서도 사리와 순서를 헤아리지 못한 채 나이

---

16 『장자』, 안동림 옮김, 현암사, 2020[1993], p. 674.

가 많다는 것에만 의지하는 사람은 선각자가 아니다. 사람으로
서 선각자가 될 수 없다면 사람의 도를 갖추지 못한 사람이며,
사람의 도를 갖추지 못한 사람을 진부한 사람이라고 한다.[17]

「우언」에 의하면 중언은 사물과 일의 이치를 깨달은
연장자의 말을 인용하는 방식인데, 『장자』에서는 성인이
나 가상의 성인이 등장하여 그들의 말이 아닌 장자 자신
의 말을 하고 있다. 즉 성인들의 권위를 빌리되 언설에는
장자의 사상을 담으면서 때로는 진지하게 도를 논하고 때
로는 풍자와 해학의 패러디를 연출한다. 허유, 요순, 혜자,
장자, 공자, 안회, 섭공 자고, 안합, 거백옥, 접여, 설결, 왕
예 등의 역사나 전설상의 인물과 구작자, 장오자, 견오, 연
숙 등의 가상의 인물이 등장하여 도에 대한 이야기를 나
눈다.

다음에서 도의 개념이자 도에 이르기 위한 수양법인
'심재心齋'에 대한 공자와 그의 제자 안회顔回의 중언을 살
펴보자.

안회가 말했다. "감히 마음의 재계心齋에 대해 여쭙고자 합니
다." 공자가 말했다. "그대는 뜻을 하나로 모아 귀로 듣지 말고

17　重言十七, 所以已言也. 是爲耆艾. 年先矣, 而無經緯本末, 以期年耆者, 是非先也. 人而
　　無以先人, 無人道也. 人而無人道, 是之謂陳人.

마음으로 듣도록 하라. 다음에는 마음으로 듣지 말고 기氣로 듣도록 하라. 귀란 듣기만 할 뿐이며 마음은 외물을 인식할 뿐이지만, 기란 텅 빈 채 사물을 받아들이는 것이다. 도는 오직 빈 곳에만 모이니, 비움이 곧 '마음의 재계心齋'이다."

『장자』, 「인간세」[18]

안회가 폭정을 일삼는 위衛나라 왕의 병폐를 고치고자 위나라로 가려고 하자 공자가 안회의 덕이 아직 도에 이르지 않았음을 말하며 수행의 방법으로 '심재心齋'에 대해 설명한 것이다. 심재는 '오상아', '좌망坐忘'과 함께 절대 초월의 경지인 동시에, 또한 그 경지를 얻기 위한 수행 방법이기도 하다. '재齋'는 '재계齋戒'의 의미로서 '심재心齋'는 곧 마음을 깨끗이 하고 텅 비우는 것을 뜻한다. 심재를 수양하는 방법에 대해서는 우언으로 형상화해서 보여 주는 것보다는 권위 있는 사람의 말을 통해 설명함으로써 믿고 행하도록 하는 것이 효과적이다. 그러므로 장자는 유묵儒墨 사상을 비판하는 입장임에도 덕망가로 대표되는 공자와 그의 제자 안회를 끌어들여 '심재'를 밝히도록 하고 신뢰성을 높인 것이다. 이와 같이 『장자』에서 중언은 대체로 역사 속 성인이나 현인의 대화를 통해 사람들이 장자의 도를 믿고

---

18 回曰, 敢問心齋? 仲尼曰, 若一志, 無聽之以耳, 而聽之以心. 無聽之以心, 而聽之以氣.
    聽止於耳, 心止於符. 氣也者, 虛而待物者也. 唯道集虛. 虛者, 心齋也.

따르도록 하는 역할을 한다.

'오상아', '심재'와 함께 또 하나의 도의 경지로 '좌망坐忘'이 있다. 좌망에 대한 증언은 다음과 같다.

> 안회가 말했다. "저는 앉아 있으면서 모든 것을 잊게 되었습니다(坐忘)." 공자가 놀라 물었다. "앉아 있으면서 모든 것을 잊는다는 것은 무슨 말인가?" 안회가 대답했다. "손발이나 몸을 잊어버리고, 귀와 눈의 움직임을 멈추고, 몸을 떠나고 앎을 몰아내어 크게 통하여 하나가 되는 것, 이것이 앉아 있으면서 모든 것을 잊는다는 것입니다." 공자가 말했다. "하나가 되면 좋고 싫음이 없고, 변화에 따르면 집착하는 마음이 없어진다. 그대는 과연 현명하구나. 나도 그대 뒤를 따라야겠다."
>
> 『장자』, 「대종사」[19]

안회가 인의仁義를 잊고 예악禮樂을 잊었다고 하자 공자는 아직 멀었다고(猶未也) 말했으나 '좌망'을 하게 되었다고 하자 놀라며 현명하다고 했다. '좌망'은 앉은 채 자타의 구별을 잊은 무심의 상태로 들어가는 것으로, 장자의 사상에서 '오상아', '심재'와 함께 도의 경지를 일컫는 핵심 개념이다. 좌망의 의미가 중요한 만큼 장자는 심재와 마찬가지로

---

19 回曰, 回坐忘矣. 仲尼蹴然曰, 何謂坐忘? 顏回曰, 墮肢體, 黜聰明, 離形去知, 同於大通, 此謂坐忘. 仲尼曰, 同則無好也, 化則無常也. 而果其賢乎! 丘也, 請從而後也.

공자와 안회의 대화를 빌린 중언의 방법으로 권위와 신뢰를 부여했다.

이 외에 『장자』는 중언들을 다양하게 활용하여 도를 논하는데, 생사 초월에 관한 중언으로 가상의 현자인 진실秦失과 그의 제자 사이의 대화가 있다. 친구인 노자의 문상을 가서 진실이 형식적으로 세 번만 곡하고 나오는 것을 본 제자가 친구의 문상을 그렇게 해도 되는 것인지 묻자 진실은 편안한 마음으로 생사의 때를 받아들이고 순리를 따른다면 하늘의 매달림에서 풀려날 것(縣解)이라고 말했다. 현해縣解는 하늘에 거꾸로 매달린 속박에서 풀려난다는 의미로, 삶과 죽음 또한 순리대로 받아들인다면 생사의 고통으로부터 자유를 얻을 수 있다는 뜻이다.

장자의 사상은 절대 초월의 경지를 논하는데, 초월은 인간사 바깥만을 가리키는 것이 아니라 세속의 안팎을 포괄하는 의미로 보아야 한다. 세속의 안팎을 구별한다면 이 또한 분별과 대립을 벗어나지 못한 것이기 때문이다. 이에 『장자』에서는 세간의 처세 도리(「인간세」)와 제왕의 도리(「응제왕」)에 대해서도 중언을 통해 논의한다.

이와 같이 장자는 덕망 있는 선각자의 입을 빌려 도를 설명하는 중언의 방식을 사용하여 사람들이 그릇된 견해에서 벗어나 참된 이치를 인정하고 이해하도록 하였다. 『장자』에서 중언은 대화의 형식으로 표현되는데, 대화 속에서 다시 설의법, 반복법, 연쇄법, 대조법, 대구법, 점층법과 같은 다양한 수사법을 풍부하게 활용하여 고정 관념에 갇힌 사고를 전환하고 상식 너머의 세계를 떠올릴 수 있도록 촉진했다.

4. 맺음말

제자백가의 사상이 주로 왕이나 귀족을 대상으로 정치와 처세의 도리를 설하였다면 장자는 자연의 원리와 존재의 본질을 탐구하여 분별과 집착, 대립과 갈등을 초월한 절대 자유의 도를 전파했는데, 그 불가설不可說의 도가 『장자』라는 걸출한 문장으로 표현될 수 있었던 것은 치언, 우언, 중언의 기발한 운용이 있었기 때문이라고 할 수 있다.

『장자』는 만물제동의 도를 치언, 우언, 중언의 방식으로 밝혔는데, 「우언」에 제시된 의미 분석을 통해 치언은 시비 분별이 없는 무심의 말로 도의 경지에서 나오며, 깨달음을 얻은 장자가 하는 말 자체임을 알 수 있다. 우언과 중언은 치언의 실현 방식으로 치언을 퍼트리고 믿게 하는 작용을 한다. 우언은 본뜻을 다른 사물에 가탁하여 교훈을 주거나 풍자하는 말로, 『장자』에서 곤붕의 이야기, 나비의 꿈, 조삼모사, 여희의 후회 등의 다양한 우언을 통해 분별 없는 절대 초월의 도를 구현하였다. 또 중언은 덕망 있는 선각자에 의탁하여 신뢰를 주는 말로, 『장자』에서는 역사적 성인과 현인들을 이끌어 와 대화의 형식으로 도를 논의하였다. 우언과 중언 자체도 말을 효과적으로 전달하기 위한 수사 방식이지만 『장자』에서는 우언과 중언 속에 다시 다양한 수사법을 활용하여 심오한 도의 세계를 절묘하게 표현했다.

장자는 지속된 전란으로 인한 사람들의 비참한 생활과 죽음을 보며 인간의 존재 이유와 가치를 찾고 통찰을 통해 생명과 자연의 본질에 대한 깨달음을 얻었다고 할 수 있다. 이러한 깨달음의 바탕 위에서 저술된 『장자』는 장자가 터득한 도의 세계를 우언과 중언으로 탁월하게 표현하였으며 치우침 없는 무심의 치언으로 승화한 수사의 절정이라고 할 수 있다.

참고 문헌

『장자』, 김학주 옮김, 연암서가, 2015[2010].
『장자』, 안동림 옮김, 현암사, 2020[1993].
『장자』, 오강남 옮김, 현암사, 2021[1999].
감산, 『감산의 장자 풀이』, 오진탁 옮김, 서광사, 2011[1990].
리우샤오간, 『莊子哲學』, 최진석 옮김, 소나무, 2015[1990].
박세당, 『박세당의 장자, 남화경주해산보 내편』, 전현미 옮김, 예문서원, 2012.
黃錦鋐, 『新譯莊子讀本』, 三民書局, 1992[1974].

10장
진정한 승리를 노래하다[1]

수사학으로 읽는 『손자병법』

이현서(경인여자대학교)

1. 손무의 『손자병법』

『손자병법 孫子兵法』은 병법 兵法의 도 道를 집약해 놓은 중
국의 대표 병법서 兵法書다. 이 책은 춘추 春秋 시대 오 吳나
라 사람 손무 孫武의 저작으로 알려져 있는데, 『오손자병법
吳孫子兵法』, 『손자 孫子』, 『손무병법 孫武兵法』 등의 명칭으로
불리기도 했다. 전체 13편이었던 손무의 『손자병법』은 오
랜 기간 유전 流傳과 필사 과정을 거치면서 후대 사람들의
가필과 첨삭으로 인해 원래의 모습이 많이 훼손되었다.
『한서 漢書』 「예문지 藝文志」의 기록을 참고하면 82편에 도
록 9권까지 있었음을 알 수 있다. 이를 삼국 시대 조조 曹操
가 다시 3권 13편으로 원문에 가깝게 복원하고 주석을 달

---

1   이 글의 일부 내용은 졸고 「『손자병법 孫子兵法』의 설득전략 연구」(『중국학연구』 제75집,
    2016)에서 소개한 바 있다.

았다. 현전하는『손자병법』은 바로 조조의『위무주손자
魏武註孫子』²를 저본으로 하고 있다. 송宋대에 이르러서는
병가의 대표 경전 7권을 뽑아『무경칠서武經七書』를 엮었
는데, 그중에서도『손자병법』은 가장 중요한 위치를 차지
했다.

　『손자병법』은「시계始計」,「작전作戰」,「모공謀攻」,「군형
軍形」,「병세兵勢」,「허실虛實」,「군쟁軍爭」,「구변九變」,「행군
行軍」,「지형地形」,「구지九地」,「화공火攻」,「용간用間」총 열
세 편으로 구성되어 있다. 전쟁에서 승리하기 위한 전략 수
립은 물론 작전 지휘, 임기응변, 군사軍事와 지리, 특수 전법
등의 내용이 6천여 자밖에 안 되는 짧은 편폭 안에 간결하
게 정리되어 있다.

　이러한『손자병법』은 상당히 오랫동안 위작 논란에 휩
싸여 왔다. 이는 손무와『손자병법』에 대한 역사 기록이 얼
마 남아 있지 않기 때문인데, 춘추 시대의 역사를 상세하게
기록해 놓은『춘추좌전春秋左傳』에서조차 손무의 이름이 기
록되어 있지 않은 영향도 컸다.『오월춘추吳越春秋』와『사기
史記』「손자오기열전孫子吳起列傳」을 겨우 참고할 수 있지만
내용이 너무 소략하고 사실이라고 믿기에는 조금 황당한
내용이 없지 않다. 게다가『손자병법』으로 통칭되던『손빈
병법孫臏兵法』이 자취를 감추면서『손자병법』의 실존 여부

2　조조의『위무주손자』는『손자약해孫子略解』라고도 한다.

를 둘러싼 논란이 확산되었다. 손무 역시 가공의 인물이라는 주장도 나왔으며, 심지어 『손자병법』이 손빈의 저작이라는 주장과 오자서伍子胥의 저작이라는 주장이 제기되기도 했다.

다행히 1972년 산둥성山東省 린이현臨沂縣 인췌산銀雀山 한묘漢墓에서 죽간본竹簡本 『손자병법』과 『손빈병법』이 동시에 출토됨으로써 수나라와 당나라 이래 전래된 『손자병법』이 바로 손무의 『손자병법』이었다는 사실이 처음으로 밝혀졌다. 1천 년 동안 이어진 논란은 이렇게 우여곡절 끝에 일단락되었다.

'병법서'라는 인식 때문인지 『손자병법』은 '수사修辭'라는 단어와 표면적으로 어울리지 않아 보인다. 그래서일까? 중국 수사학의 필독서로 여겨지는 『중국수사학통사中國修辭學通史』에서도 선진 시대의 수사 관념을 설명하면서 『손자병법』과 손무를 언급하지 않았다. 병서와 철학은 서로 다른 영역이라고 여겼기 때문인지 모르겠다.

그럼에도 불구하고 선진 시대부터 청대까지 저술된 4,000여 종의 병법서 가운데 유독 『손자병법』만이 "백대에 걸쳐 병가를 논하는 책의 시조"[3]라는 칭송을 받으며 2,500년이란 긴 시간 동안 병성兵聖의 자리를 차지할 수 있었던 것은 손무의 병법 이론과 함께 그가 『손자병법』에서

---

3   百代談兵之祖. 『사고전서총목제요四庫全書總目提要』 권99, 자부9, 병가류.

전하고자 하는 뜻이 독자들에게 잘 전달되어 그들의 마음을 움직였기 때문일 것이다. 난해한 병법을 명확하고 설득력 있게 전달한다는 것은 결코 쉬운 일이 아니다. 그러한 의미에서 『손자병법』이 비록 수사학 텍스트는 아니지만, 동서고금을 통틀어 최고의 전략 지침서로 평가받고 있는 『손자병법』의 가치를 수사학적 관점에서 살펴보는 것도 의미 있는 작업이라 생각한다.

2. 『손자병법』과 수사적 상황

『손자병법』은 춘추라는 특수한 시대의 산물이다. 춘추 시대는 주나라 왕조가 붕괴되고 천자의 위엄이 약해지면서 제후들 간의 힘겨루기가 치열해진 시기이다. 춘추 시대에만 1,200회가 넘는 전쟁이 일어났고 춘추 시대에서 전국 시대를 거쳐 진시황秦始皇이 천하를 통일할 때까지 매년 평균 3회의 전쟁이 일어났을 만큼 난세 중의 난세였다. 백성들은 한순간에 생과 사가 엇갈리는 불안한 하루하루를 이어 나가야 했고, 제후들은 자신의 지배권을 강화하기 위한 모든 방법을 모색하기 급급했다. 이러한 사회적 수요에 발맞추어 유가儒家, 도가道家, 법가法家, 묵가墨家 등의 다양한 사상가들이 독자적인 인생관과 우주관으로 사회적 혼란을 바로잡기 위한 정치 방법을 제후들에게 관철시키기 위해 부단히 노력했다. 춘추전국이라는 시대가 제자백가諸子百家가 출현할 수 있었던 배경을 마련해 준 셈이다.

제자백가 가운데 예禮와 악樂의 조화로 도道가 있는 세상을 만들고자 했던 유가가 꽤 긴 시간 동안 주류를 이루었지만, 오랫동안 이어진 난세에는 인의와 도덕으로 나라를 다스려야 한다는 주장은 설득력이 떨어질 수밖에 없었다. 이 시기에 나라의 질서와 안정을 위해, 그리고 약육강식의 세계에서 살아남기 위해서 병가와 법가가 주목받기 시작한 것은 시대가 요구하는 필연적인 결과였을지도 모른다. 『손자병법』은 그러한 시대적 요구에 부응했던 결과물이다.

『손자병법』의 저자인 손무의 생몰 연대는 정확히 알 수 없다. 사마천司馬遷의 『사기』에서 오자서가 오왕 합려闔廬에게 그를 추천했다고 한 기록으로 미루어 공자孔子와 비슷한 시대를 살았을 것으로 추정하고 있다. 손무의 행적에 대해서도 알려진 바가 매우 적다. 『사기』 「손자오기열전」에 의하면 손무는 제齊나라 사람인데 오왕 합려의 장수가 되었다고 한다. 제나라 사람 손무가 오나라 장수가 된 것은 손무 집안의 독특한 가계사 때문이다.

손무의 조상은 진陳나라의 왕족으로 본래 성은 규씨嬀氏였다. 당시 왕위 계승 문제로 일어난 정변에 휘말려 기원전 627년에 공자완公子完이 제나라로 망명해 전田씨 성으로 바꾸어 살다가 손무의 조부 전서田書가 전쟁에서 공을 세우면서 군주로부터 손孫씨 성을 하사받았다. 그러다 제나라에서도 권력 다툼으로 내란이 일어나자 위협을 느낀 손무의 아버지 손빙孫憑은 가족을 데리고 오나라로 망명했다. 제나라 사람 손자가 오나라 왕에게 『손자병법』을 바치고 오나라 장수가 될 수 있었던 데에는 이러한 배경이 있었다.

손무는 왕족의 자손으로 그의 조상 모두 혁혁한 무공을 인정받은 무장 출신이었고, 당시 크고 작은 전쟁이 그칠 새가 없었던 제나라에서 성장했으므로 자연스럽게 병법을 접할 기회가 많았을 것이다. 그런 손무가 오나라에 정착한 후 은둔하며 자신만의 병법 이론을 모두 녹여 낸 결과물이 바로 『손자병법』이다. 그는 전차전에서 보병전으로, 대규모 전쟁과 장기전으로 변화하는 춘추 시대 전쟁의 변화 양상을 정확하게 간파하여 자신만의 독특한 병법 이론을 『손자병법』에 체계적으로 정리했다.

『손자병법』의 최초 독자는 오왕 합려이다. 손무는 오왕을 처음 만나는 자리에서 자신이 저술한 병법서를 합려에게 바쳤는데, 병법서를 처음 읽은 오왕은 대뜸 손무에게 궁녀들을 상대로 용병술을 보여 줄 것을 제안한다. 『손자병법』을 직접 읽고 크게 감동을 받은 오왕이 손무의 역량을 그 자리에서 시험해 보고 싶었던 듯하다. 손무는 오왕의 제안을 받아들여 정식 군대도 아닌 180명의 궁녀를 대상으로 자신의 용병술을 펼쳐 보였다. 오왕은 손무가 궁녀들을 훈련시키는 과정에서 자신이 아끼는 총희 두 명을 참수해 심기가 매우 불편해졌음에도 손무의 능력을 인정하고 결국 그를 오나라 장수로 삼았다. 절대적인 상하 관계였던 오왕과 손무의 입장을 고려해 본다면 흔치 않은 일이다. 『손자병법』을 읽고 호감을 느낀 오왕이 자신의 만류에도 불구하고 과감하고 결단력 있게 군대를 부리는 명장의 모습에 설득된 결과일 것이다.

당시 오나라는 변방에 위치한 작은 나라였는데, 정치적인 위상이나 지리적인 특징 모두 중원에 위치한 나라들과 다투기엔 불리한 점이 많았다. 더군다나 합려는 전대 왕인 요僚를 시해하고 왕위를 찬탈했을 만큼 정치적인 포부가 큰 인물이었다. 자신을 둘러싼 객관적인 상황을 고려해 볼 때 오나라 백성의 민심을 얻고 왕위 찬탈의 불명예를 씻을 수 있는 유일한 방법은 오나라와 자신의 힘을 키우는 길밖에 없었다. 손무는 이러한 오왕의 야심과 그가 필요로 하는 것을 정확하게 간파하고 있었던 것으로 보인다. 『손자병법』에 산지와 늪지가 많은 오나라의 지리적 특징을 반영한 듯 변방에서 중원으로 원정을 나갔을 때를 가정한 전략 전술이 상당 부분 거론되어 있는 것도 그러하다.

사마천의 기록에 따르면, 손무는 오나라 군사를 이끌고 초楚나라, 제齊나라, 진晉나라로 진공하면서 합려가 제후

들 사이에서 이름을 떨치게 만들었다.[4] 손무의 용병 능력과
『손자병법』의 효용성을 전장戰場에서 유감없이 보여 준 셈
이다. 이러한 결과는 『손자병법』의 신뢰성을 확보하는 데
에도 일조했을 것이다.

3. 『손자병법』의 수사적 특징

3.1 이치만 전하는 간결한 문장

『손자병법』은 전체 편폭이 6천여 자이며 열세 편의 평균 편
폭은 467자 정도이다. 가장 짧은 「구변」의 경우는 250자에
불과하다. 따라서 『손자병법』의 문장은 매우 간명한 특징
을 보인다. 손무는 역사적 전쟁 사례를 들어 이해를 돕기보
다는, 가능한 한 전쟁에서 실질적으로 도움이 될 만한 핵심
이치만을 집약하여 제시하는 "사사이언리舍事而言理"의 방
법을 선택했다. 결과적으로 추상적인 용어를 이용해 집약
적으로 표현해 놓은 구절이 많아 『손자병법』의 요체를 한
번에 파악하기란 쉽지 않다.

  무릇 전쟁에서는 '정병 正兵'으로 적과 맞서며 '기병 奇兵'으로 승

---

4   "서쪽으로 강한 초나라를 격파하여 영郢에 진입하고, 북으로 제나라와 진나라를 위
    협하여 제후들 사이에 명성을 떨쳤으니 이는 손자의 힘이었다(西破彊楚, 入郢, 北威齊
    晉, 顯名諸侯, 孫子與有力焉)."(『사기』「손자오기열전」).

리를 결정짓는다.

『손자병법』, 「병세」[5]

그러므로 전쟁을 잘하는 장수는 적을 움직이게 하되 적에게 끌려가지 않는다.

『손자병법』, 「허실」[6]

전쟁은 속임수로 성공하고, 이득을 따져 행동하며, 병력을 분산하기도 하고 합하기도 하여 변화 있게 사용해야 한다.

『손자병법』, 「군쟁」[7]

　『손자병법』이 짧고 간명한 문장으로 지어진 이유는 이 책의 독자가 일반 대중이 아니었기 때문이다. 『손자병법』은 처음 오왕 합려를 위해 저술되었고, 이후에도 군사 운용을 담당하는 군주와 장수가 이 책의 주요 독자층이었다. 그들이 전쟁터에서 유용하게 활용하기 위해서는 핵심만 정리해 기억하기 쉽고 위급한 상황에서도 빨리 찾아볼 수 있어야 했다. 그러려면 전례를 들어 장황하게 설명하기보다는 자신의 병법 이론을 "사사이언리"의 방법으로 압축하는 것이 당연히 효과적이었을 것이다. 특히 새로운 개념을 제시할 때

---

5 凡戰者, 以正合, 以奇勝.

6 故善戰者, 致人而不致於人.

7 故兵以詐立, 以利動, 以分合爲變者也.

에는 분류하고 정의하는 방법으로 이치를 전달하고 있다.

때문에 첩자를 이용하는 방법에는 향간, 내간, 반간, 사간, 생간 다섯 종류가 있다. (…) '향간'은 적과 동향인 자를 이용하여 정보를 얻는 방법이다. '내간'은 적국의 장교를 꾀어 그에게서 정보를 얻는 방법이다. '반간'은 적이 보낸 첩자를 역이용하는 것을 말한다. '사간'은 밖에서 거짓 정보를 흘려보내 적국에 잠입해 있는 아군 첩자에게 알리고 이를 고의로 적에게 흘리게 하는 방법이다. '생간'은 적국에서 정탐 활동을 하던 아군 첩자가 돌아와 수집한 정보를 보고하도록 하는 방법이다.

『손자병법』, 「용간」[8]

첩자를 성격에 따라 분류하고 그들을 활용하는 방법을 최소한의 글자로 제시한 위의 예시 외에도 지형의 종류를 통通형, 괘挂형, 지支형, 애隘형, 험險형, 원遠형 여섯 가지로 귀납한 후 각 지형이 전쟁에 미치는 이해득실을 구체적으로 분석하거나,[9] 군대의 사기[治氣]와 마음[治心]과 체

8　故用間有五: 有鄕間, 有內間, 有反間, 有死間, 有生間. (…) 鄕間者, 因其鄕人而用之. 內間者, 因其官人而用之. 反間者, 因其敵間而用之. 死間者, 爲誑事於外, 令吾間知之, 而傳於敵間也. 生間者, 反報也.

9　孫子曰: 地形有通者, 有挂者, 有支者, 有隘者, 有險者, 有遠者. 我可以往, 彼可以來, 曰通. 通形者, 先居高陽, 利糧道, 以戰則利. 可以往, 難以返, 曰挂. 挂形者, 敵無備, 出而勝之. 敵若有備, 出而不勝, 難以返, 不利. 我出而不利, 彼出而不利, 曰支. 支形者, 敵雖利我, 我無出也, 引而去之, 令敵半出而擊之, 利. 隘形者, 我先居之, 必盈之以待敵. 若敵先居之, 盈而勿從, 不盈而從之. 險形者, 我先居之, 必居高陽以待敵. 若敵先居之, 引

력[治力]과 변화[治變]를 다스리는 4치四治 전법을 구분하여 설명하면서[10] 유리한 태세를 쟁취할 수 있는 방법을 제시할 때에도 분류와 정의의 방법을 동시에 사용하였다. 손무가 구분한 개념의 특성과 그에 따라 제시하고 있는 상응 방법을 살펴보면, 손무의 전략과 전술이 어디에 주안점을 두고 있는지 분명히 알 수 있다.

송대 문인 정후칙鄭厚則은 이러한 글쓰기 특징에 주목하여 자신의 문집 『예포절충藝圃折衷』에서 『손자병법』은 "그 내용이 간략하면서도 풍부하고, 쉬우면서도 심오하고, 하나로 요약되었으면서도 두루 통한다"[11]라고 평한 바 있다. 이러한 글쓰기 방법은 『손자병법』의 구성과 표현 방식에도 영향을 주었다.

3.2 유기적 구성

조조는 자신의 실전 경험과 이론을 바탕으로 크게 훼손된 『손자병법』을 원문에 가깝게 복원하는 작업을 했다. 그는 『손자약해』의 서문에서 "내가 수많은 병서와 전략을 두루 살펴보았으나 손무의 『손자병법』이 가장 심오하다"라고

而去之, 勿從也. 遠形者, 勢均, 難以挑戰, 戰而不利. 凡此六者, 地之道也, 將之至任, 不可不察也(『손자병법』「지형」).

10 故三軍可奪氣, 將軍可奪心. 是故朝氣銳, 晝氣惰, 暮氣歸. 故善用兵者, 避其銳氣, 擊其惰歸, 此治氣者也. 以治待亂, 以靜待譁, 此治心者也. 以近待遠, 以佚待勞, 以飽待飢, 此治力者也. 無邀正正之旗, 勿擊堂堂之陳, 此治變者也(『손자병법』「군쟁」).

11 孫子十三篇, 不惟武人之根本, 文士亦當盡心焉. 其詞約而縟, 易而深, 暢而可用.

밝히면서, 『손자병법』은 "깊이 살펴 비교하고 신중하게 움직이며, 명확하게 계획을 수립하고 깊이 있게 실천하는" 내용을 담고 있다고 설명했다.[12] 이렇듯 심계중거深計重擧와 명획심도明畫深圖에 기초한 『손자병법』 열세 편은 매우 체계적이고 조직적으로 구성되어 있어 손무의 이론을 일관성 있고 설득력 있게 전달한다.

『손자병법』 열세 편은 각각 독립된 주제를 다루고 있어 단절되어 보이지만 사실은 전편의 주제가 물 흐르듯 자연스럽게 후편으로 이어지면서 단계적으로 논지가 확장되는 구조를 가지고 있다. 그중 「시계」, 「작전」, 「모공」 세 편은 손무의 전쟁 철학이 고스란히 담겨 있는 전쟁 총론에 해당한다. 싸움의 기술을 말하는 병법서는 많지만 병법의 도, 즉 병도兵道를 제시한 병법서는 『손자병법』이 유일하다. 이는 동서양의 다른 병법서보다 『손자병법』이 높이 평가받고 있는 이유이기도 하다. 그중 「시계」는 『손자병법』의 도입부인데, 「시계」의 첫 문장은 전쟁을 경계하라는 것이다.

> 전쟁은 국가의 중대사이다.
> 백성의 생사와 국가의 존망이 직결되어 있으니 깊이 살피지 않을 수 없다.
>
> 『손자병법』, 「시계」[13]

---

12 吾觀兵書戰策多矣. 孫武所著深矣. / 計重擧, 明畫深圖.

13 兵者, 國之大事. 死生之地, 存亡之道, 不可不察也.

전쟁을 결정하고 군대를 지휘하는 군주와 장수가 얼마나 신중한 태도로 전쟁에 임해야 하는지, 그리고 『손자병법』을 어떤 목적에서 읽어야 하는지를 매우 무거운 어조로 말하고 있다. 그저 싸움의 기술이나 얻고자 가벼운 마음으로 이 책을 펼친 독자라면 아마 첫 문장에서부터 커다란 충격을 받게 될 것이다.

강렬한 문구로 첫마디를 시작한 손무는 전쟁을 시작하기 전에 아군과 적군의 병도, 천시, 지리, 장수의 능력, 법제는 물론 양국의 전력을 일곱 가지 측면에서 점검함으로써 이 전쟁의 승패를 먼저 예측할 수 있다고 조언한다. 전쟁은 아무런 사전 계획 없이 결정해서는 안 되며, 승리에 대한 확신 없이 달려들어서도 안 되는 중대사임을 엄중히 경고한 것이다. 감정이 배제된 손무의 차분한 어투와 전쟁에 신중해야 한다는 그의 신전愼戰 사상은 『손자병법』 열세 편 전체에 걸쳐 일관되게 이어진다.

전체적인 계획을 강조하고 있는 「시계」에 이어 「작전」에서는 작전을 수립할 때 고려해야 할 요소들을 언급한다. 수립된 작전으로 공격을 감행해 승리를 쟁취하는 방법은 「모공」에서 다루어진다. 이 세 편은 전체적인 기획 부분이라 할 수 있는데, 군대를 지휘하는 실질적인 전술과 행동 원칙은 아래에 이어지는 「군형」, 「병세」, 「허실」, 「군쟁」, 「구변」, 「행군」, 「지형」, 「구지」에서 구체적으로 설명한다. 병력의 배치, 전투력의 강약, 주도권의 확보, 상황에 따른 임기응변 등의 문제가 형과 세, 허와 실, 공격과 방어, 병사의 사기나 지리 개념과 함께 편별로 유기적으로 다루어진다.

마지막 두 편은 「화공」과 「용간」인데, 각각 불로 공격하는 방법과 첩자를 이용하는 방법을 다루고 있다. 언뜻 보기에 이 두 편은 전편前篇과 단절된 독립된 내용으로 보일 수 있다. 하지만 화공과 용간은 둘 다 위험성이 매우 큰 방법인 데다 앞에서 이야기한 내용을 전부 이해해야 사용할 수 있는 특수한 전법이기 때문에 마지막 부분에 안배한 것으로 보인다. 특히 「용간」은 전장에서 싸울 때나 화공을 이용할 때 모두 활용할 수 있는 방법이므로 「화공」에 이어 마지막에 배치하는 것이 마땅하다.

게다가 정보의 중요성 측면에서 보면 마지막 편은 첫 번째 편인 「시계」와도 자연스럽게 이어지는 특징을 보인다. 다양한 첩자를 제대로 활용하려면 현지의 정보를 정확하게 파악하는 것이 무엇보다 중요한데, 이는 정보 분석을 바탕으로 전쟁 계획을 세울 것을 강조하고 있는 첫 편과도 그 취지가 일치하기 때문이다.

이렇듯 『손자병법』 열세 편은 독립되어 보이지만 각 편의 연관성이 매우 긴밀하다. 전체적으로 순환적 구조를 갖추고 있어 필요한 부분만 떼어서 읽거나 전편을 이해하지 못한 채 후편後篇으로 넘어간다면 이 책의 진정한 의미를 이해하기 어려울 수 있다. 이런 조직적인 구성을 보여 주는 병법서가 2,500년 전에 쓰였다는 것이 그저 놀라울 따름이다.

3.3 분석적 설명

손무는 자신의 병법 이론을 장황하게 나열하는 대신 분석적 설명 방법으로 독자의 이해를 돕고 있다. 분석적 설명으로 자신의 이론을 뒷받침하는 방법은 독자로 하여금 손무의 주장이 매우 합리적이고 이성적이며 신뢰할 수 있는 내용이라고 느끼게 해 준다. 다음은 손무가 속전속결速戰速決을 주장하면서 그 이유를 설명하는 단락이다.

> 무릇 군대를 동원하여 전쟁을 하려면 최소한 전차 1000대, 치중차 1000대, 완전무장한 사병 10만 그리고 1000리나 되는 먼 거리에 수송할 군수품과 양식이 필요하다. 그렇다면 전방과 후방에 들어가는 군사 비용, 외교 사절단과 책사의 접대비, 무기나 장비를 만들고 수리하는 데 드는 비용, 전차나 갑옷을 수리하는 데 드는 비용 등을 포함하면 하루에도 천금의 비용이 소요된다. 이러한 여건이 준비된 뒤에야 10만 대군을 출동시킬 수 있다.
>
> 『손자병법』,「작전」[14]

14　凡用兵之法, 馳車千駟, 革車千乘, 帶甲十萬, 千里饋糧, 則內外之費, 賓客之用, 膠漆之材, 車甲之奉, 日費千金, 然後十萬之師擧矣.

전쟁을 한 번 치르는 데 소요되는 최소한의 경비는 우리의 상상을 초월한다. 손무는 신속한 승리를 주장하면서 단순히 '돈이 많이 든다', '전쟁으로 나라가 망할 수도 있다'는 식의 막연한 표현을 사용하지 않고, 어디에 경비가 얼마나 소요되는지를 조목조목 구분하여 제시했다. 이러한 설명 방법은 설령 경제관념이 부족한 독자일지라도 전쟁과 비용의 관계를 쉽게 납득할 수 있게 하며, 나아가 전쟁이 길어지면 추가적인 경제적 피해가 막대하리라는 것도 예측할 수 있게 한다. 분석적 설명 방식의 예를 하나 더 보도록 하자.

국가가 전쟁으로 인해 빈곤해지는 것은 원거리 수송을 하기 때문이다. 멀리 보내니 백성도 가난해진다. 군대가 주둔한 지역의 부근은 물가가 오르고, 물가가 오르면 백성들의 재산이 고갈된다. 백성들의 재산이 고갈되면 국가는 서둘러 부역을 늘린다. 국가의 역량은 소진되고 재정은 고갈되며 나라 안은 집집마다 텅 비게 된다. 백성들의 재산은 10분의 7이 소모되고, 나라는 부서진 전차와 병든 말을 비롯하여 투구나 갑옷, 활이나 쇠뇌, 극, 방패와 같은 갖가지 전투 장비나 무기 그리고 소나 수레와 같은 운송 수단의 손실로 비용의 10분의 6이 허비된다.

『손자병법』, 「작전」[15]

---

15 國之貧於師者遠輸, 遠輸則百姓貧. 近於師者貴賣, 貴賣則百姓財竭, 財竭則急於丘役. 力屈, 財殫, 中原內虛於家. 百姓之費, 十去其七. 公家之費, 破車罷馬, 甲冑矢弩, 戟楯蔽櫓, 丘牛大車, 十去其六.

손무는 원거리 전쟁을 반대하면서 원거리 전쟁으로 발생될 수 있는 피해에 대해 위와 같이 설명했다. 군대를 멀리 보내는 만큼 더 많은 인력과 물자가 소모되고, 소모되는 인력과 물자는 그만큼 물가에 영향을 주니 그 피해는 고스란히 백성들에게 돌아가게 된다는 것을 강조한다. 전쟁은 단순히 국가 재정만 축나게 하는 것이 아니라 위험한 연쇄 반응을 일으켜 백성들까지 도탄에 빠지게 되는 결과를 초래할 수 있다는 것이다. '10분의 7'과 '10분의 6'이라는 숫자는 읽는 이로 하여금 전쟁의 타격을 즉각적으로 느끼게 한다.

　　손무는 확률의 형식으로 분석적 설명을 하기도 한다.

> 아군이 적군을 공격할 능력이 된다는 것만 알고 적이 우리를 공격할 능력이 안 된다는 것을 모르면 승리의 가능성은 절반밖에 되지 않는다. 적군이 공격할 능력이 된다는 것만 알고 아군이 공격할 능력이 되지 않는다는 것을 몰라도 승리의 가능성은 절반밖에 되지 않는다. 적이 공격할 능력이 있다는 것을 알고 아군이 공격할 능력이 됨을 안다 하더라도 지형이 불리하다는 것을 모른다면 승리의 가능성은 역시 절반밖에 되지 않는다.
>
> 『손자병법』, 「지형」[16]

16　知敵之可擊, 而不知吾卒之不可以擊, 勝之半也. 知敵之可擊, 知吾卒之可以擊, 而不知地形之不可以戰, 勝之半也. 故知兵者, 動而不迷, 擧而不窮.

적을 알고 나를 알면 백 번 싸워도 위태롭지 않다. 적을 알지 못

하고 나를 알면 한 번은 이기고 한 번은 진다. 적도 모르고 나도

모르면 전쟁할 때마다 위험에 처하게 된다.

『손자병법』, 「모공」[17]

　"승지반勝之半", "일승일부一勝一負", "매전필태每戰必殆"는
모두 50퍼센트와 100퍼센트의 확률을 말한다. 확신에 찬
손무의 말투에서는 자신감까지 느껴진다. 아군이 승리할
수 있는 전제 조건과 승리의 확률을 명확히 제시하는 이러
한 설득 방법은 독자들의 신뢰감을 얻는 데에도 효과가 있
다. 독자들은 분명 손무가 객관적인 분석과 수치를 제시하
는 것은 그만큼 전쟁 경험이 많아서라고 여길 것이고, 경험
이 많으므로 그의 주장은 틀리지 않을 것이라고 믿게 될 것
이기 때문이다.

　이로써 독자들은 전쟁의 여파와 위험성을 단순히 '상상'
하는 것이 아니라 명확하게 제시된 통계와 분석의 방법으
로 상황을 '이해'하게 되고, 그 '이해'는 『손자병법』을 더욱
'신뢰'하는 결과로 이어진다.

3.4 생생한 비유

『손자병법』은 병법서이므로 딱딱하고 무미건조한 언어로

17　知彼知己, 百戰不殆. 不知彼而知己, 一勝一負. 不知彼, 不知己, 每戰必殆.

만 쓰였을 것이라는 선입견을 가진 사람들이 많다. 그런데 의외로 『손자병법』에서는 대구, 비유, 설문, 반문, 인용, 대조, 반복, 과장, 함축, 점강법 등 다양한 수사 표현이 종합적으로 운용되어 문장에 변화를 준다. 그중에서도 비유법은 딱딱하고 어려운 병법 개념을 직관적으로 이해할 수 있도록 해 주고 있어 『손자병법』에서 매우 중요한 수사 표현법이라 할 수 있다. 비유는 말하고자 하는 사물이나 의미를 다른 사물에 빗대어 표현하는 방법으로 원관념과 유사성이 있는 보조 관념을 이용해 설명하는데 보통은 문장에서 보조적인 역할을 한다.

　『손자병법』은 주로 추상적인 개념을 설명할 때 비유법을 적절히 활용하고 있다. 예를 들면 형形과 세勢는 『손자병법』에서 매우 중요한 개념인데 단순한 설명으로는 이해하기 어렵다. 손무는 이 개념을 설명하기 위해 다음과 같은 비유를 들고 있다.

　　승리하는 사람이 백성을 데리고 전쟁을 하는 것은 천 길 되는 계곡에 모아 두었던 물을 터뜨리는 것과 같다. 이것이 형이다.

『손자병법』, 「군형」[18]

　「군형」의 마지막 문장이다. 『손자병법』에서 말하는 형形은 군형軍形, 즉 군사력 또는 무력을 뜻한다. 전쟁을 할 때

18　勝者之戰民也, 若決積水於千仞之谿者, 形也.

적군을 향해 돌진하는 병사들의 힘은 그 자리에서 승패를 가를 수 있을 만큼 매우 중요하다. 손무는 실체가 없는 이 힘을 높이가 천 길이나 되는 계곡에 모아 놓은 넘치기 직전의 물에 비유했다. 응집된 에너지가 모이고 모여 더 이상 버티지 못할 정도로 가득 차서는 천 길 낭떠러지 아래로 금방이라도 쏟아져 내릴 듯한 그 모습이 마치 눈앞에 펼쳐지는 듯한 느낌을 준다. 「군형」에서 형을 '모아 두었던 물[積水]'에 비유한 손무는 이어지는 「병세」에서 세勢를 활쏘기에 빗대어 설명한다.

> 거센 물살이 빠르게 흘러 돌을 떠내려가도록 하는 것이 세다. 사나운 새가 빠른 속도로 날아와 다른 새를 잡아 죽이는 것이 절도다. (…) 세는 팽팽하게 당긴 활시위와 같고, 절도는 방아쇠를 당겨 쏘아 보내는 것과 같다.
>
> 『손자병법』, 「병세」[19]

형과 세는 눈에 보이는 실체가 아님에도 서로 연결되는 개념이다. 형이 없으면 세가 없고, 세가 없으면 형이 있을 수 없다. 저장한 물이 거세게 흐르면서 무거운 돌마저 단박에 쓸고 가는 힘, 그 힘이 바로 세인 것이다. 전쟁에서 병사들의 맹렬한 기세 없이는 속도를 낼 수도 없으며 목표물을

---

19 激水之疾, 至於漂石者, 勢也. 鷙鳥之疾, 至於毀折者, 節也 (…) 勢如彍弩, 節如發機.

정확하게 타격할 수도 없다. 거세게 흐르는 물의 기세가 다시 한번 활시위의 기세로 비유되면서 독자는 급류의 물살과 팽팽하게 긴장된 활시위의 미세한 진동을 마치 눈으로 보고 있는 듯한 긴장감을 느끼게 된다. 손무의 비유는 이렇듯 절묘하다.

> 처음에는 마치 처녀와 같은 모습으로 적이 문을 열도록 만들고. 나중에는 마치 달아나는 토끼처럼 움직여 적이 막을 수 없게 한다.
>
> 『손자병법』, 「구지」[20]

이 문장은 「구지」의 마지막 문장이다. 「구지」는 전략 지역에서 기습을 감행할 때 필요한 행동 방침을 논하고 있다. 인적 요소와 지형적 요소를 함께 고려해 주동적인 위치를 선점하는 작전 묘책이 제시되어 있다. 손무는 처녀와 토끼가 가지고 있는 이미지를 빌려 자신의 속셈을 드러내지 않고 상대를 방심하게 만들어야 한다는 요지를 설명하고 있다. 처녀의 수줍고 얌전한 모습이나 토끼의 날렵한 행동 특성에 대해서는 한마디도 언급하지 않았음에도, 독자는 마치 웅크리고 있는 처녀의 모습과 재빨리 도망가려고 뒷다리에 힘을 바짝 주고 있는 토끼의 모습을 상상하게 된다.

---

20 始如處女, 敵人開戶, 後如脫兎, 敵不及拒.

손무의 비유는 이렇듯 자연스럽다.

『손자병법』의 비유 중 가장 유명한 구절은 아마도 「군쟁」에 나오는 "빠를 때는 바람과 같고, 느릴 때는 숲과 같으며, 공격할 때는 불과 같고, 방어할 때는 산과 같고, 숨을 때는 어둠 속에 있는 것과 같고, 움직임은 우레와 번개 같다"[21]일 것이다. 상황에 따라 군대를 적절하게 운용해야 승리할 수 있다는 말인데, 풍림화산風林火山 네 글자만으로도 의미가 통할 만큼 잘 알려져 있는 문장이다. 이 문장 역시 바람, 숲, 불, 산의 특성을 풀어서 설명했다면 원문처럼 직관적으로 이해되지 않았을 것이다.

비유는 『손자병법』의 사상을 쉽고 빠르게 이해하는 데 큰 도움이 될 뿐 아니라, 딱딱하고 무미건조한 병법서의 문장을 마치 이미지를 보는 듯 느끼게도 한다. 주목할 것은, 『손자병법』에서 비유법이 보조적인 장치가 아니라 오히려 핵심 개념을 설명하는 주요 표현 수단의 역할을 담당하고 있다는 점이다. 손무가 비유를 들어 설명하지 않았어도 『손자병법』이 이처럼 독자들에게 매력적으로 느껴졌을까?

3.5 변증법적 사유 방식

『손자병법』은 전쟁에서 승리하기 위한 전략과 전술을 소

---

21 其疾如風, 其徐如林, 侵掠如火, 不動如山, 難知如陰, 動如雷震.

개한 책이지만 단순히 적을 굴복시키기 위한 싸움의 기술을 나열해 놓은 병법서는 아니다. 『손자병법』을 처음 접하는 독자에게는 조금 이상하게 들릴지 몰라도 손무는 전쟁을 부득이한 경우에 해야 하는 것으로 여겼고, 전쟁을 피할 수 없는 상황이라면 반드시 이기는 싸움을 할 것과 이기더라도 온전한 상태로 이길 것을 강조했다.

이것이 바로 손무의 부전승不戰勝 사상과 전승全勝 사상이다. 싸우지 않고 이기는 것과 적국을 온전히 굴복시켜 이기는 것은 전쟁의 피해를 가장 최소화할 수 있는 방법이다. 이러한 손무의 부전승 사상은 손무가 『손자병법』 첫머리에서 전쟁이 백성들의 생사와 국가의 존망이 걸린 중대사라고 언급한 것과도 상통하는 최상의 병도이다. 그의 병법서는 평화를 위한 전쟁, 전쟁이 없는 전쟁을 위한 병법서인 셈이다. 손무는 전쟁과 평화 사이의 변증적 관계를 깊이 있게 파악하고 있었다.

그렇다면 이기는 싸움은 어떻게 할 수 있을까? 쉽게 이기는 싸움을 하려면 당연히 나를 상대보다 강하게 만드는 데 집중해야겠지만, 손무는 그러기 위해서 나와 상대 모두에 대해 제대로 아는 것이 중요다고 강조했다. 제대로 알기 위해서는 쌍방의 상황을 분석하고 연구해야 한다.

다섯 가지 방면에서 적군과 아군을 비교 분석하고 연구하여, 전쟁의 승패에 대한 정세를 파악해야 한다. 첫째는 '도道'요, 둘째

는 '천天'이요, 셋째는 '지地'요, 넷째는 '장將'이요, 다섯째가
'법法'이다.

『손자병법』, 「시계」²²

   전쟁 전에 살펴야 하는 이 '오사五事'는 전쟁의 승패를 가
늠하는 가장 중요한 조건이다. 도道는 그 나라의 병도와 민
심의 향배向背, 천天은 천시天時, 지地는 지리地利, 장將은
장수의 지휘 능력, 법法은 군대의 조직과 법제法制를 가리
킨다. 손무는 아군이나 적군 한쪽의 실정만 살피느라 중심
이 쏠려서는 안 되고 아군 대 적군, 적군 대 아군이라는 전
체적인 시야에서 양자가 처한 조건을 모두 봐야 한다고 강
조했다. 서로가 가진 긍정적 조건과 이기지 못하는 부정적
조건을 양쪽 측면에서 모두 분석해야 쌍방이 가지고 있는
이해利害와 허실虛實을 적절히 이용할 수 있기 때문이다.
이렇듯 손무의 변증법적 사유는 싸움의 주체를 전체적 관
점에서 객관적으로 바라보도록 해 준다.
   끊임없이 발생하는 충돌 속에서 싸움의 주도권을 확보
하고 적군보다 먼저 유리한 조건을 선점하여 공격의 기회
를 장악하는 것은 아군과 적군 모두에게 가장 중요하고도
어려운 과제이다. 주도권은 한순간에 상대에게로 넘어갈
수 있고 모든 상황은 매우 유동적이다. 손무는 전쟁의 가

---

22 校之以計而索其情: 一曰道, 二曰天, 三曰地, 四曰將, 五曰法.

변성을 고려하여 자신의 병법 이론도 대립된 개념을 활용해 설명하고 있다. 예를 들면 '허[虛]'와 '실[實]', '이로움[利]'과 '해로움[害]', '강함[强]'과 '약함[弱]', '전진[進]'과 '후퇴[退]', '배부름[飽]'과 '굶주림[飢]', '많음[衆]'과 '적음[寡]', '고요함[靜]'과 '움직임[靜]', '생生'과 '사死', '형形'과 '명名' 등이 그것이다. 그는 대립 개념 속에서 복잡하게 얽히고 수시로 변화와 소멸을 반복하는 전쟁의 속성을 정확하게 간파하고 있었다.

전쟁의 형식은 '기奇'와 '정正' 두 가지에 불과하지만, 이 두 전술이 만들어 내는 변화는 무궁무진하여 이루 다 헤아릴 수 없다.

『손자병법』, 「병세」[23]

혼란은 질서에서 나오고, 비겁함은 용기에서 나오며, 약함은 강함에서 나온다.

『손자병법』, 「병세」[24]

군쟁은 유리한 측면과 불리한 측면을 동시에 지니고 있다.

『손자병법』, 「군쟁」[25]

---

23 戰勢不過奇正, 奇正之變, 不可勝窮也.

24 亂生於治, 怯生於勇, 弱生於强.

25 故軍爭爲利, 軍爭爲危.

군쟁이 어려운 것은, 먼 길로 돌아가면서도 지름길로 곧바로 가
는 것과 같게 만들고, 불리한 조건을 유리한 조건으로 만들어야
하기 때문이다.

『손자병법』, 「군쟁」[26]

'변칙[奇]'과 '정공[正]', '혼란[亂]'과 '질서[治]', '겁[怯]'과 '용
기[勇]', '우회[迂]'와 '직진[直]'은 상호 대립하는 개념이지만
서로 연계되어 있어 상호 의존, 상호 변화하는 것으로 손무
는 이해했다. 그래서 손무는 마치 물이 일정한 형태가 없는
것처럼 전쟁도 고정된 방법이 없다고 보았다. 그는 군대를
이끄는 장수가 대립 관계에 있는 개념을 통해 전체를 보기
를 원했던 것이다.

용병의 원칙은 마치 오행五行이 상생상극하고, 사계절이 순환
하며, 밤낮이 길어지고 짧아지며, 달이 차고 기우는 것과 같은
것이다.

『손자병법』, 「허실」[27]

지혜로운 장수는 이익과 손해 두 가지 측면을 동시에 고려한다.
불리한 상황에 처했을 때 유리한 조건을 찾아낸다면 순조롭게

---

26 軍爭之難者, 以迂爲直, 以患爲利.
27 五行無常勝, 四時無常位, 日有短長, 月有死生.

일을 진행할 수 있다. 유리한 조건에 있을 때 위험한 요소를 찾아낸다면 재앙을 미리 방지할 수 있다.

『손자병법』, 「구변」²⁸

손무가 변증법적 사유 방식으로 전략과 전술을 설명하고자 한 것은 대립되는 두 범주를 구분 짓기 위해서가 아니다. 오히려 전쟁에서의 모든 상황은 상호 의존하고 상호 변화하는 관계에 있다는 것을 말하고자 했다. 이는 손무가 얼마나 전략적이고 총체적인 관점에서 전쟁의 특성을 설명하고 있는지 보여 준다. 그가 군대를 통솔하는 지휘자의 능력을 무엇보다 중요하게 여긴 것도 바로 이러한 전쟁의 속성 때문이다.

4. 『손자병법』의 수사학적 연구 가능성

오늘날 『손자병법』은 동서고금을 막론하고 최고의 병법서로 인정받고 있다. 군사 전문가의 필독서일 뿐 아니라 일반 대중들에게도 그 가치를 높이 평가받고 있다. 20세기 최고의 외교가로 꼽히는 헨리 키신저Henry Kissinger와 군사 전략가인 바실 리델 하트B. H. Liddell Hart는 인류 역사상 그

---

28 是故智者之慮, 必雜於利害. 雜於利, 而務可信也. 雜於害, 而患可解也.

어떤 전략서도『손자병법』을 능가한 적이 없다고 강조했다. 마이크로소프트MS를 만든 빌 게이츠Bill Gates도 그의 자서전에서 "오늘날 나를 만든 것은『손자병법』"이라고 밝혔고, 손정의孫正義 일본 소프트뱅크 사장은 "어려움에 부딪힐 때마다『손자병법』을 읽었다"라고 고백했다. 페이스북Facebook의 창업자인 마크 저커버그Mark Zuckerberg는 중요한 결정의 순간에『손자병법』을 찾는다고 했으며, 도널드 트럼프Donald Trump 미국 전 대통령 역시 "『손자병법』은 시간을 투자해서 꼭 읽을 만한 소중하고 가치 있는 책"이라고 추천했다.

전쟁이 빈번하게 일어나지 않는 현대에 이르러서도『손자병법』이 이렇게까지 인정받는 것은 이 책이 국가와 기업과 인생을 경영하는 데 유용한 지혜를 담고 있음을 방증한다.

『손자병법』의 인기는 고대 시기에도 대단했다. 오랜 기간 실존과 위작의 논란에도 불구하고 후대까지 이름을 남긴『손자병법』의 주석가가 조조, 두목杜牧, 왕석王晳, 장예張預, 매요신梅堯臣, 황공黃鞏을 포함해 70여 명이나 될 정도이니, 얼마나 많은 사람들이『손자병법』에 주목했는지 가히 짐작이 간다. 사마천이 "세상에서 군사를 논할 때 모두『손자』열세 편을 언급한다"[29]라고 한마디로『손자병법』을 평가했는데, 현대에 이르러서도 이 말이 마치 예언

---

29 世俗所稱師旅, 皆道孫子十三篇(『사기』「손자오기열전」).

처럼 들어맞았다.

　그들은 무武의 관점에서뿐만 아니라 문文의 관점에서도 『손자병법』을 조명하고자 했다. 유협劉勰은 "손무의 병법은 문장이 주옥 같으니, 어찌 무만 익히고 문을 몰랐겠는가"[30]라고 했고, 왕안석王安石은 신종神宗과 손무의 책을 논하는 자리에서 "이치를 말하고 사건을 이야기하지 않았으니, 문장은 간략하나 포함하고 있는 바는 넓습니다"[31]라고 대답했다. 모두 『손자병법』의 문학적, 언어학적 가치를 대변하고 있는 점이 흥미롭다.

　앞에서 살펴본 것처럼 『손자병법』은 간명한 언어로 일관된 주장을 펼치고 있으며, 매우 조직적이고 체계적인 구성을 갖추고 있다. 개인적인 감정과 상상을 자극해 독자의 판단 오류를 유도하는 단어는 없다. 그래서 대부분 무미건조한 단어로 현실적인 문제만 다루고 있을 뿐이다. 문장의 서술 방식 또한 선진 시기 제자산문諸子散文과 확실히 다르다. 하지만 『손자병법』은 선진 시대 산문과 많은 부분에서 연결되어 있으며 현대 독자들에게까지 그 영향력을 이어왔다. 이 점에서 『손자병법』에 대한 수사학적 연구가 통시적이고 공시적인 관점에서 수사학적 해석의 범위를 넓힐 수 있는 가능성은 매우 크다. 전체를 보는 시

30　孫武兵經, 辭如珠玉, 豈以習武而不曉文也(『문심조룡文心雕龍』「정기程器」).

31　言理而不言事, 所以文約而所該者博(한호韓浤, 『간천일기澗泉日記』 권하).

야를 강조한 손무처럼 『손자병법』을 다각적으로 보려는
노력이 수반된다면 우리는 『손자병법』의 매력과 위상을
더욱 다양한 층위에서 발견할 수 있을 것이라 확신한다.

참고 문헌

『도설천하 손자병법』, 이현서 옮김, 시그마북스, 2010.

신동준, 『무경십서』, (주)위즈덤하우스, 2012.

아리스토텔레스, 『아리스토텔레스 수사학』, 박문재 옮김, 현대지성, 2020.

『四庫全書總目提要』, 中華書局, 1987.

司馬遷撰, 『史記』, 中華書局, 1975.

王心裁, 『兵學經典·孫子兵法』, 昆明, 雲南人民出版社, 1999.

中國人民解放軍軍事科學院戰爭理論研究部(1977), 『孫子兵法新注』, 中華書局.

古詩文網 : https://www.gushiwen.cn/

中華文庫 : https://www.zhonghuashu.com/

中華典藏 : https://www.zhonghuadiancang.com/

11장
일촉즉발의 필살기[1]

『귀곡자』

나민구(한국외국어대학교)

1. 귀신 계곡에 사는 사람

중국 고대의 귀곡자鬼谷子(BC 390?~320?)라는 이름을 가진 인물은 우리에겐 대단히 신비롭게 느껴진다. 출생과 사망 연대가 불투명한데 그의 전기에 대한 자료를 종합적으로 참조하면 중국의 전국 시대(BC 475~221)에 실존했던 사람임을 알 수 있다. 33세로 삶을 짧게 마감한 서양의 유명한 정복자 알렉산드로스Alexandros(BC 356~323)의 생애도 귀곡자의 추측 생몰 기간 안에 포함된다. 그 알렉산드로스는 당시 여러 명의 스승을 두었는데 그중 한 사람이 바로 아리스토텔레스Aristoteles(BC 384~322)다.

---

1 인물 귀곡자와 저작 『귀곡자』 그리고 그 내용에 대하여 전반적으로 나민구, 「귀곡자의 비밀」(한국수사학회, 『수사학』 제11집, 2009)을 참조했다.

그렇다면 그들은 모두 동양과 서양, 각기 다른 지역이지만 같은 하늘 아래 같이 호흡하며 한 시대를 풍미했던 동시대인이다. 알렉산드로스는 마케도니아, 페르시아, 이집트, 인도를 전 세계로 인식하고 정복했으며 귀곡자는 당시 중국의 전국 시대 7개국의 영토를 천하로 알고 통일을 도모했다.

귀곡자의 본명은 왕후王詡다. 이름보다 호가 그를 지칭하는 보편화된 명칭으로 굳어졌는데 그 자체의 의미도 예사롭지 않다. '귀신 계곡에 기거하는 사람' 정도로 해석이 가능하다. '왜 하필 귀신이 있는 계곡에 거처했을까?'라는 의문을 불러일으키며 다소 괴이하고 두려운 인상을 준다.

중국의 문헌 『사기』에 실려 있는 「소진열전蘇秦列傳」, 「장의열전張儀列傳」에 귀곡자에 대한 언급이 있고 사마천司馬遷은 "소진과 장의가 귀곡 선생에게 배웠다"고 기술했다. 그는 말년에 귀곡에 머물며 교육자로서 당시의 천하를 호령하던 책사들을 길러 냈다. 합종책으로 유명한 소진蘇秦, 연횡책으로 유명한 장의張儀 그리고 손빈孫臏, 방연龐涓 등이다. 문하에 여러 명의 훌륭한 제자를 둔 것으로 보아 당시에 귀곡 산장에서 귀곡자가 일종의 아카데미를 운영했으리라 추측해 볼 수 있다.

2. 저서 『귀곡자』

사실『귀곡자鬼谷子』가 어떤 책인지 한마디로 규정하기는 간단치가 않다.

『귀곡자』는 춘추전국 시대(BC 770~221), 한 치의 앞도 예측할 수 없는 극도의 혼란 시기에 탄생한 '유세遊說' 책략서이며, 병술서이고, '음양오행陰陽五行'을 기저로 한 도가道家 철학서이자 수련修鍊 지침이며 또 훌륭한 수사학修辭學 고전古典이다. 이 저서가 다른 도가 관련 서적 이상으로 소개되지 않고 심지어 금기시되어 온 이유는 유가儒家 사상을 적절히 통치에 이용해 온 집권자들이 그들의 정권에 위협이 될 만한 비인간적인 책략이 실려 있다고 보았기 때문이다. 그러나 도리어 그들은 때론 '위서僞書'라고 치부했던 이 저서를 남모르게 탐독하여 권력 쟁취를 위한 실전에 활용하였다고 한다.

상대방의 상황에 맞게 '맞춤식 설득'을 하고 제압해야 한다고 역설한다는 측면에서 다분히 종횡설縱橫說을 포함한 병서兵書의 특징을 지니고 있고 음양오행의 도가 하늘과 땅과 그 사이 인간에게 적용된다는 원리를 처음부터 주지하고 그 원리에 따라 기술하기 때문에 일종의 철학서이다. 또한 상대방을 정확히 관찰하여 판단하고 꿰뚫는 법을 제시하는 예리한 심리학 저서이며, 설득적 유세遊說를 위하여 적절한 논거를 찾아 말의 힘을 이용하여 그 사용법을 구체적으로 제시한 점에서는 수사학의 모델이 되기에 충분하다.

이 책은 모두 상, 중, 하권으로 이루어져 있다. 상권은 「패합捭闔(열고 닫음)」, 「반응反應(지피지기)」, 「내건內楗(상대방 측과 결속 다지기)」, 「저희抵巇(틈새 메우기)」 등 네 편이고, 중권은 「비겸飛箝(상대방 부추기기)」, 「오합忤合(형세 조절하기)」, 「췌揣(속마음 알아내기)」, 「마摩(부드럽게 탐색하기)」, 「권權(형세 저울질하기)」, 「모謀(모략 세우기)」, 「결決(결단하기)」, 「부언符言(부합하는 말)」, 「전환轉丸」, 「거합胠篋」 등 열 편이며, 하권은 「본경음부칠편本經陰符七篇(은밀하게 들어맞음 일곱 편)」, 「지구持摳(관건을 장악함)」, 「중경中經(내심으로 다스림)」 등 세 편이다. 이 중에 「전환」, 「거합」은 소실되어 전하지 않는다.

「패합」은 전체 내용에 대한 총강이며 종횡학설의 주요 이론을 담고 있다. 「반응」, 「내건」, 「저희」, 「비겸」, 「오합」은 모신책사謀臣策士가 상대방 조직에 대해 분석을 진행하는 내용으로 외부에서 착수하는 것이다. 「췌」, 「마」, 「권」, 「모」, 「결」은 논리적 사고를 통해 상대방을 설득하는 과정에서 필요한 책략을 진술하였고, 「부언」은 국주 혹은 통치자의 언행 수양 모범을 설명하는데 앞 열한 편의 결론에 해당한다.

「본경음부칠편」은 어떻게 몸과 마음을 수양하고 책략을 결행하는지 또 어떻게 길흉화복을 운용하는지 등을 적었다. 「지구」는 군주가 치국할 때 자연 규율에 따르고 민의에 순응하라는 내용을, 「중경」은 입신 출세하고 인심을 쟁

취하는 일곱 가지 방법을 설명하였다.

그러므로 이 책은 실제적으로 유세遊說에 초점을 맞추어 도道에 따른 권모술수를 피력했다고 볼 수 있다. 그러나 목적을 달성하기 위해 수단과 방법을 가리지 않는 비도덕적 공리주의功利主義를 제시하기 때문에 후세의 평가는 둘로 나뉜다.

"경세지작警世之作(세상을 놀라게 하는 저작)"이라고 호평도 하지만 '인의예지신仁義禮智信'을 지향하는 유가儒家에서는 "가정에 사용하면 가정이 망하고, 나라에 사용하면 나라가 무너지며, 천하에 사용하면 천하를 잃는다"라고 혹평했다.

결국『귀곡자』는 유세의 모략과 필승 전략을 전수함으로써 성공을 꾀하는 책사가 유세 전에 반드시 숙지해야 할 지침서 역할을 한다고 볼 수 있다. 당시 제후국의 정치, 경제, 군사와 그 나라들 사이의 외교, 민심의 향배, 정치가 본인의 심성, 능력, 인품, 선호도 등 군주를 설득하기 위한 정보와 유효 적절한 행동 요령 그리고 그 구체적 방법을 제시하였다.

그동안 '위작'이라는 오명에 부단히 시달려 왔지만 최근한 젊은 학자가 저서에서 "결론적으로, 귀곡 선생과 그 제자 혹은 후학들이 지은 것으로, 그 주요 내용은 귀곡 선생이 직접 저술한 것이다"라는 결론을 도출해 냈다.[2]

---

2 허부굉許富宏은 그의 중국 서남사범대학西南師範大學 박사 학위 논문의 단행본 『『귀곡자鬼谷子』 연구研究』(上海古籍出版社, 2008, pp. 20~24)에서 저작의 진위에 대해 문헌상 자료, 특히 역사서들을 고찰한 결과 선진先秦 시기의 저작이 틀림없다고 결론지었다.

한편 수사학적rhetorical 방법론으로 보면 설득을 위한 논거 찾기, 그 배열, 수사법 사용, 행동 개시 등 수사학 체계의 전 분야[3]에 걸쳐 유효적절한 모범을 채택하고 있기 때문에 고대 중국 수사학의 시금석이 되는 문헌이라고 재평가받고 있다.

아리스토텔레스가 정립한 수사학의 3대 요소, 즉 '에토스Ethos, 로고스Logos, 파토스Pathos'를 방법론으로 적용해서 이 저작의 구체적 함의를 추출할 수 있음은 물론이며 어휘와 문장 구조 선택 그리고 비유와 대구 등 다양한 표현을 중시하는 중국 전통 수사학적 차원에서도 다채로운 스펙트럼을 도출할 수 있을 것이다.

3. 귀곡자의 우주론

귀곡자는 세상만사의 원리를 음양의 도리로 이해하고 주장하였다. 그의 주장은 이 책 제1편「패합」의 마지막에 집약되어 있다.

양이면 움직여 행하고 음이면 멈추고 숨는다. 양이면 움직여 나

---

3   서양 수사학에서는 수사학, 즉 레토릭의 영역 혹은 체계를 다섯 가지로 나눈다. '착상 Invention, 배열Disposition, 표현Style, 암기Memory, 발표Delivery/Action.' 고대 그리스의 아리스토텔레스를 거쳐 로마의 키케로Cicero에 이르러 완성되었다.

가고 음이면 숨어서 들어온다. 양은 돌아서 음으로 마치고 음은
극에 닿으면 양이 된다. 양으로 움직이려면 덕으로 상생해야 하
고 음으로 움직이지 않으려면 형세를 지켜야 한다. 양으로 음을
추구할 때는 덕으로 감싸고 음으로 양과 맺으려면 힘을 발휘해
야 한다. 음양이 서로를 추구하는 것은 열림과 닫힘〔패합〕으로
해야 한다. 이것이 천지음양의 도이고 남에게 유세하는 방법이
다. 〔또한〕 만사의 우선이며 세상을 여는 열쇠이다.

『귀곡자』, 「패합」[4]

그는 천지, 즉 세상/우주를 양과 음의 이분 구조로 파악
하고 이 거대한 양대 중심인 양과 음이 서로 교차해 가며 움
직이고 있다고 본다. 그래서 양에서 음으로 가는 과정은 열
림으로 덕이 필요하고, 음에서 양으로 가는 과정에서 힘이
필요하다고 파악하였다. 동시에 이러한 메커니즘이 바로
유세, 즉 말하기 방법에서도 똑같이 적용됨을 강조하였다.
　　그는 이에 먼저 패합의 도와 음양이 말과 어떻게 관련되
는지를 구체적으로 설명하였다.

　　패합이라는 것은 도의 커다란 조화이며 말의 변화이다. (…)
　　패는 여는 것으로 말하는 것이고 양이다. 합은 닫는 것이고 침

4　陰陽而行, 陰止而藏, 陽動耳出, 陰隨而入. 陽還終始, 陰極反陽. 以陽動者, 德相生也,
以陰靜者, 形相成也. 以陽求陰, 苞以德也, 以陰結陽, 施以力也. 陰陽相求, 由捭闔也.
此天地陰陽之道, 而說人之法也, 爲萬事之先, 是謂圓方之門戶.

묵하는 것이고 음이다.

『귀곡자』,「패합」5

    그렇다면 이와 같은 음양 이론을 관장하는 주체는 누구일까? 그것은 바로 이 땅에 사람들을 이끌기 위해 온 성인聖人이다. 그 성인이 다스리는 원리는 도道이고 무위無爲로서 시행한다. 이 점은 다분히 도가道家적인 색채를 띠고 있다.

    그의 말하기론, 즉 설법說法을 이론적으로 뒷받침하는 우주 음양론의 개념망을 표로 정리하면 다음과 같다.

〈표 1〉 귀곡자의 우주론과 설법

우주 대통합 원리	주관자	양대兩大 원리	응용 원리	실천 방법	방법론
도道	성인聖人	양	패(열기)	말하기, 말하게 하기	덕
		음	합(닫기)	침묵하기, 침묵하게 하기	힘

    음양의 이치는 바로 유세할 때 말하는 이치와 접목하여 그 원리에 따라 다 같이 조화와 변화 속에서 움직인다는 것이다. 더 나아가 상대방을 기준으로 말하기는 '말하게 하

---

5   捭闔者, 道之大化, 說之變也. (…) 捭之者開也言也陽也, 闔之者閉也默也陰也.

기'와 침묵하기는 '침묵하게 하기'로 확장되어 같은 음양의 원리가 적용된다. 이러한 사상이 귀곡자가 지향하는 수사 修辭의 철학적 토대를 이룬다.

또한 그는 이러한 음양의 원리가 몸의 외부 세계뿐만 아니라 몸의 내부 세계에도 똑같이 적용됨을 알았다. 인간의 몸이라는 미시 구조의 패턴은 우주라는 거시 구조의 패턴을 반영하고 우주의 구조도 동시에 몸의 구조를 반복한다는 프랙털[6] 원리를 알고 있었다. 즉 천지가 인간 몸속에도 존재하고 작동함을 안 것이다.

몸을 수련해서 '단丹'[7]을 만드는 과정이 이 책의 부록인 「본경음부 칠편」에 비유적으로 기술되어 있다. 이 비유적 내용까지 정확히 이해하고 실천할 수 있어야 귀곡자가 전수하는 몸과 마음이 통섭된 '성인聖人의 도道'를 온전히 발휘할 수 있다.

4. 지피지기

『귀곡자』의 「반응」, 「내건」, 「저희」, 「비겸」, 「오합」 등 다

---

6   프랙털Fractal이란 '조각냈다'는 뜻의 라틴어 'fractus'에서 유래된 것으로, 작은 구조가 전체 구조와 비슷한 형태로 끝없이 되풀이되는 기하학적 형태를 말한다.

7   단丹이란, '붉다'라는 뜻으로 몸속의 기운 덩어리이다. 도가 호흡 수련을 통해서 만들어 낼 수 있다.

섯 편은 유세 대상인 상대방과 그 조직에 대한 관찰과 사전 대처법을 주로 다루고 있다. "지피지기 백전불태知彼知己, 百戰不殆"라는 『손자병법孫子兵法』의 주요 전략과 대동소이한 개념을 강조한다.

> 자신을 안 후에, 남을 알아야 한다.
>
> 『귀곡자』, 「반응」[8]

귀곡자는 매우 철저하게 상대방을 관찰한 후 그에 대한 충분한 대비책을 세우고 나서야 비로소 접근해야 한다고 주장한다. 현대의 수사학과 커뮤니케이션학 관점에서 봐도 수용자를 대단히 중시한다. 즉 청자의 수준과 연령, 상황, 기대 심리에 따라 연설가가 전달하는 방법을 조율하는 것 그 이상으로 집요하게 관찰하고 반응이 나올 때까지 기다릴 것을 주문한다.

다음 몇 가지 언급은 상대방을 철저히 파악하는 예시를 보여 준다.

> 그러므로 남의 말을 잘 반복해서 듣는 사람은 귀신처럼 상대방의 의도를 알아내고 그 변화를 주의하고 깊이 관찰한다. 깊이 관찰하지 않으면 그 의도를 밝힐 수 없고 밝힐 수 없으면 기준

---

8 自知而後知人也.

을 알 수 없다. 〔그러면〕 반드시 상징과 비유를 변화시키며 반복하여 말을 건네고 다시 들어야 한다.

『귀곡자』, 「반응」[9]

이 대목은 상대방의 의도를 알 때까지 계속해서 듣는 청자의 태도를 주지시키고 있다. 만약 분명치 않으면 상징과 비유 수사법을 동원하여 상대방의 대답을 다시 들어 보라고 지시한다. 청자에 따라 맞춤식 대응을 모색하는 기본 수순이다.

만약 "찰언察言(말 관찰하기)"에 실패하여 의도를 똑바로 알지 못하면 심지어 "망정실도忘情失道"하게 된다. 즉 "의도를 알아차리지 못해 도를 잃는 것"이다. 상대방의 정세나 본심을 모르면 '실도失道'라고 표현했을 정도로 설득의 성패를 여기에 걸었다.

유세가 자신이 상대방에 대한 의도를 감추고 자연스럽게 말을 해야 한다는 개념은 일찍이 서양의 아리스토텔레스도 그의 저서 『수사학修辭學』에서 언급한 바 있는데 이런 점은 귀곡자의 도광양회韜光養晦, 즉 '스스로 드러내지 않고 때를 기다린다'라는 사상과 맥락을 같이한다. 이 내용은 「모」편에도 잘 나타나 있다.

---

9   古善反聽者, 乃變鬼神以得其情. 其變當也, 而牧之審也. 牧之不審, 得情不明, 得情不明, 定基不審. 變象比, 必有反辭, 以還聽之.

따라서 성인의 도는 음이고 어리석은 자의 도는 양이니 (…) 천
지의 변화는 높고 깊으며, 성인은 은밀히 보이지 않는 곳에서
도를 제어한다.

『귀곡자』, 「모」[10]

귀곡자는 상대방에게 말을 걸기 전에 자신을 깊이 성찰
하고 상대방을 예리하고 신중하게 관찰하라고 쉼 없이 주
문한다. 즉 지피지기 차원에서 화자인 나보다도 청자의 얘
기를 정확히 들으라고 꾸준히 강조하는 것이다.

5. 부추기기—파토스

귀곡자는 상대방을 파악하고 대세를 가늠한 다음 상대방
의 본심을 알기 위하여 갖가지 수단과 방법을 동원할 것을
역설하는데 이러한 대목에서 비인간적이고 비도덕적이라
는 세인의 공격을 받기도 했다. 특히 인仁을 중시하는 유가
儒家의 입장에서는 신랄한 비판이 가해졌음은 물론이다.

그러나 내가 못 살면 죽을 판인 그 '모 아니면 도'의 살벌
한 이전투구泥田鬪狗의 상황에서 귀곡자는 가장 최상의 생
존 책략을 제시하였다. 그의 목표, 즉 그 당시 유세의 최종

---

10 故聖人之道陰, 愚人之道陽 (…) 天地之化, 在高與深, 聖人之制道, 在隱與匿.

목표는 바로 '설득'이다. 절체절명의 상황에서 살아남을 수 있는 최절정 고수의 계책을 이유 불문하고 살아남을 만약 한 치라도 어긋나면, 즉 군주의 심기를 잘못 건들기라도 하면 당장 목이 떨어져 나갈 위험한 '처지status'임을 감안할 수밖에 없다.

이때 상대방 '부추기기' 전략, 즉 '파토스pathos'를 한껏 북돋는 것이다.

> 본심을 측량할 때 반드시 상대가 가장 기뻐할 때 욕망을 최대한 부채질하는데, 욕망이 있으면 본심을 숨길 수 없다. 또 가장 무서워할 때 무서움을 극대화해야 하는데, 무서움이 있으면 역시 본심을 숨길 수 없다. 결국 가슴속에 욕망이 있으면 그 욕망의 변화를 드러낼 수밖에 없다. 상대의 마음을 움직여 보아도 욕망의 변화를 알 수 없다면 그대로 두고 그와 가까운 사람에게 물어서 그가 원하는 바가 무엇인지 알아낸다.
>
> 『귀곡자』, 「췌마揣摩」[11]

귀곡자는 상대의 본심을 알아낸 다음에는 상대방을 칭찬해서 부추겨 주고 그 틈에 상대방의 마음을 장악하라고 한다. 여의치 않으면 설득 대상자의 친한 주변인을 제어

---

11 揣情者, 必以其甚喜之時, 往而極其欲也. 其有欲也, 不能隱其情. 必而其甚懼之時, 往而極其惡也. 其有惡也, 不能隱其情. 情慾必失其變, 感動以不知其變者, 乃且錯其人勿與語, 以更問其所親.

하면 된다.

또 '구겸지사鉤箝之辭', 즉 '갈고랑이로 옭아매는 말'을 동원하여 한껏 상대의 감정을 흔들어 보는데 그래도 안 통하면 다음과 같은 치명적인 계책을 쓸 수밖에 없다.

> 상대가 쉽게 비겸술〔상대방 부추기기〕에 걸려들지 않을 경우 먼저 부른 후 점점 피로하게 만들거나, 일을 잔뜩 쌓아서 피로하게 만든 후 허물어 버리는 방법이 있으니, 혹은 먼저 피로하게 만들어 상대를 넘기고 혹은 먼저 타격을 가한 후 피로하게 만든다. 이 방법을 쓸 때는 재화, 각종 옥과 구슬, 여인을 줘서 마음을 사거나, 능력을 살펴본 후 위세로 위협해서 꼼짝 못 하게 하거나 혹은 약점을 잡아 꼼짝 못 하게 할 수도 있는데 이때는 저희술〔틈새 메우기〕을 사용한다.
>
> 『귀곡자』, 「비겸」[12]

잔인할 정도로 설득을 위한 갖가지 권모술수를 총동원하는 대목이 아닐 수 없다. '상대방 부추기기'로 한껏 파토스 전략을 구사하는 동시에 각종 재물과 인력까지 동원하여 목적을 달성하는 방법을 적나라하게 표현하였다.

귀곡자는 분명 전국 시대 각국을 섭렵하며 외상外相으로

---

12 其不可善者, 或先徵之, 而後重累, 或先重以累, 而後毀之, 或以重累爲毀, 或以毀爲重累, 或稱財貨琦瑋珠玉璧帛采邑以事之, 或量能立勢以鉤之, 或伺後見澗以箝之, 其事用抵巇.

서 유세에 성공한 체험을 바탕으로 각양각색의 상황에 대처하는 다양한 책략을 구사해 보았음이 틀림없다. 지금으로부터 2500년 전 중국의 전국 시대나 글로벌 전쟁과 경쟁 양상이 치열한 현재의 모습은 무기만 다르지 약육강식 시대라는 것은 여전히 똑같다. 그래서 귀곡자의 직관에 공감하며 그의 사상을 활발히 발굴하고 있는 것이다.

6. 저울추와 로고스

귀곡자의 「권」 전편에서는 '말의 힘'과 '말의 사용법'에 대하여 매우 체계적이고 정교하게 그 원리를 설명해 주고 있다. 어느 대화 상대자를 만나도 설득할 수 있는 실전 측면에서 『귀곡자』의 전체 편들 중 가장 첨예한 부분으로 독자의 주목과 공감을 가장 강하게 끄는 대목이다. 말의 힘을 강조하고 사용법을 제시하기 때문에, 특히 수사학의 목적과 '표현'의 영역 차원에서 집중 조망이 필요하다. 훌륭한 중국 수사학 전범의 지위를 확인할 수 있기 때문이다.

「권權」이란 '말의 힘으로 형세를 고려하여 대응하라'라는 의미다. 즉 '저울질하듯 상황에 맞게 임기응변으로 말을 변화시킨다'라고도 설명할 수 있다. 먼저 '유세'의 목적을 규정하고 '식언飾言(말 꾸밈)'의 정의와 그 실천 방법을 구체적으로 기술한다.

세라는 것은 상대를 설득하는 것인데, 상대를 설득하는 것은 그를 이용한다는 뜻이다. 말을 꾸미는 것은 말의 힘을 빌리는 것이고, 말의 힘을 빌리는 것은 어떤 것은 빼고 어떤 것은 늘려서 말을 만든다는 뜻이다. 유세하는 사람은 거침없이 말에 능해야 하는데, 말에 능하다는 것은 자유자재로 논변을 펼친다는 것이다. 논리에 맞는 말을 한다는 것은 이치를 밝힌다는 뜻으로 이치는 실제의 사례로 증명해 보인다. 어려운 말에는 반박해서 대응하는데, 반박을 하는 것은 그 틈을 보아 기회를 낚기 위함이다.

『귀곡자』, 「권」[13]

유세의 목적은 설득이며 말을 꾸며서 말에 힘을 실어 능수능란하게 논변을 펼쳐야 한다. 그리고 그 내용에는 논리가 있어야 하며 이치를 밝히기 위해 사례를 들어 증명해야 한다는 점을 강조하고 있다. 서양 수사학에서 중시하는 '로고스Logos' 이론과 '논증'의 개념과 일맥상통한다.

커뮤니케이션학 차원에서는 각기 다른 상대방의 배경과 수준에 의거하여 그에 걸맞은 대응책, 즉 눈높이에 따른 책략을 제시하였다. 상대의 속성을 고려하여 유효적절한 논거를 찾아야 한다고도 볼 수 있다.

---

13 說之者稅之也, 說之者資之也, 飾言者假之也, 假之者益損也, 應對者利辭也, 利辭也輕論也, 成義者明之也, 明之者符驗也, 難言者却論也, 却論者釣幾也.

고로 지혜로운 사람과의 대화는 박식함으로 대하고, 어리석은
사람에겐 명확한 판단으로, 판단을 잘하는 사람에겐 요점을 짚
어 주는 것으로, 신분이 높은 사람에겐 기세로, 부자에겐 높은
지위로, 가난한 사람에겐 이익으로, 천한 사람에겐 겸손으로,
용감한 사람에겐 과감함으로, 지나친 사람에겐 예리함으로 대
해야 한다.

『귀곡자』,「권」[14]

왜 천한 사람은 겸허함으로 설득하라고 했을까? 천한 자
는 신분이 낮고 사람들로부터 하대받기에 종종 자기 비하
에 처해 있는데 화자가 먼저 스스로 낮춰 겸허하게 접근한
다면 자기를 깔보지 않기 때문에 비로소 더욱 열심히 설득
당하게 된다고 보는 것이다. 인간의 심리를 꿰뚫어 보는 날
카로운 대인 관계 전략이 아닐 수 없다.

이「권」은 유세를 위한 실제적인 말의 방법론을 제시하
기 때문에『귀곡자』가 당시 '유세의 경전經典'이 되는 데 결
정적 역할을 했다. 왜냐하면 유세는 군주와 말을 통하여 진
행하기에 그 대화 흐름의 변화에 따라 적절한 말과 용법을
선택하는 과정이 중요하기 때문이다. 따라서 원문에 말과
관련된 용어가 많이 등장한다. 설說, 세說 언言, 사辭, 논論,

---

14 故與智者言, 依於博, 與拙者言, 依於辨, 與辨者言, 依於要, 與貴者言, 依於勢, 與富者
言, 依於高, 與貧者言, 依於利, 與賤者言, 依於謙, 與勇者言, 依於敢, 與過者言, 依於銳.

구口, 문文 왈曰 등. 이 「권」에 대하여 수사학 차원에서 심층적인 연구를 기울일 가치가 있다.

7. 성인이 되기 위하여

『귀곡자』는 의미심장한 고전 수사학 개론이다. 절체절명의 상황에서 말의 적절한 사용법을 설명하고 설득 차원에서 그 실천적 비결을 기술했기 때문이다. 커뮤니케이션학 각도에서도 수용자를 중심에 두고 상대방의 눈높이에 맞는 맞춤식 의사소통 방식을 일찍이 알려 주었다.

하지만 귀곡자는 다음과 같이 일갈한다.

성인에 도달하지 않으면, 세상을 다스릴 수 없다.

『귀곡자』, 「오합」[15]

『귀곡자』는 동시에 '전지전능한 성인聖人이 되기 위한 수련서'이다. 귀곡자는 역설적으로 '잔인한' 방법을 동원하여 상대방을 장악하라고 명령한다. 이 점이 비윤리적이라고 비판받아 왔지만 21세기에도 전쟁을 목도하고 산다.

군자君子인 척하지 않고 실전에 걸맞은 필살기를 설파하

---

15 非至聖達奧, 不能御世.

는 귀곡자야말로 우리 시대 가장 진솔한 멘토Mentor이다. 모든 세상 원리를 '몸·맘·말·숨'을 아우르는 수련을 통하여 이해하고 유세를 포함한 어느 상황에서도 승리할 수 있는 전지전능한 슈퍼맨Superman, 초인超人, 즉 '성인聖人'이 되는 길을 안내하고 있다.

귀곡자는 그의 전 생애에 걸쳐 유세를 위해 온몸으로 부딪혀 가며 철저하게 인간사의 극단적 상황들을 체험하였고 은퇴하여 그 이론을 정립해 저술했으며 또한 훌륭한 제자들을 길러 냈다. 결국 귀곡자가 바로 성인이었고 그의 인생 자체가 성인이 되는 과정이었다.

우리도 '수학修學, 수련修鍊, 수행修行'과 더불어 '수사修辭'를 부단히 열심히 한다면 저마다 성인이 될 수 있다.

참고 문헌

나민구, 「귀곡자의 비밀」, 『수사학』 11, 2009.

董秀枝, 「從西方修辭學的角度重新解讀《鬼谷子》」, 『科技信息』, 2008. 2., pp. 148~149.

許富宏, 『《鬼谷子》研究』, 上海古籍出版社, 2008.

黃帝, 『陰符經』, 【道藏】.

12장
한자권 수사학을 빚은 고전

유협의 『문심조룡』

김월회(서울대학교)

1. 『문심조룡』과 위진남북조 시대

"중국에서 아리스토텔레스의 『시학』 역할을 한 고전은?"
이라는 물음에 대하여 근대 중국의 대문호인 루쉰魯迅은 주
저함 없이 『문심조룡文心雕龍』을 꼽았다. 이 책은 유협劉勰이
남조 시대인 501년부터 502년 사이에 집필한 중국 최초의
본격 문학 이론 저술이다. 동시에 근대 이전의 유일무이한
체계적 문학 이론 저술이기도 하다. 모두 50편으로 이루어
진 『문심조룡』에는 문학 총론, 문체론, 창작론, 비평론이 유
기적으로 체계를 이루어 서술되어 있는데, 이렇듯 문학 이
론의 주요 영역이 체계적으로 다루어진 저술은 전무후무했
다. 근대 이전에는 이 책에 견줄 만한 문학 이론서가 없었다
는 것이다. 루쉰이 이 책을 아리스토텔레스의 『시학』에 비
견한 것은 덜하면 덜했지 결코 과한 평가가 아니었다.

그렇다고 『문심조룡』이 하늘에서 뚝 떨어진 것은 결코 아니었다. 여느 텍스트가 그러하듯이 『문심조룡』 또한 시대의 산물이었다. 유협이 살았던 남조 시대는 흔히 위진남북조라고 불리는 시대의 후반부였다. 위진남북조 시대는 220년 조조曹操의 아들 조비曹丕가 400여 년간 지속된 한漢의 마지막 황제 헌제獻帝로부터 천자 자리를 물려받음으로써 시작된다. 조조가 기틀을 닦았던 위魏나라가 이로써 황제의 나라로 우뚝 섰고, 오나라의 손권孫權과 촉나라의 유비劉備도 황제를 자처하고 나섬으로써 삼국 시대가 펼쳐진다. 이후 삼국은 진晉에 의해 통일되었다가 북방 유목 민족의 침입으로 장강 이남으로 쫓겨 내려간다. 이를 기점으로 장강 이남에서는 남조 시대가 개막되고 장강 이북에서는 유목 민족에 의한 북조 시대가 펼쳐진다. 그러다 589년 수에 의해 남조와 북조가 통일된다. 통일 왕조 한이 망한 후 다시 통일 왕조가 들어서기까지 360여 년간 중국은 분열과 혼란으로 점철되었다.

시대의 혼란은 문학과 예술이 발달하는 데 자양분이 되기도 한다. 위진남북조는 중국 역사상 대표적 혼란기였다. 사실 한대 말엽부터 정치, 사회적으로 극심한 혼란에 빠졌기 때문에 중국은 400년 가까운 세월 동안 혼란을 겪었다. 반면에 이러한 정치 사회적 혼란은 지식인들이 현실에서 시선을 돌려 새로운 세계와 관심사를 찾는 계기가 되었다. 그 결과 문학과 예술이 전에 없이 발달하였다. 예술fine arts에 대한 관심이 고조되어 회화, 서예, 음악 등이 발달하였고, 문학도 효용론에서 벗어나 예술성을 본격적으로 연마하였다. 사상과 지식도 획기적으로 다변화되고 심화, 발전하였다. 북방 유목 민족의 황하 유역 지배로 유목 세계의 지식과 문화가 대거 중국으로 유입되었고 새로운 앎에 대한 호기심 등으로 촉발된 박물학적 앎에 대한 사회의 관심이 고조되었다. 기존 학술에 대한 새로운 해석이 활발히 수행되었고, 유가와 도가가 융합된 현학玄學처럼 기존 학술 간 새로운 결합이나 상고 시절의 신화를 집대성한 『산해경山海經』과 같이 새로운 발굴 등을 통해 새로운 지식이 산출되었다. 그 결과 전에 없이 지식이 다양해지고 확대되었다. 이에 지식의 체계화와 분류에 대한 필요가 생겼고 목록학적 지식이 발흥하였다. 내부적으로는 정치 사회적 혼란과 함께 유학적 세계관이 붕괴되는 한편 도가와 불교 사상이 지식인 사회에 널리 보급되었다. 이에 초월적, 정신적 세계에 대한 지식이 축적되었고 이를 언어에 담는 기술이 연마되었다. 이는 글쓰기의 중점이 언어의 조합에서 언어의 조련으로, 곧 같은 내용일지라도 어떻게 쓰느냐로 이동하는 한 계기가 되었다. 나아가 글을 가능한 한 아름답게 쓰고자 하는 조류가 형성되었다. 서예의 발달은 글자가 조합됨으로써 자아내는 시각적 미감에 개안하게 했고, 표음 문자인 불경을 번역하는 과정에서 음성학에 개안함으로써 글의 청각적 미감에 대하여 한층 진전된 안목을 지니게 되었다. 한편 위진남북조 시대는 청담淸談과 품평의 시대라고 할 정도로 세태와 인물에 대한 담론이 성행하였고 그 대상은 차츰 문학, 예술로도 확대되었다. 당시 중국에 소개된 불교의 논리학은 이러한 담론이 체계를 갖추고 분석적이며 이론성을 띠는 데 쏠쏠한 자양분이 되었다.

이러한 배경 아래 특히 문학의 발달이 눈부셨다. 위나라 황제 조비는 "문학[文章]은 나라 경영의 큰 사업이자 썩지 아니할 위대한 일이다"[1]라고 선언하면서 문학의 독자적 가치를 인정하였다. 여기서 문학은 오늘날로 치면 예술로서의 문학이다. 곧 조비의 이 선언은 예술로서의 문학에 독존적 지위를 부여한 것이다. 이는 문학을 경세치용의 수단으로 여기던 앞선 천여 년간의 효용론적 관점을 근본적으로 전복한 것으로, 이로써 예술로서의 문학을, 또 문학을 위한 문학을 자유롭게 추구할 수 있게 되었다. 이에 미문美文, 곧 아름다운 글이 본격적으로 창작되었으며 시대의 혼란과 맞물리면서 형식주의, 유미주의적 경향이 문인 사회의 지배적 풍조가 되었다. 중국 문학사상 처음으로 오늘날과 유사한 작가와 독자도 출현하였다. 조조가 28수, 조비가 40수, 조식曹植이 109수[2]의 시를 지은 데서 알 수 있듯이

---

1 蓋文章經國之大業, 不朽之盛事(『전론典論』)』「논문論文」. 여기서 '문장文章'의 '문文'과 '장章'은 모두 문채라는 뜻으로 문장은 문채, 그러니까 예술성이 본격적으로 구현된 글을 가리킨다.

2 조조, 조비, 조식의 시 작품 수량은 지금 전하는 작품의 수량이다. 실제로는 이보다 많이 지었을 것으로 추정된다.

이 시기에 들어 자기 이름을 내걸고 시를 본격적으로 창작하는 현상이 처음 나타났다. 이들은 예컨대 앞선 시대『시경詩經』의 시들처럼 집단의 서정을 담아내는 것이 아니라 개체로서의 자신의 정감을 글에 토로하였고 그 결과 시문에 개성이 담기기 시작했다. 그리고 이렇게 창작된 시문은 다른 문인들에게 읽혔다. 이제 문인은 한대와 같이 황제나 제후 같은 소수의 후견인을 위해 글을 쓰는 데서 벗어나 동료 문인과의 소통, 경쟁 등을 위해 글을 쓰기 시작했다. 문인들로 이루어진 독자층이 형성된 것이다. 이러한 일이 가능했던 것은 조조와 조비같이 정치 지도자가 문인들의 글쓰기에 깊은 관심을 기울이며 그들의 후견인 역할을 수행했기 때문이다. 그 결과 위나라의 수도에는 마치 오늘날의 문단처럼 많은 수의 문인이 모여 서로 글을 교환하고 상호 평가하며 경쟁하는 새로운 장이 형성되었다. 이 과정에서 글쓰기의 이론화가 진척되었다. 상호 평가와 경쟁 속에 문인들은 글을 잘 쓰겠다는 지향을 공유하였고 좋은 글에 대한 공통 인식이 형성되고 축적되었으며 이것이 글쓰기에 대한 이론적 접근으로 이어졌다.

『문심조룡』은 이러한 시대적 조류의 산물이었다. 유협이 선행하는 방대한 글쓰기 유산을 섭렵함으로써 비로소『문심조룡』이라는 전무후무한 거작을 써낼 수 있었다는 것이다. 물론 유협이라는 개인의 빼어남이 있었기에『문심조룡』이 나올 수 있었던 것도 분명하다. 위진남북조 시대의 수많은 문인 지식인 가운데『문심조룡』같은 저술을 빚어낸 이는 오로지 유협 한 명뿐이기 때문이다. 그는 남조 송나라 때인 465년경 경구京口[3]의 한 쇠락한 가문에서 태어났다. 부친은 미관말직에 있다가 일찍 세상을 떠났고 집안 형편이 어려웠음에도 유협은 공부에 열심이었다. 스무 살무렵 모친마저 여읜 후에는 당시 이름난 승려였던 우祐와의 인연으로 정림사라는 사찰에 들어가 10여 년을 보냈다. 정림사는 당시 유력 인사들이 즐겨 찾는 큰 사찰로 불교서적 외에도 많은 장서를 보유하고 있었다. 유협은 이곳에서 불경을 정리하는 일을 수행하는 한편 많은 서적을 섭렵하였고 이를 바탕으로 5년여에 걸쳐『문심조룡』을 저술하였다.

유협은 사찰에서 청년기를 보냈지만 승려가 되었던 것은 아니다. 그의 포부는 공자孔子와 같은 성인의 뜻을 밝혀 일가를 이루는 데 있었다. 그는 이를 위해서는 성인의 말씀이 담긴 경전에 주를 달아 성인의 뜻을 부연하고 해설하는 길이 가장 낫다고 여겼다. 그런데 자신보다 앞선 시대에 이미 마융馬融이나 정현鄭玄 같은 대학자가 나와 경전의 뜻을 정밀하게 밝혀 일가를 이루어 놓았다. 유협은 이들을 능가할 수 없다고 판단하고는 방향을 틀어 문학 방면에서 일가를 이루고자 했다. 그 결실이 바로『문심조룡』이었다.

---

3 지금의 장쑤江蘇성 전장鎭江시.

2. 수사학 텍스트로서의 『문심조룡』

『문심조룡』에서 '문심'은 글을 짓는 데 쓰이는 마음이라는 뜻이고 '조룡'은 용을 새긴다는 축자적 의미에서 파생되어 글을 아름답게 꾸밈을 가리킨다. 곧 '문심조룡'은 '글 짓는 마음'과 '아름다운 문사'라는 뜻으로, 유협은 이를 글을 구성하는 두 가지 기축으로 여겼다. 곧 문심과 조룡으로 빚어낸 것이 글이라고 보았던 것이다. 이는 유협이 수사를 글의 기본 구성 인자로 보았음을 말해 준다. 하여 『문심조룡』은 문학 총론, 문체론, 창작론, 비평론으로 이루어진 체계적인 문학 이론서인 동시에 전문적인 수사학 저술이기도 하다. 어떻게 하면 문심과 조룡이 조화를 이룬 글을 지을 것인가의 차원에서 문학 총론, 문체론, 창작론, 비평론 등의 문학 이론이 다루어졌기 때문이다.

실제로 『문심조룡』에 사용된 '수사'라는 말은 '미문 빚기'의 차원에서 사용되었다. 이는 『문심조룡』이 수사라는 표현을 지금의 레토릭rhetoric이라는 뜻으로 본격 사용한 최초의 저술이라는 점에서도 확인된다. 가령 『문심조룡』「재략才略」에는 "국교는 수사로써 정나라를 지켜냈다"[4]라는 언급이 나온다. 또한 「서기書記」에는 "사辭는 말의 문채로서 자기 생각을 타인에게 전하는 것이다. 자산은 말에 문채

---

4 國僑以修辭扞鄭.

가 있었기에 제후들이 그를 의지하였다"[5]라는 구절이 나온다. 자산子産은 춘추 시대 정나라의 대부로 이 구절은 그의 말 꾸밈이 신뢰를 얻었다는 취지의 언급이다. 따라서 「재략」의 '수사'는 말을 잘 꾸민다는 뜻으로 풀어야 한다. 수사로써 정나라를 지켜냈다는 국교가 바로 자산이기 때문이다. 수사라는 표현은 「종경宗經」에도 나온다. "문사는 행실을 통해서 정립되고 행실은 문사를 통하여 전해진다. 문사와 행실은 공자의 네 가지 가르침 중 첫머리에 오는 것으로 서로가 어울려 문채를 발한다. 덕을 힘써 닦고 명성을 세움에 성인을 스승 삼지 않는 사람이 없지만, 말을 쌓고 문사를 꾸밈에 경전을 모범으로 삼는 사람은 드물다"[6]가 그것인데, 여기서의 수사도 말을 꾸민다는 뜻이다. 후술하겠지만 전통적으로 말은 미더움[信]이라는 덕목과 상시로 연동되었던 까닭에 수사는 말의 미더움, 곧 말의 진실성을 갖추는 윤리적 활동의 일환으로 다루어졌다. 수사가 말하는 이에 대한 윤리학적 요구를 충족하는 활동의 하나로 사유됐음이다. 그런데 위의 구절에서는 말에 대한 윤리학적 요구는 "덕을 힘써 닦고 명성을 세우다"라는 구절에 할당되어 있으므로 수사는 "말을 쌓고 언사를 다듬다"라는 말 자체하고만 연관된다. 곧 말을 꾸민다는 뜻으로 오롯이 쓰인

---

5 辭者, 舌端之文, 通己於人. 子産有辭, 諸侯所賴.

6 夫文以行立, 行以文傳, 四敎所先, 符采相濟. 邁德樹聲, 莫不師聖, 而建言修辭, 鮮克宗經.

것이다. 「축맹祝盟」에도 수사라는 표현이 나오고 역시 말을 꾸민다는 뜻으로 사용되었다. "무릇 말을 할 때에는 화려함에 힘쓰고 신에게 빌 때에는 실질에 힘쓴다. 말을 꾸미고 참됨을 실현함에 부끄러움이 없어야 한다",[7] "신중히 제사 지내고 공경되게 신의 뜻을 밝힘에 제사를 주관하는 축관들은 말을 갖추어야 한다. 참됨을 실현하여 엄숙히 하고 말을 꾸며 반드시 아름답게 한다"[8]가 그것으로, 말하는 이에 대한 윤리학적 요구는 "참됨을 실현하다[立誠]"에, 말의 아름다움에 대한 요구는 "말을 꾸미다[修辭]"에 각각 할당되어 있다.

유협이 이렇게 수사를 말을 꾸밈이라는 뜻으로 사유하고 활용함은 앞선 시기 윤리학적 자장에 속해 있던 수사 관념을 다원화한 것이다. 수사라는 표현이 처음 쓰인 것은 『역경易經』「문언전文言傳」의 "군자는 덕으로 나아가며 공업을 이룬다. 충실함과 미더움은 덕으로 나아가는 근거요, 말을 닦고[修辭] 그 참됨을 실현함은 공업을 이루는 근거이다"[9]라는 구절이다. 여기서 수사는 '말을 꾸미다'라는 뜻이 아니라 '말을 닦다'라는 뜻으로 쓰였다. 이 구절은 공자의 말로 전해진다. 『논어論語』 등을 통해 확인 가능한 말에 대한 공자의 관념을 기초로 헤아려 보면 말을 닦는다고 함

7　凡群言務華, 而降神務實, 修辭立誠, 在於無愧.

8　毖祀欽明, 祝史惟談. 立誠在肅, 修辭必甘.

9　君子進德修業. 忠信, 所以進德, 修辭立其誠, 所以居業也.

은 말의 객관적 신뢰도를 높이는 활동을 가리킨다. 달리 표현하면 이는 말의 진실성을 구현하는 활동이다. 가령 말에 담긴 내용을 진실하게 하는 것, 말과 말이 가리키는 실제가 일치하는 것 등이 그 구체적 모습이다. 곧 수사는 말을 수식하는 활동을 가리키지 않았다. 이는 공자의 "정나라에서 외교 문서를 만들 때 비심이 기초하였고 세숙이 자세히 검토하였으며, 행인 벼슬의 자우가 수식하고 동리 출신 자산이 윤색하였다"[10]라는 언급에서 한층 분명하게 확인된다. 여기서 외교 문서를 수식하는 활동은 마지막 단계인 윤색에 해당된다. 글을 윤색한다는 것은 글을 아름답게 꾸미는 것과 다름없다. 그런데 그 전 단계에 이루어지는 수식을 글을 꾸미는 활동으로 보면 결국 같은 활동을 두 번에 걸쳐 한다는 얘기가 되니 이는 잘못 이해한 것이 된다. 외교 문서도 엄연히 한 편의 글이다. 한 편의 글을 완성하는 데 글의 진실성 차원에 대한 검토가 없을 수는 없다. 공적인 외교 문서라면 더욱더 그러하다. 따라서 여기서의 수식, 곧 글을 닦는다는 것은 글의 진실성을 갖추는 활동으로 봐야한다. 이렇듯 수사는 미학적 차원보다는 윤리학적 차원에서 주로 사유되어 왔다. 유협은 이러한 전통과는 다른 궤적을 그리며 수사라는 표현을 미학적 차원에서 사유하고 활용했던 것이다.

---

10 爲命, 裨諶草創之, 世叔討論之, 行人子羽修飾之, 東里子産潤色之(『논어』 「헌문憲問」).

유협이 수사를 이렇듯 전통과는 다른 선분을 그리며 사유하고 활용한 데는 확고한 명분과 근거가 있었다. "도를 규명하다"라는 뜻의 「원도原道」, "성인에게서 입증하다"라는 뜻의 「징성徵聖」, "경전을 모범으로 따르다"라는 뜻의 「종경宗經」, "위서를 바로잡다"라는 뜻의 「정위正緯」, "이소를 변별하다"라는 뜻의 「변소辯騷」로 이루어진 『문심조룡』의 첫 다섯 편은 유협 스스로 '글의 근간'을 논했다고 밝힌 부분이다. 지금으로 치면 문학 총론에 해당한다고 할 수 있다. 유협은 이 중 「원도」, 「징성」, 「종경」에서 문채에 대한 자신의 근본적 관점을 표출했다. 그는 이렇게 선언하며 『문심조룡』을 시작한다.

> 저 천지는 검은색과 누런색이 섞여 있다가 동그란 하늘과 네모난 대지로 구분되었다. 그 하늘에는 해와 달이 쌓여 있는 구슬처럼 빛나며 하늘의 모양을 드리웠고, 대지의 산천은 금으로 수놓은 아름다움을 드러내며 대지의 형상을 펼쳐냈으니, 이것이 도道의 문채[文]이다.
>
> **『문심조룡』, 「원도」[11]**

만물의 근원인 도가 자신을 드러내어 천지만물을 빚어

---

11 夫玄黃色雜, 方圓體分. 日月疊璧, 以垂麗天之象; 山川煥綺, 以鋪理地之形. 此蓋道之文也.

냈는데 그 형상이 아름다운 문채를 이루었다는 뜻이다. 문채가 도가 발휘된 결과라는 얘기다. 이는 유협이 문채가 도의 본성을 이룬다고 보았음을 일러 준다. 문채가 사후적으로 도에 부가된 것이 아니라 도가 존재하는 순간부터 도에 내재되어 있었다는 관점이다. 이러한 본성을 지니는 도는 "성인에 의하여 글로 드리워지고, 성인은 글에 의지하여 도를 밝힌다"[12]라고 보았다. 여기서 성인의 글이 곧 경전이다. 도에 본질로서 내재되어 있는 문채는 성인에 의해 드러나 경전에 담기게 되고, 성인은 그러한 경전을 통해 도를 밝히 드러낸다는 뜻이다. 따라서 경전에는 유협이 "성인의 글을 문장이라 총칭하니 이는 성인의 글이 문채를 갖추고 있기 때문이 아니면 무엇이겠는가!"[13]라고 단언했듯이 문채가 본질로서 갖추어진다. 문채는 이렇듯 도와 성인, 경전 모두와 내재적으로 관계된다. 따라서 문채를 추구하는 것은 경전 공부를 통해 도를 닦는다는 성인의 뜻에 위배되지 않는다. 유협은 성인의 뜻에 따른다는 윤리적 실천과 도의 문채를 드러낸다는 예술적 활동은 본래부터 통합되어 있다고 본 것이다. 결국 유협은 수사를 윤리적 자장에서 벗어나 예술적 자장에서 다룬 것이 아니라 수사를 둘러싼 윤리적 관점과 예술적 관점을 도-성인-경전을 매개로 통합해 냈던

---

12 道沿聖以垂文, 聖因文以明道(『문심조룡』「원도」).

13 聖賢書辭, 總稱文章, 非采而何(『문심조룡』「정채情采」). 여기서 문장은 예술성을 본격적으로 추구한 글을 가리킨다. 이에 대해서는 이 장의 각주 1 참조.

것이다. 이러한 차원에서 유협의 수사에 대한 관념은 말 꾸미기 차원에 머물지 않는다고 할 수 있다. 문채가 글의 본질로서 구현되는 것이라면 그것은 글에 부가되는 것이 아니다. 글의 꾸밈 차원에서 구현되는 것이 아니라 글을 지음 차원에서 구현된다는 것이다. 따라서 유협에게 있어 수사는 미문 빚기에 해당한다. 글을 짓는 것 자체가 미문을 빚는 활동이라는 뜻이다. 그가 "예로부터 글이란 아름답게 다듬어 꾸밈을 본체로 삼았다"[14]라고 잘라 말할 수 있었던 근거가 이것이다.

문채가 도의 본질이고 그것을 글로 드러냄이 성인의 역할이며 그렇게 문채가 갖추어진 글이 경전이라고 규정됨으로써 문채가 갖추어진 글을 쓰는 것, 곧 미문 빚기는 모든 글쓰기의 기본이 된다. 이는 수사의 뿌리를 굳건히 하는 일이다. 수사의 근원을 확고하게 갖춤으로써 수사에 윤리적 정당성을 부여하는 작업이다. 유협은 이를「원도」,「징성」,「종경」을 통해 성공적으로 수행해 냈다. 그 결과 도와 성인과 경전의 이름 아래 미문을 당당하게 추구할 수 있게 되었으며, 그 방법을 본격적으로 논의할 수 있게 되었다.

---

14 古來文章, 以雕縟成體(『문심조룡』「서지序志」).

3. 『문심조룡』의 수사론: 미문 빚기로서의 수사

『문심조룡』은 총 50편으로 구성되어 있다. 50편은 상하
각 25편으로 구성되어 있고, 상편은 문학 총론에 해당하는
5편과 문체론에 해당하는 20편으로, 하편은 창작론 19편과
비평론 5편, 『문심조룡』의 서문 역할을 하는 「서지」로 구
성되어 있다. 문체론에서는 조비가 『전론典論』「논문論文」
에서 문체론을 사상 최초로 서술한 이래 꾸준히 개진되어
온 기존의 문체론을 집대성한 토대 위에서 문, 사, 철을 비
롯한 모든 글을 대상으로 하여 도합 176종의 문체를 다루
었다.[15] 특히 시, 부 등 대표적 문체 30종에 대해서는 문체
의 명칭을 해석함으로써 문체의 본령과 특징을 밝혔고, 각
문체의 창작 원칙을 서술하고 이론적 체계를 세웠다. 또한
문체의 기원과 역사를 서술하고 대표적 작가와 작품을 거
론하며 비평하였다. 이로써 각 문체의 표준과 규범 및 전범
이 제시되어 이후 문체별 창작의 나침반 같은 역할을 수행
할 수 있었다. 하편의 창작론과 비평론에서는 이러한 문체
별 글쓰기를 가로지르면서 창작과 연관된 각종 원리와 규
범, 기법 등을 다루었다.

---

15 『문심조룡』에서 다룬 문체의 총수에 대해서는 논자에 따라 약간의 가감이 있다.

3.1 『문심조룡』 수사론의 층위

유협은 글을 유기적 복합체로 인식하였다. 글에는 자字·구句·장章·편篇·세勢라는 층위가 있고, 자에는 한자의 특성에서 기인하는 형形·음音·의義라는 층위가 있음에 유의하였다. 여기서 자는 어휘에 해당하고 구는 구절, 장은 단락 정도에 해당한다. 곧 글은 형상과 소리, 뜻의 복합체인 글자와 글자의 조합인 구, 구의 조합인 장, 장의 조합인 편으로 이루어지며 이들이 유기적이고 복합적으로 구조화됨으로써 글은 한 편의 글로서의 세, 그러니까 문세文勢를 구현하게 된다고 보았다. 또한 유협은 글에는 내용과 형식의 층위가 있음을, 글을 짓는 주체인 작가와 언어 구조물 자체인 텍스트라는 층위 그리고 감상을 하는 독자의 층위가 있음에도 주목하였다.

『문심조룡』의 수사론도 이러한 제반 층위에 따라 제시되었다. 글자 층위에서는 "글자를 선택하다"라는 뜻의 「연자練字」와 "소리와 음률"이라는 뜻의 「성률聲律」을 두어 글자 선택과 조합에 있어서의 시각적, 청각적 미감에 대하여 논의하였다. 구 층위에서는 "짝을 이룬 말"이라는 뜻의 「여사麗辭」를 두어 대구를 이루는 방법에 대하여 사상 처음으로 전문적으로 논했고, 장과 편 층위에서는 "단락과 구절"이라는 뜻의 「장구章句」를 두어 장과 편의 짜임새를 갖추는 방도에 대해 의논했으며, "내용의 안배와 표현의 배합"이라는 뜻의 「부회附會」를 두어 한 편으로서의 글의 체계화와 구조화에 대하여 다루었다. 세 차원에서는 "글의 세를 구현하다"라는 뜻의「정세定勢」를 두어 한 편의 글이 종합적이고 전체적으로 구현하는 문세에 대하여 서술하였다.

글의 양대 기축이라고 할 수 있는 형식과 내용에 대해서는 "내용의 기풍과 형식의 골상"이라는 뜻의「풍골風骨」과 "사상감정과 문채"라는 뜻의「정채情采」에서 다루었다. 작가의 층위에서는 "예술적 상상력과 구상" 정도의 뜻인「신사神思」, "글의 체식과 작가의 개성"이라는 뜻의「체성體性」, "기운을 기르다"라는 뜻의「양기養氣」를 마련하여 글 쓰는 이와 관련된 요소를 다각도에서 논의하였다.「양기」는 작가의 수양론을 전적으로 다루었다는 점에서 특히 주목할 만하다. 텍스트 층위에서는 "내용의 정련과 표현의 정리"라는 뜻의「용재鎔裁」를 두어 구상이나 글감의 정련과 표현 및 문사의 정리에 대하여 서술하였고,「비흥比興」,「과식夸飾」,「사류事類」,「은수隱秀」,「통변通變」,「지하指瑕」,「총술總術」에서는 수사법에 대하여 논술하였다. "비와 흥"이라는 뜻의「비흥」에서는 오늘날의 직유, 은유와 일맥상통하는 해당하는 비와 흥을 다루었고, "과한 수식"이라는 뜻의「과식」에서는 과장법에 대하여 의논하였다. 전고·인용 등의 기법은 "옛것의 인용"이라는 뜻의「사류」에서 다루었고, 함축과 그로 인한 다의성 및 부각을 통한 글의 초점화 관련 기법은 "은미하게 감춤과 빼어나게 드러냄"이라는 뜻의「은수」에서 논의하였다. "전통과 혁신"이라는 뜻의「통변」에서는 과거로부터 집적되어 온 글의 전통을 따름과 새로움을 개척해 가는 창신의 문제를 취급하였고, "티끌을 지적하다"라는 뜻의 「지하」에서는 글의 잘못을 바로잡는 것에 대하여 다루었다. "창작 원리를 총괄하다"라는 뜻의 「총술」에서는 상술한 바와 같이 『문심조룡』에서 개진한 창작론을 총괄하였다.

『문심조룡』의 끝부분인 「시서 時序」, 「물색 物色」, 「재략 才略」, 「지음知音」, 「정기程器」의 다섯 편은 비평론으로 분류된다. "시대의 변천"이라는 뜻의 「시서」와 "자연의 풍물"이라는 뜻의 「물색」, "재능을 개괄하다"라는 뜻의 「재략」은 각각 시대와 자연, 글쓰기의 역사라는 차원에서 글쓰기를 조명한 부분이고, "작품을 이해하다"라는 뜻의 「지음」에서는 감상론의 차원에서, "사람됨을 헤아리다"라는 뜻의 「정기」에서는 인물론의 차원에서 글쓰기를 조명하였다. 이들 비평론을 통해 유협이 글쓰기에는 시대 곧 사회적 환경, 자연적 조건, 문학사적 배경, 글의 수용이라는 차원, 작가의 사람됨이라는 차원 등이 개입되어 있다고 보았음을 확인할 수 있다.

3.2 조화의 수사론

『문심조룡』에 개진된 수사론의 핵심은 조화이다. '자', '구', '장', '편', '세' 차원, 내용과 형식 차원, 작가와 텍스트 차원 모두 조화를 구현해야 할 기본 대상으로 제시하였다. 기법 차원에서도 마찬가지였다. 비와 흥이든 은과 수이든 또 과장이나 인용이든 간에 모두 과하지도 모자라지도 않은 균형을 추구하였다. 전통 추종과 혁신 도모, 곧 글쓰기에서의 신구新舊의 문제도 마찬가지였다.

　조화를 기해야 할 대상 가운데 대표적인 것은 내용과 형식이다. 지금 이론 수준에서 보면 당연한 얘기를 한 것으로 보이지만, 1500여 년 전 고대 중국에서는 결코 심상한 주장이 아니었다. 『문심조룡』은 글쓰기 차원에서 내용과 형식의 조화를 전문적이고 체계적으로 입론한 최초의 저술이기에 그러하다. 여기서 내용과 형식의 조화는 내용과 형식, 이 둘의 조화만을 가리키지 않는다. 유협은 형식 자체 차원에서의 조화, 내용 자체 차원에서의 조화, 내용과 형식 간 결합 차원에서의 조화라는 세 층위에서 조화를 다루었다. 형식 차원에서의 논의는 다시 글자 조합 차원에서의 시각적·청각적 조화, 구의 조합 차원에서의 대칭적 조화로 나누어 볼 수 있다. 구의 조합인 장과 장의 조합인 편, 그리고 한 편의 글이 전체적이고 종합적으로 자아내는 세 차원에서는 형식과 내용이 융화되어 있기[16] 때문에 이를 형식이나 내용 차원으로 분절하여 따로따로 살펴볼 수는 없다. 『문심조룡』에서 장과 편, 세 차원에서의 조화 문제가 형식과 내용의 통일이라는 차원에서 다루어진 까닭이다.[17]

　글자 조합 차원에서의 시각적 조화를 따지는 것은 상형

16　장과 편, 세의 이러한 속성은 가령 장은 "내용을 총괄하여 하나의 총체로 엮어낸다(總義以包體)", "장은 일정한 내용을 총괄함에 뜻을 다 드러내어 하나의 총체를 이루기 마련이다(章總一義, 須意窮而成體)"(『문심조룡』, 「장구」)와 같은 언급을 통해 목도 가능하다.

17　이는 「부회」, 「용재」, 「장구」, 「정세」에서 집중적으로 다루어졌다.

문자로서 한자가 지니는 속성에서 기인한다. 한 글자가 하나의 이미지로 작동되기에 글자 조합 시 이미지 간 조화를 따져야 한다는 취지다. 글자 간의 조합은 "말은 마음의 소리이며 글은 마음의 그림"[18]이기에 그러하다는 것이다.

> 글꼴은 간단하기도 하고 복잡하기도 하여 아름다운 것과 추한 것은 체식이 달라진다. 마음은 소리를 말에 기탁하고 말은 형상을 글자에 기탁한다. 말을 읊조림은 궁음·상음 같은 음을 쌓아가는 것이고 문채를 봄은 글자들의 형상으로 귀결된다.
>
> 『문심조룡』, 「연자」[19]

유협은 한자는 간단한 형상으로 이루어진 것과 복잡한 형상으로 이루어진 것이 있으므로 이들을 어떻게 조합하느냐에 따라 아름답게 조화될 수도 있고 추하게 결합될 수도 있다고 보았다. 하나하나가 다 이미지 역할을 하는 한자들이 어떻게 조합되느냐에 따라 문장의 시각적 미가 구현되기도 하고 그렇지 못하기도 한다는 것이다. 하여 글자를 조합할 때는 "괴이한 글자를 피한다(避詭異)",[20] "변이 같은 글

---

18 言心聲也, 書心畵也(『문심조룡』「서기」).

19 若夫義訓古今, 興廢殊用, 字形單複, 姸媸異體, 心旣托聲於言, 言亦寄形於字, 諷誦則績在宮商, 臨文則能歸字形矣.

20 괴이한 글자란 것은 일상적으로 쓰이는 글자가 아닌 것을 말한다. 가령 옛 글꼴이나 잘 쓰이지 않는 이체자, 사용 빈도가 낮은 글자 등을 가리킨다. 이들은 평소에 잘 접하지 못한, 곧 익숙하지 않은 글자이다 보니 시각적 미감 창출에 저해가 된다는 점에

자를 적게 사용한다(省聯邊)", "같은 글자의 중복을 조절한다
(權重出)", "단조로운 형상의 글자와 복잡한 형상의 글자를 균
형 있게 사용한다(調單復)"와 같은 기법을 활용하여 문장의
형상미를 조화롭게 구현해 내야 한다고 보았다. 소리의 조
화도 마찬가지다. 유협은 단지 결합되는 글자 간 소리의 높
낮이 간 조화만을 다루지 않았다. "무릇 소리에는 날아오르
는 것[飛]과 가라앉는 것[沈]이 있다. (…) 가라앉는 음만 쓰면
음향이 발휘되다 끊기게 되고, 날아오르는 음만 쓰면 휘날
리기만 하고 수습이 되지 않는다. 마치 도르래의 끈이 한쪽
이 내려오면 다른 쪽이 올라가며 호응하고, 용의 역린이 다
른 비늘과 역으로 나서 어울리듯이 되어야 한다"[21]라고 함으
로써 소리의 성질 차원도 주목하였다. 곧 고저와 비침飛沈
모두의 차원에서, "옛날 허리에 차는 옥의 왼쪽 것은 궁음
을 내고 오른쪽 것은 치음을 냈다. 걸음걸이를 조절하여 그
소리가 질서를 잃지 않게"[22] 하는 것처럼 소리의 조합을 조
화롭게 하면 "마치 큰 바람이 대지에 불어 일어나는 대지의
조화로운 음향"[23]같이 된다고 보았다. 한편 유협은 "소리와
형상이 명료하고도 정밀하면 문채가 약동하게 된다"[24]라고

서 피해야 하는 글자로 꼽힌 것이다.

21 凡聲有飛沈, 響有雙疊. 雙聲隔字而每舛, 疊韻離句而必睽. 沈則響發而斷, 飛則聲飏不
    還, 並轆轤交往, 逆鱗相比(『문심조룡』「성률」).

22 古之佩玉, 左宮右徵, 以節其步, 聲不失序(같은 글).

23 長風之過籟(같은 글).

24 聲畫昭精, 墨采騰奮(『문심조룡』「연자」).

함으로써 형상 간, 소리 간 개개 차원에서의 조화뿐 아니라 시각적 미와 청각적 미 사이의 조화도 강구하였다.

구의 조합 차원에서의 조화는 주로 대우對偶, 곧 대칭을 이루는 자구 차원에서 다루어졌다. 유협은 자구가 짝을 이루는 것은 자연의 섭리에 따른 자연스러운 발로라는 전제 아래 「여사」에서 대우를 이루는 방법으로 "언대言對", "사대事對", "반대反對", "정대正對"의 네 가지를 제시했다. '언대'는 실제 사례가 담겨 있지 않은 말을 짝지어 늘어놓은 것이고, '사대'는 실제 있었던 일을 나란히 들어 놓은 것이다. '반대'는 결은 달리하지만 취지는 같은 것, 다시 말해 서로 반대되는 내용을 같은 취지를 표하게끔 짝짓는 것이고, '정대'는 거론된 일은 다르지만 그 뜻은 같은 것, 달리 말해 표면적으로는 서로 다르지만 실질적으로는 같은 뜻을 지시하게끔 짝짓는 것이다. 이 중 언대와 사대가 한 조를 이루고 반대와 정대가 또 한 조를 이룬다. 앞의 조는 어떤 내용으로 대우를 구성할 것인가의 차원, 곧 내용 선택의 차원에서 대우를 분류한 것이라면 뒤의 조는 선택한 내용을 어떻게 배치할 것인가의 차원, 곧 내용 배치의 차원에서 대우를 분류한 것이다. 그래서 앞의 네 가지 관계는 언대이면서 정대이거나 반대인 경우, 사대이면서 정대이거나 반대인 경우로 정리될 수 있다. 곧 언대와 사대가 보다 핵심인 셈이다. 하여 유협은 "언대를 아름답게 함에 관건은 정교함이고 사대가 우선으로 할 바는 합당한 사례를 인용하는 데 힘쓰는 것이다. 두 가지 사례가 짝지어져 있어도 우열이 고르지 않으면 이는 천리마가 수레의 왼쪽에 있고 노둔한 말이 수레의 오른쪽에 있는 것과 마찬가지다. 만약 사례가 홀로 제시되어 짝을 이룸이 없다면 이는 기夔와 같은 외다리 동물이 콩콩 뛰어다니는 것과 마찬가지다. 만약 글이 기세의 면에서 특별함이 없으면 문장에 아름다운 문채가 부족하게 된다. 그저 그런 평범한 대우는 듣고 보는 이를 몽롱하고 졸리게 한다. 반드시 조리가 순통하고 사례가 엄밀하도록 하여 벽옥을 짝지어 놓은 듯이 문채가 빛나게 해야 한다"[25]라면서 언대와 사대에 대해 한층 구체적으로 논하였다.

한편 형식 면에서 글자 간, 구절 간 조합의 조화는 한 편의 글 차원에서 골骨이 구현되는 데 바탕이 된다. 유협에 따르면 골이 구현되어야 형식 차원에서의 조화가 완성된다. 그는 「풍골」에서 한 편의 글이 내용 차원에서 구현하는 기풍을 가리키는 풍風과 형식 차원에서 빚어내는 골상을 가리키는 골에 대해 논하면서 "말의 짜임새가 단정하고 곧으면 글의 골이 이루어진다. (…) 글자를 딱 들어맞게 정련하여 다른 글자로 바꿀 수 없게 하고, 소리를 긴밀하게 엮어 물 흐르듯 걸림이 없게 함은 풍과 골의 힘이다. 내용이 빈약한 채로 문사만을 잔뜩 늘어놓고 번잡하여 조리를 잃은

---

25 言對爲美, 貴在精巧. 事對所先, 務在允當. 若兩事相配, 而優劣不均, 是驥在左驂, 駑爲右服也. 若夫事或孤立, 莫與相偶, 是夔之一足, 趻踔而行也. 若氣無奇類, 文乏異采, 碌碌麗辭, 則昏睡耳目. 必使理圓事密, 聯璧其章(『문심조룡』「여사」).

것은 골이 없다는 증거이다"[26]라고 진단하였다. 글자, 곧 단
어의 선택이 더없이 적절하고 글자 간, 구절 간 조합이 짜
임새 있고 긴밀하면 한 편의 글 전체 차원에서 골이라고 할
수 있는 수사적 효과가 조화롭게 구현된다는 뜻이다. 이렇
듯 자와 구 차원부터 한 편의 글 전체 차원에서의 짜임새를
각각의 층위에서 또 종합의 층위에서 다루었다는 것은 유
협이 부분을 전체 차원에서 조망하고 전체를 부분 차원에
서 바라보았음을 시사해 준다. 곧 형식 차원에서의 조화는
부분과 전체 각각의 차원뿐 아니라 부분과 전체의 관계라
는 차원에서도 사유되었던 것이다.

　내용 차원에서의 조화는 내용의 통일성과 진실성의 구
현을 의미한다. 유협은 "내용의 맥락이 통하지 않으면 글의
체식은 반신불수가 된다"[27]라는 전제 아래 내용의 조화를
구현할 방도를 거론하였다.

　　장과 구는 한 편의 글 안에서 마치 누에고치가 명주실을 뽑아
　　내는 것처럼 연결되어 있어 처음을 감안하여 끝을 갈무리하고
　　그 체제는 반드시 비늘처럼 가지런하게 한다. 서두의 말은 중간
　　의 내용을 싹틔우고, 맺음말은 앞의 내용을 좇아 잇는다. 그래
　　서 외적으로는 문채가 비단의 무늬처럼 교차하고 내적으로는

26　結言端直, 則文骨成焉. (…) 捶字堅而難移, 結響凝而不滯, 此風骨之力也. 若瘠義肥辭,
　　繁雜失統, 則無骨之徵也(『문심조룡』 「풍골」).
27　義脈不流, 則偏枯文體(『문심조룡』 「부회」).

내용이 맥락을 이루어 흐르게 된다. 마치 꽃잎과 꽃받침이 서로 맞물려 있는 것처럼 처음과 끝이 상응하여 일체를 이룬다.

『문심조룡』, 「장구」[28]

　여기서 유협은 내용의 통일성을 기하는 길로 두 가지를 언급한다. 하나는 글의 시작과 끝이 상응해야 한다는 점이고 다른 하나는 서두와 중간, 갈무리 부분이 서로 긴밀하게 맞물려 있어야 한다는 점이다. 그랬을 때 유기적 총체로서의 한 편의 글이 될 수 있다고 보았다. 또한 「부회」에서는 "글의 결을 총괄하고 글의 시작과 끝을 통일하며 쓸 것과 뺄 것을 정하고 글의 각 부분을 통합하여 한 편답게 긴밀하게 아우름으로써 글이 복잡해도 어지럽지 않게 하는 것"[29]이라고 함으로써 글이 내용 차원에서 한 편답게 유기적 짜임새를 이루는 방도를 한층 구체적으로 논했다. 여기서 "글의 결을 총괄한다", "글의 시작과 끝을 통일한다", "쓸 것과 뺄 것을 정한다", "글의 각 부분을 통합한다"의 넷은 "긴밀하게 아울러진" 한 편의 글을 빚는 데 꼭 필요한 규범이다. 곧 내용의 통일성을 갖춘 글을 짓는 유용한 방도인 것이다. 이러한 통일성에 더하여 "이치가 구비되고 내용이 분명하며 생각이 막힘없고,"[30] "참된 감정을 드러내면 간결해지고

---

28 章句在篇, 如繭之抽緖, 原始要終, 體必鱗次. 啓行之辭, 逆萌中篇之意, 絕筆之言, 追媵前句之旨, 故能外文綺交, 內義脈注, 跗萼相衙, 首尾一體.

29 謂總文理, 統首尾, 定與奪, 合涯際, 彌綸一篇(『문심조룡』「부회」).

30 理得而事明, 心敏(같은 글).

진실을 써내게 된다"³¹처럼 내용의 진실성이 구비되면 글은 내용으로부터 발원되는 기세를 발하게 되고 그럼으로써 감화력을 갖추게 된다. 이것이 유협이 말한 글의 풍風이다. 그는 "글의 뜻과 뜻에서 발원하는 기가 빼어나고 시원하면 글의 풍이 참신해진다"³²라고 한 데서 알 수 있듯이 풍을 갖추기 위해서는 뜻이 잘 갖추어지고 그렇게 잘 갖추어진 뜻에서 기운이 발휘되어야 한다고 보았다. 반대로 "생각이 주도면밀하지 못하고 삭막하게 기운이 결핍되어 있으면"³³ 풍은 결여될 수밖에 없다고 하였다.

한편 "감정이 움직이면 말로 드러나고 사상이 발휘되면 문채가 드러난다"³⁴라고 한 데서 목도되듯이 유협은 내용에는 두 부류가 있다고 보았다. 그는 아이들이 문장을 학습하는 방도에 대하여 논하면서 재능 있는 아동이 글을 배울 때는 "마땅히 글의 짜임새를 바르게 하는 것부터 해야 한다. 반드시 사상과 감정을 정신으로 삼고 만물의 이치를 골수로 삼으며 문채를 피부로 삼고 음향을 목소리로 삼는다"³⁵라고 하였다. 여기서 사상감정과 만물의 이치가 내용에 배속되고 문채와 음향이 형식에 배속된다. 그런데 유협은 이들의 관계를 신체에 비유했다. 곧 사상감정은 정신에

---

31 爲情者要約而寫眞(『문심조룡』「정채」).

32 意氣駿爽, 則文風淸焉(『문심조룡』「풍골」).

33 思不環周, 索莫乏氣(같은 글).

34 情動而言形, 理發而文見(『문심조룡』「체성」).

35 宜正體製, 必以情志爲神明, 事義爲骨髓, 辭采爲肌膚, 宮商爲聲氣(『문심조룡』「부회」).

해당하고 만물의 이치는 골수에 해당한다고 했는데, 이러한 비유는 정신과 골수가 사람의 신체에서 유기적으로 통합되어 있듯이 사상감정과 만물의 이치도 유기적으로 결합되어야 함을 가리킨다. 이는 내용 차원에서의 조화 구현의 또 다른 국면이다. 곧 유협은 내용의 차원을 형식에 대비되는 것으로 뭉뚱그려 사유하지 않고, 형식을 자 차원, 자의 조합 차원, 구 차원, 구의 조합 차원, 장과 편 차원으로 분절하여 다루었듯이 내용도 사상감정과 만물의 이치 차원으로 나누어 한층 분석적이고 체계적으로 다루었던 것이다. 이러한 시도는 유협 이전에 없었다는 점에서 그 사적 의의는 작지 않다.

내용과 형식은 이렇듯 각각의 차원에서 조화를 이루어야 하는 동시에 내용과 형식 간 결합 차원에서도 조화를 이루어야 한다. 유협은 형식이나 내용 차원에서의 조화를 자, 구, 장, 편 차원에서 다루었듯이 형식과 내용의 결합 차원에서의 조화 또한 층위마다 구현되어야 하는 것으로 보았다. 하여 "사람이 글을 지을 때 글자에 근거하여 구를 만들고 구를 쌓아 장을 이루며 장을 쌓아 한 편을 만든다. 한 편의 글이 밝게 아름다움은 장에 결함이 없어서이고 장이 또렷하게 예쁨은 구에 흠이 없어서이며 구가 맑고 빼어남은 글자를 함부로 사용하지 않아서이다"[36]라고 하였다. 곧 내용과 형식

---

36 夫人之立言, 因字而生句, 積句而成章, 積章而成篇. 篇之彪炳, 章無疵也, 章之明靡, 句無玷也, 句之清英, 字不妄也(『문심조룡』 「장구」).

간 조화의 기본은 이렇듯 자와 구, 장, 편 차원 모두에서 하자가 없는 상태이다. 이러한 전제 아래서 유협은 내용과 형식 간 조화를 구현하는 방도를 다음과 같이 제시하였다.

> 먼저 세 가지 기준을 따라야 한다. 서두에서 글의 실마리를 펼쳐 갈 때에는 내용에 따라 글의 체식을 정해야 한다. 중간에서 내용을 거론할 때에는 내용을 참작하면서 그에 합당한 바들을 취해야 한다. 끝에서 글을 갈무리할 때에는 적절한 문사를 찾아 요점을 잘 드러내야 한다.
>
> 『문심조룡』, 「용재」[37]

나아가 유협은 내용과 형식의 조화를 의미와 수사 사이의 조화라는 차원에서도 다루었다. 이를테면 「징성」에서는 "화려한 문사를 머금고 진실한 내용을 담아야"[38] 한다고 하였고, "감정을 두루 아우르되 번다하지 않게 하고 문사를 운용하되 과도하지 않게 한다"[39]라고 하였다. 또한 "감정의 변화를 철저하게 이해하고 글의 체식을 상세하게 밝혀낸 연후에야 새로운 생각을 싹틔워 낼 수 있고 비범한 문사를 가할 수 있게 된다. 글의 체식을 상세히 밝혔기에 생각이 새로우면서도 혼란되지 않고, 감정의 변화를 철저하게 이

---

37 先標三準, 履端於始, 則設情以位體, 擧正於中, 則酌事以取類, 歸餘於終, 則撮辭以擧要.

38 銜華而佩實(『문심조룡』, 「징성」).

39 情周而不繁, 辭運而不濫(『문심조룡』, 「용재」).

해하였기에 문사가 비범하면서도 추해지지 않았다"[40]라고
하였고, "감정은 문채의 날줄이며 문사는 내용의 씨줄이다.
날줄이 바로잡힌 후에야 씨줄이 이루어지며 내용이 정해
진 후에야 문사가 막힘없이 펼쳐진다. 이것이 문채를 구현
하는 근본이다"[41]라고 하였다. 이러한 지침 아래「정채」에
서는 "체식을 정하고 내용을 안배하며 체식을 운용함에 뜻
을 섬세하게 사용한다. 뜻이 정해진 후에 음률을 엮고 내용
이 정합적으로 바르게 된 뒤에 문사를 가하여 문채가 내용
을 훼멸하거나 번다한 문사가 내용을 함몰시키지 않게 해
야 한다. 바람직한 문채가 선명한 빛깔로 빛나게 하고 바람
직하지 못한 문채가 트릿한 빛깔로 발하지 못하게 막는다.
이렇게 문채를 조탁할 수 있으면 의미와 문사 모두가 빛나
는 군자와 같게 된다"[42]라고 함으로써 의미와 수사 간 조화
에 대하여 총괄하였다.

　한편 유협은 내용과 형식의 조화를 지향했지만 형식보
다는 내용에 중점을 두기도 하였다 "내용에 따라 체식을 세
우고, 체식에 따라 세를 이룬다",[43] "옛적『시경』의 시를 지

40　洞曉情變, 曲昭文體, 然後能孚甲新意, 雕畫奇辭. 昭體故意新而不亂, 曉變故辭奇而不
　　黷(「문심조룡」「풍골」).

41　情者, 文之經, 辭者, 理之緯. 經正而後緯成, 理定而後辭暢, 此立文之本源也(「문심조룡」
　　「정채」).

42　夫能設模以位理, 擬地以置心, 心定而後結音, 理正而後摛藻, 使文不滅質, 博不溺心,
　　正采耀乎朱藍, 間色屛於紅紫, 乃可謂雕琢其章, 彬彬君子矣(「문심조룡」「정채」).

43　因情立體, 即體成勢(「문심조룡」「지음」).

은 시인들은 내용을 위해 문사를 가했다",[44] "내용에 따라 글의 체식을 정해야 한다",[45] "내용이 결정된 후에 문사를 펼쳐낸다"[46]와 같은 언급이 그 예이다. 다만 이는 유협 당시 유미주의, 형식주의 풍조의 기승에 대한 반작용으로 볼 필요가 있다. 곧 『문심조룡』에서 목도되는 이러한 면이 내용과 형식의 조화를 추구한다는 기본적 지향보다 앞서는 것으로 볼 수는 없다는 것이다.

4. 수사의 궁극으로서의 자연함

『문심조룡』이 추구한 조화는 내용과 형식에 국한되어 있지는 않다. 적지 않은 논자들이 『문심조룡』에 개진된 문학관을 '통변의 문학관'이라고 규정한 데서 보이듯이 유협은 창작에 있어서의 전통의 추수[通]와 혁신의 추구[變] 간의 조화도 중시했다. 같은 맥락에서 기이함과 평이함, 강함과 부드러움, 단아함과 화려함, 은미하게 감춤[隱]과 빼어나게 드러냄[秀] 간, 대구와 산구散句[47] 간, 문사가 가해진 표현과 그렇지 않은 표현 간의 균형에도 주의했다. 또한 텍스트 층위

---

44 昔詩人什篇, 爲情而造文(『문심조룡』「정채」).

45 設情以位體(『문심조룡』「용재」).

46 理定而後辭暢(『문심조룡』「정채」).

47 대구를 이르지 않는 구.

에서의 조화뿐만 아니라 작가와 텍스트 간의 조화, 사회·자연과 글쓰기 간의 조화 등도 더불어 도모하였다.

이렇게 창작과 관련한 제반 층위에서 조화를 도모함으로써 궁극적으로 구현하게 되는 경지를 유협은 자연自然이란 말로 대변하였다.

> 만물을 두루 살펴보면 동식물에도 모두 문채가 있다. 용과 봉황은 아름다운 문채로 상서로움을 드러내고 호랑이와 표범은 아롱진 무늬로 자태를 나타낸다. 구름과 노을의 화려한 빛깔은 화가의 빼어난 솜씨보다 낫고, 초목의 예쁜 꽃들은 수놓는 이의 뛰어난 솜씨에 기댈 필요가 없다. 이들이 어찌 바깥에서 꾸민 것이리오? 모두가 저절로 그러할 따름이다. 숲에서 울려오는 음향은 피리나 거문고같이 조화롭고 샘물이 돌에 부딪혀 울리는 운율은 경쇠나 종같이 잘 어울린다. 그래서 형체가 갖춰지면 문양도 형성되며 소리가 발휘되면 문채가 생성된다. 지각이 없는 사물도 풍성하게 문채를 갖추고 있는데 마음을 지닌 사람에게 어찌 문채가 없을 수 있겠는가?
>
> 『문심조룡』, 「원도」[48]

여기서 자연은 우주 자연 할 때의 자연이 아니라 외부로

---

48 傍及萬品, 動植皆文. 龍鳳以藻繪呈瑞, 虎豹以炳蔚凝姿. 雲霞雕色, 有踰畫工之妙, 草木賁華, 無待錦匠之奇. 夫豈外飾, 蓋自然耳. 至如林籟結響, 調如竽瑟, 泉石激韻, 和若球鍠. 故形立則章成矣, 聲發則文生矣. 夫以無識之物, 鬱然有彩, 有心之器, 其無文歟.

부터 그 어떤 개입도 없이 저절로 그러한 바, 곧 '자연함'을 가리킨다. 이에 따르면 사람을 포함한 만물은 존재의 순간부터 저절로 문채를 띤 존재이므로 그러한 만물을 담아내는 글 또한 생성의 순간부터 저절로 문채를 띨 수밖에 없다. 또한 미문은 꾸밈의 차원이 아니라 존재의 차원에서 자연하게 구현되는 것이다. 또한 수사, 그러니까 미문 빚기는 이렇게 스스로 그러하게 존재하게 되는 문채를 있는 그대로 구현하는 활동이 된다. 창작의 제반 층위에서 조화를 도모해야 하는 이유가 여기에 있다. 만물이 본성적으로 지니는 문채는 저절로 그러하게 조화를 이루고 있기 때문이다.

유협은 이러한 자연함이 온전히 구현되어 있는 전범으로 경전을 들었다. 그럼으로써 저절로 그러함과 인위적 활동을 일체화한다. 이는 경전이 표상하는 윤리와 자연함의 영역에 속하는 예술의 통합을 뜻하기도 한다. 따라서 글을 짓는다는 것은 기본적으로 윤리와 예술을 통합적으로 구현하는 것이 된다. 유협에게 글쓰기가 본질적으로 미문 빚기인 까닭이요, 수사가 단지 글을 꾸밈 차원의 활동이 아니라 글을 빚음 차원의 활동이었던 까닭이다.

13장
초월과 자유의 선적 수사[1]

야보천로의 『금강반야바라밀경』 게송

신의선(가톨릭대학교)

1. 『금강반야바라밀경』의 게송과 야보천로

『금강반야바라밀경金剛般若波羅蜜經』(이하 『금강경』)은 불가의 대표 경전으로, 여기에는 부처와 그의 제자 수보리須菩提 존자가 '공空' 사상을 중심으로 문답한 내용이 담겨 있다. 역경승이었던 구마라습鳩摩羅什(344~413)이 인도에서 전래된 경전을 5세기 초에 한역하고, 남조 양나라 소명태자昭明太子(501~531)가 내용에 따라 32분으로 편집하면서 널리 유통되었다. 특히 당대 육조 혜능慧能(638~713) 선사가 이 경전을 읽고 깨달음을 얻었다고 알려져,[2] 동아시아

---

1   이 글은 신의선, 「眞空 속에 피어나는 妙有의 초월적 修辭 ─『金剛經』의 「冶父頌」을 중심으로」(한국수사학회, 『수사학』 제28집, 2017)를 수정·보완하고, 이후 『글로벌 평화와 인문경영철학』(가톨릭대학교 글로벌 인문경영연구소 엮음, 한국학술정보, 2018)에 실었던 내용을 확장 및 보완한 것이다.

2   『단경壇經』에 의하면, 혜능이 『금강경』의 "머무는 바 없이 본래의 마음을 내라"라는 구절에서 일체의 만법이 본래의 성품을 떠나지 않는다는 사실을 크게 깨쳤다고 전한

선종사에서 중요한 문헌으로 존숭되어 왔다. 혜능 선사는 경문에 구결 口訣을 붙이기도 하였는데, 이 외에 남조 양대 부대사傅大士(497~569), 당대 규봉종밀 圭峰宗密(780~841), 송대 예장종경 豫章宗鏡(생몰년 미상)과 야보천로 冶父川老(생몰년 미상) 선사들도 각각 찬贊, 찬요纂要, 제강提綱, 송頌의 형태로 주해하여 경전 속 가르침을 드러내었다.

이들 5가의 해설(五家解)에는 불립문자不立文字를 표방하였던 초기 선의 입장에서 점차 불리문자不離文字의 입장으로 전환되어 갔던 중국 선불교의 흐름 속에 등장한 선적 표현이 깃들어 있는데, 그중에서도 남송 시대의 야보천로 선사가 구가한 게송偈頌은 운문이라는 압축된 형식을 빌려 심원한 깨달음의 이치나 경지를 형상화한 선시禪詩의 수사적 미감을 응축하고 있으므로 주목할 필요가 있다.

야보천로는 임제종 선승으로 그의 법호인 야보冶父와 법명인 도천道川을 합쳐 '야보도천' 선사로도 칭한다. 생애에 대해서는 자세히 알려지지 않았으나, 대천보제大川普濟(1178?~1253)가 편찬한 선종 사적인 『오등회원五燈會元』에 일부 나타난다. 『오등회원』에 따르면, 곤산崑山(지금의 장쑤江蘇성) 적狄씨로 현縣의 궁수로 지내다 도겸道謙 선사가 승속을 위해 펼친 법문을 듣고 그를 따랐는데, 근무 태만의

다. "至'應無所住而生其心', 惠能言下大悟, 一切萬法, 不離自性."(『육조대사법보단경((六祖大師法寶壇經』; CBETA, T48n2008_001, 0349a12).

죄를 얻어 태형을 받다가 문득 크게 깨닫고 출가하였다고 전한다. 이후 도겸 선사로부터 도천이라는 법명을 받고 계성繼成 선사로부터 인가를 받아 법을 이었으며, 승속의 공경을 받던 가운데 누군가 『금강경』에 대해 청문하면 게송으로 답하였다는 행적을 함께 엿볼 수 있다.[3]

야보천로의 게송에서 당송대 시문을 차용한 자취가 보이기도 하는데, 여기서 그의 게송이 경문의 선지禪旨를 드러내는 주해의 의미를 넘어 문학성을 내포하고 있음을 가늠할 수 있다.[4] 특히 언어에 의지하여 선적 가르침을 노래하면서도 역설적으로 그러한 언어적 형상을 초월하도록 안내하는바, 이들 선적 수사는 게송의 문면 너머로 무궁무진한 선미禪美를 발한다.

---

3 "崑山狄氏子, 初爲縣之弓級. 聞東齋謙首座爲道俗演法, 往從之, 習坐不倦/ 一日因不職遭笞, 忽於杖下大悟. 遂辭職依謙, 謙爲改名道川. (…) 建炎初, 圓頂游方, 至天封蹄菴, 與語鋒投, 菴稱善. 歸憩東齋, 道俗愈敬. 有以金剛般若經請問者, 師爲頌之, 今盛行於世."(「무위군야보실제도천선사無爲軍冶父實際道川禪師」, 『오등회원』 권제12; CBETA, X80n1565_012, 0260a13).

4 이 글에서 다루는 게송의 원문은 구마라습이 한역한 경문에 당대 육조 혜능의 구결과 송대 야보천로의 게송이 붙은 『금강반야바라밀경주金剛般若波羅蜜經註』에 근거하되, 1380년에 일본 천룡사에서 발행한 목판본(동국대 중앙도서관 소장, 불교기록문화유산아카이브 제공본)을 따랐다. 해제에서 "본 주해는 육조 혜능이 말한 바요, 그에 대한 송과 착어는 야보천로가 붙인 것(本註六祖所述也. 頌著語川老所述也)"이라는 구절이 확인된다.

2. 『금강반야바라밀경』 야보천로 게송의 수사학적 의의

선禪의 진수를 품은 수사는 언어로 구축되는 논리적 개념의 구조를 허물어 생각의 길을 끊는 데 중점을 둔다. 선가에서는 만물의 실상이라고 하는 것이 이것/저것, 나/너 등의 차별적 이름으로 칭하며 분별을 낳는 언어나 문자에 의지하여 파악되는 것이 아니라, 오히려 "언어의 길이 끊기고, 그 언어적 표현에서 떠올리는 이런저런 분별과 판단을 야기하는 마음의 작용도 사라져 버린(言語道斷, 心行處滅)"[5] 경계에서 획득되는 것이라고 여기기 때문이다.

그리하여 불가에서 비롯된 운문 형식 중 하나인 게송은 언어나 문자를 표현 수단으로 삼으면서도 그 내용은 언어나 문자와 같은 형상에 집착하지 않도록 경계하는 선적 가르침을 담지한다. 다시 말해 우리가 언어로 지칭하는 대상을 비롯하여 감관으로 감지하는 모든 형상적 존재는 고정된 모습으로 영원히 실재하는 것이 아니라, 직간접적인 조건(인因과 연緣)에 의지하여 명멸을 거듭하기에 실로 있다고 할 수 없고 없다고도 할 수 없으니, 만물의 실상은 있음/없음과 같이 이원적으로 이름하는 모든 분별 개념에서 본래 자유롭다는 '공空'의 이치를 골자로 삼는 것이다.

---

5   『금강반야바라밀경오가해설의金剛般若波羅蜜經五家解說誼』 卷上(ABC, H0114 v7, p. 11b15~b16).

선종에서는 이렇게 언어로 구축되는 일체의 개념들을 철저하게 부정하고 타파하면서, 차별적 이름들에 오염되지 않은 세상 만물의 텅 빈 본성을 깨우치게 하고, 양분된 논리에 어떤 분별의 마음도 내지 않고 하나로 융합된 본래의 성품을 회복하도록 강조한다.

『금강경』의 야보천로 게송(이하 '야보송')에서도 언어로 규정되는 이원적 논리 구조를 파격하는 수사가 나타나는데, 특히 야보송에서는 상식의 논리에 어긋나는 듯하면서도 만물의 본성을 일깨우는 시어나 시구가 부정, 비유, 상징 등의 수법으로 체현된다.[6]

야보송에 나타나는 이들 선적 수사는 게송을 접하는 수용자가 내적 성찰을 통해 깨달음에 다가가도록 계도하는 방편의 역할을 담당한다는 점에서 그 의의를 찾을 수 있다. 특히 이는 여타의 게송에 나타나는 수사적 표현과 달리 득오得悟에 있어서 언어나 문자를 통한 설법이 장애가 되지 않도록 『금강경』의 원문 및 착어의 내용을 단지 기표상의 의미로 수용하는 데에 그치지 않고, 그 표현을 뛰어넘어 발상의 전환을 일으켜 보다 넓은 인식에 이르도록 안내한다.[7]

---

6 이들 선적 수사는 야보도천의 게송 110수에 두루 나타나지만, 그중에서도 감관을 통해 감지되는 만물의 형상과 의식이 만들어 낸 모든 고정 관념의 모습[相]을 여의고서 만날 수 있는 본질적 실상에 대해 설명한 「제14 이상적멸분離相寂滅分」과 그 본질적 실상은 '나'라고 명명할 것조차 끊어진 무아無我의 경지임을 설명한 「제17 구경무아분究竟無我分」에서 가장 많이 발견된다.

7 경문이나 착어의 내용을 깨달음의 경계로 전환시키는 야보송의 수사적 기능은 "설법

이러한 점에서 그것은 경문의 내용을 총괄하면서 다시 요약하여 읊은 타 경전의 게송이나 선사들이 일반적으로 읊은 염송과 차별성을 지닌다.[8]

3. 『금강반야바라밀경』 야보천로 게송 속 선적 수사

3.1 즉비即非의 부정

야보송의 근간이 되는 『금강경』에서는 다음과 같이 대상을 '즉각 부정하는(卽非)' 수사를 전개하면서 절대 긍정의 세

이란 설할 법이 없는 것을 말한다(須菩提, 說法者無法可說, 是名說法)."(「제21 비설소설분非說所說分」)라고 하는 가르침의 실천과 상통한다. 즉 진리는 차별적인 개념을 초래하기 십상인 언어나 문자의 표현으로부터 자유로운 언어도단의 경지에 닿아 있으므로, 법法에 관해 설명하고 있는 경문이나 착어 자체에도 지견知見을 세우지 않기를 게송의 수사로 경계하는 것이다.

가령 「제26 법신비상분法身非相分」에서 "만일 형상으로 나를 보거나 음성으로 나를 구한다면, 이 사람은 사도를 행하는 것이므로 능히 여래를 보지 못할 것이다(若以色見我, 以音聲求我, 是人行邪道, 不能見如來)"라고 하면서 감각적 형상(聲色)에 집착하지 말라고 가르치는 강설 내용에 대해, 야보천로가 "색을 보고 소리 듣는 게 세상의 일상사, 쌓인 눈 위에 서리 겹쳤다네…(見色聞聲世本常, 一重雪上一重霜…)"라고 게송을 읊은 예가 그러하다. 즉 세상사라고 하는 것은 색으로 보고 소리로 듣는 것 그 자체이므로, 구태여 형색과 소리를 떠나서 진리를 구할 것이 아니라 세상사의 형색에 머물지도 여의지도 않으면서 그 중도의 본체를 있는 그대로 바라보도록, 쌓인 눈과 그 위에 서리가 덮이는 설상가상의 상황에 빗댄 게송을 통해 계도하고 있다.

8　일례로 『묘법연화경妙法蓮華經(법화경法華經)』의 게송은 대체로 5백만억의 범천왕들이 부처의 가르침을 찬탄하고자 노래한 것과 대중을 위해 전법하기 위해 노래한 것으로 나타나는데, 여기서 보이는 표현들은 야보송과 같이 경문 내용의 의미를 깨달음의 차원으로 전환시키는 수사라고 간주하기 어렵다.

계인 '공空'의 경계를 연다.[9]

수보리야, 이른바 불법이라 하는 것은 곧 불법이 아니니라.

「제8 의법출생분依法出生分」의 경經[10]

수보리야, 일체 법이라 한 것은 곧 일체 법이 아니기에 일체 법
이라 이름한 것이니라.

「제17 구경무아분究竟無我分」의 경[11]

'비非', '무無' 등의 언사를 사용하여 언어·문자로 지칭한
대상을 직접 부정하거나 문맥상의 의미를 부정하는 수사
를 운용하는데, 이로써 그 대상을 실재한다고 여기며 유무
를 분별하는 마음을 경계하고, '모든 것은 텅 비어 있다(一切
皆空)'라고 하는 '만물의 본체(眞如實相)'를 깨닫게 한다. 그렇기
때문에 이때 깨달음의 방편으로 등장하는 부정의 '언사'는
결코 부정의 의미에 머물지 않는다. 도리어 대상을 즉각적
으로 부정하면서 동시에 즉각적으로 긍정하도록 이끈다.

---

9 스즈키 다이세쓰鈴木大拙))(1870~1966)는 이러한 금강경의 논리 구조를 지혜(般若)의
   '즉비 논리(即非의 論理)'라고 명명하고, 'A는 A가 아니므로, A라고 이름한다(A即非A,
   是名A)'라고 설명하였다(鈴木大拙,「金剛経の禪」,『日本的靈性』, 角川ソフィア文庫, 2010,
   pp. 327~454). 'A가 아니다'라는 부정의 언사에 집착하지 않고서 A를 다시금 여실히
   바라볼 때, 비로소 A의 본체를 깨달을 수 있다는 의미다.

10 須菩提, 所謂佛法者, 即非佛法.

11 須菩提, 所言一切法者, 即非一切法, 是故名一切法.

우리의 일상적 관념 안에서는 부정과 긍정을 이원 대립의 관계로 받아들이기 쉽다. 그러나 부정하고 있는 대상을 있는 그대로 그 즉시 다시금 긍정하는 『금강경』의 '즉비卽非' 논리로 돌이켜 본다면, 결국 긍정과 부정은 각각의 독자적인 개념이 아니라 동전의 양면과 같이 동체로 이루어진 상대적 개념임을 간과하지 않을 수 있다.

　이처럼 즉비의 '부정'은 긍정과 부정의 이원적 개념을 초월한 대긍정의 세계로 안내하는데, 다음 『금강경』 서문(「천로금강경서川老金剛經序」)에 나오는 야보송을 통해 살펴보자.

> 크고 수승한 법[진리]이여,
> 짧지도 않고 길지도 않음이로다.
> 본래 검고 흰 것 없지만,
> 인연 따라 청황으로 나타나도다.[12]

　불가에 따르면 우리가 감관으로 만나는 모든 현상은 어떠한 조건에 처하면 일시적으로 나타나는 인연생기因緣生起의 결과다. 그리고 그것은 결과의 원인이 되는 인因과 연緣의 조건이 사라지면 곧 멸진하기 때문에, 본래공本來空인 일체의 존재가 생멸을 거듭하는 과정에서 일시적으로 현현하는 다양한 모습(色相)에 집착할 필요가 없다고 강조한다.

12　摩訶大法王, 無短亦無長. 本來無皂白, 隨處現靑黃(『금강반야바라밀경주』; ABC_
　　NC_07338_0001_0008, b).

삼라만상의 근원처에는 불변의 본체가 있으니, 그것이 곧 게송에서 말하는 '대법왕大法王'에 해당하는 진리요, 우주 만유의 진실한 성품(眞如自性)이다. 이 본래의 성품이 때로는 노랗고[黃], 또 때로는 푸르게[靑] 현현하는 것은 간접적이든 직접적이든 어떠한 조건(인因과 연緣)에 처하기 때문이다. 그 실상은 '본래 검지도 않고 희지도 않으며, 짧지도 않고 길지도 않은(本來非皂白)' 비정형의 상태다. 본래 텅 비어 있으므로 장단長短, 조백皂白, 청황靑黃 등의 모든 분별적 형상을 초월해 있다. 더욱이 '공'이라고 잠시 명명한 세계조차 모두 초월해 있는 진공眞空의 세계다.[13]

그럼에도 불구하고 우리는 무명과 망념으로 유형유상의 현상계에 미혹되어 텅 빈 본질의 세계를 보지 못한 채 사리를 분별하고야 만다. 게송에 보이는 '단短', '장長', '조皂', '백白'이 바로 우리의 청정한 본연의 성품을 가리는 분별심에서 비롯된 이름이다. 환언하면, 게송에서 텅 비어 형상 없는(無相) 실상의 성품을 지칭하는 '대법왕大法王'을 바로 보지 못한 차별적 인식의 흔적인 것이다.

그리하여 게송에서는 '무無'와 '비非'의 언사를 방편으로 삼아 무명에 따른 모든 분별의 태도를 거듭 '부정'하며 경

---

13 야보천로는 게송에 앞서 "법은 홀로 일어나지 않는데, 누가 이름을 붙였는가(法不孤起, 誰爲安名)"(『금강반야바라밀경오가해설의金剛般若波羅蜜經五家解說誼』卷上; ABC, H0114 v7, p.20a14)라는 화두로 무명無明을 일깨워 깨달음의 길을 제시한 바 있다. 이로써 자유무애한 진공眞空의 세계를 만나기 위해서는 공空이라고 명명한 그 이름에도 걸림이 없어야 한다고 전한다.

계한다. 이로써 텅 빈 근원처에서 차별적 인식으로 벌어져 나온 유상有相에 대한 집착심들을 여의고, 갖가지 상황에 처하여 '청황青黃'의 다양한 모습으로 나타났다가 사라지는 세상 만물의 움직임을 관조하여 그 본연의 성품을 올바로 보도록 한다. 이어서 그 근원처로 돌아가 정해진 형상 없이 본래의 텅 빈 실상 자체로 호흡하는 우주 만물을 있는 그대로 긍정하도록 계도한다.

형형색색의 모습에 걸리는 바 없이 만물의 실상 세계에 오롯이 다가가도록 하는 '부정'의 수사는 다음 게송에서도 잘 나타난다.

> 색을 보아도 색에 간섭받지 아니하고,
> 소리를 들어도 이 소리 아니어라.
> 색과 소리 걸리지 않는 곳에서
> 친히 법왕성에 이르도다.
>
> 「제10 장엄정토분莊嚴淨土分」[14]

이는 "모든 보살마하살은 이처럼 청정한 마음을 낼지니 마땅히 색에 머물러서 마음을 내지 말고, 성·향·미·촉·법에 머물러서 마음을 내지 말라"[15]라는 경문에 대한 게송이다.

---

14 見色非干色, 聞聲不是聲. 色聲不礙處, 親到法王城(ABC_NC_07338_0001_0041. a).

15 諸菩薩摩訶薩, 應如是生淸淨心, 不應住色生心, 不應住聲香味觸法生心, 應無所住而生其心.

상술한 바 있듯이 만물의 본질적 실상은 텅 비어 있는데, 연기의 운행 이치에 따라 다양하게 체현되는 만상은 우리의 감관에 시시각각 닿는다. 이들 만상의 실상이 텅 비어 있음을 간과하지 않고 그러한 외적 형상을 여실히 바라본다면, 게송에서 노래하듯 감관으로 인식하는 '외계의 어떤 변화(色)'에도 본래 마음이 동요되지도, 또 '간섭받지도 않을 것(非干)'이다. 혹여 감각적 현상에 대한 집착으로 인해 갖가지 상념이나 감정이 일었다고 하더라도 그 역시 잠시 일었다 사라지는 생멸 현상의 하나임을 알아차린다면, 그 현상은 임시의 것(假相)일 뿐 '본질적 실체가 아니라는 사실(不是聲)'도 알 수 있을 것이다. 그리하여 야보천로는 유형有形, 유색有色의 세계를 '부정'하면서, 어디에도 걸리는 바 없는 본래 청정한 무심無心으로 매사에 임할 때 '무한한 진리의 자리(法王城)'에 닿을 것이라고 노래한다.

야보송에서는 이처럼 '비非', '불不', '무無' 등의 직접적인 언사로 외적 형상을 부정하면서 대긍정의 세계로 이끄는 수사가 전개되는 경우도 있지만, 다음의 게송처럼 '형상을 해체하는(無相)' 시적 표현을 사용하여 즉비의 수사를 펼치는 경우도 있다.

한 주먹으로 화성 관문 쳐부수고,[16]

---

16 화성化城은 아지랑이와 같은 임시의 형상을 말한다. 수행의 길 위에서 피로에 지친 중생의 휴식을 위해 신통력으로 임시의 성을 만들었는데, 이로써 대중의 피로감이

한 발로 현묘한 울타리 걷어찼도다.

동서남북 마음 닿는 대로 걷나니,

대비의 관자재를 찾지 마오.

대승 설법이든 최상승 설법이든

한 방망이에 한 가닥 흔적이요,

한 주먹에 한 줌의 피로다.

「제15 지경공덕분持經功德分」[17]

이는 "수보리야, 요약하자면 이 경에는 가히 생각할 수 없고 헤아릴 수 없는 무량한 공덕이 있으니, 여래는 대승의 마음을 낸 자를 위하여 설하고, 최상승의 마음을 낸 자를 위하여 설하노라"[18]라는 경문에 대한 게송이다.

『금강경』은 '공'이니 '법'이니 일컫는 이름조차에도 머물지 않기를 경계하면서 진공眞空의 세계로 안내한다. 그러므로 현묘한 설법도 모두 본체의 실상을 바로 보기 위한 임시방편에 불과하다고 가르친다. 이에 야보천로는 깨달음의 길 위에서 임시의 방편으로 세웠다는 '화성化城'을 '때려서 넘어뜨리고(打倒)' '걷어차서 엎어뜨리는(踢翻)' 해체의 과

사라지자 바로 없애 버렸다는 『묘법연화경妙法蓮華經』(권제3)의 비유에서 비롯되었다 (ABC, K0116 v9, pp. 755c08~c23).

17　一拳打倒化城關, 一脚踢翻玄妙塞. 南北東西信步行, 休覓大悲觀自在. 大乘說最上乘說, 一棒一條痕, 一掌一握血(ABC_NC_07338_0001_0062, a,b).

18　須菩提, 以要言之, 是經有不可思議不可稱量無邊功德, 如來爲發大乘者說, 爲發最上乘者說.

정을 통해, 설법의 내용에 대해 각자가 떠올리는 알음알이(知見)가 각자의 깨우침에 장애가 되지 않기를 노래한다. 진리의 본체는 텅 비어 있어 언어의 경계에 오염되지 않지만, 그것에 대해 언어를 빌려서 설명하게 되는 설법 내용에도 얽매이지 않아야 그 설법이 진실로 최상승의 가르침이 된다는 것이다.

이와 같은 통렬한 진리 탐구의 과정은 방망이나 주먹이 세차게 대상을 격파하여 즉각적으로 '흔적(一條痕, 一握血)'을 남기는 것과 같아서, 어떠한 사념이나 감정이 틈입할 여지도 없이 즉시적이면서도 깊게 이루어지는 것이라고 즉비卽非의 맥락에서 말하고 있다.

3.2 반상反常의 비유

양분 논리에 고착된 일상적 관념에서 벗어나 본래 텅 빈 만물의 실상을 일깨우는 선적 수사는 게송에서 '반상反常'의 비유로 등장하기도 한다.

> 한 터럭이 바닷물 삼키고,
> 겨자씨에 수미산 넣었네.
> 푸른 하늘에 둥근 달 가득하니,
> 맑은 빛 천지에 빛나도다.
> 고향 땅 밟아 터전이 안온하니,
> 남북과 동서가 따로 없어라.

이는 "불타께서 수보리에게 이르셨다. 그러하고 그러하다. 만일 또 어떤 이가 이 경을 듣고 놀라지 않고 겁내지 않으며 두려워하지도 않는다면 그 사람은 매우 드문 자임을 마땅히 알라"[20]라는 경문에 대한 게송이다.

미세한 터럭 하나와 작은 겨자씨가 커다란 존재인 바닷물과 수미산을 각각 삼키고 넣는다는 것은, 우리의 일상적 논리로 볼 때 이해하기 힘든 반상反常의 수사다. 이들 반상의 수사가 이끄는 대로 일상 관념에 내재된 분별적 태도를 여의고서 만물을 다시금 관조할 때, 우리는 비로소 삼라만상에 깃든 본질적 실상을 왜곡 없이 만날 수 있다. 만물의 실상은 텅 비어 있기에 '크다' 혹은 '작다'고 칭하는 개념이 성립되지 않기 때문이다. 크고 작다고 하는 분별의 언사들은 그것이 실재한다고 여기고 집착하는 우리의 망념이 만들어 낸 흔적일 뿐이다.

만물 본연의 성품은 차별적 인식에 물들지 않으므로, 순수하고 청정한 본성 그대로 온누리에 무애하게 자재한다. 게송에서 비유하듯이, 푸른 하늘의 둥근 달빛처럼 만물의 텅 빈 실상은 밝고 맑게 빛나며, 천지를 차별 없이 두루 비

---

19 毛呑巨海水, 芥子納須彌. 碧漢一輪滿, 淸光六合輝. 蹈得故關田地穩, 更無南北與東西 (ABC_NC_07338_0001_0053, a).

20 佛告須菩提, 如是如是. 若復有人得聞是經, 不驚不怖不畏, 當知是人, 甚爲希有.

출 만큼 너그럽다. 그러하니 그 광대한 실상의 움직임을 따라 천지의 만상이 모두 드러나는 것이다.

그 무한한 실상의 경계가 곧 깨달음을 통해 본성을 회복하고 만물이 되돌아가는 순수 본연의 근본 자리인데, 게송에서 '고향 땅'이 비유하는 바로 그곳이다. 이 실상의 자리는 텅 비어 없다[空]는 관념조차 사라진 진공眞空의 세계이기에 무한한 평온과 안온함이 깃든다. 그리하여 고향 땅과 같은 본래적 성품의 자리로 돌아가 만물을 관조하면, 애초부터 대소大小, 동서남북東南西北과 같은 차별의 개념들은 본래의 실상 자리에서 멀어져 순수한 성품(自性)을 가린 우리의 미혹된 생각에서 비롯되었음을 자각할 수 있는 것이다.

이처럼 게송에 보이는 반상적 비유의 전개 과정은 일상에서 무의식중에 만연하는 우리의 차별적 태도를 반성하게 하여, 만물이 지닌 본래의 성품이 생동하는 진공의 세계로 향하는 기회를 열어 준다. 차별과 망념의 굴레에 함몰되지 않고 본래의 청정한 본성을 발견하도록 하여 안온하고 적정한 '고향 땅'과 같은 일상을 누리도록 돕는다.

이와 같은 반상의 수사는 다음의 야보송에서도 전개된다.

오랜 돌말 눈부신 빛 쏟아 내고,
무쇠 소 울부짖으며 장강으로 들어간다네.

허공에 일갈해도 종적이 없어

모르는 사이 북두성에 몸 감췄다네.

또 이르노라,

설법인가 설법이 아닌가.

「제21 비설소설분非說所說分」²¹

이는 "수보리야, 설법이란 가히 설할 것 없는 법을 설법이라고 이름한 것이다"²²라는 경문에 대한 게송이다.

일상적 관념에서 보면, '돌말(石馬)'과 '무쇠 소(鐵牛)'에게는 생명이 없기에 빛을 낸다거나 울부짖으며 어딘가로 들어가는 행동을 보일 리 만무하다. 그러나 "누구에게나 부처의 성품이 있으며(一切衆生, 悉有佛性)"²³ "사람에게는 남북이 있다 해도 불성에는 없다(人雖有南北, 佛性本無南北)"²⁴라고 하면서 무차별의 이치를 설파하는 선가의 입장을 헤아릴 때, 돌말과 무쇠 소는 모두 유정有情과 무정無情의 존재에 대한 차별적 인식을 초월한 비유임을 알아차릴 수 있다. 분별의 개념을 떠나 본래의 성품을 회복한 진공真空의 경계에서는 부처 미간의 흰 터럭이 밝은 빛을 내듯 돌말의 가느다란 털에

---

21 多年石馬放毫光, 鐵牛哮吼入長江. 虛空一喝無蹤跡, 不覺潛身北斗藏. 且道, 是說法不是說法(ABC_NC_07338_0001_0084, a).

22 須菩提, 說法者無法可說, 是名說法.

23 『대반열반경大般涅槃經』권제6(ABC, K0105 v9, pp. 56a19~a16).

24 「행유제일行由第一」, 『육조대사법보단경』(CBETA, T48n2008_001, 0348a13).

서 무궁한 빛이 쏟아지고, 무쇠 소의 사자후가 드넓은 장강까지 들릴 정도의 묘유妙有가 발할 수 있는 것이다.

게송에서는 여기서 더 나아가 이렇게 반상의 비유로 전해지는 설법들마저도 실상은 '허공에 일갈하였을 때 종적이 없는(虛空一喝無蹤跡)' 공空의 상태이므로, 설법에 대해서도 지견을 일으키지 않도록 일깨우는 수사를 펼친다. 즉 실상 세계는 언어도단의 경지에 닿아 있으므로 북두성에 숨어든 진공眞空의 모습이지만, 어둠이 찾아오게 되면 북두성이 본래의 자리에서 그 모습을 밝게 드러내는 것과 같이 설법이라는 것도 지혜가 가려진 어리석은 자리(無明)에서 묘용을 발휘한다는 사실을 전하는 것이다. 모든 현상은 텅 빈 성품의 자리에서 인연생기하며 드러나는 묘한 작용(眞空妙有)이니 진정한 진리의 설법은 '설한 것도 아니요, 그렇다고 설하지 않은 것도 아닌(是說法不是說法)' 이원 대립을 여읜 경계에 있음을 보여 준다.

다음의 게송에서도 '소리 없는 묘음'과 같은 반상의 비유가 깨달음으로 안내한다.

한 손으론 들어 올리고 한 손으론 누르며,
왼쪽에선 피리 불고 오른쪽에선 장구 치네.
줄 없이 무생無生 가락을 튕겨야
궁상에 매이지 않아 율조 새로워지나니,
지음이 알고 난 뒤엔 그 명색 아득할 뿐.

이는 경문 "수보리여, 불타가 설한 반야바라밀은 곧 반
야바라밀이 아니라네"[26]에 대한 게송이다.

소리를 내는 줄이 없다지만 실상 그 자체로 본래 생겨날
것이 없다고 하는 무생無生의 이치를 깨달으니, 그 깨달음의
소식은 궁상각치우라고 이름하는 5음의 음조로 내는 여느
가락보다 청신한 즐거움의 선율을 낳는다는 것이다. 일상적
논리로 보면 줄 없는 거문고가 소리를 낼 수 있을 리 만무하
지만, 본질적 실상의 경계는 줄과 소리의 유무 관계를 떠나
있음을 무현無絃과 무생無生의 수사를 통해 전하고 있다.

이어서 야보천로는 이심전심의 본질적 경지에서 백
아伯牙의 연주를 통찰한 종자기鍾子期의 지혜와 관련된 전
고(伯牙絶絃)를 사용하여, 언사로 명명된 형상적 세계(名相)
를 벗어나 심원한 깨달음의 세계로 계도한다.

3.3 합일合―의 상징

텅 빈 성품이 깃든 진리의 실상 세계는 언어로 오롯이 형용
해 내기 힘든 오묘한 세계이기에, 그것이 게송과 같은 언어

---

25 一手擡, 一手搦, 左邊吹, 右邊拍. 無絃彈出無生樂, 不囑宮商律調新, 知音知後徒名邈
(ABC_NC_07338_0001_0046. b).

26 須菩提, 佛說般若波羅蜜, 即非般若波羅蜜.

적 산물로 형상화될 때는 앞서 살펴보았던 부정 표현이나 비유와 같은 수사가 깨달음의 방편으로 등장한다. 게송의 수용자가 이들 선적 수사가 전개하는 '부정'의 과정을 통해 언어를 비롯한 모든 현상적 존재에 대한 속박을 탈각하고, '반상'의 과정을 통해 이미 고착된 관념과 사고를 떨치어 자유로운 본성을 회복하도록 돕는다. 이에 더하여 깨달음의 의미가 '상징'의 과정을 거쳐 보다 확대되거나 심화되는 경우도 있는데, 이와 같은 수사는 모든 경계를 초월하여 더 높은 차원에 닿아 있는 무애하고 원융한 실상을 체득하도록 기능한다.

다음의 게송은 텅 빈 가운데 더욱 극명히 드러나는 본체의 묘유가 고요함과 움직임이 합일한 경계에서 상징화된 경우다.

> 고요한 밤 산사 법당에 말없이 앉으니,
> 적막함이 본래의 자연 그대로라네.
> 어인 일로 서풍은 숲을 뒤흔드는가,
> 찬 기운 기러기 외마디 먼 하늘 울리누나.
>
> 「제10 장엄정토분」[27]

---

27 山堂靜夜坐無言, 寂寂寥寥本自然. 何事西風動林野, 一聲寒鴈唳長天(ABC_
   NC_07338_0001_0041. b).

이는 "응당 어디에도 주착하는 바 없이 본래 청정한 그 마음 그대로 내라"[28]라는 경문에 대한 게송이다.

선의 관점에서 볼 때, 만물의 실상은 우리 각자가 지닌 본래 청정하고 고요한 마음의 성품을 견지하는 가운데 생동한다. 자성自性을 깨치지 못한 중생의 마음은 천만 가지의 경계에 탐착하여 시시때때로 흩어지기 쉬우므로 이를 하나의 경계로 모으는 훈습이 수반될 때 깨달음의 지혜가 열린다. 그리하여 야보천로 선사는 "고요한 밤 산사 법당에 말없이 앉으니, 적막함이 본래의 자연 그대로"라고 노래한다. 만물이 잠든 고요한 밤에 산사에 묵묵히 앉아 만물을 분별 없이 관조하니, 만물의 실상이 곧 적정寂靜 그 자체임을 깨닫는다는 의미다. 이렇듯 말없이 앉아 마음을 하나로 모은 경지[靜]에서 만물의 실상 또한 온전히 다가오는데, 게송에서 노래한 서풍과 기러기 울음소리의 움직임[動]은 본래적 실상의 텅 빈 성품이 적정의 그 자리에서 벌어지는 정동합일의 묘유를 보여 준다. 아울러 적막을 깨치고 장천長天으로 자유로이 날아가는 기러기의 모습을 상징적으로 건네면서, 각자가 지닌 참된 성품, 즉 경문에서 설하는 '어디에도 주착하는 바 없이 마음을 내는(應無所住, 而生其心)' 본래면목의 회복을 부른다.

정동과 같은 이원의 차별을 떠난 진공의 합일적 세계에

---

28 應無所住, 而生其心.

서 묘유를 드러내는 상징적 수사는 다음의 게송에서도 확인할 수 있다.

> 홀로 초연히 텅 빈 방에 앉아 있으니,
> 동서남북이 따로 없도다.
> 봄볕의 기운 빌리지 않더라도,
> 복사꽃 온통 붉게 피는 것을 어찌하리오.
>
> 「제17 구경무아분」[29]

이는 "만일 보살이 아상·인상·중생상·수자상이 있으면 곧 보살이 아니니라. 그 까닭은 수보리여, 깨달음의 경계에서는 실로 그러한 깨달음의 마음을 내었다고 할 만한 어떤 무엇조차도 없기 때문"[30]이라는 경문에 대한 게송이다.

'깨달음', '공', '부처', '중생' 등과 같은 일체의 차별적 개념이 틈입하지 않는 적정의 실상 자리에서는 동서남북을 나누는 공간이나 사계절을 구분하는 시간의 개념 역시 덧없다. 봄이라는 시간적 조건이나 햇볕이라는 물리적 조건이라는 개념조차 본래 없는 텅 빈 자리에서, 만물은 무심히 상호 조응하며 각자의 묘용을 드러낼 따름이다. 봄볕의 기

---

29 獨坐翛然一室空，更無南北與西東. 雖然不借陽和力，爭奈桃花一樣紅(ABC_NC_07338_0001_0069. b).

30 若菩薩, 有我相人相衆生相壽者相, 卽非菩薩. 所以者何, 須菩提, 實無有法發阿耨多羅三藐三菩提心者.

운을 빌리지 않았지만 절로 붉게 피어났다는 복사꽃은 그러한 진공의 본원처에서 벌어지는 묘유의 작용을 상징적으로 보여 준다.

이처럼 무차별의 실상 자리에서 오묘한 생명력을 드러내는 상징의 수사는 다음의 게송에서도 나타난다.

> 옛 대나무에 새순 돋아나고,
> 새 꽃은 옛 가지에서 피어난다네.
> 비는 나그네 길 재촉하고,
> 바람은 조각배 돌아가게 하노라.
> 대나무 빽빽해도 흐르는 물 방해 않고,
> 산이 높다 해도 흰 구름 가는 길 방해하랴.
>
> 「제14 이상적멸분」[31]

이는 경문 "이 사람에게는 아상·인상·중생상·수자상이 없다. 그 까닭이 무엇인가 하면 아상은 곧 상이 아니고, 인상·중생상·수자상도 곧 상이 아니기 때문이다. 모든 상을 떠난 것을 이름하여 모든 부처라 한다"[32]에 대한 게송이다.

오래된 대나무와 가지에서 새로이 순이 돋아나고 꽃이

---

31 舊竹生新筍, 新花長舊枝. 雨催行客路, 風送片帆飯. 竹密不妨流水過, 山高豈礙白雲飛 (ABC_NC_07338_0001_0052, a).

32 此人, 無我相無人相無衆生相無壽者相. 所以者何, 我相卽是非相, 人相衆生相壽者相, 卽是非相. 何以故, 離一切諸相, 卽名諸佛.

피는 것은 순환적 이치를 거스르지 않는 대자연의 본래 모습이다. 형상이 드러났다가 사라지고 사라졌다가 다시금 드러나는 생멸 과정은 무상無相이 그 본질이라는 의미다. 그러한 실상의 당체는 어떠한 모습도 갖추지 않고 텅 비어 있어 신구, 자타, 주객 등의 온갖 분별적 개념[相]에서 자유롭다.

대나무 새순, 꽃가지, 비바람, 나그네, 조각배, 시냇물, 높은 산, 흰 구름 등으로 이름하는 삼라만상은 서로 다른 개별의 모습으로 존재하는 듯하나, 분별의 시선을 거두고서 근원의 자리에서 보면 각각이 본래 지닌 성품 그대로 서로 포용하며 호흡하고 있음을 알아차릴 수 있다.

그렇기에 야보천로 선사는 옛 가지에서 새싹이 돋는 모습이나 비가 내리면 그에 인연하여 길 가던 나그네의 발걸음이 빨라지는 모습을 노래하는데, 이로써 만물이 서로 상충하는 바 없이 조화를 이루며 운행하고 있음을 일깨운다. 나아가 빽빽하게 들어선 대나무도 물의 흐름을 방해하지 않고, 높다랗게 올라온 산봉우리라도 흰 구름을 가로막지 않는 모습 속에서도 만물이 어우러지는 합일의 정취를 자아낸다.

4. 『금강반야바라밀경』 야보천로 게송의 수사학적 위상

야보천로가 게송에서 펼친 '부정', '비유', '상징'의 선적 수사는 『금강경』의 핵심인 진공묘유眞空妙有의 심오한 가르침을 깨닫도록 이끈다. 우리는 대개 객관적 형상을 두고 서 있다[有] 내지 없다[無]와 같이 언어나 문자에 의지하여 이원적으로 분별하는데, 야보송 속 선적 수사는 이러한 인식 틀에서 벗어나 일체의 분별적 개념에서 본래 자유로운 우리 본연의 성품을 회복하도록 이끌고, 그러한 성품으로 만물의 실상을 오롯이 체득하도록 돕는다.

'즉비'의 과정으로 전개된 부정의 수사는 '무無', '비非', '불不'과 같은 언사나 부정적 의미를 담지한 표현을 매개로 삼아 객관 세계의 존재를 그 자리에서 즉각 부정하고 다시 그 대상을 즉각적으로 긍정하도록 안내하는데, 대상을 분별하여 인식하는 태도를 철저하게 탈각시키는 데 주안점을 둔다.

'반상'의 역설적 논리로 구현된 비유의 수사는 돌말(石馬), 무쇠 소(鐵牛), 구멍 없는 피리(無孔笛) 등과 같이 일상적 논리 체계에 어긋나는 표현을 통해 모든 만물의 본성은 유무, 시비, 주객, 피차 등과 같이 이원화된 분별 관념으로부터 애초에 자유롭다는 사실을 깨우치도록 하는 데 중점을 둔다.

'합일'의 정서로 묘사된 상징의 수사는 유무의 개념이나 정동의 개념과 같이 우리가 일상 속에서 대립적으로 일컫는 개념의 실상을 직시하도록 안내한다. 즉 이원적으로 개념화된 모든 이름이 본래 이분된 상태로 단일하게 존재하는 것이 아니라, 두 개념이 상호 의존적 관계를 맺으며 공존하는 합일의 상태임을 일깨우는 데 무게를 둔다.

야보송에서 엿볼 수 있는 것과 같이 절제된 언어로 전개된 선적 수사와 그것에 함축된 만물의 실상에 대한 직관적 통찰은 후대 선시 창작의 계기를 열어 주었는데, 우리나라 조선 시대 함허득통函虛得通 선사에 이르러서는『금강경』 경문과 야보송에 대한 해설(說誼)이 더해져 그 의미가 보충되기도 하였다.

일상에서 접하는 눈앞의 어떤 사태나 물상을 두고서 흔히 시시비비를 계측하고 분별된 형상에 마음을 두어 집착하는 우리의 태도가 온갖 번뇌와 고통을 야기하는 근원이라는 사실을 상기할 때, 오히려 그것의 텅 빈 본질을 직관적으로 파악하여 일체의 괴로움을 벗어나 절대 자유의 경계로 이끄는 이들 선적 수사는 작지 않은 의미로 다가온다. 이들을 통해 우리 각자가 구유한 본래의 마음을 회복하는 기회를 제공받을 수 있을 것이다.

참고 문헌

곽철환,『시공 불교 사전』, 시공사, 2003.

『금강경오가해』, 김운학 역주, 현암사, 1984.

鈴木大拙,『日本的靈性』, 角川ソフィア文庫, 2010.

ABC 동국대학교 불교기록문화유산아카이브(http://kabc.dongguk.edu, 검색일 2022년 6월 30일):『金剛般若波羅蜜經五家解說誼』(卷上),『金剛般若波羅蜜經註』(卷上中下),『大般涅槃經』(卷第6),『妙法蓮華經』(卷第3).

CBETA 中華電子佛典協會 漢文大藏經(http://tripitaka.cbeta.org, 검색일 2022년 6월 30일):『五燈會元』(卷第12),『六祖大師法寶壇經』.

14장
좋은 글의 요체란[1]

홍길주의 『현수갑고』, 『항해병함』, 『표롱을첨』을 중심으로

최선경(가톨릭대학교)

1. 들어가는 말

한국 수사학이란 말은 우리에게 다소 낯설게 다가온다. 이
는 수사학이 고대 서양에 근원을 두고 있으며, 동양의 문화
에서는 말과 표현을 중시했던 서양과 달리 글과 심성 수양,
인격 도야를 중시했다는 점에서 기인하는 바 크다. 그러나
"말을 갈고 닦는다"라는 수사修辭의 개념을 비단 말뿐만이
아닌 글로, 말과 글의 토대가 되는 사고로, 나아가 언어 행위
와 사고의 주체가 되는 사람으로 확대하고 보면 이에 대한
선인들의 무수한 논의와 만나게 된다. 학문적 혹은 이론적
으로 체계화되어 있지 않을 뿐, 서양 수사학에 견줄 수 있는,

---

1   이 글은 최선경, 「수사학의 관점에서 본 홍길주의 작문론」(한국수사학회, 『수사학』 제
     29집, 2017)을 수정·보완한 것이다.

수사와 관련된 기록들이 우리 문헌에도 다수 남아 있다. 독서와 글쓰기가 삶이자 철학이었던 선인들은 글을 쓰는 행위와 존재, 좋은 문장의 요건과 방법에 대하여 깊이 궁구하였다. 글쓰기에 대한 고민은 자아에 대한 성찰로, 다시 세계에 대한 인식과 실천으로 이어졌는데 바로 이 지점에서 작문론이 곧 존재론이기도 했던 한국 수사학의 전통과 만나게 된다.

이 글에서 소개하고자 하는 항해沆瀣 홍길주洪吉周(1786~1841)는 평생을 독서와 글쓰기에 전념하며 글을 쓰는 행위의 의미 탐색을 통해 자신의 존재론을 정립하고자 했던 인물이다. 그는 당대 최고의 문장가였던 연암燕巖 박지원朴趾源, 친형이었던 연천淵泉 홍석주洪奭周와 교류하였으며, 다양한 문체와 글쓰기에 대한 실험을 통해 자신만의 글쓰기 세계를 구축하였다. 박지원과 함께 조선 후기를 대표하는 문장가로 꼽히는 항해는, 특히 산문에서 뛰어난 성취를 보였으며, 글쓰기와 독서에 관한 생각을 담은 글을 다수 남겼다.[2] 고문古文을 따르면서도 자신만의 개성적 글쓰기 방

---

2 항해 홍길주 산문의 특징과 문장론, 사유의 특징 등에 대해서는 적지 않은 연구 성과가 축적되어 있다. 대표적인 성과로는 김철범, 「19세기 고문가의 문학론에 대한 연구—홍석주, 김매순, 홍길주를 중심으로」, 성균관대학교 박사 학위 논문, 1992; 정민, 「항해 홍길주의 독서론과 문장론」, 『대동문화연구』 41, 2002, pp. 87~123; 정민, 「수여삼필睡餘三筆을 통해 본 항해沆瀣 홍길주의 사유방식」, 『동아시아문화연구』 39, 2005, pp. 5~37; 박무영, 「수여삼필의 문학적 사유」, 『열상고전연구』 17, 2003, pp. 7~34; 최식, 「항해 홍길주 산문 연구」, 성균관대학교 박사 학위 논문, 2005; 이홍식, 「沆瀣 洪吉周의 세계인식과 문학적 구현 양상 연구」, 한양대학교 박사 학위 논

식을 추구한 항해는 글쓰기에 있어 다기多岐한 성취를 이룬 대표적인 문장가로 손꼽힌다. 대산臺山 김매순金邁淳은 항해의 글에 대해 "그대의 글은 모두 마음속의 깨달음으로부터 나온 것이어서 기이한 생각과 묘한 짜임새가 아무것도 없는 땅에서 솟아 일어나니, 이는 이른바 하늘이 내린 것이라 하겠다. 다른 사람은 비록 이를 배우려 해도 절대 흉내 낼 수 없을 것이다"[3]라며 극찬하였고, 형 홍석주는 "내 아우는 고문사에 힘을 쏟아 천재千載의 위로는 장자, 사마천에 어깨를 겨룰 만하다"[4]라고 높이 평가하기도 하였다.

홍길주가家는 19세기를 대표하는 경화세족京華世族으로, 홍길주는 아버지 홍인모洪仁謨와 어머니 영수합 서씨令壽閤徐氏의 둘째 아들로 태어났다. 그의 형 홍석주는 대제학을 지냈으며, 동생 홍현주洪顯周는 정조의 사위로 이름을 떨쳤다. 여동생 홍원주洪原周 또한 이름난 시인이었다. 그러나 홍길주는 형제들과는 달리 일찍 과거를 단념하고 벼슬을 멀리한 채 오로지 독서와 글쓰기에만 몰두하며 전업 작가로서 생을 마감하였다. 『현수갑고峴首甲藁』(1815) 10권 5책, 『표롱을첨縹礱乙籤』(1835) 16권 7책, 『숙수념孰遂念』 7책, 『항

문, 2007; 최원경, 「沆瀣 洪吉周의 『孰遂念』: 지식과 공간의 인식」, 성균관대학교 박사 학위 논문, 2008; 최원경, 「항해 홍길주 散文 一考」, 『대동한문학』 69, 2021, pp. 213~241; 최선경, 「홍길주 산문의 수사적 특징 연구―표롱을첨(縹礱乙籤) 소재 잡저문(雜著文)을 중심으로」, 『수사학』 45, 2022, pp. 283~312 등이 있다.

3   余以所作文數篇示之, 臺山閱過歎曰, 足下之文, 全自心匠靈竅中出來, 奇思妙構, 湧起於空無之地, 是所謂殆天授也. 他人雖欲學之, 必不可肖(홍길주, 「수여난필속睡餘瀾筆續」).

4   淵泉嘗謂, 吾弟某力治其文詞, 肩莊馬於千載之上(홍한주洪翰周, 「지수염필智水拈筆」).

해병함沈瀣丙函』(1842) 10권 5책 등의 방대한 저술은 독서와 글쓰기에 평생을 바친 그가 남긴 소중한 유산이다. 『현수갑고』는 항해가 30세 되기 전에 썼던 초기 작품들을 묶은 문집이며, 『표롱을첨』은 그의 나이 50세 되던 해에, 30세 이후의 문장과 시문을 엮어 만든 문집이다. 『항해병함』은 항해 사후에 그의 아들 홍우건洪祐健이 편찬한 문집이다. 이 글에서는 그의 저서 『현수갑고』, 『표롱을첨』, 『항해병함』을 중심으로 항해 작문론의 일단一端을 서양 수사학과의 비교 관점에서 분석해 보고자 한다.[5]

2. 수사학의 관점에서 본 항해 홍길주의 작문론

2.1 도덕이 온축蘊蓄된 글: 에토스ethos

조선 시대 문장과 도덕의 관계는 주돈이周敦頤가 「문사文辭」에서 '문이재도文以載道'를 언급한 이후 주자朱子로 이어져 오래도록 계승되었다. "문文은 모두 도道로부터 흘러나온다"[6]라는 주자의 말은 성리학을 공부하는 유학자들 사이에서 도를 아는 것이 곧 좋은 글의 요건이라는 인식으로 굳건하게 자리 잡았다. 성리학자였던 항해 또한 '문이재도'의 관점에서 글쓰기에서 중요한 것은 도道요, 문장은 도의 지

5　본문의 인용문은 박무영·이주해 번역본(태학사, 2006)을 따랐다.

6　주자, 『주자어류朱子語類』 권139, 「작문상作文上」.

엽枝葉이라는 생각을 피력하곤 하였다.

문장은 말을 싣는 것이고, 말은 도를 싣는 것이다. 도가 있는 곳에
서 말이 그에 따라 문장이 되니, 문장은 지엽이고 도가 근본이다.

『현수갑고』권3,「사제세숙문고서舍弟世叔文稿序」[7]

문장과 도는 둘이 아닙니다. 덕이 가득하면 빛이 발하고, 빛이
발하면 소리가 걸맞게 됩니다. 포정이 칼을 움직이는 것과 같
이 가는 곳마다 규구規矩에 걸맞지 않음이 없게 되면 도가 지극
한 것이며, 또한 문장이 지극한 것입니다. 저들의 규구는 기이
한 글자와 교묘한 비유를 찾아 아로새기고 꾸며, 뼈는 앙상한데
피부만 풍성한 것이니 오히려 그 끝을 더불어 말할 수 있겠습니
까? (…) 저는 늘 문장의 법에 대해 망령되이 논하기를 '도에 의
거할 때는 『논어』를 근본으로 삼고, 기氣를 진작시킬 때는 『맹
자』를 본받으며, 법法을 세울 때는 좌구명을 따르고, 생각을 펴
고자 할 때는 장주를 본받으며, 장구를 모으고 구절을 쌓아 한
편의 문장을 완성시킬 때는 한유를 참고하면 모든 것이 구비된
다'고 했습니다. 총괄하면, 도가 안에 있으면 말은 아름답지 않
음이 없고, 도가 안에 없으면 비록 말이 많고 화려하더라도 헛
된 말일 뿐이지요. 도박보다 나을 것이 거의 없습니다.

『현수갑고』권4,「중답이심부서重答李審夫書」[8]

---

7   文所以載言也, 言所以載道也. 道之所在, 言隨以文, 文末也, 道本也.
8   文章與道, 非二事也. 德充則光彰, 光彰則聲中, 如庖丁之動刀, 無往而不應規矩, 則道

항해는 도가 담기지 않은 글은 비록 화려하게 꾸민들 그저 헛되고, 도박보다 나을 것이 없으며, 도가 담긴 글이라야 참되고 아름다운 문장이라 보았다. 그런데 도가 담긴 글은 도가 충분히 쌓인 수양한 사람만이 쓸 수 있기에 글을 쓰는 사람이라면 마땅히 문장을 쓰고 꾸미는 일보다는 자신의 덕성을 함양하는 데 힘을 쏟아야 함을 역설하였다.

> 문文이라는 것은 문채文彩이고, 장章이란 것은 문채가 밖으로 드러나는 것이다. 문채가 밖으로 드러나지 않는데, 어찌 문장이라 할 수 있겠는가? (…) 기질을 기르지 않고 다만 문장만을 일삼으면, 이를 일러 부문浮文이라 한다. 부문은 문장이 드러나지 않은 것으로, 고목과 식은 재가 다른 빛을 빌린 것일 뿐이니 문장이 아니다.
>
> 『서연문견록西淵聞見錄』[9]

항해는 기氣가 쌓이지 못한 글을 부문浮文이라며 이를 고

之至也, 亦文之至也. 彼規矩, 索奇字, 探巧譬, 雕鏤刻琢, 骨枯而皮復者, 尙足與語其津涯耶. (…) 僕常妄論文章之法, 以爲據道本論語, 作氣師孟子, 立法倣左氏, 設意倣莊周, 造語遵太史, 抒情象屈原, 至於聚章累句, 會成一篇, 則又參之以韓吏部, 如是則備矣. 總之, 道在內, 則言無不文, 不然, 雖多且華, 空言而已矣. 其賢於博塞者無幾.

9 『서연문견록』은 이헌명李憲明의 저술로, 제자였던 그가 홍길주에게 보고 들은 것을 기록한 책이다.
有以先生之文章太著言之, 先生曰, 是固當然, 而文者, 文彩也. 章者, 彩之著見者也. 無文彩著見, 則又曷足謂之文也哉. 盖昔之爲文者, 莫高於詩書, 而篇篇句句之間, 曷嘗無文彩之著見也. 盖文者, 積氣以自成. 氣者, 文質之養也. 苟養其氣, 而自成文者, 雖其文彩亘于九霄, 不害其爲文. 苟無氣質之養, 而徒以文爲事者, 則是所謂浮文也. 浮文者, 文章又不著見, 直枯木死灰之假他光者耳, 非文也.

목과 식은 재에 비유했다. 그러면서 도가 담긴 훌륭한 글을 쓰려면 먼저 글을 쓰는 이가 바탕 자질을 길러야 함을 강조하였다.

> 이른바 문기文氣라는 것이니 다른 것이 아니다. 일상에서 늘 일어나는 하고픈 일로 열의를 다해 행하게 되는 것이니, 이것도 기가 그리 만든 것이다. (…) 여기에 이르는 방법은 다른 것이 없다. '마음에 잊지 말고 조장도 하지 말라'고 맹자께서 말씀하셨으니, 이것이 가장 요체가 되는 말이다. 예로부터 문장을 지을 적에 기를 기르지 않고 성취를 본 경우는 없다. 맹자께서 호연지기를 기르라고 말씀하신 것도 이와 다르지 않다.
>
> 『서연문견록』[10]

항해는 '문기文氣'를 설명하면서, 기를 기르지 않고 문장에서 높은 성취를 본 경우는 없다며, 기를 기르기 위한 부단한 노력의 필요성과 함께 맹자의 호연지기를 언급하였다. 이는 기가 맹자[11]에서 비롯된 개념이며, 꾸준한 연마를

---

10 先生嘗謂余曰, 文章最貴得之心而悟之境. 捨是, 則皆末也. 古人曰, 文尙氣. 所謂文氣云者, 非別物也. 凡日用常行諸般可欲之事, 銳意爲之者, 是氣之所使也. (…) 致此之術, 無他. 孟子曰, 心勿忘, 勿助長. 此最要語. 自古, 文章未有不養氣而成者. 孟子之養浩然之氣云者, 則非他也. 嘗謂文章莫高於孟子, 以其養而得之也. 是以求文章者, 必先乃讀孟子, 求放心而得之, 捨是而只從事於掇拾彊記, 則縱自謂臻乎高妙之境, 卽不過陳言腐說, 不見笑於大方之家者, 幾希矣.

11 孟子曰, 居下位而不獲於上, 民不可得而治也. 獲於上有道, 不信於友, 弗獲於上矣. 信於友有道, 事親弗悅, 弗信於友矣. 悅親有道, 反身不誠, 不悅於親矣. 誠身有道, 不明乎

통해서 길러야 하는 것이기 때문이다. 맹자는 일찍이 '기'를 도덕적 행동의 원천으로 보고, 문사文士라면 마땅히 기를 기르는 데 힘써야 함을 주장하였다. 박우수[12]는 이를 동양 수사학의 에토스ethos로 다음과 같이 설명한다.

> 기에서 선행이 나오지만, 역으로 지속적으로 축적된 선행이 기를 형성한다. 충만한 기가 선행을 가져오지만, 동시에 기가 충만하려면 선행으로 인해서 지성의 상태에 도달해야만 한다. 따라서 맹자가 말하는 기란 마음의 상태에 작용하는 도덕적인 특성이라고 볼 수 있다. 사람이 말을 통해서 다른 사람을 감동시키고 도덕적인 행동으로 이끌려고 한다면, 우선 말하는 사람이 지성의 상태, 즉 도덕적으로 기가 충만한 상태에 도달해야만 한다. 그렇게 되면 말의 설득력은 자연스럽게 뒤따른다.

이어 "말은 곧 말하는 사람의 영혼에서 비롯되고 그 영혼을 담고 있는 말이 듣는 사람의 영혼에 작용함으로써 비로소 설득이 가능하다"[13]라는 플라톤의 에토스와 맹자의 에토스가 서로 다르지 않음을 지적하였다. 좋은 글이란 도를 담은 글이고, 도가 온축된 글은 훌륭한 덕성을 갖춘 사람으로부터 나오기에 좋은 글을 쓰기 위해서는 덕성의 함

善 不誠其身矣(『맹자孟子』「이루상離婁上」12장).

12 박우수, 「수사학 전통에서 본 에토스와 문화」, 『외국문학연구』 제26호, 2007, p. 198.
13 같은 글, p. 187.

양이 우선이라는 항해의 생각은 글과 삶이 분리되지 않았던 동양 수사학의 전통을 잘 보여 준다.[14]

2.2 독자를 절하고 춤추게 하는 글: 파토스pathos

앞에서 본 것처럼, 항해는 기본적으로는 '문이재도'의 주자학적 관점을 견지하였다. 그러나 조선 전기의 문인들이 '도주문종道主文從'이나 '도본문말道本文末'의 입장에서 '문' 자체에 큰 가치를 두지 않았던 것과 달리, 항해는 '문'을 통하지 않고서는 '도'가 전달될 수 없음을 근거로, 문장을 단지 작은 기예로만 여기는 것에는 반대하였다.

> 허나 우리 도가 문장의 도움을 받지 않을 수 없는 것은, 먼 길을 떠나는데 거마의 도움을 받지 않을 수 없는 것과 같다네. 빈주賓主와 경중輕重의 구별이 없을 수 없지만 말일세. 만일 문장을 말기로만 간주하고 힘쓰지 않는다면, 도를 강론하고 경전을 설명하는 문장은 지리멸렬하고 애매하게 되고 말아, 말이 뜻을 전달하지 못할 것이고, 결국 경전의 주지가 밝혀지지 않아 도술이 점점 어두워지고 말 것이네.
>
> 『항해병함』권9, 「수여난필속睡餘灡筆續」[15]

---

14 항해는 "제가 일찍이 듣기로 마음에서 우러나온 것을 말이라 하고, 말 중에서 가려 뽑은 것을 글이라 한다 했습니다. 마음에서 우러나지 않은 말은 궤변이며 말에서 얻어지지 않은 글은 거짓 글입니다"(『현수갑고』, 「여이원상론재의서与李元祥論齋議書」권4)라며 거짓 없는 마음을 에토스의 전제로 들었다.

15 吾道之不得不資於文章, 猶遠行之不得不資於車馬, 賓主輕重之別, 固不可以不存也. 若

대산 김매순의 말을 인용한 윗글에서 항해는 문장에 힘쓰지 않는다면 도를 전하는 글들이 모두 지루하고 뜻이 모호해져서 결국 도술이 어둠에 잠기게 되고 말 것이라고 경고한다. 최고의 가치인 도를 싣는 도구가 문이므로, 도를 분명하게 전하기 위해서는 문장에도 주력하지 않으면 안 된다고 하였다. 생각과 도를 담은 글의 목적이 도를 전하여 사람들을 감화하는 데 있다면 좋은 글은 그러한 소통의 기능을 충실히 해야 한다고 본 것이다.

> 작문이란 자구마다 사람을 춤추게 만들고, 자구마다 가려운 곳을 긁어 주어야 한다. 이와 같이 하면 다른 사람은 한두 마디 말이면 그만일 것을 천만 마디로 펼쳐 낸다 해도 번잡한 것이 아니다. (…) 글을 지었는데 만일 독자로 하여금 일어나 절하게 하지 못한다면 일어나 춤이라도 추게 해야 한다. 또 그다음으로 사람들로 하여금 가려운 데를 긁어 준 것같이 배를 잡고 웃게 해야 한다. 이 몇 가지 중 단 하나도 없다면 글이라고 할 수 없다.
>
> 『표롱을첨』 권14, 「수여연필睡餘演筆」[16]

항해는 좋은 글의 요건으로 뜻을 쉽게 전달하여 독자를

直以爲未技而不之務, 則講道說經之文, 必皆支離曖昧, 辭不達指, 以致經旨不明, 而道術浸晦.

16 大抵作文, 字字句句, 使人起舞, 字字句句, 搔人癢處. 夫如是, 雖以它人一二語便了者, 演至千萬言, 非繁也. (…) 作文, 苟不能使讀者起拜, 要須令讀者起舞, 又其次, 使人失笑捧腹如搔癢處. 數者無一焉, 不足謂之文也.

깨치게 하고, 독자의 마음을 움직여 감동을 주는 글을 들었다. 독자로 하여금 일어나 절하게 하든, 춤추게 하든, 웃게 하든 적어도 이 중 하나는 할 수 있어야 한다는 항해의 진술은 서구 전통 수사학에서 설득의 구성 요소를 알리기 docere, 즐겁게 하기delecrare, 감동시키기movere로 설정한 것과 궤를 같이한다. 그렇다면 독자를 설득하고 독자와 소통하는 글은 어떻게 쓰며, 독자는 어떻게 해야 필자의 의중을 읽어 낼 수 있을까? 항해는 '필자가 되어 생각하기'를 그 방법의 하나로 제시한다.

남의 글을 보면 평탄한 것이 아주 쉬운 듯하지만, 만약 그 작품을 보기 전에 나로 하여금 먼저 그 제목의 내용을 지어 보게 했다면 분명 짓기 어려워 괴로웠을 것이다. 그래서 옛사람이나 다른 사람의 글을 읽을 때는 먼저 그 제목으로 스스로 한 편을 구상해 본 뒤에 읽어야 비로소 작가가 마음을 쓴 부분들이 제대로 보일 것이고, 누가 잘하고 누가 못하는지도 판가름 날 것이다.

『표롱을첨』 권15, 「수여연필」,[17]

고인이 남긴 아름다운 작품이나 타인이 지은 기막힌 구절을 읽고서, 어디가 좋은지 모르는 것도 아닌데 끝내 그 아름다움을

---

17 看人文詞, 坦坦然若甚易者, 懍於未見此作時, 使我先作此題意, 則必苦其難做矣. 是故, 讀古人及他人文者, 宜先以其題, 自思一篇結構, 然后讀之, 方見作者用心處, 而人與我工拙, 亦可辨.

빼앗아 자신의 것으로 만들지 못하는 것은, 다름 아니라 깨달은 것이 그저 시구가 완성된 후 겉으로 드러난 좋은 곳일 뿐, 시구가 이루어지기 이전에 구상해 나간 경로는 생각하지 못하기 때문이다. (…) 옛날의 명사나 선각한 거장을 본받으려고 하는 사람이라면 반드시 그 사람이 글을 지을 적에 신사神思가 들어간 경로를 먼저 구하고, 그것을 빼앗아 자신의 것으로 만들어야만 비로소 제대로 배웠다고 할 수 있다.

『항해병함』 권8, 「수여난필속」[18]

윗글에서 항해는 독자이기 이전에 필자의 자리에서 '나라면 같은 제목으로 어떤 글을 지었을까'를 생각해 보면 필자의 마음이 보이고, 필자와 지평의 융합이 가능한 독서가 이루어질 수 있다고 하였다. 이를 글쓰기에 적용해 보면, 글을 짓기 전에 글을 읽을 독자를 상상하면 독자를 고려한 글쓰기, 독자와 소통이 원활한 글쓰기가 가능해진다는 의미가 된다. 항해는 글쓰기를 배울 때도 단지 그 사람의 문장이 아니라, 그 글을 지을 적에 마음이 들어간 경로를 구하여 그것을 자기 것으로 만들어야 함을 강조하였다. 독서와 글쓰기가 필자와 독자 간의 진정한 소통의 장으로 기능하기 위해서는 필자는 독자의 자리에서, 독자는 필자의 자

---

18 讀古人佳作及他人傑句, 非不曉其佳處, 而終不能奪其美而有之, 無他焉, 所曉者秪是句成以後著見之佳處而已, 不思其句成以前構思轉折之路徑故也. (…) 欲倣古名家若先覺鉅匠者, 須先求其人作文時神思所由入之徑路, 攘以爲己有, 方稱善學.

리에서 서로의 마음과 뜻을 헤아리고 이해하려는 적극적인 맞이 행위가 필요하다는 인식을 드러낸 것이다.

2.3 일상과 사물에 깃든 이치의 포착: 착상inventio

항해는 글쓰기를 고민하는 이들에게, 좋은 글감이나 주제가 따로 존재하는 것이 아니라 주변에 흔하게 널려 있는 사물, 사람, 사건이 모두 도를 담은 훌륭한 글의 재료가 될 수 있음을 강조하곤 하였다. 그러면서 글쓰기를 어렵게 느끼고, 글을 잘 쓰지 못하는 것은 자연이나 일상에 널린 주변 사물들의 가치를 포착하는 눈을 가지지 못했기 때문이라고 하였다.

> 아침저녁으로 귀와 눈으로 접촉하는 해와 달과 바람과 구름과 새와 짐승들의 변화와 방 안에 진열되어 있는 책상과 궤석, 그리고 손님과 노비들이 나누는 소소한 이야기들에 이르기까지 책 아닌 것이 없다.
>
> 『표롱을첨』 권15, 「수여연필」[19]

 항해의 발상, 즉 개별 사물과 일상의 가치에 대한 포착은, 글은 도를 담아야 하고, 도는 형이상학적 이치여야 한

---

19 朝暮耳目之所接日月風雲鳥獸之變態, 以至于室中所列實之案几, 及賓客奴婢之邇言瑣語, 無非書者.

다는 주자학적 세계관이 지배적이던 17세기 이전의 그것
과는 뚜렷이 구분되는 것이었다. 17세기까지만 해도 조선
사회의 국가 운영이나 사상·문화의 이데올로기는 주자학
이라는 테두리 안에서 전개되었다. 18~19세기 조선 후기
사회, 경제, 정치의 변화와 그로 인한 문학 담당층의 변화
는 새로운 문체와 문학 창작의 도래를 예고하는데 산문 분
야에서는 소품문의 등장으로 나타났다.[20] 일상에서 발견한
도를 글쓰기의 재료로 삼아야 한다는 항해의 발상법은 소
품 작가들의 그것과 다르지 않았다. 항해는 문장에 담는 도
가 자연의 이치나 관념, 보편 법칙과 관계된 도가 아니어도
무방하며, 일상적인 것으로도 얼마든지 도를 논할 수 있다
는 주장을 천명하였다.

> 그러므로 내 말하노니, 이치 없는 일은 없고 이치 없는 물상은
> 없으며, 일찍이 하나에 근본했던 적도 없다. 일에 당하여 그 시
> 비를 궁구하면 일의 이치가 드러나고, 물상을 마주하고 그것의
> 쓰임새를 보면 물건의 이치가 밝혀질 뿐이다. 그러니 일일이 이
> 치를 미리 구할 수는 없다.
>
> 『표롱을첨』 권16, 「명리明理」[21]

---

20 안대회, 『조선후기 小品文의 실체』, 태학사, 2003, pp. 26~27

21 故曰, 理無事而不在, 無物而不在, 未嘗本乎一也. 卽事而究其是非, 則事之理見矣, 卽
物而觀其功用, 則物之理察矣. 又不可 一 一 而豫求也.

이처럼 선험적인 것이 아닌 개별적인 리理를 구해야 한다는 철학을 지닌 항해는 그의 저술 곳곳에서 자연과 일상의 구체적인 장면에서 포착한 이치를 쉽고 간결하게 풀어냈다.

> 어떤 사람이 말했다. "『수여방필』과 『수여연필』 두 책이 지겨운 줄도 모르고 중언부언하는 것도 당연하다. 거기서 논한 것들이 모두 지극히 자질구레한 사물들이니, 어질지 못한 자들이 사소한 것만 아는 것과 비슷하지 않을 수 있겠는가? (…)"
> 내가 말했다.
> "그대가 육경을 읽어 보지 않았다면 문학을 논하지 말라. 버드나무가 오이를 싸고 있는 것과 돼지가 흙을 뒤집어쓰고 있는 것, 항아리가 깨어져 물이 새는 것이야말로 세상에서 가장 자질구레한 것 아니겠는가? 그러나 『주역』에서는 그 형상을 기록하였다. (…) 도덕은 지극히 섬세하고 은미한 곳을 만나지 않으면 드러나지 않고, 사리는 지극히 섬세하고 은미한 곳을 거치지 않으면 나타나지 않으며, 문장은 지극히 섬세하고 은미한 곳에 다가가지 않으면 빼어나지지 못한다. (…)"
> 『표롱을첨』 권15, 「수여연필」[22]

---

22 或曰 "二筆之不厭繁複, 固宜也. 其所論, 皆至纖瑣物事, 得無近於不賢者識其小歟?" 余曰 "子不讀六經, 愼勿論文. 杞之包瓜, 豕之負塗, 甕之敝漏, 非天下至纖瑣物乎? 而大 『易』載其象. (…) 道德不遇至纖微處則不顯, 事理不經至纖微處則不著, 文章不逼至纖微處則不奇. (…)"

항해는 도덕이 형이상학에 머물러 있으면 그 도가 독자들에게 충분히 전달되지 못한다는 것을 간파하였다. '도덕이 지극히 미세한 곳을 거쳐야 드러나고, 문장도 지극히 미세한 곳에 다가서지 않고서는 기이하지 못하다'라는 생각은 형이상학적 관념이 아닌, 사물에 내재된 도나 일상의 윤리, 도덕으로 독자에게 다가가야 그 효용을 발휘할 수 있음을 드러낸 것이다. 미숙한 필자들은 그러한 도를 발견하거나 붙잡아 두지 못하기 때문에 작문에 어려움을 겪는다며 항해는 좋은 글을 쓰기 위해서는 사물에 대한 관찰력, 도를 포착하는 통찰력, 자신만의 창조적 관점을 길러야 함을 강조하였다. 이런 맥락에서 항해는, 거리나 골목의 아낙네 혹은 어린아이들이 쓰는 말, 우리에게 익숙한 속담도 얼마든지 훌륭한 문장이 될 수 있다는 주장을 거듭하였다.

> 신기한 생각과 기이한 말이 있어야만 문장이 잘 만들어진다면, 평생 몇 편 정도의 좋은 글이나마 지을 수 있겠는가? 거리의 부녀자들이 밥 먹고 차 마시며 늘 하는 말도 가져다 문장에 넣으면 뛰어나고 아름다운 장구章句가 되는데도, 사람들은 아침저녁으로 귀에 젖어 있고 입에 익숙한 일들을 가져다 문장에 넣어 볼 생각을 하지 못할 뿐이다.
>
> 『표롱을첨』 권15, 「수여연필」[23]

---

23 文章, 必待新奇之思, 瓌异之辭然后工, 則平生能做了幾篇好文耶? 街巷婦孺茶飯恒言, 取以入文, 無非瓌章綺句, 人自朝夕, 浹於耳, 熟於口, 而特未嘗想到於入文耳.

우리나라의 속담 중에도 문장에 쓰일 만한 것이 매우 많은데 사용하는 자가 없다. "남의 콩잎이 커 보인다", "남의 염병이 내 고뿔보다 못하다", "먼저 먹고 나중에 근심한다", "매도 먼저 맞는 것이 낫다", "호두 껍질과 쉰 국이라도 남에게는 주려 하지 않는다" 따위는 모두 기가 막힌 문장 재료가 되기에 모자라지 않다. (…) "바늘허리에 매어 쓴다", "쥐구멍에 소 몰기" 같은 것은 내가 전에 잡저술 중에 가져다 써 본 적이 있다. 고인의 글 속에 이런 말이 없는 것은 아니지만, 사람을 쉽게 깨우치는 데 있어서는 속담이 고서보다 낫다.

『항해병함』 권5, 「수여난필睡餘瀾筆」[24]

항해는 중요한 것은 익숙한 것을 새롭게 보는 시선이며, 발상과 관점의 전환이라는 것을 분명히 하였다. 그러면서 속담[25]을 예로 들어 집단 구성원들의 축적된 경험과 생활의 지혜가 응축된 속담이야말로 독자를 깨우치는 데 효과

---

24 東諺可入文詞者, 甚多, 而無用之者. 如"別人荳瓣大", "別人屍不如我微恙", "先喫後鬱鬱", "笞先受爲快", "胡桃殼蕘液不肯予人"之類, 俱不害爲絶奇文料. (…) "線針腰", "驅牛鼠穴", 余嘗取用於雜著述中. 此等說, 古人書中非不具有, 而悟人之易, 諺勝於古書.

25 속담이 논증에서 기여하는 역할은 일찍이 아리스토텔레스에 의해 일반 논거lieux communs의 장 토포스topos로 설명된 바 있다. "한 시기 한 사회 언어 공동체에 귀속된 담화의 구성 원리로서의 관념체계는 흔히 일반 논거라 불린다. 이때의 일반 논거는 아리스토텔레스의 특수화제topos spécifique에 해당하는 것으로 특정한 주제에 관한 토포이의 적용 예들이 모여 있는 논거arguments 모음이라고 할 수 있다. 특히 스테레오타입, 고정관념, 속담 유형(격언, 금언, 속담) 등은 모두 일반 논거의 하위 부류로서 그것은 각각 일반 논거의 사회적 특성, 집단적 이데올로기, 대중적 지혜를 강조한 구분으로 이해될 수 있다."(홍종화, 「논증과 토포이」, 『불어불문학연구』 54권 2호, 2003, p. 854).

적인 재료라 밝혔다. 성리학적 도로 무장한 당시 문인들에게 속담은 비루한 문장일 뿐이었으나 선입견 없이 사물을 바라보며 자신만의 관점과 생각을 담은 글을 창작하고자 한 항해에게는 일상 속 이치를 발견하고 자신의 견식에 바탕하여 쓴 글이야말로 독자를 깨우치고 독자에게 감동을 주는 좋은 글이었다.

2.4 자연을 닮은 활법活法의 추구: 배열dispositio

항해를 비롯한 조선 후기 문장가들은 문장 구성에 많은 노력을 기울였다. 특히 짜임새 있는 글을 위해서 문장을 구성하는 구절은 물론 문장과 문장, 문장과 단락, 단락과 단락이 유기적으로 조응하는 것을 중시하였다. 이에 당송고문의 편장법을 모방하는 데 집중하였는데, 항해는 이러한 모방 학습이 필요하기는 하나 고답적 모방에서 벗어나야 하며, 자연을 닮은 것이 글이기에 그 본질을 자연스러움에 두어야 한다는 견해를 견지하였다. 글을 구성하는 데 있어 적절한 위치에 적실한 문자, 문장, 단락을 놓는 것도 중요하지만 기존 형식에 얽매여서는 안 됨을 강조하였다. 정해진 글의 양식과 틀에 구속되어 정작 드러내고자 하는 뜻을 풀어 내지 못하는 것을 큰 병폐로 여긴 항해는 자신만의 방식으로 새롭게 틀을 창조해 내는 글쓰기가 필요함을 역설하였다.

만사挽詞는 곧 상여를 메는 사람이 불러 힘든 것을 잊게 하는 소리이다. 사치스럽게 시로 지으려면 단지 죽음을 슬퍼하는 뜻만을 기술하여 한漢, 위魏 때 불리던 〈해로가薤露歌〉처럼 해야 한다. 그런데 근세에는 대부분 그 덕행을 마치 비지碑誌나 행장行狀처럼 지으니, 이는 옛날의 법도가 아니다. 그러나 지금 세상에 살면서 옛것만 따른다면, 상갓집에서 화가 나서 받지 않을 뿐만 아니라 자신과 죽은 자의 두터운 우의를 드러내지도 못한다. 또 글마다 같은 말이고, 묘사되는 사람들도 천편일률적인지라 한 편만 지으면 여기저기 두루 쓸 수 있어서 지나치게 판으로 찍어 낸 것 같은 느낌을 준다.

『항해병함』 권9, 「수여난필속」[26]

항해는 조선 후기, 망자의 삶에 대한 기록인 비지류碑誌類 산문이 엄격한 형식과 내용의 규제로 인하여 진부해진 것을 큰 병폐로 여겼다. 망자를 애도하는 상여 소리(挽詞)도 마찬가지였다. 형식의 규제 때문에 정작 망자의 죽음을 슬퍼하는 마음이 진정성 있게 담기지 못하는 것을 문제로 인식한 항해는, 형식을 준수하면서도 죽음을 애도하고 슬픔을 표현하는 마음을 담아야 한다고 하였다.

어떤 사람이 자신이 지은 시문을 나에게 보여 주면서, 자기 글

---

26 挽詞, 卽挽輀車者呼唱忘勞之聲. 侈之以詩, 只宜述其哀死之意, 猶漢·魏間〈薤露歌〉. 近世則率舖張其德行, 若碑狀然, 非古也, 然居今而遵古, 不唯喪家之怒而不受, 抑無以見吾與死者相厚之誼, 且其篇篇一辭, 人人一律, 可製一首, 而通用於彼此, 殊覺太印板.

은 앞뒤 배열이 적당하여 법도에 들어맞는다고 스스로 자랑하였다. 그래서 나는 웃으며 말했다.

"문장에서 배열의 선후란 저절로 그렇게 될 뿐입니다. 그러니 법도랄 게 뭐 있겠습니까? 그대는 어른을 뵐 때, 절을 먼저 한 다음 앉고, 앉은 다음에 이야기를 하십니까? 아니면 먼저 앉아 이야기하고, 이어 일어나 절을 하십니까? 절을 먼저 한 다음 앉고 앉은 다음에 이야기하는 것을 두고 법도에 맞았다고 스스로 자랑한다면 어떻겠습니까? (…) 법도는 자연스러운 형세에서 나오는 것이지, 평상시에 강구할 수 있는 것은 아닙니다. (…) 법도란 정해진 것이 없고, 그저 만나는 상황에 따라 생겨나는 것이지요. 문장의 편장篇章과 자구字句와 길이와 기준은 모두 형세에 따라 저절로 그 법칙이 만들어집니다. 문장을 지을 때, 세상이 혼돈에서 개벽하던 처음 하늘의 상제께서 정해 주신 법도를 찾는다면, 이는 크게 미혹된 짓입니다." (또 다른 경우도 있으니, 재기가 고매하여 법칙에 구속되지 않으려 하는 사람은 도리어 내 말을 핑계 삼아서는 안 된다. 글을 지을 때 법칙을 중시하지 않아선 안 된다. 다만 법칙이란 살아 있어야지 죽은 것이어서는 안 된다는 말일 뿐이다.)

『표롱을첨』 권13, 「수여방필睡餘放筆」[27]

---

27 有以所作詩文示余者, 自誇其所敍先後之得當, 以爲合於法度. 余笑曰 "排鋪先後之序, 自不得不爾. 是何足以法度言? 子之見尊長也, 先拜而後坐, 坐而後言耶? 抑先坐而言, 方起而拜耶? 今以其能先拜而後坐, 坐而後言, 自誇其合於法度, 則何如也? (…) 法度, 亦出於自然之勢, 非可以素講也. (…) 法無一定, 隨遇而生, 文之篇章字句長短尺度, 亦皆從其勢而自成其法也. 爲文而欲求混沌開闢之初, 昊天上帝所欽定之法度者, 大迷惑人也." (又有一種, 才氣高邁, 不肯拘束於繩尺者, 却不可以吾言爲口實. 盖爲文, 不可不以 繩墨爲重. 但法要活, 不要死耳.)

글 구성에서 항해가 중시한 것은 자연스러움이었다. 내용과 구성이 조화를 이루어 "도끼질해 깎아 낸 흔적이 보이지 않는"[28] 그런 글을 이상적인 글로 보았다. 형식이 내용을 통제하거나, 내용이 형식을 압도함 없이 내용과 형식이 조화를 이루어, 일부러 그렇게 하지 않아도 절로 그렇게 되는 자연스러운 경지를 추구하였다. 이는 기계적으로 법도만을 따라서는 도달할 수 없으며, 법도를 따르되 그 경계를 넘어야 가능한 경지이다. "문장의 편장과 자구와 길이와 기준은 모두 형세에 따라 저절로 그 법칙이 만들어집니다"라는 말은 법도에 얽매이지 않아도 자연스레 그렇게 되는 배열의 미를 스스로 터득할 것을 주문한 것이다. 편장篇章 수사학을 서구 수사학에 대응시킨다면 논거 배열술에 해당한다. 논거들을 어떤 순서에 의거하여 배열하는 기술, 달리 말해 담론에 포함되는 모든 것을 가장 완벽한 순서에 따라 배열하는 기술이다. 이에 의하면 사물들이나 부분들의 적절한 위치와 서열을 할당함으로써 그것을 유용하게 배분하게 된다.[29] 내용과 형식의 자연스러운 조화를 궁극의 경지로 추구한 항해의 지향은 인간의 본성에서 문채文彩가 나온다고 보는 유협劉勰[30]의 그것과 상통한다. 유협은 만물이

---

28 不露斧痕.

29 정우봉, 「18세기 중반 韓國修辭學史의 한 국면 — 安錫儆의 『霅橋藝學錄』과 『霅橋識聞』을 중심으로」, 『수사학』 창간호, 2004, p. 169.

30 유협, 『문심조룡』, 최동호 옮김, 민음사, 1994, pp. 31~32.

제 나름의 무늬를 갖추고 있듯 인간이 만든 문장도 무늬를 갖는 것이 자연스럽다며 일부러 꾸미지 않아도 저절로 조화가 구현된 문장을 아름다운 문장으로 보았다.[31]

나는 이렇게 논해 왔다. 고문 장구의 장단과 척도는 모두 경서에 근본하고 있다. 가령 『논어』에서 '배우고 때때로 익히면(學而時習之)' 세 구는 장단은 가지런하지 못하지만 척도는 맞고, 『맹자』에서 '왕의 신임을 얻어 그렇게까지 나랏일을 전제하고(得君如彼其專)' 세 구는 상하 두 구의 숫자는 서로 비슷하고 가운데 한 구는 길지만, 역시 척도에는 맞다. 경전 안에 이러한 곳은 단 한 구절도 서로 비슷한 것이 없다. 간혹 길기도 하고 짧기도 하여 일정한 규율이 없으나, 후대 작가들의 모범이 되었다. 한유의 문장에서 '박애를 일러 인이라 한다(博愛之謂仁)' 네 구도 역시 이와 같다. 그러나 선진산문과 경서를 제외하고는 더러 판에 박은 듯한 곳도 있는데, 『좌전』이나 『순자』역시 이를 면치 못한다. 이것들을 결코 하나의 틀로 적용할 수는 없지만, 요는 경서의 문장을 모범으로 삼아야 한다는 것이다. (장단이 가지런해서는 안 되지만 척도에 맞는 것을 표준으로 삼아야 한다. 이른바 척도란 역시 나

---

31 이와 같은 생각은 프랑스 수사학자들에게서도 동일하게 발견된다. 르네 라팽은 "자연은 문채와 은유의 사용을 결정해야 하는 유일한 안내인이어야 한다"(Rapin, 1709: 145)라고 했고, 브르트빌도 자연적 수사학이 인위적 수사학보다는 더욱 설득력 있고 감동적이라고 언급하면서 농부들에게서 가장 자연 발생적인 문채의 사용을 발견한다고 말한 바 있다(Bretteville, 1689: 204; 이종오, 「17세기의 프랑스 수사학과 문체적 학설에 대한 제(諸) 문제 연구」, 『아태연구』 17권 2호, 2010, p. 233에서 재인용).

의 혀끝의 조화에 있는 것이어서 말로 전할 수 없는 것이다. 말로 전할 수 있다면 죽은 법도이지, 살아 있는 법도가 아니다. 이것은 앞의 『수여방필』에서 말한바 '법도'에 얽매이지 말라는 것이다.)

『표롱을첨』 권14, 「수여연필」[32]

항해는 『논어』와 『맹자』 각 구절의 장단이 가지런하지 못하지만 법도에 합당하고, 『좌전』과 『순자』는 그저 판에 박은 듯함을 지적하면서 글을 짓는 법도는 기계적으로 같고 같지 않거나, 길고 짧은 데 있는 것이 아니라 흐름에 맞게 자유롭게 변주되는 데 있다 하였다. 정민[33]은 항해의 이러한 주장을 "활물활법론活物活法論"으로 정의하며 "문장은 살아 있는 물건이니 한 가지 법으로 가둘 수 없다"로 해석하였다. 담아내는 내용에 따라 그때그때 형식을 탄력적이고 유연하게 적용하더라도 글의 내적인 질서에 따라 자연스러운 배치와 배열이 이루어지는 자연적인 구성의 미를 추구하는 것이 항해 글쓰기의 특징이라 할 수 있다.

---

32 余嘗論, 古文章句長短尺度, 皆本經書, 如『論語』'學而時習之'三句, 長短皆不齊, 而合於尺度, 『孟子』'得君如彼其專'三句, 上下兩句字數相似, 中一句却長, 而亦合尺度. 經文中如此等處, 未嘗一有句句相似者, 其或長或短, 亦未有定率, 逐爲后世作家所師法, 韓愈文'博愛之謂仁四句, 亦如是, 然先秦文經書之外, 亦往往有印板處, 『左氏』·『荀子』, 亦未免焉. 此固不可以一槪率, 然要當以經言爲法. (長短, 雖要不齊, 要以合於尺度爲準, 所謂尺度, 亦在吾舌端造化, 不可以言傳. 可以言傳, 則死法也, 非活法也. 此前筆所云, '勿規規於法度'者也.)

33 정민, 「항해 홍길주의 독서론과 문장론」, p. 107.

3. 나오는 말

이 글은 조선 후기 문장가 항해 홍길주의 작문론을 비교수
사학의 관점에서 살핀 것이다. 동료 문인들로부터 '기발한
발상과 절묘한 구성으로 마치 귀신이 얽어 놓은 듯한 변화
가 백출하면서 그 속에 사상감정이 짙게 스며 있다'라는 극
찬을 받을 만큼 뛰어난 문장가였던 항해는 글쓰기에 대한
깊이 있는 성찰을 그의 저술 곳곳에 남겼다. 이 글에서는 '기
발한 발상'과 '절묘한 구성'으로 호평받은 항해의 작문론을,
서양 수사학의 개념과 견주며 살펴보았다. 항해는 도가 온
축된 참된 글은, 덕성을 지닌 사람만이 쓸 수 있기에 글을 쓰
는 사람은 마땅히 문장을 쓰고 꾸미는 일보다 자신의 덕성
을 함양하는 데 힘을 쏟아야 한다며 글 쓰는 주체의 에토스
를 강조하였다. 또한 좋은 글은 독자의 감정을 불러일으키
고 독자를 감화하는 글이라며, 독자에게 감동을 주고 독자
의 감정을 움직이는 파토스를 위한 독서와 글쓰기의 방법을
제시하였다. 글쓰기의 착상과 관련하여 항해는 일상과 사물
에 깃든 도를 포착하는 관찰력과 통찰력을 통해 남들이 보
지 못하는 것을 보는 것이 중요함을 설파하였다. 글의 요소
들을 배열하는 구성과 관련해서는 표현하고자 하는 내용이
형식 속에 자연스럽게 녹아들어 인위적으로 도모하지 않아
도 저절로 조화를 이루는 경지를 추구하였으며 "법도는 옛
것에서 취하되 말은 자기가 만들어, 평탄하게 억지로 어렵

게 짓지 않아도 우뚝하여 저절로 가까이하여 생각할 수 없
는"³⁴ 문장을 '진문장'이라 정의하였다. 글쓰기에 대한 그의
지향대로 항해는 자신만의 개성적인 형식과 표현으로, 도
를 담은 글을, 쉽고 간결하게 써서 독자 곁에 남았다. 그의
다수의 저작은 한국 수사학 연구에 귀중한 보고寶庫이다.

참고 문헌

김철범, 「19세기 고문가의 문학론에 대한 연구―홍석주, 김매순, 홍길주를 중심으
　　로」, 성균관대학교 박사 학위 논문, 1992.

박무영, 「수여삼필의 문학적 사유」, 『열상고전연구』 17, 2003, pp. 7~34.

박우수, 「수사학 전통에서 본 에토스와 문화」, 『외국문학연구』 제26호, 2007, pp.
　　185~207.

안대회, 『조선후기 小品文의 실체』, 태학사, 2003.

유협, 『문심조룡』, 최동호 옮김, 민음사, 1994.

이종오, 「17세기의 프랑스 수사학과 문체적 학설에 대한 제(諸) 문제 연구」, 『아태연
　　구』 17권 2호, 2010, pp. 221~239.

이홍식, 「沆瀣 洪吉周의 세계인식과 문학적 구현 양상 연구」, 한양대학교 박사 학위
　　논문, 2007.

정민, 「항해 홍길주의 독서론과 문장론」, 『대동문화연구』 41, 2002, pp. 87~123.

정민, 「수여삼필(睡餘三筆)을 통해 본 항해(沆瀣) 홍길주의 사유방식」, 『동아시아문화
　　연구』 39, 2005, pp. 5~37.

정우봉, 「18세기 중반 韓國修辭學史의 한 국면―安錫儆의 『霅橋藝學錄』과 『霅橋
　　識聞』을 중심으로」, 『수사학』 창간호, 2004, pp. 164~179.

최선경, 「홍길주 산문의 수사적 특징 연구―표롱을첨(縹礱乙籤) 소재 잡저문(雜著文)
　　을 중심으로」, 『수사학』 45, 2022, pp. 283~312.

34　法取乎古, 而言造乎已, 坦然不爲苟難, 而嶄然自不可邇思, 夫然后眞文章也. 홍길주,
　　『여인논문서與人論文書』.

최식, 「항해 홍길주 산문 연구」, 성균관대학교 박사 학위 논문, 2005.

최원경, 「沆瀣 洪吉周의 『孰遂念』: 지식과 공간의 인식」, 성균관대학교 박사 학위 논문, 2008.

____, 「항해 홍길주 散文 一考」, 『대동한문학』 69, 2021, pp. 213~241.

홍길주, 『현수갑고』 상·하, 박무영·이주해 외 옮김, 태학사, 2006.

____, 『표롱을첨』 상·중·하, 박무영·이주해 외 옮김, 태학사, 2006.

____, 『항해병함』 상·하, 박무영·이주해 외 옮김, 태학사, 2006.

____, 『19세기 조선 지식인의 생각창고』, 정민 외 옮김, 돌베개, 2006.

홍종화, 「논증과 토포이」, 『불어불문학연구』 54권 2호, 2003, pp. 837~859.

Bretteville, E., *L'éloquence de la chaire et du barreau*. Paris: BNF, 1689.

Rapin, R. *Œuvres complètes, publiées à Amsterdam en 1709-1710.*

제3부 서양 근현대편

15장
수사학의 순교자

라무스의 『변증학』과 『수사학』

이영훈(고려대학교)

1. 라무스의 생애와 학문 세계

라무스는 16세기 프랑스의 대표적인 인문학자humaniste로, 당대와 후대에 이르는 그 명성과 영향에 비해 오늘날 학문적으로 크게 주목받지 못하고 있는 인물 가운데 하나이다. 그의 원래 이름은 피에르 드 라 라메Pierre de La Ramée이나 라틴어 필명인 라무스Ramus로 더 잘 알려져 있다. 라무스는 또한 자신의 생애와 학문을 둘러싼 여러 가지 독특한 일화들로 매우 유명하다. 원래 조상이 리에주 지방의 귀족이었으나 1468년 샤를 르 테메레르Charles le Téméraire에 의해 리에주가 약탈당한 후 몰락한 조부가 피카르디 지방의 퀴츠Cuts라는 작은 마을로 이주하게 되었고 이곳에서 라무스의 조부는 숯장수로 생을 마쳤으며, 뒤이어 라무스의 부모는 소작농이 되었다. 어려서 매우 가난하게 자란 라무스는 공부에 대한 강한 열정으로 여덟 살에 홀로 파리로 가서 가난한 목수였던 외삼촌 집에 머물며 공부를 계속하려 하였으나 여의치 않았다. 그러나 몇 년 후 어느 귀족 자제의 시종으로 일하면서 그가 다닌 나바르중등학교Collège de Navarre에서 수학했으며, 이후 파리대학교 예과에 등록하여 공부를 계속하게 되었다.

1537년 라무스는 당시 스콜라 철학의 본산이라 할 수 있던 소르본대학교에서 「아리스토텔레스로부터 말해진 모든 것은 거짓이다Quaecumque ab Aristotele dicta essent commentitia est」라는 주제의 발표로 예과 교사maître ès arts 학위를 받아 큰 파문을 일으켰다. 우여곡절 끝에 그는 몇몇 중등학교와 개방 학교에서 교사 생활을 했으나 이 과정에서 아리스토텔레스와 스콜라 철학을 비판하는 글들을 발표함으로써 필화를 입게 되었다. 당대 스콜라 철학자들의 반발과 그로 인한 격렬한 논쟁 끝에 그의 저작들은 금서 목록에 올랐고 그 자신은 상당 기간 철학 강의를 할 수 없게 되었다.

그럼에도 1551년 나바르중등학교 동창이었던 로렌 추기경Cardinal de Lorraine 등 여러 후견인의 도움으로 주변의 격렬한 반대에도 불구하고 당시 왕립대학Collège royal의 웅변 및 철학 교수로 임명되었다. 이후 르네상스 시기 수사학의 우상이었던 키케로Cicero, 퀸틸리아누스Quintilianus 등을 비판하는 글들을 연속적으로 발표함으로써 당대의 대표적 학자들과의 격렬한 논쟁에 휩싸였고 기존의 학문 및 교육 체계를 신랄히 비판하고 대학 제도의 급격한 개혁을 추진함으로써 많은 적을 만들었다. 따라서 그의 학자로서의 삶은 그리스·로마 고전에 대한 해석과 학문의 성립과 실천을 둘러싸고 벌어진 수많은 격론으로 점철되었다.

라무스는 굽힐 줄 모르는 신념으로 1561년 신교도에 대한 탄압이 매우 거세지던 상황에서 스스로 신교도임을 고백하여 자신의 후원자들이었던 가톨릭 추기경이나 왕실을 등 돌리게 하였고 결국 1572년 생바르텔르미 대학살 때 자객들에 의해 처참히 살해당한 후 센강에 시신이 버려지게 되었다. 그의 끔찍한 죽음은 당대 지식인들과 신교도들에게 커다란 충격을 주었으며 크리스토퍼 말로Christopher Marlowe의 작품 『파리의 대학살The Massacre at Paris』(1592)에서 극으로 형상화된 바 있다.

라무스의 학문적 업적은 크게 두 가지로 요약될 수 있으며 그 성과는 당대의 학자들과 후대에 이르기까지 큰 영향을 미쳤다. 먼저, 라무스는 중세 이래 유지되어 온 문예 삼과trivum, 즉 논리학, 수사학, 문법학 간의 영역 분리를 완성했다. 라무스는 개별 학문 간의 연구 대상은 엄격히 구분되어야 한다고 주장했고 따라서 근대 서구 학문 체계의 분화에 이론적 근거를 제시했다. 또한 이처럼 엄격히 분리된 대상들을 연구하는 제반 학문들을 총괄하는 하나의 방법론을 개발하려고 시도함으로써 근대적 의미의 방법론 연구에 기여하게 된다.

후대에 대한 라무스의 영향은 그 범위가 매우 넓다. 오늘날 라무스에 대한 연구들 중 상당수가 '라무스주의ramisme' 또는 '라무스주의자ramiste'에 관한 것일 정도로 구미 여러 나라에서 19세기 초까지 라무스는 여러 분야에 걸쳐 영향력을 갖고 있었다. 철학자들 가운데 프랜시스 베이컨Francis Bacon, 르네 데카르트René Descartes, 피에르 가상디Pierre Gassendi, 토머스 홉스Thomas Hobbes, 고트프리트 라이프니츠Gottfried Leibniz 등이 라무스의 영향을 받은 것으로 평가받고 있으며, 문학에서는 프랑스의 플레이아드Pléiade 시파, 영국의 필립 시드니Philip Sidney, 크리스토퍼 말로, 존 밀턴John Milton, 존 던John Donne 등이, 문법학 분야에서는 프랑스의 포르루아얄Port-Royal 문법, 스페인의 상크티우스Sanctius, 천문학에서는 요하네스 케플러Johannes Kepler, 신학에서는 청교도 신학이 라무스 방법론의 영향하에 있었던 것으로 간주되고 있다. 이제부터는 라무스의 여러 학문적 업적 중 변증학과 수사학에 대해 먼저 간단히 소개하겠다.

2. 라무스의 변증학과 수사학

라무스의 '변증학dialectique'은 서구 문예 삼과 중 하나인 논리학을 가리키며 아리스토텔레스의 전통을 계승한 중세

스콜라 철학의 '형식논리학'이 아니라 키케로식으로 논거의 발견과 조직을 목적으로 하는 '논증학topique'에 해당한다. 라무스의 주저 『변증학*Dialectica*』에 따르면, 변증학은 '논쟁 또는 추론의 기술art de bien disputer ou de bien raisonner이며, 착상invention과 판단jugement의 두 부분으로 나뉜다.' 착상은 논거를 찾아내는 기술이며 이것은 고전들에 대한 비판적 독서와 자기 성찰을 통해 연마된다. 반면 판단 또는 배열disposition은 착상에 의해 발견된 논거 틀을 조직하는 기술이다. 판단은 다시 명제, 삼단논법, 방법의 세 부분으로 나뉘고 그중 방법이 인간 지식의 체계적 조직에 해당하는 학문의 성립 근거가 된다. 이처럼 그리스·로마 고전 수사학의 두 영역인 착상과 판단(배열)을 변증학의 두 축으로 설정함으로써 라무스는 논리학에 수사학의 영역을 끌어들인 셈이며 그 결과 논리학사와 수사학사 모두에 커다란 변화가 일어나게 된다.

아리스토텔레스는 자신의 '오르가논Organon'에서 필연적 사실의 증명을 목적으로 하는 분석적 추론raisonnements analytiques과 개연적 사실을 설득하는 데 쓰이는 변증적 추론raisonnement dialectiques을 구분한 바 있다. 이에 대해 라무스는 수학자들과 시인들, 웅변가들과 철학자들에게는 공통된 단 하나의 추론 방식만이 존재한다고 생각하여 그의 변증학은 이 같은 두 가지 추론 방식을 하나로 통합하였고 "모든 사실의 착상과 판단에 사용될 수 있는 보편적 방법론

art general pour inventer et juger toutes choses"을 추구하였다. 라무스는 불어판『변증학*La dialectique*』의 서두에서 이를 다음과 같이 설명하고 있다.

> 아리스토텔레스는 과학을 위한 논리와 의견을 위한 논리의 두 가지를 설정하려고 하였다. 이 점에서 위대한 스승의 명예를 존중한다고 하더라도 그는 크게 잘못하였다. 왜냐하면 기지의 사실들이 한편으론 필수적이고 과학적이며 다른 한편으론 우연적이고 토론의 여지가 있기는 하나, 그럼에도 어떤 색깔이든 바라보는 시각은 공통되어 불변인 만큼, 마찬가지로 인지하는 기술, 즉 변증학 또는 논리학은 모든 사물을 파악하는 하나의 통일된 이론에 해당한다. 이 점은 각 부분별로 살펴보게 될 것이고 이미「아리스토텔레스 논박」에 보다 자세히 설명되어 있다.[1]

라무스에 의해 변증학의 두 축 중 첫 번째 축으로 지목된 착상은 논거들의 직관적 포착을 가능하게 하는 기술이다. 이 기술은 라무스가 원리 principe 와 경험 expérience 이라 부르는 두 가지 방법으로 연마될 수 있다. 먼저 기존의 권위에 의지하지 않고 스스로의 힘으로, 즉 '보편적 이성 raison universelle'의 인도에 따라 추론의 소재에 필

---

1 *La dialectique*, Dassonville판, 1555, p. 62.

요한 준거들과 규칙들을 찾는 과정이 존재한다. 두 번째는 실천을 통해 경험을 쌓는 길로, 이것은 선현들의 글을 주의 깊게 읽음으로써 이들의 주장 가운데 옳고 그른 것을 분별해 내는 과정에 해당한다. '특수한 귀납induction singulière'으로 불리는 이 길은 보편적 이성을 따르는 것보다 훨씬 어렵고 힘든 길이다. 이 두 가지 방법을 통해 발견되고 포착된 논거들은 정의, 규칙, 구분, 기타 원칙 등으로 구성되며 설득을 목적으로 하는 삼단논법의 소전제에 해당한다.

라무스 변증학의 두 번째 축인 판단은 착상에서 연역과 귀납을 통해 발견된 논거들을 조직하는 기술이다. 논거들의 조직 과정은 명제, 삼단논법, 방법의 3단계를 거치는데 그중 핵심이 되는 '방법méthode'에 대해 라무스는 다음과 같이 정의한다.

> 방법은 여러 사항 가운데 가장 먼저 눈에 띄는 것을 첫 번째 자리에, 두 번째로 눈에 띄는 것을 두 번째 자리에, 세 번째는 세 번째 자리에 등등으로 배열하는 일이다.[2]

모든 추론적 담론의 구성 원칙이 되는 방법은 다시 '본연의 방법methode de nature'과 '분별의 방법methode de prudence'

---

2   같은 책, p. 144.

의 두 가지로 구분된다. 먼저 본연의 방법은 자연의 질서를 반영하여 가장 일반적인 범주로부터 가장 특수한 범주로 논거들을 단계적으로 조직해 가는 것으로 일반 정의들이나 원리들에서 그 논리적 결과들을 이끌어 내려는 모든 학문의 기본이 되는 방법이다. 또한 개연성과 개별성에 바탕을 두고 가장 특수한 것으로부터 가장 일반적인 단계로 나아가는 분별의 방법은 폐쇄적이고 회의적인 청중을 대상으로 그들이 가장 쉽게 받아들일 수 있는 논거들에서 출발하는 '설득의 방법méthode de persuasion'이다. 한편 이 두 가지 방법은 1) 참되고 필연적인 사실들만이 포함되어야 하고lex veritatis, 2) 같은 성질의 모든 사항이 빠짐없이 열거되어야 하며lex justitiae, 3) 일반적 사항들은 일반적으로 처리되고 특수한 사항들은 특수하게 처리되어야 한다lex sapientiae라는 세 가지 법칙의 지배를 받는다.

라무스의 수사학은 그의 여타 학문적 성과에 비해 가장 논란이 많이 되는 부분이다. 그리스·로마 전통의 수사학에서 연설discours은 착상, 배열, 표현, 암기, 발표의 5단계로 나뉘며 중세 이래 서구 수사학에서도 이 다섯 가지를 수사학의 하위 범주로 간주해 왔다. 그런데 라무스는 당시 쇠퇴일로에 있던 스콜라 철학의 논리학을 혁신하고 인간 지식의 총체적 이해를 가능하게 할 방법론으로서의 변증학을 기획하면서 수사학에서 그 개념적 도구들을 가져왔다. 다시 말해 착상과 판단의 기준을 변증학의 영역으로 편입시킴으로써 제반 학문들에 대한 일관되고 유기적인 방법론을 개발하려고 애썼다. 또한 학문적 담론들을 효과적으로 인지하기 위한 기억술을 수사학에서 독립시켰다. 반면 개별 학문 간의 경계를 엄격히 하고자 수사학의 범주로는 표현과 발표의 두 가지만을 인정하였다.

라무스 수사학의 방법론적 근거가 되는『변증학*Dialectica*』에서 수사학에 대한 정의는 1576년 개정판에서야 비로소 발견된다. 문예 삼과의 다른 두 요소인 변증학 및 문법학과 견주어 '언어 구사의 기술art de bien dire'로 정의되는 수사학은 정확한 언어 사용이 문법학의 영역이었던 만큼, 미려한 언어 구사와 능숙한 연기로 제한된다. 라무스는 수사학을 먼저 표현élocution과 발표action 또는 발음prononciation으로 나누고 다시 발표는 발성voix과 몸짓geste으로, 표현은 말무늬들figures과 비유들tropes로 구분한다. 라무스의 방법을 특정 짓는 이분법은 수사학의 하위분류에서도 여지없이 발휘되어 말무늬들이 변증학에서 제시된 원칙들에 따라 체계적으로 재편성된다. 한편 로마의 퀸틸리아누스에 의해 열두 가지로 분류되었던 비유들은 은유, 환유, 제유, 아이러니의 네 가지로 제한된다.

라무스의 수사학은 자신이 저술한 키케로와 퀸틸리아누스의 수사학에 대한 비판적인 글(『키케로의 연설에 대한 브루투스의 문제제기*Brutinae Quaestiones in Oratorem Ciceronis*』, 1547:

『퀸틸리아누스에게서의 수사학의 구분들*Rhetoricae Distinctiones in Quintilianum*』, 1549)과 『수사학*Rhetorica*』(1567)에서뿐만 아니라, 오메르 탈롱Omer Talon의 『웅변 교육*Institutiones Oratoriae*』(1545)과 『수사학*Rhetorica*』(1548; 1557), 앙투안 푸클랭Antoine Fouquelin의 『프랑스어 수사학*Rhetorique Française*』(1555) 등에서 잘 제시되고 있는데, 이 같은 사실은 무엇보다도 라무스의 주도하에 그의 절친한 친구이자 추종자였던 탈롱과 제자였던 푸클랭이 그의 수사학 연구에 참여한 데서 비롯된다.

3. "줄어든 수사학" 논쟁

라무스가 수사학의 다섯 가지 범주 중 표현과 발표 두 가지만을 수사학의 고유 영역으로 인정하고 논거의 발견과 배열을 변증학의 영역으로 간주함으로써 수사학의 분열과 축소를 가져왔고 이를 통해 향후 서구 지성사에서 이성ratio과 담론oratio 사이의 분열이 야기되었다는 것이 라무스를 둘러싼 논쟁의 요체이다.

특히 카임 페렐만Chaïm Perelman에 따르면, 라무스는 학문의 방법과 수사학의 논리적 측면들, 즉 착상과 판단을 연관시킴으로써 근대 과학적 방법의 탄생에 기여하였으나 방법에 있어서 미학적 또는 장식적 측면을 배제함으로써 로고스의 분열을 가져왔다. 그 결과 수사학은 표현과 발표로 제한되어 조락의 길을 걷게 되고 본연의 기능인 설득을 담당하는 것이 아니라 말무늬들을 중심으로 한 문체론 또는 시학과 동일시되어 겉치레나 장식의 부수적 기능을 맡게 되었다. 더구나 근대 이후의 서구 학문은 라무스의 노력에도 불구하고 데카르트의 수학적 모델을 받아들여 형식화를 추구하였고 따라서 아리스토텔레스가 구분한 분석적 추론과 논증적 추론 가운데 전자만이 타당한 것으로, 다시 말해 합리적인 것으로 간주되었다. 더 나아가 19세기 중반 이후 발전된 형식논리학에서는 분석적 판단만을 관심 영역으로 삼은 만큼, 변증적 추론들은 논리학의 학문적 논의에서 제외된 채, 심리학의 영역으로 치부되었다. 이에 페렐만은 인간의 가치 체계를 분석하는 데 분석적 추론, 즉 과학적 증명의 무용성을 주장하고 그 대신 아리스토텔레스가 제안한 바대로 논증적 추론을 통한 설득의 수사학으로 되돌아갈 것을 제안한다. 이는 라무스에 의해 변증학에 편입된 착상, 배열을 다시 수사학의 영역으로 복귀시키는 것을 의미한다.

여기서 우리가 검토해 보아야 할 것은 과연 서구 수사학사에서 라무스의 역할이나 비중이 '줄어든 수사학rhétorique restreinte'을 주장하는 사람들의 생각만큼이나 중요하였고 그의 작업이 후대의 변화에 그만한 영향을 미쳤는가 하는 점이다. 또한 이른바 수사학의 주요 부위에 대한 절제 수술을 감행한 라무스의 의도가 궁극적으로 수사학의 다른 영역들로부터 착상과 배열의 논리적 양상들을 영원히 분리하려는 데 있었는가 하는 질문이 제기될 수 있다. 마지막으로, 라무스에 의해 야기된 축소 지향적 수사학사를 비판하며 현대 수사학에서 문학 수사학과 논증 수사학의 양대 흐름을 형성한 두 무리의 이론적 기도가 과연 그리스·로마 시대 고전 수사학의 지향과 일치하는가 하는 점도 살펴볼 일이다.

라무스의 변증학과 수사학은 자신만의 독창적인 작업이 아니었다. 먼저 아리스토텔레스주의에 대한 반감이나 논리학의 영역을 축소해 단순화시킨 점, 형이상학에 대한 부정적 시각 등은 로렌초 발라Lorenzo Valla에게서 이미 발견된다. 또한 변증학의 영역에 고대 수사학의 영역들이었던 착상과 판단을 포함함으로써 변증학과 수사학을 구분한 점, 변증학을 착상과 판단으로 이분화한 사실, 실용적인 교육에 대한 강조 등은 로돌푸스 아그리콜라Rodolphus Agricola와 후안 루이스 비베스Juan Luis Vives의 직접적인 영향을 받은 결과이다. 다음으로 고전 텍스트들에 대한 비판적 독서와 방법에 대한 논의는 필리프 멜란히톤Philipp Melanchthon의 생각을 계승·발전시킨 것으로 간주된다. 이 밖에도 라무스는 아리스토텔레스, 키케로, 퀸틸리아누스 등을 비판하는 동시에 그들의 저작에서 자신의 방법론에 자양분이 되는 많은 요소를 빌려 왔다.

다음으로 라무스의 변증학 및 수사학이 당대 및 후대에 끼친 영향력에 대해서는 다소 상반되는 주장들이 제기되고 있다. 사실 르네상스 이후 유럽에서 출간된 라무스와 탈롱의 저작들의 서지 사항을 체계적으로 정리한 월터 옹Walter J. Ong 신부에 따르면, 라무스의 주저『변증학』과 그의 학문적 동지이자 추종자였던 탈롱이 펴낸『수사학』은 유럽 출판계에서 혁혁한 성과를 거두어, 라무스 당대에 이미 각기 14판과 26판을 찍었으며 라무스 사후 여러 세기에 걸쳐 여러 언어로 번역 출판되어『변증학』은 262판,『수사학』은 166판의 기록을 세우게 된다. 라무스에 대해 비판적인 페렐만 자신도 라무스의 저작을 16세기 중반부터 1세기 동안 유럽에서 가장 영향력 있었던 논리학 저술로 평가한 바 있으며, 특히 라무스식 '장식 수사학rhétorique ornementale' 또는 '말무늬 수사학rhétorique des figures'은 이후 학교 교육 체계 속에 자리 잡아 19세기까지 그 영향이 지속되었다고 지적한다. 반면 미셸 메이에르Michel Meyer 책임하에 출간된『그리스로부터 오늘날에 이르기까지의 수사학의 역사 Histoire de la rhétorique des Grecs à nos jours』에서 근대편을 집필한 브누아 티메르망Benoit Timmermans은 라무스에 할애된 부분에서, 라무스가 레토릭이라는 단어를 표현과 발표로 한정한 것은 이후 결코 어느 곳에서도 지속적으로 강제되지 않았으며 심지어 라무스의 영향력이 최고도에 달한 신교도 국가들에서도 이후 속도의 차이는 있을지 몰라도 수사학의

5개 영역이 신속히 복원되었다고 밝히고 있다.

라무스가 전통적으로 수사학의 다섯 가지 영역으로 간주되었던 착상, 배열, 표현, 암기, 발표 중 착상, 배열, 암기를 변증학에 포함하고 수사학에 표현과 발표만을 할애한 것은 애초에 매우 구체적이고 경험적인 근거에서 비롯된 것이다. 그에 따르면, 이 세 단계는 전적으로 순수한 사고의 분야에 속하며, 구두 표현이나 글쓰기의 개입 없이도 이루어질 수 있다. 이것은 언어 장애인들이나 문자 없는 민족들에게서 흔히 관찰된다. 이처럼 사고의 과정에 대한 이론으로 정의된 변증학에 비하여 수사학은 발견 또는 창안된 생각들을 구체적 언어 표현으로 작성하고 개별 상황 속에서 이를 공연하는 방법에 대한 이론으로 제시된다. 한편 라무스가 자신의 수사학에서 착상, 배열, 암기에 관해 논하지 않은 것은 아리스토텔레스가 제시한 내적 일관성 kat'auto의 법칙에 따라 각각의 실제 요소에 대해 오직 고유의 이론적 영역만을 안배해야 한다는 생각에서 그가 이미 변증학의 하위분류에 포함한 요소들을 수사학에서 다시 언급할 수는 없었을 것으로 이해된다. 이 같은 학문 간의 명백한 영역 구분은 중세 이래 지나치게 변증학으로 쏠린 문예 삼과 내의 힘의 균형을 다시 회복하려는 시도로도 볼 수 있다.

이처럼 이론적 차원에서 변증학과 수사학의 구분 필요

성을 주장한 라무스가 『변증학』의 초기 판본에서 "변증학과 수사학은 자매 학문들로서 자연스러운 결합을 이루게 된다"라고 밝혔고 또한 왕립대학에서의 라무스의 직함이 '웅변 및 철학 교수lecteur du roi pour l'éloquence et la philosophie' 였다는 사실은 어떻게 이해되어야 할 것인가? 특히 라무스가 자신에게 가해진 '철학에서의 추방'에서 해금된 후 맡게 된 왕립대학 교수로서의 이 직함은 역사적으로 그 유례가 없었다는 점에서 더욱 주목된다. 사실 티메르망이 지적하는 바와 같이, 라무스가 수사학을 분열시켰다는 주장은 언어 또는 로고스를 선이나 미와 같은 다른 차원들로부터 고립시키기보다는 모든 인간적 역량과 가치들 간의 만남의 장소로 인식한 르네상스기의 일반적 생각과 어울리지 않는다. 더구나 르네 라두앙René Radouant(1924)이 일찍이 밝힌 바 있듯이, 키케로 시대의 학문적 이상이었던 이른바 '웅변과 철학의 일치union de l'éloquence et de la philosophie'는 르네상스 시기 인문주의자들을 결집시켜 준 구호였다. 라무스 개인을 놓고 볼 때, 그가 제안한 파리대학교 교육 개혁안이나 자신이 책임을 맡았던 프렐중등학교Collège de Presles에서 시행되었던 구체적 교육 과정을 통해 교육적·실천적 차원에서 변증학과 수사학이 자연스럽게 결합되었다는 것은 충분히 인정된다.

그렇다면 라무스가 지향했던 '웅변과 철학의 일치'는 구체적으로 어떤 내용을 담고 있었을까? 간단히 말하면, 이것은 문학 텍스트에 대한 설명을 통해 철학을 가르치는 것이었다. 피터 샤랏Peter Sharratt(1976)에 따르자면, 라무스에게 문학은 독립된 기예art(이론 또는 학문)가 아니며 따라서 다른 학문들을 설명하고 예시하는 데 활용될 수 있었다. 사실 라무스는 자신의 주저인 『변증학』에서 자주 문학 작품들에서 빌려 온 예들을 통해 변증학적 개념들을 설명한 바 있으며, 아리스토텔레스의 저술보다는 베르길리우스Vergilius의 작품에서, 키케로의 수사학 이론서들보다는 그의 연설집에서, 변증학 및 수사학 이론에 대한 보다 명쾌한 설명을 얻을 수 있었다고 밝힌 바 있다. 무엇보다 라무스가 초기에 철학 강의 및 저술을 금지당했던 이유가 바로 이처럼 문학을 통한 철학의 이해 및 교육에 있었다는 사실은 매우 의미심장하다. 라무스가 "원칙은 덜, 실천은 더 많이Moins de préceptes, plus de pratiques"라는 구호 아래 벌인 이 작업은 고전 텍스트들을 비판적으로 읽고 이를 통해 얻은 생각을 정제되고 생생한 표현을 사용하여 효과적으로 전달하게 함으로써 사변적 형식 논리에 얽매여 공허한 논쟁만을 일삼았던 당시 변증학(교육)에 새로운 힘을 불어넣으려는 것이었다.

한편 라무스를 공격하는 사람들은 공통적으로 라무스가 수사학사의 퇴조에 미친 영향을 지적하면서도 그 해결책을 둘러싸고 크게 두 가지 서로 다른 입장을 보인다. 먼저 제라르 주네트Gérard Genette나 리에주대학 뮤Groupe μ 연구팀 등에 따르면, 소멸 위기의 수사학을 재정립하는 길은 아리스토텔레스가 제안한 말무늬들의 범주를 회복하여 작품들의 문학성을 탐구하는 '문학 수사학'을 구축하는 것이다. 반면 페렐만의 신수사학은 고전 수사학의 모든 영역을 인정하고 복원시켜야 한다는 주장에도 불구하고 착상과 배열에 초점이 맞춰져 있으며, 이 점에서 신변증학이라 불릴 수도 있다. 사실 알랭 랑프뢰르Alain Lempereur의 지적대로, 두 신수사학은 한편으로는 설득을 위한 규범을 지향하고 다른 한편으로는 규범에 대한 일탈을 모색한다는 점에서 각기 그 자체로 줄어든 수사학의 한 유형에 해당한다. 따라서 이들 신수사학의 이론가들과 추종자들이 라무스에게 가한 비판은 역으로 그들 자신의 작업에 고스란히 돌아갈 수 있으며, 이들이 말하는 아리스토텔레스에 의해 구축된 온전한 형태의 수사학의 부활은 이 두 가지 '줄어든 수사학'의 발전적 지양을 통해서만 이루어질 수 있을 것이다.

4. 라무스의 '웅변과 철학의 일치'

'웅변과 철학의 일치'를 주장한 다른 인문학자들과는 달리 라무스에게 이 의제는 단순히 고전에서 빌려 온 매혹적인 표현이 아니라 갈망하는 생생한 현실의 표상이었으며, 이 문제를 둘러싼 공방은 라무스를 통해서 평온한 학문적 토론의 단계를 뛰어넘어 정념으로 가득 찬 공공의 투쟁으로 격화되어 버렸다. 사실 그 시대에 '웅변과 철학의 일치'에 대해 라무스만큼 열정적인 태도를 표명한 학자는 거의 없었다. 사실 뮈레Muret, 랑뱅Lanvin, 르 루아Le Loy 등이 별다른 반성이나 실천적 체험에 바탕을 두지 않고 단순히 키케로에게서 전거를 빌려 와 자신들의 강령을 습관적으로 반복한 반면, 라무스는 비록 그리스·로마 고전에서 많은 것을 차용하면서도 '웅변과 철학의 일치'라는 의제를 실현하는 데 걸림돌이 되면 가차 없이 아리스토텔레스, 키케로, 퀸틸리아누스 같은 당시의 지적 우상들을 논박하기에 이르렀다. 르네 라두앙의 말대로 그의 업적 전체가 이러한 생각의 이론적 전개와 실제적 적용에 바쳐졌다고 해도 과언이 아니다.

라무스의 제자였던 니콜라 드 낭셀Nicolas de Nancel은 그의 전기 『페트루스 라무스의 생애Petri Rami Vita』(1599)에서 라무스의 주요 업적과 '문예 공화국Republique des lettres'에서 그가 공헌한 바를 '웅변과 철학의 일치'라는 원리의 발견에서 찾고 있다.

그러나 라무스에게 최고의 찬사가 주어져야 한다면 그것은 바로 그가 현대에 와서는 처음으로 웅변과 철학을 결합시키는 원리를 발견하였으며, 이를 가르치고 자신의 저술과 강의를 통해 그 가치를 입증해 보였다는 사실과, 모든 학예, 특히 논리학의 실천이 저명한 작가들에게서 어떻게 이루어지고 있는지에 주

목할 필요가 있음을 여러 차례에 걸쳐 소리 높여 외친 바 있다는 사실에서 기인한다.[3]

이 의제에 대한 라무스의 정열과 관심을 구체적으로 보여 주는 몇 가지 일화를 소개해 보기로 한다. 먼저 1543년 라무스는 자신의 최초의 저작인 『변증학 연습Dialecticae Instititutiones』과 『아리스토텔레스에 대한 고찰Aristotelicae Animadversiones』을 출간한다. 첫 번째 책은 아리스토텔레스의 '변증술dialetike'을 단순화시키고 보완하여 새로운 '변증학dialectica'을 제안하려는 것이었고, 두 번째 책은 착상의 원리들을 혼동한 아리스토텔레스에 대한 직접적인 비판을 목적으로 하였다. 이 두 책의 출간으로 그는 필화를 입어 소송과 논쟁에 휩싸였으며 결과적으로 프랑수아 1세의 판결로 두 책은 금서가 되었고 라무스는 철학 강의와 집필을 금지당하였다. 그런데 바로 『아리스토텔레스에 대한 고찰』에서 라무스는 처음으로 '수사학과 변증학의 합일'에 대해 언급하고 있으며, 지혜와 웅변에 대한 연구들이 결합되었던 그리스·로마 시기를 회상하고 있다. 이후 그는 철학 강의 및 집필을 금지한 판결이 무색하도록 철학philosophica을 때로는 매우 플라톤적인 의미로, 때로는 변증학과 같은 의미로 자유롭게 해석하여 그 족쇄에서 벗어나려고 애썼다.

---

3 "Niclaus Nancelius, Petri Rami Vita", *Humanistica Lovaniensia*, XXIV, 1975, p. 211.

또한 1544년 아베마리아중등학교Collège de l'Ave Maria에서 강의할 때 그는 문학 연구와 철학 연구의 결합을 옹호하였고 이를 실행에 옮긴 바 있다. 1546년 출간한 키케로의 『스키피오의 꿈Somnium Scipionis』에 대한 해설에서는 철학을 문학 텍스트의 예를 통해 설명하는 식으로 '웅변과 철학의 일치'를 논하였으며, 같은 해 자신이 책임을 맡게 된 프렐 중등학교에서 행한 첫 번째 연설을 같은 주제에 할애하였다. 그리고 역시 이곳에서 한 강의에서 문학 교육과 철학 교육을 동시에 시행하였다. 이로 인해 1546년과 1547년 몇 차례에 걸쳐 파리대학교를 통해 항의를 받았고, 마침내 피에르 갈랑Pierre Galand의 고소에 따라 법원은 라무스의 교육 방식을 금지하였다. 그는 이에 굴하지 않고 동일한 원칙과 방법에 의거하여 자신의 동료였던 오메르 탈롱으로 하여금 철학, 즉 변증학을 오전에 강의하도록 하고, 라무스 자신은 수사학을 오후에 강의하였다. 이후 자크 샤르팡티에Jacques Charpentier에 의해 다시 고소를 당하였으나 나바르중등학교 동창이었던 샤를 드 기즈Charles de Guise, 미래의 로렌 추기경의 개입으로 풀려났다.

1547년 앙리 2세의 왕위 계승과 더불어 라무스에 대한 철학 강의와 집필 금지가 풀렸고 몇 차례 다시 공격을 받은 후 1551년 라무스는 고대하던 승리를 맛보게 된다. 그는 왕의 칙령에 따라 왕립학교 교수로 임명되었을 뿐만 아니라 자신이 열망했던 '웅변 및 철학 강좌chaire de l'eloquence et de la philosophie'를 배정받은 것이다. 이 칭호는 왕립학교 내지 그 후신인 콜레주 드 프랑스Collège de France 역사상 라무스에게만 부여된 것으로 이것이 왕의 호의에 의한 것이었든 아니면 라무스의 의도에 따른 것이었든 라무스가 철학 교수직을 되찾는 계기가 되었을 뿐만 아니라 웅변 교육과 철학 교육을 결합한 그의 교육 프로그램이 공인되는 결과를 가져왔다. 물론 이 같은 라무스의 성공은 주변의 시기와 질투를 낳았고 그는 계속해서 대학 제도의 급격한 개혁을 추진함으로써 격렬한 논쟁에 휩싸이게 되었다.

이제 라무스가 주창한 '웅변과 철학의 일치'가 시사하는 교육 프로그램의 내용이 무엇인지를 살펴볼 차례다. 단순화해서 말하자면, 라무스에게 이 의제는 문학 텍스트에서 이끌어 낸 예시를 통해 철학을 교육하는 것이었다. 그 이유는, 라무스에 따르면 모든 학예는 독립적으로 교육되어야 하나 문학은 학예가 아니며 따라서 각종 학예를 설명하고 예시하는 데 활용될 수 있기 때문이다. 이에 대해 피에르 갈랑을 비롯한 당시 파리의 교육자들은 어떻게 아리스토텔레스의 저작보다 베르길리우스의 작품에서 논리학을 더 잘 배울 수 있겠느냐고 반문하고, 각각의 학예는 별개의 교사들에 의해 교육되어야 한다고 주장하며 크게 반발하였다. 라무스의 비판자들이 내세운 논거는 다음과 같다. 라무스가 그토록 자랑하는 웅변과 철학의 일치는 다른 교사들에게 두 배의 지적 능력을 요구하고, 사고에 속하는 것과 언어에 속하는 것을 억지로 연관 짓게 하며 특히 라무스 자신이 대학에서 배부한 교재를 사용하기를 거부한 만큼 이를 수용할 수 없다는 것이었다.

한편 라무스의 교육 방법은 그가 왕립학교 교수로 임명된 해에 행한 또 다른 연설인 「파리 아카데미 내 철학 교육을 위한 연설Pro Philosophica Parisiensis Academiae disciplina Oratio」에 잘 드러나 있으며, 여기서 그는 프렐중등학교에서 자신이 행한 교육의 방법과 실천을 정당화할 기회를 갖게 된다. 이 연설에서 라무스는 자신이 프렐중등학교에서 개발한 학생들의 시간표와 교육 과정을 설명하고 이를 옹호한다. 그곳에서는 학생들에게 오전 다섯 시간과 오후 다섯 시간으로 나누어 교육을 시행하였으며 시간대별로 고전 문학 강독 한 시간, 복습 두 시간, 토론 및 응용 두 시간이 주어졌다. 그리고 전체 교육 과정은 7세에서 15세까지 7년 반 동안 진행되는데, 첫 3년은 문법 교육에 할애되고 4년 차에 수사학 공부, 5년 차부터 철학 과정이 시작되어 5년 차에 변증학, 6년 차에 윤리학, 수학, 음악학과 광학, 마지막 7년 차에는 물리학을 가르친다. 그리하여 모든 과정을 마치게 되면 학생들은 단순히 이름뿐이 아닌 진정한 학사maître ès arts가 되어 15세에 이미 다른 사람들을 가르치고 법학, 의학 혹은 신학을 공부하며 사회에 공헌할 준비가 된다는 것이다.

위와 같은 교육 과정의 근거가 되는 원리는 라무스에 따르면 다음과 같다. 모든 인간은 말을 하고, 이때 각종 표현법을 사용하며 또한 추론을 행한다. 즉 인간은 자발적으로 문법과 수사학과 변증학을 실천한다. 그런데 말하고 표현하며 논증하는 것이, 각기 해당되는 별도의 학문 분야가 존재함에도, 특정인들에게 국한된 능력이 아니므로, 세 학문은 자연스러운 연결 고리에 의해 하나가 된다. 따라서 구체적 실천에서 학생들은 세 분야를 동시에 고려해야 하며 라무스가 제안한 교육 프로그램은 사실 뮈레나 랑뱅의 생각을 바탕으로 이를 체계화한 것이다. 그렇다면 라무스가 주창한 '수사학과 철학의 결합'이 갖는 독창성은 어디에 있을까? 이 같은 질문에 답하기 위해 이 의제를 통해 라무스가 내세운 목표가 무엇이었는지, 그 구체적인 실현 방안은 어떠했는지를 살펴보기로 하자.

라무스의 친구이자 동반자였던 오메르 탈롱은 1545년에 라무스 대신 자신의 이름으로 출간된 『웅변 연습 *Institutiones Oratoriae*』의 서문에서 라무스가 주창한 '웅변과 철학의 일치'가 자신에게도 공통된 열망이었음을 밝히며 그 목적을 다음과 같이 밝히고 있다.

사실 우리 두 사람의 공통된 열망은 (…) 그리스와 로마의 오랜 전통에 따라 수사학과 철학을 하나로 합치는 것이었고 우리의 선왕들이 이룩해 놓은 이 오랜 학문을 뒷받침하는 것이었다. 그리고 이를 통해 철학을 둘러싼 어둠을 걷어 낼 뿐만 아니라, 철학을 천박하고 비참하게 만든 그 조잡함을 제거하려는 것이었다. 또한 의견들의 혼탁한 강물들보다는 자연의 순수한 원천에서 학예들의 이론을 끌어내려는 것이기도 하였다.

위에서 탈롱이 말하는 철학은 바로 '변증학'을 가리킨다. 이때의 변증학은 아리스토텔레스가 주창한 이래 중세 이후 서구 철학계를 지배해 온 분석(논리)학의 변형이 아니라 수사학의 5대 분야 중 착상invention, 배열disposition, 기억memoire에 관한 이론이다. 이것은 키케로의 『변증론Topica』의 수사학적 변용에 해당하며, 생각의 발견과 조직을 관장하는 학문이다. 이 점에서 라무스가 시도한 웅변과 철학의 일치는 고대와 동시대의 텍스트들에 나타난 인간 정신의 기능 작용을 설명할 수 있도록 전통적인 스콜라 철학을 변형하려는 노력에 해당하는 것이었다.

한편 라무스는 『아리스토텔레스에 대한 고찰』에서 '웅변과 철학의 일치'가 변증학의 수사학에의 적용을 통해 실천적으로 이루어져야 함을 역설하고 있다. 사실 라무스에게 변증학은 철학적 이론서에 담긴 규칙과 원리를 바탕으로 한 것이 아니라 고전 텍스트의 분석을 통해 드러난 사고의 구조에 대한 실질적 이해를 근거로 한다. 이 점에서 라무스의 시도가 갖는 독창성은, 라두앙의 말대로, 단순히 교육 과정에서 철학 강의와 수사학 강의를 번갈아 가며 배치한 것과는 무관하게, 변증법 교육을 전적으로 아리스토텔레스와 같은 철학자의 저작으로부터 이끌어 내지 않고 고대 그리스·로마의 아무런 걸작에서 이끌어 낸 것이며, 고전 텍스트의 분석을 통해 문법학과 변증학, 수사학의 개념들을 추출해 냄으로써 학생들로 하여금 정확하고 우아하게 표현하고 적확하고 밀도 있게 추론하는 능력을 개발하도록 유도하고 최종적으로 정신들의 조화롭고 온전한 발전을 추구하였다는 데 있다.

흔히들 라무스가 전통 수사학의 5대 분야 중 착상, 배열, 기억을 변증학에 부여하고 표현elocution과 연기action만을 수사학의 영역으로 인정하였다고 해서 근대 이후 이성과 언어의 분열을 가져오고 수사학의 몰락을 초래하였다고 생각하는데, 이는 중세 이후 대학에서 연구되고 교육되어 온 변증학을 수사학의 틀 안에서 혁신하기 위한 라무스의 노력을 간과한 것이다. 또한 라무스가 변증학의 영역과 수사학의 영역을 구분한 것은 아리스토텔레스 이래로 내려온 '학문 영역 간의 독립성의 원칙'에 입각한 것으로, 사실 전통 수사학에서 말하는 연설의 5단계에 반영된 인간의 사고와 언어 표현의 연속성을 염두에 두지 않은 것은 결코 아니다.

라무스가 근본적으로 변증학에 보다 많은 관심을 쏟은 것이 사실이지만 그에게 궁극적인 목표는 웅변이었다. 그 증거를 우리는 그가 변증학을 그 자체로 별개의 영역에서 연구한 것이 아니라 완벽한 웅변이 성립되는 데 또 다른 필수 조건인 문법학 및 수사학과의 상관관계 속에서 연구했다는 사실에서 찾을 수 있다. 결국 라무스가 끊임없이 '웅변과 철학의 일치'를 요구한 것은 전통적인 변증학을 변화시켜 고대의 훌륭한 텍스트들에 발현된 인간 정신의 기능 작용을 설명하기 위해서였으며, 새로운 텍스트의 생산이라는 목표를 이루기 위해 고전 텍스트들에 대한 유기적 독서 방법의 개발을 시도한 것이었다,

5. 라무스의 수사학과 텍스트 분석

이제 끝으로 르네상스 시기 수사학적 텍스트 분석을 완성한 것으로 인정받는 라무스가 자신의 수사학적 텍스트 분석 방법을 구체적으로 적용한 예를 소개하고자 한다.

하인리히 플렛Heinrich Plett은 『수사학과 텍스트 분석 *Einführung in die rhetorische Textanalyse*』에서 수사학이 전통적으로 '텍스트를 만드는 방법'으로 쓰였지만, 자신의 저술에서는 '텍스트를 분석하는 방법'으로 간주하여 이를 목표로 삼는다고 말한 바 있다. 또한 이때 "분석 대상은 일단 규범 수사학이 정한 바에 따라 만들어진 텍스트들이지만, 수사 범주를 이용한 분석에 알맞은 텍스트들도 그 대상이 된다. 이 범주들은 수천 년을 거치면서 이론과 실제에 있어 그 효용성이 입증되었기 때문에, 최소한 유럽이나 유럽의 언어와 문화의 영향을 받은 곳에서는 상수의 지위를 얻고 있

다"라고 상술하고 있다.

그런데 수사학을 '훌륭한 분석 재주'로 보는 시각은 서구 수사학의 체계를 세운 것으로 알려진 아리스토텔레스가 제시한 수사학의 정의에서 이미 그 유래를 찾을 수 있다. 아리스토텔레스는 고르기아스Gorgias와 같은 소피스트들이 수사학을 '설득을 낳는 기술'로 정의한 것에 대해, 수사학을 "각각의 〔특별한〕 경우에서 설득에 유용한 수단들을 보는 능력" 또는 "주어진 바에 대해 설득적인 것을 관찰하는 능력"으로 정의한 바 있다. 이 정의에서 우리는 '각각의 (특별한) 경우'와 '주어진 바'에 텍스트를 대입함으로써 수사학을 객관적인 분석의 재주로 활용할 수 있는 근거를 보게 된다. 또한 분석 재주로서의 수사학은 아리스토텔레스에 따르면 수사학의 유용성의 바탕이 된다. 다시 말해 수사학은 "사태를 명확히 알 수 있게 해 주며", "상대방이 부당한 논거를 사용할 때 이를 반박할 수 있게 해 준다"는 점에서 유용하다고 볼 수 있다.

라무스의 텍스트 분석 방식을 구체적으로 설명하기 위해 그가 키케로의 『라비리우스 변론Pro Rabirio.』에 대해 시도한 주해를 예로 들기로 하자. 라무스는 먼저 사건의 배경을 간략히 요약하고 있다. 가이우스 라비리우스Gaius Rabirius는 기원전 63년 키케로가 집정관이던 해에, 기원전 100년 일군의 원로원 의원들이 루키우스 사투르니우스Lucius Saturnius와 그의 추종자들을 참수한 일에 가담했었다는 이유로 처형되었다. 그런데 사투르니우스는 비상계엄하에 공화국의 적들을 섬멸하려는 원로원의 결정에 따라 살해되었고, 이후 37년이 지난 상황에서 그 당시 평민 지도자들에게 가해졌던 비상계엄령의 타당성과 그 재발 가능성에 대한 두려움으로 인해 과거 사건에 대한 재심을 통해 이른바 '역사 바로 세우기'가 행해진 셈이었다. 그런데 키케로는 당시 비상계엄은 국가 안위를 위해 헌법이 보장한 필수불가결한 조처라고 간주하여 라비리우스를 변호하기로 하였다. 라무스가 비록 인문학자로서 이 변론에 대한 여러 주석, 설명, 요약 등을 시도하고 있지만, 그의 주된 관심은 키케로의 연설이 갖는 변증학적 위력이었다.

변증학적 분석은 논거들의 발견, 삼단논법의 배열, 그리고 (논증) 방법에 할애되는데, 라무스에 따르면 이 연설에는 원인, 결과, 주제 등 열 개의 말터가 사용되고 있으며, 'facta boni'가 많고, 'adjuncta'가 여럿이며, 'repugnantia ex dissentaneis'는 단 한 번 발견되고, 'majora, minora, dissimilia'가 빈번하며, 'testimonium'은 자주 보인다. 배열에 있어서도, "삼단논법이 다른 어디에서보다 완벽하며", "연결 삼단논법도 매우 빈번하다." 논증 방법으로 '지혜의 방법'이 매우 중요하게 사용되었다고 라무스는 설명하고 있다.

한편 라무스의 수사학적 분석은 본 연설에 나타난 무늬들의 수를 세는 데 있는데, "전의, 환유, 아이러니, 은유

등이 매우 많은 수가 발견되며", "제유는 매우 드물다"라는 식이다. 단어 무늬로는 교정법이 한 차례 사용되고 있으며, 사고 무늬 면에서는 다른 무늬들에 비해 'addubition', 'preteritio', 'réticence', 'sustentation' 등이 전혀 발견되지 않는다. 단어 무늬들에 대해 키케로는 매우 우호적이며, 사고 무늬들 중 독설법imprécation이 큰 비중을 차지하고 있다고 한다.

수사학과 변증학에 통합적으로 작용하는 분석 방식은, 먼저 연설의 수사학적 요소와 변증학적 요소에 대해 공히 질적인 추산을 시도한 것으로 형용사와 그 비교급, 최상급을 사용하여 빈도수를 나타내고 있으며, 반면 착상의 논거들에 대해서만 숫자로 표시를 하고 있다. 또한 형용사 'frequentissima'가 자주 등장하는 것으로 보아 통계 분석의 전 단계로 질적 추산이 사용되고 있음을 알 수 있다.

결국 라무스가 끊임없이 '웅변과 철학의 일치'를 요구한 것은 전통적인 변증학을 변화시켜 고대의 훌륭한 텍스트들에 발현된 인간 정신의 기능 작용을 설명하기 위해서였으며, 새로운 텍스트의 생산이라는 목표를 이루기 위해 고전 텍스트들에 대한 유기적 독서 방법의 개발을 시도한 것이었다.

참고 문헌

久保田靜香, "ペトルス・ラムス(1515-1572)研究の現狀―Walter J. Ong以前, 以後", 『エクフラシス』 5号, 2015.

이영훈, 「라무스의 문법학과 수사학: 그 방법론적 일치에 관하여」, 『기호학 연구』 14권, 2003.

―――, 「라무스를 위한 변명: '줄어든 수사학rhétorique restreinte' 논쟁 재고」, 『불어불문학연구』 59권, 2004.

―――, 「르네상스 시기의 수사학과 철학: 라무스의 '웅변과 철학의 일치'」, 『불어불문학연구』 62권, 2005.

―――, 「르네상스 수사학과 텍스트 분석: 페트루스 라무스를 중심으로」, 『프랑스문화예술연구』 33집, 2010.

Argumentation, "Ramus, Perelman and Argumentation, a way through the wood", V5N4, 1991.

Bruyère, Nelly, *Méthode et dialectique dans l'oeuvre de La Ramée. Renaissance et âge classique*, Vrin, 1984.

Collectif, *Ramus et l'Université*, Éditions Rue d'Ulm, 2004.

Couzinet, Marie-Dominique, *Pierre Ramus et la critique du pédantisme: Philosophie, humanisme et culture scolaire au XVIe siècle*, Honoré Champion, 2015.

―――, "Ramus: un état des lieux depuis 2000", *Revue des sciences philosophiques et théologiques*, T103N2&3, 2019.

Freedman, Joseph S. et al., *The Influence of Petrus Ramus. Studies in 16th and 17th Century Philosophy and Sciences*, Schwabe, 2001.

Hotson, Howard, *Commonplace Learning, Ramism and Its German Ramifications 1543-1630*, Oxford University Press, 2007.

―――, *The Reformation of Common Learning: Post-Ramist Method and the Reception of the New Philosophy, 1618-1670*, Oxford University Press, 2020.

Knight, Sarah and Emma Annette Wilson (eds.), *The European Contexts of Ramism*, Brepols, 2019.

Mack, Peter, *A History of Renaissance Rhetoric 1380-1620*, Oxford University Press, 2011.

Meerhoff, Kees, *Rhétorique et poétique au XVIe siècle en France. Du Bellay, Ramus et les autres, Ramus et les autres*, Leiden, J. Brill, 1986.

Meerhoff, Kees and Jean-Claude Moisan (eds.), *Autour de Ramus: texte, théorie, commentaire*, Nuit blanche, 1997.

——, *Autour de Ramus: Le combat*, Honoré Champion, 2005.

Ong, Walter J., *Ramus and Talon Inventory*, Harvard University Press, 1958.

——, *Ramus, Method, & the Decay of Dialogue: From the Art of Discourse to the Art of Reason*, Harvard University Press, 1958.

Perelman, Chaïm, "Pierre de La Ramée et le déclin de la rhétorique", *Argumentation*, V5N4, 1991.

Radouant, René, "L'union de l'éloquence et de la philosophie au temps de Ramus", in *Revue d1histoire litteraire de la France*, vol. 31, 1924. pp. 161-192.

Reid, Steven J. and Emma Annette Wilson (eds.), *Ramus, Pedagogy and the Liberal Arts: Ramism in Britain and the Wider World*, Routledge, 2011.

Revue des Sciences philosophiques et théologiques, 'Pierre de la Ramée(Ramus)', V70N1, 1986; 'Ramus, philosophe, humaniste, réformateur des arts et des sciences', V103N2&3, 2019.

Robinet, André, *Aux sources de l'esprit cartésien. L'axe La Ramée-Descartes: De la Dialectique de 1555 aux Regulae*, Vrin, 1996.

Skalnik, James Veazie, *Ramus and Reform. University and Church at the End of the Renaissance*, Truman State University Press, 2002.

Sharratt, Peter, "Peter Ramus and the Reform of the University: the Divorce of Philosophy and Eloquence?", in Peter Sharratt (ed.), *French Renaissance Studies 1540-70: Humanism and the Encyclopedia*, Edinburgh University Press, 1976, pp. 4-20.

——, "The Present State of Studies on Ramus", *Studi Francesi*, N47&48, 1972.

——, "Recent Work on Peter Ramus (19701986)", *Rhetorica*, V5N1, 1987.

——, "Ramus 2000", *Rhetorica*, V18N4, 2000.

Waddington, Charles, *Ramus (Pierre de La Ramée), sa vie, ses écrits et ses opinions*, Ch. Meyrueis, 1855.

Yeong-Houn Yi, "Controverses sur la 'rhétorique restreinte' : plaidoyer pour Ramus", *Revue des Amis de Ronsard*, N18, 2005.

——, "Le nom de RAMUS, mode d'emploi", *Études de Langue et Littérature françaises de l'Université de Hiroshima*, N24, 2005.

16장
치유의 수사학[1]

리처즈의 『수사학의 철학』과 의사소통의 문제

박우수(한국외국어대학교)

1.

아이버 암스트롱 리처즈Ivor Armstrong Richards(1893~1979)는 일찍이 김기림의 소개와 시론을 통해서 우리에게도 실제 비평과 신비평의 선구자로 잘 알려진 인물이다. 그는 자세히 읽기와 실제 비평이라는 방법론을 가지고 문학 작품을 작가의 전기적, 사회·정치적 배경 등을 배제하고 작품 자체로 꼼꼼히 읽고 평가할 것을 주장한다. 그에게 중요한 것은 시인의 정서적 경험이 변용·응축된 작품이 어떻게 독자에게 고스란히 전달될 수 있느냐 하는 것이다. 심미적 경험과 일상적 경험은 다르지 않으며, 예술에 있어서 시적 체험

---

1 이 글은 박우수, 「리처드의 신수사학과 의사소통의 문제」(『영미연구』 55집. 2022)를 수정 보완한 것이다.

의 전달이 문제가 되는 것이다. 따라서 예술 작품을 경험하는 독자/수용자의 해석과 예술 작품이 독자에게 미치는 영향이 리처즈에게는 중요한 것이다. 그는 처음부터 예술 작품이 체화하고 있는 심리적 경험의 폭과 깊이가 독자에게 어떻게 전달되고, 그러기 위해서는 무엇이 전제되어야 하며, 독자의 수용 태도 역시 어때야 하는지, 텍스트와 독자의 만남을 통해서 어떠한 효과가 야기되는지 등 경험 심리학적 문학 접근의 중요성을 부각한다.

문학은 그에게 단지 향유의 수단에 그치는 것이 아니라 그것이 주는 기쁨을 통해서 독자를 좀 더 나은 인간, 자기완성의 길로 인도하는 "사유의 도구"다. 흥미롭게도 문학이 주는 이런 효용적 가치를 리처즈는 공자孔子에게서 발견한다.

공자 말씀하시길 소자는 어찌하여 시를 배우지 아니하느냐? 시는 발분할 만하고, 사물을 잘 관찰할 만하며 여러 사람들과 화합할 만하며, 불평을 호소할 만도 하며, 가까이는 아버지를 섬길 만하고, 멀리는 임금을 섬길 만하고, 새와 짐승과 초록의 이름을 많이 기억하게 한다.[2]

공자에게 시를 배운다는 것은 사물의 이름과 그 이치를 깨닫는 것이며, 이를 통해 사회적 윤리를 알고 사회적 인간

---

2 『논어신해』, 김종무 역주, 민음사, 1989, p. 183.

이 되는 첩경이라 할 수 있다. 따라서 공자에게 시를 읽지 않는다는 것은 마치 사람이 담장에 정면으로 붙어 있는 것과 같이 사회와 담을 쌓고 스스로를 고립시키는 일이 된다. 공자는 시와 예를 상호적인 것으로 보고 문학의 교육적 기능을 강조하는데, 그는 아들 백어伯魚에게 시를 배우지 못하면 말을 잘할 수 없다고 강조해서 말한다. 리처즈는 공자와 마찬가지로 문학의 전달과 효용적 기능을 중요시한다.

그동안 리처즈에 대한 연구는 주로 신비평의 방법론과 관련되거나, 그의 시와 언어에 대한 견해가 역사성을 결여하고 있다는 점에서 사회, 역사 비평가들의 비판의 대상이 되어 왔다. 최근에 와서는 그의 문맥 이론과 의미의 발생, 다의성 등에 주목하여 구조주의 문학 비평과의 근친성이나 자크 데리다Jacque Derrida의 의미의 차연, 혹은 스탠리 피시Stanley Fish의 독자 반응 이론 등과 관련하여 재평가되고 있는 실정이다.[3] 그러나 리처즈에 대한 비평은 여전히 1920년대 그의 초기 문학 이론들에 국한되거나 집중되어 있는 편이다.

이 글의 목적은 이러한 비평적인 편향을 바로잡고 리처즈의 문학에 대한 생각이 의사 전달 기능(수사학)에 집중되

---

3   리처즈와 데리다의 관련은 Mackey, Louis, "Theory and Practice in the Rhetoric of I. A. Richards", *RSQ*, vol. 27, no. 2, 1997, pp. 51~68 참조. 리처즈와 스탠리 피시의 유사성은 Shusterman, Ronald, "Blindness and Anxiety: I. A. Richards and Some Current Trends of Criticism", *Etudes Anglaises*, vol. 39, no. 4, 1986, pp. 411~423 참조.

어 있음을 밝히는 것이다. 그에게 시학이나 수사학은 본질
적으로 언어의 예술이며, 이 점에서 다른 것이 아니다. 수
사학에 대한 그의 생각을 이해하기 위해서는 언어에 대한
그의 생각을 전체적으로 조망하는 작업이 필요하다. 리처
즈는 현대인들의 많은 문제점이 의사소통의 문제에서 발
생하고 그것으로 귀결된다고 주장한다. 따라서 의사소통
의 매개체인 언어의 속성과 의미에 대한 이해는 단지 의사
소통에 도움이 되는 것에 그치지 않고, 인간의 자기 개발과
인격 완성을 위한 길이자 방법이다. 문학의 교육적 기능을
그는 동서양의 고전을 통해 두루 발견한다. 그에게 언어는
인간의 사유를 매개하고 이끌며, 정신의 발달을 위해 필수
적인 도구이다.

리처즈는 세속화된 빅토리아 사회에서 종교가 그 초
월적인 가치와 교의를 상실한 마당에 시가 몰려드는 무
질서와 위협을 막아 주는 버팀목이라고 주장했던 매슈
아널드Matthew Arnold(1822~1886)의 인문주의 정신을 계승
한 인물이다. 아널드는 교양이란 사분의 삼이 독서에 의존
한다고 말하는데, 위대한 정신의 담지체인 위대한 고전들
이 이질적인 문화의 혼종과 상업화로 치닫고 있는 대중 매
체의 범람 가운데서 우리를 익사로부터 구원해 줄 것이라
고 문학의 공리적인 효과를 주장하는 점에 있어서 리처즈
는 언어를 인간의 축복이자 저주라고 생각한다. 그에게 의
사소통은 비록 왜곡과 오해의 위험에 항상 노출되어 있지

만 인간의 정신이 만나는 진정한 교류의 장이며 자아 확장과 자기완성을 향한 필연적인 과정이자 도구다. 리처즈는 예술 작품의 정서적 전달 기능에 주목한 만큼 처음부터 의사소통에 관심을 두었다. 따라서 그가 예술 작품의 이해와 감상에서 수사적인 의사소통과 진리 발견의 방법으로서 논쟁술이 아니라 변증법에 지속적으로 관심을 보이는 것은 당연하다. 『수사학의 철학*The Philosophy of Rhetoric*』(1936)으로 구체화된 리처즈의 수사학에 대한 관심은 사실은 처음부터 그의 주된 관심사 중의 하나였던 언어와 의미, 의사소통의 문제에 대한 지속적인 연구의 연장선에 있다. 수사적 의사소통에 있어서 리처즈의 분석은 발화자보다는 수신자와 메시지의 해석에 중점을 둔다는 점에서 흥미롭다.

리처즈는 1893년 2월 26일 영국 웨일스 지방의 힐사이드에서 태어났다. 아버지 윌리엄 암스트롱 리처즈는 에든버러대학교를 졸업한 화공업자였는데, 1902년 리처즈가 아홉 살 되던 해에 암으로 세상을 떠났다. 리처즈에게는 위로 형이 두 명 있었다. 아버지가 죽자 어머니는 자식들을 데리고 남쪽 브리스틀 지역으로 이사했고, 여기서 자식들을 클리프턴칼리지에 보냈다. 이곳에서 리처즈는 대학 진학을 위해 라틴어와 그리스어를 배웠다. 1919년까지 케임브리지대학교 입학을 위해서 그리스어 자격시험은 필수였다. 그러다 열네 살 되던 해에 결핵에 걸려 1년 반 동안 학교를 쉬게 된다. 이 휴학 기간에 그는 혼자 집 안에 있

던 문학 작품들을 두루 섭렵하는데, 이 혼자만의 독서 경험
이 그를 예술 작품의 정서적 효과에 대한 분석으로 이끈다.
1908년 가을 다시 복학했을 때 그의 주된 관심은 고전보다
는 현대에, 역사보다는 문학에 있었다.

케임브리지 진학 후에도 결핵은 계속해서 그를 괴롭
히는데, 병을 치유하기 위해서 그는 거의 전문가 수준의
등반가가 된다. 암벽 등반가에 어울리는 외로운 탐험가
라는 명칭은 특정 학파에 소속되기를 싫어했던 그의 자
유분방한 실험과 도전 정신을 특징짓는 적확한 단어다.
리처즈가 가장 좋아했던 영어 단어들이 '겁나는daunting',
'겁 없는dauntless', '겁주다daunt' 같은 낱말들인데, 알프스산
맥 등정을 즐겼던 그의 경험에 비춰 보면 장엄한 자연 앞에
선 인간의 모습과 함께 그의 도전적인 삶을 조명하는 동시
에 조망해 주는 말들이다.

1911년 케임브리지의 모들린칼리지Magdalene College에 입
학한 그는 고전보다는 역사학에 관심을 보이지만, 모들린
칼리지의 학장이 된 아서 벤슨Arthur Benson 교수 밑에서 문
학 공부에 전념한다. 벤슨은 1925년에 세상을 떠나면서 종
신 문학 교수직을 위한 기금을 자신이 몸담았던 대학에 기
부하는데, 그 첫 수혜자가 바로 리처즈다. 역사란 일어나
지 말았어야 할 사건들의 기록에 불과하다며 역사에서 문
학으로 분야를 옮긴 리처즈는 1917년 새롭게 개설된 영문
학 연구 과정 학생들을 위해서 현대 영문학, 그중에서도 주

로 짧은 시들을 가르친다. 그의 초기 저서인『문학 비평의 원리들Principles of Literary Criticism』(1924)과『실제 비평Practical Criticism』(1929)은 케임브리지 영문과 학생들을 상대로 주로 시를 가르쳤던 그의 경험을 바탕으로 한 저술들이다.

　이보다 앞서 그는 1918~1925년에 걸쳐 동숙자였던 찰스 케이 오그던Charles Kay Ogden, 그리고 오그던의 친구이자 화가로 심리학에 몰두해 있던 제임스 우드James Wood와 함께『미학의 토대들The Foundations of Aesthetics』(1922)이란 책을 출판한다. 미의 개념을 열여섯 가지로 정리한 이 책에서 흥미로운 점은 그들이 자신들의 미에 대한 정의인 "공감각synaesthesia"을 설명하기 위해서 중국의 고전『중용中庸』을 인용하고 있다는 점이다. 중국에 대한 그의 관심은 록펠러 재단의 후원으로 1928년부터 1930년까지 베이징사범대학교 초빙 교수직 수락으로 이어지며, 이 기간 동안 중국 학자들과의 교류를 바탕으로 그는 단어의 애매성, 혹은 말의 풍부한 자원이 문맥에 의해 한정되고 정의되는 다중 정의 개념을 중국어를 통해 예증한『맹자의 심학Mencius on the Mind』(1932)을 집필한다. 중국에 대한 그의 관심은 1936~1938년 칭화대학교, 베이징대학교에서의 강의로 이어진다. 이 기간 동안 그는 1937년 일본의 중국 침략 전쟁을 경험한다.

　하버드대학교에서 오랜 교수직을 마치고 다시 케임브리지로 돌아온 그는 1978년 중국 정부의 초청으로 다시 중국 전역에서 850단어로 구성된 '기본 영어' 교육을 실시하는

데, 수종증으로 의식을 잃고 쓰러져 병원에 입원하게 된다. 호전을 보이지 않자 중국 정부는 그의 공헌을 인정하여 통역사 및 의사와 간호사를 대동한 특별기편으로 영국에 돌아가도록 배려한다. 히스로 공항에 대기 중이던 구급차에 실려 케임브리지 병원에 입원한 그는 의식을 회복하지 못하고 1979년 9월 7일 87세를 일기로 세상을 뜬다. 산 사람답게 그의 유해는 북웨일스의 산속에 뿌려졌다.

생전 두 차례의 세계대전과 중일 전쟁을 경험한 그에게 언어와 예술을 통한 마음의 개선과 발전, 자기완성의 실현은 매우 현실적인 실천의 문제였으며, 인간의 구원이라는 인문학자의 사명에 부과된 윤리적인 당위였다. 모든 인간의 해석과 반응은 이해관계를 떠나서는 불가능하다는 현실을 알고 있었기 때문에 그의 목표는 다분히 이상적이면서 동시에 그만큼 절실한 것이었다. 그 목표의 성공과 실패 여부를 떠나서 세계가 말로 이뤄진 직조물임을 강조한 리처즈에게 언어와 이를 매개로 한 예술과 의사소통에 대한 올바른 해석과 이해는 언어 자체의 성격에 대한 분석적 이해를 선결 조건으로 한다. 스탠리 하이먼Stanley Hyman의 표현대로 리처즈는 프랜시스 베이컨Francis Bacon 이래 그 누구보다 모든 학문 분야를 자신의 영역으로 삼은 사람이며, 인간 정신의 전 영역이 그의 연구 분야였다.[4] 이런 이유로

---

4   Hyman, Stanley Edgar, *The Armed Vision*, Alfred A. Knopf, 1948, p. 315.

하딩D. W. Harding 같은 비평가는 리처즈를 두고 '아마추어'라는 명칭이 어울리는 사람이라고 비판하기도 한다.[5]

공자와 맹자孟子에 대한 리처즈의 관심은 케임브리지의 고전 철학자인 로위스 디킨슨Lowes Dickinson 교수의 영향에서 비롯된 것이다. 리처즈는 하버드대학교의 루벤 브로워Reuben Brower 교수와의 대담에서 디킨슨 교수가 자신에게 정치적으로 엄청난 영향을 줬다고 말했다. 리처즈는 디킨슨의 저서 『현대판 향연A Modern Symposium』이 자신에게 일종의 성경이었으며, 줄줄 외울 정도의 책이었다고 말한다. 그러나 직접적으로 『중용』을 자신들의 논의에 끌어들인 사람은 제임스 우드였다(14). 디킨슨은 1900년 의화단 사건을 계기로 서구의 야만적인 약탈과 탐욕을 질타한 『중국 관리가 보낸 편지Letters from a Chinese Official』라는 글에서 특히 공자의 인의 사상을 부각하며 중국인들의 예와 질서에 대한 존중을 강조한다.

인이란 정신적이고 영원한 존재로 세대를 거듭하며 스스로를 드러낸다. 이 존재는 천지간의 매개자이며, 궁극적인 이상과 존재하는 사실 간의 매개자이다. 땅을 하늘에 올리려는 부단하고 경건한 노력을 통해 현재로는 단지 이념으로만 존재하는 선을 사실상 실현하는 것, 그것이야말로 인간 삶의 최종 목표이자 종착점

---

5   Harding, D. W., "I. A. Richards", *A Selection from Scrutiny*, compiled by F. R. Leavis, Cambridge UP, 1968. Vol. I. p. 279.

이다. 이것을 실현함에 있어서 우리는 다른 사람들과 더불어 서로서로 각자의 개체성을 달성하며 모두가 신성과 하나가 된다.[6]

공자가 말하는 '인仁'을 곧 동양적 화합과 자기완성, 나아가 초월적인 신성한 힘과 하나가 되는 질서와 통일의 원리로 해석한 디킨슨의 생각은 리처즈와 그의 동료들이 초기 미학 이론을 전개함에 있어서 중국 고전에 대한 관심으로 이끈다. 여기서 디킨슨이 말하는 인의 개념은 맹자의 '성性'의 개념에 더욱 근접해 있다. 문학을 종교의 차원까지 끌어올려 문학적 경험이 주는 마음의 변화, 발전, 즉 개심을 강조하는 리처즈는 자신의 생애 마지막까지 플라톤의 변증법, 맹자의 성실 및 진실성, 새뮤얼 테일러 콜리지Samuel Talyor Coleridge의 상상력을 동일한 궤도에 놓고 이들 상이한 어휘들을 일종의 다의적인 동의어로 취급한다. 리처즈가 말하는 수사학 역시 매우 좁은 의미에서 일종의 대화술로, 언어를 매개로 한 정신의 교감이나 합의를 목표로 한다는 점에서 예술 작품과 다르지 않다.

『미학의 토대들』에서 리처즈와 그의 동료들은 공감각을 아름다움이라 정의하며 공감각, 즉 서로 다른 정서적 충동들이 방해하지 않고 함께 공존하는 상태를 『중용』에서 말하

---

6   Russo, John Paul, *I. A. Richards: His Life and Work*, Johns Hopkins UP, 1989, p. 44에서 재인용.

는 평정과 조화라는 개념으로 설명한다. 저자들은 제임스 레그James Legge가 중국 고전 총서 제1권으로 번역한 영역본을 인용하고 있지만, 여기서는 한글 번역을 인용해서 살펴본다.

정성이란 하늘의 도요, 정성되게 하는 것은 사람의 도이다. 정성된 사람은 힘쓰지 않아도 알맞게 되며 생각하지 않아도 얻게 되어 조용히 도에 알맞은 것이니 성인이다. 정성되게 하는 것은 선을 가리어 굳게 잡는 것이다(4:1~4).[7]

정성됨이라는 것은 스스로 자기를 이루게 할 뿐만 아니라 만물을 이루게 하는 까닭이 되게 하는 것이다. 자기를 이루는 것은 인이요, 만물을 이룸은 지로서 성의 덕이니, 안팎을 합치게 하는 도이다(4:6).[8]

정성됨으로 말미암아 밝아지는 것을 성이라 말하고, 밝음으로 말미암아 정성되어짐을 교라 말한다. 정성되면 곧 밝아지고, 밝아지면 곧 정성되어지는 것이다(4:2).[9]

정성 혹은 진실됨에 관한 이 일련의 인용문에서 리처즈가 특히 주목하는 것은 '지知'와 '성誠'의 일맥상통을 통

---

7 『중용』, 김학주 역주, 명문당, 1970, p. 263.
8 같은 책, p. 274.
9 같은 책, p. 267.

하여 직관적 분별력이 가져오는 사람의 자기완성이다. 사람이 상호적인 좌절이나 간섭 없이 보다 많은 복잡다기한 충동들을 만족시킬 수 있다면 그런 만큼 그는 잠재적인 능력을 실현하는 셈이며, 자기 자신이 되는 법이다. 이 설명에서 알 수 있듯이 리처즈는 시적 경험의 유기적 구성과 조화를 인격의 완성이라는 가치 실현의 장으로 옮겨놓고 있다. 예술은 예술을 위한 예술로 존재하는 것이 아니라, 예술 작품을 통해서가 아니면 다른 방식으로는 접근할 수 없는 보다 우월한 정서적 혹은 지적 경험을 가진 인격체와의 관계를 설정하는 도구이다.[10] 리처즈는 조화와 질서를 가져다주는 예술 작품을 성별의 차이, 문화의 이질성, 신분의 차이, 시공의 거리 등을 뛰어넘어 인간을 보편적으로 연결해 주는 가교라고 주장한다. 이 점은 그가 헤겔 Hegel과 마찬가지로 예술 작품을 절대정신의 구현이자 완성으로 간주하며 예술 작품을 물신화하는 경향을 보이며, 사회 역사적 특수성을 무시하고 지나치게 보편성의 추구에 머무는 인문주의자의 한계를 보인다는 점에서 비판의 소지가 다분하다.

리처즈는 이어서 출판한 『문학 비평의 원리들』에서도 서로 반대되는 충동들의 평정이라는 성실의 개념을 콜리지의

---

10 Richards, I. A. et al., *The Foundations of Aesthetics*, edited by John Constable, Routledge, 2001[1922], p. 67.

상상력 개념과 연결 짓는다. 서로 다른 충동과 이해를 어떤 특정한 시각에 함몰되어 한 면만을 바라보지 않고 서로의 공존을 함께 바라보는 조망을 가능하게 해 주는 조화로운 평정심을 획득함으로써 영혼은 특정한 이해관계를 넘어서 자유로운 유희가 가능하다. 이 놀이 충동 가운데서 지성과 감성은 분리되지 않고 하나로 통일되는데, 이것은 앞서 공자가 말했던 성실의 결과물이다. 이제 리처즈는 이러한 진실됨, 성실의 개념을 콜리지가 말하는 상상력 가운데서 발견한다.

> 완전한 시인은 사람의 온정신을 활동시킨다. 물론 정신의 각 기능들의 가치의 우열에 따라 종속 관계를 유지하면서 활동케 한다. 시인은 통일의 기조와 색조를 확산시켜, 우리가 "상상"이라는 이름을 붙인 그 종합적, 마술적 힘에 의하여 각 기능들을 화합, 융합한다. 이 힘은 의지와 이해력에 의하여 처음 작용되고 또한 그것들로부터 끊임없이 보이지 않는 은근한 통제를 받으면서도, 서로 반대되고 불일치하는 성질들 사이의 균형 내지 화해를 이룬다. 즉 다름과 같음을, 보편과 특수를, 관념과 심상을, 개체와 대표를, 새롭고 신선한 느낌과 오래고 친숙한 사물들을, 비상한 감정과 비상한 질서를, 항상 깨어 있는 판단력과 지속적인 자제력과 심오하고 격렬한 열정을 화해시키고 균형을 이루어 준다.[11]

---

11 Richards, I. A., *Principles of Literary Criticism*, Routledge and Kegan Paul,

리처즈는 억압이 제거되고 신경계의 질서와 안정이 유지되는 상충되는 충동들의 균형과 평정의 상태를 콜리지의 상상력 가운데서 찾고 있는데, 이는 보편에서 특수가, 특수에서 보편이 구현되는 통일의 순간이며 개체의 자기완성의 순간이다. 이것이 곧 중용의 정신이며, 맹자가 말하는 진정한 '성'의 개념이다. 리처즈에 따르면 맹자가 말하는 성, 혹은 성실이란 정신의 완성, 자아 발전을 향한 성향을 의미하는데, 동물과 구분되는 이것은 인간의 사회적 삶의 산물이며, 모든 가치의 원천이다.[12] 성선誠善의 순간은 전 인성이 발현되는 순간이기 때문에 사물에 대한 관조가 가능하며, 따라서 우리의 인격이 완전하게 관여하고 있다는 의미에서 역설적이게도 몰개성적인 순간이기도 하다.

리처즈는 실제로 이러한 상상력의 발현 순간, 자기완성의 순간을 톨스토이Tolstoy의 소설 『전쟁과 평화』에서 발견하기도 한다. 그는 톨스토이가 말하는 예술 작품의 정서적 오염이 가능하려면, 다시 말해서 최상의 전달 능력에 필요한 가장 어려운 전제 조건은 예술가 자신이 모든 충동의 경험이 환기하는 곳에 어떠한 방해나 장애도 없이 온전하고 자유롭게 온정신으로 참여하는 진실성이다. 톨스토이는 이 점을 강조함으로써 예술가의 진지성과 예술의 도덕성

1967[1924], pp. 190~191. 이곳의 콜리지 번역은 이상섭, 『복합성의 시학』, 민음사, 1987, pp. 25~26에 의존하여 필자가 수정을 가했다.

12 Richards, I. A., *Mencius on the Mind*, Routledge, 1964[1932], pp. 64, 71, 78.

을 동일시하는데, 예술가의 온 마음이 자유롭게 구현된 예술 작품이라야 독자나 수용자에게 그와 맞먹는 다양한 충동 경험이 고스란히 전달되며, 이를 통해서 수용자는 동질의 평정과 질서를 경험한다. 예술가의 진정한 정서적 경험이 뒷받침되지 않은 모조품에 대한 톨스토이의 비난은 기계에 의한 복제품 예술이 진정한 아우라를 상실했다고 진단하는 발터 벤야민Walter Benjamin의 주장과도 일맥상통한다. 진정한 예술 작품과 마찬가지로 진정한 의사소통이 가능하려면 발신자와 수신자 양편에서 모두 온정신을 다하는 진정성이 전제되어야 한다.

리처즈는 콜리지의 상상력 이론을 그의 『콜리지와 상상력Coleridge on Imagination』(1934)에서 더욱 구체적으로 전개한다. 여기서 그는 상상력이 인간의 전 영혼을 활성화시켜 주관과 객관, 지성과 감성의 융합과 통일을 가능케 하는 신비한 힘임을 다시 한번 강조한다.

> 우리를 둘러싸고 우리에게 벌어지고 있는 모든 것은 한결같이 공통된 한 가지 목적을 가지고 있다. 즉 우리의 의식을 증진시켜 그 증진된 의식이 발견한 우리 본성의 미지의 영역의 어떤 부분이 되었건 간에 그것을 우리의 의지가 정복하고 이성의 지배하에 복속시키는 것이다.[13]

---

13 Richards, I. A., *Coleridge on Imagination*, Routledge, 1934, p. 55, 139.

정신의 활동이라는 상상력의 작용을 통해서 정신은 관습과 감각들의 외양을 넘어 정신의 세계로 고양된다. 이 고양된 관념의 세계에서의 삶을 콜리지는 모든 진정한 지혜가 가능하게 하는 실체화의 원리이자 인간성의 모든 모순을 만족스럽게 해결해 주는 신성한 충동이라고 부른다.[14] 정성의 상태에서 존재와 앎이 하나가 되듯이 적극적인 상상력의 활동을 통해서 개성은 마음의 경험과 혼합된다. 이 혼합의 상태는 새로운 질서를 가져오고, 이보다 차원 높은 개념의 논리 안에서 존재와 앎은 역시 하나이다. 공자와 맹자의 정성 개념을 콜리지의 상상력 이론과 연결해 설명하는 것은 리처즈의 공헌이다.[15]

상상력과 정성(진정)의 연결에 대한 리처즈의 지속적인 관심은 그의 『실제 비평』에서도 확인된다. 이 책에서 그는 지적인 믿음과 정서적인 믿음을 구분해 설명하는 과정에서 정성 개념을 다시 끌어들인다. 그의 이 구분은 언어를 지시적 용법과 정서적 용법, 과학의 언어와 시의 언어, 진술과 의사 진술로 구분하는 것만큼이나 문제가 있지만, 분별없이 과도한 감정에 탐닉하는 감상주의야말로 시의 이해를 방해하는 진정성이 결여된 표본이라고 꼽을 때 그가 말하는 진정성이란 상투적 반응이나 편견, 반성적 사유가 동반

---

14 Richards, I. A., *Mencius on the Mind*, p. 167.
15 박우수, 「I. A. Richards의 맹자 해석과 번역」, 『수사학』 7권, 2007, p. 32.

되지 않은 선입견 등과는 거리가 먼 것임을 알 수 있다. 시의 온전한 해석을 방해하는 이러한 진정성이 결여된 반응이나 정서는 역시 건강한 의사소통과는 동떨어진 것이다. 리처즈는 진정성을 충동의 재조직화(질서화)를 향한 경향이라고도 정의하는데, 이 경향은 여러 충동들이 서로서로 최소한의 간섭이 가능한 상태로 재질서화될 때 가장 성공적이라고 설명함으로써[16] 공리주의적 입장을 보인다. 그러나 그는 정성(진정)을 마음속에서 보다 완전한 질서를 추구하는 경향에 복종하는 것이라고 정의함으로써, 정성이 보다 온전한 자아 완성을 위해서 끊임없이 열려 있음을 강조한다. 여기서 그의 정성 개념은 소크라테스의 변증법으로 이어진다.

리처즈는 보다 완전한 질서를 추구하는 노력이 질병이나, 적당한 선에서의 타협이나, 경험과의 연결 고리를 상실했다는 생각이나 느낌으로 좌절될 때 사람들은 불성실해진다고 말한다. 다시 말해서 사고와 정서가 현실과 하나로 부합되는 순간은 성실이 가져온 결과이지만, 이것은 끊임없는 탐구와 숙고를 필요로 한다. 직관이란 성실에 도달한 자만이 누릴 수 있는 특권이다.[17] 정성(진정)이 신비주의로 떨어지는 것을 적극적으로 경계하는 경험주의자 리처즈는 성실성을 고양하는 기술 혹은 의식과 같은 몇 가지 명제를 제시한다.

---

16 Richards, I. A., *Mencius on the Mind*, pp. 56, 286~287.
17 같은 책, p. 287.

1) 인간의 외로움(고립된 인간 상황)

2) 설명할 수 없는 기괴함에 처한 생사의 사실들

3) 생각할 수 없는 우주의 광대무변함

4) 시간의 관점에서의 인간의 자리

5) 인간의 무지함이라는 중죄[18]

리처즈가 제시하는 이 사고의 도구들은 교리가 아니라 명상의 대상이다. 신비주의 명상가들의 경험과 유사성을 보이는 이 화두들은 인간의 한계를 끝없이 자각하고 다음 단계의 보다 완전한 자아실현을 위한 이정표가 된다. 자아실현을 위한 성실에 이르는 길들을 이처럼 도식화한다는 점에서 리처즈는 엘리엇T. S. Eliot이 비아냥거리듯이 자신이 그처럼 경계하던 상투적 반응이나 감상주의로 떨어지는 불성실한 태도를 보이는 것도 사실이다. 그러나 이 명제들이 리처즈의 의사소통이라는 수사학 이론과 관련하여 의미가 있는 것은 그가 말하는 발화나 시의 문맥 개념이 상대적이며 유동적이라는 사실 때문이다. 하나의 맥락은 다른 많은 맥락과 연결되고, 또 다른 맥락의 구성원이 되기도 한다. 『의미의 의미The Meaning of Meaning』(1923)의 부록으로 수록된 글에서 브로니슬라브 말리노프스키Bronisław Malinowski가 말하듯이 컨텍스트 개념은 충분한 효과를 갖

---

18 같은 책, p. 290.

기 위해서 내용적으로 크게 확장되어야 한다. 문맥의 확장과 이해의 폭이 넓어지는 것은 병행하는 현상이며 리처즈는 이것을 성실의 개념으로 확장한다. 그에게 있어서 진정한 의사소통이란 전달 기능을 강조한 예술 작품과 마찬가지로 매체인 언어에 대한 올바른 이해와 해석으로부터 가능하다.

2.

의사소통의 도구가 되는 언어에 대한 본질적인 이해를 대중적으로 풀어 쓴 책이 리처즈의『수사학의 철학』이다.[19] 이 책은 1936년 2월과 3월에 걸쳐 미국의 브린모어대학교에서 행했던 여섯 차례의 강연을 바탕으로 한 것이다. 말의 의미와 언어 자체의 속성에 주된 관심을 보이는 만큼 고전적인 의미에서 수사학의 분야를 역사적으로 개관하지도 않으며, 연설의 종류를 구체적으로 다루지도 않는다. 리처즈는 당시 미국의 대학에서 행해지고 있던 작문 교육의 일환으로 추락한 비유법이나 문체론에 치우친 고전 수사학을 통째로 부정한다. 따라서 그가 제시하는 일종의 메타언

---

19 이 책의 출판 연도는 1936년으로 되어 있지만, 실제로 책이 출판된 것은 1937년 1월 14일이다.

어 분석으로서의 수사학은 신수사학이라고 말할 수 있을 것이다. 리처즈가 자신의 저서를 『수사학의 철학』이라고 이름 붙인 데는 조지 캠벨George Campbell의 『수사학의 철학 *The Philosophy of Rhetoric*』(1779)과 마찬가지로 수사학 이론을 인간의 본성 탐구와 관련지어 구체적인 실천적 삶의 현장으로부터 구축하겠다는 그의 의도가 반영된 것이다.

경험주의 심리학에 바탕을 둔 캠벨의 수사학 이론은 사고와 표현이 구체적 현실을 정확하게 재현해야 한다는 경험주의적 논리와 사실의 수사학을 주장한다. 캠벨은 언어를 사용하는 시나 웅변과 같은 언어 예술이 정보 전달이나 확신 심어 주기, 즐거움을 주거나 감동이나 설득의 방식을 통해서 청자의 영혼에 작용하는 방식에 대한 본질적인 원리들을 인간의 본성에 대한 연구를 통해 확인하고자 했다.[20] 시를 웅변의 한 분야로 간주하는 캠벨은 웅변을 사상의 전달뿐만 아니라 감정, 격정, 태도와 목적을 전달하는 거대한 의사소통의 기술이라고 주장한다.[21] 시와 웅변을 의사소통의 기술로 여기며, 특히 이것이 청자(수용자)의 영혼에 미치는 정서적 반응 분석에 주목한 캠벨의 경험적 분석법을 리처즈는 자신의 수사학 이론에서 언어의 속성과 의미 자체에 대한 실증적 분석으로 이어 간다.

---

20 Campbell, George, *The Philosophy of Rhetoric*, edited by Lloyd F. Bitzer, Southern Illinois UP, 1963[1776], p. 67.
21 같은 책, p. 73.

「제1강 서론」에서 리처즈는 수사학의 목적이 오해와 그 치유에 대한 연구가 되어야 한다고 주장한다. 이는 설득이나 동일화와 같은 목적 지향적인 수사학의 목표와는 사뭇 거리가 있다. 리처즈가 오해를 강조할 때 그는 오늘날의 의사소통과 그 언어가 광고, 대중 매체의 발달, 문화적 혼종 등으로 매우 왜곡되어 오해와 불통의 위협에 항상 노출되어 있다는 인식을 드러낸다. 이 위험을 감소하거나 제거하기 위해서 언어와 그 의미에 대한 원숙한 이해가 필요하고 이는 원만한 의사소통뿐만 아니라 평화로운 사회를 유지하기 위해서도 현대의 시급한 과제이다. 언어의 작용 방식을 안다는 것은 의사소통을 개선하는 일이다.[22] 그는 앞으로 언어의 작용 방식을 알아보기 위한 생각의 도구로 몇 가지 공리를 제시하는데, 이 공리들이 실천과 별개의 것이 아님을 홉스Hobbes의 말을 빌려 설명한다.

철학의 목적이나 범주는 전에 관찰된 결과를 우리들이 유용하게 활용하거나, 물체들이 서로 상호 작용하게 함으로써 인간 삶의 편익을 위하여 우리들이 마음속에서 생각하고 있는 것과 같은 결과를 물질, 힘, 근면이 허용할 수 있는 한 많이 생산하는 것이다. (…) 지식의 목적은 힘이다. 공리(기하학자들 사이에서

---

22 Richards, I. A., *The Philosophy of Rhetoric*, Oxford UP, 1976[1936], pp. 17~18. 이 책은 이하 본문에 *PR*로 표시하고 해당 쪽수를 밝혔다.

는 속성의 발견을 위해서 활용되는)의 사용은 문제를 해결하기 위한 것이다. 마지막으로 모든 심사숙고의 목적은 어떤 행위, 혹은 행해져야 할 일의 실행에 있다.[23]

홉스의 말을 빌려서 리처즈는 자신의 언어와 의사소통에 대한 분석과 설명이 다분히 영국의 경험주의 전통에 뿌리내리고 있음을 설명하며, 자신의 이론적 설명은 단지 실천을 위한 도구에 불과함을 강조한다. 도낏자루를 손에 잡고서 도낏자루를 찍어 내듯이, 이론적인 해석과 분석은 경험적인 현실 가운데서의 실천을 위한 도구가 되어야 한다는 리처즈의 발언은 그의 실용주의적이며 실증주의적인 태도를 반영한다.

「제2강 담론의 목적과 문맥의 유형들」은 말의 의미가 문맥에 의존한다는 리처즈의 지속적인 주장을 피력한다. 말이 어떻게 의미를 갖게 되는가 하는 문제는 상식이나 심리학과 같은 다른 학문으로 설명될 수 있는 문제가 아니며, 우리가 살아 깨어 있는 한 많은 시간을 소모해야 하는 삶의 본질적인 문제다. 새로운 수사학은 곧 말의 이해와 오해에 대한 연구와 다르지 않은데, 이 부활한 새로운 수사학은 거시적으로는 담론의 다양한 배열의 효과를 논할 뿐만 아니

---

23 번역은 『수사학의 철학』, 박우수 옮김, 고려대학교출판부, 2001, p. 19에서 가져왔다. 필요한 경우 어조 등 약간의 손질을 했다.

라 미시적으로는 의미의 근본적 추측 단위의 상호 관계가 발생하게 된 조건들에 관한 공리를 사용함으로써 의미의 양식에 관한 자체적 탐구를 수행해야만 한다(*PR*, 23). 리처즈는 어휘의 의미, 다의성과 문맥의 관계에 대한 해석과 분석에 치중함으로써 자신의 수사학에 대한 설명이 화제 발견이나 배열, 문제, 전달, 기억과 같은 수사학의 제반 요소들에 대한 옛날 수사학의 설명 방식을 벗어나 말의 의미 작용에 대한 미시 분석에 머물 것임을 밝힌다.

의미란 무엇인가 하는 문제는 리처즈가 오그던과 공저한 『의미의 의미』부터 지속적으로 제기한 문제이다. 이 책에서 저자들은 말이란 상징 혹은 기호이며, 기호란 해석을 필요로 한다고 주장한다. 의미가 원래 단어나 기호 그 자체에 깃들어 있다고 믿는 것은 말에는 "고유한 의미가 있다는 미신"에 빠지는 것이다. 기호의 지시 대상은 절대로 유일무이할 수 없으며, 해석자는 문맥 안에서 그 기호를 이해한다. 이들의 문맥 해석 이론은 단 하나의 이미지가 아니라 일군의 생각들이 단어의 지시 대상으로 작용한다는 연상주의 심리학 이론을 확장한 것인데, 리처즈와 오그던은 의미의 안정 혹은 결정에 있어서 문맥이 얼마나 중요한지를 잘 보여 주고 있다.

리처즈는 문맥 이론을 더욱 발전시켜, 단어의 의미란 대표성을 띤 위임받은 효력 혹은 표현임을 내세운다. 우리가 사물을 지각할 때 그 자체에 대한 지각은 불가능하며, 어떤 종류의 사물로서 지각한다. 위아래의 정도를 막론하고 모든 사고와 지각은 일종의 분류 작업sorting이다. 우리의 사유와 지각은 비교나 대조 등을 동반하는 일종의 나란히 하기paralleling 과정을 의식적이든 무의식적이든 필연적으로 동반한다. 리처즈의 이러한 주장은 체계 안에서의 차이로 의미를 설명하는 구조주의 언어학의 성격과 매우 흡사하다. 사고와 지각과 마찬가지로 단어의 의미 역시 드러나지 않은 많은 어휘 중에서 다른 것들을 배제하고 선택된 대표자이다. 따라서 한 단어의 의미를 파악하기 위해서는 배제와 선택, 부재와 현존의 관계가 복잡하게 엉켜 있는 문맥을 이해하는 일이 중요하다. "한 단어가 의미하는 바는 그 단어가 대표성을 위임받은 문맥의 실종된 부분들이다."(PR, 35) 그런데 문맥은 고정된 것이 아니고 발화 상황에 따라 계속 변화하는 성질의 것이기 때문에 문맥 안에서의 의미는 문맥이 달라짐에 따라 계속 변화한다. 문맥이 계속 변화한다면 문맥에 의존하는 의미는 결코 안정적이지 않기 때문에 우리가 확고부동한 의미를 안다는 것은 불가능하다. 그러나 리처즈는 이러한 의미의 불확정성을 포스트구조주의자들처럼 극단으로 몰고 가지는 않는다. 모두를 포함하는 문맥이란 불가능하며, 의미의 가변성은 필연적이지만, 그렇다고 의사소통이 불가능한 것은 아니다. 일정한 발화 문맥 안에서 담론의 의미 해석이 가능하다고 리처즈는 본다. 단어의 의미가 문맥에 의존한다면 두 개의 단어의 의미를 비교하는 일은 두 단어의 각각의 문맥을 다 비교하는 일이 될 터인데, 이는 사실상 불가능할뿐더러 시간 낭비이기도 하다.

단어의 의미가 발화 상황에 의존하여 가변적이고 다의적이라면 하나의 단어에는 단 하나의 고유한 의미가 존재한다는 믿음은 효과적인 의사소통을 방해하는 요인이다. 프로이트Freud가 말하는 상징의 중층 결정과 마찬가지로 의미는 다양한 층위에서 존재하며, 고정된 단일함으로 환원되기를 거부한다. 언어의 다의성을 결함으로, 명증성을 말의 미덕으로 간주한 예전의 수사학과 달리 리처즈가 주장하는 신수사학은 애매성을 오히려 말의 풍부한 원천이자 미덕으로 간주한다. 뜻 겹침을 배제한다면 시나 종교적 담론은 그 설 자리를 잃게 될 것이다. 중의성을 이용한 말장난은 사고의 다양한 측면과 활력을 증명하는 기지의 산물이다.

다의성이 언어의 근본적 속성이자 풍요로운 자산이라면, 일물일어설은 언어에 대한 독재이며, 전락 이전 아담의 언어로나 가능했던 신화이다. 하나의 단어에는 단 하나의 고유한 의미만 존재한다는 미신은 기호가 곧 실재라는 마법의 언어에 대한 믿음만큼이나 위험한 것이다. 기호와 지시 대상 간에는 항상 간극이 존재하며, 언어와 실제 경험 간에는 기호나 상징으로 다 포섭할 수 없는 잉여가 존재한다. 리처즈는 이 간극을 영원히 해소할 수 없는 것으로 보는 해체주의자들과는 달리 기호를 통해서 기의의 세계에 불완전하게나마 도달할 수 있다는 인문주의자의 신념을 견지하지만, 그렇다고 기호와 기의의 일치를 주장하는 이상론자도 아니다. 리처즈가 보기에 하나의 기호에 하나의 고유한 의미가 대응한다는 미신과 마찬가지로 자유로운 의사소통을 방해하는 요소는 언어의 의미가 용법에 의해 결정된다는 믿음이다. 용법주의Usage Doctrine는 정확하고 좋은 용법이 곧 말의 의미라는 생각인데, 이 또한 "좋고 바른" 어법이 따로 존재한다고 믿음으로써 배타적으로 다른 용법이나 소위 말하는 '양식'에서 벗어난 어법을 인정하지 않으려는 태도를 보인다. 리처즈는 언어의 다의성과 의미의 다양한 층위를 인정함으로써 오히려 다원주의를 표방하고 있으며, 민주 시민 사회의 언어와 의사소통은 의미의 다양성과 중첩을 인정함으로써 가능하다는 입장을 내세운다. 한 단어의 의미가 문맥 안에 숨어 있는 다른 어휘와 대표적인 관계 속에서 발생하고 가능하다고 주장할 때 그는 대의 민주주의를 신봉하는 자신의 정치적 입장을 드러낸 셈이다.

우리의 의사소통 과정에서 발생하는 많은 병폐는 자신이 의도하는 의미를 청자나 수신자에게 강요하거나 설복하려는 시도에서 비롯된다. 리처즈는 옛 수사학이 논쟁술에서 발전해 왔기 때문에, "전투적 충동"으로 인해서 우리가 쉽사리 전체를 볼 수 있는 조망을 상실하고 자신의 이해에 함몰되어 정신의 눈가리개를 뒤집어쓴다고 말한다(PR, 24). 아리스토텔레스가 법정 연설에 관한 설명에서 제시하듯 고대 그리스의 경우 노예들의 증언은 고문에 의한 경우만을 유효한 것으로 받아들였는데, 불행하게도 세계의 일부 지역에서는 지금도 이러한 사례가 계속되고 있다. 이러한 태도는 수사학의 목적을 설득에 국한하는 결과를 낳으며, 여러 담론이 지향하는 자기표현이나 특정한 관점의 설명과 같은 다양한 목적과 기능을 간과하는 결과로 이어진다. 논쟁은 주관적인 이해관계를 바탕으로 하기 때문에, 국무 장관들의 끝없는 회의와 흡사하다. 또한 논쟁이란 일반적으로 전쟁과도 같은 목적을 위해서 일련의 오해를 체계적으로 이용하는데, 언어의 다의성을 인정하는 것은 다른 주장자의 의미에 귀를 기울이는 태도이며 다원주의 사회에서 더욱 절실한 시민 수사학을 위한 대문을 열어 준다. 리처즈가 논쟁술에 기반을 둔 폭력적인 수사학에 반대하며 다의성 및 표현과 설명을 아우르는 신수사학을 주장할 때 그는 전쟁에 대한 자신의 혐오를 은연중에 드러내면서 평화의 담론에 대한 필요성을 전면에 부각한다.

의미가 문맥에 의해 결정된다는 주장은 특정 문장이나 발화 단위 안에서 말들의 상호 작용으로 발전한다. 「제3강 말들의 상생」은 문맥 이론을 문장 배열 안으로 좁혀 놓은 것이다. "말들의 상생"이란 표현은 존 던John Donne의 시 「황홀경The Extasie」에서 따온 것이다.

사랑이 이처럼 서로서로
두 영혼을 상생시켜 줄 때

그로 인해 흘러나온 보다 유능한 영혼이

외로움이란 결함을 막아 줄 것이다.

When love, with one another so

Interanimates two soules,

That abler soule, which thence doth flow,

Defects of loneliness controules(41~44행).

사랑의 연금술에 의해 사랑하는 두 영혼이 둘이면서 하
나가 되는 영적인 교섭의 순간을 노래한 존 던의 시에서
빌려 온 상생이란 단어, 즉 서로가 각자에게 생명의 활력
을 불어넣어 준다는 의미를 리처즈는 문장 안에서 단어들
의 상호적이고 역동적인 영향 관계를 설명하기 위해 차용
한다. 단어들은 고유한 의미를 문장이나 발화의 단위 안으
로 가지고 들어오는 것이 아니라 그 안에서의 위치에 의해
의미가 결정된다. 교통 신호등의 빨간불, 노란불, 초록불이
각각 의미를 지니는 것은 세 가지 색상의 상호 작용에 따라
가능하다. 하나의 불이 작동하는 순간 다른 것들은 사라진
것이 아니라 대기 상태에 있다.

한 단어의 의미는 다른 단어들과의 차이와 관계에 의해
서 '발생'하며 그 관계가 변화하면 상대적으로 의미 또한
바뀌게 된다. 의미는 문맥 안에서의 위치에 따라 결정되는
만큼 사전에 저자나 화자의 의미를 파악하는 것은 불가능
에 가깝다. 의미가 특정한 발화 문맥이나 문맥 안에서 발생

하는 사건이라면 이를 이해하고 해석하기 위해서는 자세히 읽기와 자세히 듣기가 필수적이다. 내 손을 움직이기 위해서는 모든 근육의 골격 구조를 이용해야만 하고 이들의 지탱을 받아야 하는 것과 마찬가지로, 하나의 표현 문구는 다른 문맥에 처한 다른 단어들의 용법에 의해서 지지를 받은 거대한 체계로부터 그 힘을 얻는다(*PR*, 65). 이것은 한 단어의 의미란 위임받은 대표자의 기능과 표현이기 때문에, 그 의미를 파악하기 위해서는 실종된 문맥의 다른 부분들을 이해하고 해석하는 능력이 필요한 것과 마찬가지다.

리처즈는 생리 심리학이나 게슈탈트 심리학의 주장을 언어의 의미론에 문맥이라는 용어로 치환하여 적용하고 있다. 부분과 전체는 상호적인 영향 관계에 있으며, 부분은 전체 안에 깃들고, 전체는 부분들로 구성된 연결망 안에서 상호적으로 의미를 주고받는 관계에 자리한다. 문맥 안에서 말들의 상생에 대한 리처즈의 설명은 공자가 주장하는 '정情'과 '지知'가 서로 영향을 주고받으며 통일되는 성실의 개념과 상통하며, 부분과 전체를 하나로 아우르는 콜리지의 상징 개념과 상상력 이론을 변용한 것이다. 하나의 단어의 의미를 이해하고 해석함에 있어서 우리는 항상 그 해당 단어와 함께 받아들이는 다른 단어들의 의미와 관련지어야만 비로소 그 의미에 이르게 된다. '구체적concrete'이라는 영어 단어는 어원적으로 이미 "함께 자라고 있는, 공생하고 있는"이라는 의미를 내포하고 있다. 리처즈의 의미의 상생 이론은 고전적인 문학을 통하여 사고의 발전과 자기 완성에 이르는 톨스토이의 진정한 오염 이론과 궤를 같이 하고 있으며, 성실의 경지를 담고 있는 시가 갖는 교육 효과를 강조한 공자의 문학관에 맞닿아 있다. 개체와 사회는 상호 의존 관계에 있으며 서로에게 영향을 주는 사이다. 아리스토텔레스가 이야기하듯, 언어라는 사회적 관계망을 떠나서 존재할 수 있는 것은 신이나 백치뿐이라면 완전히 혼자 동떨어진 단어는 무의미할 뿐이다(PR, 70).

앞서 단어의 의미에 관한 용법 이론과 고유한 단일 의미를 부정한 리처즈는 단어의 의미 규명을 위한 몇 가지 준거를 제4강에서 제시한다. 이곳에서 그는 다시 한번 용법 이론의 오류나 말이 그 자체로 의미를 가진다는 생각을 마술적인 호칭 이론의 잔재라며 배격한다. 말에 고유한 의미가 있다는 생각은 몇몇 인공어를 제외하고 자연어의 경우는 불가능한 꿈이다. 의미의 변화가 전제되지 않는다면 토론이나 이론을 통한 우리의 상호 이해나 합의는 불가능할 것이다. 언어가 그 풍만한 다의성과 의미 변화의 가능성을 상실하게 된다면 특히 창조적인 언어의 생명력은 상실될 것이다. 리처즈는 특히 용법이 곧 의미라는 주장을 특정한 클럽 정신Club Spirit에 복종하는 것이라고 비판한다. 용법주의를 따르는 것은 시에 대한 무비판적이고 특정한 감정의 과잉 상태에 탐닉하는 상투적 반응과 비슷한 태도로, 이것이야말로 진정한 의사소통을 방해하는 성실의 결여에 해당한다. 용법 이론에 복종하는 태도는 특정한 화자들의 태도와 관습에 언어의 작용을 얽어매는 것으로 특히 발음의 경우에 강력한 힘을 발휘한다. 이러한 태도를 견지함으로써 클럽 정신에 복종하는 화자는 특정한 방식으로 행동하겠다고, 아니 더 정확하게 말해서 어떠한 다른 방식으로도 행동하지 않겠다고 약속하는 셈이다. 클럽 정신에 충실한 용법주의의 문제는 자신과 다른 모든 용법을 부정확하고 좋지 못한 것으로 물리친다는 점이다. 클럽 정신과 다르다는 사실이 좋고 나쁨과는 무관하게 다르다는 사실만으로도 비난과 징벌의 대상이 된다. 사회가 비교적 단순하고 복잡하게 분화되기 이전에는 이러한 클럽 정신이 교육적인 본보기를 제공하는 장점도 있었겠지만, 다원주의 사회에서 이러한 배타적인 분파주의는 귀족적인 속물주의의 잔재로 남을 가능성이 농후하다. 리처즈가 보기에 이러한 형태의 전문화된 용법에 의한 지배 형식, 모든 언어에 대한 사회적 혹은 속물주의적 통제의 기도는 매우 광범위하고 강력하다. 신수사학 혹은 "개선된 수사학an improved rhetoric"(PR, 78)의 임무 중의 하나는 발음이 되었건, 의미와 해석의 문제가 되었건 이러한 태도와 믿음을 문제 삼는 것이다.

수사학이 공공 영역에서의 자유로운 의사 표현을 전제로 해서 발달할 수 있다면, 클럽 정신은 대중 민주주의 자체에 대한 멸시와 부정으로 이어진다. 말과 사유, 삶과의 밀접한 관계, 확장된 문맥 안에서의 상호 작용을 고려할

때, 어떤 단어를 우리가 선택해서 사용하고 있느냐 하는 점
은 우리의 삶에 대한 태도와 위상을 보여 준다. 따라서 어
휘 선택은 곧 가치에 대한 우리의 태도를 대변한다. 클럽
정신의 배타성을 비난하는 리처즈가 언어를 통하여 자신
의 사고와 태도를 보임으로써 정도의 차이가 있기는 하지
만 그 역시 일종의 클럽 정신에의 복종을 아이러니하게도
보이고 있다. 언어는 생각의 도구이기도 하지만 동시에 그
사고를 지배하기도 한다.

　　제5강「은유」와 제6강「은유의 구사」는『수사학의 철
학』중에서 가장 독창적인 부분이며 여전히 논란의 소지
를 안고 있다. "말들의 상생"을 가장 잘 구현하는 것이 비
유이다. 말들의 의미 전환을 다루고 있는 이곳에서 리처즈
는 의미의 변화를 이해하는 일은 곧 언어의 속성을 이해하
는 일이며, 이것은 다시 오해의 소지를 최소화한 의사소통
으로 이어진다고 생각한다. 비유란 달라 보이는 것 가운데
서 친밀성과 유사성을 발견하는 능력의 소산이다. 비유란
축자적 의미와 비유적 의미의 구분을 넘어 항상 편재하는
언어의 원리이다. 이곳에서 리처즈는 언어를 비유의 기동
군mobile army이라고 주장하며 비유가 언어의 본질적 속성
임을 강조한 니체Nietzsche의 이론을 따르고 있다. 리처즈는
앞서 의미를 다양한 문맥의 실종된 부분들을 새로운 통일
성 안으로 함께 가지고 들어오는 대표적인 효과(표현)라고
정의한 바 있는데, 이들 여러 요소를 새로운 통일적 관계로

맺어 주는 것이 바로 비유다. 비유는 하나의 단어로 두 가지 생각을 보여 준다. 리처즈의 정의에 따르면 비유란 서로 상이한 것들에 대한 두 가지 생각을 하나의 단어나 표현으로 활성화해 주거나 지탱시켜 주는데, 이때 그 한 단어나 표현의 의미는 서로 상이한 것들에 대한 두 가지 생각이 상호 작용한 결과물이다(PR, 93). 비교 혹은 대조를 통해서 진행되는 사유 자체가 이미 비유적이기 때문에 사유를 매개하고 때로는 지배하는 언어 역시 비유적이다. 비유란 하나의 표현 안에 상이한 대상에 대한 두 개의 사고를 담는 것인데, 리처즈는 이때 비유의 내용이 되는 것을 주지(혹은 취지, tenor)라고 부르고, 비유의 대상이 되는 운반책을 매체 vehicle라고 부른다. 취지와 매체는 서로 유사성으로 이어져 있으며, 이 유사성에 의해 이들의 상호 작용이 발생한다.

리처즈에 따르면 우리의 감각적 지각의 세계는 단어들 사이의 의미의 교환이라는 비유의 과정의 투영물이다. 다시 말해서 우리가 사물을 지각할 때 우리의 지각은 그 자체로 존재하는 것이 아니라 비교와 대조의 과정을 통한 일종의 분류하기 가운데서 "…으로서" 지각하는 것이다. 사유 자체가 이미 언어의 회로를 통해서 가능하며 언어의 회로를 통한 사유는 다른 것과 더불어 가능하다면, 언어 역시 사유와 마찬가지로 이미 그 의미 가운데 다른 배제된 의미의 망들을 끌어들임으로써만 가능하다. 우리가 지각하는 세계는 이미 비유적 언어가 투영된 세계이며, 지각된 세계에 투영된 비유는 앞서간 비유적 표현들의 축적물이다. 따라서 비유적 표현의 원천에 도달하는 길은 불가능하다. 언어는 본질적으로 비유이기 때문이다. 이러한 사실을 간파한 사람이 바로 콜리지라고 리처즈는 주장한다. 콜리지의 상상력 이론은 비유에 대한 생각, 즉 그의 상징론과 다르지 않다는 것이다. 콜리지에게 상징이란 "전체적인 것을 설명하지만, 스스로는 자신이 대표하고 있는 단위의 살아 있는 일부분으로 남아 있는" 반투명한 경우이다. 상징이란 자연계의 유기체와 마찬가지로 전체 가운데 부분들이 서로 상응하며 유기적인 통일성을 유지한다. 보편과 특수, 개별자와 전체, 유와 종이 서로 독립성을 유지하면서 전체를 이루는 조응 관계를 포착하는 능력이 콜리지가 말하는 상상력이라면, 이 상상력의 구체적인 소산이 바로 상징이다.

자연계의 위대한 유기체의 하나로서 나무 한 그루, 꽃 한 포기를 생각하거나 온 세상의 식물을 명상하거나 간에, 마찬가지로 나는 그러한 경외감을 갖는다. 자, 보라! 떠오르는 태양과 더불어 그것은 외적인 삶을 시작하고 모든 원소들을 스스로에게뿐만 아니라 서로에게 동화시킴으로써 공개적인 교류에 들어간다. 동시에 이것은 뿌리를 내리고 잎을 틔우며, 빨아들이고 호흡하며, 냉각 증기와 향기를 뿜으며, 대기의 양식이자 음악인 치유하는 기운을 자신을 먹여 살리는 대기 속으로 불어넣어 준다. (…) 자, 보라! 전체의 가장 깊은 부분들 속에서, 즉 뿌리의 쉼 없는 유기적

운동을 떠받치면서, 어떻게 그것이 자연의 전체적으로 침묵하거나 기초적인 생명의 가시적인 유기체가 되며, 따라서 하나의 극단을 체현함으로써 다른 극단에 대한 상징, 즉 보다 고차원적인 이성의 삶에 대한 자연의 상징이 되는지를(*PR*. 111).

　살아 숨 쉬는 자연계의 피조물 가운데서 절대 이성, 창조주의 힘을 읽어 내고 그 안에서 유기적으로 서로 연결된 조화로운 세계를 발견하는 콜리지의 이신론적 상상력은 개별자를 전체적인 질서 안에서, 전체가 개별자를 감싸 안음으로써 서로가 서로에게 상징으로 작용하는 유기체를 발견한다.

　단어가 식물의 일부분이며 발아라는 콜리지의 생각은 물론 호라티우스Horatius로 거슬러 올라간다. 호라티우스는 그의 『시학Ars Poetica』에서 잎이 싹이 터서 자라다 낙엽이 지고 다시 새순이 나는 과정을 겪는 것처럼 단어 또한 유기적인 생명체이므로 새 단어가 낡은 단어보다 생명력이 있고 신선하다는 주장을 펼친다. 부분과 전체가 서로 공개적으로 영적으로 교감하고 교류하는 변화의 과정을 보인다는 콜리지의 상징론을 리처즈는 자신의 비유에 대한 설명으로 끌어들인다. 예술 작품이 이질적인 충동들을 조화로운 질서 가운데로 만족스럽게 변화시켜 준다면, 비유 역시 상이한 것들에 대한 생각들을 하나로 묶어 주는 역할을 한다. 따라서 비유를 잘 구사한다는 것은 훌륭한 문학적 가치 구현과 동떨어진 일이 아니다. "특성상 가능한 한 서로 멀리 동떨어진 두 개의 사물을 비교하거나, 다른 방법에 의해서 이들을 갑작스럽고도 놀라운 방식으로 함께 가져다 놓는 것은 시가 바랄 수 있는 최고의 과업이다"라는 프랑스 상징주의의 기수 앙드레 브르통André Breton의 발언에 리처즈는 대체로 동의하는 편이다. 리처즈는 비유가 너무나 이질적으로 동떨어진 것들을 놀라운 방식으로 서로 함께 가져다 놓는다는 브르통의 주장에 선뜻 동의하지 못하는데, 남유catachresis로 떨어질 위험이 있는 이러한 극단적인 비유란 지적인 긴장을 고조시키는 인위성이 개입할 여지가 있으며, 이것은 사고와 정서의 합일이라는 정성의 관점에서 문제가 있기 때문이다. 비유를 위한 비유는 사고의 발전을 방해한다.

비유는 비교에 의해서 작동하므로 비유를 구사하는 일은 지적인 인식과 발견에 뒤따른다. 인간의 정신은 두 가지 상이한 것들을 서로 연결함으로써 작동하는 기관인데, 정신이 상이한 것들을 서로 연결하는 방식은 거의 무한대로 많다. 따라서 비유를 잘 이해하고 구사하는 일은 해석과 의사소통에 있어서 중요한 일일뿐더러, 우리가 살아가는 세상을 통제하는 일 가운데로 더 깊숙하게 걸어 들어가는 것이다. 여기서 리처즈가 말하는 '통제'란 그 자체가 하나의 비유로 재질서화를 의미한다. 단어란 삶을 모방하는 매체가 아니라 삶 자체를 질서 있게 회복시키는 것이 그 진정한 임무라고 리처즈는 주장한다. 따라서 언어의 속성을 이해하는 일은 의사소통에 있어서 오해를 줄이는 일과 직결되며, 자유로운 의사소통은 상징이 보여 주는 "공개적인 교감"과 마찬가지로 삶을 무질서로부터 건져 올려 주고 삶의 질서를 회복시켜 주는 방법, 즉 길이다. 리처즈가 말하는 신수사학은 언어의 작용 방식을 이해함으로써 오해의 소지를 치유하는 일인데, 이 『수사학의 철학』에서 그는 앞선 저서들에서 언어의 작용을 과학의 언어가 보여 주는 지시적 기능과 시의 언어가 예증하는 정서적 기능으로 이원화해서 구분했던 것을 더욱 구체화해서 네 가지로 나누어 설명한다. 시와 과학, 진술과 의사 진술로 수렴되었던 언어의 두 가지 기능은 사실상 콜리지의 상징과 상상력 이론에서 지성과 감성의 통합으로 그 한계를 보인 셈이다. 따라서 리처즈의 수정된 언어 기능에 관한 설명에서 비유의 주지(취지)와 매체 개념이 중요한 역할을 한다. 리처즈의 비유론은 기본적으로 의미의 다의성을 전제로 한다.

비유를 어떻게 해석하느냐 하는 문제는 믿음의 문제로 이어지기 때문에 삶을 바라보는 태도, 즉 세상이나 상대에 대해 우리의 자세를 적응시키는 잠재적 행동을 반영한다. 따라서 비유에 대한 해석은 믿음과 더불어 우리의 세계관으로 이어진다. 그러니만큼 비유의 해석, 더 크게는 언어의 의미 해석은 우리의 믿음의 투영이다. 리처즈가 제시하는 첫 번째 해석법은 주지(취지)를 떼어 내어 이를 진술이라고 믿는 것이다. 두 번째는 전달 매체를 떼어 내는 방식이며, 셋째는 주지와 매체를 함께 취해서 이들의 관계에 관한 어떤 진술을 받아들이거나 부정하는 것이다. 마지막으로는 주지와 매체의 관계가 우리의 삶에 제시하는 방향을 받아들이거나 거부하는 것이다. 기독교 초기 교부들의 성찬의식에 사용된 빵과 포도주에 대한 논쟁은 그들의 교리적 믿음을 드러내지만 본질적으로는 비유적 언어에 대한 해석의 문제로 귀착된다. 빵과 포도주가 그리스도의 살과 피라는 표현을 어떻게 해석하고 받아들이느냐에 따라 성찬식의 의미가 달라지는데, 이를 문자적으로 해석하느냐 비유적으로 해석하느냐 하는 문제는 곧 믿음의 차원으로 옮겨진다.

리처즈의 네 가지 해석 방법은 기독교 해석학에서 문자적, 비유적, 유비적, 그리고 신비적 해석학을 반영한다고 보아도 무리가 없을 것이다. 리처즈는 이들 네 가지 의미 해석의 방법에 대한 구체적 사례를 제공하지 않음으로써 과연 발화 현장에서 이러한 해석이 어떤 구체성을 지니게 되는지에 대한 구체적 설명을 생략한다. 이로 인해서 주지와 매체의 구분 자체가 다소 모호한 것처럼 현실 담론에서 이러한 방법들이 혼재되어 있는 것이 아닌가 하는 의심이 든다. 단어의 의미가 애매성을 그 생명으로 한다면, 담론 역시 정서적 의미와 지시적 의미가 뒤섞여 있는 것처럼, 해석의 차원 역시 중첩적이라고 보는 것이 합리적일 것이다. 언어의 사용과 의미 해석에 있어서의 사소한 실수들이

보다 큰 인격 발달의 장애 요인이 되는 실수들을 축약해서 보여 주는 것과 마찬가지로, 말의 오해와 병적인 의사소통의 결함들을 탐구하는 일이야말로 보다 건강한 사회 건설을 위한 희망을 제공하게 될 것이라고 리처즈는 생각한다. 훌륭한 예술 작품과 마찬가지로 그의 신수사학은 영혼의 질서를 회복시켜 줌으로써 언어 공동체의 건강한 질서로 이어질 것이라는 낙관적인 희망을 피력한다. 이러한 낙관적인 희망은 그의 대중 민주주의와 다원주의에 대한 신뢰를 반영하고 있다. 비유의 구사를 천재의 소산이라고 주장한 아리스토텔레스와 달리 리처즈는 비유를 언어의 편재해 있는 원리라고 주장함으로써 비유의 사용을 보편화한다. 그의 이론적 주장과 달리 리처즈는 외재적 믿음과 언어로 표현된 믿음을 철저하게 분리하지도 않는다. 그의 언어 속에는 그의 개인적인 신념들이 곳곳에 스며들어 있다. 그의 언어는 그의 정치적 무의식을 반영한다.

3.

리처즈의 『수사학의 철학』이 수사학의 전체적인 조망을 기대하는 독자들에게 다소 실망스러운 것은 사실이다. 그의 신수사학은 예전의 수사학이 의사 전달의 수단인 언어 자체의 성격에 대해 깡그리 간과하고 있다는 불만에서 출발한다. 리처즈는 어떻게 단어가 의미를 갖는가라는 본질적인 문제에서 출발하여 언어의 기본 속성인 비유에 대한 분석으로 나아간다. 그는 발화 상황을 중시하지만 상황 문맥이 지닌 문화적, 사회적, 정치적 의미를 자세하게 분석하지는 않는다. 구체적 의미의 집결체인 담론이 지배 이데올로기의 체계로서 주체를 지배하고 소환하고 있다는 알튀세르Althusser나 푸코Foucault의 주장과 달리 리처즈는 언어의 창조적 사용과 이를 통한 마음의 개발과 자기완성을 여전히 신뢰하는 낭만주의자이자 고전적인 인문주의자의 모습을 간직하고 있다. 이 점에서 그는 주체의 자리를 언어로 대신한 구조주의자들과 근본적인 차이를 보인다. 그에게 인간의 사고와 언어는 분리해서 생각할 수 없는 서로의 양면이며, 언어가 비유로 이루어졌듯이 사고 또한 비교, 즉 추상과 구체라는 문맥 안에서 일종의 분류하기 혹은 나란히 하기 과정을 통해 발전하고 변화한다.

사고와 언어의 의미를 관계 속에서의 특정한 위치와 차이 및 유사성으로 설명하는 점에서 리처즈는 구조주의자들의 언어에 대한 관점을 선구적으로 보이지만 결코 주체를 언어의 감옥에 수동적으로 가두지 않는다. 의미는 "대표성을 위임받은 효과(표현)"라는 리처즈의 주장은 드러나지 않고 잠재적으로 뒤에 숨어 있는 다른 어휘들의 의미가 전제되어야만 특정한 단어의 의미가 생겨난다는 것인데, 이것은 의미를 체계 안의 차이로 설명하는 구조주의 언어학자들의 입장과 흡사하다. 그렇지만 그는 언어로 말해지지 않고 배제된 채 잠재적으로 숨어 있는 실종된 부분을 어떻게 알 것이며, 어떤 부분들이 실종된 것이며 어떤 어휘들이 선택에서 배제된 것인지를 모두 안다는 것이 도대체 가능하기나 한 일인지, 선택과 배제의 과정에서 보이는 힘의 역학 관계 등에 대한 질문을 제기하지 않는다. 아마 그 이유는 이러한 비관적 질문을 계속 밀고 나가면 의미를 온전하게 파악하는 일 자체가 불가능하기 때문일 것이다. 유추를 극단으로 몰고 가면 유추 자체가 성립되지 않는다는 사실을 알고 있는 그로서는 의미의 대표성 자체를 문제시한다면 의미를 명료하게 해명하기는커녕 오히려 미궁에 빠뜨릴 것임을 염려한 까닭일지도 모른다.

리처즈는 또한 기표가 기의를 온전하게 대표하거나 지시한다고 생각하지는 않지만 그렇다고 영원히 의미가 차연된다고 주장하는 포스트구조주의자들과도 확연한 차이를 보인다. 언어와 언어적 논리, 즉 변증법을 통해서 사물과 세계를 이해하고 해석할 수 있다는 희망을 저버리기에는 그는 너무도 깊숙하게 전통적인 인문주의자이다. 리처즈는 하버드대학교에서 성경의 욥기, 호메로스Homeros의 서사시, 플라톤의 대화편과 다른 저서들을 중점적으로 가르쳤는데, 여기서 그가 강조하고 주목한 것은 사고의 수단인 언어를 통해서 발전된 사유의 단계로의 전이와 자기 성찰을 보이는 인물들의 자기완성의 과정이었다. 사유의 거울인 이 충만한 언어를 리처즈는 공자와 맹자의 중용과 정성, 성선의 개념에서 찾기도 하고, 콜리지의 상상력에서 찾기도 하며, 톨스토이의 성실에서 찾기도 한다. 말년에 그는 고등학교 이후 중단했던 고전 언어에 대한 공부를 다시 시작해서 플라톤의 저술을 현대 영어로 번역하기도 하는데, 이 과정에서 그는 소크라테스를 자신의 문화 영웅으로 재발굴한다. 그에 따르면 소크라테스의 대화술은 문답 형식을 통해 지혜에 이르는 방법으로 그의 변증법은 지성과 감성이 하나로 통일된 최고 수준의 언어이다.

의미의 다의성을 언어의 활력이자 원천으로 치켜세우면서도 리처즈는 오그던과 더불어 20대에 시작했던 기본 영어 계획을 끝까지 고수함으로써 언어의 창조성을 말살한다는 비난에 휩싸인다. 용법이 곧 의미라는 용법주의를 당파적 발상이라고 비난하던 그는 어휘들이 주도적으로 보이는 본질적 의미가 있다는 점에 착안하여 일상생활에 필요한 기본 어휘 850단어를 제안한다.[24] 이를 바탕으로 그는 성경, 호메로스, 플라톤의 저술을 기본 영어로 번역해 내는데, 의미의 미세한 차이를 자세히 읽어 내던 그가 다의성을 제한하는 이러한 자기모순을 보임으로써 그는 스스로 고립을 자초한다. 그의 말처럼 시와 종교가 정서적 의미 기

---

24 중국의 표기법 제정과 상용한자 지정은 수차에 걸친 리처즈의 중국에서의 기본 영어 교육에서 영향을 받았을 가능성이 크다고 본다. 공산화 이후에도 리처즈에 대한 중국 정부의 태도는 상당히 호의적이다.

능에 충실한 것이라면, 그의 기본 영어 계획은 시와 종교가 주는 환기적인 영역을 과학적인 진술의 언어로 치환하려는 노력이자 시도인 것이다. 지시적 언어를 정서적 언어로, 정서적 언어를 지시적 언어로, 정서적 믿음을 사실적 믿음으로, 사실적 믿음을 정서적 믿음으로 치환해서 잘못 해석하고 이해함으로써 병적인 오해와 불통이 야기된다고 진단했던 그가 스스로 이러한 오해와 혼동을 실천이라도 하듯이 자가당착을 보여 줌으로써 실증주의적 분석의 한계를 스스로 드러냄과 동시에 이들 환원적 이분법을 폐기한 꼴이 되었다. 신수사학의 가장 시급한 당면 과제가 애매성에 대한 연구라고 생각했던 그가 이 문제를 기본 어휘 제정으로 해결하려 했다면 이러한 시도야말로 목욕물과 함께 아이를 내다 버리는 일이 될 것이다.

이러한 한계에도 불구하고 『수사학의 철학』에서 리처즈가 그의 초기 저작에서 예술 작품이 독자의 영혼에 미친 영향 관계를 중시한 것과 마찬가지로 발화자보다 독자(수신자)의 역할을 강조한 것은 주목할 만하다. 오독과 오해의 모든 원인을 언어의 탓으로 돌렸다는 일부 비난에도 불구하고 그는 수신자의 능동적 참여와 해석을 강조한다. 옛 수사학이 보여 준 청중의 정서에 대한 분석을 무시하고 있지만, 리처즈는 그의 신수사학에서 청중의 해석 능력을 중시함으로써 독자 반응 이론이나 해석학과의 연결 고리를 제공한다. 시의 해석에서 그가 보여 주었던 자세히 읽기라는 해석 방법을 여전히 수사학에 적용하고 있다는 인상을 지울 수 없지만, 리처즈의 신수사학이 언어 예술에 대한 우리의 상투적 반응을 허용하지 않는다는 측면에서 수사학을 사고의 기술로 되돌리고 있다는 사실만큼은 부정하기 힘들다. 마리 호크머스Marie Hochmuth의 지적처럼 19세기에 서로 분리되어 있던 시학과 수사학을 20세기에 들어와서 병합한 인물이 리처즈다.[25] 언어의 속성과 의미의 발생 과정을 이해함으로써 과연 얼마만큼 오해와 불통이 해소되고 치유되었을까 하는 문제는 별개의 것이다.

참고 문헌

『논어신해』, 김종무 역주, 민음사, 1989.

『중용』, 김학주 역주, 명문당, 1970.

리처즈, I. A., 『수사학의 철학』, 박우수 옮김, 고려대학교 출판부, 2001.

박우수, 「I. A. Richards의 맹자 해석과 번역」, 『수사학』 7권, 2007, pp. 25~51.

이상섭, 『복합성의 시학』, 민음사, 1987.

Berthoff, A. E. (ed.), *Richards on Rhetoric*, Oxford UP, 1991.

Campbell, George, *The Philosophy of Rhetoric*, edited by Lloyd F. Bitzer, Southern Illinois UP, 1963[1776].

Harding, D. W., "I. A. Richards", *A Selection from Scrutiny*, compiled by F. R. Leavis, Cambridge UP, 1968. Vol. I. pp. 278~288.

Hochmuth, Marie, "I. A. Richards and the 'New Rhetoric'", *QJS*, vol. 44, no. 1, 1958, pp. 1~16.

---

25 Hochmuth, Marie, "I. A. Richards and the 'New Rhetoric'", *QJS*, vol. 44, no. 1, 1958, p. 16.

Hyman, Stanley Edgar, *The Armed Vision*, Alfred A. Knopf, 1948.

Mackey, Louis, "Theory and Practice in the Rhetoric of I. A. Richards." *RSQ*, vol. 27, no. 2, 1997, pp. 51~68.

Richards, I. A., *Coleridge on Imagination*, Routledge, 1934.

———, *Speculative Instruments*, Harcourt, Brace and World, 1955.

———, *Mencius on the Mind*, Routledge, 1964[1932].

———, *Principles of Literary Criticism*, Routledge and Kegan Paul, 1967[1924].

———, *The Philosophy of Rhetoric*, Oxford UP, 1976[1936].

Richards, I. A. et al., *The Foundations of Aesthetics*, edited by John Constable, Routledge, 2001[1922].

Ricoeur, Paul, *The Rule of Metaphor*, translated by Robert Czerny et al., Routeldge and Kegan Paul, 1978.

Russo, John Paul, *I. A. Richards: His Life and Work*, Johns Hopkins UP, 1989.

Shusterman, Ronald, "Blindness and Anxiety: I. A. Richards and Some Current Trends of Criticism", *Etudes Anglaises*, vol. 39, no. 4, 1986, pp. 411~423.

17장
신수사학을 논증 행위 이론이라고 부른 까닭은[1]

페렐만의 『수사학의 제국』

하병학(가톨릭대학교)

1. 페렐만의 삶과 신수사학

카임 페렐만Chaim Perelman(1912년 폴란드 바르샤바~1984년 벨
기에 브뤼셀), 그가 뤼시 올브레히츠-티테카Lucie Olbrechts-
Tyteca와 공동 집필한 『신수사학. 논증 행위에 대한 탐구La
nouvelle rhétorique, traité de l`argumentation』는 현대 수사학의 시발
점으로 인정된다. 그럼에도 불구하고 국내에서는 페렐만
의 신수사학에 대한 본격적인 연구가 많지 않은 편이다.
우리가 일반적으로 그에 대해서, 그리고 그의 신수사학에
대해서 알고 있는 것들은 다음과 같다. 첫째, 이 저서는 표
현술, 문채론 등 어문학의 특정한 분석 방법론으로 줄어

---

1   이 글은 하병학, 「페렐만의 논증행위이론으로서의 신수사학에서 학문이론적 성격」
    (한국수사학회, 『수사학』 제43집, 2022)을 수정·보완한 것이다.

든 근대 수사학을 벗어나 "신수사학"이라는 이름으로 수사학을 복원, 계발하는 시작이라는 것이다. 둘째, 그는 형식논리학으로 대표되는 엄밀한 증명이나 명석판명한clara et distincta 진리를 추구했던 데카르트Descartes의 사상을 강력하게 비판한다는 점이다.

이와 같은 통상적인 이해를 넘어 페렐만의 사상과 그의 신수사학을 깊이 이해하기 위해 던질 수 있는 물음은 다음과 같다. 첫째, 아리스토텔레스부터 시작하는 고전 수사학과 페렐만의 신수사학의 차이는 무엇인가 하는 점이다. 페렐만은 신수사학이 아리스토텔레스의 수사학과 변증론을 결합하는 데서부터 출발한다고 말하지만, 그것만으로는 불충분하다. 둘째, 논리학과 수사학의 차이는 이미 논리학의 아버지이자 수사학의 아버지인 아리스토텔레스에서부터 명확하게 구별됨에도 불구하고, 이를 다시 페렐만이 논의하는 것이 어떤 의미가 있나 하는 것이다. 이에 답을 구하기 위해서는 다음의 물음을 먼저 풀어야 한다. 셋째, 페렐만은 일반적으로 법학자, 철학자 — 혹은 '벨기에-폴란드-유대의 법철학자' — 로 소개된다. 그런데 그에게 법학, 철학, 수사학은 어떤 관련이 있는가 하는 점이다. 넷째, 문채론으로서의 수사학에서 신수사학으로 나아갈 이유와 그것이 굳이 논증 행위 이론이라고 불리는 이유는 무엇인가 하는 점이다. 다섯째, 신수사학이 논증 행위 이론으로 국한된다면, 논증 행위가 로고스를 중심으로 한다는 점에서 이것도 일종의 '줄어든 수사학'이 아닌가 하는 물음 등이다.

한 학자의 사상을 이해하기 위해서는 그의 삶의 여정과 그 환경을 살펴보는 것이 유용할 때가 많다. 특히 전쟁, 이데올로기·계층 간의 심각한 갈등, 생존을 위협하는 기아 등의 사회적 문제가 개인의 삶에 결정적인 시대를 살았던 사람의 경우에는, 그러한 문제를 자신의 학문적 숙고 대상으로 삼는 학자의 경우에는, 더욱 그러하다. 바로 페렐만이 대표적인 사람이다. 그의 사상의 발달에 영향을 미친 환경을 크게 시대적·사회적 환경과 학문적 환경 둘로 나누어 살펴보자.

1912년 폴란드 바르샤바에서 유대인으로 태어나 1925년 가족들과 함께 벨기에로 이주한 페렐만은 유대인의 절멸을 목표로 삼은 나치즘이 지배했던 제2차 세계대전을 겪어야만 했다. 1938년 브뤼셀대학교에서 강사가 되었지만, 1940년 독일이 벨기에를 점령하자 그는 '유대인 저항위원회Comite de Defense des Juifs'를 — 대략 4천 명의 유대 어린이를 구했다고 한다 — 설립하고 나치에 저항하는 레지스탕스 활동을 하면서 반인륜적인 폭력에 자신의 삶과 생명을 걸고 투쟁하는 실천적 지성인의 모습을 보였다. 세계대전이 끝난 후, 그는 저항 활동에 대한 모든 훈장을 거절하고 브뤼셀대학교에서 역사상 가장 젊은 정교수로 부임하였다. 하지만 불행하게도 세계는 인류를 완전히 파멸시킬 수 있는 원자폭탄을 넘어 수소폭탄까지 장착한 미국과 소련, 자본주의와 공산주의의 극심한 대립, 종교·인종 갈등 등으로 인한 제3차 세계대전의 가능성에 직면하였다. 이러한 시대적 환경은 페렐만에게 인간성의 위기와 다르지 않았으며, 이는 그의 지적 여정에 큰 영향을 준다. 그는 유대인과 팔레스타인 간의 대화에도 열렬히 호응하고 양자의 회동이 결렬되는 마지막 순간까지 참여하였지만, 회의장에는 페렐만 혼자만 나타났다고 한다.

전쟁을 불사하는 심각한 국제적·민족적·종교적 갈등의 문제에 대해 페렐만은 인간애와 평화라는 가치를 목표로 관용적인 태도와 이성적이고 설득적인 대화로 해결하려고 노력하며 인류의 역사와 문화적 전통을 존중하는 지성인과 학자의 도리에 언제나 충실했다. 그가 어떤 학자였던가 하는 것은 그의 동료 미에치슬라브 마넬리Mieczyslaw Maneli의 글에 잘 나타난다.

> 카임 페렐만의 업적은 유럽 휴머니즘의 산물이다. (…) 그는 유대 기독교와, 도덕적 책임에 대한 비종교적인 인간적 이념에 깊이 뿌리를 둔 자유사상가였다.
>
> 그는 대단한 토론가였고 매우 붙임성 있고 성실한 성격으로, 친구와 동료들에게 도움을 주기 위해 비상한 노력을 기울이는 사람이었다. (…)
>
> 페렐만은 벨기에인이자 유대인이고 폴란드인이었으며, 원래의

스토아학파가 말했던 뜻 그대로의 진정한 코스모폴리탄이었다. 그의 신념은 자신의 비판적 판단을 통해 걸러진, 깊게 뿌리박은 전통에 근거하고 있었다. (…)

페렐만의 신수사학과 그의 새로운 합리주의는 다양한 문화들과 갈등들이 그 속에 수렴되고 있음을 보여 준다. 그는 자신의 출신과 환경에서 기인하는 모든 약점들을 도리어 영감의 원천이자 강점으로 전환시킬 수 있었던 것이다.[2]

나아가 인간성의 위기는 페렐만에게 인류가 이제까지 발전시키고 신뢰하던 진리, 정의의 이념과 학문들의 근원 및 결과에 대해 의심토록 하는 계기가 된다. 페렐만은 말한다. "각 적대자들은 진지하게 자신만이 옳다고 믿을 수 있다. 아무도 잘못인 사람은 없다. 왜냐하면 각자는 서로 다른 정의를 이야기하고 있는 것이기 때문이다."[3] 즉 공존이 불가능한 양자가 각각 자신의 판단이 정당하고, 진리의 길이며, 세계 평화를 유지하는 유일한 길이라며 폭력적으로 갈등할 때, 과연 우리는 무엇을 기준으로, 토대로 판단해야 하며, 무엇을 추구해야 하는가 하는 근본적인 물음이 그에게 치열하게 따져 봐야 할 당면 과제였다. 예컨대 공산주의 체제, 유럽 동구권이 무너지고 미국이 국제 정치·경제 등

---

2   마넬리, 미에치슬라브, 『페렐만의 신수사학』, 손장권·김상희 옮김, 고려대학교출판부, 2006, pp. 219~222.

3   페를만, 카임, 『법과 정의의 철학』, 심현섭·강경선·장영민 옮김, 종로서적, 1986, p. 9.

을 지배하는 현재는 하나의 사이비 진리가 무너지고, 절대적 진리가 승리하였다는 뜻인가. 자본주의의 폐해, 적 아니면 동지를 선택하라는 미국의 패권주의, 그리고 지구 곳곳에서 볼 수 있는 종교·인종·사상의 갈등으로 인한 전쟁 위기는 또 어떻게 보아야 하는가. 강대국들의 이데올로기 대립이 자신만이 진리이고 정의라고 주장하는 절대적 독단주의에서 출발한다면, 오늘날 흔히 들을 수 있는, 더 이상 이성과 합리성을 신뢰할 수 있는 근간은 없고, 가치와 규범은 한갓 관습에 불과하며, 힘만이 진리이고 승자가 정의라는 주장은 상대주의, 회의주의라고 말할 수 있다. 페렐만은 바로 이 둘을 부정하고 새로운 이성의 길을 모색한다. 그가 궁극적으로 지향했던 것은 평화주의와 인본주의이며, 그것을 가능하게 하는 것으로서의 학문이 바로 열린 마음과 관용적 태도에 기반하는 대화, 논증 행위, 설득의 신수사학이자 논증 행위 이론이다.

2. 신수사학을 향한 학문적 여정

페렐만이 신수사학을 창시하는 데 바탕이 되었던 시대적 학문 환경을 살펴보자. 그가 살던 시대에는 다양한 학문이 변화무쌍하게 발달했다. 19세기 말~20세기 초, 경험주의, 실증주의에 기반을 둔 사회학, 심리학 등이 독자적 학문으로 태동하였다. 그리고 이 시기는 객관적 진리를 추구하는 자연과학의 토대 학문인 수학에서는 초기 에드문트 후설Edmund Husserl의 심리학주의, 고틀로프 프레게Gottlob Frege와 버트런드 러셀Bertrand Russell의 논리학주의, 라위천 브라우어르Luitzen Brouwer의 직관주의, 다비트 힐베르트David Hilbert의 형식주의 등 수학 기초Grundlage der Mathematik/foundation of mathematics에 대한 논쟁이 펼쳐진 거인들의 지적 전쟁 시대였다. 철학에서는 전통적으로 인정되어 오던 형이상학, 인식론을 벗어나 논리실증주의, 실존주의, 현상학과 해석학 등 다양한 사상이 새롭게 떠오르는 시절이었다.

페렐만은 1934년 법학 박사 학위를 받는다. 그래서 그의 저서 중 한국어로 가장 일찍 번역된 것은 1986년 출간된 『법과 정의의 철학』이다. 이 번역서는 종로서적에서 기획한 현대철학 시리즈 20여 권 중 법철학을 대표하는 것으로, 법철학과 관련한 페렐만의 여러 길고 짧은 저술들을 묶은 것이다. 모두 11장으로 이루어진 책의 중심을 이루는 1장은 1945년에 발표된 「정의에 관해서De la justice」이고, 2장은 1965년에 발표된 「정의에 관한 다섯 강의Cinq lecons sur la justice」이다. 그사이인 1958년에 그와 올브레히츠-티테카의 『신수사학』이 발표되었다는 점을 고려하면, 형식적 정의에 몰두했던 그의 초기 법철학과 그가 설립하고자 한 신수사학 기반의 법철학의 차이를, 즉 전자의 한계를 극복할 수 있는 대안으로서의 후자의 특성을 읽어 낼 수 있다는 점에서 (법)수사학자들이 주목할 만하다. 또한 3~11장에서 다루는 주제가 정의와 추론, 법과 도덕, 법과 수사학, 법적 추론, 법/철학/논의(논증 행위) 등이어서 법과 신수사학 및 논증 행위 이론의 관계를 이해하는 데도 큰 도움이 된다.

그다음 과정이 놀라운 일이다. 1938년에 페렐만은 현대 논리학의 창시자라고 불리는 고틀로프 프레게(1848~1925)에 대한 논문을 제출하고 두 번째 박사 학위를 받는다. 여기서 프레게에 대한 언급이 필요하다. 그가 현대논리학의 창시자라고 불리게 된 것은 1950년대부터다. 그는 현존할 당시 버트런드 러셀을 제외하고 다른 학자들로부터 거의 주목도, 인정도 받지 못한 채 예나대학교에서 수학, 논리학 등을 담당하는 사강사로 주로 활동하였다. 1879년에 출간된 현대논리학의 시발점인 그의 주저 『개념표기법 *Begriffsschrift*』도 외부의 지원을 받지 못해 사비로 출판했을 정도였다. 그런데 전문 철학자도 논리학자도 아닌 법학자 페렐만이 1938년 일찍이 프레게의 논리학을 연구하고 학위 논문으로 제출하였다는 것은 대단히 놀라운 일이 아닐 수 없다.

페렐만은 왜 갑자기 법학에서 긴밀한 연관성도 없는 수학, 논리학으로 연구의 길을 수정했던가. 그냥 단순한 지적 호기심 때문인가, 아니면 그의 법학 연구에서 당시 새롭게 제시된 수리논리학에 대한 이해가 필요했기 때문인가. 페렐만이 법학 연구에 착수하던 시대에는 다른 학문들과 마찬가지로 법학에서도 실증주의가 지배적이었다. 법실증주의란 간략히 말하면 법학이란 실정법만을 정의의 원칙으로 하며, 경험과 사실, 개념 분석과 논리적 추론 등 과학적 방법을 기반으로 해야 한다는 입장이다. 그가 프레게의 현대논리학 연구에 착수한 이유를 그의 『수사학의 제국』[4]에서 짐작할 수 있다.

거의 30년 전 나는 정의에 대한 실증주의에 기반한 연구에서, 동일한 환경에서 본질적으로 동일한 종류의 존재에 대해 '동일하게 대하기'를 요구하는 형식적 정의 규칙을 발전시킨 바 있

---

4   Perelman, Chaim, *Das Reiche der Rhetorik. Rhetorik und Argumentation*, Übertragen von E. Wittig, München, 1980[1977]. 필자는 이 책명을 한국어로 "수사학의 제국"으로 번역하는 것에 주저하였다. '제국'이라는 말이 가진 팽창주의적이고 권위적인 이미지가 독자에게 오해를 불러일으킬 가능성이 있기 때문이었다. 그럼에도 "수사학의 제국"으로 번역한 이유는 그가 이 책의 마지막 14장에서 동일한 소제목을 활용하고, 책의 마지막에서 이를 설명하는 내용 때문이다. 즉 이 제목을 붙이게 된 계기로 아마도 G. 라이쉬의 〈수사학의 알레고리〉에서 수사학을 여신으로 그려낸 데서 출발하여, W. 얀스가 "학문들의 오랜 그리고 새로운 여왕"으로 표현했다는 것을 근거로 제시하고 있다. 이를 통해 페렐만이 말하고자 하는 바는 "수사학이 비형식화된 사고의 측정 불가능한 영역으로 확장"된다는 점이다(p. 163). 이러한 의미라면 "수사학의 영역"이라는 표현이 더 어울릴지도 모른다는 것이 필자의 고민이었다. J. 코퍼슈미트는 "수사학의 제국"이 "근거들의 제국", "자유의 제국"과 동의어라고 보는데, '제국'이라는 번역이 어색하게 느껴진다(Kopperschmidt, J., "Was ist neu an der Neuen Rhetorik?", J. Kopperschmidt (Hrsg.), Die neue Rhetorik, Studien zu Chaim Perelman, München, 2006, p. 64). 그렇다면 "수사학의 세계"는 어떤가? 참고로 이 글에서는 활용하지 않지만, 이 책은 『수사 제국』(페렐만, 2020)이라는 제목으로 국내에 번역되어 있다.

다. 그런데 비본질적인 것에서 본질적인 것을, 중요하지 않은 것에서 중요한 것을 어떻게 가려낼 수 있을까? 이러한 구별을 하기 위해서는 당시 완전히 임의적이고 논리적으로 비규정적으로 보인 가치 판단에 의존해야 한다는 것을 알게 되었다.

가치에 대해서는 어떻게 숙고할 수 있을까? 악보다는 선을, 부정의보다는 정의를, 독재보다는 민주주의를 선호할 수 있는 합리적으로 충분한 처리 방식이 있는가? 여기에 대한 실증주의자들의 회의적인 대답에 만족할 수가 없어 나는 가치 판단의 논리학에 대한 연구를 시작하게 되었다. (…) 고유한 가치 판단들, 도덕과 모든 태도의 원칙들은 완전히 불합리하며, 단지 우리의 전통과 선입견, 열정의 표현에 불과하다는 것에서부터 출발해야만 하는가? 합의가 이루어지지 않으면 폭력이 갈등의 유일한 수단이고 동시에 강자의 논변이 더 좋은 것이란 말인가? 또는 가치 판단의 논리학이 있으며, 있다면 그것은 어떻게 근거 지어질 수 있을까?

이러한 과제에 대해 나는 몰두하려고 하였다. 이 문제를 극복하기 위해 나는 독일 논리학자 G. 프레게를 따라가려고 그의 연구 결과를 읽고자 노력하였다. 그는 수학자들이 전개한 논리학과 관련해서 거의 100년 전 이에 상응하는 물음을 던졌던 학자이다. (…) 이러한 [현대논리학적 연산] 방법이 새로운 것에, 그리고 이번 경우에는, 하나의 일정한 가치 또는 규칙을 안착시키고자 하는 텍스트에, 어떤 일정한 행위나 선택이 다른 것들보다 선호되어야 함을 입증하려는 텍스트에 적용될 가능성이 없단 말인가? 도덕주의자들과 정치인들의 저작에 대한 분석이, 일정한 방향으로 향한 화자의 말과 신문의 논설에 대한 분석이, 모든 근거 지음의 유형들에 대한 분석이, 그토록 결여된 가치 판단의 논리학을 발견하도록 이끌 수는 없단 말인가?

L. 올브레히츠-티테카 여사와 함께 기획하고 포괄적으로 시도했던 연구는 기대하지 않았던 결과, 출현으로 우리를 데려다주었다. 바로 가치 판단의 특별한 논리학은 없었으며, 오히려 우리가 추구했던 것이 아주 오래되고도 이제는 잊히고 과소 평가되었던 분야에서, 바로 수사학에서, 설득과 확신의 오래된 기예에서, 발전되어 있었다는 점이다. (…) 무엇이 더 선호될 수 있고, 수용 가능하며 이성적인가 하는 문제를 다루는 아리스토텔레스의 수사학과 변증론 Topik에서 추론은 형식적 귀결의 연역도, 개별 경우에서 일반화하는 귀납도 아니며, 여기에서는 제시된 주제에 대한 의견들의 일치에 도달하는 것을 목표로 하는 논증 행위들의 모든 가능한 유형들이 중요하다는 것을 우리는 발견하였다.

모든 숙고된 결정에 앞선 토론을 위해서는 필수 불가결한 설득적 대화의 이러한 기술은 고대에서부터 오랫동안 탁월성의 기술, 언어와 이성을 나타내는 로고스logos라는 수단으로 다른 사람들에게 영향을 끼치는 기술로 발전되었다.[5]

---

5   Perelman, Chaim, *Das Reiche der Rhetorik. Rhetorik und Argumentation*, pp. 1~4.

위의 인용문에서 이해할 수 있는 것을 정리하면 다음과 같다. 첫째, 그는 법실증주의의 한계를 극복하기 위한 답을 가치 판단의 논리학에서 찾고자 했다. 둘째, 프레게의 현대 논리학을 연구한 이유는 프레게가 추구했던 학문적 엄밀성을 가치 판단의 논리학에 적용할 수 있을지 모른다는 기대감 때문이었다. 셋째, 현대논리학의 연산 방법을 가치 판단과 관련된 저작이나 일반 텍스트에 적용하기 힘들다는 것은 알았다. 넷째, 연구를 하면서 그가 찾던 가치 판단의 특수 논리학은 없고, 그가 찾던 학문이 고대 수사학임을 알게 되었다. 다섯째, 가치 판단에 있어서는 형식논리학과 귀납논리학이 아니라 논증 행위 이론이 핵심이라는 인식에 도달하게 되었다. 여섯째, 아리스토텔레스와 달리, 그의 신수사학에서 문채, 파토스, 에토스가 아니라 로고스를 강조하는 이유는 바로 가치 판단의 토대에 대한 추구였기 때문이다. 요컨대 페렐만이 가치 판단의 논리학을 위해 프레게의 현대논리학을 연구한 결과, 기대와 달리 오히려 신수사학을 개발해야 하는 필요성을 인식하게 되었던 것이다.

그렇다면 프레게의 논리학에 대한 박사 학위 논문은 어떤 내용을 담고 있으며, 여기서 페렐만은 어떤 결론에 도달했을까? 그의 학위 논문을 현재 접하기는 어렵다. 하지만 훗날 1968년 그가 저술한 『논리학과 논증 행위』[6]에서 논리

---

6 Perelman, Chaim, *Logik und Argumentation*,Übersetzt von F. R. Varwig,

학에 대한 그의 이해를 짐작할 수 있다. '제1부 형식논리학', '제2부 논증 행위 이론의 요소들'로 구성된 이 책의 제1부에서는 아리스토텔레스의 삼단논법뿐만 아니라 — 프레게의 술어논리학에서 했던 증명 방식을 제시하면서 — 프레게의 진술논리학, 찰스 샌더스 퍼스Charles Sanders Peirce의 관계논리학, 박사 학위 논문 제출 전인 1937년 1년간 페렐만이 방문하고 깊은 관계를 맺은 폴란드 논리학파의 얀 루카시에비치Jan Lukasiewicz의 논리학 이론, 공리적 방법 등이 다루어지고 있다. 그리고 심지어 현대논리학의 선각자라고 불리는 고트프리트 라이프니츠Gottfried Leibniz, 프레게 이전 현대논리학의 디딤돌이 되었던 조지 불George Boole, 오거스터스 드모르간Augustus De Morgan, 에른스트 슈뢰더 Ernst Schröder 등의 수리논리학, 대수논리학, 레온하르트 오일러Leonhard Euler의 논리 다이어그램, 나아가 학문 이론으로서 논리학을 정초하고자 했던 에드문트 후설의 논리철학 등까지 언급되고 있다. 이를 통해 페렐만이 고전논리학, 현대논리학, 논리철학 등에 대해 해박한 지식을 갖고 있음을 알 수 있다.

Weinheim, 1994[1968]. 이 책에서는 논리학에 대한 자신의 초기 이해를 상당히 수정했음을 확인할 수 있다. M. 도미니시가 박사 학위 논문 일부를 소개한 것을 보면, 페렐만은 당시 공리를 공준을 통해 정의함으로써 공리의 명증성을 확보할 수 있다고 잘못 파악했던 것 같다(Dominicy, M., "Perelman und die Brüsseler Schule", J. Kopperschmidt (Hrsg.), *Die neue Rhetorik, Studien zu Chaim Perelman*, München, 2006, p. 93).

페렐만이 논리학을 부정하고 논증 행위 이론을 강조한다는 통상적인 이해에 따르면, 상당히 이질적이고 대립적이라고 볼 수 있는 논리학과 논증 행위 이론을 한 권의 책에서 다루는 것은 쉽게 이해되지 않는다. 제1부에서 주목할 내용은 두 가지다. 첫째, 그는 서문에서 다음과 같이 말한다.

> 법학, 철학 등의 정신과학에서 활용되는 증명의 수단은 완전히 다른 본성이고, 필연적인 추론 이론이 아니라 오히려 논증 행위 이론을 근원으로 한다.
>
> 논증 행위 이론에 대한 연구는 데카르트 이후 서양 문화에서 간과되었다. 왜냐하면 그는 인간의 모든 지식을 수학적 지식의 방식에 따라 개념화[디자인]하고, 그러면서 개연적인 것들은 완전히 개의치 않도록 강력하게 착수했기 때문이다. 그런데 논증 행위는 비강제적인[필연적이지 않은] 증명을 제공하는데, 그 때문에 19세기 중반 형식논리학이 재활하면서부터 논리학자들은 논증 행위를 완전히 무시하게끔 하였다. 하지만 논증 행위라는 실천은 사람들이 결코 중지할 수 없었으며, 이것이 다음과 같은 인상을 갖게 되는 근거이다. 즉 내 생각에 따르면 증명 수단에 대한 어떤 연구를 드러냈어야 할 영역을 충분히 논구하는 일로부터 형식논리학이 멀리 떨어져 있다는 것이다.[7]

---

7 Perelman, Chaim, *Logik und Argumentation*, p. 3.

여기서 이해할 수 있는 것을 정리하면 다음과 같다. 첫째, 페렐만이 데카르트를 그토록 비판하는 이유는 그가 의심할 수 없는 명증적인 진리 인식을 추구하면서 수학적 진리를 모델로 삼았기 때문이다. 즉 수학적 진리로 대변되는 필증적, 연역적 진리만이 진정한 진리라고 생각한 것이 큰 오류라는 것이다.[8] 그런데 이는 수학을 모든 학문의 이상적 모델로 삼았던 사상, 달리 표현하면 수학적 지식과 체계의 보편성을 말하는 보편수학mathesis universalis의 정신이다. 이는 데카르트만이 아니라 플라톤부터 시작하여 서양 학문사를 꿰뚫는 전통이었다. 자신의 아카데미에 "기하학을 모르는 사람은 이곳에 들어오지 마라"라는 현판을 붙인 플라톤, 사고의 옳고 그름을 따질 때 "계산해 봅시다Calculemus"라고 말했던 라이프니츠, 기하학을 모델로 윤리학을 체계화하려고 했던 스피노자Spinoza, 필연적이면서도 새로운 지식이 가능한 선험적 종합 판단의 모델로 수학적 명제를 제시했던 칸트Kant 등 많은 학자가 그 전통 안에 있었다. 따라서 페렐만이 비판했던 것은 데카르트 사상 자체, 수학 자체가 아니라, 수학을 모든 학문의 모델로 삼았던 서양 학문 이론의 전통이었다고 말하는 것이 더

---

8 페렐만의 명증성에 대한 비판의 대상에는 데카르트로 대변되는 합리주의뿐 아니라 감각적 직관의 확실성을 강조하는 경험주의도 해당한다. 예를 들어 Perelman, Chaim, *Logik und Argumentation*, p. 77; Perelman, Chaim, *Das Reiche der Rhetorik. Rhetorik und Argumentation*, p. 17 등.

적합하다. 수학을 모델로 하여 발전한 현대 수리논리학도 같은 이유로 비판을 피할 수 없다.

둘째, 형식논리학만으로는 정신과학에서 요구되는 증명 수단을 제공할 수 없으므로, 새로운 증명 수단인 논증 행위 이론이 필요하다는 것이다.[9] 여기서 주목해야 할 것은 설득이 아니라 증명이 논의되고 있다는 점이다. 즉 학문적 지식과 관련된 증명의 수단에 대한 연구는 논리학의 소임이고, 신수사학, 논증 행위 이론은 학문과 거리가 먼 설득의 수단을 다룬다는 것이 아니라, 둘 다 증명과 관계된다는 것이다. 다만 전자는 필증적 연역 논증이고, 후자는 인문학적, 일상생활에 활용되는 비연역적 증명에 관한 것이라는 차이만 있을 뿐이다. 여기서 증명과 설득의 관계를 정리해 보면, 다음의 세 가지 경우를 상정할 수 있다. 1) 증명과 설득은 서로 대립적이고, 따라서 증명의 학문(예: 수학, 논리학)과 설득의 학문(예: 철학, 법학 등)은 본질적으로 다르다. 2) 증명에는 두 가지 유형, 즉 (a) 필연적 증명(예: 수학, 논리학)과 (b) 개연적 증명(예: 철학, 법학 등)이 있으며, 설득은 (b)와 관련된다. 3) 2)에서 제시한 것처럼 증명에

---

9   대단히 재미있는 것은 페렐만이 제2부에서 논증 행위 이론을 논의하면서 어떤 질문에 대한 올바른 답을 하는 것이 논리학에 의존하는 것으로 충분하다면, 이는 컴퓨터를 통해 이루어지게 될 것이고, 결국 판사가 필요 없게 될 것이라는 지적을 이미 1968년에 하였다는 점이다. 즉 오늘날 현실화되고 있는 로봇 판사의 문제점에 대한 지적이다. 가치와 관련된 결정과 판결은 이처럼 기계적으로 이루어질 수 없다면서 논증 행위의 필요성을 제시하고 있다(Perelman, Chaim, *Logik und Argumentation*, p. 73).

는 두 가지 유형이 있으며, 설득은 두 유형 모두와 관련된다. 필자는 3)이 페렐만의 생각이라고 이해한다. 이는 바로 뒤에서 살펴볼 것이다. 결국 증명 수단에 대한 연구 영역을 형식논리학이 충분하게 담당하지 못하므로, 바로 이 영역이 페렐만이 지향하는 논증 행위 이론임은 두말할 나위가 없다.

제1부에서 주목할 두 번째 내용은 다음과 같다. 마지막 장에서 페렐만은 공리주의Axiomatik와 논리학의 관계를 풀어 낸다. 그리고 제1부가 끝나는 마지막 문단에서 다음과 같이 말한다.

> 이러한 [공리 체계] 기술은 기호에 부여한 의미와 완전히 상응하여, 동일한 기호 연속들이 참값 그리고 거짓값의 명제를 낳을 수 있음을 보여 준다. 이로부터 형식적 체계들은 다음과 같은 사고로부터 벗어날 수 있는 어떤 출구도 제공할 수 없다는 결론이 도출된다. 즉 어떤 형식주의를 이해하기 위해서는 해석해야만, 즉 형식화를 그것 자체의 바깥에 있는 모델과 연관 지어야만 한다는 것이다.[10]

이는 페렐만의 논증 행위 이론의 토대, 특성, 지향점을 이해하는 데 대단히 중요한 내용이다. 즉 공리주의 체계

---

10 Perelman, Chaim, *Logik und Argumentation*, p. 61.

에 대한 근본적인 문제점을 지적하는 내용인데, 이는 러셀이 프레게의 논리학주의에 대해 제기했던 논리적 역설과 그 해결 방안으로서의 계층[위계] 이론, 그리고 쿠르트 괴델Kurt Gödel의 불완전성 정리와 연결되는 내용으로 해석할 수 있다. 이 둘은 모든 학문의 이상적 모델로 삼았던 공리 체계로서의 수학이 무모순적이고, 명증적 공리로부터 모든 정리가 도출될 수 있음을 증명할 수 있다는 완전성에 대해 의심을 갖게 되는 계기였다.[11] 따라서 인용문에 대한 필자의 해석에 따르면 이 인용문의 의미는 다음과 같은 일반적인 이해를 넘어선다. 그 일반적 이해란 인공 언어로 이루어진 연역적 추론에 의한 진리의 필연적 도출, 의심할 수 없는 진리 증명 및 인식과 이와 전혀 다른 자연 언어로 이

---

11 1902년 『산술학의 근본 법칙들Grundgesetze der Arithmetik』에서 프레게가 제시한 다섯 번째 공리(§ 20. p. 35)를 대략 일반적 표현으로 나타내면 다음과 같다. '만약 모든 F가 G이고, 모든 G가 F이면, F의 집합은 G의 집합과 동일하고 그 역도 성립한다.' 이는 그의 논리철학을 대변하는 수학의 논리화, 즉 수학이 논리학으로 환원될 수 있다는 논리학주의를 대변한다. 즉 개념, 내포로부터 외연으로의 이행, 즉 수가 논리적 대상임을 주장하는 내용이다. 그런데 이 공리는 프레게 논리학 체계 안에서는 자기 자신의 원소가 아닌 모든 집합들의 집합을 형성하게 한다. 이에 대해 버트런드 러셀은 역설paradox을 발견하고 비판한다. 즉 만약 그것이 그 자신의 원소라면, 그것은 그 자신의 원소가 아니며, 만약 그것이 그 자신의 원소가 아니라면, 그것은 그 자신의 원소가 된다는 것이다. 이러한 역설을 해결하고자 러셀이 제시한 것이 유형 이론(위계 이론)type theory인데, 이는 '한 집합의 모든 원소와 관련되어 있는 것은 그 집합 자체에 들어가서는 안 된다'는 원리이다. 즉 역설을 피하기 위해서는 결국 개별자들의 유형, 개별자들의 집합들의 유형, 개별자들의 집합들의 집합들의 유형을 구별해야 한다는 이론이다. 한편 1931년 발표된 괴델의 '불완전성 정리'를 간략히 말하면, 자연수 체계를 포함하는 무모순인 임의의 형식화된 공리 체계 안에는 참인지 거짓인지 증명할 수 없는 명제가 존재한다는 것(I), 자연수 체계를 포함하는 임의의 무모순적인 공리 체계는 자신의 무모순성이 그 체계 안에서는 증명될 수 없다는 것(II)이다.

루어진 생활 세계에서의 개연적 논증 사이의 차이를 지적하고, 형식논리학에서 다룰 수 없는 논증 방식을 다루는 논증 행위 이론이 필요하다는 것이다.

페렐만이 인용문을 통해 지적하고자 하는 것은 공리 체계의 완전성이 가진 근본적인 문제점임은 분명하다. 그런데 어떤 공리 체계가 불완전하다는 것과 논증 행위 이론을 건립할 필요가 있다는 것이 무슨 상관이 있다는 말인가? 어떤 A가 결함이 있으므로 다른 대체재 B가 필요하다고 주장하려면, B는 적어도 A가 가진 결함이 없어야 하는 것 아닌가. 인용문을 이해하는 데 있어 핵심 사안은 어떤 공리 체계를 상정할 때, "그것 자체의 바깥에 있는 모델"은 무엇을 뜻하는가를 밝히는 것이다. 예컨대 공리 체계 A는 B에, B는 C에… 의존된다면, 이것은 무한 퇴행에 빠지게 된다. 또한 공리 체계 A는 B에, B는 A에 의존한다면, 이는 순환 논리에 빠지게 된다. 이 인용문을 통해 그가 더 말하고자 하는 것은 하나의 연역적 논리 체계도 궁극적으로 "그것 자체의 바깥에 있는 모델"인 논증 행위에 의존하지 않은 상태에서는 그 정당화Rechtfertigung를 확보할 수 없다는 것이 필자의 해석이다. 물론 이 해석이 페렐만이 논리학, 수학 자체를 부정한다는 것은 아니다. 다만 수학을 모델로 삼았던 학문 이론의 전통의 문제점에 대한 지적이다. 그렇다면 페렐만이 건립하고자 했던 논증 행위 이론의 토대는 무엇이며, 그것은 무엇으로부터 정당성을 확보할 수 있는가 하는 물음을 던질 수 있다. 이에 대한 대답으로 그가 제시한 것이 논증 행위 이론의 핵심에 해당하는 모범 청중 및 보편 청중의 개념이라는 것이 필자의 해석이다. 따라서 페렐만의 논증 행위 이론에서 모범 청중과 보편 청중이 어떤 역할을 하며, 그것은 학문에 있어서 절대주의와 회의주의를 어떻게 극복할 수 있는지를 설명하는 것이 논증 행위 이론을 이해하는 핵심 사안이다.[12] 이 해석에 따르면, 페렐만에게서 진리에 대한 새로운 관점이, 즉 비기술적인 물증 또는 "○ + △ = △ + ○"과 같은 인공 기호 규칙 자체 등을 제외하고 진리 개념도 궁극적으로 논증 행위로부터 완전히 벗어날 수는 없다는 관점이 발견된다.

3. 논증 행위 이론의 학문 이론적 특성

논증 행위 이론의 학문적 특성을 논하기 위해 먼저 이야기해야 할 것은 논증 행위 이론으로서의 신수사학과 철학의 관계다. 이는 심각한 논쟁거리다. 여기에는 두 가지 관계 설정이 가능하다. 첫째, 전통적으로 알려진 철학과 수사학의 적대적인 관계다. 플라톤의 전통에 따라 수사학에 대한 철학의 부정은 수사학의 철학에 대한 부정의

---

12 하병학, 「소통의 수사학과 보편청중」, 한국수사학회, 『수사학』 제23집, 2015 참조.

씨앗이 되었다. 대표적으로 수사학에서 철학을 부정하는 독크호른K. Dockhorn은 수사학에 대한 플라톤의 비판 전통을 직시하고, 특히 로고스 중심주의의 신수사학의 특성을 비판하면서 수사학은 반철학, 탈철학의 특성을 지니고 있다고 하면서 문채와 표현과 관련된 수사학의 특성을 강조한다.[13]

둘째, 철학과 수사학의 화해다.[14] 코퍼슈미트에 따르면 곰페르츠H. Gomperz, 아펠A. O. Apel, 그리고 최근 외스터라이히Oesterreich 등은 철학과 수사학의 상보적 관계에 주목한다. 특히 외스터라이히는 "수사학적 인간", "수사학의 철학" 등을 명시적으로 말하고 있다.[15] 페렐만의 "철학은 신수사학 없이는 출구가 없다"는 말, "철학과 수사학의 관계는 수사학의 운영에 결정적인 의미를 지녔다"는 말이나, 『수사학의 제국』 등 그의 많은 저서에서 일반 수사학자들이 읽기 불편할 정도로 철학적 논의가 많은 것도 주목할 필요가 있다.

철학과 수사학의 관계를 말하기 위해 먼저 아리스토

---

13 Kopperschmidt, J., "Was ist neu an der Neuen Rhetorik?", pp. 57~58.

14 J. 코퍼슈미트는 고전수사학에 대비하여 페렐만의 신수사학을 다음과 같은 세 가지로 특징짓는다. "1) 신수사학은 논증 행위의 방식에 대해 방법론적으로 초점을 맞춘 수사학이다. 2) 신수사학은 논증 행위의 원리에서 출발하여 일관성 있게 발전된 수사학이다. 3) 신수사학은 논증 행위의 이성적 특성에 대해 철학적으로 관심을 가진 수사학이다."(Kopperschmidt, J., "Was ist neu an der Neuen Rhetorik?", p. 16).

15 P. L. Oesterreich, "'수사적 인간'에 대하여Thesen zum 'homo rhetoricus'", "수사학의 철학Philosophie der Rhetorik".

텔레스의 수사학과 페렐만의 신수사학의 차이를 살펴보자. 아리스토텔레스에게는, 오류 없는 추론 방식을 통해 진리에 도달하는 길을 제공함으로써 모든 학문의 도구이자 기초가 되는 것은 그의 논리학이다. 그리고 그것을 바탕으로 한 그의 학문 이론은 정신nous, 진리 인식episteme, 지혜sophia, 실천적 지혜phronesis, 기술techne이라는 특성을 중심으로 분류된다. 그중에서 수사학은 기술에 해당하는 설득 기술에 대한 이론이다. 이와는 달리, 페렐만에게는 진리, 가치, 정의, 타인에 대한 관용과 존중은 분리되지 않는다. 그의 신수사학, 논증 행위 이론은 명증성 또는 불합리성이라는 양극단의 선택을 거부하고, 그 목적, 원리, 방법 등을 종합적으로 제시한다는 특징을 지니고 있다. 페렐만은 그의 논증 행위 이론과 철학의 관계를 다음과 같이 표현한다. "철학적으로 기초한 논증 행위 이론만이 명증성과 불합리성 사이 중간의 길을 인식하도록 허락할 것이라고 믿는다."[16] 따라서 기술로서의 아리스토텔레스 수사학과 철학으로서의 페렐만 신수사학이 구별점이라고 주장할 수도 있다.

그런데 철학이란 무엇이고, '수사학의 철학'이라는 말은 무엇을 뜻하는가? 철학적 수사학인가, 수사학에 대한 철학적 조명인가, 수사학의 철학적 가치인가? 예컨대 철학적

---

16 Perelman, Chaim, *Logik und Argumentation*, p. 84.

수사학은 플라톤이 소피스트 수사학을 비판하면서도 인정한 영혼을 진리로 인도하는 수사학을 의미하는 것에 머무는가 또는 그 이상의 의미를 지니는가? 아리스토텔레스에 따르면 가장 강력한 설득의 수단인 에토스가 페렐만에게 중요하게 다루어지지 않는 점, 미학도 철학의 한 분야라는 점도 고려하면, '수사학의 철학'이라는 용어의 의미가 너무 모호하지 않은가.

그래서 페렐만의 논증 행위 이론의 특성을 새롭게, 다른 시각에서 규명할 필요가 있다. 그의 논증 행위 이론은 학문이란 도대체 무엇인가 하는 문제를 다루는 학문 이론Wissenschaftstheorie/science theory과 맞닿아 있다. 학문 이론의 주요 연구 대상은 학문의 특성, 체계, 유형, 방법론, 진리 인식과 증명 등이다. 그는 학문 이론에 대해 예컨대 『논리학과 논증 행위』에서 다음과 같이 언급한다.

> 학문 이론은 우리에게 명료성과 정확성이 매우 가치가 있음을 가르쳐 주었다. 실제로 이는 학문 언어의 불가결한 특질이다. 그런데 이 특질은 법률 용어들로 된 규정들을 다룰 때 부적합한 것으로 밝혀진다.[17]

위의 인용문에서 말하는 바는 전통적 학문 이론이 상

---

17 같은 책, p. 67.

당히 중요한 성과를 낳았다고 하더라도, 그것의 획일성과 현실과의 괴리 등 심각한 결함을 갖고 있으며, 따라서 그 부당한 권위로부터 벗어나야 한다는 것이다. 페렐만이 한갓 논증 기술의 문제를 넘어 상이한 학문들의 특성을 논증 행위 이론과 결부시켜 논의하는 이유도 바로 명증성, 체계성, 객관성, 명료성, 탈주관성, 가치 중립성 등을 강조하는 기존의 학문 이론과 논쟁하지 않은 채 논증 행위 이론을 온전하게 건립하기 힘들다고 판단했기 때문이다. 요컨대 새로운 학문 이론으로서의 논증 행위 이론이 요청되었던 것이다.

따라서 페렐만의 논증 행위 이론이 학문 이론적 성격을 지니고 있다는 점이 새롭게 조명될 필요가 있다. 페렐만의 신수사학에 대한 이러한 특성에 주목하면서 다음 절에서 『수사학의 제국』을 살펴보려고 한다.

4. 『수사학의 제국』개요

이 책을 『신수사학』의 축약본이라고 보는 것이 일반적 시각이다. 하지만 양자 사이의 차이도 발견된다. 그 대표적인 것이 문학자였던 공저자 올브레히츠-티테카를 벗어난 단독 저서이기 때문에 철학적 내용이 많이 보완되었다는 점이고, 또한 그사이 논리학, 수학에 대한 이해가 변했다는 점이다.

페렐만은 서문을 마무리하면서 이 책의 목적을 다음과 같이 서술한다. "우리는 다음과 같은 검토를 실행할 것이다. 즉 이 검토를 통해 수사학이 퇴락한 원인을 설명하고 신수사학과 논증 행위 이론의 관계를 밝히는 것이다."[18] 이 책이 이러한 목적에 도달하기 위해 다루어져야 할 내용은 다음과 같다. 첫째, 부정적인 측면에서는 1) 수사학을 무시했던 플라톤에서 출발하는 철학의 전통과 2) 감정을 강조하는 수사학에 대한 비판이 필요하다. 또한 양극단에 서 있는 3) 문채론 중심의 근대 수사학과 4) 논리학 및 수학과 자연과학의 한계에 대한 비판이 필요하다. 둘째 긍정적인 측면에서는 1)과 4) 사이에 자리 잡게 될 신수사학과 논증 행위 이론을 결합하는 근거와 논증 행위 이론의 목적과 이론과 논증 행위의 방법 및 기술 등을 제시하는 것이다. 참고로 말하면, 논증 행위 이론에 대한 이 책의 논의에서 가장 큰 특징은 논리학과의 대비이다.

『수사학의 제국』의 내용은 크게 둘로 나뉜다. 첫째, 서문~5장에서 페렐만의 논증 행위 이론으로서의 신수사학의 이념과 특성이 서술되어 있다. 결론에 해당하는 14장은 이러한 내용을 종합적으로 정리하고 있다. 둘째,

---

18 Perelman, Chaim, *Das Reiche der Rhetorik. Rhetorik und Argumentation*, p. 9. 이 책은 이하 본문에 *RR*로 표시하고 해당 쪽수를 밝혔다.

6~11장은 아리스토텔레스의 『수사학』에도 서술된 논증 기술에 대한 내용이다. 이 대목에서는 아리스토텔레스와 페렐만의 논증 기술을 비교하는 것이 과제이다. 그리고 12장은 논증의 범위와 강도, 13장은 배열에 관한 것인데, 이는 아리스토텔레스의 『수사학』에도 언급된 내용을 신수사학 관점에서 재조명하는 내용이다. 이 글에서는 이 책을 전부 요약할 수 없으므로 필자가 주목하는 몇 개의 장을 소개하고자 한다.

1) 「서문」은 문채론으로 줄어든 수사학과, 철학에서 플라톤의 전통에 따른 수사학에 대한 무시 등의 문제점에서 시작한다. 주목할 내용은 논증 행위의 수사학과 문채의 수사학에 대한 구별이다. 그는 문채론에 대한 『신수사학』에서의 서술을 인용한다.

> 우리는 어떤 문채에 대해서는 다음과 같은 경우 논증 행위적이라고 말한다. 즉 새로이 소개된 상황을 볼 때 관점의 변화에 그 문채가 활용됨에 있어서 정상적으로 보일 경우이다. 하지만 이러한 논증 행위적인 형식을 지닌 말이 청자의 지지를 얻지 못하는 경우 문채는 장식이나 문체 무늬가 된다. 그것은 놀라움을 자극할 수 있지만, 단지 미학적인 관점에서나 화자의 기발함을 보여 준다는 점에서 그러하다(RR. 8).

여기서 분명히 드러나는 것은 그가 부정하는 것이 문채 자체가 아니고, 장식적 기능의 문채라는 점이다. 즉 논증 행위에서 기능하는 문채마저 부정하지는 않는다. 그가 설득과 확신의 기술로서의 수사학과 장식 형식으로서 문채의 수사학을 분리하는 이유가 흥미로운데, 문채는 맥락 바깥에서는 생명력을 잃는다는 것이다. 그래서 그것이 구조주의 언어학이나 문학 이론을 통해 연구된다고 할지라도 문채의 수사학을 통해서는 문채들의 다이내믹한 개념의 의미를 파악할 수 없기 때문에 수사학이 혁신될 수 없다고 주장한다. 즉 의미 맥락, 대화 맥락을 삭제한 채 문채를 따로 정형화하여 다루는 것과 선을 긋는다. 하나의 문장은 문맥에 따라 다양하게 해석이 가능한데, 이미 그 의미가 확정된 것으로서의 명제만을 다루는 논리학과 선을 긋는 것과 마찬가지다. 이 책에서 페렐만은 논증 행위와 관련된 문채들을 다루고 있으므로 어떤 문채는 논증 행위와 관련되고, 어떤 문채는 그렇지 않은지 파악할 필요가 있다.

2)「2장 논증 행위, 화자와 청중」의 핵심 내용은 제목이 말하듯 논리학, 수학에서는 볼 수 없는 화자와 청중 개념의 도입이고, 청중 개념의 철학적 의미가 강조되고 있다는 점이 눈에 띈다. 또 하나 주목할 것은 앞서 2절에서 언급했던 수학과 논증 행위의 관계에 대한 서술이다.

수학적 증명에서 공리는 토론의 대상이 아니다. 그것이 명증적이라고 보든, 참이든 한갓 가정이든 마찬가지이다. 공리들이 사람들로부터 수용되는가 또는 그렇지 않는가 하는 것은 그 어떤 경우에도 사소한 일이다. 그런데 공리들의 선택을 정당화하려면 논증 행위의 도움을 받아야만 한다. 이는 이미 아리스토텔레스가 그의 변증론Topik에서 분명하게 말한 바 있다(*RR*, 18).

여기서는 어떤 공리로부터 어떤 정리가 논리적으로 증명되는지는 문제 삼지 않는다. 또한 게임 규칙처럼 어떤 공리를 임의로 선택하느냐 하는 것도 문제 삼지 않는다. 또한 공리의 정당성은 그 체계 내에서는 증명될 수 없음도 암시하고 있다. 다만 여러 가능한 것들 중 어떤 것만을 선택하여 공리로 삼는 것을 정당화하기 위해서는 논증 행위에 의존하지 않을 수 없음을 분명히 말한다. 2절에서 필자가 제시했던, 필증적 연역 학문에서도 설득이 필요하다는 해석이 부적절하지 않음을 보여 준다.

논증 행위의 목표는 어떤 전제들로부터의 귀결이 아니라 주장에 대한 청중들의 동의이다. 이는 논증 행위가 화자와 청중 사이의 정신적 교류를 전제로 하며, 그들에게 지적인 영향을 줄 수 있다는 특성을 갖고 있음을 의미한다. 민주 사회, 법정, 설교, 교육 등의 현장이 그러한 예시다.

이제 청중에 대해 논의하면서 그는 청중을 다음과 같이 정의한다.

청중이란 논증 행위 이론과 그 발전에 대하여 유의미한 방식에서는 화자가 자신의 논증 행위를 통해 영향을 주고자 하는 사람들 전체라고 정의될 수 있다(*RR*, 23).

그리고 인용문에서 언급한 '전체'는 다양하게 이해할 수 있는데, 어떤 결정 앞에서 내적인 갈등이 있는 경우는 화자 자신일 수도 있고, 페렐만이 '보편 청중'이라고 부르는 이성적인 전체 인류일 수도 있고, 또 개별 청중들의 다수일 수도 있다. 그는 청중의 여러 유형을 설명하기 위해 설득과 확신의 차이를 도입한다.

특수 청중을 향한 언술은 설득 지향적이고, 보편 청중을 향한 언술은 확신 지향적이라고 정의하는 것이 더 정확하다. (⋯) 이러한 구별에서 중요한 기준은 청중의 수가 아니라 화자의 지향이다(*RR*, 26~27).

페렐만은 보편 청중과 철학의 관계에 대해 설명하면서, 보편 청중의 개념은 물리학자, 역사학자 등 전문가들과는 달리 철학자에게 잘 어울린다고 말한다. 그 이유는 전문가들은 제한된 주제에 대해 특수 전문인들을 청중으로 하며 화자와 청자 모두가 동의할 지식과 근본 명제가 있는 반면, 철학자는 모든 세계를 주제로 삼아 모든 사람을 청중으로 대하지만 모두가 동의할 수 있는 철학적 명제가 없기 때문이라는 것이다.

3) 「4장 선택, 현전 그리고 현전화」에서는 명시적으로 언급하지는 않지만, 헤겔Hegel의 변증법을 떠올릴 만큼 철학적이다. 여기서 주목할 내용은 다원주의의 의의다.

모든 논증 행위는 이미 선제적인 선택, 사실과 가치 구별, 그리고 어떤 특정한 언어에서 그것들에 대한 특별한 묘사를 내포하고 있다. 이러한 여러 유형의 선택들의 의미는 다른 가능한 선택들이 명백하게 드러날수록 더 명료해진다. 페렐만은 다원주의의 가치를 다음과 같이 말한다.

> 다원주의는 비판적 의미를 더 예리하게 한다. 제3자에 의해 항상 재차 새롭게 제시되는 요구 덕분에 객관적인 것과 주관적인 것을 구별하는 어떤 명확한 기준이 생겨난다(RR. 42).

페렐만은 소크라테스와 칼리클레스의 대화에 나타난 아포리아와 연관 지어 객관성, 보편성을 쉽게 상정하는 것을 비판한다.

> 우리와 마찬가지로 능력이 있는 제3자와 의견이 불일치한다는 것이 우리 사견의 주관성을 더 명백하게 하거나, 최소한 우리의 사견이 모든 사람과 연결되지 않는 상황을 더 명백하게 한다면, 제3자의 동의는 객관성이나 보편성을 보장하는 데 충분치

않다. 단지 배경에 따른 사견이거나 시대에 따른 사건에 머물게 된다. 그러므로 객관성과 보편성에 대한 테스트는 끝에 도달할 수 없다. 그 긍정적인 결과도 단지 가정일 뿐 필요성이나 확실성을 제시하지는 않는다(*RR*, 42~43).

이러한 페렐만의 서술이 회의주의를 의미하지는 않는다. 회의주의란 객관성, 보편성을 부정하는 것이기 때문이다. 페렐만은 객관성, 보편성 자체를 부정하는 것이 아니라 심사숙고하지 않은 채 객관성, 보편성을 확보했다는 주장에 대해 비판한다.

4장의 후반부에는 현전화를 통해 현재 우리가 만나는 것들(현전)이 우리의 지각에 영향을 주는 힘을 언급하면서 이에 대한 문채의 기능을 설명한다. 강조법, 점층법, 반복법 등 각종의 문채는 서술하고자 하는 바를 현재 마치 눈에 보이는 듯 뚜렷하게 나타내는 표현 방식이다. 그리고 장식으로서의 문채와 논증 행위에 유의미한 문채를 구별하면서도 그것이 그 자체로는 쉽게 나누어지지 않는다는 점도 지적한다. 그 구별의 기준은 청중에 대한 영향의 결과이다.

4)「6장 논증 행위의 기술들」은 7장~13장에서 각종 논증 행위 기술들을 상세하게 다루기 전, 이를 총괄하여 논증 행위의 기술이 가진 의미와 특성을 소개하고 그것들을 기

본적으로 분류하고 있다.

가장 완전하게 형성된 논증 행위에서도 — 생략된 것들을 보충하고 불명료한 의미를 명료하게 한 논증 행위에서도 — 합의의 출발점이나 이미 제시된 논증들도 다시 다른 청중이 논증 대상이 될 수 있으므로 논란거리가 된다. 논증들은 상호 구속적으로 상호 작용하며, 청자도 진행 과정에서 논증 자체나 논증과 화자의 관계를 새로운 논증 행위의 대상으로 삼을 수 있다. 그래서 논증 행위의 범위 또는 논증의 결과에 다가가기 위해서는 논증 행위의 전체가 분석되어야 한다.

페렐만은 논증 유형을 크게 결합 논증과 분리 논증으로 나눈다. 결합 논증으로는 유사 형식 논증(7장), 실재 구조에 근거한 논증(8장), 실재 구조를 세우는 논증(9~10장)이 있다. 유사 형식 논증은 형식 논증에 힘입어 설명될 수 있는 논증 유형이다. 이에 해당하는 것으로, 유사 모순 논증 및 양립 불가능성, 유사 동일성 및 정의, 전이 및 함축 등이 있다.

실재 구조에 근거한 논증은 실재의 요소들 사이에 있는 연결에서 출발한다. 원인과 결과, 목적과 수단 등의 연속성 결합, 그리고 행위와 행위자, 의도와 행위의 공존성 결합 등이 그러하다. 여기서는 화자가 자신의 논증 행위를 논쟁의 여지가 없는 통념에서 발전시킬 수 있느냐 하는 것이 관건이다.

실재 구조를 세우는 논증은 알려진 개별 경우에서 출발하여 그것이 사실이 될 수 있는 경우와 모델, 일반적인 규칙을 만드는 방식이다. 알려지지 않은 실재를 구성하거나 가정할 수 있는 예시, 유사 예시, 유비 추론, 나아가 은유 등도 여기에 해당한다.

주목할 만한 것은 페렐만이 철학적 사고와 관련성이 깊고 고전 수사학에서는 다루어지지 않았다고 주장하는 분리 논증(11장)에 대한 설명이다.

> 분리로 환원되는 논증 기술은 옛날 수사학의 이론가들이 전혀 다루지 않은 것이다. 하지만 이 기술은 일반적 사고를 통해 제시되는 어려움을 해결하기 위해 주어진 것을 아주 새롭게 조직할 수 있어야 할 때 실재의 요소를 서로 나누어야만 하는 모든 숙고에 있어서 근본적이다(*RR*, 58~59).

5) 마지막 「14장 수사학의 제국」에서는 논증 행위 이론의 총체적인 의미를 정리하고 있다. 그는 "철학과 수사학의 관계는 수사학의 운영에 결정적인 의미를 지녔다"라는 말에서 시작한다.

페렐만은 학문 이론이 데카르트적 사상에 영향을 받아 지식인들의 사견과 관련될 수 있는 부분을 배제하였음을 비판한다. 학문 이론의 테제들은 참이거나 혹은 그 어떤 정당화도 필요로 하지 않는 타당한 가설로 간주되어 왔다. 그런데 그것들이 가설이나 관습에 불과하다면, 왜 어떤 가설이나 관습만 다루고 다른 것들은 다루지 않는가. 하지만 수학자들은 이러한 수학에서의 근본적인 문제를 다루지 않는다. 페렐만은 상이한 수리논리학들이 가능할 때 그것들에게 자연 언어와 같은 동일한 구조가 있지 않을까 생각한 프레게의 사상, 이를 방법론적 대화를 통해 정당화할 수 있다는 파울 로렌첸Paul Lorenzen[19]의 사상을 언급하면서 다음과 같이 말한다.

> 하나의 논리학을 선택하고 그것을 정당화하는 문제가 제기되면 비개인적(비인격적)인 학문은 그것의 철학적이고 본래 인간적인 토대로 되돌아가도록 지시한다(*RR.* 160).

이러한 문제는 수학, 논리학만이 아니라 자연과학도 마찬가지이다. 즉 객관성, 명증성 등 어떤 원리나 체계, 방법만 강조하면서 그것의 정당성 여부는 문제 삼지 않는 학자들의 지적 태만을 지적하고, 결국 학문은 인간적 토대를 놓쳐서는 안 된다는 점을 강조한다. 그동안 학자들이 범한 가장 큰 오류는 인간의 작용에는 오류만 있을 뿐이라고 생각

---

19 『신수사학』이 출간된 1958년, 우연스럽게도 스티븐 툴민Stephen Toulmin의 『논증의 사용*The Uses of Argument*』도 출간되는데, 역시 같은 해 로렌첸은 대화논리학으로서의 논증 이론을 다루기 시작한다. 그는 유럽에서 구성주의적 논리학 연구로 이름을 떨치는 독일 에를랑겐 학파를 창시한 학자이다.

하면서 학문 활동에서 인간성을 배제한 것이다. 이제 페렐만은 자신의 생각을 분명히 서술한다.

> 모든 앎이 의존하는 필연적이고 명증적인 진리를 찾는 대신, 우리의 철학을 다음과 같은 시야에 맞게 바꾸어야 한다. 즉 우리 문화, 제도, 미래에 책임을 지면서 이성적이고 불완전하지만 점점 나아져 가는 체계를 만들기 위해 노력하는 것은 오직 상호 활동을 하는 인간과 사회라는 것이다(*RR*, 162).

이 인용문에서는 페렐만의 논증 행위 이론이 추구하는 가장 근원적인 지향점, 즉 학문이란 무릇 어떠해야 하는가 하는 그의 학문 이념이 제시되고 있다. 비록 불완전하지만 점점 나아져 가면서 인간성과 인간의 삶에 대한 책임을 지는 열린 체계가 바로 학문이고, 그것을 가능하게 하는 것이 바로 논증 행위 이론이라는 것이다. 페렐만의 논증 행위 이론은 그동안 학문들이 형이상학적·권위주의적·관습적 전제에 매몰되어 있었음을 비판하고, 이론과 실천, 이상과 구체의 상호 작용의 중요성을 놓치지 않음으로써 인본주의, 인간성, 생활 세계와 유리되지 않는 진리 개념과 학문의 이상을 재정립하는 학문 이론을 지향하고 있다. 요컨대 인간이 한 공동체 내에서 살아가는 데 필요한 모든 이성적 활동, 진리 검증과 인식, 동의와 인증에 요구되는 설득과 비판, 나아가 모든 학문의 원리를 정당

화할 수 있는 마지막 토대로서의 논증 행위에 대한 이론
이자 인간성을 수호하고 인간의 삶을 책임지는 논증 행위
이론을 설립하는 것이 페렐만의 궁극적인 학문 목표라고
결론 내릴 수 있다.

참고 문헌

마넬리, 미에치슬라브, 『페렐만의 신수사학』, 손장권·김상희 옮김, 고려대학교출판
　　부, 2006.
페를만, 카임, 『법과 정의의 철학』, 심현섭·강경선·장영민 옮김, 종로서적, 1986.
하병학, 「소통의 수사학과 보편청중」, 한국수사학회, 『수사학』 제23집, 2015,
　　361~387.
하병학, 「페렐만의 논증행위이론으로서의 신수사학에서 학문이론적 성격」, 한국수
　　사학회, 『수사학』 제43집, 2022, pp. 113~140.
Aristoteles, *Rhetorik*, Übersetzt und erläutert von Christof Rapp, Berlin,
　　2002.
Dominicy, M., "Perelman und die Brüsseler Schule", J. Kopperschmidt
　　(Hrsg.), *Die neue Rhetorik. Studien zu Chaim Perelman*, München,
　　2006.
Frege, G., *Grundgesetze der Arithmetik*, I. Band, Hildesheim, 1893.
Gödel, K., "Über formal unentscheidbare Sätze der Principia Mathematica
　　und verwandter Systeme I", *Monatshefte für Mathematik und Physik*,
　　38, Akademische Verlagsgesellschaft, Leipzig, 1931, pp. 173~198.
Kopperschmidt, J., "Was ist neu an der Neuen Rhetorik?", J. Kopperschmidt
　　(Hrsg.), *Die neue Rhetorik. Studien zu Chaim Perelman*, München, 2006.
Perelman, Chaim, *Logik und Argumentation*, Übersetzt von F. R. Varwig,
　　Weinheim, 1994[1968].
――, *Das Reiche der Rhetorik. Rhetorik und Argumentation* Übertragen
　　von E. Wittig, München, 1980[1977]. [참고: 페렐만, 카임, 『수사 제국』, 이영
　　훈·손장권 옮김, 고려대학교출판부, 2020].

Perelman, Chaim und Lucie Olbrechts-Tyteca, *Die neue Rhetorik. Eine Abhandlung über Argumentieren*, J. Kopperschmidt (Hrsg.), problemata frommann-holzboog, Stuttgart-Bad Cannstatt, 2004 [1958].

Whitehead, A. N. and B. Russell, *Principia mathematica*, New York: Cambridge University Press, 1910.

18장
제문론적 수사학

미셸 메이에르의 〈수사 문제〉를 중심으로

전성기(고려대학교)

1. 머리말

거의 모든 것이 문제제기적으로 된 오늘날, 미셸 메이에르 Michel Meyer(1950~2022)의 제문론提問論[1]은 서구 철학 전반에 대해 근본적인 문제제기를 하며, '묻기questionnement'에 기반한 새로운 방식의 철학하기를 제언한다. 메이에르에게 제문론은 "철학을 하고 이성과 언어를 사유하는 하나의 새로운 방식"이다.[2] 제문론problématologie은 "따지고 보면 상당히 자명하나, 사유의 많은 영역에서 엄청난 결과를 가져

---

1 박치완(「문제제기론으로써 철학하기」, 신승환 외, 『우리 학문과 학문 방법론』, 지식산업사, 2008, p. 164)이 '문제제기론'으로 옮기는 'problématologie'는 그 명사형과 형용사형의 다양한 사용 맥락, 'problématique' 등과의 차이까지 고려하면 '제문론提問論'으로 옮기는 것이 간명하다.

2 Meyer, M., "Problématologie et argumentation, ou la philosophie à la rencontre du langage", *Hermès*, 15, 1995a, p. 145.

오는 하나의 생각"에 근거하는데, 이는 "언어의 사용도 포함되는, 지적 행위는 우리에게 제기되는 문제들을 다룬다"는 것이다.[3] 말하자면 제문론은 인간의 묻는 능력에 기반한 "이성과 언어에 대한 새로운 인식"이다. 카릴류는 "제문론의 기획이 '언어의 새로운 이론', '수사의 새로운 개념', '철학의 새로운 해석'이라는 세 중심축에 기반한다"라고 기술한다.[4] 미셸 메이에르는 아리스토텔레스 수사학을 복원한 것으로 널리 알려진 벨기에의 신수사학자 카임 페렐만 Chaim Perelman(1912~1984)의 제자이자 후계자이다. 메이에르는 스승의 업적들을 존중하면서도 제문론으로 크게 쇄신한다. 메이에르는 그에게서 1982년에 브뤼셀자유대학교의 철학·수사학 주임 교수직을 이어받아 34년간 재직했고, 2016년 퇴임 후에는 동 대학 명예 교수였다. 그는 저명한 국제적 철학 학술지인 *Revue Internationale de Philosophie*[5]의 페렐만 후임 주간으로 거의 40년간 봉직했고, PUF 출판사의 'L'Interrogation philosophique' 시리즈 책임자였으며, 일부가 10여 개 언어로 번역된, 30여 권 저서의 저자이기도 하다.[6]

---

3   같은 글, p. 146.

4   Carrilho, M.-M., "Conséquences de la problématologie", *Argumentation et questionnement*, sous la direction de C. Hoogaert, PUF, 1996, p. 71.

5   이 벨기에 잡지는 칼 포퍼Karl Popper, 버트런드 러셀Bertrand Russell 등의 지원을 받아 1938년에 창간되었으며, 카임 페렐만이 그때부터 1984년까지 주간으로 있었다.

6   미셸 메이에르는 철학 교수 자격과 경제학 학사는 1973년, 석사(존스홉킨스대학교)는 1975년, 철학 박사는 1977년에 취득하였으며, 벨기에 왕립아카데미 회원이었다. 그는 예일, 맥길, 버클리, 소르본 대학교와 콜레주 드 프랑스의 초빙 교수도 역임했다.

크르메르-마리에티는 그를 "아마도 가장 위대한 현대 철학자 중 한 사람"일 것이라 평하는데,[7] 우리나라에는 아직 잘 알려져 있지 않다. 그의 저서들도 1990년대에 출간된 세 권만 번역되어 있다.[8] '제문론적 수사학'의 핵심 저서라 할 수 있는 『프린키피아 레토리카*Principia Rhetorica*』(2008)의 번역서도 머지않아 나오기를 기대한다.

박치완은 메이에르가 언어가 "의미 없는 말들"로 "전락하기" 쉬운 "오늘날과 같은 '수사의 시대'"에, 페렐만에 이어 "신수사학의 장場을 철학, 미학, 언어 이론, 문예 비평, 광고 및 담론 분석, 의사소통 이론, 심리학 등 인문학계 전반으로 확산시키는 데 크게 기여한" 것으로 높이 평가한다.[9] 박

7　Kremer-Marietti, A., *Michel Meyer et la problématologie*, Editions de l'Université de Bruxelles, 2008, p. 7.

8　정상모, 「서평: Michel Meyer, *Of Problematology Philosophy, Science, and Language*」, 『과학철학』 2권 1호, 1999, pp. 131~138; 박치완, 「문제제기론으로써 철학하기」, pp. 155~186; 박치완, 「미셸 메이에르의 철학적 수사학: 언어와 주체성에 대한 반성」, 『철학탐구』 제25집, 2009, pp. 151~193; 박치완, 「미셸 메이에르와 파토스의 수사학」, 『수사학』 제12집, 2010, pp. 167~206 참고. Meyer, M., *Langage et littérature: Essai sur le sens*, PUF, 1992; Meyer, M., *Question de rhétorique: langage, raison et séduction*, Librairie Générale, 1993; Meyer, M., *Les passions ne sont plus ce qu'elles étaient*, Labor, 1998의 번역은 메이에르, M., 『언어와 문학―의미에 관한 시론』, 이영훈·진종화 옮김, 고려대학교출판부, 2004a; 메이에르, M., 『수사 문제―언어·이성·유혹』, 전성기 옮김, 고려대학교출판부, 2012a; 메이에르, M., 『열정의 레토릭』, 전성기 옮김, 고려대학교출판부, 2004b이다. 전성기, 「번역의 제문론적 수사학적 고찰」, 『불어불문학연구』 제44집, 2000, pp. 719~740; 전성기, 「제문론, 인문학번역, 번역인문학」, 『불어불문학연구』, 제89집, 2012a, pp. 413~442 참고. 메이에르의 『수사 문제*Question de rhétorique*』(1993) 번역(2012)에, 필자는 「메이에르의 제문론적 수사학」(pp. 171~176)을 번역 후기 형식으로 실은 바 있다.

9　박치완, 「미셸 메이에르의 철학적 수사학」, pp. 153, 154.

치완은 메이에르가 "자신의 새로운 철학이자 방법론이기도 한 '제문론'을 통해 모더니티와 포스트모더니티를 극복하는, 칸트Kant와 헤겔Hegel은 물론 니체Nietzsche며 데리다Derrida를 포함한 현대의 비합리적 무정부주의자들을 초복超服하는 아주 독특하고 새로운 철학의 길을 선보"였다며, "그 길"이 "언어(사용)에 대한 반성을 통해 시도"되는 데 주목한다.[10] 그에게 제문론은 "하나의 메타철학이면서 동시에 미지의 제3의 길에 대한 모색"이다. "그뿐만 아니라 '묻기'를 통해 철학의 원리와 방법을 새롭게 탐구하고 정초 지으려 한다는 점에서 제문론은 '제일철학'이기도 하다."[11] 박치완은 "데리다, 푸코Foucault, 들뢰즈Deleuze, 레비나스Levinas 이후", 즉 "동일성의 해체 이후, 이정표 없이 방황하던 철학이 마침내 철학 고유의 길을 찾았다"고 생각하기에, 메이에르의 제문론을 "방법론을 넘어"선 "일종의 메타철학", 나아가 "제일철학"으로까지 여긴다.[12] 제문론은 수사학을 철학, 보다 일반적으로는 "합리성"을 사유하기 위한, 기존의 "명제주의 모델"을 넘어서는, 새로운 모델로 제시한다. 그리고 "묻기"가 중심이 되는 "제문적 차이différence problématologique", "문제제기성problématicité", "문-답question-réponse", "문제problème" 등의 개념을 통해, 철학을 비

---

10 같은 글, p. 155.
11 같은 글, p. 162.
12 같은 글, p. 183.

롯한 다양한 분야에 대해 '통섭적 사유'[13]를 시도한다. 특히 메이에르의 "제문론적 수사학"은 수사에 대해 "하나의 문제에 대한 사람들 간의 거리 교섭"이라는 일반적 정의를 제시하며, 지금까지의 수사학들에서는 보지 못한, "통섭적 탐구"의 하나의 전범을 보여 준다. 이 탐구에서 중요한 "거리distance" 개념은 다른 분야들에서도 그 유용성이 부각되고 있다. 제문론적인 "통섭적 사유"는 이남인이 말하는 "다른 학문들과의 유기적인 연관"을 잘 보여 주는 한 방식으로서,[14] "근본적인 것"에 대한 부단한 물음과 성찰적 반성이 절실히 필요한 우리 인문학에 시사하는 바가 매우 크다.

2. 제문론과 제 분야

메이에르는 "오늘날만큼 철학이 필요한 시대는 결코 없었

---

13 '통섭通攝'은 사전적으로는 '사물에 널리 통한다'는 의미이다. 제문론적 '통섭'은 에드워드 윌슨Edward Wilson의 '환원주의적'인 '통섭 統攝'보다, 박태원(「원효 화쟁철학의 형성과 발전─문 門 구분의 사유를 중심으로」, 『철학논총』 제90집, 2017. p. 239)이 말하는 "원효 철학의 모든 것을 직조해 내는 근본 원리"라는 '통섭 通攝'에 개념적으로 훨씬 더 가깝다.

14 "철학을 비롯한 현대의 제반 학문이 인간의 삶을 위해 지녀 왔던 본래적인 가치와 사명을 망각하게 된 데는 여러 가지 원인이 있는데, 그중의 하나는 현대 학문이 전문화되고 세분화됨에 따라 각자가 자신이 쳐 놓은 칸막이 속에 머물면서 파편화되고 다른 학문 및 현실과 소통할 수 없게 되었다는 데 있다. 데카르트의 철학의 나무의 예가 보여 주듯이 모든 학문은 다른 학문들과의 유기적인 연관 속에서만 존재할 수 있는 것이다."(이남인, 「인문학과 자연과학은 어떻게 만날 수 있는가?─통섭 개념에 대한 비판을 토대로 삼아」, 『철학연구』 제87집, 2009, p. 293).

다"라고 단언한다. "분석적 정신이 대세가 되어 버린 것으로 보이는, 파편화되고 방향을 잃은 세상에서 '종합synthèse'의 추구는 그 어느 때보다 절실하다"라고 그는 주장한다.[15] 그는 "철학이 오래전부터 외쳐 온 위기와 무능의 확인을 넘어설 수 있는가"라고 묻는다. 철학이 오늘의 "논리적 궁지들apories"을 이해하고 넘어서도록 도와줄 수 있는지 묻는 것이다. 그는 "역사 이래로 인간을 동요시키는 '거대 문제들grands problèmes'에 대해 말하기를 두려워하지 말아야 한다"라고 격려한다. "철학에 의미가 있다면, 철학만이 시대에 따라 나름의 '큰 체계성'을 가지고 '궁극적 물음들questions ultimes'을 다룰 수 있기 때문"이다.[16] 그는 "철학은 원래부터 근본적 묻기"라고 말한다. 그래서 "지금까지 그렇게 해 본 적은 없지만, 오늘날 묻기를 물어야 한다"라는 것이다.[17] 제문론은 이전과는 다른 방식의 철학하기를 제시하는 것으로서, 철학을 비롯한 인문학 전반의 인식론적 성찰에 대한 하나의 중요한 문제제기다. 그 출발점은 "답들"에 관심을 갖는 대신, "사고의 궁극의 기반"인 "질문의 존재 자체"에 주의를 기울이는 것이다. 그리고 언어를 포함하여 "모든 지적 행위의 기반"인 "묻기"에 대해 묻는 것이다. 이는 곧 "답들과 물음들의 분절에 대해 성찰하는 것"이다. 모

---

15 Meyer, M., *Qu'est-ce que la philosophie?*, Librairie Générale Française, 1997, p. 7.
16 같은 책, p. 8.
17 같은 책, p. 18.

든 것이 문제제기적으로 된 오늘날, "묻기" 자체를 문제 삼지 않을 수 없게 된 것이다.[18] 카릴류는 "철학하기는 논증하기"이지만, 논증은 "명제주의 모델"을 벗어나, "개연적인 것과 사실임 직함의 영역"에 자리하는 "수사학 모델"을 따른다고 말한다.[19] 이는 이 "수사학 모델"이 철학뿐 아니라, "명제주의적 합리성rationalité"보다 "수사학적 합리성"의 적용이 더 적절하게 여겨지는,[20] 인문학 거의 전반에 대해서도 유효하다는 것을 의미한다.

메이에르는 철학은 원래부터 "근본적인 것, 첫째이며 궁극적인 것"에 대한 탐구라고 말한다.[21] 아리스토텔레스가 그렇게 정의했고, 데카르트Descartes도 그런 식으로 인식했다고 한다.[22] 그렇지만 오늘날은 "근본적인 것에 대한 탐구가 전혀 무의미하다"는 소리가 자주 들린다며, 그것 또한 하나의 답하는 방식이라 지적한다. 그는 철학은 오늘날 철학이 존재해 온 이래 늘 가졌던 기능을 되찾아야 한다고 역설한다. 다시금 토대의 탐구에 나서야 한다는 것이다. 그는 "근본적인 것에 대한 탐구"라 일컬어지는 "철학"에서도 "묻

---

18 Droit, R.P., "Michel Meyer. 'Il nous faut questionner le questionnement'", *Le Monde*, 2008. 11. 13., p. 8 참고.

19 Carrilho, M.-M., "Conséquences de la problématologie", p. 75.

20 Meyer, M., *De la problématologie: Philosophie, science et langage*, PUF, 2008b의 「8장 명제적 합리성에서 질문적 합리성으로」 참고.

21 Meyer, M., "Qu'est-ce que la problématologie?", *Argumentum*, 4, 2005a/6.

22 메이에르는 "제문론은 근원적 묻기로서 가장 근원적인 철학적 표현"이라고 말한다 (Meyer, M., *Questionnement et Historicité*, PUF, 2000, p. 21). 그에게 "제문론적 탐구는 형이상학과 철학이 완전히 새로운 방식으로 융합되는 거소"이다.

기"보다 더 근본적인 물음이 어디 있냐고 묻는다. "모든 다른 답은 답이기 때문에 묻기를 전제한다"라고 그는 말한다. 그에게는 "신", "존재", "자아"나 "의식"(데카르트에게 소중한) 같은 것들도 "답인 줄 모르는 답들"이다.[23] 그는 "철학사 전체가 묻기의 억압 속에 구축되었다"고 지적한다.[24] 그가 철학에서 진정한 토대라 여기는 것은 "묻는 것에 대한 물음"이고, 그러한 의미에서 '질문의 철학'이라 불리는 제문론에 의하면, 모든 사고의 기저는 '물음'이다. 그는 "묻기"의 부정은 그리스 시대부터 서구에서 지배적이었다고 관찰한다. 묻지 않았다는 것이 아니라 문제들보다 답들에 우선권이 주어졌으며, 답을 문제들의 소거로부터 인식했다는 것이다. 결과적으로, "묻기"가 사라졌으니 "답들"도 남아 있지 않게 된 것이다. "묻기"를 함의하는 "답들"이 아니라, "판단들", "명제들"을 선호하게 된 것이고,[25] 결과적으로는 서구 철학이 "명제주의 제국"[26]이 되어 버린 것이다.

　　메이에르는 수사학의 거부는 플라톤 이래로 서구 사상에서 지속적 테마였다고 언명한다.[27] 그러한 평가 절하의

23　파브르는 "묻기"를 "고대적 기획(존재)", "근대적 기획(주체)"과 대비시키며, "근원적이며 전제 없는 토대의 탐구"라고 기술한다(Fabre, M., *Philosophie et pédagogie du problème*, Vrin, 2009, p. 251).

24　Meyer, M., "Qu'est-ce que la problématologie?", pp. 7~8.

25　같은 글, p. 9.

26　"명제주의 제국l'empire du propositionnalisme"은 메이에르의 표현이다(Meyer, M., *De la problématologie: Philosophie, science et langage*, p. 182).

27　Meyer, M., "Rhetorical Foundation of philosophical argumentation",

전제는 그가 명제주의propositionalism라고 부르는 이성의 관점에 자리한다. "명제주의의 기본적 교의는 진리가 배타적이라는 것"이다. 즉 "어떤 대안도 허용하지 않고, 진리여야 하는 명제는 늘 유일하며, 그 반대는 거짓이라는 것"이다. "필수성과 유일성은 명제주의의 이상들"이다. 그러나 그러한 필수성에 대한 필수성 문제가 제기되고 있다고 저자는 지적한다. 정초주의foundationalism와 명제주의는 긴밀히 연관되어 있다. 필수성은 대안들을 배제하기에, 반대 입장들의 가능성에 기반한 수사학은 이성의 모델로서는 불가피하게 저평가된 것이다. 메이에르의 기획은 명제주의를 제문론problematology으로 대체하며, 대안들을 개념화하여, 진정한 수사학을 가능하게 하는 것이다. 합리성rationality은 묻기questioning를 진정한 출발점으로 삼아야 한다고 생각하는 그에게 이성Reason은 "명제주의의 죽음"에 대비하려면 "수사학적"일 수밖에 없다. 철학자들과 수사학자들이 다른 틀에서 사고하는 것이 어렵고, 틀을 바꾸는 대신에 예전 것의 해체를 끊임없이 선호할지라도, 이제 제문론은 합리성의 새로운 목소리로 그 존재감을 드러낸다. 메이에르는 "근본적인 것에 대한 묻기에서 묻기 자체보다 더 우선인 것이 있느냐"라고 묻는다.[28] 이제 "묻기로부터 사고를 재정의하면서 문답의 쌍이 사고와 이성의 기저 단위"가 된다. 그는 아

Argumentation, 2-2, 1988a, p. 255.

28 Meyer, M., *La problématologie*, 'Que sais-je?' no. 3811, PUF, 2010a.

무엇에 대해서도 답하는 것이 아닌 "명제", "판단"의 독무대는 끝났다고 선언한다.[29] 그에겐 우리가 말하는 것도, 생각하는 것도 해결할 문제들이 있어서이다. 그에겐 "사고하는 것은 묻는 것"이다. "철학하는 것도 의심 불가능한 진리들에 도달하는 것에 대한 상상이 아니라, 우리가 물을 때 무엇을 하는지에 관심을 가지면서, 묻기 자체를 묻는 것"이다.[30] 박치완은 제문론의 핵심을 "서양 철학사 전체를 물음을 묻고 대답하는 과정을 통해 새롭게 해석한" 것이라고 요약하며, "물음"과 "차이"를 "메이에르의 제문론, 즉 그의 신수사학의 두 핵심 개념"으로 제시한다.[31]

카릴류는 메이에르가 현대의 언어의 부각을 수용하면서도 우리가 익히 아는 분석 철학, 언어학이나 해석학의 어느 접근 방식에도 가담하지 않았다면서, 메이에르의 영감의 소스로 페렐만이 여러 세기에 걸친 쇠퇴와 배제 끝에 복원시키고 발전시킨 수사학을 꼽는다.[32] 카릴류에 의하면, 메이에르가 1950~1970년대에 부각된 언어의 화용적, 맥락적 측면에 대한 사유들을 공유하면서도 그의 관심은 문제들의 표현, 해결로서의 언어에 집중된다. 그는 메이에르의 생각들의 독창성은 인간 행위의 일반적 틀로서의 '언어

---

29 같은 책, p. 4.
30 같은 책, p. 5.
31 박치완, 「미셸 메이에르의 철학적 수사학」, p. 151.
32 Carrilho, M.-M., "Conséquences de la problématologie", pp. 69~70.

의 제문론적 특성론'에서 비롯된다고 판단한다. 인간들은 자신에게 제기되고, 존재한다는 단순한 사실로 인해 필연적으로 만나게 되는 문제들에 따라 행동하는데, 그런 점에서 '언어의 사용은 문제들의 해결'이라는 것이다. 카릴류는 이미 이 생각이 메이에르의 『과학에서의 발견과 정당화 *Découverte et justification en science*』(1979)에서 실증주의에 대한 논박의 인식론적 접근법을 구성했던 것이고, 이 생각이 『논리, 언어와 논증 *Logique, langage et argumentation*』(1982)에서 언어에 대한(프레게Frege, 러셀, 비트겐슈타인Wittgenstein의) 몇몇 주요 철학적 이론들에 대한 비판적 분석을 이끌었던 것이며, 이 생각이 『의미와 읽기 *Meaning and Reading*』(1983)에서도 문학의 가능 조건들에 대한 물음을 이끈다고 진술한다.[33] 메이에르의 『존재론의 비판을 위하여 *Pour une critique de l'ontologie*』(1991), 『철학자와 정념들 *Le Philosophe et les passions*』(1991)도 모두 이 생각에 힘입은 저술들이고, 『수사 문제 *Question de rhétorique*』(1993)에서는 그 생각이 더욱 발전했다고 카릴류는 기술한다. 그런데 "이 생각에 철학의 형식과 힘이 부여된 것"은 『제문론에 대하여 *De la problématologie*』(1986)에서라고 한다.[34]

---

33 메이에르의 『의미와 읽기』(*Meaning and Reading: A philosophical essay on language and literature*, Benjamins, 1983)는 메이에르·랑프뢰르Lempereur의 불역으로 출간되고 (*Langage et littérature: Essai sur le sens*, PUF, 1992), 이는 다시 이영훈·진종화에 의해 국역되어 출간된다(『언어와 문학—의미에 관한 시론』, 고려대학교출판부, 2004a).

34 Carrilho, M.-M., "Conséquences de la problématologie", p. 70. 메이에르는 『제문론에 대하여』의 서문에서 철학의 본성에 관한 반성이 왜 이 시대에 필요한지 설명

살라바스트루[35]는 크르메르-마리에티의 『미셸 메이에르와 제문론』[36] 서평에서, 아리스토텔레스 이래 오늘날까지 철학적 사유에서 지속적으로 나타나는 것은, "존재" 같은, 세상에서 첫 번째 것에 대해 묻는 것인데, 이 전통적 물음에 대한 메이에르의 "답"이 "묻기"라고 말한다. "묻기"를 "인식형이상학gnoséologie" 차원의 것으로 인식하는 살라바스트루는 제문론의 "존재 이유"는 묻기 개념이고, 제문론 개념의 새로움은 "명제주의"에서 "제문적인 것"으로의 전환이며, 제문론의 핵심은, 메이에르의 모든 저서에 나오며 다른 모든 중심 개념을 포괄하는 것으로 생각되는, "제문적 차이"라는 견해를 밝힌다.[37] 그는 "메이에르의 열망은 제문론을 지식의 모든 영역과 인간 행위의 분석 모델로 제안하는 것"이라고 요약하며, 그 예들로 메이에르의 다음과 같은 분야들과 저서들을 언급한다: "제문론적 형이상학"(『묻기와 역사성Questionnement et Historicité』, 2000; 『존재론의 비판을 위

한다. 본문 장들의 제목은 다음과 같다. 1장 철학적 문제는 무엇인가?, 2장 변증론과 질문, 3장 명제적 합리성과 제문적 합리성, 4장 로고스에 대한 성찰, 5장 이론으로부터 실천으로: 논증과 언어의 제문론적 이해, 6장 의미의 통합적 개념을 위하여: 직설적인 것에서 문학적인 것으로, 7장 지식에서 과학으로. 7장을 제외한 다른 장들의 내용은 철학 전반에 대한 논의로서, 새로운 철학, 언어, 과학 개념을 위한 틀을 제시하는 것이다. 결론은 '아직도 형이상학이 있을 수 있는가?'이다.

35 Salavastru, C., "Critique de la problématologie", *Revue internationale de philosophie*, 253, 2010/3.

36 Kremer-Marietti, A., *Michel Meyer et la problématologie*, Editions de l'Université de Bruxelles, 2008.

37 Salavastru, C., "Critique de la problématologie", pp. 454~455.

하여』, 1991;『차이의 작은 형이상학*Petite métaphysique de la différence*』, 2008c), "제문론적 수사학"(『수사 문제』, 1993;『수사학사: 그리스 시대에서 오늘날까지*Histoire de la rhétorique des Grecs à nos jours*』, 공저, 1999), "제문론적 논증 이론"(『논리, 언어와 논증』, 1982; 『논증이란 무엇인가*Qu'est-ce que l'argumentation?*』, 2005;『프린키피아 레토리카: 논증 일반 이론』, 2008), "제문론적 미학"(『언어와 문학*Langage et littérature*』, 1992;『희극적인 것과 비극적인 것*Le tragique et le comique*』, 2003;『로마와 유럽 예술의 탄생*Rome et la naissance de l'art européen*』, 2007).[38]

이 밖에도 살라바스트루의 서평에 언급되지 않거나 서평 이후에 출간된, 기본적으로 제문론에 기반한 것으로 간주되는 다음과 같은 저서들이 있다: "철학"(『칸트에게서의 과학과 형이상학*Science et métaphysique chez Kant*』, 1988;『철학자와 정념들*Le Philosophe et les passions*』, 1991;『철학이란 무엇인가?*Qu'est-ce que la philosophie?*』, 1997;『현실을 어떻게 생각할까?*Comment penser la réalité?*』, PUF, 2005a), "수사학"(『열정의 레토릭*Les passions ne sont plus ce qu'elles étaient*』, 1998;『수사학*La rhétorique*』, 2004), "제문론"(『제문론*La problématologie*』, 2010), "정신분석학"(『억압이란 무엇인가?*Qu'est-ce que le refoulement?*』, 2012), "철학"(『프린키피아 모랄리아 *Principia moralia*』, 2013), "역사학"(『역사란 무엇인가, 진보인가 쇠퇴인가?*Qu'est-ce que l'histoire, progrès ou déclin?*』, 2013), "예술"(『연극이란 무엇인가?*Qu'est-ce que le théâtre?*』, 2014), "철학"(『묻기란 무엇인

---

38 같은 글, p. 455.

가?*Qu'est-ce que le questionnement?*』, 2017), "수사학"(『수사학이란 무엇인가?*What is Rhetoric?*』, 2017b; 『아리스토텔레스 수사학*Commentaire raisonné de la rhétorique d'Aristote*』, 2020; 『데카르트와 근대성의 수사학*Descartes et la rhétorique de la modernité*』, 2021), "정치학"(『프린키피아 폴리티카*Principia politica*』, 2022).[39] 살라바스트루는 메이에르의 『철학이란 무엇인가?』를 "제문론의 철학적 적용 분석을 위한 하나의 좋은 출발점"으로 제시하는데,[40] 본격적인 출발점은 그렇더라도, 이미 『과학에서의 발견과 정당화』에 그 기본적 토대는 대개 드러나 있다고 볼 수 있다. 이 저서의 주 제목은 "과학에서의 발견과 정당화"이지만, 그 부제 "칸티즘, 네오칸티즘, 제문론"에서도 보듯이, 제문론이 책 내용의 기본적 토대이다. 그는 "지적이며 인지적 행위로서의 과학적 행위는 문제들의 제기와 해결의 과정"이고, "지식은 물음들을 제기하면서 획득되고, 그것들에 답하면서 확장되며, 제시된 답들을 정당화하면서 과학이 된다"라고 기술한다.[41] "실증주의자들이 어떻게 생각하든 간에, 발견의 과정에는 하나의 합리성이 존재"하며, 이는 "제문적 추론, 즉 문제들로부터 답들로 넘어가는" 과정이라는 것이다.[42]

---

39 『연극이란 무엇인가?』와 『프린키피아 폴리티카』에서는 "거리distance"가 중심 개념이다.

40 Salavastru, C., "La critique problématologique de la philosophie", *Revue Roumaine de Philosophie*, 59-2, 2015a, p. 290.

41 Meyer, M., *Découverte et justification en science: Kantisme, néo-positivisme et problématologie*, Klincksieck, 1979. p. 10.

42 같은 책. p. 332 .

3. 언어의 제문론적 이해

카릴류는 제문론을 "언어의 새로운 이론이고, 수사의 새로운 개념이며, 철학의 새로운 해석"이라고 그 핵심을 요약한다.[43] 이처럼 세 측면이 불가분한 제문론에서도 언어에 대한 "새로운 이해"인 제문론적 이해가 매우 중요하다. 메이에르는 "로고스는 문-답이 교섭되고 표출되는 곳"이라고 말한다.[44] 누가 말하거나 글을 쓰는 것은 머릿속에 문제가 있거나 해결해야 할 문제가 있기 때문이다. 언어는 그러한 물음들, 문제들과 답들, 해결책들을 표현하는데 쓰인다. 카릴류는 이러한 언어의 제문론적 이해가 완전히 새로운 것이나, 특히 비트겐슈타인과 존 설John Searle 에게서 비롯된 앵글로색슨 철학의 영향으로, 그에 상응하는 인정을 받지 못했다고 아쉬워한다. '질문의 철학'인 제문론에서 모든 사고의 기저는 '물음'이다. 메이에르는 "사고하는 것은 묻는 것"이라 말한다.[45] 그에 의하면, "대상들은 그냥 주어지는 것이 아니"고, "하나의 답을 얻으려면 항상 먼저 물어야 한다." "경험주의가 뭐라고 하든, 어떠한 대상도 그냥 주어지는 것이 아니며, 대상에 이르는 지

---

43 Carrilho, M.-M., "Conséquences de la problématologie", p. 71.

44 Meyer, M., *Principia Rhetorica: Une théorie générale de l'argumentation*, Fayard, 2008a, p. 156.

45 메이에르, M., 『수사 문제』, p. 53. 이 책은 이하 본문에 *QR*로 표시하고 해당 쪽수를 밝혔다.

적 구축 과정 또한 하나의 답"이다(QR, 55). 메이에르가 말하듯이, "말하는 것은 답하는 것"이라면,[46] "글 쓰는 것 역시 답하는 것"이다. 그에게 "철학하는 것은 근원적 문제제기를 하는 것이고, 그에 대해 성찰하는 것"이다.[47] 카릴류는 제문론의 "명제주의에 대한 비판의 기저에 언어의 제문론적 이해"가 자리한다고 진술한다.[48] 이는 "명제주의"를 핵심적 비판 대상으로 삼는 제문론에서 "언어의 제문론적 이해"가 매우 중요하다는 것을 잘 보여 준다. 이 "언어의 제문론적 이해"에 의하면, 언어의 "근본적 단위" 혹은 "근본적 이원성은 문-답 차이"이다. 서양 철학은 온갖 것에 대해 물어 왔지만, "묻는 것"에 대해 물은 적은 없다는 것이 제문론의 핵심적 비판이다.

메이에르는 "문제가 있으면 상관적으로 그에 대한 답이 있어야 한다"라고 말한다. 이는 의문문과 평서문이라는 형식을 말하는 것이 아니다. 이 "문-답" 구분은 "언어에 선행하며, 언어에 내포되어 있다." 이 "제문적 차이는 가장 근본적인 관계"이다. "사실 근본적인 것의 문제에서 물음 자체, 묻는 행위보다 더 근본적인 것이 어디 있겠는가?" "이를

---

46 Meyer, M., "Pour une rhétorique de la raison", *L'homme et la rhétorique, L'Ecole de Bruxelles*, Lempereur, A. (dir.), Méridiens Klincksieck, 1985, p. 294.

47 같은 글, p. 295.

48 Carrilho, M.-M., "Problématicité, rationalité et interrogativité", *Revue Internationale de Philosophie*, 174, 1990/3, p. 327.

의심하는 것 또한 묻는 것이고, 묻는 것이 무엇인지 알고자 하면, 재귀적으로 답하는 것이 무엇인지 알게 된다."(QR, 85~86) 그는 "제문적 차이는 사고를 조직한다"라고 말한다. "정신은 발견하기 위해 언제나 찾아야 하고, 데이터도 답으로서의 데이터"이기 때문이다(QR, 86). 살라바스트루에 의하면, 메이에르의 모든 저술에 나타나는 '제문적 차이' 개념은 "근원적 질문성", "묻기" 같은 "모든 다른 중심 개념들의 핵이며 통합unification의 거소"이다.[49] 답에는 "문제가 되는 것을 나타내는 답"인 "제문적problématologique 답"과 그에 대한 "답"으로 간주되는 "응답적apocritique 답"[50]의 두 종류가 있다. 외견상 어떠한 질문도 나타내지 않기에 "응답적 답"이 답처럼 보이지 않을 수 있고, "제문적 답"도 외견상 문제를 제기하고 있는 것으로 보이지 않을 수 있다. 또한 하나의 답이 이 두 답의 성격을 모두 가질 수도 있으나, 문제가 동일한 것은 아니다. 화자에게 "응답적 답"인 것이 청자에게는 "제문적 답"이 될 수 있다. 이러한 화자와 청자는 때로 동일인일 수도 있다. 카릴류는 '제문적 차이'가 "언어의 모든 사용"이 가지는 두 측면인 문답(물음답)을 구분하여 쓰도록 해 준다고 알려 준다.[51]

메이에르에 의하면, 언어의 "근본적 단위"라고도 불리

---

49 Salavastru, C., "Critique de la problématologie", p. 452.

50 'apokrisis'는 그리스어로 '답'을 의미한다.

51 Carrilho, M.-M., "Conséquences de la problématologie", p. 72.

는 "근본적 이원성dualité"은 '제문적 차이'라고 불리는 "문-답 차이"이고, 언어의 사용은 늘 이 "문-답" 또는 "물음-답"과 관련지어진다.[52] 이 "제문적 차이"는 "언어가 인간적 문제제기에 답한다"는 점에서, 그리고 언어의 대화적 작용은 그 핵심적 측면이라는 점에서, 언어의 원천에 자리한다. "정보 제공, 의사소통, 설득 등은 이 핵심적 측면에 접목되는 것들"이다. 모든 담론은, 단순한 문장에서 거대한 텍스트에 이르기까지, 선험적으로 '언어의 이중적 기능'을 담당할 수 있다. 하나의 명제나 담론은 물음을 나타낼 수도 그 해결을 나타낼 수도 있다. 그러니까 "응답적"인 하나의 표현은 그것이 해결하는 문제에 대해서는 "응답적"이지만, 동시에 "제문적"일 수도 있다. 하지만 "제문적 답"이 나타내는 물음은 그것이 해결한 물음과는 다른 물음이다.[53] "응답적 답"은 물음(혹은 문제)이 제기되면 바로 "제문적 답"으로 바뀌며, 그에 따라 새로운 문답 관계가 형성된다. 이 문제제기에 '맥락contexte'이 중요한 역할을 한다. 메이에르에 의하면, 문제가 되는 것과 답이 되는 것 사이에 차이가 생기게 하는 '제문적 차이'의 "매개체"는 '맥락'이다.[54] 문제 되는 것에 대한 맥락의 정보가 풍부할수록 형태에 대한 의존은 그만큼 낮아진다. 반대의 경우에는 형태적 명

---

52 Meyer, M., *Qu'est-ce que l'argumentation?*, Vrin, 2005b.
53 같은 책, pp. 20~21.
54 같은 책, p. 22.

시화의 필요성이 그만큼 커진다.[55]

　메이에르는 "문답 추론"을 "비제약적 변형"이라 말한다. "형식적 추론과 달리, 제문적 추론은 물음에, 전제들에 의거"하는데, 이들은 화자와 대화자가 공유하는 맥락에 속하기에 묵시적이다.[56] 이는 답들만을 다루는 "논리적 추론"과 달리, 물음이 답으로, 혹은 그 반대로 답이 물음으로 바뀌는 '추론inférence'이다. 저자는 하나의 "답"이 새로운 "물음(문제)"을 야기하는 '제문적 추론'은 자연어의 일상적 용례들에 고유한, 형식적으로 비제약적인 논증에서, 그리고 문학 텍스트들의 읽기에서도 자주 볼 수 있다고 알려 준다. 한 작품의 저자의 답이 자립적이 되어, 그에게는 답인 작품이 독자에게는 문제가 된다면, 독자는 그 텍스트가 답하는 문제들을 다시 발견하려고 애쓰게 된다.[57] 한 문학 텍스트의 최종 형태나 그 부분적 형태들도 그 저자에게는 "응답적 답(들)"이지만, 그 독자들에게는 "제문적 답(들)", 즉 "문제들"이 될 수 있다. 그 독자들에게 저자의 "답들"이 분명하게 느껴지지 않는다면, 그들은 그 "답들"이 답하는 문제들을 재발견하려 애쓸 것이다. 이러한 "제문적 추론"은 문제를 제기하는 사실만으로 답을 이끌어 내는 것으로, 답들

55　같은 책, p. 23.

56　Meyer, M., "La conception problématologique du langage", *Langue française*, 52, 1981, p. 91.

57　같은 글, p. 95.

이 새로운 물음들과 연계가 되도록 하는 추론이다. 이러한 "제문적 추론"은 "답(들)"으로부터 문제를 다시 제기하는 것이다. 하나의 답은 하나의 다른 답을 통해, "제문적 추론"에 의거하여 암시될 수도 있다. 이는 문학 텍스트 해석에서의 풍요로움이 어디서 비롯되는지 잘 보여 준다.

4. 『수사 문제』와 『열정의 레토릭』

『수사 문제』[58]에서, 메이에르는 "현대 사상의 특징 중 하나는 가치들 같은 것의 문제제기적 측면의 인정"이고, "과학조차도 이제는 점진적으로 축적되는 일련의 결과들로 분석되지는 않는다"고 기술한다. "지난 세기 모종의 합리성의 붕괴는, 데카르트와 의식의 우위성에 대한 비판들을 훨씬 넘어, 서구 전통 전체에 영향을 끼쳤다"라고 그는 판단한다(QR, 11). 저자는 "현대 민주주의 사회에서의 수사(학)의 중대하며 일반화된 역할로 인해, 수사(학)의 근원, 그 토대, 그 일체성을 다시 살펴보는 것"이 "시급한 과제"라고 인식한다(QR, 13). 그는 "설득과 설복, 동의의 창출"을 비롯한 다양한 수사의 목적들을 검토한 후(QR, 19~25),

---

58 『수사 문제』의 목차는 다음과 같다: 서언 ― 수사적 현실로서의 근대성. 1장 수사(학)란 무엇인가?, 2장 사고, 말, 추론. 3장 언어 사용은 무엇에 답하는가?, 4장 주제의 수사, 주체들의 수사. 5장 포식자의 논리, 유혹자의 논리, 합의의 논리.

'수사'에 대해 "하나의 문제에 대한 사람들 간의 거리 교섭 négociation"이라는 "일반적 정의"를 제시한다(QR, 25). 그는 "수사법 영역 특유의 주요 분절을 이루는 발견법, 배열법, 수식법의 배후"에도 "전통에 의해 은폐되었던 모종의 합리성이 숨겨져 있"는데(QR, 21), "잘 살펴보면, 발견법은 문제를 다루는 것이고, 배열법은 답을 내놓는 것이며, 수식법은 그 답이 통하게 하는 것"이라고 설명한다.[59] 메이에르에 의하면, "수사"는 "지지하는 사안들이나 옹호하는 주장들"을 다루는데, "이들은 모두 문제들"이다(QR, 23). 그가 살펴본 수사의 다양한 역사적 정의들의 "이면에는 아주 분명한 '하나'의 구조가 숨겨져 있는데, 이는 언어(로고스)나 커뮤니케이션 수단을 통한 자신과 타자(에토스와 파토스) 사이의 관계"이다. "종합하자면, 중요한 것은 이 관계를 제대로 감지하는 것"이지, "세 요소의 어느 하나에 전적으로 무게를 두어, 그것으로부터 다른 두 요소를 이끌어 내는 것이 아니"라고 그는 강조한다. 수사가 "차이들과 동일성들이 드러나는 속에서 사람들과 언어의 만남"이니, "수사적 관계에서는 매번 그리고 항상 '사회적·심리적·지적 거리'가 설정된다." "이 '거리'는 우발적이고 일시적이나, 논거들이나 유혹 등에 의해 발현된다는 점에서는 구조적"이라고 그는 설명한다(QR, 24~25).[60]

---

59 메이에르는 "수사법 영역 특유의 주요 분절"에서 "연기법, 기억법"은 "보조 역할에 지나지 않는다"고 기술한다(QR, 23).

60 Meyer, M., *Principia Rhetorica*, 「9장 논증의 사회적 테두리들」 참고.

메이에르는 "아리스토텔레스가 수사학을 복권시키고
자 했으나, 수사학을 충족시킬 수 없는 요구 쪽으로, 문제
제기적인 것과 모든 대안들alternatives과의 단절을 이상으
로 하고, 그 과정의 말미에는 배타적인 단언적 필연성이
존재할 뿐인 명제론 차원 쪽으로 끌고 간 것이나 다름없
다"라고 평한다. 그는 이러한 상태를 벗어나려면, "수사
(학)를 문제제기성과 질문 행위의 이론 속에, 이들을 제대
로 인식하는 이론 속에 다시 포함시켜야" 한다고 제언한
다(QR, 28). "이성과 담론의 기저"는, "명제"가 아니라, "문
제 혹은 물음"이 되어야 한다는 것이다(QR, 29). 그에 따르
면, "사람들을 대립시키거나 결집시키는 모든 것은, 일순
간이라 할지라도, 수사의 궁극적 대상인 '거리distance'의
성격을 갖는다." 그런데 아리스토텔레스는 보다 구체적으
로 "유익한 것, 정당한 것, 아름다운 것 혹은 영예로운 것"
에 대해 말하며, 이 주요 문제제기의 각각을 "법정형", "평
의형", "의례형"과 관련짓는다. "정당한 것에 대해서는 법
적인 '논리'가 있고, 유익한 것은 정치형 혹은 평의형에 속
하며, 아름다운 것, 찬탄스러운 것 혹은 영예로운 것은 의
례형에 속한다."(QR, 29) "이 유형들과 수사 일반의 대상인
무엇에 대해서는 유익한 것, 정당한 것과 그럼 직한 것 혹
은 영예로운 것"이 있는데, 이들이 "모든 수사적 관계에
혼재하는 것은 불가피하다." 그렇지만 "제기된 문제의 '문
제제기성'의 경중의 정도에 따라, 수사의 주요 문제들의

근저에 위치한 질문 차원의 합리성을 분명히 할 수 있다"라고 그는 판단한다. "'문제제기성'의 변이가 수사의 가능한 유형들을 정의"한다는 것이다(QR, 32~33).

메이에르는 "문제가 불확실할수록 하나의 대안으로 환원되는 경우가 적어지며, 그만큼 다양한 대안들의 공간이 열린다"고 알려 준다. 그는 "분명히, 아리스토텔레스가 제시한 수사의 세 주요 유형 사이의 구분은 무엇보다 해결의 기준들, 답은 하나의 규범에 의존한다는 사실에 기초한 것"이지만, "실은, 각 유형에 사실의 동일한 규정적(혹은 속성 부여적), 설명적, 한정적 과정이 작용한다"라고 기술한다. "모든 것이 뒤섞이고, 모든 것이 다시 만나는 것"이다. "그래서 공통 말터lieux communs, 윤리, 상식, 통용 가치, 나아가 구축된 과학이 필요한 것"이다. 〈표 1〉은 세 수사형이 그들을 특징짓는 '질문'이 달라지는 데에 따라("해결 기준 없는 의심스러운 문제", "불확실하나 기준들은 있는 문제", "해결된 문제") 어떻게 서로 자리하게 되는지 보여 준다(QR, 34). 메이에르는 '수사학 영역의 일체성'이 '문제들의 해결'에 의해 특징지어지는 것으로 보고, 수사를 포괄적으로 '하나의 문제에 대한 주체들 사이의 거리 교섭'으로 정의한다.[61] 수사학 분야의 모든 고전적 정의들에 대한 주의 깊은 분석에 기반한 이 정의에는 로고스에 초점을 맞추어, 수사학을 "하나의 주장에 대한 사람들의 지지를 결정짓는 기법들의 연구"로 정의하는 페

---

61 Meyer, M., *Qu'est-ce que l'argumentation?*, p. 42 참고.

렐만·올브레히츠-티테카[62]의 신수사학의 정의도 포함된다. 메이에르는 아리스토텔레스 이래로 전통적으로 쓰여 온 의회형·법정형·의례형의 수사형 구분을, 〈표 1〉에서 보듯 이, 제기된 문제의 '문제제기성' 혹은 '질문성interrogativité' 의 정도에 따라 통합적으로 기술한다.[63]

〈표 1〉

로고스	문제제기성	해결		
최대 문제 제기성	해결 기준 없는 의심스러운 문제	평의적 (정치 논쟁)	유익한 것	결정
강한 문제 제기성	불확실하나 기준들은 있는 문제 (예: 법)	법정의 (소송)	정당한 것	판단
약한 문제 제기성	해결된 문제	의례적 (추모사나 일상 대화)	그럼 직한 것, 즐거운 것, 명예로운 것	지지

파토스 에토스

수사학에서 아리스토텔레스 이래로 수사형도 중요한

---

62 Perelman, C. et Lucie Olbrechts-Tyteca, *La nouvelle rhétorique: Traté de l'argumentation*, Editions de l'Université de Bruxelles, 1958.

63 Meyer, M., *Question de rhétorique*, p. 31; 메이에르, M., 『수사 문제』, p. 35에 제 시된 이 일람표는 Meyer, M., *Qu'est-ce que l'argumentation?*, p. 47에도 다시 제 시된다.

문제였지만, 특히 "전의trope" 혹은 "문체 무늬figures de style"
는 수사학의 대명사로 여겨질 정도로 전통적으로 많이 다
루어진 주제이다. 메이에르는 이 개념들도 제문론적으로
"문-답" 관점에서 포괄적으로 접근한다. 메이에르는 "사람
들은 주어진 한 주제에 대해 그들을 멀어지게 하는 것과 가
까워지게 하는 것을 평가하면서 그들 사이의 거리를 '교
섭'"하는데, "교섭의 재료인 이 주제는 직접적으로, 직설적
으로 제시될 수도 있으나, 그렇게 되면 무조건적 반대나 찬
성 이외의 대안이 없다"라고 말한다. "보다 미묘한 방법은
해결책을 우회적으로 나타내는 것"이다(QR, 111).[64] 그는 대
표적인 전의들로 인정되어 온 은유·환유·제유·아이러니
에 대해 '개괄적 검토'를 한 후 말한다: "진정한 문제는 어느
것이 주요 전의인가도 아니고, 그로부터 비롯되는 것들의
목록 작성은 더더욱 아니다. 그것은 바로 무늬성, 언어에서
수사적 의미가 어떻게 작용하는지, 무늬성은 정확히 무엇
에 답하는지를 이해하는 것이다."(QR, 117)

　　메이에르는 '무늬성figurativité'의 구조에 대해 설명하면
서, "우선 유의해야 할 것은 무늬가 '문제'를 제기한다는
것"이라고 말한다. 그런데 "무늬는 물론 하나의 답이긴 하

64　"우회적"은 그리스어로는 "전의적"이다. "전의trope 혹은 문체 무늬figures de style
　　는 의미의 우요요, 문자적 의미에 비해 이례적인 표현"이다. 예를 들어 "Hugo est
　　une grande plume(위고는 대문호이다)(문자적으로는 '위고는 큰 펜이다')"라고 말할 경우,
　　"plume(펜)'라는 어휘를 그 평상의 의미로부터 우회시켜 그 사람이 쓴 작품과 동일시
　　하는 것"이다(QR, 111~112).

나, 문자적이지 않은 방식으로 이해할 것을 직설적으로 요구하는 답"이다. "무늬가 있으면 문제가 있고, 제문적 답이 있는데, 문제의 해결을 위해 청중에게 질문하고, 답을 강요하는 하나의 답"이다(*QR*, 118). "전의의 핵심이 되는 형식"은 다음과 같다: "전의는 동일성을 창출하여, A는 B가 아니지만, 보다 정확히 말하면, A는 비유적으로만 B인데도 'A라는 것은 B라는 것이다'가 계속 유효하게 되는 것이다." 말하자면 "차이가 문제로 표출되어, 이것이 A와 B 사이의 비유상의 동일성을 설명하는 다른 의미로서의 해결책을 찾도록 청중을 부추기는 것"이다. "이러한 비유상의 동일성으로 인해 문제제기의 공간이 열리게 되고, 청중이 이와 마주하게 되는 것으로, 그 문제는 말한 것에서 문제 되는 것이 정확히 무엇인지 알고자 하는 것"이다. "전의는 해결 안 된 문제를 해결된 것으로 나타낸다는 점에서 청중을, 적어도 그 산출자를 즐겁게 하고 만족"시킨다. 다른 한편으로 전의는 청중에게 문자적 의미에 대해 주의를 환기시켜, 그 자신을 위해 탐색을 하도록 한다. 전의는 흔히 청중이 공통 말터를 통해 거의 즉각 해석할 수 있는 관계들을 생략한다. 이 때문에, 전의는 확인이나 정당화를 피해 응축된 표현을 하고, 청중은 이를 해독하게 된다(*QR*, 119).

살라바스트루는 메이에르[65]가 "무늬성"을 다루면서, "무

---

65 Meyer, M., *Question de rhétorique*.

닁성의 제문론적 처리"를 위해 "하나의 문제에 대한 개인들 간 거리 교섭"이라는 수사의 정의에서 출발한다고 알려 준다.[66] 교섭의 대상이 되는 이 문제는 직설적 언어를 통해 명료하게 드러날 수도 있지만, 그렇지 않을 수도 있다. 이때 우리는 "비유적 언어langage figuré"와 마주하게 된다. 왜 남들과의 커뮤니케이션에서 이 "비유적 언어"가 필요한가? "선택이나 지지에서 거칢brutalité을 피하기 위해서"라고 메이에르는 답한다. "명료한" 언어는 다른 해석들에 여지를 주지 않기 때문에 상대를 압박하게 된다. 이에 반해 "비유적 언어"는 우리의 선택에서 '문제제기성'을 유발하고 선택에 어떤 가능성을 준다. 결과적으로 상대는 "답"을 하면서 선택의 자유를 가지게 되는 것이다.[67] 메이에르는 "무늬figure"에는 이러한 "문제제기성"이 감춰져 있어서, 상대가 이 "문제제기성"을 발견하고 이해하면 강력한 효과를 나타낸다고 말한다. 모든 "무늬"의 이면에 발견해야 할 수수께끼énigme가 있는 셈이다. 이 "수수께끼적인 것"의 정도는 무늬마다 "문제제기성"의 정도에 따라 다르다. 메이에르는 "언어의 무늬성"은 "열정적 인간과 연관되어 있다"고 말한다. 인간의 정념들passions을 밖으로 드러내는 수사적 무늬들은, 메이에르가 "문체 무늬"와 대비하여 말하는 '인

---

66 Salavastru, C., "L'interprétation problématologique de la rhétorique", *Argumentum*, 13, 2015b.

67 Meyer, M., *Question de rhétorique*, p. 65.

간 무늬들figures de l'humain'인 것이다(QR, 111).

　　메이에르에게 "열정 없는 이성은 정신의 폐허일 뿐이다."[68] 그는 아리스토텔레스와 페렐만이 로고스에 대해, 마치 한 담론의 설득적 성격이 그 내적 특징들에서 비롯되는 것처럼, 맹목적인 신뢰를 하고 있다고 비판한다.[69] 그는 로고스를 배타적으로 부각시킨 결과로 에토스와 파토스가 빠진 수사(학)에 대해 매우 비판적이다.[70] 메이에르는 『열정의 레토릭』[71]에서 "열정의 논리"를 "하나의 우세한 특징에 근거하여 작용하는 등가의 논리, 대체의 논리"라고 말한다. "이러한 속성으로 인해 등가의 사슬고리가 생겨"난다는 것이다. "예를 들어 사랑에서 한 가지 특징을 추구한다면 X를 가지고 있는 A와 B는 서로 대체 가능"하다는 것이다.[72] 그는 "정념들의 논리는 바로 정념들의 심리-논리"라면서, "흔히 간과되어" 온 "열정의 중요한 한 측면"을 언

68　Meyer, M., "Raison et passion en argumentation", *Chaïm Perelman(1912-2012). De la nouvelle rhétorique à la logique juridique*, B. Frydman, M. Meyer (dirs.), PUF, 2012c, p. 131.

69　같은 글, p. 132.

70　같은 글, p. 133. 메이에르는 "페렐만이 논증장의 합리성의 이름으로" 에토스·파토스를 로고스에 종속시켰고, 그 결과 도입된 것이 "보편 청중"이라면서 이는 "이성을 따르는" "이성적raisonnable 파토스"라고 기술한다(Meyer, M., *Qu'est-ce que l'argumentation?*, p. 103).

71　『열정의 레토릭』의 목차는 다음과 같다: 1장 열정들의 짧은 역사. 2장 열정들의 심리―열정들에 논리가 있는가?, 3장 정치에 대한 열정, 정치에서의 열정, 4장 스펙터클 열정.

72　메이에르, M., 『열정의 레토릭』, p. 59.

급한다. 그에 의하면, "열정은 우리의 세상으로의 몰입보다는, 이 몰입에 대한 우리의 답을 나타낸다." "열정은 이 답을 재현하고, 성찰이 생략된 이 몰두를 반영"한다. 그에게 "열정을 기술하기 위한 근본적 개념 쌍은 답의 개념과 물음 혹은 문제 개념"이다. 이 "문제와 답에 의거한 분석"은 "제문론적 분석"이다.[73]

그는 "우리의 동시대인들이 집착하는 돈이나 부富 같은 큰 정념들을 보면, 이 정념들 역시 해결책들의 모양을 띠나, 실은 추구들, 매우 문제제기적인 추구들인 것을 알 수 있"다고 밝힌다.[74] 그에게 "맹목적이지 않은 정념은, 하나의 추구를 그것에 대한 해결책으로 삼지 않고, 문제제기적인 것과 그렇지 않은 것 사이의 차이를 유지하는 정념"이다.[75] 그는 "열정의 담론 구조는 은유적"이라고 말한다.[76] "열정의 논리는 흔적이 흐려지게 하기 위해 '…인 것처럼'" 한다는 것이다. "이는 동일한 문제가 답들로 나타나는(사실은 문제들인데) 사슬고리를 이루는 다수의 연합 관계들 속에서 무한정 옮겨 간다는 것을 의미"한다.[77] 그에 의하면, "동일성 논리는 제문론적 논리"이다. "하나의 추구는 하나의 답을 낳고, 이 답은 새로운 문제를 제기하면서 추구가 다시 이어

73 같은 책, pp. 63~64.
74 같은 책, p. 64.
75 같은 책, p. 65.
76 같은 책, p. 69.
77 같은 책, p. 70.

지는, 그런 식"이다. "답은 매번 문제가 되고, 그래서 메커니즘이 자꾸 계속되는 것"이다. "문제와의 관계를 감추게 되면, '답들'만 이어지게" 된다. "하지만 우리가 명철하다면, 동일한 기본 문제를 나타내기에, 모든 것이 돈으로 귀결되는 물질적 추구의 경우처럼, 모두 서로 등가인 질문들이 이어지는 것을 볼 수 있을 것"이라고 그는 알려 준다.[78]

메이에르는 "남들에게서 어떻게 정념들을 일깨워 내는가"라는 물음에 대해, 정념들을 통한 수사적 '거리 교섭'의 예를 하나 보여 준다. "법정의 배심원들 같은 청중에게서 볼 수 있는 정념들"은 "이들을 설득하고자 하는 변호인의 답들의 방향을 정"한다. "변호인이 범죄의 참혹함을 통해 배심원들의 마음을 움직이고 싶으면, 그는 분노하는 담론을 사용해서 배심원들과 피고 사이의 거리와 차이를 증폭시키려 할 것"이다. "이와 반대로 이들 사이를 좁히고 싶으면, 동정심과 연민에 호소하려고 할 것"이다. "차이 대신에 동일화를 하는 것"이다. "그러기 위해서는 다른 논거들 혹은 논거들의 유형들이 필요하게" 된다. 메이에르에 따르면, 정념들은 '논거들'이다. "그래서 열정의 레토릭은 청중의 문제들을 표현하는 정념들을 충족시킬 수 있는 일련의 답들을 연구하게" 되고, "열정의 논거들, 서정적 고양, 이른바 '명연설' 등은 타자의 문제들의 조우에 쓰이게" 된다. 그

---

78 같은 책, p. 71.

러한 "담론들은 무엇보다 답들이기 때문"이다.[79]

5. 수사와 논증

메이에르에 의하면, "수사학은 언제나 이데올로기들이 붕괴될 때 다시 태어난다." "확신의 대상이었던 것이 문제제기적으로 되어 논의의 대상"이 되는 것이다. 그러한 점에서 그는 "우리 시대"를 "수사학의 위대한 두 시기였던 고대 아테네의 민주주의 도래 시기와 이탈리아의 르네상스 시기에 견줄 수 있다"라고 말한다(*QR*, 7). 그는 "오늘날 새로운 형이상학이 다시금 수사학을 밀어내고 수학적 필연성을 담론과 사고의 모델로 되살릴 가능성은 거의 없다"라고 단언한다(*QR*, 8~9).[80] 메이에르가 그의 『수사학』[81]의 첫 장을 "혼잡함 le confus의 학문으로부터 다중적 답 réponse multiple의 학문으로"라고 명명한 것은 시사하는 바가 크다. 저자는 많은 이에게 수사(학)는 시초부터 평판이 좋지 않았고, 여러 역사적인 이유도 있지만, 플라톤의 비난이 수

---

79 같은 책, pp. 79~80.

80 메이에르는 우리 시대가 "세 번째 위대한 시기"임을 다시금 천명한다(Meyer, M., *Principia Rhetorica*, p. 303).

81 메이에르의 『수사학 *La rhétorique*』('Que sais-je?' no. 2133, PUF, 2004c)은 2판이 2009년에, 3판이 2011년에, 4판이 2020년에 발간되었다.

사학사에서 결정적이었다고 지적한다.[82] 그는 "수사는 덫을 놓을 수도 있으나, 코드 해독과 탈신화화의 가능성도 제공한다"라고 말한다. 그에게 "수사(학)의 최선의 해독제는 수사(학) 자체"이다.[83] 그는 수사학이 적용되는 모든 영역이 잡다하고 심지어 더 늘어나고 있는 것은 오래된 확신성들과 가장 잘 확립된 답들의 붕괴에 기인한다고 설명한다. 모든 것이 더 문제제기적으로, 더 논란적으로 되고 있는 것이다.[84]

여기서 메이에르가 말하는 이른바 "백수사"와 "흑수사"의 문제를 짚고 넘어갈 필요가 있다(QR, 47~52). 그에 의하면, "답과 문제의 혼동은 바르트Barthes가 말하는 '흑수사'의 근원이 되는데, 이는 실은 문제가 되는 것을 결정적이고 사실적이며 옳은 것으로 만드는 수사"이다. 그는 "사고의 정수를 포착하기 위해서는 그가 '제문적 차이'라고 부르는 '문답의 차이'를 지속적으로 복원하는 것이 중요하다"라고 조언한다. "질문성"이 명백해져서 "제문적 차이"를 고려하게 되면, "수사의 두 가지 사용, 즉 담론의 절차들에 대한 비판적이며 통찰력 있는 사용과, 대화자를 눈멀게 하거나 혼미하게 하는 사용을 구별할 수 있게 된다." 전자, 즉 "백수사"는 "그 답 행위에 의해 질문성을 제거하지 않"고, "오히려 그

---

82 같은 책, p. 3.
83 같은 책, p. 4.
84 같은 책, p. 5.

반대로 문제제기적인 것을 그 논거들과 답들에서 전혀 은폐하지 않고 드러"내는 것이다(*QR*, 47). 그는 "담론을 질문의 관점에서 고찰하느냐 혹은 그 반대로 이 질문성을 개의치 않느냐, 이것이 바로 백수사를 흑수사와, 비판적 사용을 조작이나 폐쇄성과 구분 짓는 것"이라고 알려 준다(*QR*, 48). 그는 묻는다. "의사들이 의술을 ― 나치 수용소들에서 혹은 아르헨티나의 감옥들에서 그러했던 것처럼 ― 악을 저지르는 데에 사용했다고 해서 의술 자체를 규탄할 것인가?" 그럴 수 없듯이, "언어에 대해서도 마찬가지"라는 것이다. 그는 "언어가 진리의 도구이기는 하지만, 언어만으로 진리가 보장되는 것은 아니"라고 강조한다. "언어는 거짓말을 할 수도 있고, 유혹하고 설득할 수도 있고, 조작하고 속일 수도 있다"는 것이다. 그는 "수사가 유용한 것은 사람들이 온전한 의식을 가지고 비판 의식과 판단력을 행사하도록 이끌어 주는 데 있다"고 말한다(*QR*, 52). 이는 수사의 올바른 이해와 활용을 위해서도 깊이 음미해 볼 필요가 있다.

메이에르는 2008년에 펴낸 『프린키피아 레토리카』에서 50년 전인 1958년에 "수사학에 혁명"을 일으킨 두 권의 책, 페렐만과 올브레히츠-티테카의 『신수사학 ― 논증 논고』와 스티븐 툴민Stephen Toulmin의 『논변의 사용*The Uses of Argument*』이 출간된 것을 상기시킨다.[85] 그 후 논증과 더불어 수사학

---

85 Meyer, M., *Principia Rhetorica.*

은 인문학에서 구조주의로 바람을 일으켰던 언어학을 점
차 대체하며 하나의 "새로운 패러다임"이 된다고 그는 기
술한다.[86] 그는 자신의 이 저서 이전에도 수사학의 두드러
진 저술이 10여 권 나왔는데, 다양한 측면이 다루어졌으
나, 모두 이성과 사유에 대한 "기저 단위는 명제나 판단"이
라는 동일한 시각이 전제되어 있다고 알려 준다.[87] "문-답"
이 기본 단위인 그의 제문론 관점은 이러한 시각을 과감히
넘어선다. 메이에르는 '언어학적 전환'이 20세기 초에 러
셀과 비트겐슈타인과 더불어 앵글로색슨적 사고를 부각
시켰다면, 하버마스와 페렐만, 에코와 가다머와 더불어 '수
사학적 전환'을 말할 수 있다는 견해를 표명한다.[88] 메이에
르는 『프린키피아 레토리카』를 자신의 '제문론적 수사학'
에 대해 "충분히 설명한" "진짜 신수사학real new rhetoric"이라

---

86 같은 책, p. 7. 메이에르가 자신의 『프린키피아 레토리카』를 "수사학 논고"라고 부르
  는 것이 눈에 띈다(p. 8). 페렐만·올브레히츠-티테카의 『신수사학-논증 논고』 초판에
  서는 주 제목이 "신수사학"이지만, 재판 이후의 판본들에서는 부제였던 "논증 논고"
  가 주 제목으로 바뀐다. 영역본과 독역본은 초판본을 따랐다.

87 같은 책, p. 8. 다음은 메이에르가 20세기 수사학의 주요 시점들로 꼽고 있는 것들이
  다(pp. 54~78). 1. 리처즈Richards, 『수사학의 철학The Philosophy of Rhetoric』(1936),
  2. 페렐만·올브레히츠-티테카, 『신수사학』(1958), 3. 가다머Gadamer, 『진리와 방법
  Wahrheit und Methode』(1960)과 야우스Jauß·이저Iser의 수용학파, 4. 툴민 혹은 논
  리학 그늘의 수사학, 5. 버크Burke, 『동기들의 문법A Rhetoric of Motives』(1950), 6.
  하버마스Habermas와 논증적 화용론, 7. 그룹 뮤Groupe μ와 『일반 수사학A General
  Rhetoric』(1970), 듀크로Ducrot·앙스콩브르Anscombre.

88 Meyer, M., "La problématologie comme clé pour l'unité de la rhétorique",
  Histoire de la rhétorique des Grecs à nos jours, Librairie Générale Française,
  édité par M. Meyer, 1999, p. 249.

여긴다.[89] 이성과 언어에 대한 "물음 관점question view"을 통한 다른 접근법들에 대한 '통합적 시각'이 "주요 특징"인 이 "진짜 신수사학"의 핵심적 개념들은 에토스·로고스·파토스, 개인들 간 거리(차이), 문제들의 약한 또는 강한 "문제제기성problematicity" 등이다. 그는 수사학이 "비자족적not self-sufficient"이라 말한다. 그는 수사학이, "아리스토텔레스가 아주 명료하게 보았듯이, 철학에 속하고, 철학의 가장 두드러진 영역들의 하나"라고 말한다. "제문론은 바로 이 새로운 철학의 이름"이고, 이 제문론에서 사고는 "제문적 차이"로 분절되는 "문-답들"로 인식된다. 그는 "무늬성"은 사고의 경제성의 표현으로서 때로 "추론reasoning"보다 더 좋은 결과를 낸다고 알려 준다. 하지만 "무늬성"과 "추론" 모두 사고와 담론을 통해 문제들에 맞서는 보완적 방식들임을 그는 강조한다. 이 양자를 포괄하는 수사(학)는, 가치들과 진리들 그리고 잘 구축된 견해들이 그 어느 때보다 취약한 문제제기적 세상에서, 생각의 불가피한 도구가 되고 있다고 역설한다.

메이에르는 우리가 일반적으로 만나는 "수사"의 개념들

---

89 Meyer, M., "The Brussels School of Rhetoric: From the New Rhetoric to Problematology", *Philosophy and Rhetoric*, 43-4, 2010b, pp. 428~429. 메이에르, 『프린키피아 레토리카』의 목차는 다음과 같다: 0. 서론, 1. 수사학의 주요 정의들, 2. 수사학의 새로운 시각, 3. 수사학과 논증: 일체성 법칙, 4. 논증의 형식, 5. 수사적 상호 작용에서의 에토스·로고스·파토스, 6. 가치들의 논리, 문화의 논리, 7. 개인 간 거리는 어떻게 교섭하는가, 8. 문제제기적 변이들의 이론, 9. 논증의 사회적 테두리, 10. 메타수사학(원목차에는 번호가 없다).

은 세 구성 요소인 에토스·로고스·파토스 중 어느 하나를 강조하는데, 이들은 서로 불가분하다고 말한다.[90] 사실 수사는 언어(로고스)를 매개로 하는 화자(에토스)와 청자(파토스) 사이의 상호 주관적 관계이다.[91] 그는 예전과 오늘의 수사(학)나 논증의 다른 이론들을 주의 깊게 살펴보면, 모두 에토스·로고스·파토스 중 어느 하나를 강조하고 다른 둘은 부차적인 것으로 보는 경향이 있다고 관찰한다. 예를 들어 플라톤은 파토스를 강조했고, 로마 수사학자들은 에토스를 더 중시했고, 오늘날은 자연어에 부여된 새로운 중요성으로 인해, 로고스가 논증과 수사의 근본적 측면으로 부각되어 있다. 하지만 그는 "에토스·로고스·파토스"는 "가능한 모든 수사, 모든 논증의 근본적 세 측면"임을 강조한다.[92] 그는 "수사"에 이들 모두와 이들의 상호 작용에 다 적용되는 접근의 통일성이 필요함을 역설한다.[93] 그것은 요약해 말하면, 제문론 관점에서 "수사"를 "한 문제(로고스)에 대한 개인들(에토스와 파토스) 사이의 거리 혹은 차이의 교섭"으로 규정하는 것이다.[94] 논증은 이러한 교섭에서 답의 단일성, 상대에게 자신의 답에 대한 지지를 야기하기 위한

---

90 Meyer, M., *Qu'est-ce que l'argumentation?*.

91 같은 책, p. 11.

92 같은 책, p. 12. 메이에르는 에토스·로고스·파토스가 더불어 작용하지 않으면 수사도 없고 논증도 없다고 강조한다(Meyer, M., "Argumentation, rhétorique et problématologie", Perelman, le renouveau de la rhétorique, PUF, 2004d, p. 134).

93 Meyer, M., *Qu'estce que l'argumentation?*, p. 13.

94 같은 책, pp. 14~15.

방법들을 찾아내어, 그들의 시초 관점에서 대안, 즉 그 대안이 드러내는 문제가 해소되게 하는 것이다. 메이에르는 논증과 수사가 자주 뒤섞였고, 페렐만도 그의 『논증 논고』에 "신수사학"이라는 부제를 붙였다고 지적한다. 논증은, 수사의 장에서 제외되면, 개연적 결론들만 나타내는, 약화된 논리적 추론이 될 수밖에 없는 것이다.[95]

메이에르에 의하면, "논증은 수사에 속하긴 하지만 수사와 동일시하거나 대립시키지 말아야 하는 하나의 특성"이 있는데, 그것은 '추론raisonnement'이다.[96] 논증은, 상대를 설득해야 하는, 유일한 답에 대한 지지를 목표하기에, 시초 문제는, 상대의 문제제기에 답이 되어야 하는, 최종 답에서 소멸된다. 하지만 이로부터 너무 자주 개인들 사이의 거리distance가 중요치 않고 지지adhésion의 기법들만이 논증을 고유하게 나타내는 것이라 추론한다고 그는 비판한다. 논증의 목적은 "바로 주체들이 나뉘게 하는 문제를 해결하면서 그 거리를 좁히는 것이기 때문"이다. 다만 논증에서는 관심의 방점이 문제가 반영하는 '거리'가 아니라, '문제'에 찍힌다고 그는 알려 준다. 하나의 문제를 따지는 것이고, 그 문제가 차후 이어질 추론을 결정짓는다.[97] 그는 너무 자주 지금까지의 논증 이론들이 "지지"라는 지상 명령에서

---

95 같은 책, p. 15.
96 같은 책, pp. 15~16.
97 같은 책, p. 16.

출발하여, 그 지지를 얻기 위한 기법들에 집중해 왔고, 논증의 정의와 그 장을 설득 기법들에 한정해 왔다고 비판한다. 그 결과, 애초의 토대인 제기된 '문제'가 망각되거나 소홀히 여겨져 왔다는 것이다. 사실 문제(물음)가 없다면 "따짐"도, "차이"나 "거리"도 없다. 문제에 의해 "거리"가 표현되고 주체들도 이와 무관치 않기 때문이다.[98] 그는 "수사와 논증이 모두 '문제제기적인 것'을 다루지만, 수사가 답들을 통해 문제들에 그것들이 해결된 것처럼 접근한다면, 법이 점점 더 모델이 되어 가는 논증은 문제들을 명백하게 애초부터 '대안들'로 제시한다"라고 그 차이를 설명한다.[99]

메이에르에 의하면, "논증은 전통적으로 분야로서의 수사에 속한다."[100] 이 광의의 수사는 "꼭 설득만을 목표하는 것이 아니라, 즐겁게 하기나 감동시키기도 목표로 삼는다." 그에게 "수사와 논증은 문제들을 처리하는 상보적인 두 가지 방식"이다. 하나는 문제들을 정면으로 취하여 옳다고 믿는 답들을 추론하는 것이고, 다른 하나는 답들에서 출발하여, 그 자체로 인해, 문제가 해결된 듯이 대하는 것이다.[101]

---

98 같은 책, p. 18.

99 같은 책, pp. 18~19. 메이에르는 "주어진 문제에 대한 주체 간 거리 교섭"의 에토스·파토스·로고스에서 "투사적projectif"인 것과 "실제적effectif"인 것을 구분한다 (pp. 32~35). Meyer, M., "Argumentation, rhétorique et problématologie", pp. 134~136; Meyer, M., *Principia Rhetorica*, pp. 227~242, 262~269; Meyer, M., "La rhétorique est-elle la nouvelle matrice des sciences humaines?", *Sciences humaines*, Mensuel, no. 209, novembre 2009 참고.

100 Meyer, M., *Principia Rhetorica*.

101 같은 책, p. 85.

"이 두 방식이 상보적인 것은 질문을 대하는 방식이 이 둘 밖에 없기 때문"이다.[102] 메이에르는 문제를 뒤로 물리는 수사가 그 자체로 하나의 "좋은 논증 기법"인 경우도 언급한다.[103] 그는 수사와 논증 모두 "답의 수용"이 목표나, 적합한 것은 상황에 따라 다를 수 있다고 말한다. 메이에르에게 "논증을 포함하는 수사는 사회적·심리적 거리의 논리"이다.[104] 이는 "바로 개인들을 결합시키거나 갈라놓는 가치들을 옹호하고 활용하거나 반박하는 것"이다. 그에 의하면, 가치들은 바로, 거리와 객관화로 인해 그 주관적·정감적 성격이 벗겨진 열정들이다. 반대로 주관적 거리가 약할 때는 가치들은 우리 안에 감정적으로 기입되어 열정들의 언어로 표현된다. "열정은 주관성이 입혀진 가치이고, 가치는 주관성이 사라진 열정"이라는 것이다.[105]

---

102 같은 책, p. 86.

103 Meyer, M., *La rhétorique*, p. 59.

104 Meyer, M., "La rhétorique est-elle la nouvelle matrice des sciences humaines?".

105 엘리스는 메이에르의 수사를 다음과 같이 약술한다(Ellis, D., "Review, What Is Rhetoric?, M. Meyer, Oxford University Press(2017)", *Advances in the History of Rhetoric*, 21-2, 2018, pp. 219~220). 수사는 하나의 문제를 로고스를 통해 접근할 수도 있고, 파토스와 에토스의 관계를 통해 접근할 수 있다. 대화자들은 그 문제를 직접적으로 논거를 통해 대할 수도 있고, 간접적으로 협의의 수사를 통해 대할 수도 있다. 하지만 논거(로고스)를 통한 접근은 화자와 청자(에토스와 파토스)의 관계에 의존적이고, 논증적 전략들도 그래서 무늬적 전략들과 불가분한 관계에 놓인다.

6. 맺음말

'제문론'은 단순한 하나의 철학 이론이 아니다. 메이에르가 2500년에 걸친 서구 철학 전반에 대해 근본적인 문제 제기를 하며, "통합적 시각"의 "묻기"를 "응답적 답"으로 제시한 것이다. "언어의 새로운 이론이고, 수사의 새로운 개념이며, 철학의 새로운 해석"이라는 '제문론'은 우리 모든 인문학 연구자들이, 개별적 관심이나 전공 분야를 넘어, 깊이 살펴 볼 가치가 충분히 있다고 생각된다. 메이에르는 "분석적 정신이 대세가 되어 버린 것으로 보이는, 파편화되고 방향을 잃은 세상에서 '종합synthèse'의 추구는 어느 때보다 절실하다"고 주장한 바 있다.[106] 그는 이 "종합"을 제문론의 '통섭적 사유'를 통해 추구한다. 그가 깊은 철학적 성찰과 탐구를 통해 얻어 낸 "응답적 답"인 제문론은 그 이해 과정에서, 전체적으로든 부분적으로든, 연구자들에게 수많은 "제문적 답"들을 야기할 수밖에 없을 것이다. 제문론을 이해하는 만큼 그 물음들의 깊이와 너비도 달라질 것이다. 살라바스트루는 "메이에르의 열망"이 "제문론을 지식의 모든 영역과 인간 행위의 분석 모델로 제안하는 것"이라 하는데,[107] 그의 여러 저서에서 보는 바와 같이, 철학에서 수사학, 역사학을 거쳐 정치학에 이르기까지,

---

106 Meyer, M., *Qu'est-ce que la philosophie?*
107 Salavastru, C., "Critique de la problématologie"

제문론의 다양한 학문들에 대한 '통섭적 사유'를 온전히 이해하는 것은 쉽지 않은 일이다. 하지만 매우 의미 있는, 부단한 '묻기'의 깊은 철학적 사유의 과정들이 될 것이다. 파브르가 페렐만과 툴민이 수사학을 논리학의 예속에서 해방시키려 했으나 둘 다 명제주의의 포로로 남아 있었던 반면에, 메이에르는 명제주의 모델 탈피를 시도하면서 수사학이 철학을, 보다 일반적으로는 합리성을 사유하기 위한 모델이 된다고 한 것은 '제문론적 수사학'의 이해를 크게 돕는 소중한 지침이 될 것이다.[108]

메이에르의 제문론은 우리 인문학에서도 '통섭적 탐구'의 하나의 전범이 충분히 될 수 있으리라 생각된다. 제문론 관련 두 주요 텍스트가 영역되어 있고,[109] "제문론적 수사학" 관련 저서도 몇 권이 영역되거나 영어로 출간되었으며,[110] 관련 영어 논문들도 상당수 있으니, 제문론의 "통섭적 탐구"에 필요한 정보가 크게 부족한 상황이라 말하기는 어렵다.[111] 그 적용 분야들에서도 메이에르가 어느 분

---

108 Fabre, M., *Philosophie et pédagogie du problème*, p. 252.

109 Meyer, M., *Of Problematology*, D. Jamison and A. Hart (trans.), The University of Chicago Press, 1995b; Meyer, M., *Questioning and Historicity*, N. Turnbull (trans.), Bloomsbury Academic, 2014b 참고.

110 Meyer, M., *From Logic to Rhetoric*, John Benjamins, 1986b; Meyer, M., *Rhetoric, Language and Reason*, The Pennsylvania State University Press, 1994; Meyer, M., *What is Rhetoric?*, Oxford University Press, 2017b 참고.

111 사회과학 분야의 제문론적 연구에는 턴불(Turnbull, N., *Policy in Question: From Problem Solving to Problematology*, Doctoral Dissertation, University of New South Wales, Sidney, 2005; Turnbull, N., *Michel Meyer's Problematology: Questioning and Society*, Bloomsbury Academic, 2014)이 크게 도움이 될 것이다.

야보다 크게 관심을 가졌던 것으로 보이는 '제문론적 수사학'은 인문학 전반의 제문론적 이해에도 크게 도움이 될 것이다. 특히 "제문론적 수사학"이 그리스 시대부터 현재까지의 다양한 수사학들에 대해 어떻게 통섭적·회통적 설명을 하고 있는지 살피는 것은 중요한 메타수사학적, 나아가 메타철학적 성찰의 작업이 될 것이다. 메이에르는 이제 "인문학에서는 우세 모델이 언어학에서 수사학과 논증"으로 바뀌었다고 말한다.[112] 파브르는 수사학에 "모든 유형의 담론들을 횡단하는 측면"이 있다면서, 두가지 이유를 든다. 하나는 "수사가 언어에, 나아가 랑그에 기재된다는 것"이고,[113] 다른 하나는 "오늘의 현대성의 위기가 실은 논리학의 제국주의에 기반한 합리성의 전통적 모델들의 위기"라는 것이다. 그에 의하면, 수사학의 일반화와 수사학이 이제 모든 문화에 영향을 끼치고 있다는 사실은 일반화된 문제제기성에 의해 표지된 또 다른 합리성 모델의 도래를 의미하는 것이다.[114] 이 새로운 '합리성' 개념은, 인문학에도 폭넓게 적용되어야 하는, '수사학적 합리성'이다.[115] 그에게 "메이에르의 독창성은 수사학에서,

---

112 Meyer, M., "La rhétorique est-elle la nouvelle matrice des sciences humaines?"

113 Fabre, M., *Philosophie et pédagogie du problème.* "수사가 랑그에 기재된다"는 것은 'mais(그러나)' 같은 논증어의 존재를 말하는 것으로 이해된다.

114 Fabre, M., *Philosophie et pédagogie du problème*, p. 247.

115 같은 책, 「8장 제문론과 수사학적 합리성」 참고.

위기에서 비롯되는 이 새로운 합리성이 취하는 형식"을 보았다는 것이다.[116] 페렐만의 신수사학 이후의 연구자들이,[117] 특히 메이에르[118]가 수사학을 인문학의 "새로운 모태 nouvelle matrice"[119]로 여기게 된 이유들을 다시금 깊이 음미해 볼 필요가 있다.

참고 문헌

메이에르, M., 『언어와 문학 — 의미에 관한 시론』, 이영훈·진종화 옮김, 고려대학교출판부, 2004a[원본 1992].

———, 『열정의 레토릭』, 전성기 옮김, 고려대학교출판부, 2004b[원본 1998].

———, 『수사 문제 — 언어·이성·유혹』, 전성기 옮김, 고려대학교출판부, 2012a[원본 1993].

박치완, 「문제제기론으로써 철학하기」, 신승환 외, 『우리 학문과 학문 방법론』, 지식산업사, 2008, pp. 155~186.

———, 「미셸 메이에르의 철학적 수사학: 언어와 주체성에 대한 반성」, 『철학탐구』 제25집, 2009, pp. 151~193.

———, 「미셸 메이에르와 파토스의 수사학」, 『수사학』 제12집, 2010, pp. 167~206.

박태원, 「원효 화쟁철학의 형성과 발전 — 문門 구분의 사유를 중심으로」, 『철학논총』 제90집, 2017, pp. 239~262.

이남인, 「인문학과 자연과학은 어떻게 만날 수 있는가? — 통섭 개념에 대한 비판을

---

116 같은 책, p. 256.

117 Frydman, B. et M. Meyer (dirs.), *Chaïm Perelman(1912-2012). De la nouvelle rhétorique à la logique juridique*, PUF, 2012 참고.

118 Meyer, M., "La rhétorique est-elle la nouvelle matrice des sciences humaines?"

119 Fabre, M., *Philosophie et pédagogie du problème*, p. 247; Droit, R. P., "Michel Meyer. 'Il nous faut questionner le questionnement'", *Le Monde*, 2008. 11. 13. 참고.

토대로 삼아」, 『철학연구』 제87집, 2009, pp. 259~311.

전성기, 「번역의 제문론적 수사학적 고찰」, 『불어불문학연구』 제44집, 2000, pp. 719~740.

____, 「제문론, 인문학번역, 번역인문학」, 『불어불문학연구』, 제89집, 2012a, pp. 413~442.

____, 「메이에르의 제문론적 수사학」, 미셸 메이에르, 『수사 문제』, 고려대학교출판부, 2012b, pp. 171~176.

정상모, 「서평: Michel Meyer, *Of Problematology Philosophy, Science, and Language*」, 『과학철학』 2권 1호, 1999, pp. 131~138.

Carrilho, M.-M., "Problématicité, rationalité et interrogativité", *Revue Internationale de Philosophie*, 174, 1990/3, pp. 309~328.

____, "Conséquences de la problématologie", *Argumentation et questionnement*, sous la direction de C. Hoogaert, PUF, 1996, pp. 67~78.

Droit, R. P., "Michel Meyer. 'Il nous faut questionner le questionnement'", *Le Monde*, 2008. 11. 13.

Ellis, D., "Review, *What Is Rhetoric?*, M. Meyer, Oxford University Press(2017)", *Advances in the History of Rhetoric*, 21-2, 2018, pp. 219~221.

Fabre, M., *Philosophie et pédagogie du problème*, Vrin, 2009.

Frydman, B. et M. Meyer (dirs.), *Chaïm Perelman(1912-2012). De la nouvelle rhétorique à la logique juridique*, PUF, 2012.

Kremer-Marietti, A., *Michel Meyer et la problématologie*, Editions de l'Université de Bruxelles, 2008.

Meyer, M., *Découverte et justification en science: Kantisme, néo-positivisme et problématologie*, Klincksieck, 1979.

____, *Pour une critique de l'ontologie*, Editions de l'Université de Bruxelles, 1981.

____, "La conception problématologique du langage", *Langue française*, 52, 1981, pp. 80~99.

____, *Logique, langage et argumentation*, Hachette, 1982.

____, *Meaning and Reading: A philosophical essay on language and literature*, Benjamins, 1983.

____, "Pour une rhétorique de la raison", *L'homme et la rhétorique, L'Ecole de Bruxelles*, Lempereur, A. (dir.), Méridiens Klincksieck, 1985, pp. 153~165.

――, *De la problématologie*, Mardaga, 1986a[PUF, 2008].

――, *From Logic to Rhetoric*, John Benjamins, 1986b.

――, "Rhetorical Foundation of philosophical argumentation", *Argumentation*, 2-2, 1988a, pp. 255~269.

――, *Science et métaphysique chez Kant*, PUF, 1988b.

――, *Pour une critique de l'ontologie*, Editions de l'Université de Bruxelles, 1991a.

――, *Le Philosophe et les passions*, Librairie Générale Française, 1991b.

――, *Langage et littérature: Essai sur le sens*, PUF, 1992[Meyer, 1983 번역].

――, *Question de rhétorique: langage, raison et séduction*, Librairie Générale, 1993.

――, *Rhetoric, Language and Reason*, The Pennsylvania State University Press, 1994.

――, "Problématogie et argumentation, ou philosophie à la rencontre du langage", *Hermès*, 15, 1995a, pp. 145~154.

――, *Of Problematology*, D. Jamison and A. Hart (trans.), The University of Chicago Press, 1995b[Meyer, 1986a 번역].

――, *Qu'est-ce que la philosophie?*, Librairie Générale Française, 1997.

――, *Les passions ne sont plus ce qu'elle étaient*, Labor, 1998.

――, "La problématologie comme clé pour l'unité de la rhétorique", *Histoire de la rhétorique des Grecs à nos jours*, Librairie Générale Française, édité par M. Meyer, 1999, pp. 289~329.

――, *Questionnement et Historicité*, PUF, 2000.

――, *Le tragique et le comique. Penser le théâtre et son histoire*, PUF, 2003.

――, *La rhétorique*, 'Que sais-je?' no. 2133, PUF, 2004c.

――, "Argumentation, rhétorique et problématologie", *Perelman, le renouveau de la rhétorique*, PUF, 2004d, pp. 123~136.

――, "Qu'est-ce que la problématologie?", *Argumentum*, 4, 2005/2006, pp. 7~14.

――, *Qu'est-ce que l'argumentation?*, Vrin, 2005b.

――, *Comment penser la réalité?*, PUF, 2005a.

――, *Rome et la naissance de l'art européen*, Arléa, 2007.

――, *Principia Rhetorica: Une théorie générale de l'argumentation*,

Fayard, 2008a[PUF, 2010].

_____, *De la problématologie: Philosophie, science et langage*, PUF, 2008b[Mardaga, 1986].

_____, *Petite métaphysique de la différence: Religion, art et société*, PUF, 2008c.

_____, "La rhétorique est-elle la nouvelle matrice des sciences humaines?", *Sciences humaines*, Mensuel, no. 209, novembre 2009, p. 13.

_____, *La problématologie*, 'Que sais-je?' no. 3811, PUF, 2010a.

_____, "The Brussels School of Rhetoric: From the New Rhetoric to Problematology", *Philosophy and Rhetoric*, 43-4, 2010b, pp. 403~429.

_____, *Qu'est-ce que le refoulement?*, Herne, 2012b.

_____, "Raison et passion en argumentation", *Chaïm Perelman(1912-2012). De la nouvelle rhétorique à la logique juridique*, B. Frydman, M. Meyer (dirs.), PUF, 2012c, pp. 131-159.

_____, *Qu'est-ce que l'histoire, progrès ou déclin?*, PUF, 2013a.

_____, *Principia moralia*, Fayard, 2013b.

_____, *Qu'est-ce que le théâtre?*, Vrin, 2014a.

_____, *Questioning and Historicity*, N. Turnbull (trans.), Bloomsbury Academic, 2014b[Meyer, 2000 번역].

_____, *Qu'est-ce que le questionnement?*, Vrin, 2017a.

_____, *What is Rhetoric?*, Oxford University Press, 2017b.

_____, *Commentaire raisonné de la rhétorique d'Aristote*, Vrin, 2020.

_____, *Descartes et la rhétorique de la modernité*, Académie royale de Belgique, 2021.

_____, *Principia politica: histoire, économie et société*, Vrin, 2022.

_____, (dir.), *Histoire de la rhétorique des Grecs à nos jours*, Librairie Générale Française, 1998.

Perelman, C. et Lucie Olbrechts-Tyteca, *La nouvelle rhétorique: Traité de l'argumentation*, Editions de l'Université de Bruxelles, 1958[6e éd. 2008].

Salavastru, C., "Critique de la problématologie", *Revue internationale de philosophie*, 253, 2010/3, pp. 451~456.

_____, "La critique problématologique de la philosophie", *Revue Roumaine de Philosophie*, 59-2, 2015a, pp. 289~306.

_____, "L'interprétation problématologique de la rhétorique", *Argumentum*,

13, 2015b, pp. 53~68.

Toulmin, S., *The Uses of Argument*, Cambridge University Press, 1958[불역: PUF, 1993; 국역:『논변의 사용』, 고려대학교출판부, 2006].

Turnbull, N., *Policy in Question: From Problem Solving to Problematology*, Doctoral Dissertation, University of New South Wales, Sidney, 2005.

———, *Michel Meyer's Problematology: Questioning and Society*, Bloomsbury Academic, 2014.

19장

언어 상대성 이야기

기퍼의 『언어 상대성 원리는 있는가? 사피어-워프 가설 연구』

이재원(한국외국어대학교)

1. 저자 소개

헬무트 기퍼Helmut Gipper는 1919년 독일 노르트라인베스트팔렌주의 뒤렌에서 태어났고 2005년 뮌스터에서 사망했다. 제2차 세계대전이 시작될 무렵 고향에서 아비투어를 마쳤고, 1946년까지 군 복무를 수행했다. 전쟁 시 학도병으로 참전했다가 연합군의 포로가 되어 1944년 미국 테네시 크로스빌에 있는 전쟁 포로 수용소 아카데미에서 공부를 시작했다. 그는 뮌스터대학교에서 그의 사망 시까지 개설되었던 언어철학에 관한 강의Vorlesung와 세미나Seminar에서 종종 수용소 아카데미와 관련된 일화들을 소개하곤 했다. 종전 후 마르부르크대학교에서 철학과 로망스학 그리고 역사언어학과 미술사 등을 공부했다. 파리에 몇 년간 체류하는 동안 그림 공부에 진력하기도 했다. 1956년 쿤A. Kuhn 밑에서 『시 번역에 있어서의 언어적, 정신적 범용, 독어와 불어의 정신적 상위성을 밝히기 위한 언어 대조적 연구Sprachliche und geistige Metamorphosen bei Gedichtübersetzungen. Eine sprachvergleichende Untersuchung zur Erhellung Deutsch-Französischer Geistesverschiedenheit』로 박사 학위를 받았다. 여기서 그는 2,000여 편의 독일·프랑스 시 번역을 비교 대조함으로써 시 번역에서 상이한 언어 구조들로 인해서 시에 어떤 변화가 올 수 있는지에 대해 분석하고 있다. 아마도 이 논문이 '언어적 세계상'과 관련된 훗날의 많은 연구에 토대가 되었을 것이다. 학위를 받은 후에 그는 독일 언어 내용 중심 문법학파의 태두인 바이스게르버L. Weisgerber(1899~1985)가 소장으로 있던 본대학교 언어연구소의 연구원이 되었다. 1963년에 교수 자격 논문 Habilitation이 통과되었고, 1963년부터 1971년까지 본대학교 교수로 재직하였으며, 1972년에는 뮌스터대학교의 일반언어학과 정교수로 임명되어 은퇴할 때까지 재직하였다. 1967년과 1969년 뉴햄프셔대학교의 객원 교수로서 호피 인디언 보호 구역으로 연구 여행을 함으로써 사라져 가는 호피어를 현장에서 연구한 것은 그의 큰 업적 중의 하나이다. 좀 더 구체적으로 말하자면, 미국 체류 시에 현장 연구를 통해서 애리조나 호피 인디언들은 시공간에 대해 표준 평균 유럽어Standard Average European, SAE[1]가 가진 시공간 개념과는 현저하게 다른 견해를 가지고 있다는 사실을 확인했다. 이것은 그전까지 많은 논의가 있어 왔던 사피어-워프 가설의 기본 개념이 어느 정도는 들어맞는다는 주장에 힘을 싣는 견해이다. 이런 모든 이야기는 1972년에 저술된 『언어 상대성 원리는 있는가? 사피어-워프 가설 연구*Gibt es ein sprachliches Relativitätsprinzip? Untersuchungen zur Sapir-Whorf Hypothese*』(이하 『언어 상대성』)에 자세히 기록되어 있다.

2. 저서 소개

『언어 상대성』은 기퍼가 독일 뮌스터대학교 일반언어학과의 정교수로 임명되던 1972년도에 출간되었다. '상대성'이라는 개념은 20세기의 현대 물리학을 관통하는 핵심 개념 중의 하나로 간주되는데, 그것은 순전히 아인슈타인A. Einstein이 전개했던 특수상대성 이론(1905)과 일반상대성 이론(1916) 덕분이다. 이 개념들은 지금까지 절대적으로 간주되어 온 시·공간이 종속적인 것으로 증명되었다는 사실과 관련 있다. 이 개념이 기퍼에 의해 언어학에서 사용되었을 때, 이것이 "어떤 의미를 가지는가"라는 의문은 당연히 제기될 수 있다. 지구상에 존재하는 모든 언어는 의사

---

1 이것은 영어, 프랑스어, 독일어 등으로 대표되는 서양 언어를 말한다. 어족으로 치면 게르만어, 로망스어 그리고 슬라브어가 이에 해당한다.

소통 기능을 가지고 있고, 이런 차원에서 보면 세상의 모든 언어는 언어 외부 세계의 대상과 사건/사태들을 언어 기호를 사용해서 명명하고 지시 내지 표현한다는 것이 명백하다. 그래서 우리는 언어 외적 세계에 존재하는 동일한 대상과 사건/사태들을 다양한 언어로써 동일하게 지시 또는 표현한다고 생각한다. 그러나 그러한 견해에 대해서 반대하는 일군의 학자들이 있어 왔다. 이를테면 이 세상에 존재하는 언어들은 각자가 나름의 독자적인 세계관을 가지고 있어서 개별 언어 공동체의 구성원들은 외부 세계를 자기들만의 방식으로 분절Artikulation한다는 것이다. 좀 더 심하게 말하면 "어떤 사람의 모국어 구조는 그가 그 언어를 배움으로써 그가 얻고자 하는 세계상에 강하게 영향을 미치거나 그것을 완전히 결정한다"[2]는 것이다. 기퍼는『언어 상대성』서론에서 이에 대해 다음과 같이 구체적으로 상술하고 있다. "모든 자연 언어는 그 어휘적 수단이나 통사적 수단의 잠재성에서 독자적인 세계관을 갖고 있어서 개개 언어 공동체의 구성원들은 세계를 서로 다르게 보고 판단한다는 것이다. 동시에 그들의 사고도 그들의 언어로 인하여 전이해 간다는 것은, 그렇다면 단지 전달의 외적 도구가 변화한 것이 아니라, 세계관과 사고 형식의 변화를 의미한다. 언어들이란 서로 다른 수단을 가

---

2 Wildgen, W., *Kognitive Grammatik*, Berlin/New York, 2008, p. 13.

지고 같은 것을 표현하는 것이 아니라, 말하여진 것 자체가 정신적·내용적으로 서로 다른 것이다."[3] 언어 상대성 가설에 대한 이러한 격렬한 논쟁은 결코 새로운 것이 아니다. 특히 쿠에스N. v. Kues/쿠사누스Cusanus(1401~1464), 베이컨F. Bacon(1561~1626), 로크J. Lokce(1632~1704), 비코G. Vico(1668~1744), 하만J. Georg Hamann(1730~1788), 헤르더J. G. Herder(1744~1803) 등이 이러한 논쟁과 관련 있고, 훔볼트W. v. Humboldt(1767~1835)의 명민한 저작들을 통하여 언어 상대성 가설은 '언어적 세계상ein sprachliche Weltbild'이라는 개념으로 대체되면서 더욱더 명료해졌다. 그 후 영어권에서 이러한 언어적 세계상이라는 개념은 '사피어-워프-가설Sapir-Whorf-Hypothese'이라는 명칭으로 또다시 엄청난 유명세를 타게 되었다. 기퍼의 『언어 상대성』은 이러한 논쟁들을 하나씩 꼼꼼하게 분석하면서 이들의 철학 개념이나 언어관의 장단점이 어디에 있는지를 살피는 것이 목적이다. 그는 이 저서의 제1장에서 언어 상대성 원리에 불을 지핀 워프B. L. Whorf(1897~1941)의 언어관과 기퍼 자신의 영원한 학문적 스승이었던 낭만주의 언어학의 거두 훔볼트의 언어적 세계상에 대해 색채어를 예로 들어 설명한다. 이어지는 제2장에서는 훔볼트와 그의 사상을 이어받은 언

---

3 기퍼, 헬무트, 『언어 상대성 원리는 있는가? 사피어-워프 가설 연구』, 곽병휴 옮김, 아카넷, 2016, p. 34. 이 책은 이하 본문에 SR로 표시하고 해당 쪽수를 밝혔다.

어학의 신낭만파의 선구자로 불리는 독일 뮌스터대학교의 트리어J. Trier(1894~1970)와 그의 학문적 동지였던 바이스게르버의 언어관에 대한 샤프A. Schaff(1913~2006)의 논쟁을 소개한다. 이와 더불어 신칸트주의와 규약주의 그리고 신실증주의와 사피어-워프-가설에 대한 샤프의 견해를 다루고, 제3장에서는 20세기에 엄청난 국제적인 논쟁을 불러일으켰던 사피어-워프-가설에 대한 여러 견해에 대해 논의한다. 제4장은 그가 1960년대 말경에 두 번이나 미국에 체류하면서 수집한 호피 인디언어에 대한 실증적 연구 자료를 바탕으로 호피 인디언들의 공간과 시간에 대한 개념이 표준 유럽인들의 그것과 얼마나 상이한지에 대해 논증한다. 「제5장 회고, 결과, 전망」에 이어서 이 책의 마지막은—친절하게도—호피어 자료의 부록으로 채워져 있다. 이를 구체적으로 언급하면 다음과 같다. "공간과 시간 관계를 나타내는 호피어의 표현 수단, 발음에 대한 참고 사항 및 호피어 자료에 대한 설명, 호피어 자료에서 사용된 약어 목록, 매우 중요한 장소 규정어: 1) 방위, 2) 대명사, 3) 여러 장소 규정어, 4) 양 정보 / 매우 중요한 시간 규정어: 5) 개관, 6) 하루의 시각, 7) 날의 연속, 8) 월명, 9) 계절, 10) 수와 셈 방식, 11) 기간 계산, 12) 특정한 의식일, 13) 대상과 기간 셈 방식, 14) 호피어에 나타난 미국식의 시각"(SR, 387 이하). 결국 그의 이 저서는 훔볼트와 바이스게르버 그리고 워프와 같은 언어학자들이 '언어적 세계상'(독일어로는 'sprachliche Weltansicht' 내지는 'sprachliches Weltbild' 그리고 영어로는 'linguistic view of the world')이라는 기저 사상을 제시했을 때, 이들이 무엇을 생각하고 있었는지를 분명하고 보편적으로 이해할 수 있게 밝히는 것이 목적이라고 기퍼는 명확하게 언급하고 있다(*SR*, 35 이하).

3. 훔볼트의 '언어적 세계상'

기퍼에게 있어서 언어 상대성 원리 유무의 출발점은 훔볼트이고, 그중에서도 그의 '언어적 세계상sprachliche Weltansicht' 개념이다. 언어학의 낭만주의 시대를 살았던 훔볼트는 언어를 통일성을 가진 '정신적 유기체'로 간주하면서 세상의 모든 언어의 상이성은 개별 언어들이 가진 음성적·형식적 상이성이 아니라 언어적 세계상의 다름이라는 결론에 도달한다.

> 사상과 말 사이의 상호 의존성으로 볼 때 언어가 원래 벌써 인식된 진리를 서술하는 수단이 아니라, 그보다는 훨씬 더 사전에 인식되지 아니한 진리를 발견하는 수단이라는 것이 분명해진다. 언어가 서로 다르다는 것은 음향이나 기호가 다른 것이 아니라 세계상 Weltansicht 자체가 다른 것이다. 모든 언어 연구의 이유와 궁극적 목적이 바로 여기에 있다. 인식 가능한 것

의 총체는 인간 정신에 의하여 작업될 수 있는 영역으로서, 모든 언어들 사이에, 그 언어들과 독립적으로 한가운데 놓여 있다. 인간은 이러한 순전히 객관적 영역에 인간 자신의 인식 방식과 지각 방식, 즉 주관적인 방식 이외의 방식으로 접근할 수 없다.[4]

훔볼트의 이러한 세계상 개념은 기퍼에게 '모든 언어는 세계에 대해서 자신만의 고유한 방식으로 사고한다는 것', '모든 언어는 세계를 자신만의 고유한 범주 망으로 포획한다는 것', '모든 언어는 자신만의 고유한 문장 모형을 준비하여 그것에 의하여 진술과 판단이 일어난다는 것'으로 이해된다. 어린이는 언어 습득 시에 자신의 모국어에 스며 있는 이러한 세계상을 언어 습득 과정과 더불어 무의식적으로 습득한다. 즉 어린이는 자신의 모국어가 자신에게 열어 주는 대로 사물과 사건을 파악한다. 어린이는 자신의 모국어의 분절과 구조를 취하며, 현상들을 언어로 묘사하거나 발화를 통하여 의사소통할 때, 그때마다 언어가 자신에게 세계를 중재해 주는 대로 질서 짓고 구분하는 것을 깨닫지 못한다(*SR*, 53 이하 참조). 이러한 훔볼트의 세계상 개념은 20세기에 들어와서 기퍼의 스승인 바이스게르버의 '언

---

4 Humboldt, W. v. (1968), *Wilhelm von Humboldt gesammelte Schriften*, Königlich-Preußischer Akademie der Wissenschaften (Hrsg.), 17 Bde, Berlin, 1903~1936, p. 19 이하.

어적 세계상sprachliches Weltbild' 개념으로 재수용되는데, 기퍼는 색채어를 예로 들어 다음과 같이 설명한다.[5] 정상적인 모든 인간은 어떤 문화권에서 살아가는지에 상관없이 원칙적으로 동일한 색채 지각 능력을 갖추고 있다. 인간은 자신의 눈의 구조와 대뇌의 시각중추 그리고 외부에서부터 와서 눈에 부딪치는 약 400mμ에서 800mμ에 사이의 파장의 영역 내에 있는 전자기적 자극을 근거로 색채를 지각한다. 좀 더 자세히 살피면 다음과 같다. 빛은 눈의 투명한 각막을 거쳐, 그 위의 수양액을 거쳐, 홍채의 개폐기, 즉 동공을 거쳐, 투명한 아교질의 물체인 수정체를 거쳐, 그 뒤 벽에서 망막의 빛을 느끼는 수령자에 부딪친다. 이 수령자, 이른바 망막 간상세포 속에 저장된 액체 내에서 빛은 화학적 변화를 일으킨다. 이 액체의 물체가 어떻게 작용하는지는 아직 완전히 설명되지 않았는데, 그것이 또한 연결된 시신경 내에서 전기 자극을 일으킨다. 이러한 자극은 시신경을 거쳐, 더 자세히 말하자면 아주 가는 신경전도의 빽빽한 다발을 거쳐 대뇌의 뒤쪽 부분에 있는 시중추에 도달한다. 거

---

5 기퍼는 자신이 전쟁 후 프랑스에서 3년간 체류하며 파리에서 그림 공부를 하기 위해 미술 학교에 다녔다는 것을 뮌스터대학교 일반언어학과의 강의 시간에 자주 언급하곤 했다. 그래서 기퍼가 훔볼트의 언어적 세계상의 존재를 색채어를 가지고 증명한 것은 회화에 대한 그의 관심에 기인한다고 추정할 수 있다. 기퍼는 "Die Frabe als Sprachproblem"(1955)과 "Über Aufgabe und Leistung der Sprache beim Umgang mit Farben"(1957) 그리고 "Purpur, Weg und Leistung eines umstrittenen Farbworts"(1964) 등의 논문에서 색채어로 언어적 세계상을 증명하려 시도했다.

기서 그것은 다시 당해 세포 다발의 분자 속에서 화학적 변화를 일으킨다. 이것은 우리의 의식 내에서 고유한 색채 느낌Farbenempfindungen을 불러일으킨다. 이러한 색채 느낌이 비로소 대뇌의 후두엽Hinterhauptlappen의 시각중추에서 생성된다(*SR*, 58 이하 참조). 이러한 색채의 인식 과정을 표로 나타내면 다음과 같다.

> 빛 → 투명 각막 → 수양액 → 홍채의 개폐기(동공) → 수정체(투명한 아교질) → 수령자(망막 간상세포) → 화학적 변화 → 시신경 내에서 전기 자극 → 시신경(신경전도의 빽빽한 다발) → 시중추 → 화학적 변화 → 색채 느낌

여기서 마지막 부분이 아주 중요한데, 이러한 색채 느낌은 후두엽의 시각중추에서 생성되고, 이를 위해서는 반드시 외부의 전기 물리학적 동인이 필요한 것은 아니라는 것이다. 이를테면 캄캄한 가운데 인위적으로 안구에 압력을 주는 것과 같은 자극으로도 색채 느낌을 유발할 수 있다. 말하자면 눈을 통해서만 외부 사물을 보는 것은 아니라는 것이다. 이것은 마르크스주의의 모사 이론(반영론)이 수정되어야 함을 의미한다. 여하튼 우리는 100여만 가지의 색조를 구별할 수 있는 눈을 가지고 있는데, 아날로그로 구성되어 있는 순수 스펙트럼의 색을 구분하려면 어차피 색채 명칭을 사용해야 한다. 독일어 화자의 경

우 특정한 색 명칭과 언어 외적 대상을 연결하는 법을 배웠기 때문에 특정한 색 명칭을 듣게 되면 그것이 지시하는 언어 외적 대상을 떠올릴 수 있다(*SR*, 59 이하 참조). 이와 더불어 기퍼는 색채어를 이용하여 자신의 연구 목표인 훔볼트의 '언어적 세계상' 개념을 구체화하기 위하여 바이스게르버의 논문을 언급하기도 한다. 예를 들어 바이스게르버의 「시각 느낌의 형용사적 파악과 동사적 파악Adjektivische und verbale Auffassung der Gesichtsempfindungen」(1929)에서 보여 주듯이 "색채 현상과 광택 현상을 언어로 취급함에 있어서 특정한 변천을 확인할 수 있다. 이러한 변천은 곧 파악이 변화했다는 결론을 내리게 한다. 우리는 나아가서 색 인상을 대상에서 분리시켜 생각할 수 있다. 그러므로 색을 지니는 사물에서 고립시켜 '이것은 붉다Dies ist rot' 등과 같이 말할 수 있다. 'das Rot(빨강)', 'die Röte(홍조)' 등과 같은 명사화된 단어와, 그리고 특수한 의미와 용법을 가진 'röten(빨갛게 물들이다)', 'erröten(얼굴이 빨개지다)' 등과 같은 동사화된 단어가 그 밖의 언어 표현 가능성을 제공해 준다."(*SR*, 62 이하) 애초에 대상에 결부된 색채어 사용에서 출발하여 이제 색채 형용사는 색채가 같다면 여러 대상에 사용될 수 있게 되었다. 즉 색채어의 추상적 사용이 진행된 것이다. 아동의 색채어 습득은 두 살부터 진행되는데, 시간이 지남에 따라 특정 색채어 명칭을 가지고 다양한 대상들에 적용하면서 그 색채어의 올바른 지시 의미를 파악하기 시작한다. 또한 다른 색채어들과 비교하면서 결국에는 다양한 색채어로 구성된 색채어 장을 익히기 시작하는 것이다. 이제 독일어를 모국어로 하는 사람은 그 자신에게 독일어의 장 체계는 실재의 소여성Gegebenheiten을 보여 주는 거울인 동시에 그것이 단지 독일어의 고유한 장 체계라는 것을 다른 언어를 배우면서 알게 된다(SR, 66 이하 참조). 결론적으로 기퍼는 색채어가 그 민족의 의식 단계와 관련성이 있음을 주장한다. "색채어의 개수, 분절, 성능이 상이하다면 이것은 해당 공동체의 문화사와 언어사에서 그 이유를 찾을 수 있다. 이것은 한편으로는 일반적인 정신 발달의 이유, 즉 그때그때마다 달성된 의식 단계와 관계하는 이유일 수도 있고, 그 이유가 또한 색채 현상에 대한 공동체의 특수한 관심의 탓일 수도 있다. 대상과 관련한 색채어, 즉 사용이 제약된 색채어가 우세하다면 항상 그것은 이 영역에서의 초기 발전 단계의 징후일 것이다. 역으로 추상적으로 사용 가능한, 즉 임의의 대상에 사용 가능한 색채어의 수를 어느 정도 형성하고 있다면 그것은 색채어 발달이 진보했다는 것을 보여 주는 징후이다."(SR, 67) 그래서 대상 색채어, 이를테면 '청자색' 같은 색채어가 '파란색' 같은 추상 색채어로 변천되는 과정은 형용사로서의 'frei(자유로운)'가 여러 낱말의 어미에 첨가되어 사용되면서 합성어를 이루다가 결국에는 접미어의 역할을 하게 되는 특정 낱말의 문법화의 과정과도 닮아 있다.[6] 왜냐하면 문법화 현상이 언어의 진보를 보여 주는 한 징후일 수 있기 때문이다. 기퍼는 계속해서 언어 상대성 원리의 의미에서 굵은 그물코의 색채어 체계를 소유하는 것이 화자의 사고와 인식에 영향을 미치는지, 아니면 가는 그물코의 색채어 체계를 소유하는 것이 화자의 사고와 인식에 영향을 미치는지에 관해서 고민하다가 브라운R. W. Brown과 렌버그E. H. Lenneberg의 논문 「언어와 인지 연구A Study in Language and Cognition」(1954)의 도움으로 사피어-워프의 언어 상대성 가설에 대한 논의를 계속한다. 즉 브라운과 렌버그는 영어를 말하는 미국인과 'orange'와 'yellow'를 사용하는 색채 영역에서 단지 하나의 색채어만을 가지고 있는 주니 인디언들을 실험 대상으로 삼았는데, 주니 인디언어 하나만을 할 줄 아는 주니 인디언들은 색채 인식 테스트에서 자주 'orange'와 'yellow'를 혼동한 반면에, 영어 하나만을 말할 줄 아는 미국인들은 절대로 그러한 실수를 하지 않았다는 것이다. 또한 영어와 주니 인디언어 두 가지를 사용하는 주니 인디언들의 실수 빈도는, 영어나 주니 인디언어 중 하나만을 말할 줄 아는 두 그룹 사이

---

6 기퍼는 대상 색채어에서 추상 색채어로 변천되는 과정을 다음의 예로 설명하고 있다. "'orange(주황색)'는 프랑스어에서 독일어로 유입되었는데, 어원을 거슬러 올라가자면 스페인어의 'naranja'를 거쳐, 아랍어의 'narandja(오렌지)'에 이른다. 이는 그러므로 '오렌지'라는 과일의 색과 관련이 있다. 'violett(보라색)'는 사실 독일어에서 외래어처럼 들리나 적어도 발음과 굴절은 어려움이 없다. 어원적으로 이탈리아어 'violetta'로 거슬러 올라가는데, 이는 'viola(제비꽃)'의 축소형이다."(SR, 72)

에 위치했다. 이로써 특정 언어 분절을 소유하고 있다는 것이 감각 지각에 영향을 미친다는 사실이 증명된다는 것이다(기퍼 SR: 74 이하 참조).[7] 그래서 기퍼는 저서의 「제1장 기본 언어관, 개념 규정과 설명」의 마무리에서 훔볼트의 언어적 세계상 개념을 다시 끌어들이고 있다. "우리는 특정한 영역의 감각적 경험이 독일어에서 어떻게 정신적으로 가공되는가, 즉 언어적으로 어떻게 객체화되는가를 보았다. 경험 가능한 현실에서 이러한 단편적인 부분에 적용되는 것이 원칙적으로는 인간의 모든 경험에도 적용될 것이다. 그러므로 인간 공동체는 자신이 접하게 되는 세계와 정신적으로 관계함에 있어서 자신들에게 주목할 만한 가치가 있게 나타나는 모든 것은 그들의 언어에 상응하는 침전물을 남겼으며, 계속해서 침전물을 남긴다는 것이 확인된다. 이러한 관점에서 그렇다면 어떤 언어의 어휘는 알파벳순 사전에서처럼 자의적 순서로 기록될 수 있는 어휘의 무질서한 덩어리가 아니라, 그들은 상호 관계에 있으며 분절되어 있는 체계라는 것이다. (…) 그 구성과 분절은 언어 공동체의 각기의 인식 단계와 의식 단계에 따라 이루어진다. 이러한 전체 언어 상태는 이제 언어적 세계상이라는 개념

---

7   이와 유사한 실험이 케이와 켐프턴에 의해서도 행해졌다(Kay, P. and W. Kempton, "What is the Sapir-Whorf Hypothesis?", *American Anthropologist*, 86, 1984, p. 65 이하). 마치 한국어의 '푸르다'처럼, 파란색과 초록색을 통합한 하나의 색채어를 가진 타라우마라어 화자들과 파란색과 초록색의 어휘를 가진 영어 화자들을 비교해 보면 타라우마라어 화자들이 두 색채를 구분하는 능력이 떨어진다는 것이다.

을 가지고 파악될 것이다."(SR, 76 이하) "우리는 색채어의 내용이 그러한 내용을 갖게끔 영향을 준 언어 외적 과정과 동일시될 수 없다는 것을 통찰해야 한다. 프레게G. Frege와 그를 뒤이어 젊은 비트겐슈타인L. Wittgenstein이 제안했듯이, 그러므로 의미란 〔언어 외적〕 대상과 동일하지 않은 것이다. 오히려 '의미'의 고유한 기능은 'rot'라는 단어를 예로 들자면 많은 언어 외적 자극을 정신적으로 가공하여 인접한 색조의 특정 영역을 정신적으로 다발을 묶어 지속적으로 사용 가능하게 만들었다는 거기에 있다. 이때는 이웃하는 의미 값인 'orange'가 'rot'의 적용 경계를 함께 결정한다."(SR, 79) "뇌를 손상당한 자는 'rot〔붉은〕'의 단어 내용을 상실했다. 즉 그는 더 이상 여러 붉은 색조들을 정신적으로 'rot' 밑에 배열할 수 없었다. 여러 붉은 색조들이 그에게는 모두 다르게 나타난 것이다. 그는 단어 의미 상실과 함께 또한 정신적으로 함께 다발로 묶는 능력을 상실한 것이다. 정신을 사물과 구분하여 그 사물을 항상 다시 단어 내용이 예견하는 그 방법으로 파악할 수 있도록 해 주는 단어 내용의 특별한 성질은 바로 언어 외적 경험을 특수하게 정신적으로 파악하고 구분하는 거기에 있다."(SR, 80)

4. 사피어-워프 가설

기퍼는 『언어 상대성』을 「벤저민 리 워프의 언어관」이라
는 장으로 시작하고 있다. 이 장과 이어지는 「빌헬름 폰 훔
볼트의 '언어적 세계상'」과의 관련성은 순전히 워프의 스
승인 사피어E. Sapir 그리고 그의 스승인 독일 태생의 미국
인류학자 보아스F. Boa를 통해 찾을 수 있는데, 아무래도 스
승의 학문적 방향이 제자에게 영향을 미치기 때문이다. 보
아스는 20세기 초반의 대부분을 뉴욕 컬럼비아대학교의
인류학과 교수로 재직하면서 인류학의 과학화에 노력했
다. 그래서 그는 인류학의 아버지라고도 불린다. 유대인이
었던 보아스는 독일 킬대학교에서 물리학과 지리학으로
박사 학위를 받았고, 인류가 진화 경로만 다를 뿐 모든 민
족으로 동등하게 진화해 왔다고 주장하는 문화 상대론자
였다. 그러므로 그가 그러한 전통선상에 위치한 훔볼트의
견해에서 많은 영향을 받았다는 것을 쉽게 추정할 수 있다.
또한 보아스가 1907년에 헤르더G. v. Herder의 『언어의 기원
Ursprung der Sprache』에 대한 논문을 발표한 것만 보아도 훔볼
트와의 관련성을 쉽게 짐작할 수 있다. 마찬가지로 보아스
가 훔볼트의 '세계상'과 '내적 언어 형식innere Sprachform'을
적극적으로 수용한 분트W. Wundt와 친분 관계가 있다는 것
도, 그리고 자신의 강의에서 분트의 민족심리학을 다루었
다는 사실도 훔볼트의 영향을 짐작할 수 있다. 그래서 보

아스의 다음 구절은 마치 훔볼트의 부활을 보는 듯한 인상도 풍긴다. "언어가 가진 범주는 세계를 보는 우리로 하여금 일정한 개념 집단으로 분할된 것으로서의 세계를 보도록 강제한다. 그래서 우리는 언어적 과정에 대한 지식을 갖고 있지 않기 때문에 그러한 집단을 객관적인 범주인 것으로 간주하게 되며 그 때문에 우리의 사고 형식에 그 범주가 강제적으로 주어지게 된다."[8] 이러한 보아스의 연구는 제자였던 사피어에게 지대한 영향을 미친다. 사피어는 보아스의 연구에 자극받아 아메리카 원주민 언어를 연구하게 되었고 시카고대학교와 예일대학교의 인류학과 교수로 재직했다. 그의 여러 제자 중에 워프도 있었는데, 사피어로부터 워프가 가장 깊은 감명을 받은 부분은 아마도 다음과 같은 구절이었을 것이다. "언어란 관점에서 본다면 사유란 정상적 발화 행위가 가지는 각 요소가 완전한 개념 내용을 획득하려고 진력할 때 언어가 제공하는 바의 최고의 내용이라고 정의될 것이다. 따라서 언어와 사고는 완전히 일치되는 것도 아니다. 기껏해야 언어는 언어의 기호적 표현이 최고의 추상적 수준에 달했을 때 사유의 외부 면으로 이해될 수 있을 뿐이다. 나는 언어는 본질적으로 선리적prärational 기능을 가진다고 확신한다. 언어는, 언

---

8   Boas, F., "The Methods of Ethnology", *Race, Language and Culture*, New York, 1940, p. 289.

어가 보여 주는 범주나 형식에 의해서 해독될 수 있는 그러한 사용에 도달하려고 겸손하게 노력하는 것이다. 일반적으로 소박하게 생각하는 것처럼 이미 완성된 사유에 붙여 주는 라벨은 아닌 것이다."[9] 예일대학교에서 사피어의 권고로 SAE와는 아주 상이한 아메리칸 인디언어의 한 종류인 호피어를 연구했던 워프는 학교를 졸업하고 화재보험 회사의 조사원으로 현장 체험에 나서고, 이 경험을 바탕으로 하나의 가설을 세우게 되는데, 이것이 그 유명한 사피어-워프 가설이다. 직업 활동에서 영감을 받아 얻게 된 혁명적인 그의 가설은 담대하다.[10] 기퍼에 의하면, "워프는 「과학과 언어학」에서 사고가 모든 인간에게 원칙적으로 동일하게 진행된다는 널리 퍼져 있는 견해에 반대한다. 즉 그

---

9 Sapir, E., *Die Sprache*, München, 1961, p. 22 이하.

10 워프의 학문적 여정의 동인은 화재보험 회사의 화재 현장 조사원으로 근무할 때의 체험과 훗날 호피 인디언어 연구라고 할 수 있다. 이미 고전이 된 그의 화재 보고서에 담긴 경험은 다음과 같다. '빈 휘발유 통empty gasoline drum'이라고 표시된 휘발유 통 저장고에서는 담배 피우는 행동을 해서 화재가 발생하는 경우가 있는데, 이것은 'empty'라는 형용사로부터 위험하지 않다는 암시를 받는 것이다. 영어 사전에서 이 형용사는 1) '무효인null and void', '부정적인negative', '생기 없는inert' 등의 동의어로 사용되며, 2) 용기에 적용되면 기체, 용액의 나머지 또는 찌꺼기와는 내용상 관계없이 사용된다. 그런데 '빈 휘발유 통'의 경우 두 번째 용법으로 명명되었으나 사람들은 첫 번째 용법으로 오인하고 행동한다는 것이다. 그래서 그는 이러한 현상에서 다음과 같은 결론을 이끌어 낸다. "이러한 예들이 보여 주는 것과 같이 어떤 행동을 이해하기 위한 열쇠는 종종 언어적 표현의 유혹 속에 주어져 있음을 알 수 있다. 현장은 언어적 표현에 의해 언급되고 어느 정도 분석, 분류되어 광범위하게 집단의 언어습관 위에 무의식적으로 구축된 현실 세계에 정위되어 있기 때문이다. 우리는 항상 실재에 대한 우리 집단에 의한 언어적 해석이 현장이 보여 주는 바의 실재보다 더 잘 실태를 반영하는 것이라고 가정하고 있다."(Whorf, B. L., *Language, Thought and Reality*, J. B. Carroll (ed.), Massachusetts, 1956, p. 137)

는 사고가 보편적인 논리학의 법칙을 따른다는 견해에 반대한다. 개별 언어들이 서로 달라도 사고한 것을 표현하는데에는 동일하게 기여할 뿐이라는 견해에 반대하고 있다. 그 반대로 그는 언어의 문법이 사고를 함께 형성하며, 모든 언어는 오관을 통해 전해지는, 그의 표현으로 '만화경적인 kaleidoskopartig' 자연 현상의 흐름을 서로 다른 방식으로 조직화한다고 확신하고 있다. 그러나 모든 인간은 대개 단지 하나의 언어만을 구사할 수 있기 때문에 인간은 다소간에 자신의 언어의 시각 방식에 내맡겨져 있고, 그 결과로 자연 현상을 완전히 편견과 선입견 없이 판단할 수 있도록 자유롭지 못하다는 것이다."(SR, 44) 기퍼가 워프에 대해 이러한 견해를 가지게 된 것은 워프의 다음과 같은 구절에서 기인한다. "따라서 우리는 새로운 상대성 원리에 이르게 된다. 이것은 관찰자들의 언어학적 배경이 유사하다거나 어떤 방식으로 공통분모를 가질 수 없다면 모든 관찰자가 같은 물리적 사실을 통하여 세계상에 이르게 되지 않는다는 것을 의미한다."[11] "내가 '언어 상대성 원리'라고 부르는 것은 바로 언어 구조의 상이성이라는 사실에서 기인한다. 언어 상대성 원리를 대충 말하자면 '서로 매우 상이한 문법을 사용하는 인간들은, 외적으로 비슷한 관찰에 대해서 이

---

11 Whorf, B. L., *Sprache, Denken, Wirklichkeit*, P. Krausser (Hrsg. und Übers.), Reinbek bei Hamburg, 1963, p. 12.

를 문법으로 인하여 전형적으로 상이하게 관찰하고, 상이하게 평가하게 된다. 따라서 그들은 관찰자로서 서로 등가적이지 못하며 어떻게든 세계에 대하여 상이한 견해에 이르게 된다는 것이다."[12] 이러한 워프의 언어 상대성 이론을 설명하기 위해 기퍼는 워프의 논문 「호피어 동사의 시점적 양상과 분절적 양상」에서 제시된 서로 다른 여덟 개의 태(자동태, 타동태, 재귀태, 수동태, 반수동태, 결과태, 확장수동태, 정지태)와 아홉 개의 양상(시점적 양상, 지속적 양상, 분절적 양상, 시점분절적 양상, 기동적 양상, 진행적 양상, 공간적 양상, 투영적 양상, 계속적 양상)을 구분한다. 이러한 구분은 SAE에 속하고, 태가 발달된 슬라브어의 그것과는 차이가 많다는 것이다. 또한 호피어의 시제는 세 개(사실적 시제 혹은 과거-현재 시제, 미래 시제, 일반화 시제)인데, 문제는 우리가 알고 있는 시제 구분법이 아니라는 것이다(*SR*, 46 이하 참조). 더불어 호피어의 특이한 시간 표현에 대해서 다음과 같이 기술하고 있다. "워프는 「습관적 사고와 행동의 언어에 대한 관계」라는 논문에서 호피어에서는 여름, 겨울, 아침 등과 같이 명사로 실체화된 기간이 없다고 전한다. 즉 그러므로 그러한 기간은 호피어에서 존재하는 명사 범주에는 나타나지 않으며, 따라서 언어상으로 이러한 범주로 파악되는 대상처럼 다루어질 수 없다는 것이다. 결과는 이들 기간

---

12 같은 책, p. 50.

은 문장의 주어나 목적어로 나타날 수도 없다. 우리는 그러므로 '여름은 덥다' 등과 같은 문장을 만들 수 없다. 해당 시간 표현은 호피어에서는 오히려 부사 특성을 가질 것이다. (…) 시간 양을 표현하려 할 때 우리들의 언어에서처럼 기수와 복수를 사용하는 방식 대신에 서수와 결합한 단수 형식을 사용한다. 사람들은 그러므로 'Zehn Tage sind länger als neun Tage(열흘은 아흐레보다 길다)'라고 말하지 않고, 'Der zehnte Tag ist später als der neunte(열흘째 날은 아흐레째 날보다 더 늦다)'라고 말해야 한다."(SR, 49 이하) 그러나 사실은 이러한 워프의 견해가 문제가 있음을 기퍼는 지적한다. 왜냐하면 이미 워프가 말했던 호피어에서는 시간이 주어로 올 수 없고, 시간 표현의 명사가 없다고 했기 때문이다. 이와 더불어, 호피어에서 공간-시간 은유가 없다고 워프는 주장한다. 이를테면 '행사가 길었다', '행사가 짧았다', '이틀 전에', '이틀 후에', '한 시간 후에' 등의 표현은 시간이 공간 개념으로 은유된 것이다. 워프에 따르면 호피어에서는 이렇게 시간이 공간으로 은유되는 경우가 없고, 단지 화자가 특별한 가치를 두는 것이 지속과 강도라는 것이다(SR, 50 이하 참조). 이러한 논의 외에도 워프의 저서에 등장하는 SAE와 호피어의 차이점들을 나열하면 다음과 같다.

1) 시간과 주기성에 관한 시작은 직접적이고 주관적인 것으로 '다음에 오는 것'에 대한 기본적 감각이다. 즉 기수로

서가 아닌 서수로서 표현된다는 것이다. 그러나 SAE에서 시간은 객관적인 양으로 표시된다. "They stayed ten days." 그러나 호피어에서는 "그들은 열하루째 날까지 체류했다" 또는 "그들은 열흘째 날 다음에 떠났다"로 표현된다.

2) SAE에서는 보통 두 가지 명사, 즉 a tree, a stick, a man 과 같이 확정된 윤곽을 가진 구체명사와 동질적 연속체인 질량명사로 양분한다. 또한 질량명사에 한계를 주기 위해 'a glass of water'라고 표현하기도 한다. 이것은 서구인으로 하여금 세계를 형식과 질료의 결합으로 파악하게끔 유도하는 역할을 한다. 이에 대해 워프는 다음과 같이 단호하게 말하고 있다. "우리의 언어 구조는 물리적 사물을 명명할 때 무형식과 형식으로 분할되는 이분법적 표시법을 적용할 것을 요구한다."[13] 그러나 호피어에서는 대상물의 한계가 모호하고 확정적이지 않은 물질명사의 경우에도 개별적 의미를 부여한다. 이것은 호피어에서는 구체명사와 물질명사의 대립이 없다는 뜻이다. 그래서 호피어에서는 'a glass of water' 대신에 'a water'로, 'a piece of meat' 대신에 'a meat'로 표현된다.

3) SAE에서는 시간의 지속이나 운동의 강도를 표현하기

---

13 같은 책, p. 141.

위하여 공간적 비유를 사용한다. 이를테면 시간적 지속은 long, short 등으로, 강도는 large, great, much, light, high, low, sharp, faint 등의 부사적 표현을 수반한다. 반면에 호피어에서는 공간적 비유를 사용하지 않고 동사 자체의 다양한 양상으로써 지속과 강도를 표현한다.[14] 그러나 워프가 탐구했던 호피어의 이러한 '세계상view of the world/picture of the world' 개념이 분명하게 정의되어 제시되지 않고, 너무나도 다양한 현상을 가리키는 다의적인 개념이기 때문에 오해와 해석의 오류가 생겨난다고 기퍼는 믿으며 자신이 신봉하는 훔볼트의 세계상을 설명하기 위해 논의를 더욱더 심화시킨다(*SR*, 52 참조).

5. 사피어-워프 가설에 대한 제 견해와 기퍼의 비판과 수용

일반적 견해에 의하면, 언어는 언어 외적 대상을 가리키기 위해서 만들어진 것이거나 머릿속에 있는 생각을 상대방에게 전달하기 위해 필요한 도구이다. 그래서 '언어는 의사소통의 도구'라는 정의가 가장 무난해 보인다. 그렇지만 이 반대의 경우도 가능할 수 있다. 이를테면 외부 세계의 대상이나 사건들이 언어가 가리키는 대로 우리 머릿속에 구조

---

14 워프 1963: 139 이하.

화되어 있다거나, 사고가 언어를 제약하기보다는 언어가 사고를 제약한다는 주장이다. 후자가 사피어-워프 가설의 핵심이다.

이러한 사피어-워프 가설을 두고 벌어진 격렬한 국제적 논쟁에 대해서는 『언어 상대성』의 제3장에 자세히 소개되어 있는데, 중요한 몇 가지 주제를 간추리면 다음과 같다. '워프의 인식론적 전제(논증의 순환성)', '의미의 문제(단어 내용과 개념)', '번역 가능성의 문제', '문법적 범주와 문장에 대한 워프의 해석', '워프의 '세계상'을 둘러싼 논쟁', '언어 보편성의 문제(언어의 상이성과 공통성).'[15] 이 중에서 몇 가지를 구체적으로 살펴보자.

1) 워프의 인식론적 전제: 워프의 전제는 "신중한 학자들이 조심스럽게 다룬 진부한 이야기"[16]라는 가혹한 말로 비판당하기도 하는데, 아마도 워프 이론의 비체계성과 논증의 순환성Zirkelhaftigkeit 문제에서 그럴 것이다. 다시 말해서 사고가 언어에 의존한다는 워프의 주장이 옳다면, 그것

---

15 1941년 워프가 이른 나이에 사망하고 난 후, 1953년과 1973년 미국에서 두 차례에 걸쳐 워프의 가설을 주제로 한 학회가 열렸는데, 크게 보아 1) 워프의 가설을 부인하는 입장(실증적이고 구조주의적인 성향의 학자들), 2) 소극적으로 찬성하고 비판하는 입장, 3) 비판의 측면도 있으나 대체로 인정하는 입장(인종학자들)으로 나뉜다. 기퍼는 『언어 상대성』에서 각각의 유형에 속하는 학자들을 여럿 나열하고 있다(*SR*, 142 참조).

16 Black, M., "Linguistic Relativity. The Views of Benjamin Lee Whorf", *The Philosophical Review*, 68, 1959, p. 238.

은 결코 인식될 수 없을지도 모른다는 것이다. 왜냐하면 관찰자는 자신을 자기 언어의 포로로 선언하는 것이기 때문에 관찰자는 비교 능력을 얻을 수 없다는 것이다. 인식의 상대성을 주장하려는 모든 시도는 바로 이러한 원칙적이고 논리적인 어려움에 봉착하여 수포로 돌아간다고 비평가들은 강조한다. 관찰자의 언어가 관찰자 자신을 굴레 속에 꽉 붙들고 있다면 언어를 비교할 수 있는 가능성도 부정되어야 한다(*SR*, 144 이하 참조). 그런데 기퍼는 워프의 가설이 가진 이러한 논증의 순환성을 옹호하는데, 이에 대한 몇 문장을 인용하면 다음과 같다. "워프는 여러 곳에서 아주 분명하게 드러나는 듯이 언어에 앞선 보편 인간적인 경험 출발의 토대가 있다는 사실, 즉 공통된 감각 생리학적 전제와 공통된 심리적 기본 소양이 있다는 것을 결코 부인하지 않는다. 바로 이런 것들이 언어적으로 제약된 자신의 사고조차도 비평적 반성 대상으로 삼을 수 있게 해 준다는 것이다."(*SR*, 145) "워프의 상대성 사상은 그러므로 첫눈에 보이는 것보다는 덜 절대적이고, 덜 과격하다고 할 수 있다."(*SR*, 146) "'상대성Relativität'이 '상대주의Relativismus'와 혼동되어서는 안 되며, 오히려 실제로 현존하는 관계를 확인하는 것이 문제가 된다는 점을 나는 벌써 이 책의 서론에서 강조했다."(*SR*, 146)[17]

---

17 다음은 기퍼가 '상대성'과 '상대주의'를 구분하는 『언어 상대성』 서론에 등장하는 구

2) 의미의 문제(단어 내용과 개념): 여기서는 의미의 상태, 즉 언어 수단의 의의 내용Sinngehalt의 상태가 언어학과 인식론에서 어떻게 판단될 수 있느냐 하는 문제가 제기된다. 기퍼는 워프에 대한 블랙M. Black의 비판을 장황하게 설명하며 재반박한다. 즉 블랙은 우리가 개념을 소유하는 것과 이것을 위하여 해당 단어를 사용하는 능력을 혼동해서는 안 되고, 우리는 개념을 표현하기 위해 사용하는 단어보다는 훨씬 더 많은 개념을 소유하고 있다고 생각한다. 또한 그는 나바호 인디언이 영어의 'black'을 상이한 두 개의 표현으로 나누고 있고, 영어의 'green'과 'blue'를 한 단어로 통

___

절이다. "사람들은 상대성과 상대주의를 혼동한다. 즉 우리는 이제는 옛날의 물리 법칙이 타당성을 잃게 되었다든지, 확고한 규정은 더 이상 없다고 하는 잘못된 생각을 하기에 이르렀다. 이러한 오류는 '만사는 상대적이다'라는 대중적인 유행어에서도 나타난다. 그러나 실은 정확히 그 반대이다. 아인슈타인의 상대성 이론과 더불어 결코 지금까지의 물리학적 인식이 그 토대를 빼앗아 버린 것이 아니다. 오히려 지금까지의 물리학적 인식이 이제야 비로소 굳건한 토대 위에 서게 된 것이다. 왜냐하면 지금까지의 관계 단위가 그들 각기의 상태와 특정한 관찰 조건에 종속적이라는 견해와 함께 우주적 관계 범주 내에서 물리적 측정과 계산을 할 때에 지금까지 나타났던 모순점들을 비로소 극복할 수가 있게 되었기 때문이다. (…) 뉴턴이 세웠던 것을 아인슈타인이 무너뜨린 것이 아니다. 오히려 더욱 발전시켜 고전 물리학을 우주 차원이라는 더 광범위한 관계 체계 내에 들어설 수 있게 하고, 나타나는 모순점을 설명할 수 있게 하였다. (…) 몇몇 언어학자들은 언어의 상이성이 결코 외적인 것으로 간주되어서는 안 된다고 생각한다. 오히려 그들의 주장에 따르면 모든 자연 언어는 그 어휘적 수단이나 통사적 수단의 잠재성에서 독자적인 세계관을 갖고 있어서 개개 언어 공동체의 구성원들은 세계를 서로 다르게 보고 판단한다는 것이다. 동시에 그들의 사고도 그들의 언어로 인하여 서로 다른 궤도를 따라 나아간다는 것이다. 한 언어에서 다른 언어로 전이해 간다는 것은, 그렇다면 단지 전달의 외적 도구가 변화한 것이 아니라, 세계관과 사고 형식의 변화를 의미한다. (…) 달리 말하면 인간의 인식은 자연 언어의 진술 능력에 상대적일지도 모른다. 언어 상대성 원리가 있을지도 모른다."(SR, 32 이하)

합하고 있다는 것은 중요하지 않다고 말한다. 왜냐하면 이런 차이가 이들의 색채 구별 능력과는 무관하기 때문이라는 것이다.[18] 그러나 고대에서 근대에 이르기까지 많은 철학자들은 개념이 언어와 결부되어 있으며, 언어 없이 개념을 생각할 수 없다는 견해를 가졌다. 왜냐하면 언어 없는 개념은 아직 언어적으로 객체화의 단계에 이르지 못한 모든 사상적 복합체여서 우리는 개념이라는 표현을 쓰지 못하기 때문이다. 그래서 기퍼는 언어 내용과 개념이 각기의 언어에 따라 조건 지어지고, 언어 소속성이 있다는 것을 인정한다면 그때에만 자연 언어들 속에 매우 다양한 '개념적 체계'가 존재함으로써 생겨날 수 있는 정신적 결과에 대한 논의는 의미 있다고 간주한다(*SR*, 150 이하 참조).

3) 번역 가능성의 문제: 워프는 인간의 개념 체계가 화자의 사고를 상당히 결정하며, 따라서 이 체계가 상이하다면 상응하는 사고 또한 상이함을 함축한다고 생각한다. 그러나 비평가들은 모든 언어를 다른 언어로 번역할 수 있다는 사실을 언급하며 워프의 가정을 반증한다. 기퍼도 이러한 견해에 어느 정도는 수긍하고 있다. 왜냐하면 매일 무수한 번역가에 의해서 수행되는 번역 작업이 있기 때문이다. 그

---

18 Black, M., *Language and Philosophy. Studues in Method*, New York/London, 1949, p. 232 참조.

러나 서구에서 사용되는 수학 교과서나 유럽 철학서를 호피어로 번역하는 것은 불가능하다. 왜냐하면 호피어에는 그렇게 하기 위한 완성된 수학 체계나 철학적 용어 등이 결여되어 있기 때문이다. 그래서 기퍼에 의하면 번역 가능성의 문제도 어느 정도 상대적 개념이며(이재원에 의하면 텍스트 종류에 따라서 번역 가능성의 강도가 천차만별일 수 있다), 워프 또한 번역 가능성을 번역 불가능성보다 더 심각하게 보았다(*SR*, 159 이하 참조).

4) 문법적 범주와 문장에 대한 워프의 해석: 워프 가설에서 또다시 문제 되는 것은 문법적 범주 설정과 문장에 대한 워프의 해석이다. 워프는 실증적 연구에 있어서 몇몇 인디언 언어의 문장을 파악할 수 있는 가장 작은 단위, 현대 언어학적으로 말하면 의미를 가지는 최소 단위인 '형태소'로 쪼갠 후에 그 성분들을 가지고 다시 의미를 분석했다. 그러나 이런 방식으로 연구하게 되면 무연화적 성질을 가진 합성어가 문제시된다. 이를테면 'Aschenbecher(재떨이)'는 'Becher(마시기 위한 잔)'와 아무런 관련이 없으며, 'Eisenbahn(철로)'은 'Eisen(쇠)'으로 만든 'Bahn(길, 궤도)'이 아니다. 기퍼도 이러한 부분을 좀 더 조심스럽게 연구해야 한다고 말하고 있다.

5) 워프의 '세계상world view' 개념도 문제를 불러일으키

는데, 그것의 다의성 때문이다. 기퍼는 이러한 세계상의 다의적 개념을 다음과 같이 세 가지로 구분한다.

가) 언어적 세계상sprachliche Weltansicht/sprachliches Welt-bild: 이것은 홈볼트와 바이스게르버의 의미에서, 어떤 주어진 언어 내용의 구성, 즉 이용 가능한 의미론적 분절과 표현 수단 속에 나타나 있는 '세계의 소여 양태Art des Gegebenseins von Welt'와 관련 있다.

나) 학문적 세계상wissenschaftliches Weldbild: 의식적인 사고 행위를 바탕으로 세계를 바라보는 시각이며, 코페르니쿠스, 갈릴레이, 뉴턴, 아인슈타인의 우주관 등이 여기에 속한다.

다) 세계관Weltanschauung: 종교적이고 철학적인 그리고 정치적인 관점에서 이 세계 내에서의 인간의 지위에 대한 판단과 세계 관계의 이데올로기적 관에 대한 교육을 통하여 시작된, 그러나 개인적인 판단이다. 워프는 이 세계관과도 관계하고 있는데, 왜냐하면 그는 호피 인디언의 우주의 모형을 설명하고 있기 때문이다(SR, 176 이하 참조).

기퍼에 의하면 세계관의 개념이 이렇게 다의적임에도 불구하고 워프는 세밀한 구분을 하지 않고 뒤죽박죽 사용했다는 것이 문제시된다는 것이다. 또한 워프를 비판할 때,

이러한 구분을 하지 않으면 코슈미더[19]가 범한 잘못을 하게 된다고 기퍼는 말하고 있다. 이를테면 코슈미더는 '세계상은 언어에 좌우된다'라는 명제에서 출발하는데, 그는 코페르니쿠스의 지동설로 서구의 세계상이 급변했음에도 불구하고 여전히 독일어로는 '해가 뜬다Die Sonne geht auf', '해가 진다Die Sonne geht unter'로 표현한다고 지적한다. 그래서 기퍼는 이것은 완전히 지구 중심적 세계관에 해당한다고 비판한다. 그러나 기퍼는 여기서의 세계관은 언어적 세계관이 아닌 학문적 세계관이고, 코슈미더의 이러한 주장은 언어가 가진 배경적 성격을 인식하지 못한 것이라고 비판한다. 결국 이러한 여러 가지 세계관에서 언어적 세계관이 기초가 된다(SR, 179 이하 참조).

기퍼는 워프에 대한 이러한 비판적 견해들에 대한 논의를 마무리하고, 『언어 상대성』의 핵심이라고 할 수 있는 제4장에서 사피어-워프 가설의 시공간 부분에 대한 실질적인 검증을 시도한다. 여기서 시공간적 표현이 중요시되는 것은 20세기 초반에 아인슈타인의 특수 및 일반상대성 이론의 등장이 고대 이래로 절대적으로 간주되어 온 시공간 개념의 문제에서 비롯되었다는 견해 때문이었을 것이다.[20]

---

19 Koschmieder, E., "Sprache und Weltbild", A. Marchl (Hrsg.), *Beiträge zur Sprachkunde und Informationsverarbeitung*, Heft 3, München/Wien, 1964, p. 14.

20 그래서 "아인슈타인의 시간에 있어서의 상대성 이론은 형이상학에서가 아니라 의미론[언어철학]에 있어서의 개혁이다"(Krausser, P., "Metalinguistik und Sprachphilosophie", B. L. Whorf, *Sprache, Denken, Wirklichkeit*, Reinbek bei Hamburg, 1983, p. 141)라고 말하는 경우도 있었다.

그래서 기퍼는 '철학적 관점에서 시간의 문제'와 '언어사적 관점에서 시간의 언어화'에 대해서 따진다. 사실 그는 호피어의 시공간 개념을 좀 더 명확하게 따지기 위해서 1967년과 1969년 두 번에 걸쳐 호피 인디언 거주지로의 학술적 여행을 감행했다. 여행에서 그는 호피어 원어민 제임스 쿠총시를 비롯한 여러 명의 원어민의 도움으로 연구를 마무리하고 다음과 같은 결과물을 제시했다.

가) 호피어의 범주에 수정과 제약을 가하여 SAE에서 사용하는 명사, 동사, 형용사 등의 품사로서 설명하는 것이 가능하다. 그러나 워프가 추가로 도입한 용어들을 사용하는 것이 가능하기는 하지만, 몇 가지는 포기하는 것이 바람직하다.

나) 호피어가 동사적으로 강하게 기울어져 있다는 워프의 관찰, 즉 명사, 형용사, 대명사, 부사에 특정 접미사를 부가해서 동사화할 수 있다는 품사 전환의 가능성은 호피어의 유연한 특징을 말해 주고 있다.

다) 워프의 견해와는 달리, 기간을 나타내는 표현을 명사 범주로 넣을 수 있는 경우도 있다. 또한 이러한 명사 몇 개는 복수도 가능하다. 예를 들어 하루를 나타내는 호피어는 '탈라 tála'(독일어로는 'Tag')이고, 복수는 '타탈라tá'tala'(독일어로는 'Tage')이다.

라) 이러한 기간이 주어의 기능에 일치하는 문법 기능이나 통사 기능이 등장할 수 있다. 이렇게 되면—워프의 주장과 달리—'여름이 매우 덥다'나 '가을이 추워진다'라는 표현이 가능하다.

마) 워프는 시간 표현이 물질적 대상으로 파악되거나 그러한 대상으로 실체화될 수 없으므로 셀 수 없다고 말한다. 즉 호피어 화자들은 '5일5 Tage'처럼 기수 더하기 복수의 기간 명사를 사용하는 것이 아니라 서수 더하기 단수의 기간 명사('5번째 날')를 사용한다는 것이다. 그래서 워프에 의하면 호피어 화자는 '열흘은 아흐레보다 더 길다'라고 하는 것이 아니라, '열흘째 날이 아흐레째 날보다 더 늦다'라고 말한다. 그러나 존재하지 않는 시간의 개념이 숨겨져 있기 때문에 호피어 화자들이 기간 자체를 셀 수 없다기보다도 다른 방식으로 기간을 세고 있다고 보아야 한다. 호피어에서는 기본 수사가 1에서 20까지 있어 20보다 높은 숫자는 20의 배수에다가 나머지 숫자를 더해서 만든다. 많은 별을 의미하는 1,000을 나타내는 '수모디súmodi'가 있는데, 기퍼의 친구인 호피어 원어민 쿠총시에게 1,971이라는 숫자를 제시하고 이것의 조합(1,000과 900(9×5×20)과 71(3×20+11))을 설명했을 때, 실제로 쿠총시는 몇 번의 숙고 끝에 이 숫자를 알아냈다.

바) 하루의 시각에 관한 한 일출과 일몰이 특별히 주목받고 있는 점이 눈에 띈다. 아침 여명기를 3단계로 구별하고 있고, 저녁 여명기는 더 세분된다. 정오 시간도 자세히 명명된다.

사) 부사적 성격을 가진 시간 표현이 있다. 이를테면 'áson'(곧bald, 후에später), 'ep'(그곳에서dort, 그런 다음에dann, 특정한 시간에zu einer bestimmten Zeit), 'éphaquam'(가끔zuweilen, 저녁에abend zu, 그 당시에는zu der Zeit). 또한 워프의 주장과는 다르게 호피어에서도 SAE에서와 마찬가지로 공간-시간 은유가 있다. 그러나 SAE에서처럼 은유적 용법으로 지각되지는 않는다.

아) 호피어에서는 사건을 시간적으로 과거, 현재, 미래로 표현하는 여러 개의 언어적 표현 가능성이 있다. 즉 전시성이나 동시성 아울러 미래적인 것이 표현될 수 있다. 물론 호피어에서는 우리에게 친숙한 삼분 시제가 우세하지 않고, 오히려 이분 시제가 우세하다.

자) 비록 워프뿐만 아니라 호피어 정보 제공자가 부인했다고 할지라도, 호피어에서는 '시간' 자체에 대한 표현이 있거나 적어도 있었던 것처럼 보인다(*SR*, 275 이하 참조).

6. 회고와 전망

기퍼는 『언어 상대성』에서 철학자, 심리학자, 사회학자, 인류학자, 인종학자, 언어학자들이 제시한 다양한 논거를 대비하여 검토한 후 "워프의 너무도 용감한 말과 항상 모순이 없지 아니한 그의 서술 방식을 통하여 어떤 오해를 낳았고, 잘못 해석하도록 하게 했는가?"(SR, 367)라고 질문한다. 물론 워프의 비판자들이 워프의 가설을 너무나도 과격하게 거부한 것에 대한 비판도 멈추지 않았다. 그러면서 저서의 말미에 기퍼는 '언어 상대성 원리가 있는가?'에 대한 대답을 '예' 또는 '아니오'로 간단하게 제시하지 않고 다음과 같은 수정된 대답을 제공했다.

1. 언어 상대성 원리에 대한 워프의 진술: "만일 그들의 언어적 배경이 유사하거나 어떤 방식으로든 공통분모를 갖지 않는 다면, 모든 관찰자가 같은 물리적 사태를 접해도 동일한 세계상으로 나아가는 것은 아니다'라고 워프가 말했다면, 그는 일차적으로 언어의 내용 속에 있는 세계의 소여 양태에 관계하는 것이 아니라, 이차적으로 획득될 수 있는 자연과 경험 세계의 관계에 대한 통찰과 관계한다."(SR, 369) "매우 서로 다른 문법을 가진 언어를 사용하는 사람들은 이 문법을 통하여 외관적으로는 서로 비슷한 관찰을 전형적으로 서로 다르게 관찰하게 되고, 서로 다르게 평가하게 되며, 따라서 이들

은 관찰자로서 서로 등가적이 아니며, 세계에 대해 어떻게든 서로 상이한 견해에 이르게 된다'고 말한다.' 워프가 여기서 '문법'이라고 일컫는 것을 우리가 의미적 구조를 포함한 언어 전체로 이해한다면, 각기 서로 다르게 의미를 분절하고, 각기 생활에 중요한 의미 영역에서 어휘 분화를 서로 다르게 하는 것이 언어 사용자의 주의력과 자주는 또한 식별할 수 있을 정도로 행동을 조종하는 영향을 미치는 한에서는 워프의 말이 맞다. 하지만 상이한 파악이 완전히 사이가 벌어지도록 하지 못하도록 해 주는 인간 경험의 중요한 조절적 원리가 있다는 제약을 곧장 덧붙여야 한다."(*SR.* 370)

2. 극단적 입장의 거부: "우리는 워프가 여기서 근본적으로는 결코 엄격한 의미에서의 언어 상대성 원리를 말한 것이 아니라고 말해야만 한다."(*SR.* 371)

3. 상대성 사상의 이성적 핵심: "언어로 객체화되어, 그와 더불어 학문적인 분석이 가능하게 된 모든 인간의 생각은 '상대적'이다. (…) 그러나 생각의 자유에 관한 한, 모든 개인적인 생각은 간주관적, 그리고 초인적으로 타당한 의사소통 수단, 즉 주어진 언어 규범을 거쳐 전개되어야 한다는 것을 고려해야 한다. 따라서 언어는 개체와 공동체 간의 교점이 된다."(*SR.* 373)

4. 개체와 공동체 및 일반성과 특수성의 교점으로서의 언어: "철학자 리브룩스B. Liebrucks는 언어 구조물 이면에, 즉 화자가 말하는 것 이면에 '언어 자체, 즉 제2의 화자가 한 명 더 서 있다'고 말함으로써 같은 관계를 주목시키고 있다. 언어는 이른바 전승받은 의미를 말하고 있어서 모든 발화는 이중의 관점에서 해석될 수 있다. 첫째는 화자가 무엇을 말하려고 하는지, 그가 무엇을 의도하고, 생각하고 있는지를 물을 수 있다. (…) 둘째는 선택된 언어 수단을 근거로 무엇을 말하고 있는지, 즉 각기의 타당한 언어 규범을 근거로 무엇이 내용적으로 실현된 것으로 간주되는지가 검토될 수 있다. 어원적 의미 관계, 즉 더 이상 살아 있지 않은 의미 관계를 끌어들여서 위험한 과잉 특성화로 나아가는 해석을 경계해야 한다. 철학자 하이데거가 휠덜린과 트라클의 시를 해석한 것이 이러한 절차의 증거이며, 동시에 이 길의 위험성을 보여 준다. 보편성과 특수성의 교점으로서의 언어는 앞서 형성된 모든 보편 개념이 구체적 발화에서 특정한 것을 말할 수 있으며, 그와 더불어 특수한 것으로 된다는 것을 통하여 화자의 의도에 다가간다. (…) 이는 보편 언어에서 파생한 세계상이라는 표현과 계속 혼동되는 언어적 세계상이라는 개념에도 마찬가지로 적용된다."(*SR*, 374)

5. 언어 제약성 정도의 차이: "인간의 사고가 언어의 제약을 받느냐 하는 핵심적인 질문은 이와 같은 복잡한 사태를 고

려할 때 제약을 어느 정도로 받느냐 하는 문제로 바뀌어야 한다."(*SR*, 375)

6. 인간 언어의 근원과 과제: "호모 사피엔스는 증명할 수 있듯이 원래 동물적 근원을 가지지만, 거기서 나와서 구어를 형성함으로써 그가 살고 있는 세계에 정신적으로 접근할 수 있게 되었으며, 이러한 방법으로 결국 동물의 단계를 능가하게 될 수 있었다. 의미를 구성함으로써, 그리고 그 의미가 조음된 어음에 결합됨으로써 세계가 이용 가능하게 되고, 동시에 사고가 현실적 상황으로부터 독립될 수 있었다. (…) 그러나 이러한 보편적 인류 차원에서 벌써 인종적, 지리적, 기후적 종류의 많은 다양성이 있다. 이런 다양성이 심리적 관점에서도 영향을 줄 수 있으며, 아울러 언어에 영향을 줄 수 있다."(*SR*, 376 이하)

7. 모든 자연 언어의 근본적 성능: "모든 언어는 고유한 방식으로 언어 공동체에 중요한 경험 세계의 순간들을 포착한다. 더군다나 그래서 (단어의 아주 광의의 의미에서) 모든 기억된 대상들과 (사건의 진행 등) 체험된 모든 과정은 일정한 방식으로 개념적으로 분절되고, 요약되어, 언어 기호라는 복잡하고 체계적인 구조물을 이룬다. 이러한 언어 전체는 추가적으로 다양한 수형적, 위상적 하부 체계와 계층으로, 그리고 수직적, 사회적 하부 체계와 계층으로 나뉘고 분화될 수 있다.

이들 체계와 계층들은 서로 관계를 맺고 있을 뿐만 아니라, 경우에 따라서는 대립을 이루기도 하고, 이른바 언어 장벽으로 나타날 수도 있다. 이런 분류가 어떤 종류인가는 해당 인간 집단의 역사적, 사회적 조건, 각기 도달한 문화적, 의식적 수준에 달려 있다. (…) 어떤 언어 속에 나타난 세계의 소여 양태, 즉 언어를 가지고 수행된 일차적 세계 해명을 '언어적 세계상sprahcliche Weltansicht/sprachliches Weltbild'이라 부를 수 있다."(SR, 377 이하)

8. 언어 체계, 언어 구조, 언어 기호의 구성: "어떤 언어 수단도 자립적이거나 자족적일 수 없다는 것이다. 고립된 언어 수단과 고립된 언어 내용도 없다. 모든 언어 수단은 체계 속에서, 즉 타당한 규범 내에서 그 자리를 갖는 것이다. 이 규범은 의의 우주Sinnkosmos로서, 즉 모든 표현된 맥락에 선행하여, 그것을 비로소 가능하게 하는 '전체적global' 맥락으로 간주해야 한다. 모든 언어는 원칙적으로 중재자Vermittlung이다. 이것을 절대로 잊어서는 안 된다. 더군다나 인간(주체)과 세계(객체), 인간과 인간(주체-주체), 인간과 언어(주체-중재 수단) 사이의 중재자이다. 우리가 중재의 한쪽 극을 말소시킨다면 중재자는 붕괴하고 만다. 언어의 이러한 기능이 인식되고 인정된다면 사고에 미치는 언어의 영향을 과잉 해석하는 위험은, 즉 범언어주의라는 공포의 유령은 단번에 추방된다."(SR, 389 이하)

9. 현대의 사유에서 언어의 도구주의화: "새로운 인식 관심이 전승받은 언어 관념에 역행하는 관찰을 가능하게 했다. 그러므로 전승받은 언어 관념을 능가하는 것이 필요하게 되었다. 특히나 자연과학의 영역에서는 이미 언급한 바 있듯이 언어가 열어 주는 이해 지평을 훨씬 능가하는 통찰과 인식을 할 수 있게 되었다. 그러나 이론을 형성하고 실험을 계획할 때에 항상 언어적 전제가 방향 제시적이었다. 새로 발견된 존재 영역은 그것이 새로운 개념, 은유, 이미지의 도움으로 포착될 수 있다면, 그때에 비로소 정신적으로 정복된 것으로 간주될 수 있었다. 왜냐하면 정상적인 구체성에서 벗어난 아주 추상적인 이론조차도 언어적이고 개념적인 지주를 필요로 한다. 더욱이 수학 공식도 언어적 현상이다. 단지 비교적 높은 추상성의 단계에 있을 따름이다."(*SR*. 380 이하)

10. 주제 질문에 가능한 대답: "'상대성'이라는 말은 '일정한 관계 속에 있다'는 말 그 이상도, 그 이하도 아니다. '상대성'과 '상대적'이라는 단어는 여기서는 경멸적 함축 의미를 띠지 않는 가치 중립적 개념이다. 그에 반하여 '상대주의'는 경멸적인 개념일지 모른다. 그런 점에서 이와 관련하여 가능하다면 '상대주의'라는 개념은 사용을 피하여야 한다. (…) 인간 정신이 구사하는 언어의 유한한 수단을 무한히 사용할 자유를 갖고 있다. 하지만 인간 정신이 언어로 무엇을 표현하더라도 완전한 독립성과 절대성에 이를 수는 없다. 이와

같이 제약된 의미에서, 그리고 수정된 의미에서 언어 상대
성 원리를 말해도 된다. (…) 고전 물리학을 타당하지 못하
게 하지 아니하고, 확보된 인식의 근거를 무너뜨리지 아니
하고, 오히려 반대로 고전 물리학을 비로소 가능하게 한 아
인슈타인의 통찰과 마찬가지로, 인간의 사유 과정과 인식
과정에서 언어의 역할을 고려하는 것도 인간이 보다 나은
자기 인식과 지속적인 의사소통을 위하여 보다 견고한 기
초를 쌓는 것을 도울 수 있다."(SR. 382 이하)

참고 문헌

Black, M., *Language and Philosophy. Studues in Method*, New York/
London, 1949.

———, "Languistic Relativity. The Views of Benjamin Lee Whorf", *The
Philosophical Review*, 68, 1959, pp. 228~238.

Boas, "The Methods of Ethnology", *Race, Language and Culture*, New
York, 1940.

Brown, R. W. and E. H. Lenneberg, "A Study in Language and Cognition",
The Journal of Abnormal and Social Psychology, 49(3), 1954, pp.
454~462.

Gipper, H., "Die Frabe als Sprachproblem", *Sprachforum, Zeitschrift für
angewandte Sprachwissenschaft*, 1, 1955, pp. 135~145.

———, *Sprachliche und geistige Metamorphosen bei Gedichtüber-
setzungenen. Eine sprachvergleichende Untersuchung zur Erhellung
Deutsch-Französischer Geistesverschiedenheit*, Düsseldorf, 1956.

———, "Über Aufgabe und Leistung der Sprache beim Umgang mit
Farben", *Die Farbe*, Göttingen/Berlin/Franfurt, 1957, pp. 23~48.

———, "Purpur, Weg und Leistung eines umstrittenen Farbworts", *Glotta*,

42, 1964, pp. 39~69.

──, *Gibt es ein sprachliches Relativitätsprinzip? Untersuchungen zur Sapir-Whorf Hypothese*, 1972. Frankfurt am Main[기퍼, 헬무트, 『언어 상대성 원리는 있는가? 사피어-워프 가설 연구』 곽병휴 옮김, 아카넷, 2016].

Humboldt, W. v. (1968), *Wilhelm von Humboldt gesammelte Schriften*, Königlich-Preußischer Akademie der Wissenschaften (Hrsg.), 17 Bde, Berlin, 1903~1936[Nachdruck: *Schriften zur Sprachphilosophie*, A. Flitner und K. Giel (Hrsg.), Werke in 5 Bänden, Bd. 3, Darmstadt, Berlin, 1968].

Kay, P. and W. Kempton, "What is the Sapir-Whorf Hypothesis?", *American Anthropologist*, 86, 1984, pp. 65~79.

Koschmieder, E., "Sprache und Weltbild", A. Marchl (Hrsg.), *Beiträge zur Sprachkunde und Informationsverarbeitung*, Heft 3, München/Wien, 1964, pp. 8~18.

Krausser, P., "Metalinguistik und Sprachphilosophie", B. L. Whorf, *Sprache, Denken, Wirklichkeit*, Reinbek bei Hamburg, 1983, pp. 140~147.

Sapir, E., *Die Sprache*, München, 1961.

Weisgerber, L., "Adektivische und verbale Auffassung der Gesichtsempfindungen", *Wörter und Sachen*, 12, 1929, pp. 197~226.

Whorf, B. L., *Language, Thought and Reality*, J. B. Carroll (ed.), Massachusetts, 1956.

──, *Sprache, Denken, Wirklichkeit*, P. Krausser (Hrsg. und übers.), Reinbek bei Hamburg, 1963[Original: *Language, Thought and Reality*, Massachusetts, 1956].

Wildgen, W., *Kognitive Grammatik*, Berlin/New York, 2008.

20장
해석학으로 본 수사학[1]

리쾨르의 『역사와 진리』

전종윤(전주대학교)

1. 들어가는 말

프랑스 현대 철학자 폴 리쾨르Paul Ricœur(1913~2005)[2]의 오
래된 아포리아 가운데 하나는 '철학적 비판'과 '종교적 해
석'의 문제를 철학적 방법론으로 탐구하면서 직면하게 된
지적 정직성의 난제를 극복하는 것이었다. 이는 리쾨르 철
학만의 고유한 특징으로 해석될 수 있는 부분이다. 리쾨르

---

1   이 글은 전종윤, 「리쾨르의 대화주의와 철학교육—예비 중등 철학교사를 위한 철학
교육 연구」(『수사학』 제36집, 2019, 237-262)를 중심으로 작성한 것이다.

2   폴 리쾨르는 프랑스 철학자로서 현상학과 해석학에 많은 관심을 가졌다. 그
의 관심사는 철학뿐만 아니라 신학에까지 확장된다. 주요 저서로는 『의지의 철
학*La philosophie de la volonté*』(1950), 『해석에 대하여. 프로이트에 관하여*De
l'interprétation. Essai sur Freud*』(1965), 『살아있는 은유*La métaphore vive*』(1975),
『시간과 이야기 1, 2, 3 *Temps et récit I, II, III*』(1983~1985), 『텍스트에서 행동으
로*Du texte à l'action*』(1986), 『남 같은 자기 자신*Soi-même comme un autre*』(1990),
『기억, 역사, 망각 *La mémoire, l'histoire, l'oubli*』(2000), 『인정의 여정*Parcours de la
reconnaissance*』(2004) 등이 있다.

의 대담 형식의 저서 『비판과 확신 *La critique et la conviction*』의 제목과 본문 내용에서 볼 수 있듯이, 그의 철학은 '비판' 개념으로 대변되는 헬레니즘 철학과 '확신' 개념으로 대표되는 히브리 사상을 대립시키고, 그들 사이의 갈등을 부각하고, 그리고 화해시키는 작업으로 점철되었다. 특히 이 책은 리쾨르의 철학 일반을 자전적 형식으로 소개하고 있는데, 리쾨르가 즐겨 쓰는 표현대로 말하면, '이야기 형식 de façon narrative'으로 자신의 철학과 삶, 그리고 세상을 바라보는 관점 등을 다루고 있다.

리쾨르는 "화해하지 못하는 두 사상의 흐름의 교차점에 있는 상황 때문에 생겨난 대립을 어떻게 해결"[3]할 것인지 숙고하였고, 그 자신이 "수행했던 것이 절충주의에 속하는 것은 아니었는지" 부단히 자문했다. 이런 반성적 태도를 두고 혹자는 리쾨르의 철학에서 고유한 철학적 개념이나 헤겔 Hegel식의 체계적 사유를 발견할 수는 없고 유행을 좇아 적당히 절충주의적 행태를 취하거나 신학적 색채를 감추기 위하여 철학적 방법론이라는 가면을 쓰고 있다는 식으로 평가절하한다. 게다가 리쾨르 철학에는 니체 Nietzsche와 데리다 Derrida와 같은 철학자에게서 경험하는 해체의 쾌감도 없으며 사르트르 Sartre나 알튀세르 Althusser가 내세우는

3　리쾨르, 폴, 『폴 리쾨르, 비판과 확신』, 변광배·전종윤 옮김, 그린비, 2013, p. 63.

혁신적인 변혁도 없다고 비판한다.[4] 하지만 『폴 리쾨르, 삶의 의미』라는 리쾨르의 전기를 저술한 프랑수아 도스의 입장은 다르다.

> 앞으로 독자가 읽게 될 것은 전기 이하인 동시에 전기 이상이다. 중심 줄거리는 물론 리쾨르 사상의 발자취이다. 그것은 **리쾨르 사상의 수용, 즉 여러 다른 사람들의 시각 및 그것들과의 교차와 조우라는 관점에서 재구성된다.** 리쾨르는 이야기의 중심인물이다. 그러나 그것은 빌헬름 샤프가 정의한 대로 '여러 가지 역사 속에 복잡하게 뒤얽힌 존재'로서의 인물이다. 그는 자주 주변으로 밀려난다. (…) 왜냐하면 폴 발라디가 썼듯이 리쾨르는 '**다른 사람들과의 만남을 통해서만 자신을 완성하고 자신을 증명한 철학자**'이기 때문이다. (…) 리쾨르의 정체성은 이러한 **다수성**을 통해서 파악할 수 있다(강조는 필자의 것).[5]

부단한 이 도전을 리쾨르의 변증법이라고 칭할 수 있다. 실제로 리쾨르의 텍스트를 차분히 읽다 보면 도서관에 들어앉아 넓은 책상에 백과사전을 펼쳐 놓고 한꺼번에 여러 가지 탐구를 진행하고 있다는 느낌을 받는다. 그만큼 그의

---

4   김한식, 「해석의 갈등: 의혹의 해석학, 신뢰의 해석학」, 한국불어불문학회, 『불어불문학연구』 제93집, 2013, p. 102.

5   Dosse, F., *Les Sens d'une vie*, La Découverte, 1977, p. 9. 번역은 『폴 리쾨르, 삶의 의미들』(프랑수아 도스 지음, 이봉지 외 옮김, 동문선, 2005)을 참고했으며 필요한 경우 필자가 수정했다.

사상은 풍성한 논의와 서로 다른 주제와 개념의 대질과 대화 그리고 변증법적 탐구로 구성되어 있다.

리쾨르 변증법의 핵심은 첫째, 서로 반대되는(혹은 서로 다른) 두 주제(혹은 두 개념)를 대질시키고, 연관성을 찾는 것confronter/articuler이다. 한마디로 상반되는 두 주제를 대화시키는 행위이다. 둘째, 서로 다른 주제나 이론들 가운데 중용juste milieu/mésotès을 찾는 작업이다. 그런데 리쾨르 변증법을 단순한 절충주의로 착각해서는 안 된다. 리쾨르가 추구한 중용은, 서로 반대되는 두 주제나 이론의 단순한 중간 지점을 말하는 것이 아니라, '제3의 정점troisième sommet'을 말한다. 즉 대립하는 기존의 두 주제나 이론에 도움이 되면서 그들을 뛰어넘는 상위의 주제나 이론이 될 수 있는 제3의 지점을 찾아내는 작업이다. 셋째, 헤겔의 변증법이나 칸트Kant의 변증법과는 달리 아리스토텔레스의 변증법과 유사하다. 이런 의미에서 리쾨르 변증법을 달리 표현하면, 리쾨르의 '대화주의dialogisme'[6]이다.

이 글은 리쾨르의 변증법이자 대화주의를 전유하여 수사학과 해석학의 대화와 대질 과정을 통해 리쾨르가 본 수사학을 재해석하는 과정이다. 이를 위해 리쾨르의 『역사와

---

6 리쾨르의 대화주의는 칸트 철학에서 유래한 의사소통행위 이론에 근거를 둔다. 이 점에서 리쾨르의 대화주의는 하버마스Habermas의 의사소통행위 이론이나 '대화 윤리'와 연관을 갖는다고 말할 수 있겠다. 하지만 하버마스의 의사소통행위 이론이나 대화 윤리는 논증이나 대화에 중점을 두는 것에 반해, 리쾨르의 대화주의는 논증뿐만 아니라 '텍스트 해석학'에 큰 비중을 두고 있음을 알아야 할 것이다.

진리*Histoire et vérité*』(1955)의 소논문(「동료와 이웃Le socius et le prochain」)과 『독서 2*Lectures II*』(1992)의 소논문(「수사학, 시학, 해석학Rhétorique, poétique, herméneutique」)을 중심으로 리쾨르의 수사학적 관점을 탐색한다. 본격적인 논의에 앞서 리쾨르의 주요 사상을 간략하게 소개함으로써 독자의 이해에 도움을 줄 것이다.

2. 리쾨르의 주요 사상

2.1 현상학에서 해석학으로

리쾨르의 초기 철학적 여정을 이해하기 위해서는 그의 박사 학위 논문을 책으로 출간한 『의지의 철학. 의지적인 것과 비의지적인 것*La philosophie de la volonté I, Le volontaire et l'involontaire*』(1950)과 『악의 상징*La Symbolique du mal*』(1960)의 발전 과정을 이해해야 한다. 이 저술들에서 그는 비의지적인 것과 무의식의 관계와 상징적 언어에 관한 연구를 수행한다.

『의지의 철학』 제1권 『의지적인 것과 비의지적인 것』에서 리쾨르는 방법론적으로 후설Husserl의 선험적 현상학을 의지의 문제에 적용한다. 그는 인간 의지에 관한 형상적 현상학을 전유하여 인간의 본성을 탐구한다. 이 과정에서 그는 인간의 의지적인 것(곧 자유)과 비의지적인 것(곧 본성)의 상호성을 현상학적 방법론을 사용하여 기술한다. "의지적인 것은 비의지적인 것과의 상호 관계 속에서, 반대로 비의지적인 것은 의지적인 것과의 상호 관계 속에서 파악된다."[7] 이때 상호성이란 의지적인 것과 비의지적인 것의 틈새에 있는 일종의 역설을 극복하여 화해시키는 요소이다.

리쾨르는 인간의 의식 안에 함께 있는 타자성altérité을 현상학적으로 기술하고자 한다. 문제의 핵심은 몸이자 신체로서의 타자성이다. 리쾨르 연구자 윤성우에 따르면, "근거 있고 효과적인 의지 활동을 위해서는 우리는 어느 정도 우리의 신체를 장악하고 통제해야 하지만, 이런 제어의 이면에서 우리의 의지는 이런 신체에 의존하고 의지할 수밖에"[8] 없다. 인간 의지에 관한 리쾨르의 기술에 의하면, '내가 의도한다'라는 표현은 '내가 무엇인가를 결정'한 이후, '내가 나의 신체를 움직이게 되며', 결과적으로 '내가 승복한다'라는 의미이다. 리쾨르가 제안한 의지의 형상적 기술이 자기의식을 직접적으로 주어지는 것으로 받아들이는 후설의 선험적 현상학의 방법론과 차별성을 갖는 지점이다. 리쾨르는 순수 의식의 형상적 영역과 가장 먼 거리에 위치한 일상적이며 주관적인 의지 영역을 대상으로 의지의 자유적인 부분과 신체의 비의지적인 부분을 기술함으로써 후

---

7 김영한, 「리쾨르의 현상학적 사고」, 『철학과 현상학 연구』 제4집, 1990, p. 118.
8 윤성우, 「자유와 자연─리쾨르의 경우」, 한국현상학회, 『철학과 현상학 연구』 제19집, 2002, p. 83 참조.

설 현상학과의 차별성을 강조한다.

이런 맥락에서 리쾨르는 『의지의 철학』 제2권 제1부 『잘못하기 쉬운 인간L'Homme faillible』에서 인간의 의지에 대한 경험 현상학적 기술을 전개했으며 칸트의 비판주의를 인간 의식을 기술하기 위한 방법론으로 적용한다. 특별히 리쾨르는 인간 의식을 무한성과 유한성의 불일치 가운데 있다고 보았다. 이런 불일치는 인간의 실존적 틀 속에 내재하는 '허약함fragilité' 또는 '과오를 범하기 쉬움faillibilité'을 함의하고, 이 두 조건에 관한 현상학적 기술이 '악의 가능성'에 관한 기술로 연결된다. 그러나 리쾨르에 의하면 현상학적 기술의 한계는 악의 체험 그 자체를 기술하지 못하는 데 있다. 경험 현상학을 이용하면 초월과 오류를 판단 중지, 즉 '에포케epochē' 할 수 있지만, 인간 의지에 실존적 의미에서 접근하지는 못한다.

이런 이유로 리쾨르는 『의지의 철학』 제2권 제2부 『악의 상징』에서 인간 실존에 대한 현상학적 접근 방식을 수정하게 된다. 현상학적 기술의 한계 때문에 인간의 실존에 내재하는 갈등과 균열의 가능성을 기술할 수는 있지만 악이나 고난에 관한 구체적인 인간의 체험에 관한 기술로까지 나아가지 못하기 때문이다. 즉 악과 오류를 가능태가 아니라 현실태로 보기 위해서 리쾨르는 실존하는 인간의 죄와 죄과의 체험이 표출되는 구체적 고백을 다루어야만 했다. 정리하면, 리쾨르에 따르면 인간의 실존적 조건은 현상학적 기술의 범위 밖에 위치하기 때문에 현상학을 통해서가 아니라 상징과 신화들로 에둘러 가는 방식으로 인간의 역사적·실존적 조건을 파악해야 한다. 이 지점에서 방법론의 전환이자 현상학에서 해석학에로의 전환이 이루어진다.

리쾨르는 『악의 상징』에서 악의 가능성이 아닌 악의 구체적, 실존적 체험을 기술하고자 했다. 이를 위해 그는 신화와 상징으로 대표되는 불투명한 차원으로 접근한다.

> 그 고백들은 사유되지 않은 부르짖음이요, 탄식이요, 두려움의 외침이다. 그처럼 고백을 통해 체험은 언어 속으로 들어온다. 그 언어들은 상징 언어요, 일차 상징들이다. (…) 그러한 일차 상징의 해석이 신화다. 그러므로 신화는 2차 상징이다.[9]

위 인용문에서 볼 수 있듯이 악의 고백이나 신화는 해석이 필요하다. 다시 말해 가능태로서가 아니라 현실태로서의 악에 근접하려면 해석 작업을 거쳐야 한다. 왜냐하면 고백의 언어는 철학적 반성으로 해석할 수 있기 때문이다. 따라서 인간의 실존적 현실이자 악의 원초적 체험을 해명하기 위해서는 해석학의 도움을 받아야 한다. 이는 선험적 현상학에서 해석학적 현상학으로 방향을 돌렸음을 의미한

---

9   리쾨르, 폴, 『악의 상징』, 양명수 옮김, 문학과지성사, 2002, p. ix(『역자 서문』).

다.[10] 한마디로 리쾨르에게 현상학은 방법론이자 문제를 제기하는 영역이지만 해답 추구는 해석학의 영역이다.

2.2 이야기 정체성에서 역사적 정체성으로

'이야기 정체성' 개념은 리쾨르의 '철학적 에움길'[11]에서 지속적으로 발전시킨 개념이다. 리쾨르는 이 개념을 『시간과 이야기_Temps et récit_ 1, 2, 3』과 『남 같은 자기 자신_Soi-même comme un autre_』, 그리고 『기억, 역사, 망각_Mémoire, histoire, oubli_』에서 집중적으로 언급한다.[12] 이를 저작별로 세분하여 설명하려는 시도는 자칫 리쾨르의 개념을 전체적으로 보지 못하고 부분적인 것만 보는 우를 범할 수 있다.

2.2.1 텍스트를 매개로 한 자기 정체성

리쾨르는 철학의 오랜 주제인 시간의 문제를 이야기 문제와 연결하여 탐색한다. 이는 사변적 탐구만으로는 해결하기 어려운 시간의 난제에 대한 해법을 시간성과 서사성의 관계에서 찾기 위해서이고, 이야기라는 매개를 통해 자기

---

10 김영한, 「리쾨르의 현상학적 사고」, 『철학과 현상학 연구』 제4집, 1990, p. 132.

11 리쾨르는 그의 철학적 여정을 긴 에움길le long détour이라고 표현하였다. 데카르트의 코기토 선언처럼 즉각적인 것이 아니라, 부단한 탐구와 반성을 거치는 일종의 자기 확신attestation de soi의 여정이다.

12 더불어 '이야기 정체성'이라는 제목의 다음 논문도 중요하다. Ricoeur, P., "L'identité narrative", _Esprit_, juillet-août, 1988, pp. 295~304; Ricoeur, P., "L'identité narrative", _Revue des sciences humaines_, tome 95, janvier mars, 1991, pp. 35~47.

의 이해에 도달하기 위해서이다. 이런 학술적 탐색의 여정
이 담긴 저서가 『시간과 이야기 1, 2, 3』이다.

리쾨르는 『시간과 이야기 1』 2부 「역사와 이야기」에서
이야기discours narratif를 허구 이야기récit de fiction와 역사 이
야기récit historique로 구분하여 역사 이야기에 아리스토텔
레스식의 줄거리 개념을 접목한다. 그는 "만일 역사가 '스
토리를 따라가는 우리의 기본적 능력'과 서사적 이해의 인
식 작업과의 모든 관계를 끊는다면, (···) 역사는 역사적이기
를 그칠 것"[13]이기 때문에 역사는 궁극적으로 '서사적 성격
caractère narratif'을 갖는다는 사실을 강조한다. 그렇다면 리쾨
르가 역사 이야기와 허구 이야기를 교차시키는 이유는 무
엇인가? 이 두 이야기의 가장 큰 차이는 '있었던 일'과 '있
을 수 있는 일'의 경계선에서 찾을 수 있다. 먼저 역사 이야
기는 과거의 실재성에 근거하여 과거에 실제로 일어났던
사건들을 줄거리로 구성함으로써 특정 사건이 역사가에
의해 재현된 것이다. 그리고 허구 이야기는 작가의 상상력
에 의해 과거에 마치 특정 등장인물이 있었고, 과거에 마치
특정 사건들이 발생했던 것처럼 재현하여 현실을 새롭게
변형한 것이다. 두 이야기는 이런 차이점에도 불구하고 재
현, 즉 미메시스라는 공통점을 가지며, 그런 까닭으로 서로
에게 빚지고 있다.

---

13 리쾨르, 폴, 『시간과 이야기 1』, 김한식 외 옮김, 문학과지성사, 1999, p. 191.

재현과 더불어 상상력이라는 측면에서 역사 이야기와 허구 이야기는 서로 닮아 있다. 허구 이야기는 『시간과 이야기 2』에서 언급한 '상상적 변주variations imaginatives'의 방식으로 역사적 과거의 실현되지 않은 잠재적인 것들을 간파해 낸다. 이는 "아리스토텔레스가 서사적이거나 비극적인 우화들에 결부시켰던 진실임 직함vraisemblance의 특성"[14] 덕분이고, 역사적 상상력의 본래의 재현 기능에 결부된 "형용하는dépeindre"[15] 능력 덕분이다.

역사와 허구의 교차는 "역사의 거의 허구적인 순간과 자리를 바꾸는 허구의 거의 역사적인 순간이라는 상호 맞물림에 근거를 두고 있다. 이러한 교차, 상호 맞물림, 자리바꿈에서 바로 '인간의 시간'이라고 부름 직한 것이 나온다."[16] 리쾨르가 인간의 시간이라고 칭한 것은 다시 '이야기된 시간'이 되며, 이것은 우주적 시간과 대비되는 한 개인의 사적인 시간 사이에 있는 시간이 된다.[17] 바로 여기서 '이야기 정체성'[18] 개념이 나온다. 이야기 정체성은 다른 사람의 이

---

14 Ricoeur, P., *La Mémoire, l'histoire, l'oubli*, Seuil, 2000, pp. 340-341, 각주 46.

15 같은 책, pp. 340~341, 각주 46.

16 리쾨르, 폴, 『시간과 이야기 3』, 김한식 옮김, 문학과지성사, 2004, p. 371.

17 리쾨르는 시간의 아포리아의 문제, 내가 체험하는 시간과 우주론적 시간론에 지배하에 있는 세계의 시간의 불일치성의 문제를 '이야기된 시간'으로 극복하려 한다. 즉 현상학적 시간과 우주론적 시간 사이에 이야기된 시간을 다리처럼 놓고자 하였다. 리쾨르는 그것을 "사변을 통해 끊임없이 벌어져 가는 현상학적 시간과 우주론적 시간의 틈새 위에 던져진 다리"(리쾨르, 폴, 『시간과 이야기 3』, p. 467)라고 불렀다.

18 "이야기된 스토리는 행동의 '누구'를 말해 준다. '누구'의 정체성은 따라서 이야기 정체성인 것이다."(리쾨르, 폴, 『시간과 이야기 3』, p. 471) "주체는 자기가 자기 자신에 대해 자

야기를 받아들이고 나의 이야기를 만들어 가면서 형성되는 정체성(서사적 성격을 지닌 정체성)을 말하며, 역사와 허구의 교차를 거치면서 특정한 개인이나 공동체에 주어지는 것이다. 이런 이유로 이야기 정체성은 개인적 정체성과 집단적(혹은 공동체적) 정체성으로 구분된다.

2.2.2 윤리적 정체성

리쾨르는 지금까지의 자아 정체성 문제가 지닌 어려움은 정체성 개념의 두 가지 양태를 의미론적으로 구분하지 못했기 때문이라고 말한다.[19] 그래서 그는 『남 같은 자기 자신』에서 자아의 정체성을 두 종류로 구분한다. 한편으로 "동일-정체성 identité-idem"[20] 혹은 "동일성 mêmeté"과 다른 한편으로 "자기-정체성 identité-ipse"[21] 혹은 "자기성 ipséité"이 그 것이다.

먼저 동일 정체성의 라틴어 'idem'(영어의 'sameness', 독일어의 'Gleichheit')은 '매우 유사한', '흡사한'과 동의어이고, 시간적 차원에서 불변성 혹은 부동성을 의미한다. 그리고 자기 정체성의 라틴어 'ipse'(영어의 'selfhood', 독일어의 'Selbstheit')는 자기와 동의어이고, 시간 속에서의 지속을 의미한다. 자기

기 자신에게 이야기하는 스토리를 통해 자기 스스로를 인식하는 것이다."(p. 473)

19 Ricoeur, P., "L'identité narrative", 1991. p. 35.

20 Ricoeur, P., Soi-même comme un autre, Seuil, 1990a, p. 13.

21 같은 책, p. 13.

성의 구체적 모델로는 '약속의 이행'이 있다. 약속의 이행은 "내 욕구가 변하고 내 의견이나 내 취향이 바뀔지라도 내가 한 약속에 대해 끝까지 책임을 지고 실행할 것이라는 의지의 표명"[22]이다. 이처럼 자기성은 약속을 반드시 지키겠다는 자신의 다짐("나는 유지할 거야je maintiendrai")[23]과 타인이 내게 보이는 신뢰에 대한 보답이라는 이중적 의미를 내포하는데, 중요한 것은 말이 아닌 윤리적 주체의 지속적 행위이다. 이런 관점에서 리쾨르는 "내가 여러 번 주장한 바 있듯이, 자기성은 동일성이 아니다"[24]라고 말한다.

자기가 무심코 뱉은 말조차도 행동으로 책임지려는 자기 정체성은 곧 윤리적 정체성이 된다. 자기 정체성의 윤리적 성격은 자기와 타자와의 관계에서 분석할 수 있다. '나는 [내가 한 약속을] 유지할 거야'라는 다짐은 리쾨르에게 '자기 유지maintien de soi'이다. 이 표현은 스피노자Spinoza의 '존재의 코나투스'와 유사하고 존재의 자기 보존 노력은 결국 훌륭하게 살겠다는 윤리적 삶에 대한 의지이기도 하다. 이것을 리쾨르는 하이데거Heidegger의 'Sorge' 개념을 받아들여 '자기의 마음 씀souci de soi'이라고 부르고, 아리스토텔레스의 『니코마코스 윤리학』의 영향을 받아서 윤리적 차원에서의 '좋은 삶의 추구'라고 부른다. 그리고 자기 유지

---

22 같은 책, p. 148.
23 같은 책, p. 149.
24 같은 책, p. 140.

는 자기의 윤리적 행동을 포함한 모든 행동 전반을 반성함을 전제로 하여 '자기 긍정estime de soi', 즉 자기를 긍정적으로 평가함으로 바뀐다. 이처럼 자기 자신의 행동에 대한 부단한 반성과 성찰이 좋은 삶의 추구에 초석이 된다. 이때 자기 긍정을 확립하기 위해서는 다른 사람의 도움이 요청된다. 리쾨르에 의하면 자기는 구조적 측면과 아울러 본질적 측면에서 타자를 향해 나가는 특징이 있다. 자기의 타자에 대한 '배려sollicitude'가 그것인데 자기가 타자로 향해 나가는 성향은 자기와 타자 사이의 소통 가능성을 열어 준다. 이런 시각에서 귀담아 들어 주는 타자의 청취 자세 없이는 나의 말과 담론은 그저 쓸데없는 독백에 지나지 않는다.

결론적으로 윤리적 성향을 덧입은 자기 정체성은 타자에 대한 배려를 통해 고립된 '나'에서 벗어나고, '나'를 둘러싼 이기주의의 쇠사슬을 끊을 능력을 갖는다. 이로써 윤리적 정체성이 확립된 자기는 타자와 함께 그리고 타자를 위하는 생生을 삶으로써 이 세상을 그나마 살 만하게 만든다.

2.2.3 역사적 정체성

『기억, 역사, 망각』의 특이점은 '이야기 정체성' 개념을 단한 번밖에 사용하지 않지만, 개인적·집단적·공동체적 정체성이라는 용어를 다른 저작에 비해 더 많이 사용한다는 점이다.[25] 그렇다고 정체성의 서사적敍事的 성격, 즉 남과 나

---

25 리쾨르는 『기억, 역사, 망각』의 「에필로그: 어려운 용서」에서 이야기 정체성l'identité

의 이야기récit 그리고 허구 이야기와 역사 이야기를 매개로
한 자기반성적 성격을 포기한 것이 아니라 오히려 심화하
고 있다. 이 책은 기존에 없었던 '기억-역사-망각'이라는
삼중의 관계 구조 속에서 정체성 문제를 다룬다는 측면에
서 리쾨르의 정체성 개념의 완성을 보여 주는 저작이다.

이제 이야기 정체성은 역사 이해를 통한 개인과 집단의
자기 정체성 문제로 연결된다. 리쾨르는 본인이 제2차 세
계대전의 비극을 경험한 사람으로서 역사 문제를 고찰하
는데, 앞서 살펴본 것처럼, 역사란 과거에 있었던 일을 줄
거리로 구성하는 것이며, 역사가가 어떻게 재현하느냐에
따라 역사의 내용이 달라진다. 그러므로 개인이나 집단의
기억에 따른 역사는 과거에 실제로 일어났던 사실들을 해
석하는 역사가의 주관적 관점과 시대정신, 그리고 문화적
요소들에 의해 크게 좌우된다. 이와 같은 역사 이야기를 통
해 영향을 받은 한 개인의 자기 정체성은 집단의 자기 정
체성과 유기적 관계를 맺는다. 민족이나 국가와 같은 한 집
단 안에서 살아가는 개인들은 민족과 국가라는 집단의 정
체성을 공유할 수밖에 없고, 그것을 자기 정체성의 일부분
으로 삼는다. 리쾨르가 예로 들고 있듯이, 유대인 개개인은
그들의 경전이자 역사책인 「모세오경」을 가정과 유대교

---

narrative이라는 표현을 단 한 번 사용한다(Ricoeur, P., *La Mémoire, l'histoire, l'oubli*, Seuil, 1990b, p. 614).

회당에서 반복적으로 학습함으로써 집단적 정체성과 결코 무관할 수 없는 개인적 정체성을 확립하게 된다. 이와 같은 방식으로 리쾨르의 이야기 정체성 문제는 역사 텍스트의 문제로까지 확대된다.

3. 수사학에 관한 리쾨르의 해석

수사학은 해석학이나 현상학과 비교하면 리쾨르의 주된 관심사가 아니었지만, 수사학에 대한 그의 글이 부재한 것은 아니다. 리쾨르는 그의 주저 『시간과 이야기 3』에서 독서 이론을 논하면서 '허구의 수사학'(웨인 부스Wayne C. Booth)[26]과 '독서의 수사학'(미셸 샤를Michel Charles)[27]에 대해

---

26 리쾨르에 따르면, 웨인 부스의 『허구의 수사학The Rhetoric of Fiction, University of Chicago Press』(1983)은 독자를 대상으로 한 저자의 전략적 관점에서 비롯된다. 작품의 구성이나 구조가 독서를 제한한다는 점에서 독서 이론은 일종의 시학이라 할 수 있으나, 독자를 설득하려는 저자의 전략적 차원에서 본다면 수사학의 영역에 속한다. 여기서 주목할 점은, 부스가 말하는 저자는 작품을 창작한 심리적 주체로서의 저자가 아니다. 작품 '속'에서의 저자로서 작품의 의미를 전달하기 위한 어떤 기법을 구사하는데, 부스는 이런 저자를 실제 저자와 구분하기 위해 '내포된 저자'라고 불렀다. 이 개념으로 인해 텍스트는 비인칭적 구조가 아닌 '믿을 수 있는 화자'나 '믿을 수 없는 화자'의 담론이 되었다.

27 리쾨르는 미셸 샤를의 『독서의 수사학Rhétorique de la lecture』(Paris: Seuil, 1977)에 주목하여, "내포된 저자가 구사하는 허구의 수사학이 아니라 텍스트와 그 독자 사이를 오가는 독서의 수사학"에 대해 분석한다. "그것은 전략을 이루는 요소들이 텍스트 속에 포함되어 있고 독자 스스로가 어떻게 보면 텍스트 속에, 그리고 텍스트에 의해 구성된다는 점에서, 여전히 수사학이다."(리쾨르, 폴, 『시간과 이야기 3』, p. 318)

분석하였고, 『독서 2』에 수록된 논문 「수사학, 시학, 해석학」에서 수사학을 시학과 해석학과 더불어 고찰하였다. 이 가운데서 필자는 '저자-텍스트-독자'라는 세 가지 모델과 수사학, 시학, 해석학의 상호 관계를 살피기 위해, 리쾨르의 「수사학, 시학, 해석학」을 조망하고자 한다.

리쾨르는 「수사학, 시학, 해석학」에서, 먼저 수사학, 시학, 해석학의 역할을 다음과 같이 규정한다.

> 수사학은 어떤 의견이 다른 것보다 더 낫다는 것을 청중에게 설득하기 위하여 논증하는 기술이다. 시학은 개인적이고 집단적인 상상 체계를 확장하기 위해 줄거리를 구성하는 기술이다. 해석학은 현실의 새로운 차원을 발견하기 위하여 텍스트를 그 저자나 원래의 독자와는 구분되는 문맥 속에서 해석하는 기술이다.[28]

이처럼 수사학, 시학, 해석학은 서로 다른 분야에서 다른 목적을 지향하지만 때로는 맞물리고 때로는 겹치면서 담론 이론, 더 나아가 문학 이론의 큰 틀을 구축해 왔다.

수사학은 담론 이론 가운데 언어적 용법을 다루는 가장 오래된 분야임이 틀림없다. 아리스토텔레스가 정리했듯이, 수사학의 목적은 웅변을 생산하여 청중을 설득

---

28 Ricoeur, P., "Rhétorique, poétique, herméneutique"(1990), *Lectures II*, Seuil, 1992, p. 479.

하는 데 있다. 설득은 판단, 예증, 사고라는 유형의 담론으로 구성된다. 설득의 기술은 착상, 표현, 배열, 기억, 발표라는 다섯 부분으로 나누어지는데, 이는 '무엇을', '어떤 표현으로', '어떤 순서로', '어떻게 기억해서', '어떤 동기와 함께 말할 것인가'로 설명된다.[29] 그리고 퀸틸리아누스 Quintilianus는 수사학을 '잘 말하는 것에 대한 학문'으로서 연설가의 탁월함이나 덕목으로 간주하였다. 그는 수사학을 연설을 통해 청중을 즐겁게 하는 동시에 청중을 설득하는 논증 기술로 규정한 것이다. 그런데 전통적 수사학은 구조주의 언어학으로 촉발된 현대 언어학의 등장으로 큰 변화를 맞이하게 된다.

은유와 환유에 관한 야콥슨의 연구, 일반수사학의 근본 원리를 규명하고자 하는 그룹 리에주μ의 연구, 수사학과 문학의 관계에 대한 키베디 바르가의 연구 등이 그것이다. 문학 작품에 대한 다양한 수사학적 접근 방법의 목적은 결국 문학을 통한 설득이다. 수사학은 이제 단지 표현술에 국한된 문채론적 관점에서 벗어나 작가가 독자를 과녁으로 삼아 진실임 직하고 받아들일 수 있는 세계관을 제시하기 위해 전개하는 모든 설득의 전략이라는 포괄적인 관점으로 영역이 확장된다.[30]

---

29 김한식, 『해석의 에움길』, 문학과지성사, 2019, p. 370.
30 같은 책, p. 371.

설득의 기술로서의 전통적 수사학(아리스토텔레스)은 "철학적 입장에서 텍스트의 가치나 진리 주장을 판단하는 규범으로서의 수사학"[31]이 되고, 철학과 미학으로까지 확장된다. 특히 『수사학 제국L'Empire rhétorique』의 저자, 카임 페렐만Chaim Perelman은 철학적 담론을 수사학적 측면에서 연구한 것으로 유명한데, 그에 따르면, "무엇이 바람직한가에 대한 논증은 도덕과 법, 정치 등 실천 이성의 모든 영역에 영향을 미치게 되고, 수사학은 철학을 병합하려는 '제국'의 야망을 갖게 된다."[32]

페렐만은 수사학의 특징을 설명하면서 담론의 전형적 상황들이 수사학을 규정한다고 말한다.[33] 즉 정치적인 토론, 법적인 재판, 칭찬이나 비난 같은 공개적 표명이 그것인데, 이는 의사당, 법정, 공회당이라는 장소와 연결되며, 각각의 수사학적 기술은 수신자인 청중이 어떤 부류인지에 의해 선택된다. 이 점에서 '설득의 기술'로서 정의되는 수사학은 '특정 수신자'를 위한 담론이라는 한계를 노출하게 되고, 시학과 해석학의 도움이 요청된다. 페렐만의 야망에도 불구하고, 보편적 상황과 전체 인류를 전제하는 철학 담론과 특정 수신자에 국한된 담론으로서의 수사학의 틈새는 쉽사리 좁혀지지 않기 때문이다.

---

31 같은 책, p. 371.
32 같은 책, pp. 371~372.
33 Perelman, Ch., *L'Empire rhétoriqu*, Vrin, 2000, p. 480.

시학은, 한편으로 중세 수사학에서 '시 짓기'를 곧 말 잘하고 글 잘 쓰는 기술로서의 '제2의 수사학'으로 규정했던 것처럼 수사학의 영향 아래에 있다고 볼 수 있지만, 다른 한편으로 시학은 "시학적 상상력을 통해 새로운 것을 발견하고 이해하는 즐거움"[34]을 제공하기에 수사학적 논증의 강점이랄 수 있는 설득력의 한계를 넘어선다. 있음 직한 세계, 실현 가능해 보이는 세계, 즉 리쾨르의 고귀한 표현처럼 '살 만한 세계le monde habitable' 역시 시학의 영역에 속한다. 이는 아리스토텔레스가 『니코마코스 윤리학』에서 말한 것처럼, 시인은 "전해져 내려오는 줄거리들"(9장 51b24)을 모델로 필연성과 개연성을 적절히 활용하여 상상적 줄거리를 구성하는 자이지만, 수사학적 기술을 사용하는 웅변가는 전형적 상황 및 수신자라는 한계의 멍에를 쓴 자이다.

수사학을 논증을 만들어 내는 행위로, 시학을 줄거리를 만들어 내는 행위로 본다면, 해석학은 텍스트를 해석하는 행위로 볼 수 있다. 물론 텍스트를 해석하는 행위에도 한계가 있다. 즉 대화 상황에서 생길 수 있는 왜곡은 화자와 청자 사이의 소통을 통해 교정할 수 있지만, 텍스트를 해석하는 경우에는 저자의 의도와 텍스트(혹은 담론)의 의미가 일치하지 않을 수 있어서 텍스트의 의미론적 문제가 발생한

---

34 김한식, 『해석의 에움길』, p. 374.

다. 그래서 리쾨르는 "고아라고 할 수 있을 텍스트는 아버지라는 보호자를 잃고, 오로지 홀로 수용과 독서의 모험에 맞서야 한다"[35]라고 말한다.

그렇다면 해석학은 어떻게 이 문제를 극복해야 하나? 그리고 어떻게 과거의 전혀 다른 상황에서 생산된 텍스트를 현대적 상황에 맞게 해석할 수 있는가? 리쾨르의 대답은 다음과 같다.

> 해석한다는 것은 이제부터 어떤 문화적 맥락에 따른 의미 작용을, 동등한 의미를 갖는다고 추정되는 규칙에 따라 다른 의미 작용으로 번역하는 것이다.[36]

이로써 해석학에 주어진 과제는 "[최초] 의미의 탈문맥화와 재문맥화라는 가능성만을 가지고 추정된 의미론적 정체성에 접근"[37]하는 것이 된다. 그리고 해석학은 인류 전체의 살아 있는 문화유산, 즉 전통을 구성하는 것을 재해석한다. "전통, 즉 해석의 공동체가 없다면 의미의 전이도 번역도 없다."[38]

수사학, 시학, 해석학은 서로서로 맞물리고 겹치면서 서

---

35 Ricoeur, P., "Rhétorique, poétique, herméneutique", p. 488.
36 같은 글, p. 489.
37 같은 글, p. 489.
38 같은 글, p. 490.

로에게 기대고 있다. 해석학이 수사학에 빚지고 있는 것은 추론과 논증이다. 중요한 것은 해석학에서 추론의 목적은 우열을 판가름하거나 한 가지 의미만을 도출하는 데 있지 않고, "다양한 의미 공간을 열어 주는 데 있다."[39] 이 공간은 기존의 세계와 질적으로 다른 세계를 지시하는데, 이를 가능성의 세계라고 부른다. 이 점에서 해석학은 시학과 더 밀접한 관계를 갖는다. 리쾨르에 의하면, 가능성의 세계는 이성의 능력으로 들어갈 수 있는 곳이 아니라, 시적 이미지(혹은 '상상의 힘')로 들어갈 수 있는 곳이다. 위대한 시인이 제시하는 새로운 시적 이미지는 현실 세계의 한계를 뛰어넘어 새로운 세계의 이미지로 재해석된다. 그래서 새로운 세계의 이미지는 우리가 앞으로 살아가야 할 새로운 형태의 '삶의 이미지'[40]이기도 하다.

리쾨르에게 텍스트의 세계는 새로운 세계와 등가 관계를 갖는다. 작가에 의해, 작가의 상상력에 의해 만들어진 텍스트의 세계는 세계를 다시 지시하고 재기술하는 방식으로 독자에게 새로운 가능성과 제안을 제공한다. 즉 독자에게 삶의 계획들, 세계를 향한 비전들, 삶의 확신들을 풍

---

39 김한식, 『해석의 에움길』, p. 377.

40 이 '삶의 이미지'는 리쾨르의 '살아 있는 은유métaphore vive'와 동일시될 수 있다. 리쾨르에 따르면, 살아 있는 은유는 삶의 현실적 모습을 새롭게 묘사하는 힘을 가졌다. 살아 있는 은유는 언어의 한계를 넘어서서 현실 언어로 묘사할 수 없는 영역domaine extra-linguistique까지 '지시'할 수 있는 능력이 있다. 이와 같은 초월적 능력을 통해 살아 있는 은유는 '가능성의 세계'를 연다.

요롭게 해 준다. 한마디로 텍스트의 세계는 우리에게 삶을 가르쳐 준다. 결국 지금 여기hic et nunc의 우리의 실존을 '다르게' 해석할 수 있게 해 준다.

지금까지 필자는 리쾨르가 수사학을 어떻게 이해하는지 살펴보았다. 그 결과, 리쾨르는 제라르 주네트Gérard Genette 가 제시한 것처럼 수사학의 영역이 축소되었다[41]는 견해를 가졌음을 확인하였다.[42] 그럼에도 불구하고 수사학과 해석학은 상호 교차하며, 서로를 함축하고 있음을 알 수 있었다. 이런 입장은 독일의 해석학자 한스 게오르크 가다머 Hans Georg Gadamer에게서도 유사하게 발견할 수 있다.

이렇듯 인간의 언어적 성격의 수사학적 양상과 해석학적 양상은 완벽하게 상호 침투하고 있다. 만약 해석학이 다루고 있는 이해와 동의가 인간관계를 지탱하지 않는다면 변론가도 담론의 기술도 존재하지 않을 것이요, '서로 대화하고 있는' 사람들의 이해가 서로 교란되지 않고 서로 이해할 필요가 없다면 해석

---

41 Genette, Gérard, "La rhétorique restreinte", *Figures III*, Seuil, 1972, pp. 21-40.

42 박성창, 「해석학과 수사학: 폴 리쾨르의 은유론을 중심으로」, 애산학회, 『애산학보』 제26집, 2001, pp. 194~195. "'표현술'이 거대한 수사학의 원으로부터 벗어나서 제 라르 주네트가 '줄어든 수사학', 즉 은유-환유의 쌍으로 줄어든 수사학이라고 비난한 것까지 점차적으로 줄어들 수 있었던 것은 그것이 말해진 담론의 영역에서 쓰인 담 론의 영역으로 이동하면서이다. 그러나 논거발견술, 논거배열술, 표현술이 담론의 또 한 과정의 부분들에 지나지 않았던 광범위한 프로그램에 비교해 볼 때 표현술이 최초의 줄어든 수사학을 야기시켰다면 전의론은 표현술 내부에서 이미 줄어든 수사 학을 구성한다."

학적 과제도 존재하지 않을 것이다.[43]

수사학과 해석학의 근본적 차이 이전에, '말할 수 있음'과 '이해할 수 있음'은 명백하게 보편적인 인간 고유의 본질이자 인간 존재 자체의 특징이다. 리쾨르는 이를 수사학과 해석학의 '교차점points d'intersection'이라고 불렀는데, 필자는 리쾨르의 대화주의에서 이 교차점을 찾을 수 있다고 보며, 이는 결론 부분에서 다시 논의할 것이다.

4. 「동료와 이웃」의 수사학적 분석 및 해석학적 분석

『역사와 진리』에 포함된 소논문 「동료와 이웃」은 유명한 '선한 사마리아인'에 관한 예수의 비유를 리쾨르가 그의 독창적 관점에서 재해석한 내용이다. 필자는 이를 한편으로 수사학적 차원에서 분석하고 다른 한편으로는 해석학적 차원에서 분석함으로써 수사학에 관한 리쾨르의 해석을 소개하고자 한다.

---

43 Charles, 1977: 129; 박성창, 「해석학과 수사학: 폴 리쾨르의 은유론을 중심으로」, pp. 188~189.

4.1 「동료와 이웃」의 수사학적 분석

선한 사마리아인의 비유는 예수가 즐겨 사용한 수사학의 예증법 가운데 하나이다. 먼저 신약성경 「누가복음」 10장 25~29절을 새번역으로 읽어 보자.

> 어떤 율법 교사가 일어나서, 예수를 시험하여 말하였다. "선생님, 내가 무엇을 해야 영생을 얻겠습니까?" 예수께서 그에게 말씀하셨다. "율법에 무엇이라고 기록하였으며, 너는 그것을 어떻게 읽고 있느냐?" 그가 대답하였다. "'네 마음을 다하고 네 목숨을 다하고 네 힘을 다하고 네 뜻을 다하여, 주 너의 하나님을 사랑하여라' 하였고, 또 '네 이웃을 네 몸같이 사랑하여라' 하였습니다." 예수께서 그에게 말씀하셨다. "네 대답이 옳다. 그대로 행하여라. 그리하면 살 것이다." 그런데 그 율법 교사는 자기를 옳게 보이고 싶어서 예수께 말하였다. "그러면, 내 이웃이 누구입니까?"

이 장면을 간단히 설명하면 당대의 기득권층이지만 예수의 새로운 가르침 때문에 자신의 존립 근거 자체가 크게 위협받는다고 판단한 율법 교사가 예수를 시험하여 넘어뜨리고자 적개심을 담아 "내가 무엇을 해야 영생을 얻겠습니까?"와 "내 이웃이 누구입니까?"라는 질문을 연속으로 던지는 상황이다. 수사학적으로 이 상황을 분석하면 율법 교사는 충분히 교육받아 유대 전통과 율법에 정통한 청중이다. 그는 이미 영생을 얻는 법을 「신명기」 6장 5절("네 마음을 다하고 네 목숨을 다하고 네 힘을 다하고 네 뜻을 다하여, 주 너의 하나님을 사랑하여라")과 「레위기」 19장 18절("네 이웃을 네 몸같이 사랑하여라")을 통해 잘 알고 있었기 때문이다. 그럼에도 불구하고 그는 예수를 의심하고 시험하고자 하였다. 청중으로서 그의 정서는 예수의 담론을 듣기 전부터 폐쇄적이었음을 알 수 있다. 물론 절대적 의심만을 한 것은 아닐 수 있다. 즉 예수가 메시아일 수도 있다는 일말의 기대도 있었을 것이다. 이런 그에게 예수는 선한 사마리아인의 예증법을 제시하여 '사랑의 실천을 요구'하는 연설을 한다.

예수께서 대답하셨다. "어떤 사람이 예루살렘에서 여리고로 내려가다가 강도들을 만났다. 강도들이 그 옷을 벗기고 때려서, 거의 죽게 된 채로 내버려 두고 갔다. 마침 어떤 제사장이 그 길로 내려가다가 그 사람을 보고 피하여 지나갔다. 이와 같이, 레위 사람도 그곳에 이르러 그 사람을 보고, 피하여 지나갔다. 그러나 어떤 사마리아 사람은 길을 가다가, 그 사람이 있는 곳에 이르러, 그를 보고 측은한 마음이 들어서, 가까이 가서, 그 상처에 올리브기름과 포도주를 붓고 싸맨 다음에, 자기 짐승에 태워서, 여관으로 데리고 가서 돌보아 주었다. 다음 날, 그는 두 데나리온을 꺼내어서, 여관 주인에게 주고, 말하기를 '이 사람을 돌보아 주십시오. 비용이 더 들면, 내가 돌아오는 길에 갚겠습니다' 하였다. 너는 이 세 사람 가운데서 누가 강도 만난 사람에게 이웃이 되어 주었다고 생각하느냐?" 그가 대답하였다. "자비를 베푼 사람입니다." 예수께서 그에게 말씀하셨다. "가서, 너도 이와 같이 하여라."

「누가복음」 10장 30~37절(새번역)

위 내용을 수사학적으로 분석해 보면 〈표 1〉과 같다.

〈표 1〉

설득 근거	수사학적 상황	매개적 관심 소재	이해의 진전
로고스	담론(내 이웃은 누구입니까?)	• 선한 사마리아인의 예증법 • 등장인물(제사장, 레위인, 강도당한 자, 사마리아인) • 동료(제도적 관계) • 이웃(사랑의 관계)	• 전통적 율법 강연에서 수사학의 비유(예증법)를 통한 설득
에토스	변론가(예수)	• 관계의 역설 • 유대인에게 천대받던 사마리아인의 선행(자비를 베푼 자) • 사랑을 실천하는 자가 곧 이웃	• 제도적 관계의 한계를 극복하는 방법은 사랑의 관계로 전환하는 것 • 사랑(자비를 베푸는 것)이 진정한 이웃이 되는 길 • 사랑의 관계가 제도적 관계에 우선
파토스	청중(율법 교사+주변인)	• 동료에서 이웃으로 • 사랑의 실천을 요구("가서, 너도 이와 같이 하여라")	• 의심에서 신뢰로 • 예수가 메시아라는 기대 증폭

4.2 「동료와 이웃」의 해석학적 분석: 타자에 대한 마음 씀

리쾨르는 「동료와 이웃」에서 '동료와 이웃의 변증법'을 해석학적 입장에서 전개한다. 한편으로 동료는 개인적인 친분보다는 사회적이고 제도적인 관계에서 발생하고, 어떤 임무를 수행하느냐가 문제이다. 다른 한편으로 이웃은 타자의 고통을 공유하고 이 고통을 함께 나눌 수도 있는 관계로 대변된다. 이 관계가 소유한 힘은 다름 아닌 동정이자 공감이다. 이런 맥락에서 이웃은 상호 인격적 관계로 구성된다.

리쾨르는 동료와 이웃의 개념을 구체적으로 설명하기 위해 성경에 나오는 '선한 사마리아인의 비유'를 재전유한다. 성경의 본래 내용처럼 리쾨르 역시 이 비유를 통해 사람들은 '누가 진정한 이웃인가?'라는 일차적인 물음에 주목한다. 특정한 사람들(제사장과 레위인)의 제도적 지위보다, 평소 사회적으로 천대받던 한 사마리아인의 동정과 공감이 강도당한 피해자에게 도움이 되었다는 이 이야기는 우리에게 숙고할 주제를 제공한다.

인간의 진정한 관계는 사회적·제도적 지위보다 사람과 사람의 대면에서 시작된다. 다시 말해 서로를 마주 보는 만남이 없다면 서로에 대한 공감이나 동정이 있을 수 없다. 그러나 사회적·제도적 지위는 이와 같은 만남을 어렵게 한다. 이런 의미에서 호의적 자발성으로 표현될 수 있는 타자에 대한 공감은 사회적·제도적 지위를 초월하는 윤리적 요소이다.

여기에서 주목해야 할 또 다른 요소는 사마리아인과 피해자가 처한 근본적으로 비대칭적인 상황이다. 물론 비대칭적 상황을 평등의 관계로 환원하는 것은 공감이다. 주고받음의 관계는 언제든지 반전될 수 있음을 전제하면, 피해자는 다른 사람의 도움을 기꺼이 받아들일 수 있으며 언젠가 자신도 다른 사람을 도울 수 있어야 한다. 비유에서 보듯이 사마리아인은 피해자와 함께 고통받는 것을 주저하지 않았고 여기서 '주고받음의 미학'이 나온다.

정리하면, 강도당해 피해를 본 사람의 동료는 제사장과 레위인이고, 그의 이웃은 사마리아인이다. 일면 단순하게 보이는 이 비유는 상당한 역설을 담고 있다. 그 당시 이방인 취급을 받던 사마리아인에 반하여, 제사장과 레위인의 사회적이고 제도적인 역할을 고려한다면 당연히 그들이 고통받는 자를 돕는 일에 앞장서야 했다. 하지만 정작 강도당한 피해자를 돕는 일에는 역할의 반전이 나타난다. 즉 진정한 유대인으로 인정받지 못하고 차별받던 사마리아인이 순수한 혈통과 사회적·제도적 신분이 확실한 제사장과 레위인을 제치고 자비를 베푼다. 여기서 얻을 수 있는 교훈은 사람과 사람의 만남이 제도적 관계보다 우선한다는 것이다.

그런데 문제의 초점은 이처럼 동료와 이웃의 차이점을 분명히 하는 데 있지 않다. 리쾨르는 사람과 사람의 만남(혹은 인격과 인격의 만남)에 한계가 있음을 지적한다. 이 점이 바로 리쾨르가 에마뉘엘 무니에Emmanuel Mounier의 공동체 철학을 비판하는 이유이기도 하다. 무니에 철학은 공동체를 지탱해 주는 동정과 자선, 그리고 우정과 배려 등과 같은 상호 인격적 관계의 틀을 벗어나지 못한다. 문제는 우리가 사마리아인처럼 행동할 수 없으며, 이런 사마리아인이 포용할 수 있는 이웃의 범위에도 한계가 있다는 것이다.

인격주의 철학으로 명명되는 무니에 사상은 '공동체'와 '인격personne'이라는 말로 요약할 수 있다. 먼저 무니에의 인격은 개인individu과 확연히 구별된다. 개인은 부르주아의 비-문명의 궁극-표상과 같다.[44] 그래서 부르주아 세계에서의 개인의 모습은 냉정하고, 합리주의적이며, 또한 법적인 권리를 요구한다. 이런 개인의 세계는 외양과 명망의 세계이자 동시에 돈의 세계요 비인격적인 세계이며 법률 만능주의의 세계이다.[45] 이 세계는 '(보다) 적은moins' 세계라 할 수 있는데, (보다) 적은 사랑과 (보다) 적은 존재의 세계이다. 이에 반해 인격은 살아 있는 통일체이고, 참된 공동체의 궁극-표상이다. 이 공동체에서는 각각의 인격 '나'는 '우리'를 지향한다.[46] 이 점에서 인격의 각성은 공동체의 교육과 다를 바 없다.

무니에는 '나'라는 인격의 주도적 역할을 강조하였고, 이 역할을 통해 '나'라는 인격이 타인에게 나아간다는 점에 주

---

44 리쾨르, 폴, 『역사와 진리』, 박건택 옮김, 솔로몬, 2002a, p. 169.
45 같은 책, pp. 168~169.
46 같은 책, p. 170.

목하였다. 그래서 중요한 것은 나를 타인에게 열고 자아에 대한 관심에서 개방성으로, 탐욕에서 나눔으로 나아가게 하는 "원초적 행위actes originaux"라는 존재론적 함의를 찾아내는 것이다.[47] 여기서 무니에가 말하는 인격과 공동체의 연결 고리의 핵심을 보게 된다. 즉 인격의 독창성은 고독이 아니라 타인과의 일치에서 드러난다.

인격과 공동체의 교차점은 무니에의 인격주의를 분명하게 보여 준다. 그렇지만 리쾨르의 관점에서 이 교차점은 곧 무니에의 한계점이다. 무니에가 추구하는 인격과 공동체가 리쾨르가 지향하는 '더불어-살기'를 실현하기 위한 필요조건이 될 수는 있지만, 리쾨르가 의도하는 윤리적 목표[48]의 충분조건이 되지는 못한다. 그래서 리쾨르는 상호 인격적 관계를 제도적 관계로 확장해야 한다고 주장한다. 이런 주장의 목적은 몇몇 개인이나 특정한 공동체라는 친근하고 제한적인 범주를 초월해서 얼굴 없는sans visage 사람인 각자

---

47 같은 책, p. 195.

48 리쾨르의 윤리 사상은 크게 두 영역으로 나눌 수 있다. 그의 저서 『남 같은 자기 자신』에서 밝히고 있듯이 첫 번째 영역은 그의 윤리적 목표visée éthique이고, 두 번째 영역은 윤리적 확신으로 표현되는 근본적 윤리éthique fondamentale이다. 우선 그의 윤리적 목표는 세 가지 마음 씀souci으로 표현된다. 즉 자기에 대한 마음 씀souci de soi, 타자에 대한 마음 씀souci des autres, 그리고 정의로운 제도들에 대한 마음 씀souci des institutions justes이다. 이 세 가지 관심 가운데 처음과 두 번째는 아리스토텔레스의 목적론적인 윤리학과 아주 밀접한 관계를 이루고 있다. 이에 비해 그의 근본적 윤리로 대변되는 실천적 지혜는 단순히 목적론적 윤리(행복한 삶에 대한 추구)에만 머물러 있지 않고, 의무론적 도덕(칸트)의 검증을 통과한 상태를 지칭한다. 다시 말해 근본적 윤리란 목적론적인 윤리적 목표가 규범적(또는 의무론적인) 도덕의 '체'를 통과한 이후 성립될 수 있다.

chacun, 즉 우리와 멀리 떨어져 있어 우리와 아무런 관계가 없는 사람인 제삼자에게로 자기의 **사랑**의 범주를 넓히기 위함이다. 이 점을 숙고하면, 왜 리쾨르가 제도의 문제에 심혈을 기울이는지 이해할 수 있다.

리쾨르 철학에서 제도의 문제는 윤리와 사랑의 범주를 넓히는 역할을 한다. 더 나아가 그의 윤리 문제는 사회와 정치 문제와 연관을 갖는다. 무니에처럼 단순히 작은 사회나 공동체의 문제에 안주하지 않고, 더 큰 사회와 정치의 정의와 윤리에 관심을 가진다는 점에서 리쾨르 철학의 강점을 볼 수 있다.

5. 리쾨르의 대화주의와 수사학의 교차점

리쾨르의 대화주의가 에마뉘엘 레비나스Emmanuel Levinas의 윤리 철학처럼 마르틴 부버Martin Buber의 대화 철학에 상당 부분 빚지고 있는 것이 사실이지만, 나와 너의 문제, 즉 상호 주관적 문제를 넘어서고 있음을 알 수 있다. 그렇다고 존 오스틴John Austin이나 존 설John Searle의 화행 이론이나 화용론으로 축소되지 않는 것이 리쾨르의 대화주의이다. 현대 언어철학적 논의를 내포하고 있지만, 일반적 대화 이론을 넘어선 범주를 지향한다. 이런 까닭으로, 필자는 리쾨르의 대화주의를 다음의 세 가지 의미로 규정한다. 첫째,

나와 타자의 대화 가능성이다. 둘째, 리쾨르의 고유한 철학 방법론이다. 셋째, 텍스트 이론의 확장이다.

5.1 대화 가능성으로서의 대화주의

필자는 리쾨르의 대화 가능성으로서의 대화주의에서 수사학과 해석학의 교차점을 본다. 나와 타자의 대화 가능성으로서의 리쾨르의 대화주의는 부버의 '나와 너'의 관계성—절대적 너의 존재(창조자)를 상정하고 너를 통한 나(창조물)의 완전한 모습을 추구하는 관계성[49]—을 부분적으로 내포하지만, 프랑시스 자크Francis Jacques가 규정한 나와 타자 사이의 관계적 가역성la réversibilité[50]을 강하게 함축한다. 리쾨르가 실존적인 관점에서 타자의 존재에 기대어 있음은 다음의 인용문에서 확인할 수 있다.

> 마지막으로 타자에 대해 살펴볼 필요가 있는데, 그 이유는 내게 결핍되어 있는 것이 바로 타자이기 때문이다. 타자는 또 다른

---

49 Buber, M., *Je et Tu*, Aubier, 1969, p. 98. "네가 없다면 내 가치는 즉각적으로 상실되며, 네 참여 없는 나의 실재는 있을 수 없다."

50 "발화 행위를 통해 '나'는 언제든지 '너(타자)'가 될 수 있고, 때때로 '그(제3자)'가 될 수도 있다. '나'는 발화자일 때만 '나'이지 발화 대상자, 즉 청자일 경우에는 '나'일 수 없다. 그렇기 때문에 발화 행위에서는 '나'를 고집할 수 없고, '너'라고 불리는 고통을 감수해야 한다. 더 나아가 '나'는 '그'가 될 수 있는데, '나'를 제외한 누군가가 '나'에 대해 이야기를 할 때 그들이 '나'를 '그'라고 부르는 것은 지극히 당연한 일이다."(전종윤, 「철학의 권리와 대화주의—데리다와 리쾨르 철학의 교양교육 차원에서의 이해」, 한국교양교육학회, 『교양교육연구』 제8권 제4호, 2014, p. 352)

나로서 내게 부족한 부분이다. 타자는 음식물처럼 나를 채워 주는 존재이다.[51]

또한 그는 논리·언어학자 자크의 영향[52]을 받아 나는 타자와 언어철학적 관점에서 소통 가능한 존재임을 받아들인다. 즉 나와 타자의 관계를 상호 대화적interlocutif 관계, 즉 발화자locuteur와 발화 대상자interlocuteur의 관계로 이해한다.

자크의 주장을 좀 더 자세히 살펴보자. 자크는 그의 주저 『대화 관계에 관한 것들. 대화에 관한 논리적 탐구들 *Dialogiques. Recherches logiques sur le dialogue*』에서 "내가 [너에게] 표현할 수 있는 모든 것을, [동일한 방식으로] 나에게 표현할 수 있는 누군가인 '너'의 존재와 대면對面할 때, 나는 너를 지각한다"[53]라고 규정한다. 그리고 나와 타자가 "대화한다는 것은, 나와 너, 즉 우리는 언어를 [함께 혹은 공통적으로] 사용하고 있다는 뜻이다."[54]

여기서 필자가 주목한 것은, 한편으로는 대화 상황에서 '우리'의 필요성을 도출한 자크의 노력과 이를 계승하고자

---

51 Ricoeur, P., *La philosophie de la volonté I, Le volontaire et l'involontaire*, Aubier, 1950, p. 122.

52 Jacques, F., *Dialogiques. Recherches logiques sur le dialogue*, P.U.F., 1979, p. 27.

53 같은 책, p. 27.

54 같은 책, p. 6.

하는 리쾨르의 의지이며, 다른 한편으로는 대화주의와 소통의 수사학의 만남이다. 대화주의는 언어를 매개로 한 나와 너의 소통을 전제하고, 나와 너는 궁극적으로 우리를 지향한다. 소통을 목표로 하는 수사학의 임무가, 아리스토텔레스의 말처럼, 설득하는 것이 아니라 모든 사태에서 현존하는 설득적인 것을 탐구하는 것이라는 점에서 소통의 수사학은 리쾨르의 대화주의와 교차점을 갖는다.

5.2 방법론으로서의 대화주의

리쾨르는 서로 다른 혹은 이질적인 두 개념이나 주제를 대질시켜 새로운 개념이나 주제에 도달하는 그만의 독특한 방법론을 즐겨 사용한다. 필자는 이를 수사학과 해석학의 교차점이라고 해석한다. 이와 같은 방법론에 따라 리쾨르가 종종 절충주의자라고 비난받는데, 이는 그의 철학을 그릇되게 해석한 까닭이다. 오히려 리쾨르는 스스로 절충주의에 빠지지 않고 독창적이고 바른 관점을 세우려고 노력했다.

> 저의 주된 관심사가 (…) 화해하지 못하는 두 사상의 흐름의 교차점에 위치한 상황 때문에 생겨난 대립을 어떻게 해결하는가 하는 것이었습니다. 철학적 비판과 종교적 해석이라는 문제를 철학 분야에서 제가 수행했던 것이 절충주의에 속하는 것은 아니었는지, 제가 실제로 마르셀, 후설, 나베르 그리고 프로이트

와 구조주의자들을 잊지 않은 채 독창적이고 정직한 방식으로 연결했는지를 더욱 첨예하게 알아보는 것이었습니다.[55]

이와 같은 리쾨르의 철학 방법론으로서의 대화주의의 사례 하나를 그의 프로이트Freud 연구에서 찾을 수 있다. 리쾨르는 프로이트가 두 개의 어휘 체계를 사용함으로써 생긴 프로이트 담론의 취약점, 곧 프로이트의 인식론적 명증성의 결여에 주목한다. 리쾨르에 따르면, 프로이트가 혼용한 어휘 체계는 다음과 같다.

> 에너지에 관련된 어휘 — 억압, 에너지, 충동 등과 같은 어휘 —, 그리고 다른 한편으로 의미와 해석에 관한 어휘 —『꿈의 해석』과 같은 제목에서 드러나는 어휘 — 체계가 그것입니다.[56]

이런 관점에서 프로이트의 연구 대상 자체는 언어와 힘이라는 두 체제의 연결 고리 부분에 자리 잡고 있다. 여기서 라캉Lacan과 리쾨르의 결정적 차이가 드러난다. 라캉이 언어 차원을 에너지 차원, 즉 역동적 차원[57]과 '대비'시켰다

---

55 리쾨르, 폴, 『폴 리쾨르, 비판과 확신』, pp. 67~68.

56 같은 책, pp. 136~137.

57 다음 내용 참조. 프로이트를 계승하는 두 입장: 1) 이드id의 절대성을 강조하면서 정신의 본질을 순화되지 않는 역동성에서 찾으려는 입장(멜라니 클라인Melanie Klein의 영국 정신분석학파와 라캉이 대표적 인물), 2) 자아ego의 자율성과 방어 기능을 강조하면서 정신분석의 방향을 자아의 실질적인 강화와 현실 적응을 돕는 데 두려는 입장(하

면, 리쾨르는 이 두 차원을 '조화'시키려 했기 때문이다. 물론 리쾨르의 시도는 친親라캉 연구자에게는 불만의 대상이었다. 그래서 그들은 다음과 같은 비난의 화살을 쏘았다. "리쾨르는 『의지적인 것과 비의지적인 것』에서 무의식에 대해 처음으로 말했고, 『해석에 대하여』에서 두 번째로 말했다. 이 두 책 사이에 무엇이 있는가? 아무것도 없거나 아니면 **라캉**이 있다."[58]

이와 같은 비판에 직면한 리쾨르의 변론은 결코 가벼울 수 없었다. 왜냐하면 『해석에 대하여 *De l'interprétation*』출판 이후 그에게 쏟아진 많은 비난과 몰이해, 그리고 거부는 라캉을 비롯한 정신분석학계를 중심으로 일파만파로 커졌기 때문이다. 사람들은 이 책을 출간하기 전에 리쾨르가 라캉의 세미나에 참석했었다는 사실을 지적했고, 그가 프로이트에게 가한 해석을 라캉에게서 빌려 왔다는 결론을 내렸다. 특히 라캉이 느낀 배신감은 이미 잘 알려진 사실이다. 그렇다면 이 일화가 암시하는 것은 무엇인가? 리쾨르 평전을 쓴 프랑수아 도스의 표현처럼, 리쾨르의 사상은 "평화로워 보이는 겉모습과는 달리 극단의 사상이며 또한 갈등의 사상이다. 장애물에 대한 반격과 반박 그리고 전략이라는

인즈 하트만Heinz Hartmann등이 주축이 된 '자아심리학ego psychology'과 프로이트의 공식적 계승자 안나 프로이트Anna Freud가 대표적 인물)(김석, 『무의식의 초대』, 김영사, 2010, pp. 109-110).

58 리쾨르, 폴, 『폴 리쾨르, 비판과 확신』, p. 137.

개념은 그의 철학의 주요한 특징들 가운데 하나이다. 그는 갈등 상황에 있는 여러 입장을 논리적 모순의 지평에 부딪힐 때까지 극단적인 지점으로 몰아넣는다. 바로 이러한 부딪힘이 생각을 불러일으킨다."[59]

5.3 텍스트 이론의 확장으로서의 대화주의

리쾨르의 해석학적 텍스트 이론을 필자는 대화주의의 확장으로 보고, 여기서도 수사학과 해석학의 교차점을 본다. 앞서 필자는 리쾨르가 그의 텍스트 이론을 정립하는 과정에서 '허구의 수사학'과 '독서의 수사학'을 논했고, 현대 언어학의 등장으로 수사학은 '문학을 통한 설득' 기능의 역할도 담당하게 되었음을 설명하였다.

　　리쾨르의 대화주의에 의하면, 발화 참여자들 간의 발화 행위는 시간과 공간에 얽매이지 않고 시공간을 초월할 수 있다. 한정된 공간에서 행해지는 소통 행위를 소위 '작은 대화'라고 규정한다면, 리쾨르의 텍스트 이론처럼 '텍스트의 세계le monde du texte'와 '독자의 세계le monde du lecteur'의 만남으로서의 대화주의를 '먼 대화'로 볼 수 있다. 독자가 시공간을 초월하여 텍스트의 허구 인물 혹은 작가와 대화하는 행위를 먼 대화의 일면이라고 할 수 있다.

　　한 개인의 정체성이 성립되기 위해서는 자기 이해가 선

59　Dosse, F., *Les Sens d'une vie*, p. 11.

행되어야 하는데, 리쾨르에 의하면, 그것에는 다른 사람의 이야기, 즉 텍스트를 읽고 자기와 빗대어 해석하는 과정이 추가된다.[60] 바로 이것이 독자로서의 나와 텍스트의 세계로서의 타자가 만나고 대화하는 과정이다. 독자는 다양한 텍스트의 세계를 만남으로써 텍스트가 제공하는 새로운 세계를 경험하게 되고 결과적으로 그 세계를 자기의 것으로 수용하게 된다. 이와 같은 방식으로 독자는 텍스트의 선물 le don du texte과 독서의 산물 l'oeuvre de la lecture 덕분에 삶의 해석자가 될 수 있고, 텍스트의 세계가 제공하는 새로운 삶의 비전과 계획, 그리고 지평을 자기화(혹은 전유 l'appropriation) 함으로써 새롭게 자기를 이해할 수 있다.

결국 내가 자기화해야 하는 것은 바로 세계의 제안이다. 그 세계의 제안은 숨겨진 의도처럼, 텍스트 뒤에 있는 것이 아니라, 작품이 전개시키고, 발견해 내고, 드러내 주는 것으로서 **텍스트 앞에**devant le texte 있는 것이다. 그래서 이해한다는 것은 텍스트 앞에서 자기를 이해한다는 것이다. 결국 텍스트에게 자신의 제한된 이해 능력을 강요하는 것이 아니라 텍스트에게 자신을 노출하는 것이며, 그것으로부터 더욱 폭넓은 자기를 수용하는 것이며, 바로 이 넓은 자기의 수용이 세계의 제안에 가장 적절

---

60 "독자가 허구 인물의 정체성을 자기 것으로 만드는 것은 자기 해석 형식들 중의 하나 이다."(Ricoeur, P., "L'identité narrative", Esprit, juillet-août, 1988, p. 304.)

한 방식으로 응답하는 실존의 제안일 것이다.[61]

필자의 이와 같은 주장에 반박의 여지가 없는 것은 아니다. 리쾨르의 텍스트 이론을 확장하여 먼 대화로서의 대화주의로 해석하려는 시도는, 현대 철학에서 발화 행위를 나와 타자 사이의 대면face-à-face 행위로 규정하는 것을 정면으로 위반하고 있기 때문이다. 그러나 미하일 바흐친Mikhail Bakhtin의 대화 이론[62]에 따르면, 문학 텍스트를 매개로 작가(텍스트의 세계)는 비평가(독자의 세계)와 시공간의 한계를 초월하여 생산과 수용이라는 대화적 상호 작용을 갖는다. 이는 두 주체(작가와 비평가)의 대화(혹은 만남)가 동일한 시대, 동일한 공간에서만 일어난다고 특정할 수 없기 때문이다.

6. 나가는 말

이 글의 목적은 리쾨르의 주요 관심사인 해석학적 관점에

---

61 Ricoeur, p., *Du texte à l'action*, Seuil, 1986, pp. 116-117.

62 바흐친의 대화 이론에 따르면, 인류의 문화유산은 우리의 담론 안에 내재된 타인의 생각과 목소리의 복수성la pluralité de voix 등으로 이해할 수 있다. 이런 의미에서 인류의 모든 문화유산을 전제로 하는 타인의 목소리는 한 개인의 자아 형성에 필요불가결한 요소가 된다. 나의 목소리는 타인의 목소리에 의해 끊임없이 영향받고, 타인의 목소리는 인류가 지금까지 구축해 놓은 문화유산에 의해 간섭당하고 굴절되기 때문이다. 그래서 소통 행위로서의 담론은 다성적polyphonique 대화주의에 의해 지배받고 있다.

서 수사학을 어떻게 이해하는지 보여 주는 데 있었다. 필자는 수사학, 시학, 해석학의 특징과 가치를 내포하는 리쾨르의 대화주의를 중점적으로 논의함으로써 소위 '소통의 수사학'의 가능성을 제시하고자 노력하였다.

리쾨르의 소통의 수사학은 첫째, 대화와 토론에 근거한 소크라테스의 엘렝코스Elenchus와 산파술을 현대 철학적 시각에서 보완할 수 있다. 즉 수사학이 실현되는 장소를 발화 공동체로 간주한다면 변론가와 청중 간의 대화와 토론은 실존적·언어철학적 관점에서 재고찰할 수 있다.

소통의 수사학은 둘째, 대화와 토론의 상대를 시공간을 초월하여 확장할 수 있다. 리쾨르의 대화주의에 따르면, 독서 행위를 통해서, 곧 '텍스트의 세계와 독자의 세계의 만남'을 통해서, 현존하는 존재와 과거의 존재가 함께 소통할 수 있다. 필자는 이것을 리쾨르와 바흐친의 '먼 대화' 개념으로 설명하였다.

소통의 수사학은 마지막으로 정체성 확립에 도움을 준다. 필자가 대화주의의 범주에 포함한 리쾨르의 텍스트 해석학은 자기를 이해하게 함으로써 자신의 정체성을 확립하는 데 긍정적 역할을 한다. 즉 허구 이야기를 담고 있는 텍스트의 매개를 통해 자기 이해에 도달할 수 있다. '텍스트 앞에서 자기를 이해한다'라는 말의 의미는 텍스트가 새로운 뜻을 생산해 내는 것처럼 텍스트를 해석함으로써 자기 삶의 뜻을 새롭게 바꿔 간다는 것이다. 독자로서의 우리는 텍스트가 '다르게' 보여 주는 삶의 다양한 양태, 삶의 비전, 삶의 지평 등을 새로운 것으로 수용함으로써 텍스트를 읽기 전의 우리 자신과 전혀 다른 자기를 발견하게 된다. 그래서 소통의 수사학은 수사학, 시학, 해석학의 가치를 상호 보완적으로 적용 가능한 공간이 될 것이다.

참고 문헌

김영한, 「리꾀르의 『의지의 철학』에 전개된 해석학적 착상」, 새한철학회, 『철학논총』 제33집, 2003, pp. 115~139.

김한식, 「해석의 갈등: 의혹의 해석학, 신뢰의 해석학」, 한국불어불문학회, 『불어불문학연구』 제93집, 2013, pp. 101~127.

_____, 『해석의 에움길』, 문학과지성사, 2019.

리꾀르, 폴, 『시간과 이야기 1』, 김한식 외 옮김, 문학과지성사, 1999.

_____, 『시간과 이야기 2』, 김한식 옮김, 문학과지성사, 2000.

_____, 『역사와 진리』, 박건택 옮김, 솔로몬, 2002a.

_____, 『악의 상징』, 양명수 옮김, 문학과지성사, 2002b.

_____, 『시간과 이야기 3』, 김한식 옮김, 문학과지성사, 2004.

_____, 『폴 리꾀르, 비판과 확신』, 변광배·전종윤 옮김, 그린비, 2013.

박성창, 「해석학과 수사학: 폴 리꾀르의 은유론을 중심으로」, 애산학회, 『애산학보』 제26집, 2001, pp. 183~210.

윤성우, 「자유와 자연 — 리꾀르의 경우」, 한국현상학회, 『철학과 현상학 연구』 제19집, 2002, pp. 79~104.

전종윤, 「대화철학과 대화주의 — 마틴 부버와 프랑시스 자크를 중심으로」, 한국해석학회, 『해석학연구』 제25집, 2010, pp. 1~22.

_____, 「철학의 권리와 대화주의 — 데리다와 리꾀르 철학의 교양교육 차원에서의 이해」, 한국교양교육학회, 『교양교육연구』 제8권 제4호, 2014, pp. 339~367.

Buber, M., *Je et Tu*, Aubier, 1969.

Dosse, F., *Les Sens d'une vie*, La Découverte, 1977.

Jacques, F., *Dialogiques. Recherches logiques sur le dialogue*, P.U.F., 1979.

Perelman, Ch., *L'Empire rhétorique*, Vrin, 2000.

Ricoeur, P., *La philosophie de la volonté I. Le volontaire et l'involontaire*, Aubier, 1950.

———, *Histoire et vérité*, Seuil, 1955.

———, *Du texte à l'action*, Seuil, 1986.

———, "L'identité narrative", *Esprit*, juillet-août, 1988, 295-304.

———, *Soi-même comme un autre*, Seuil, 1990.

———, "L'identité narrative", *Revue des sciences humaines*, tome 95, janvier-mars, 1991, pp. 35~47.

———, "Rhétorique, poétique, herméneutique"(1990), *Lectures II*, Seuil, 1992, pp. 479~494.

———, *La Mémoire, l'histoire, l'oubli*, Seuil, 2000.

21장
수사학, 미국 대통령을 만나다

캠벨과 재미슨의『대통령을 만드는 레토릭 장르: 말로 한 업적』

이상철(성균관대학교)

1. 서론

아리스토텔레스는 수사학과 정치학과의 상호 관계를 강조하였다. 일부 정치학자들은 아리스토텔레스의 '인간은 정치적 동물이다'라는 말을 자주 인용하지만 수사학과의 관계는 간과하고 있다. 그러나 면밀히 살펴보면 아리스토텔레스는『정치학』에서 '인간은 동물 중 **유일하게 언어**logos **능력을 갖춘** 정치적 동물'이라고 하였다.[1] 수사학과 정치학의 연계를 '말의 능력을 갖춘 정치적 동물'이라고 강조한 아리스토텔레스의 관점은 키케로의 '웅변가-정치인orator-statesman'이란 개념으로 이어진다. 아리스토텔레스는『수

---

1   Barker, E. (trans.), *The Politics of Aristotle*, New York: Oxford University Press, 1970, pp. 5~6. 수사학과 정치학 간의 상호 관계에 대한 자세한 내용은 부록 1 및 2, pp. 359~376 참조.

사학』과『정치학』에서 공동체 지도자의 수사적 행위는 그 사회를 지배하는 정치 체제의 형태와 관련 있다고 주장하였다.[2] 지난 3세기 동안 전개된 미국식 민주주의는 새로운 수사적 행위와 형태를 만들어 내고 있다. 전제정이 주류인 18세기 유럽과 달리 미국은 독립과 함께 헌법을 제정하여 삼권 분립을 강조하며 대통령제를 시행하고 대통령을 행정부의 수장, 국군 통수권자, 그리고 의회에서는 협상가로 규정해 권한과 의무를 부여하였다. 20세기 들어와 교통수단과 미디어의 발전으로 미국 대통령은 의회와 소통하는 전통적인 방법에 덜 의존하고 국민에게 직접 호소하는 소통을 대폭 늘렸다. 20세기 들어와 미국 대통령은 대국민 연설을 통해 국민의 지지를 얻고 여론을 앞세워 의회에 대통령 입장을 승인하도록 압력을 가하기 위한 소통을 강화하였다. 이에 따라 미국 대통령 제도를 연구하는 정치학과 대통령 레토릭을 연구하는 수사학의 연계는 더욱 활성화되었다.

대통령 레토릭에 대한 관심이 높아지는 가운데 미국의 두 여성 수사학자, 칼린 캠벨Karlyn Campbell과 캐슬린 재미슨Kathleen Jamieson은 1990년『말로 한 업적: 대통령 레토릭과 거버넌스 장르Deeds Done in Words: Presidential Rhetoric and Genres of

---

2   Kennedy, G. A. (trans.), Aristotle, *Rhetoric*, 1991, 1356a 25~30, 1365b 22;
     Barker, E. (trans.), *The Politics of Aristotle*, 1970, p. 375 참조.

Governance』를 저술한다.[3] 이 책은 수사학과 정치학이 왜 서로 연계하여 연구되어야 하는가를 일깨우는 저서로 평가받았다. 이 저서는 대통령 제도를 연구하는 정치학계는 물론 소통을 연구하는 커뮤니케이션 학계의 귀중한 기초 자료가 되었다. 그들은 18년 후, 2008년 제2판『대통령을 만드는 레토릭 장르: 말로 한 업적*Presidents Creating the Presidency: Deeds Done in Words*』으로 개정하여 출간한다.

이 글은 미국 대통령의 레토릭이 어떻게 전개되고 대통령의 레토릭이 미국 대통령 제도를 어떻게 창조하고 유지하고 변형하였는가를 분석한 캠벨과 재미슨의 관점을 소개하는 것을 목적으로 한다. 첫째, 캠벨과 재미슨이 전제로 하는 레토릭 대통령 기구rhetorical presidency의 개념과 정의에 관한 수사학과 정치학에서 이루어진 논의와 과정을 살펴본다. 둘째, 그들이 장르 분석 방법론을 활용하여 대통령 레토릭을 분석하였으므로 장르 비평 중심으로 수사학 평론을 고찰한다. 셋째, 캠벨과 재미슨의 저서『대통령을 만드는 레토릭 장르: 말로 한 업적』이 제시하는 대통령 레토릭의 각 장르를 소개하며 수사학과 정치학의 관계를 논의한다.

---

3 Rhetoric과 Rhetorical을 '수사학', '수사', '수사적'이란 형용사와 명사로 논의할 때 어려움이 많다. 예를 들면 'war rhetoric'을 '전쟁의 수사'로 '전쟁의 수사학'보다 '전쟁 레토릭'으로 하는 것이 더 매끄러워 보인다. 'Rhetorical Presidency'를 '수사학적 대통령', '수사적 대통령', '수사 대통령'이라고 하는 것보다 '레토릭 대통령'이 더 나아보인다. 이 글에서는 '수사', '수사적', '수사학'과 '레토릭'을 혼용한다.

2. 레토릭 대통령

미국 헌법은 권력의 견제와 균형을 위해 삼권 분립을 주창하며 헌법 제1조는 입법부, 제2조는 대통령과 행정부, 제3조는 사법부의 역할과 권한을 규정하고 있다. 정치학자 제프리 툴리스Jeffrey Tulis는 미국 대통령의 직무와 역할이 '레토릭 대통령 기구'로 변형되고 있다고 주장하며 대통령의 대국민 소통과 연설이 대통령 제도의 일부로서 제도화되었다고 보았다.[4] 툴리스는 그의 책 『레토릭 대통령 *Rhetorical Presidency*』에서 미국 대통령의 소통과 연설의 변화 단계를 시기별로 오래된 방법Old Way, 중간 방법Middle Way, 새 방법New Way의 세 단계로 나누어 설명한다. 첫째, 오래된 방법의 시기는 1789~1900년으로, 대통령의 소통은 대부분 글로 이루어졌으며 의회나 대법원에서 간혹 연설하였다. 둘째, 1900~1913년이 중간 방법의 시기이고, 1898년 제25대 대통령 윌리엄 맥킨리William McKinley가 전국 연설 투어를 통해 자신의 정책을 국민에게 직접 호소하고, 제26대 시어도어 루스벨트Theodore Roosevelt가 특정 법안을 두고 반대 세력을 제압하기 위해 연설을 통해 국민에게 직접 호소하던 시기이다. 이는 철도 교통수단의 발전으로 인해

---

4   Tulis, J. K., *The Rhetorical Presidency*, Princeton, NJ: Princeton University Press, 1987.

가능하였다. 셋째, 새로운 방법의 시기는 1913년부터 현재까지로, 대통령이 정기적으로 대중 앞에서 연설을 통해 자신의 정책을 호소하는 시기이다. 특히 1913년, 제28대 대통령 우드로 윌슨Woodrow Wilson이 정책 연설과 비전 연설 두 가지 유형의 대국민 연설을 활용하며 자신의 정치적 입지를 강화하면서 이 시기가 시작되었다. 윌슨은 정책 연설에서 특정 현안에 대한 자신의 정책을 설명하고 지지를 호소하는 반면, 비전 연설에서는 국가 공동체의 미래를 창조하고 그 목표를 향해 앞으로 나갈 것을 국민에게 호소하였다. 초대 대통령 조지 워싱턴George Washington은 1년에 한 번 정도 연설을 했지만, 제럴드 포드Gerald Ford 대통령에 이르면 1974~1977년 동안 682차례의 연설을 하였고, 지미 카터 Jimmy Carter 대통령은 임기 동안 하루 평균 한 번 연설을 하게 된다.[5]

시저Caesar, 서로Thurow, 툴리스Tulis는 현대 대통령 제도가 레토릭 대통령 기구로 변화하는 요인을 세 가지로 제시하였다.[6] 첫째는 현대의 대통령은 의회보다 먼저 국가의 목표를 설정하고 현안에 대한 해결책을 제안해야 한다는 국민의 인식 변화였다. 두 번째는 매스미디어의 발전으로 인

---

5 Hart, R. P., *Verbal Style and the Presidency: A Computer-based Analysis*, New York: Academic Press, 1984.

6 Caesar, J. W., G. E. Thurow, and J. Tulis, "The Rise of the Rhetorical Presidency", T. O. Jr. Windt and B. Ingold (eds.), *Essays in Presidential Rhetoric* (2nd ed.), Dubuque, IA: Kendall-Hunt, 1987, pp. 3~22.

해 대통령의 말은 더 자주 그리고 더 빠르게 대중에게 각인되고, 더 많은 대중에게 접근하기 쉬워졌다. 20세기 초반까지, 대통령의 의사소통은 신문 혹은 잡지와 같은 문자를 이용한 소통 방식이 주류였지만, 20세기 후반에는 전파를 이용하는 라디오와 텔레비전을 통해 말로 전달하는 소통으로 바뀌었다. 이런 매스미디어의 발전은 국가 지도자 웅변술의 부활을 촉진했다. 새뮤얼 커넬Samuel Kernell은『대중에게 호소Going Public』라는 저서에서 현대 미국 대통령은 전파 매체를 활용한 연설을 통해 정치적 현안에 관해 대중에게 더 자주 직접 호소하며 개인의 정치적 이미지를 만든다고 주장한다.[7] 재미슨은 매스미디어의 발전으로 인해 대통령의 연설이 시각적이고, 대화체적이며, 스토리텔링 방식으로 변화하고 있다는 것을 밝혔다.[8] 세 번째 요인은 현대 대통령 선거 운동 방식의 변화이다. 선거 캠페인 연설을 통해 후보자들은 더 많은 대중과 이야기하고, 이미지를 만들고, 국가 공동체의 문제를 정의하고, 현안에 대한 정책을 제안하는 기회를 가진다. 선거 캠페인에서 공표한 레토릭은 거버넌스 레토릭과 밀접한 관련을 맺고 있다. 민주주의에서 대통령 선거 캠페인 연설은 대중 연설에 대한 유권자의 취

---

7 Kernell, S., *Going Public: New Strategies of Presidential Leadership* (3rd ed.), Washington D. C.: Congressional Quarterly Press, 1997.

8 Jamieson, K. H., *Eloquence in an Electronic Age: The Transformation of Political Speechmaking*, New York: Oxford University Press, 1988.

향을 반영하여 점점 대중적인 내용으로 변화하고 있으며
대통령 리더십에 대한 유권자의 인식을 더욱 대중적으로
변화시키고 있다. 현대에 들어와 거버넌스 레토릭은 대중
의 취향에 맞추는 선거 캠페인 레토릭 모델을 점점 더 많이
모방하게 된다. 민주주의 대선 캠페인 레토릭은 대선의 승
리를 위해서도 중요하지만 앞으로 있을 행정부의 거버넌
스에 대한 기조와 방향을 설정하는 데 중요한 역할을 한다.

위와 같이 미국의 정치학계에서 대통령 제도와 레토릭
에 관한 정치학적인 관점을 주제로 하는 논의는 많이 이루
어져 왔지만, 어떠한 레토릭이 어떻게 구사되었는지에 관
한 내용은 정치학계의 주요 관심 사안이 아니었다. 한편 미
국 수사학계는 대통령 연설의 텍스트 분석을 활용한 수사
학 평론을 통해 레토릭과 대통령제의 관련성을 이해하는
연구를 꾸준히 해 왔다.[9] 캠벨과 재미슨은 대통령 연설의
수사학 평론을 통해 "대통령의 말과 레토릭은 곧 정치적 현
실"이 된다고 주장하며, 현대 미국 대통령의 레토릭은 제도
적 권력의 한 원천이 되었으며, 대통령은 매스미디어를 통

---

9   Campbell, K. K. and T. A. Burkholder, *Critiques of Contemporary Rhetoric*
    (2nd ed.), Belmont, CA: Wadsworth, 1997; Hart, R. P., *The Sound of*
    Leadership: Presidential Communication in the Modern Age, Chicago, IL:
    University of Chicago Press, 1987; Jamieson, K. H., *Dirty Politics*, New York:
    Oxford University Press, 1992; Ryan, H. R. (ed.), *U.S. Presidents as Orators:*
    A bio-critical Source Book, Westport, CT: Greenwood Press, 1995; Windt, T.
    O. Jr., *Presidents and Protesters: Political Rhetoric in the 1960s*, Tuscaloosa,
    AL: The University of Alabama Press, 1990.

해 전 국민을 청중으로 언제, 어디서, 어떤 주제에 대해 어떻게 말할 것인지를 선택하고, 전달 능력에 따라 대통령의 권력이 강화되거나 약화되는 것을 보여 주었다.[10] 그들에 따르면 건국 초기부터 대통령 레토릭은 존재했으며, 20세기 들어와 교통수단과 미디어 환경의 변화에 따라 대통령 레토릭이 변화하였으며 대통령 기구도 이에 따라 변형되었다고 주장한다. 그들은 수사학 평론을 통한 대통령의 레토릭 권력에 관한 연구는 현대 대통령 제도와 나아가 대통령의 역할과 권한에 관한 이해의 폭을 넓힌다고 주장한다. 레토릭 대통령 제도 혹은 기구는 대통령의 헌법상 권한이나 제약을 넘어 말의 힘으로부터 나오는 것이다. 그들은 수사학 평론의 장르 분석을 통해 "스피치는 더 이상 거버넌스의 과정이 아니라 통치 그 자체이다"라고 강조한다.

　대통령 거버넌스에 대한 수사학 평론은 일반적으로 정치 언어가 정치적 현실을 창조하고 구성하는 과정과 방식에 중점을 둔다. 상징과 언어 그리고 연설을 통해 정치적 의미가 어떻게 구성되고 해석되는지, 정치적 상황이 어떻게 정의되는지, 상황에 대한 누구의 정의가 우세한지에 대해 살펴본다. 일부 수사학 평론가들은 대통령의 단일 연설을 분석하기도 하고 일부 연구자들은 한 대통령의 유사한

10　Campbell, K. K. and K. H. Jamieson, *Deeds Done in Words: Presidential Rhetoric and the Genres of Governance*, Chicago, IL: the University of Chicago Press, 1990.

장르 연설을 분석 대상으로 삼기도 한다. 캠벨과 재미슨은 초대 워싱턴 대통령부터 현대 대통령에 이르기까지 대통령들이 어떤 레토릭 장르를 통해 레토릭을 구사하고 그런 레토릭이 대통령 제도에 어떤 영향을 끼쳤는가를 설명하고 있다.

3. 수사학 평론과 장르 평론

수사학 평론Rhetorical Criticism이 체계적인 학문의 분야로 정립되는 것은 20세기 후반 미국 수사학계에 이르러서의 일이다. 미국의 수사학 교육과 연구는 크게 스피치의 실제 교육, 수사학의 이론과 역사, 수사학 평론으로 세분화할 수 있다. 수사학 평론은 기원전 5~4세기 고대 그리스의 플라톤 시대부터 시작되었다고 해도 과언이 아니다. 플라톤은 『고르기아스』와 『파이드로스』에서 소크라테스가 로고그래퍼logographer인 뤼시아스와 소피스트들의 연설을 분석하고 평가하며 비판하는 내용을 전하고 있다. 스피치 비평을 중심으로 한 수사학 평론 분야에서는 제2차 세계대전 이전까지 산발적으로 논문이 발표되지만, 체계적인 교육이나 연구가 이루어지지는 않았다.[11] 제2차 세계대전을 겪으

---

11 여기서는 Rhetorical Criticism을 수사학 평론이라고 하였다. 'Criticism'을 '비평批評'

며 전파 매체를 통한 스피치가 이전과는 확연히 다른 양상으로 전개되자, 스피치의 윤리적 측면과 시민 공동체에 끼치는 영향에 더욱 관심을 가지게 된다. 1950~1960년대에 미국 수사학자들은 스피치 비평의 새로운 방법론을 모색하고, 1960년대에 수사학 평론의 방법론적 기틀을 마련한다. 그러나 1960년대 이전까지 대부분의 수사학 평론은 기존 고대 수사학 전통에 입각한 일명 신아리스토텔레스Neo-Aristotleian 방법론을 채택하며 아리스토텔레스가 제시한 설득의 소구, 구성, 기법, 스타일, 논증 방법, 전달 등에 초점을 맞추는 비교적 단순한 평론이었다. 미국 수사학계는 고전 수사학이 제공한 개념과 이론을 넘어서는 여러 가지 새로운 평론의 방법을 모색하게 된다. 그중 하나가 장르 평론Genre Criticism 방법이다. 이후 수사학 평론은 미국 수사학 교육과 연구의 주요 부문이 되고 인문학 전반에 중요한 학문 분야로 자리매김한다.

캠벨과 재미슨은 『대통령을 만드는 레토릭 장르: 말로 한 업적』에서 장르 평론으로 대통령의 레토릭을 분석하고 있다. 수사학 장르 평론은 텍스트를 장르 요인으로 분석하

이라고 하면 다소 부정적인 면이 있다고 보아 '평론評論'이라고 하였다. 이 글에서는 비평과 평론을 혼용한다. Rhetorical Criticism은 Speech Criticism으로 시작하였지만, 지금은 문학, 미디어 담론, 영화, 만화, 음악 등 다양한 텍스트를 수사학적으로 분석하는 것으로 확산하였다. Rhetorical Criticism과 Speech Criticism을 구분하기 위해 후자를 '스피치 비평'이라고 한다. 또한 '연설'과 '스피치'는 맥락에 따라 상호 보완적으로 사용한다.

는 것으로, 연사가 사회·문화적 전통에 입각하여 수사적 상황과 전략을 어떻게 활용하였으며, 이런 상황을 무시하면 왜 무시하였는지를 탐색할 수 있는 장점을 갖고 있다. 장르 평론은 담론을 분석하고 평가하기 위한 적절한 범주를 식별하는 수단으로서 그리스 시대부터 오랜 전통을 가지고 있다. 아리스토텔레스는 시간을 초월하여 존재하는 수사학 장르를 제시하였다. 아리스토텔레스가 일반화한 세 가지 유형은, 의례 장르epideictic rhetoric, 심의 장르deliberative rhetoric, 변론 장르forensic rhetoric이다. 심의 장르는 공동체의 적합한 규범에 따라 미래의 정책이나 방향을 숙의하는 것을 목적으로 한다. 심의 장르는 유용성이나 편의성을 중시하며 주로 의회에서 이루어져 의회 연설 장르라고도 한다. 변론 장르는 공동체의 법이나 규범을 어긴 행위를 대상으로 하며 정의를 구현하는 것을 목적으로 한다. 연역적인 논리로 과거 행위를 판단하고 공격과 방어 행위가 주로 나타나며 법정 연설 장르라고도 한다. 의례 장르는 의례 및 의식 행사에 관한 것으로 청중의 믿음이나 가치를 칭송하고, 부정적인 가치를 거부하며 현재 공동체의 단합을 목적으로 한다. 의례 장르는 과장법이나 고상한 언어 스타일을 많이 활용하여 과시 장르 혹은 식장 장르라고도 한다.[12]

---

12 Kenndy, G. A. (trans.), Aristotle, *Rhetoric*, 1991, 1358b 7-37, 1368a 27-32, 1413b 3-5, 1414a 7-18 참조. 장르 평론에서 아리스토텔레스 장르의 특성을 엄격한 수단으로 활용하지 않는 것을 권장한다. 아리스토텔레스는 제시한 연설의 세

장르 평론은 반복되는 수사적 상황이 존재하며 그러한 반복되는 수사적 상황에서 전형화되거나 관습화된 수사적 행위가 존재하고 작동한다는 것을 전제로 한다. 에드윈 블랙Edwin Black은 『레토릭 평론*Rhetorical Criticism*』에서 아리스토텔레스의 세 장르를 기초로 사회·문화적 전통으로 이어지는 반복적인 수사적 상황에서 세월이 흐름에 따라 특정 담론의 수사적 형식과 기법 그리고 전략이 어떻게 관습이 되고 상례화되는지를 검토하였다.[13] 그는 "연사가 스스로 규정할 수 있는 상황의 수는 한정되어 있다", "행위자가 주어진 유형 안에서 수사적으로 응답할 수 있고, 응답하려고 하는 방식도 한정되어 있다", "평론가들은 역사 속에서 통시적으로 반복되어 온 상황의 유형으로부터 해당 상황에 활용할 수 있는 반복되는 수사적 행위에 관한 관련 정보를 예견할 수 있다"라며 수사학 평론가들이 연설을 평론할 때 장르를 주목해야 한다고 강조하였다. 로이드 비처Lloyd Bitzer는 「레토릭 상황The Rhetorical Situation」에서 수사적 상황이 수사 행위의 배경이며 관습적 담론 행위의 전제 조건이 된다고 강조한다.[14] 비처의 관점은 특정 수사적 행위가 개인 연

가지 장르 특성은 절대적인 기준이 아니며 평론가의 논의를 확장할 수 있는 도구로 활용하기를 권장한다. 아리스토텔레스 장르에 대한 논의는 Garver, E., *Aristole's Rhetoric: An Art of Character*, Chicago, IL: The University of Chicago, 1995. 2장, pp. 52-75 참조.

13 Black, E., *Rhetorical Criticism: A Study in Mind*, New York, NY: Macmillan, 1965.

14 Bitzer, L. F., "Rhetorical Situation", *Philosophy and Rhetoric*, 1, 1968, pp. 1~14.

사의 설득 의지에 따라 좌우되는 것이 아니라, 사회적으로 그 발언이 존재하기를 요구하는 상황에 의해 이루어진다는 것이다. 비처는 수사적 상황exigency을 "잠재적 혹은 실재적 상황이 요청하는 개인, 사건, 사회적 관계의 복합체"라고 정의하며, 수사적 행위를 요구하는 긴급한 상황이라고 하였다. 즉 다시 말해 적시성適時性이라고 할 수 있다. 상황은 변할 수 있다. 자연재해와 같은 참사의 물리적 상황은 변하지 않지만, 자연재해에 대처하는 과정에서 인간은 수사적 상황을 맞이한다. 비처에 따르면 존 F. 케네디John F. Kennedy의 피살 상황에서 추도가 필요하며 대중을 안심시킬 사회적 필요성이 요구되고 지도자는 긴박하게 수사적 행위를 수행해야 하는 요청을 받게 된다는 것이다. 이러한 적시성에 의한 수사적 행위의 형식과 내용은 어느 정도 예견할 수 있다. 유사한 유형의 수사적 상황은 반복되고, 반복되는 상황에서 연사는 전형화된 수사적 행위를 수행한다는 것이다.

캠벨과 재미슨은 그들의 저서『형태와 장르: 레토릭 행위 수행Form and Genre: Shaping Rhetorical Action』에서 블랙과 비처의 연구를 바탕으로 수사학 장르 평론 연구의 외연을 확장한다.[15] 그들은 수사학 장르는 선험적 범주가 아니며 상황적 요청이 장르를 식별하는 기초로 작용한다는 주장에 동

---

15 Campbell, K. K. and K. H. Jamieson, (eds.), *Form and Genre: Shaping Rhetorical Action*, Falls Church, VA: Speech Communication Association, 1978.

의한다. 그들은 '장르의 유사성에 근거하여 파악하는 수사학 평론가는 특정 수사적 행위를 특정 시간 속에 고립된 것으로 파악하지 않고 역사와 문화의 이면에 흐르는 동일성을 추적하는 것'이라며 수사학 장르 방법론을 제시한다. 이 저서에서 그들은 수사학 장르를 전형화된 사회적 담론 행위의 문화적 산물로 보았다. 이들의 연구는 장르 평론의 활성화에 토대를 제공하여 '수사학 장르 평론의 선구자'로 평가받고 있다.[16] 그들은 수사학 장르 평론가는 장르의 특성을 선험적인 범주가 아닌 귀납적인 수단과 도구로 활용하여 수사적 담론을 분석하고 평가하면 유용하다고 주장한다. 또한 장르는 지각된 수사적 상황에 대해 연사의 수사적 행위와 반응이 문화를 기반으로 하여 역동적으로 나타나는 것이라고 보았다. 캠벨과 재미슨은 수사학 장르는 "내적 역동성으로 (별자리 뭉치처럼) 융합된 식별 가능한 형식으로 묶여서 이루어져 있다a constellation of recognizable forms bound together by an internal dynamic"라고 하였다. 반복되는 상황 속에서 특정한 수사적 효과를 내는 것은 특정 연사가 담론의 텍스트에서 '수사적 형식, 기법, 전략과 기능, 그리고 문화와 가치 등을 어떻게 착상하고 배열하는지'에 달려 있다는 것이다. 수사학 장르 안에서 다양한 수사적 개념과 전략이 담론의 텍스트 속에 '융합 혹은 퓨전fusion'이나 '무리

---

16 Jasinski, J., *Sourcebook on Rhetoric: Key Concepts in Contemporary Rhetorical Studies*, Thousands Oaks, CA: Sage Publications, 2001.

의 배치/성좌constellation'의 양식으로 나타나고 있다고 주장한다. 장르를 성좌로 은유한 것은 다양한 수사적 요소와 개념들은 별들의 별자리처럼 개별 구성 요소로 이루어지지만, 수사적 상황의 변화에 따라 개별적인 요인들이 별처럼 서로 관계를 하며 움직이기 때문이다. 평론가들은 수사적 상황의 변동에 따른 움직임을 주목하며 각개 별들의 본성을 파악할 수 있다는 것이다. 말하자면 수사학 장르 평론은 평론가에게 수사적 요소와 개념들인 형식, 논증 방식, 문체, 전략, 상황에 대한 인식, 청중의 기대, 신념 체계 등이 불가분한 전체로 융합하여 움직이는 것을 파악할 수 있는 수단을 제공한다. 수사학 장르 평론가는 수사적 형식, 기법, 전략, 기능과 사회·문화적 요인 등의 수사적 역동성과 성좌를 탐색할 수 있다. 이를 바탕으로 해당 담론의 실제적 효과, 미적 아름다움, 논리의 진실성, 행위의 윤리적인 면을 평가할 수 있다. 수사학 장르 평론은 수사적 담론이 '어떻게 적시適時에서 통시通時로 변형되고 발전해 왔는지'를 밝히고 연사는 기존의 '통시적인 요인들을 적시에 활용하여' 수사적 효과를 어떻게 얻는지를 분석할 수 있다.[17] 캠벨

---

17 Lee, S. C. and K. K. Campbell, "Korean President Roh Tae-woo's 1988 Inaugural Address: Campaigning for Investiture", *Quarterly Journal of Speech*, 80, 1994; Lee, S. C., *Republic of Korea President Kim Young-Sam's Rhetoric in the 1992 Campaign and the First Year in Office: An Institutional Study of Presidential Rhetoric in Democratization*, Doctoral dissertation, The University of Minnesota, 1998.

과 재미슨은 장르 구성의 형식과 배열의 규범은 개인이 수
사적 상황의 요구에 맞추어 사용 가능한 모든 수사적 요소
를 융합하는 방식으로 이루어지며 장르는 현재 진행형의
문화적 산물이라고 보았다. 수사적 상황이 복합적이면 연
사들은 장르 요인들을 융합하는 '장르 융합genre hybrid' 형
태의 담론을 구성하기도 한다. 예를 들어 대통령의 취임 연
설은 일반적으로 의례 연설 장르지만 전쟁과 같은 특수 상
황에서 취임 연설은 심의 연설의 요소가 강하게 혼합되고
대통령이 사임이나 피살로 인한 갑작스러운 특별 취임 연
설에서 추도 장르의 요인이 혼합하는 경우이다.

4. 대통령을 만드는 레토릭 장르 : 말로 한 업적

캠벨과 재미슨은 수사학 장르 평론을 활용하여 『대통령을
만드는 레토릭 장르 : 말로 한 업적』을 출간한다.[18] 이 저서
는 레토릭 대통령 제도에 대한 전제와 가설에 명확한 근거
를 제시하며 아리스토텔레스가 주장한 수사학과 정치학의
밀접한 연계성을 증명한다. 그들은 "현대 대통령은 레토릭
으로 헌법이 규정하지 않은 권력을 행사하고, 권한을 확장

---

18 Campbell, K. K. and K. H. Jamieson, *Presidents Creating the Presidency: Deeds Done in Words*, Chicago, IL: The University of Chicago Press, 2008.

하며 후임자가 이를 이용하도록 선례와 사회·문화적 관습을 만들어 낸다", "현대 대통령은 레토릭으로 대통령직을 창조하고 구성하거나 재구성한다"라고 주장한다. 그들은 현대 대통령은 의례적인 수사적 상황이나 긴급한 수사적 상황에 따라 연설을 수행함으로써 대통령 직무를 수행한다고 본다. 대통령의 수사적 행위는 헌법에서 규정하지 않지만, 현대 대통령의 임무와 제도로 인식되고 있다. 대통령은 의회나 사법부가 갖지 못한 레토릭의 권한으로 국민의 인식을 변화시키며, 스피치의 시기, 장소, 메시지, 미디어의 선택 등 헌법이 부여하지 않은 고유한 권한을 행사한다는 것이다. 그들은 대통령 레토릭에 관한 장르적 접근은 여러 가지 장점이 있다고 주장한다. 대통령 레토릭에는 어떤 유형의 장르가 존재하는지를 탐구할 수 있으며, 대통령 레토릭 범주의 전형을 식별하고 각 장르의 특성을 살피는 데 도움이 되며, 장르 평론가는 주어진 연설 텍스트의 수사적 전략과 목적을 검토할 수 있으며, 나아가 이러한 레토릭이 현대 미국 대통령 제도에 어떻게 기여하고 변화하였는가를 살필 수 있다. 이 책은 대통령 레토릭 장르의 전통은 무엇이며, 그런 전통을 따름으로써 좋은 점은 무엇이며, 수사적 상황에 제약이나 어려움이 존재한다면 그것을 어떻게 극복하였는지 그리고 어떻게 실패하였는가를 검토할 수 있게 한다.

이 책은 서론, 취임 연설Inaugural Address, 특별 취임 연설

Special Inaugural, 추도 연설National Euologies, 사면 연설Pardoning Rhetoric, 의회 연설State of the Union Address, 거부권 레토릭Veto Messages, '사실상 거부권' 서명 레토릭Signing Statement as De Facto Item Veto, 전쟁 레토릭War Rhetoric, 자기 변론 레토릭 Presidential Self-Defense, 탄핵 방어 레토릭Rhetoric of Impeachment, 퇴임 연설Farewell Address, 결론 등 총 열세 장으로 이루어져 있다. 레토릭 장르 분석은 열한 장으로 구성되어 있으며, 첫 번째 그룹은 의례 장르의 특성이 강한 취임 연설, 특별 취임 연설, 추도 연설, 사면 연설, 두 번째 그룹은 의회와의 관계가 드러나는 심의 장르의 특성이 강한 의회 연설, 거부 권 레토릭, '사실상 거부권' 서명 레토릭, 전쟁 레토릭, 세 번 째 그룹은 변론 장르의 특성이 강한 자기 변론, 탄핵 방어 레토릭, 그리고 퇴임 연설로 편성되어 있다.

4.1 취임 연설

취임 연설은 대통령과 국민이 새로운 계약을 하는 의례 연 설 장르이다. 아리스토텔레스가 제시한 의례 연설 장르의 대표적인 사례로 좋은 행동과 가치관은 칭송하고 나쁜 행 동과 가치관은 비판하며, 현재를 규정하기 위해 과장법을 활용하여 훌륭한 과거를 회상하고 미래의 올바른 방향을 지향하며 청중의 참여를 요청하는 의례 연설이다. 민주주 의 대통령 제도에서 취임 연설은 치열한 선거 캠페인으로 나누어진 시민을 다시 하나의 국민으로 묶는 내용을 포함하여야 하며, 하나로 된 국민이 새 대통령에게 국가 지도자의 권한을 위임하는 상징적 행위이다. 미국의 제4대 대통령 토머스 제퍼슨Thomas Jefferson은 "우리는 모두 다른 생각을 가졌지만 모두 공화주의자이며 연방주의자로 하나의 동포이다"라고 하였으며, 제35대 존 F. 케네디는 "오늘 우리는 정당의 승리자로 모인 것이 아니라 자유주의의 승리자들로서 여기 모였다"라고 국민을 재규정하였다. 국민을 하나로 묶은 다음 그들 앞에서 대통령의 권한을 위임받는 상징적 행위인 것이다. 취임 연설에서 대통령은 과거 선조들의 훌륭한 업적을 숭상하고 전통적인 가치관을 칭송하며 청중이 공유하는 인식을 일깨운다. 제16대 에이브러햄 링컨Abraham Lincoln은 첫 번째 취임 연설에서 "기억의 신비한 조화"라는 어구를 활용하며 청중이 공유하는 기억을 불러냈다. 취임 연설에서 대통령은 새로운 행정부의 철학과 이념 그리고 정책의 방향을 제시해야 한다. 취임 연설에서 구체적 정책을 제시하기도 하지만 일반적으로 새 행정부의 정책에 관한 기본 원칙이나 철학을 제시한다. 그러나 수사적 상황에 의해 구체적인 정책을 제시하는 경우더라도 정책에 관해 청중에게 구체적 행위를 요구하는 것보다 그 정책을 고려해 달라는 요청으로 머무는 것이 더 좋다. 캠벨과 재미슨은 지미 카터 대통령이 취임 연설에서 자신의 고교 선생님의 말을 언급하며 "변하지 않는 원칙을 갖고, 변화에 적응해야 한다"라고 한 인용 기법은 자칫 청중에게 구

체적 행위를 요구하는 것으로 해석되거나 개인적인 관점
으로 해석될 가능성이 있어 위험하다고 평가하였다.

취임 연설에서 대통령은 헌법이 규정하는 범위 안에서
대통령으로서 역할과 직무를 충실히 수행할 것을 선언한
다. 국가의 최고 지도자로서, 행정부의 수장으로서, 통수
권자로서 최선을 다하여 나라를 운영할 것이라고 선언해
야 한다. 효과적인 국가 리더십을 수행하겠다는 약속을 국
민에게 하는 것이다. 취임 연설에서 대통령 기구는 민주주
의 제도로서 역사 속에 영속한다는 것을 천명하며 신임 대
통령은 이러한 신성한 영속성을 이어 나갈 것을 다짐하는
의례 연설의 대표적 사례이다. 그간 미국의 대통령 취임 연
설에서는 많은 수사적 스타일이나 명언·명구가 등장했다.
일례로 존 F. 케네디는 취임 연설에서 "나라가 당신을 위해
무엇을 할 수 있는지 묻지 말고, 당신이 나라를 위해 무엇
을 할 수 있는지 생각하라Ask not what your country can do for you,
ask what you can do for your country"라며 불후의 명구를 남겼다.
각 대통령의 취임 연설의 기법과 내용은 다양하지만, 일
반적으로 미국 대통령 취임 연설은 1) 선거를 통해 나누어
진 국민을 재결합하고, 2) 새로운 국민이 새 대통령을 지
도자로 위임하는 상징적 상호 언약이며, 3) 과거 선조의
훌륭한 업적과 가치관과 전통을 칭송하고, 4) 새로운 행정
부의 이념과 철학을 설명하며 정책의 기본 방향을 제시하
고, 5) 헌법이 규정한 범위 내에서 신임 대통령의 역할과

임무를 공포하는 내용을 포함하고 있는 대표적인 의례 연설 장르다.

4.2 특별 취임 연설

두 번째로는 대통령이 사임이나 피살로 갑자기 공석이 되었을 때 부통령이 대통령을 승계하는 특별 취임 연설에 대한 레토릭을 검토하였다. 제46대에 이르는 미국 대통령 중 여덟 번의 특별 취임 연설이 있었으며, 일곱 번은 현직 대통령의 사망으로 승계한 경우이고, 한 번은 대통령의 사임으로 인한 경우다. 특별 취임 연설은 기본적으로 의례 연설 장르의 형태지만, 현 대통령을 상실한 국민의 고통을 덜어 주고 정치 공동체와 국민을 안심시키는 추도사의 역할을 병행한다. 존 F. 케네디 피살 이후 대통령직을 급히 승계한 린든 존슨Lyndon Johnson은 취임 연설에서 케네디를 추모하며 케네디 정책을 지속할 것을 표명하고 국민을 안심시킨 이후, 자신을 새 대통령으로 위임하는 내용으로 구성하였다. 한편 리처드 닉슨Richard Nixon이 워터게이트 사건으로 갑자기 사임한 후 대통령직을 승계한 제럴드 포드Gerald Ford는 취임사에서 닉슨을 추앙하는 내용을 포함하지 않았고, 포드는 국민에 의해 선출되지 않았기 때문에 자신이 대통령이 되어야 한다는 정당성에 대한 논거에 집중했다. 일반적으로 특별 취임 연설은 추도사와 취임사가 혼합된 의례 연설 장르로 평가된다. 캠벨과 재미슨은 특별 취임 연설에서 국가 공동체와 대통령직의 영속성을 강조하고, 추도사와 취임 연설의 장르 특성이 혼합적으로 나타나는 형식을 발견하였다.

4.3 추도 연설

이 장에서는 페리클레스의 추도사와 링컨의 게티즈버그 연설을 기초로 대통령 추도사의 장르를 분석하였다. 추도사는 상처받은 정치 공동체를 치유하고 국가의 활력을 다시 찾는 것을 목적으로 한다. 추도사는 공동체 구성원의 기대와 필요에 따라 요청되며, 희생자나 망자의 죽음을 국가 공동체의 정신으로 되살리는 내용을 포함해야 한다. 망자들의 행위에 대한 가치를 칭송하며, 망자의 물리적인 육신은 없지만 망자의 가치와 정신을 되살리는 것이 중요하다. 망자의 가치와 정신은 공동체의 중요한 유산으로 그들이 마치지 못한 임무는 살아 있는 사람들이 연계하여 수행해야 한다는 수사적 내용과 구성으로 이루어져야 한다. 그리고 불행한 사건이 다시는 반복되지 않도록 대통령이나 행정부의 적절한 행동을 수사적으로 공표해야 한다. 테러 공격일 경우에는 테러의 상징을 파괴하고 테러범들에 대한 정의 구현을, 기술적 결함이나 사회 제도의 문제로 인한 사건이나 사태일 경우에는 문제의 원인을 상징적으로 비판하고 이를 시정한다는 약속을 포함해야 한다. 미국 대통령은 추도사에서 자주 성경을 인용하거나 기도의 형태로 성직자의 역할을 함으로써 수사적 페르소나rhetorical persona를 확립하고 상처 입은 공동체를 영적으로 치유하기도 한다. 성공적인 추도사는 단기적으로 사건이나 사태에 대처하거나 예방에 들어가는 예산 확보와 같은 정책을 실행하는 데 수사적 자산rhetorical capital이 된다. 성공적인 추도사는 장기적으로는 국민의 신뢰와 지지를 강화하는 수사적 자산이 될 수 있다.

전쟁의 경우를 제외하고 대부분 자연재해나 불행한 사건은 갑자기 벌어지는 관계로 대통령 추도사는 오래 준비할 수 있는 취임 연설이나 의례 연설과 달리 즉시성이 중요하다. 특히 미디어의 발전으로 추도사의 즉시성이 더 요구된다. 1871년 시카고 대화재 당시 관련 대통령 기록은 전혀 없으나, 1906년 샌프란시스코 대지진 때는 신문과 사진 기술의 발전으로 참혹한 현장이 보도되면서 대중이 슬픔에 잠기자 시어도어 루스벨트 대통령이 전보로 샌프란시스코 주민과 국민을 위로하였다. 그러나 1986년 1월 28일 최초로 민간인을 태운, 미국 우주 탐사 계획의 자부심인 챌린저호가 발사 후 73초 만에 폭발하는 장면이 텔레비전에 생중계되고 뉴스를 통해 재방송되면서 이를 시청한 국민의 슬픈 감정은 미디어 발전 이전과 다른 양상으로 나타났다. 로널드 레이건Ronald Reagan은 그날 저녁 텔레비전을 통해 추도사를 하며 망자를 애도하고 국민과 슬픈 감정을 함께 나누는 연설을 하였으며, 이는 장르 평론에 부합하는 훌륭한 추도사로 평가받고 있다. 캠벨과 재미슨은 1995년 오클라호마 폭탄 테러 사건에 대한 빌 클린턴Bill Clinton의 추모 연설과 조지 W. 부시George W. Bush의 2001년 9·11테러에 대한 추도 연설이 추도 연설 장르의 기준에 적합하여 앞으로 있을 그들의 정책 실행에 수사적 자산이 되었다고 평가하였다. 그러나 조지 W. 부시의 2005년 카트리나 태풍 피해자 추모 연설은 장르 분석 기준에 미흡하여 그의 수사적 자산이 하락하였다고 평가하였다.

4.4 의회 연설

의회 연설은 정기적으로 이루어지기 때문에 의례 연설 장르의 요소를 일부 포함하지만, 대통령이 미연방의 국가 원수로서 의회에 정책을 호소한다는 점에서 심의 연설 장르의 형태를 취한다. 의회 연설은 미국 헌법 제2조 3항의 "대통령은 연방의 상황에 관한 정보를 의회에 제공하고, 그에 필요한 조치를 의회에 권고해야 한다"라는 규정에 따른 것이며 일명 연두 교서Annual Message라고도 한다. 독립 이후 초대 대통령 조지 워싱턴, 제2대 존 애덤스John Adams, 제4대 토머스 제퍼슨은 연두 교서의 형식으로 의회에서 연설하였으나, 이후 20세기 이전까지 연두 교서는 주로 글로 발표되었다. 그러나 1913년 우드로 윌슨이 의회에서 연설을 시작하면서 의회 연설은 미국 대통령 제도의 정치·사회적 관습으로 부활하였다. 캠벨과 재미슨은 대통령의 의회 연설은 1) 미국 연방의 상황과 현황에 대한 진단과 평가를 하고, 2) 과거와 미래를 언급하며 미국 연방이 국가 공동체로서 공유하는 정체성과 가치관을 재정의하고, 3) 미래를 위해 적합한 정책을 제안하는 것이 주요 내용이라고 하였다. 대통령은 의회 연설에서 먼저 연방으로서 미국이 함께 공유하는 가치관을 상징화함으로써 당파의 이익보다 국가 정책의 유용성을 강조하고 청중인 국민을 하나로 단합시킨다. 그리고 과거의 미연방 상황과 현재의 미연방 상황을 비교하고, 현재의 쟁점과 현안을 규정하며 미래의 행동 방향을 제안한다. 이러한 논리의 전개를 바탕으로 행정부 정책의 입법을 제안하며 정책 입법 사안으로는 인플레이션, 실업, 외교, 전쟁, 이민, 인권, 건강 보험, 사회 복지, 환경 등이 자주 등장한다.

의회 연설은 대통령이 스스로 행정부가 업무를 잘 수행하고 있는가를 평가하고, 대통령이 원하는 새로운 가치와 정책 방향을 제시하며, 대통령이 원하는 정치 상황을 새롭게 규정할 수 있는 수사적 기회가 된다. 1986년 1월 28일 우주 왕복선 챌린저호 폭발 사건 1주일 후, 2월 4일 개최한 의회 연설에서 레이건 대통령은 네 명의 특별 손님을 엄선하여 초대하였다. 교회 음악에 재능이 있는 12세 소녀, 노숙자 도움 사업을 주관한 13세 소녀, 도로에서 목숨을 걸고 친구를 구한 13세 소년, 그리고 챌린저호 내부에서 행하는 실험을 설계한 과학도를 초청하여 연설 중에 이들 각각을 직접 언급하며 그들을 미국의 젊은 영웅으로 칭송하며 찬사를 보냈다. 의회 연설에서 대통령이 선정한 영웅들을 초청하여 칭찬하는 것은 과시적 실행enactment을 물리적 토포이topoi로 활용한 사례다. 의회 연설에서 대통령이 특별 손님을 초대하여 연설 중간에 칭찬하는 과시적 수사 행위는 하나의 관습이 되었다. 대통령은 의회 연설에서 미국의 과거와 현재 그리고 미래를 논의하며, 미연방의 정체성과 가치관을 재규정하고, 국민에게 직접 자신의 정책을 호소함으로써 대통령의 수사적 특권을 행사한다. 의회 연설은 정례화된 대통령의 수사적 특권rhetorical prerogative이 되었다.

4.5 전쟁 레토릭

전쟁 레토릭 장르는 수사적 상황에 따라 다양한 형태로 나타난다. 위기의 상황에 따라 수사학 장르가 적절하게 변형하며 새로운 형태가 나타나는 것을 잘 보여 주는 것이 대통령의 전쟁 레토릭이다. 캠벨과 재미슨은 대통령 전쟁 레토릭의 분석을 통해 대통령과 의회의 관계를 논의하고 있다. 대통령은 군사 행동을 할 때 의회로부터 사전 승인을 받는 경우보다 사후에 의회의 비준을 받는 연설을 하는 경우가 많은 것으로 나타났다. 한국 전쟁, 베트남 전쟁, 쿠웨이트 전쟁, 이라크 전쟁 모두 전쟁 선포 없이 이루어졌으며 미국의 100여 차례 군사 행동이 의회의 사전 승인 없이 이루어졌다. 캠벨과 재미슨은 전쟁 레토릭 장르에서 전쟁이나 위기 상황에 따라 대통령이 목적을 성취하기 위해 다양한 논리와 전략을 구사하는 수사적 형태가 나타난다는 점을 밝힌다. 그러나 일반적으로 대통령은 전쟁 연설에서 1) 현재의 긴급한 위기 상황을 진단하고, 2) 즉각적인 군사 개입은 심사숙고 이후 결정된 것이라는 논리를 전개하고, 3) 내러티브 혹은 연대기를 활용한 수사적 기법으로 군사 개입을 정당화하고, 4) 청중으로서 국민에게 만장일치로 단결하여 행동할 것을 권유하고, 5) 대통령은 국군 최고 통수권자로서 헌법의 권한을 위임받았기 때문에 군사 행동은 합법적이라는 논리를 전개한다. 1991년 조지 H. W 부시 대통령은 걸프 전쟁 연설에서 "이번 군사 행동은 유엔과 미국 의회가 승인하였으며 유엔과 미국 그리고 아주 많은, 아주 많은[반복 강조] 나라들과 오랫동안 외교적으로 모든 수단을 강구하였지만", 효과가 없어 군사 행동을 결정하게 되었다는 것을 강조하였다. 1950년 해리 트루먼Harry S. Truman은 "가장 음흉하고, 가장 참혹하며, 가장 노골적인 방법으로 무방비 상태의 남한을 침략하였다"라는 내러티브를 활용하였다. 1941년 12월 7일 프랭클린 루스벨트Franklin Roosevelt의 전쟁 연설은 반복적인 내러티브 효과를 극대화한 연설로 평가받고 있다. 1966년 린든 존슨은 "최고 사령관으로서 나는 민주당원도 공화당원도 아니다. 베트남에서 싸우는 사람은 미국인이다. 베트남에 대한 정책은 미국 정책이다"라며 자신이 통수권자이며 전쟁에는 당파의 이견이 있어서는 안 되며 청중은 단합해야 한다고 강조하였다. 1983년 로널드 레이건은 그레나다 침공이 "긴급하고 명백한 위험clear and imminent danger"이라고 규정하고 군사 행동을 정당화하였다.

캠벨과 재미슨은 미국 대통령이 전쟁 연설에서 반대파의 목소리를 누르고 위험을 과장하기 위해 행정부가 획득한 정보를 와전하거나 왜곡하여 활용하는 경우가 자주 나타난다고 밝혔다. 1917년 독일 군함의 미국 상선 공격에 대한 우드로 윌슨의 정보 과장 연설, 1941년 독일 유보트 미국 상선 공격에 대한 프랭클린 루스벨트의 연설에서 논란이 있는 정보 누락, 2003년 조지 W. 부시가 "사담 후세인이 핵무기를 가졌다"고 정보를 왜곡한 사례를 대표적으로 제시하였다. 캠벨과 재미슨의 연구는 미국 대통령이 전쟁의 레토릭을 통해 군 통수권을 위임받으나, 그런 권한에 대한 의회의 사전 승인보다 사후 비준이 더 많은 것으로 나타난다고 밝히며, 헌법이 명확히 규정하지 않은 미국 대통령의 군사 행동에 관한 권한을 수사적 특권으로 보완하고 있다고 보았다. 그리고 현대 미국 대통령의 전쟁 레토릭에 관한 수사적 특권이 견제와 균형을 기초로 하는 미국 민주주의에 어떤 영향을 끼치고 있는가라는 질문을 정치학과 법학계에 넘기며 이 장을 마치고 있다.

4.6 자기 변론과 탄핵 방어 레토릭

대통령은 행정부의 과실이나 비행, 자신의 위법 행위, 비도덕 행위, 거짓말 등에 관해 자신을 스스로 변론해야 하는 상황이 발생한다. 탄핵 절차가 진행되기 전에는 대통령은 위와 같은 고발과 혐의로 반복되는 공격에 대해 효과적으로 방어할 수사적 권력을 가진다. 그러나 탄핵 절차가 시작되면 대통령은 수사적 권한을 많이 잃게 된다. 탄핵 절차가 시작되면 대통령은 피의자 신분이 되고, 하원은 배심원의 역할을 하고 상원은 판사 역할을 하게 된다. 국민 여론은 배심원인 하원 의원의 결정에 영향을 미친다.

탄핵되기 전 대통령이 수사적으로 방어하기 시작하면, 정치적 논란의 초점은 고발자와 혐의에서 자신과 자신의 행위로 이동한다. 대통령은 이때 자신의 도덕성을 강조하거나, 그 행위가 탄핵 대상이 아니며 행정적인 책임도 아니라는 반박의 논리를 전개한다. 개인적인 사과 장르를 할 때는 해당 혐의를 사소한 실수로 규정하거나 인간적인 면을 드러내며 대통령 자신도 한 인간임을 호소하고 국민의 용서를 구하기도 한다. 대통령은 개인적인 사과 장르에서 고발당한 행위나 혐의를 솔직히 인정하더라도 그 행위는 개인적이었으며 대통령 직무와 관련된 것은 아니라고 해야 한다. 레이건은 이란의 인질을 구하기 위해 니카라과 콘트라와 무기 거래를 한 이란-콘트라 사건에 대해 "잘못한 것으로부터 교훈을 얻었다. 그리고 이제 앞으로 나가야 한다. 그게 가장 좋은 방법이다"라는 사과 연설을 통해 정치적 위기를 모면했다. 리처드 닉슨이 1952년 대통령 선거에서 민주당으로부터 불법 정치 헌금을 수수했다고 공격받았을 때, 자신을 방어한 일명 '체커스 스피치Checkers Speech'는 성공적인 개인 방어 연설이었다. 이 연설에서 닉슨은 30여 분간의 텔레비전 시간을 구매하고 실시간으로 전 국민 앞에서 자신을 변호하여 성공적으로 유권자의 호응을 일으켰다고 평가받고 있다. 그러나 캠벨과 재미슨은 대통령의 개인적인 사과로 위기의 정치 상황을 당장은 모면하지만 어떤 형태로든 대통령의 권력이 약화한다고 보았다.

의회에서 공식적으로 탄핵 절차가 이루어지기 전, 대통령은 국민을 대상으로 개인적으로 사과하거나 논리적으로 자신의 행위를 방어하고 변론하는 전략을 선택할 수 있다. 탄핵이 진행되기 전에는 대통령은 해당 사건을 규정하고 행동을 정당화하고 자신을 공격하는 자는 정부의 제도를 위험하게 한다며 역공을 할 수 있는 수사적으로 우월한 입장에 있다. 그러나 의회에서 탄핵 절차가 진행되면 수사적 상황은 확연히 달라진다. 탄핵 절차가 시작되면 대통령은 수사적 권력을 잃게 된다. 미국 대통령 중 탄핵 절차를 밟은 대통령은 앤드루 존슨Andrew Johnson, 리처드 닉슨, 빌 클린턴 세 명이다. 대통령은 탄핵 과정에서 피고인이 되어 자신을 직접 변호할 수사적 기회를 잃게 된다. 규정상 탄핵 과정에서 대통령은 의회에 직접 나가 변호해야 하지만 탄핵 절차를 받은 미국 대통령 중 의회에 직접 나간 사례는 없다. 그러나 탄핵 절차가 시작되어 의회가 질의-조사하는 사항에 관해서는 대통령이 서면으로나마 답변해야 할 의무를 지니게 되며, 직접 국민에게 호소할 수 있는 기회는 사라진다. 의회에서 탄핵 토론이 진행되면 대통령의 입장을 대변하는 의원이 변호인으로 선정된다. 탄핵 절차가 시작되면 대통령은 유일하게 가지고 있던 수사적 권력을 잃게 되며 상대가 있는 법정 토론 형식의 수사적 상황으로 변하게 된다. 캠벨과 재미슨은 이 장에서 1868년 앤드루 존슨과 1973년 리처드 닉슨의 탄핵 사례를 대조하며 분석하고 있다. 앤드루 존슨은 의회 토론에서 그의 지지자들이 당파적 입장에서 변호하였기 때문에 탄핵 판결에서 무죄를 선고받았지만, 닉슨은 초당적 분위기로 하원 법사위원회가 탄핵 절차의 시작을 표결한 후 스스로 사임했다. 빌 클린턴의 경우에는 대선 이전 주지사 시절, 공무원인 폴라 존스Paula Jones와의 성 스캔들을 법정 합의로 무마한 전력이 있음에도, 대통령이 된 후 백악관 인턴 모니카 르윈스키 Monica Lewinsky와의 성 스캔들이 일어나자 이를 부인해 왔다. 의회가 특별 검사를 임명하여 조사가 시작되자, 클린턴은 1998년 8월 대국민 연설을 통해 불륜 관계를 인정하지만 이를 '부적절한 관계improper relationship'라고 상징적으로 축소하여 규정하며 '이 사건은 대통령의 개인적인 과실이고 가족의 문제이며 행정 행위의 위반은 아니'라고 항변하였다. 그러나 의회의 탄핵은 진행되었고 클린턴은 성행위와 관련된 비행은 대통령 업무와는 무관하다고 변명하였으며, 1998년 12월 하원은 탄핵을 승인하였지만 1999년 1월 상원은 부결하였다.

4.7 퇴임 연설

대통령은 자신의 임기를 마치게 되면 고별 연설의 기회를 가진다. 퇴임 연설은 현 대통령 직무를 마치고 새 행정부로의 전환을 기대하는 청중의 요구에 부응하는 상징적인 의례 연설이다. 퇴임 연설은 취임 연설만큼 정례화되지 않았으며 의회 연설처럼 헌법의 규정이 있는 것도 아니라 여러 가지 선택이 가능하다. 미국 대통령의 퇴임 연설은 임기가 마무리되기 며칠 전 혹은 수 주 전에 이루어진다. 퇴임 연설은 의회, 기자 회견, 대학 졸업식 연설 등 다양한 장소와 상황에서 이루어지기도 한다. 퇴임 연설을 하였다고 대통령의 권한이 멈추는 것은 아니고 새 대통령이 취임하기 전까지 현직 대통령으로서 권한을 가진다. 퇴임 연설은 하나의 수사적 제도로 자리매김하고 있다. 전통적 관점에서 보면 퇴임 연설은 미국 대통령 제도의 영속성과 변화를 보여주는 수사적 행위이다. 취임 연설은 대통령과 국민이 새로운 계약을 맺는 상징적 행위라면, 퇴임 연설은 대통령과 국민이 계약을 해지하는 상징적 행위이다. 퇴임 연설은 대통령 자신의 임기 동안 국가가 어떻게 운영되었는가를 평가하고 그런 평가가 역사 속에서 어떤 의미를 갖는지를 밝히는 내용으로 이루어진다. 퇴임 연설에서는 청중의 행동을 촉구하기보다 사려를 권장하고 이제 하나의 역사적 단락을 맺고 새로운 전환을 맞이한다는 것을 알린다. 그리고 자신을 지지해 준 국민에 대한 감사, 의회에 대한 감사, 군인이나 경찰 등 행정부 산하 집단에 대한 감사를 포함하면 좋다. 퇴임 연설에서 대통령은 자신의 임기를 평가하는 기준을 제시하고 기준에 부합하는 임무를 수행하였다는 것을 천명한다. 자신의 임기는 대통령제의 유산으로 남게 되지만 이런 유산은 자신만의 것이 아니고 미국의 국민과 의회가 함께한 것이라고 상징적으로 승화시킨다. 이러한 유산은 미래를 준비하는 데 적합하다는 논리를 전개하기도 한다. 퇴임 연설에서 대통령은 미국 대통령제에 대한 국민의 신뢰를 재확인하고 대통령이 입법부와 사법부와 함께 미국을 훌륭한 국가 공동체로 만들고 있다는 것을 밝힌다. 수사적 상황에 따라, 자신이 대통령 임기 동안 얻은 교훈을 새 행정부에 상징적으로 권고하기도 한다. 퇴임 연설은 개인적으로는 대통령에서 미국의 한 시민으로 돌아가는 과정이다. 빌 클린턴은 퇴임 연설을 하면서 "앞으로 내 인생에 미국 대통령보다 높은 지위에 오르지 못할 것이다. 그러나 미국 시민이라는 지위는 무엇보다 자랑스러운 타이틀이다"라고 하였으나, 탄핵 위기로 사임하는 닉슨은 참모들만 모인 자리에서 퇴임 연설을 하였다. 조지 H. W. 부시는 텍사스A&M대학교 졸업식 연설을 퇴임 연설로 대신하였으며 트루먼은 백악관 집무실에서 라디오로 "내 앞에 있는 정든 이 책상은 많은 대통령의 책상이었고 앞으로 많은 대통령의 책상이 될 것이다"라며 미국 대통령 제도의 영속성을 시각화하며 퇴임 연설을 하였다.

5. 결론

캠벨과 재미슨이 이 저서에서 분석한 사면 레토릭, 거부권 레토릭, '사실상 거부권' 서명 레토릭에 관해서는 이 글에서 깊이 있게 다루지 못하였다. 첫 번째 이유는 지면의 제약이며, 두 번째 이유는 사면 레토릭, 거부권 레토릭, '사실상 거부권' 서명 레토릭은 연설의 형태라기보다 대부분 메시지의 형식으로 이루어지기 때문이다. 짧게나마 소개하자면, 대통령은 사면 연설에서 사면 행위는 헌법이 규정한 대통령의 특권이라는 것을 내세우며, 지금이 사면에 가장 적절한 시간이라는 것을 강조하고, 사면은 공공의 이익에 도움이 된다는 내용을 포함한다. 거부권 메시지에서 대통령은 의회와의 갈등 속에서 헌법에 근거한 입법 과정의 한 부분으로 이동하게 되며 정책의 유용성에 대한 가부를 판단하는 입장에 서게 된다. 거부권 메시지는 대표적인 심의 장르이다. '사실상 거부권' 서명은 의회가 이미 통과시킨 법안을 부분적으로 거부하는 레토릭으로, 삼권 분립에서 행정부와 의회가 견제와 균형을 유지하는 과정에서 대통령의 권한을 보여 주는 대표적인 심의 장르이다. 메시지 중심의 거부권 레토릭과 '사실상 거부권' 서명 레토릭은 대통령과 의회의 관계를 논의하는 데 중요한 심의 장르로서 수사학과 정치학의 연계를 이해하는 데 도움이 될 것이다.

정리하자면, 캠벨과 재미슨은 대통령 레토릭의 텍스트

를 장르 평론 방법론을 활용하여 분석하며 현대 대통령이 어떻게 레토릭 대통령 기구를 변형하고 강화했는지를 보여 주고 있다. 입법부와 사법부는 통일된 한목소리를 낼 수 없지만, 대통령은 자신이 언제, 어디서, 무엇을, 어떻게 이야기할 것인지에 대한 수사적 권력을 가진다. 저자들은 대통령의 이런 수사적 권력이 초기 대통령에서 현대 대통령까지 어떻게 연결되고, 어떻게 변형되고, 어떻게 확대되었는가를 여러 가지 일화와 사례를 통해 논의하고 있다. 캠벨과 재미슨은 거버넌스 레토릭 장르를 통해 대통령 기구가 변형되고 수사적 권력이 확대되는 것을 증명하고 있다. 대통령 제도는 정적인 것이 아니라 대통령의 수사적 담론 형태에 의해 변화한다는 것이다. 현대 미국 대통령 레토릭의 장르가 대통령 기구의 안정성, 연속성 그리고 유연성을 제공하면서 동시에 대통령 레토릭이 거버넌스에 중요한 하나의 직무가 되었다는 것을 알 수 있다. 이들의 연구는 아리스토텔레스가 '인간은 동물 중 유일하게 언어 능력을 갖춘 정치적 동물'이라고 강조한 것을 회상하게 하며 수사학과 정치학의 연관성을 다시 한번 되새기게 한다. 또 대통령 레토릭 연구는 대통령 제도를 이해하는 데 중요한 부분이라는 것을 다시 한번 일깨워 준다. 견제와 균형을 기초로 하는 민주주의 삼권 분립에서 대통령 레토릭에 대한 연구는 더 심도 있게 이루어져야 한다.

위 연구는 시기적인 제약으로 인해 구글, 페이스북, 유튜

브, 트위터와 같은 뉴미디어와 대통령 레토릭에 관한 논의는 포함하지 못하고 있다. 버락 오바마Barack Obama 대통령 시절부터 뉴미디어 이용이 활성화되며, 2016년 당선된 제45대 대통령 도널드 트럼프Donald Trump는 트위터를 활용한 새로운 형태의 대통령 레토릭을 구사하였다. 이는 과연 새로운 형태인가 아니면 전통적인 형태의 변형인가? 그러한 대통령의 레토릭은 건강한 민주주의 대통령제에 도움이 되는가 혹은 그렇지 않은가? 이에 관한 후속 연구가 기대된다.

참고 문헌

Barker, E. (trans.), *The Politics of Aristotle*, New York: Oxford University Press, 1970.

Black, E., *Rhetorical Criticism: A Study in Mind*, New York, NY: Macmillan, 1965.

Bitzer, L. F., "Rhetorical Situation", *Philosophy and Rhetoric*, 1, 1968, pp. 1~14.

Campbell, K. K. and T. A. Burkholder, *Critiques of Contemporary Rhetoric* (2nd ed.), Belmont, CA: Wadsworth, 1997.

Campbell, K. K. and K. H. Jamieson, *Deeds Done in Words: Presidential Rhetoric and the Genres of Governance*, Chicago, IL: the University of Chicago Press, 1990.

―――, *Presidents Creating the Presidency: Deeds Done in Words*, Chicago, IL: The University of Chicago Press, 2008.

Campbell, K. K. and K. H. Jamieson, (eds.), *Form and Genre: Shaping Rhetorical Action*, Falls Church, VA: Speech Communication Association, 1978.

Caesar, J. W., G. E. Thurow, and J. Tulis, "The Rise of the Rhetorical Presidency", T. O. Jr. Windt and B. Ingold (eds.), *Essays in Presidential Rhetoric* (2nd ed.), Dubuque, IA: Kendall-Hunt, 1987, pp. 3~22.

Garver, E., *Aristotle's Rhetoric: An Art of Character,* Chicago, IL: The University of Chicago Press, 1995.

Hart, R. P., *Verbal Style and the Presidency: A Computer-based Analysis,* New York: Academic Press, 1984.

──, *The Sound of Leadership: Presidential Communication in the Modern Age,* Chicago: University of Chicago Press, 1987.

Jamieson, K. H., *Eloquence in an Electronic Age: The Transformation of Political Speechmaking,* New York: Oxford University Press, 1988.

──, *Dirty Politics,* New York: Oxford University Press, 1992.

Jasinski, J., *Sourcebook on Rhetoric: Key Concepts in Contemporary Rhetorical Studies,* Thousands Oaks, CA: Sage Publications, 2001.

Kennedy, G. A., *Aristotle on Rhetoric: A Theory of Civic Discourse,* New York: Oxford University Press, 1991.

Kernell, S., *Going Public: New Strategies of Presidential Leadership* (3rd ed.), Washington D. C.: Congressional Quarterly Press, 1997.

Lee, S. C., *Republic of Korea President Kim Young-Sam's Rhetoric in the 1992 Campaign and the First Year in Office: An Institutional Study of Presidential Rhetoric in Democratization,* Doctoral dissertation, The University of Minnesota, 1998.

Lee, S. C. and K. K. Campbell, "Korean President Roh Tae-woo's 1988 Inaugural Address: Campaigning for Investiture", *Quarterly Journal of Speech,* 80, 1994, pp. 37~52.

Ryan, H. R. (ed.), *U.S. Presidents as Orators: A bio-critical Source Book,* Westport, CT: Greenwood Press, 1995.

Tulis, J. K., *The Rhetorical Presidency,* Princeton, NJ: Princeton University Press, 1987.

Windt, T. O. Jr., *Presidents and Protesters: Political Rhetoric in the 1960s,* Tuscaloosa, AL: The University of Alabama Press, 1990.

22장
언어를 넘어 문화와 예술을 관통하는 수사학의 힘[1]

크나페의 『현대 수사학』

김종영(서울대학교)

1. 들어가며

요아힘 크나페Joachim knape는 수사학을 언어를 넘어 문화와
예술을 관통하는 힘으로 바라본다. 그는 현대 수사학 이론
을 정립하기에 앞서 우선 수사학을 둘러싼 오해들을 여러
학문적 준거를 들어 걷어 낸다. 이어서 현대의 다양한 영역
에서 나타나는 수사적 사례를 검토한 후, 각 영역에 적절한
수사학 이론을 체계화해 나간다. 무엇보다도 수사학은 현
대 민주 사회에서 의사 결정에 영향을 미칠 수 있는 기능
을 한다. 대부분의 의사 결정은 권력의 문제와 결부되지만
개방적이고 평화적인 방식으로 지속적으로 소통해 나가야

---

1   이 글은 크나페, 요아힘, 『현대 수사학』(김종영·홍설영 옮김, 진성북스, 2019)의 일부를 수정·보
    완한 것이다.

한다. 바로 이 대목에서 수사학이 요긴하게 쓰일 수 있다고 주장한다.

크나페는 일반 수사학을 근본 수사학과 도구적 수사학으로 나눠 설명한다. 근본 수사학은 수사적 사례에 나타나는 문제에 집중하고 도구적 수사학은 의사소통의 도구와 방법에 주목한다. 수사적 사례는 경쟁적 상황에서 누군가 다른 사람을 설득할 때 생겨난다. 누군가를 설득한다는 것은, '타인의 의견이나 태도를 의사소통을 통해 A 관점에서 B 관점으로 변화시키는' 것이기에, 연사가 믿고 있는 사항을 어떻게 하면 잘 전달할 수 있는지가 관건이 된다. 이때 전략적 계산이 필요하고 사회적으로 허용되는 범위 안에서의 소통이 중시된다.

수사학 이론은 텍스트가 생산되는 과정을 모델로 제시한다. 크나페는 언어 텍스트는 물론 비언어적 텍스트에서 나타나는 수사적 특성을 포착하고 이를 꼼꼼하게 분석해 들어간다. 수사학이 언어적 표현을 다루고 있기에 인접 영역인 언어학이나 미학과 관련될 수 있다. 언어학이나 미학은 '어떤 이가 텍스트를 잘 표현했다'에 주목한다. 이에 반해 수사학은 '어떤 이가 텍스트를 적절하게 사용해 다른 이들에게 영향을 미쳤다'에 주목하기에 이 둘을 구별할 수 있어야 한다. 텍스트 생산 모델이라는 점에서 수사학은 문학 텍스트의 창작에도 영향을 줄 수 있다. 일반적으로 문학이라고 하는 장르에서 수사적 설득을 핵심적 특징으로 논하지는 않지만, 작가들이 자신의 글이 영향력을 가질 수 있기를 희망하며 텍스트를 생산한다는 크나페의 말에 쉽게 공감할 수 있을 것이다.

다른 사람에게 영향을 줄 수 있는 수사적 요인이 있는 경우, 수사학이 언어 외부에 존재할 수 있는지에 대한 물음이 생길 수 있다. 크나페는 이러한 물음에 기반해 기호간intersemiotic 수사학을 설명해 나가는데, 음악과 이미지, 영화의 영역에서 수사적 요인이 어떻게 작동할 수 있는지 주목한다. 수사학의 핵심 작용이라고 할 수 있는, 인간의 정신적 상태를 변화시키는 설득이 음악을 통해 어떻게 일어나는지 구체적으로 보여 준다. 그리고 수사적 소통 수단으로서 이미지가 어떻게 수사학 이론으로 포섭될 수 있는지 살피며, 이미지 수사학의 방법상의 절차를 고전 수사학의 생산 과정에 적용해 설명해 나간다. 더 나아가 크나페는 현대 영화 연구의 수사학적 논의들을 살피고 극영화와 장편 영화의 이론과 그 안에 나타나는 수사적 요인을 분석한 후 영화에서도 수사적 요인이 중요한 역할을 할 수 있다는 사실을 밝혀낸다.

끝으로 크나페는 현대의 미디어 이론에서 나타나는 용어와 체계상의 혼란을 주목하고 수사학에 기반해 미디어 이론을 보완한 후 미디어 수사학을 설명한다. 미디어의 목적과 성과가 다양한 소통 목적에 어떻게 기여할 수 있는지 미디어와 수사학의 관련 쟁점들을 살핀다. 그는 미디어의 수사적 정의 가운데 하나로, 미디어가 텍스트를 저장하는 동시에 실행한다는 사실을 포착해 낸다. 이 과정에서 발생할 수 있는 소통적 저항의 가능성을 전망하고 미디어 수사학을 활용해 특정 의사소통 목적을 달성할 수 있는 미디어 이론을 개발할 수 있다고 주장한다.

2. 수사학을 둘러싼 오해들

현대 수사학의 이론을 정립하기에 앞서 크나페는 우선 수사학에 대해 널리 퍼져 있는 선입견을 논하며 일곱 가지 차원에서 현대 수사학에 대한 오해를 해명해 나간다. 첫째, 수사학은 언어학이 아니다. 언어학적 문제를 다루면서 수사학이라는 용어를 언어학과 혼동해서 사용하는 경우가 종종 눈에 띈다. "언어적 패턴화가 인지를 인과적으로 결정한다고 역설하는 사피어Sapir와 달리 카플란Kaplan은 언어 또는 수사학이 생각을 결정한다고 주장하지 않는다. 오히려 그는 언어와 수사학이 문화에서 진화해 나온다고 말한다."[2] 언어 상대성에 대한 사피어-워프Sapir-Whorf 가설과 대조 수사학의 관계를 다루는 이 논쟁의 문제는 언어학 영역이지 수사학과는 무관하다. '수사학'이라는 용

---

2   크나페, 요아힘, 『현대 수사학』, 김종영·홍설영 옮김, 진성북스, 2019, p. 44.

어가 '언어'나 '의사소통'과 관련된 것을 총칭하고 있을 뿐이지 학문적으로 엄밀한 용어가 아니라는 말이다.

둘째, 수사학은 텍스트성이나 작문이 아니다. 그 이유는 이들 영역은 서로 별개이고, 우리가 찾는 수사적 사례가 반드시 발생하지는 않기 때문이다. 순전히 정보를 전달하는 성질이나 미학적 전략에 따른 작문이 그 사례이며 이는 수사학적 접근법과 무관하다.

셋째, 수사학은 미학이 아니다. 의사소통에 관한 미학적 사례가 의사소통에 관한 수사학적 사례와 반드시 같은 것은 아니다. 수사학적 의사소통은 내용의 구속성과 정직성에 대한 참가자들 간의 기대를 규정한다. 반면 예술적 의사소통은 허구적 상황의 특수한 의사소통 프레임을 다룬다. 따라서 두 영역에서 나타나는 의사소통 전략은 전혀 다르다. 가상의 프레임에서 나타나는 의사소통과 실제의 세계에서 작동하는 의사소통이 어찌 같을 수 있겠는가?

넷째, 수사학은 일반 커뮤니케이션이 아니다. 일반 커뮤니케이션 이론은 행위자 쌍방 간의 상호 작용 전체를 다룬다. 그에 반해서 수사학은 일반 커뮤니케이션 이론 전체를 다루는 것이 아니라 고도로 전문화되고 특정한 영역을 다룬다. 수사학 이론의 관심사는 오로지 발신자에서 수신자에게로 향하는 의사소통에 의한 영향력 전달에 있다.

다섯째, 수사학은 수단이 아니다. 수사학 모델을 개별 수단, 도구, 의사소통 프로세스로 혼동하면 안 된다. 수사적 사례와 수사적 사건은 그 사건에서 사용된 도구로 환원될 수 없다. 특정 사건에 사용된 의사소통 도구는 수사적 사건 전체의 일부일 뿐이다. 상이한 문화에서는 수사적으로 의사소통하기 위해 전혀 다른 수단이나 도구가 작동한다. 도구가 특정 문화에 존재하지 않을 때, '도구'는 수사학의 존재를 전혀 뒷받침하지 못한다. 수사학의 근본 구조는 같지만 서술은 매우 다양하다. 그러니까 수사학적 수단은 문화에 따라 상이하다고 말할 수 있다.

여섯째, 수사학은 스크립트가 아니다. 사회적으로 결정되는 의사소통 패턴 연구는 수사학 이론에서 파생된 것이 아니다. 스크립트 중심의 의사소통은 어느 정도 자동화되어 있어 수사적 노력이 필요하지 않다. 이런 성격의 의사소통은 공평성과 비의도성을 가지고 있고, 설득 행위가 대체로 불필요하며 수사적 영향력과 사실상 관련이 없다.

일곱째, 수사학은 자연(생물학)에 적용되지 않는다. 수사학을 자연법칙과 연결하면서 수사학을 모든 개체에서 발견되는 일종의 '정신적, 감정적 에너지'로 보는 연구도 있다. 하지만 이는 이치에 맞지 않는 이야기다. 영장류를 제외하면 동물은 직접적인 자극-반응 모델에 해당하는 신호 체계만 있을 뿐이다. 인간 상호 간 수사적 의미 전달은 '자극-처리-반응'이라는 모델에 따라 일어나는데, 동물에게는 사실상 처리 단계가 없다. 수사학은 인간이 사회 내에서 상호 이해할 수 있도록 평화롭게 균형을 유지해 주는 사회적 관습이자 문화의 현상이다. 약육강식의 동물의 세계, 본능에 따라 움직이는 생물학적 세계에서 수사학은 폭력에 의지할 필요성을 없애는 장치라고 할 수 있다.

3. 연사의 이미지, 위신, 평판 그리고 아리스토텔레스의 에토스

고대 그리스와 로마에서 발전한 수사학이 오늘날까지 우리 삶에 깊이 관여하고 있다는 사실은 수사학의 유용성을 방증한다. 그렇다면 무엇이 과거 서구의 역사에서 등장한 수사학의 여러 이론과 수많은 사례가 지금 여기서도 여전히 유효하게 하는지 궁금해진다. 크나페는 역사주의와 현대 과학의 주요 쟁점들을 정리하고, 나아가 오늘날 수사학이 현대의 문명 조건에 부응하기 위해 어떠한 모습으로 변신해야 하는지도 꼼꼼하게 살핀다. 이 과정에서 그는 이론의 골격을 고대 수사학 이론에 기대어 현대적 관점으로 재구성해 낸다. 가령 설득의 주요 수단 가운데 하나인 에토스ethos를 전략적으로 의사소통하는 연사의 덕목으로 새롭게 풀어 낸다. 연사는 신뢰의 원천으로 기능하기에 말을 하고 있는 순간 주의해야 할 수사적 에토스는 현대 수사학에서도 여전히 중요하다. 크나페는 에토스의 현대적 개념을 이미지와 위신 그리고 평판과 연계하여 체계적으로 설명한다.

　아리스토텔레스는 에토스를 "가장 효과적인 설득 수

단"(『수사학』, 1356a)이라고 했다. 듣는 사람에게 신뢰를 불러일으키는 수사학의 에토스는 크게 두 가지로 나누어 볼 수 있다. 말하는 사람이 기존에 갖고 있는 평판(성격)과 그가 말하는 순간에 보여 주는 좋은 이미지다. 화자는 늘 에토스에 신경을 써야 한다. 평소에 잘 살아야 하고, 말하는 순간에도 이 에토스를 염두에 두어야 한다. 살아온 이력이야 어쩔 수 없는 노릇이지만, 그래도 말하는 순간만큼은 좋은 사람으로 비쳐야 하지 않겠는가? 화자는 텍스트를 통해 이 에토스를 보여 주어야 한다. 특히 듣는 사람이 말하는 사람의 이미지를 구축해 내기 전에 듣는 사람에게 자신의 좋은 이미지를 심어 주어야 한다. 화자가 연설을 하면서 말과 행동 안에서 이미지를 구축해 내는 일은 품격을 내보이기 위해 매우 중요하다는 말이다. 왜 이미지 구축이 필요한 걸까? 논리적 논증으로 부족하다는 말인가? 이는 수사적 의사소통이 갖는 본질적인 속성에서 기인한다. 수사적 의사소통으로 간주되려면 참여자들 사이에 비대칭적인 심리적 조건이 수반되어야 하고, 사안이 논쟁적이어서 서로 달리 판단할 수도 있는 것이어야 한다. 그래서 참여자들은 자신이 지지하는 어느 한 방향으로 결정을 끌어내어 궁극적으로 다른 사람들의 의견이나 태도를 변화시키기 위해 그토록 노력하는 것이다. 이 노력하는 과정 전반이 바로 수사적 행위가 된다.

따라서 청중의 판단을 끌어내기 위한 상황, 즉 수사적 상황에서는 어떤 방식으로든 합리적 논증을 위한 추가 준비가 있어야 한다. 순수하게 합리적인 논증만으로는 부족하다는 말이다. 왜 그럴까? 수사학이 작동하는 의사소통 상황은 필연적으로 자명한 증명보다는 개연적 전제에 기반한 입증을 다루는 장소에서 일어나기 때문이다. 이런 상황에서는 참여자들의 합의 도출이 선행되어야 할 것이다. 말하는 사람은 누구이고 듣는 사람은 어떤 심적 상태에 있는지가 부각된다. 특히 의견이 분분해 명확한 판단을 내리기 어려울 때가 그런 상황이다. 화자의 에토스와 청자의 파토스를 고려하는 작업이 대두된다. 청중에게 의견을 전달할 때 화자는 자신의 에토스와 청중의 파토스를 염두에 두고 메시지를 준비해야 한다. 결국 화자가 청중과의 소통에서 자신의 의견을 어떻게 이끌어 나가느냐가 관건이다. 청자의 머릿속에 들어와 구축된 화자의 이미지가 청중의 판단을 이끌어 내는 중요한 요소로 작동한다. 보통의 사람들은 대개 좋은 인상을 주고 '품위 있는 삶'을 사는 사람의 말에 끌리게 된다. 특히 논란의 여지가 있고, 이런저런 면에서 논거를 찾을 수 있는 논쟁 중의 사안이라면, 화자 스스로 드러내 보이는 태도와 방식이 논쟁을 풀어 가는 유일한 해결책이 될 수 있다.

아리스토텔레스는 에토스를 강조해 입증을 위한 설득 수단 가운데 맨 처음에 놓았다. 하지만 이어지는 설명에서는 간략하게 언급될 뿐이어서, 많은 수사 이론가들이 에토스 개념에 새로운 논의를 보충해 나간다. 오늘날 많이 논의되고 있는 인상 관리와 이미지 관련 이론의 근간도 따지고 보면 에토스 개념의 시대적 변용인 셈이다. 가령 화자인 연설가가 청자인 대중에게 좋은 인상을 보여 주기 위해, 화자의 분위기, 자질, 표현 방식 등을 고려해야 하는데, 이것들이 바로 에토스를 구성하는 요소들이다. 화자는 말을 하면서 동시에 자신은 '이런 사람이고, 저런 사람은 아니다'라고 하는 등, 자신에 대한 정보의 한 조각을 제공하는데 이것도 에토스라고 할 수 있다. 왜냐하면 에토스는 분명 암시이기 때문이다.

연사가 연단을 차지하고 자신의 텍스트를 시연하는 과정을 살펴보면 여러 일이 동시에 진행되고 있다는 것을 알수 있다. 이른바 수사적 상황 안에서 동시다발적 상호 작용의 필요성이 전제되기에 연사의 의사소통 개입 부분을 늘려야 할 것이다. 아리스토텔레스도 이 필요성을 절감하여 연사의 주요 전달 매체인 텍스트를 어떻게 다루어야 할지에 대해 세 가지 차원을 분명히 구분했다. 첫째, 논리적 차원이다. 주제와 관련된 순수 논증의 '논리적 단계'로 단순한 정보 교환이 아니라 수사적 논증 개념에 따라 설득력을 갖춘 증거들을 다루는 단계를 말한다. 둘째, 심리적 차원이다. 호의적으로 논거를 받아들일 준비를 하는 감정 상태를 즉각 불러일으키는 단계다. 셋째, 윤리적 차원이다. 연설을 수행하는 연사의 특정 이미지(에토스)를 즉각적으로 만들어 연사의 논증에 호의적인 조건을 부여하는 단계다. 이것은 텍스트를 만들어 수행하는 연사의 성격상 특질이 청중들 사이에서 잘 일어나도록 돕는데, 이것을 "원천 차원"
이라고 할 수 있다.[3] 이 방법들은 텍스트 내에서 동시에 발
현할 수 있으며, 각각 강조 정도에 따라 다르게 주어지거나
독립적으로 작용할 수 있다.

발화 순간 에토스가 어떻게 개입하는지 살펴보았다. 에
토스는 발화 시 수사학적 협력 신호로서 작동하기도 한다.
보통의 발화에서 에토스와 파토스는 이성적 논증을 뒷받침
하는 일을 수행한다. 에토스와 파토스는 합리적 논거의 반
대가 아니라 동반자이고 텍스트를 이해하기 위한 조력자이
지 방해물이 아니다. 청중은 구두로 전달되는 텍스트가 빠
르게 이어져 나올 경우, 연사가 제공하고자 하는 정보를 파
악하기 힘들고, 경우에 따라서는 텍스트 안에 담긴 사실이
나 내용을 분명하게 검증하기도 어렵다. 그럼에도 불구하고
청중은 텍스트가 달리 증명되기 전까지는 연사의 신뢰성을
가정하고 자신들의 믿음을 유지하려고 노력한다.

4. 대화의 수사학

고대 수사학은 주로 일대다—對多 구조의 공적 연설을 다
루지만, 플라톤이나 키케로는 대화의 수사적 성격에도 주

---

3   같은 책, p. 105 참조.

목했다. 하지만 지금까지의 수사학 연구는 대화의 수사학을 제대로 정립해 내지 못하고 있는 실정이다. 크나페는 고대의 연설과 대화를 문헌으로 검토하면서, 독백과 문답을 비교하기도 하고 연설과 대화를 고대와 현대의 연구를 통해 설명한다. 현대 수사학은 대화의 환경에서도 연사의 성공적인 의사소통과 관련된 문제를 설명해 낼 수 있어야 한다. 따라서 대화에 임하는 화자의 의사소통 목표가 전략적으로 어떻게 실현되느냐 하는 문제가 대두된다. 대화에서도 설득 전략과 계산이 중심 역할을 할 수 있다는 말이다. 대화자는 대화를 진행하면서 자신이 다른 대화자와 비교해 우월할 것을 기대하기도 하는데, 이때에도 다른 대화 참여자들과 지속적으로 상호 작용해야 하는 것을 잊지 말아야 한다. 그뿐만 아니라 대화의 구조 속에서 내포하고 있는 우발성이나 대화의 속성상 순식간에 지나가는 상황에서도 효과적으로 대화할 수 있는 수사적 전략을 가져야 한다.

대화의 수사학은 개인이나 집단에서 한 명 또는 여러 화자가 서로 다른 목표를 가지고 능동적으로 참여하는 상황에서 순식간에 벌어지는 의사소통을 다룬다. 이때 성공적인 의사소통을 화자가 어떻게 확보할 수 있는지, 즉 화자의 관심사를 방어하고 정립할 수 있는지에 초점을 맞춘다. 대화하는 화자는 수사적으로 능동적이고 수사 지향적인 이야기 상대로서 대화를 준비하고 실행하기 위해 세 가지 역량이 요구된다. 대화를 계획하고 대화를 분석하며 대화를 관리할 수 있는 능력이다. 숙련된 대화 화자는 항상 사전에 계획하고 의도적으로 대화의 모든 맥락 조건을 고려하여야 한다. 복잡한 의사소통 상황에서 화자가 생각하는 대화의 목표와 혹시 일어날 수 있는 저항이나 대화 참여자의 관계를 사전에 분석하여 대화 준비에 만전을 기하는 것이 매우 중요하다. 특히 상호 작용을 위한 가능한 방법들을 모두 준비해야 한다. 이를테면 대화가 지지부진할 때나 급진적으로 선회할 때, 아니면 참여자가 대화를 회피할 때 등에 대비해야 하는데, 칭찬이나 공감과 친밀감을 드러내는 표현 그리고 유머를 준비하면 많은 도움이 된다. 이 과정에서 수사학의 적절성 원칙을 염두에 두고 실제 대화 상대에 맞춰 정확하게 계산해야 한다. 추후에 화자가 사용할 정보 내용을 정리하고, 상상력을 자극하는 표현이나 자신의 주장과 예상 반박에 대한 준비도 해 두어야 한다.

대화에 들어가면 화자는 종종 대화 이전에 준비한 계산대로 진행되지 않는 상황을 접하게 된다. 대화가 빠르게 진행되고 차례를 바꿔 가며 말하므로 대화 상대의 반응에 신속하게 대응해야 한다. 여기서 목표는 대화에서 말할 차례마다 적절하게 조절하여 가장 적합한 방식으로 대화 상황에 적응해 가는 것인데, 이를 위해 두 단계가 필요하다. 하나는 대화를 지속적으로 관찰하며 해석하는 일이고, 다른 하나는 대화에 능동적으로 개입하는 일이다. 대화에서 고도로 불확실한 환경은 대화 참여자에게 부담으로 작용한다. 이런 상황에서 수사학은 '커뮤니케이션 위기관리' 역할을 할 수 있다. 이 역할은 대화적 상호 작용에서 발생할 수 있는 불확실성을 줄이는 것이다. 방해받지 않고 비교적 긴 주장을 펼치는 것을 허용하는 발표와 달리 대부분의 대화적 환경에서는 돌발 변수가 쉬이 발생할 수 있기에 대화 '관리'가 요구된다. 대화에서 혼란이 생길 때 화자는 능동적으로 상호 작용을 중재해야 하는 동시에 대화 상대의 모순적인 개입에도 협력적으로 반응해야 한다. 그리고 예측 불가능한 여건에서도 중심을 잡고 대화 상대로부터 긍정적인 반응을 유도해 낼 수 있어야 한다. 화자의 이런 행동들은 모두 수사적 전략에서 가져올 수 있다. 이런 맥락에서 수사적 대화 관리라는 말을 붙일 수 있을 것이다.

대화를 수사적으로 관리할 수 있다는 것은 무엇을 뜻하는 것일까? 일반적으로 수사적 사건은 화자가 자신의 관심사를 반영하고 자신의 목표를 달성하기 위하여 대화에 참여할 때 발생한다. 아울러 화자가 대화에서 영향력을 행사하려고 할 때 바로 수사학과 연결될 수 있고, 수사학 이론은 사회적으로 허용되는 방법이기에, 대화에서도 요긴하게 쓰일 수 있다는 말이다. 수사학 이론은 화자가 목적성을 갖고 대화에 개입하는 방법을 제공한다. 크나페는 대화의 성격에 따라 일곱 가지 유형의 관리를 제시한다. 바로 관계 관리, 논증 관리, 이미지 관리, 감정 관리, 주제 관리, 표현 관리, 실행 관리다. 이런 다양한 유형의 수사적 구성 요소들을 관리함으로써 화자는 적극적으로 논증을 펼치고, 자기 이미지를 구축하여, 대화의 일반적인 감정적 조건에 영향을 미칠 수 있게 된다.

5. 역사 서술 방법으로서 수사학

역사 편찬은 표준적인 의사소통 틀에서 진행된다. 이런 이유로 키케로는 역사 서술을 수사학자의 업무로 규정했다. 역사 서술은 현실 세계에서 일어나는 사실에 구속되지만, 시간이 흐르면서 사실에 대한 정보는 모호해지고 파편화되어 해석이 필요해진다. 해석하는 순간 연대기 편찬자는 수사적 연설가가 되며, 발표 형식에 대한 의사 결정을 내리는 순간 수사학자가 된다. 연대기는 과거 흔적을 기념한다. 과거는 그것이 언급되는 시점에는 항상 이미 종료된 것이다. 사람들은 역사적 사건이 남긴 흔적을 읽어야 과거를 관찰할 수 있다. 보통 이 흔적은 둘로 분류되는데, 하나는 진본이자 직접적 흔적이고, 다른 하나는 기념된 흔적이다. 수사학자들에게는 기념된 흔적의 역사적 자료가 관심의 대상이다. 기념된 흔적은 이전 세대가 이미 해석한 과거의 흔적이며 텍스트에서 가공되어 암호화된 것이다. 역사 서술, 다시 말해 지나간 사실을 과거 사실로 재구성하는 모든 명시적 저작은 여기에 속한다. 18세기까지 역사 서술에 대한 이론적 성찰은 수사학 소관이었다. 키케로는 역사 서술 텍스트는 사회적 기억의 실재 생활형이고 연설가의 수사적 과제는 이 특정 텍스트상의 생활형을 만드는 것이라고 했다(『연설가에 대하여 De Oratore』 2, 36 참조).

역사적 관찰에는 세 가지 양상이 있다. 오늘날 우리가 오래된 역사 서술물을 관찰할 때면, 다른 원천 텍스트의 도움으로 과거를 텍스트로 재구성해 과거에 그런 흔적이 어떻게 관찰되었는지 알 수 있다. 그 경우 우리는 2차 관찰을 하는 것이다. 일반적으로 궁극적인 목표는 사실의 재구성인 해석적 1차 관찰이다. 이 관찰은 우리가 역사적 자료를 보고 t1이라는 시간(기원전 44년 3월 17일)에 발생한 X사건(카이사르 암살)을 재구성할 수 있게 해 준다. 또한 기념된 흔적은 우리가 암호화에 대한 관찰이라고 부르는 2차 해석적 관찰을 하게 해 준다. 카이사르 사건을 예로 들어 보면, t2라는 시점(1143년, 오토 폰 프라이징 Otto von Freising 의 연대기)에 t1이라는 시간에 발생한 X사건에 특정 텍스트 구조가 부여되었는지 알게 된다. 언어 이론에 관한 이러한 2차 관찰은 늘 언어의 재현적 기능을 다룬다. 연대기는 사실적 진술의 확언 발화로 간주된다. 3차 관찰로 더 들어가면 완전히 다른 수사적 관점에 이르게 된다. 바로 메시지 관찰이다. 이 관찰은 세 번째 형태의 흔적에 집중하는데, 이는 바로 텍스트 생산의 흔적이다. 애당초 수사학은 일차적으로 생산 이론에 관심을 가지고 있었기에, 텍스트가 어떻게 생산되고 왜 그렇게 생산되는지에 초점을 맞춘다. 역사 분야의 수사 연구와 관련해 이것은 모든 개별적인 경우에 대해 텍스트 생산의 구체적 조건을 묻는 것이다.

수사학자는 역사 서술 텍스트를 과거에 대한 누군가의 진술로 간주하지 않으며 오히려 누군가의 의사소통 행위로 파악한다. 따라서 수사학은 오토 폰 프라이징이 X사건에 대해 t2시점에서 어떤 역사 서술적 진술을 했는지를 묻지 않는다. 대신에 수사학은 오토 폰 프라이징이 X사건에 대해 t2시점에서 역사 서술적 진술로 어떤 전략적 의사소통을 했는지를 묻는다. 특정 수사적 관점은 항상 커뮤니케이터가 의사소통 속에서 텍스트를 전략적으로 도구화하는 데 초점을 맞춤으로써 최소한 두 가지 요소인 사안(정보)과 의사소통 주제(메시지)를 다룬다. 나아가 의사소통을 위해 저자는 텍스트성과 암호화의 기호적 조건을 다루는 자신만의 방법을 정립해야 한다. 텍스트의 수사적 요소가 의도된 의사소통 방식의 성패를 좌우한다. 이 모든 것을 고려하면 여전히 텍스트성과 의사소통이라는 이론 분야를 구분해야 한다. 우리는 물려받은 모든 기록된 텍스트를 각자의 가상 세계로 인지해 읽을 수 있다. 하지만 텍스트는 저절로 작성되지 않는다는 것을 우리는 잘 안다. 따라서 상황적 의사소통 세계에서 저자가 이야기한 것으로 가정하는 것이 합리적이다. 수사학자는 텍스트성과 의사소통의 이론적 연결성을 주장해야 한다. 커뮤니케이터로서 저자의 생산적 행동과 그의 텍스트 연관성을 찾아야 한다. 이 과정에서 커뮤니케이터를 정보 제공자, 표현 작성자, 연사의 세 위격으로 나눌 수 있다. 이를 통해 하나의 동일한 프로세스에서 세 가지 층위에서의 텍스트적 의미를 만든다.[4]

수사학이 역사 서술에서 개별 텍스트를 다룰 수밖에 없는 이유는 텍스트를 뜻이 통하는 방식으로 해당 역사적 상황의 전반적 의사소통 환경과 연관 짓기 위해서다. 역사 서술자가 만들어 낸 텍스트에는 그 자신의 메시지가 들어 있다. 수사적 분석은 이 메시지를 주목한다. 텍스트를 수사적으로 분석해 내기 위해 크나페는 수사학의 실행 이론인 연기술actio에 기대어 '수사적 제스처'라는 개념을 만들어 낸다. 제스처라는 용어는 '방향성 측면'이나 화행론의 '발화 수반 방식'과 유사하다. 그의 주장에 의하면 텍스트에는 기본적으로 지시, 타당성 확보를 위한 주장 구성, 평가의 세 가지 수사적 제스처가 있다고 한다. 이 세 가지는 텍스트에서 발견되는 기본적인 수사적 행위인데, 늘 텍스트 바깥의 의사소통 조건과 어떻게든 상관관계가 있어야 한다. 지시는 사안 지시와 행동 지시로 구분할 수 있다. 전자는 서술자가 사실에 대한 특정 규정에 근거해 구체성을 갖게 하는 것이고 후자는 행동에 대한 요구로 텍스트에 의거한다. 타

---

4   같은 책, p. 196 표 참조.

당성에 대한 주장을 구성할 때 서술자는 한 사건이 사회적으로 타당하거나 행동이 정당하다는 것을 확인해야 한다. 평가는 사실이나 행위에 가치를 부여하는데, '선하다/악하다'를 판단하는 합리적 가치나 '좋다/싫다'를 느끼는 정서의 생성으로 이루어진다.

이제 역사 서술에서 서술자의 메시지를 살펴볼 차례다. 오토 폰 프라이징이 라틴어와 독일어로 작성한 『연대기』와 『황제 연대기』에서 서술자의 메시지는 모두 카이사르의 세상에 대한 텍스트적 재구성으로 유익한 정보를 제공하는 진술이었다. 이 진술은 '로마제국 쇠락 이후 황제로서 카이사르의 관대한 행동을 바탕으로 한 로마의 부활, 게르만족과의 긴밀한 관계, 궁극적으로 전 지역을 다스리는 절대적 황제로의 등극'의 이미지를 만들었다. 두 저작물의 서술자는 수사적으로 행동했다. 텍스트 분석과 관련해 수사적 질문이 초점을 맞추는 것은, 수취인의 태도를 통제하고 궁극적으로 행동을 촉발하기 위해 텍스트를 만들어 전달하려는 메시지다. 오토 폰 프라이징이 자신의 작품으로 당대 논의에 대한 자신의 입장을 분명히 전했다는 점은 명백하다. 역사 서술물들은 '인간 실존에 대한 지침을 제공'하는 역할을 한다. 키케로는 역사를 '인생의 스승'이라고 했다(『연설가에 대하여』 2, 36 참조).

6. 문학 수사학의 고려 사항과 문학의 수사적 요인

수사학과 문학을 논의할 때 고려할 사항은 무엇이 있을까? 문학 작품 안에서 '의사소통적 사실'이 재현될 때 수사학은 문학에 관심을 갖는다. 수사학자들은 문학 연구자들이 중시하는 '문학이란 무엇인가?'라는 체계적 질문에는 관심이 덜하다. 오히려 수사학자들은 세계의 모든 의사소통에서 수사학이 어디에 있고 어떻게 등장하며, 향후 수사적 행동을 위해 이 사례로 어떤 결론을 내릴 수 있는가라는 질문을 더 중시한다. 문학으로 분류되는 글도 의사소통적 사실이 있으면 수사학적 범주에 속한다고 볼 수 있다. 그렇다면 문학적 의사소통에 수사적 질문이 얼마나 적용될 수 있는가? 이 질문은 특히 명시적으로 허구적 미학 범주 내에서 집필된 글과 관련 있다. 이러한 글들은 전문적인 의사소통 틀의 적용을 받아 그에 맞는 기대치를 만드므로 수사학 범주에 포함되지 않는다고 할 수도 있다. 그리고 이 기대치 중 하나는 이 글은 실제 세계의 판단이 적용되지 않고 상상력을 위한 '가능세계'를 만든다는 것이다. 즉 이 글은 탈실용화된 것이므로 의사소통에서도 진실성을 주장하지 않는다. 그렇다면 수사학은 이런 글을 시, 미학, 문학 연구 분야에 양보해야 할까?

모든 예술이 그렇듯 문학도 전문적인 의사소통 지위를 주장할 수 있으며 태곳적부터 이 주장은 있어 왔다. 보통 미학으로 표시된 의사소통의 참가자들은 예술적 또는 허구적 계약에 따라 행동한다. 표준적인 의사소통 법칙이 수정되거나 중단될 것을 기대하면서 말이다. 그리고 예술적 의사소통 참가자들은 일반적으로 예술의 구체적인 문화적 환경을 수용한다. 실제 법정에서 나타나고 있는 표준적인 의사소통 틀은 모든 참가자에게 높은 수준의 유효성을 요구하고, 참가자들은 이 유효성을 제공하지 못하면 제재 대상이 된다. 반면 미학의 게임 조건은 수신자, 독자, 청자가 작품의 개념적 내용을, 가령 허구의 법정 사건이 실제 세계와 관련 있는지 여부를, 본인 스스로 판단해야 하는 데 있다. 수신자의 반응은 정보 수신 과정에서 분명 순수한 허구의 텍스트를 읽을 때도 통합 기능을 하는 인지 메커니즘과 관련 있다. 많은 작가는 작업할 때 이 메커니즘을 고려한다. 달리 말해 순전히 허구적인 글을 집필할 때도 순수 미학 이외에 다른 요소들을 고려한다는 의미다. 작가들은 주로 구체적인 아이디어나 세계관, 정치적 개념을 자신의 작품을 통해 수신자에게 전달하고자 한다.

아리스토텔레스는 허구의 인지적, 지식 기반 층위를 수사적 층위라고 지칭했다. 허구적 글에서 인식 능력이나 '사고의 흐름'과 같은 요소들은 수사학의 영역에 해당한다. 이 지점에서 우리는 '가능 세계'와 '실세계'의 접점을 찾을 수 있다. 크나페는 생활 세계에서 통찰력을 제공하는 허구의 이 요소들을 문학의 '수사적 요인'이라고 부른다. 생산 이론적 시각에서 수사학은 허구-미학적, 언어-예술적 계산과 더불어 이 두 가지 계산을 유리하게 사용할 수 있는 수사적 계산이 추가되길 주장한다. 수신자들은 보통 이러한 계산을 기대하고 찾는다. 그들은 작가가 의도한 메시지가 없는데도 불구하고 메시지를 추론하고 그들만의 결론을 내린다. 이것은 수신자들이 실제 세계와 관련된 통찰력과 지식 전달을 가능케 해 주는 수사적 계산을 기대한다는 말이다. 수신자들은 이 메시지를 작가의 명시적 조종 없이도 잘 찾아낸다. 모든 수신자의 언어적 의미론의 세계는 본인의 해석 방식을 사용하고 본인만의 결론을 내리려는 자들에게 다양한 해석을 가능케 한다. 이 현상에 비추어 보면, 수사학자들은 '수사적인' 것을 말하려는 작가들만 사회적 의사소통 행위자로서 의미를 갖는다고 결론 내려야 한다. 실제로 수사학은 이러한 조건이 충족되어야만 '작가'나 '시인'들의 의사소통적 역할에 관심을 둔다.

많은 독자는 허구에서 '의미 있는' 메시지를 찾기 위해 이전 신호를 필요로 하지 않는다. 그들은 단순히 문학의 수사적 요소에 사람들의 마음에 영향을 미치는 메시지가 포함되어 있다고 추측한다. 이에 따라 사람들은 문학적 가능 세계를 상상으로 경험하는 것만으로는 만족하지 못하고 추론과 가설 유도적 추리를 발동시킨다. 예술적 의사소통의 독특한 면은 문학적 수신자들이 이미 문학이 제공하는 재미있는 것들을 다룰 방법을 학습했다는 것이다. 이 전제하에서 수사학자는 작품을 분석해 작가가 영

향을 미치기 위해 선택한 문학적 전략을 찾으려고 시도할
수 있다. 보통 작가는 글쓰기로 우리와 말하고 있고, 이를
통해 우리가 그의 사유에 참여하도록 초대한다. 한편으로
그가 하는 말은 수사적 진술의 성격을 띨 수 있으며, 다른
한편으로 예술적 가능 세계를 제시할 수도 있다. 이 과정
에서 허구가 창조되지만 세계에 대한, 실존 인물에 대한,
국가에 대한, 그리고 해석이 가능할 수도 있는 것들에 대
한 판단도 생긴다.

7. 음악의 수사학

수사학의 이론과 의사소통적 관점을 활용해 수사학과는
다르지만 유사한 연극이나 음악의 특정 방식을 설명할 수
있다. 수사학자는 특정 수사적 과정이 오페라에 출연하는
등장인물들의 상호 작용에서 즉흥적으로 일어나는지에 관
한 답을 찾을 수 있다. 사실 텍스트 자체에 초점을 맞추어
내면을 지향하는 내재적 관점은 옛 음악 이론과 현대 음악
학 모두에서 개발되었다. 그중 음악학은 음악에서 수사적
문제에 집중하는 현대의 많은 작업을 포함한다. 그런 작업
들을 살펴보면, 수사적 특성은 담론에 의미를 부여하는 요
소들이 부족한 순수 음악적 텍스트에서 발견된다. 역사적
으로 수사학은 아리스토텔레스 이후 잘 만들어진 제작 이

론으로 계속 발전해 왔다. 중세부터 음악 이론가들은 수사학 제작 이론을 자신의 목적을 위해 계속 차용해 왔다. 수사학과 음악의 관계에 대한 특정한 가정 때문에 수사적 제작 이론은 모범으로 여겨졌다. 그 가정 중의 하나는 언어 텍스트와 마찬가지로 음악 텍스트도 의사소통 역할을 하므로 결과적으로 음악은 의사소통적 사실이라는 것이다. 이 점은 논쟁의 여지가 있지만, 수사학자들은 음악이 정확하게 이러한 유형의 사실을 재현하는 한에서만 오직 음악에 관심을 두었다.

수사학 이론을 타 예술 분야와 역사적으로 통합하는 작업은 적절한 것으로 여겨진다. 수사학자들이 다른 기호 체계를 가진 분야에서 텍스트를 제작하는 데도 유용한 다양한 요소를 이미 체계화했기 때문이다. 이런 점에서 옛 수사학 이론이 체계화한 기호학적 보편소를 말할 수 있으며, 이는 타 예술 분야에서도 마찬가지로 적용될 수 있다. 특히 수사학의 5단계 제작 원칙은 광범위하게 다른 분야로 통합되었다. 우리는 우선 음악 이론에서 첫 번째 제작 단계로 '발견inventio'을 찾을 수 있다. 그 후 음악 텍스트 부분들이 구성, 배열되는 단계인 '배치dispositio'를 찾는데, 이것이 바로 제작의 두 번째 단계다. 그런 다음 수사학의 제작 원칙의 세 번째 원리인 '표현elocutio'과 다르지 않은 단계를 찾는다. 이 단계에서 음악 텍스트는 다듬어진다. 마지막으로 텍스트 저장 이론인 '기억memoria' 단계와 실행 원리로서의

'연기actio' 단계는 음악 이론의 요소들을 묘사하는 데 쉽게 적용할 수 있다.

더 철저히 관찰하면 수사학과 음악의 비슷한 구조를 발견하는 문제는 우선 구체적 구조를 다루는 전이의 더 낮은 차원에서 일어난다는 것을 알 수 있다. 이 문제는 음악적 토포스가 거기에 있는지 아니면 음성 언어에서 발견되는 그러한 요소들을 반영하는 음악적 은유가 있는지에 답해야 한다. 더 나아가서 수사학적 음성 언어 무늬의 전체 집합이 어떻게 음악 이론으로 전이될 수 있는지에 대해서도 답해야 한다. 하지만 수사학적 용어를 사용해 음악 구조나 음악적으로 중요한 구조를 규정하는 일은 더 신중을 기해야 한다. 크나페는 이런 우려를 표시하며 통시적 관점을 배제하고 공시적이고 과학적인 관점에만 초점을 맞출 것을 제안한다.

수사적 무늬rhetorical figure와 음악의 언어성을 감안해 둘 간의 유비 관계를 다루는 방법을 제기할 수 있다. 음악의 언어적 유비에 대한 질문은 수사학자에게 중요하다. 음악이 상호 주관적, 규약적, 기호학적 토대에 기초하는지를 묻는다면, 사람들은 음악을 의사소통적 사안으로 정의하는 것을 허용할지도 모른다. 그렇다면 음악은 수사학에 관심을 가져야 할 것이다. 음악이 언어적 형식을 취하는지, 아니면 적어도 독자적인 의사소통적 구조를 갖는지를 결정하기 위한 기준의 필요성이 제기된다. 크나페는 '설

득 상황이 있는 곳에서 설득적 행위가 일어나는 경우 수
사학이 작동한다'는 수사학의 고전적 정의를 상기하며 음
악과 수사학에 대한 근본적인 물음을 던진다. 그는 음악
이 수사학적으로 고안된 개인 상호적이고 의사소통적 상
황에서 기능하는지, 그리고 기능한다면 어떻게 기능하는
지 묻는다. 음악적 텍스트 내에서 무엇이 일어나고 음악
적 무늬에는 어떤 것들이 있는지에 관한 물음은 상호 작
용에서 텍스트의 기능에 달려 있다.

모차르트의 오페라 〈돈 조반니〉를 들어 음악 수사학을
논의해 보면, 과연 모차르트와 리브레토 작가 로렌초 다 폰
테Lorenzo Da Ponte가 이 작품을 수사적 목적으로 제작했을
까? 그들은 자신의 청중에게 영향을 미치거나 청중을 무엇
인가로 설득하려고 했는가? 리브레토와 음악의 이 수사학
적 방향을 말하지 않고는 음악적 텍스트 내에서 제작과 결
과 구조의 계산에 대한 영향을 말할 수 없다. 음악에서 수
사학에 대한 핵심 질문을 더 잘 이해하기 위해 수사적 관심
과 작곡가의 위치를 알아야 한다. 그 이유는 기본적으로 수
사학은 제작 관련 이론을 지향하기 때문이다. 그리고 수사
학은 작곡가의 수사적 관심과 그가 만들어 내는 의사소통
적 수단(악기)을 동등하게 고려한다. 우선 텍스트 제작에서
시작해 보자. 아리스토텔레스가 정의한 '수사학은 주제와
상관없이 설득의 가능한 수단을 발견하는 능력'이라고 한
구절을 작곡자용 가이드라인으로 해석하면 제작에 있어

가능한 일련의 계산으로 이어질 수 있다. 즉 이것은 설득의 계산이고 작업 전략으로, 주어진 음악적 텍스트에서 어떤 요소들이 수사적 관심과 연관해 볼 때 설득적인지에 대한 물음에 집중하게 해 준다.

음악을 사회적 상호 작용 안에서 일어나는 의사소통적 과정으로 본다면, 작곡자는 의식적이든 직관적이든 작품 제작 과정을 계산할 때 전체 의사소통 맥락을 다루어야 한다. 그렇게 해야만 커뮤니케이션으로 상징적인 상호 작용을 해 무엇인가를 설득하는 수사적 기대를 충족할 수 있다. 이 경우 수사학자는 '목표, 저항과 수단 사이의 관계'를 고려해 '행동과 표현을 사려 깊게 계획'하는 전략에 대해 말할 수 있다. 음악가는 명예나 돈과 같은 사회적 가치 지표로 결정되는 성공의 정도로, 상호 작용에서 성공하는 의사소통적 수단을 찾으려고 노력할 수 있는데, 크나페는 이 노력을 설득적 상호 작용의 목표라고 언급한다. 아울러 만일의 경우에 일어날지도 모르는 가능한 저항들을 고려하기 위해 음악가는 자신의 청중이 가질 심리적 저항부터 우선 처리해야 한다. 여기서 심리적 저항이란 작품의 질을 평가하는 청중의 의구심 같은 것을 말한다. 만일 그런 형태의 저항이 없다면 수사적으로 어떤 설득적 노력도 필요 없을 것이다. 설득의 음악적 수단은 청중의 심리적 상태의 변화에 성공적으로 영향을 미치기 위해 저항을 적절한 형태로 변화시키는 것이 관건이다. 원칙적으로 이것은 수사학적 개입이 음악 안에서 어떻게 기능하는지에 관한 문제다.

8. 이미지의 수사학

텍스처texture로서 이미지는 커뮤니케이터(연사)가 목표를 달성하도록 도와주는 의사소통 과정의 상호 작용을 엮어내는 자극제다. 수사학 이론은 연사가 커뮤니케이션에서 전략적으로 이미지를 만들거나 활용할 때 발생하는 문제들에 초점을 맞춘다. 수사학 이론 내에서 이미지의 위상에 관한 논의는 꽤 역사가 깊다. 일찍이 고대부터 수사학 이론을 다루는 작업은 비유로 원리를 설명하기 위해 회화 예술을 계속 다루어 왔다. 이 비유는 수사학을 전문 용어나 제작 이론으로 접근하는 것이 고대 그리스에서 미술fine art 모형과 이론 작업techne에 기반을 두고 발전했다는 사실에서 유래한다. 언어성과 도상성은 둘 다 같은 기호학적 맥락을 고려해 왔다. 일찍부터 수사학은 커뮤니케이터가 지향하는 성공 실현에 초점을 맞춘 이론으로 이해되었다. 수사학 이론은 대부분 의사소통 수단을 생산하는 조건에 초점을 맞춘다. 여기서 의사소통 수단이란 특히 효과적인 커뮤니케이션에 대한 관심 속에서 효과적인 자극을 찾는 언어적 텍스트다. 이미지는 이런 맥락에서 수사학 이론 안에서 체계를 잡고 있다. 수사학 이론은 이미지가 의사소통 과제에 사용되는 한, 이미지에 관한 문제를 다룬다. 이 말의 의미는 이미지가 특정 메시지를 전하거나 지지하기 위해 사용된다는 것이다.

이미지 수사학의 개념을 더 견고히 규정해 공식화하는 데는 명확한 조건들이 요구된다. 이 조건은 이미지 수사학을 더 광범위한 수사적 이론의 기초와 일치시키고 연관 짓는다. 이미지 수사학 이론은 커뮤니케이션 전체 이론의 일부로 공식화되어야 한다. 이런 맥락에서 이미지는 커뮤니케이션의 사실이다. 수사적 관점에서 이미지 메이커는 연사, 즉 마음속에 목표를 가진 커뮤니케이터로 보여야 한다. 그는 의사소통 수단, 이 경우에는 이미지를 전략적으로 사용해 목표에 도달하려고 할 것이다. 수사적 수단의 전체 골격 안에서 볼 때, 이미지 내의 전체 이미지나 개별 요소들은 의사소통상 자극으로 고려된다. 따라서 이미지 수사학 이론은 텍스트성의 더 보편적인 이론의 부분으로 간주되어야 한다. 이미지는 텍스트로 간주되는데, 이 텍스트는 관찰자로부터 인지와 이해의 반응을 활성화하려고 시도한다. 이 시도는 인지적이고 개념적인 제공물을 의식적으로 배치함으로써 일어난다. 이런 방식으로 이미지의 이론적 위상은 텍스트나 텍스처의 다른 모든 유형과 똑같다. 따라서 이미지 수사학 이론은 창조적 자극의 관점으로부터 이미지를 생산하는 문제를 다루어야 한다. 이 생산 이론적 관점은 의식적으로 구성된 메시지에 초점을 맞추어야 한다.

따라서 수사학은 이미지 크리에이터들이 이미지를 구성하는 방식과 더불어 그들의 작업이 관찰자에게 어떻게 해석되는지 알아내려는 시도를 연구한다.

아리스토텔레스에 의하면, 수사적 능력은 커뮤니케이터, 여기서는 이미지 메이커가 주어진 의사소통 상황에서 설득적인 것 혹은 생각을 유발하는 것을 결정하는 능력을 말한다. 이것은 이미지에서 '수사적 요인'이라는 주제를 제기한다. 이 요인은 의도된 효과, 즉 최소한 승인과 같은 것이 청중에게서 일어나도록 하기 위해 구조적 제공물로 도입되어야 한다. 뭔가 주어진 이미지에서 설득적인 것으로 간주되는 것은 의사소통 상황에 의존한다. 특히 상호 작용하는 쌍방 모두의 조율에 의존한다. 이런 방식으로 이미지 메이커는 의사소통 상대방에게 최대 영향력을 행사하기 위해 어떤 수단을 사용할지 곰곰이 생각해야 한다. 예를 들어 가족을 위해 사진을 사용할지, 미술 전문가를 위해 그림을 이용할지를 말이다. 그런 성찰은 수신인을 수사적 의도와 그 수단에 따라 계산하는 데 초점을 맞추는 것이다. 이미지에 대한 수사적 접근의 핵심 관심사는, 수사적 요인의 실현이 이미지를 생산하는 동안 만들어지는 결정을 통해 일어난다는 데 있다. 디자인 요소를 선택하고 이를 텍스트에 맞게 결합하기 위해서는 이미지 메이커에게 창의성, 열정, 재미, 직관이 필요하다. 여기서 직관은 경험에 의존해 머릿속에서 신속하게 계산하는 것을 말한다.

9. 영화의 수사학 이론

영화 관람의 수사적 과제는 관객이 경험하는 장면과 소리를 변화시켜 관객의 생각에 영향을 미칠 수 있는지, 그리고 그 방법은 무엇인지에 대해 탐구하는 것이다. 영화 수사학 논의에 앞서 영화와 수사학에 관련된 물음을 던져 보자. 관객과 영화와의 의사소통은 어떤 방식으로 작동하는가? 인위적 창조물로서 영화가 수정 없이 텍스트 범주인 '발화'에 바로 포함될 수 있는가? 만약 그렇다면 수사적 접근법은 영화의 수사적 분석으로 즉시 이전될 수 있을 것이다. 수사학자에게는 더욱 구체적인 질문이 주어진다. '수사학적' 관점에서 관객은 영화를 어떻게 다루는가? 이 질문에 답하기 전, 영화 제작 과정의 결과물에 대해 짚고 넘어갈 몇 가지 문제가 있다. 바로 영화의 의사소통적 지위란 무엇인지를 정립하는 일이다.

의사소통의 관점에서 영화란 무엇인가? 텍스트에 대한 기호학의 확장적인 정의에 따르면, 영화는 미디어(시네마)가 아니라 '텍스트'의 역할을 한다. 영화는 텍스트, 혹은 텍스처로서 다양한 장르로 구별되어야 한다. 이러한 장르는 영화 제작뿐만 아니라 수용 과정도 상당 부분 결정한다. 가령 프리츠 랑Fritz Lang 감독의 〈M〉을 수사학적으로 분석하면 이 작품은 장편 영화, 특히 탐정 영화라는 하위 장르에 속하며 다큐멘터리나 기타 영화 장르에 속하지 않는다는 사실을 확실히 하는 것이 매우 중요하다. 왜 중요한가? 장편 영화 장르는 예술적이고 특화된 모든 소통의 특성과 양식에 근거한 미학적 제약을 받는다. 관객에게 세계의 사실을 보여 주는 기능을 갖는 다큐멘터리 영화와 달리, 장편 영화는 '문화적 창조물'로서의 가상 현실이나 가상 세계, 즉 허구성의 창조에 초점을 맞춘다. 따라서 이러한 종류의 텍스트는 관객이 가상 현실을 경험하게 해 준다. 우리가 영화관에서 알 수 있듯이 장편 영화는 근본적으로 인위적 현상을 보여 준다. 상연되는 순간, 우리의 인식은 현실이라는 착각이 생기도록 조종된다. 즉 영화라는 '기차의 창문'을 보며 우리가 실재하는 완전한 세상을 보고 있다고 생각하는 것이다. 이러한 연극적 재현은 고전적 문학 장르인 극에서 뿌리를 찾을 수 있을 것이다.

아리스토텔레스는 이미 고대 그리스 시대에 이에 관한 총체적 이론서인 『시학』을 저술했다. 아리스토텔레스의 이론은 근본적으로 텍스트를 사용한 시뮬레이션(미메시스)에 관한 것이다. 『시학』의 핵심 주제는 사람들의 행위에 초점을 맞춘 텍스트 구성 방식이다. 텍스트 생산 속에서 비극의 탄생은 시뮬레이션이다. 아리스토텔레스는 시뮬레이션을 강조해 중요한 두 가지 범주를 구분하였다. 현대적 관점으로 볼 때, 그는 허구의 미학에 집중했고, 그의 연구는 유럽 미학 역사의 토대가 되는 전통을 구축했다. 그는 '내레이션'과, 표현되었으나 '허구'인 또는 드러내 보였지만 허구적인 '시뮬레이션'을 분명히 구별한다. 헨리 제임스Henry James는 '말하기'와 '보여 주기'라는 반의어로 이 대비를 설명했다.

장편 영화의 이론 분석에서는 영화의 허구적 미학과 구조적 미학이라는 두 개의 규범적 요소가 반드시 구별되어야 한다. 허구적 미학은 줄거리가 계획된 스크립트를 따르도록 하는 것이고, 구조적 미학은 세트장, 카메라 촬영 기법, 편집 등의 구조적 제약을 고려하는 것을 말한다. 현대 영화가 극의 고전 미학이나 이에 수반되는 서사성의 배제와 얼마나 연관되어 있는지에 대해서는 학자들 간 이견이 있다. 이견의 원인은 명료한 이론적 프레임워크의 부재와 분석 용어의 부정확한 사용이다. 제임스 모나코James Monaco의 『영화, 어떻게 읽을 것인가How to Read a Film』에 영화와 연극에 대한 다음과 같은 구절이 나온다.

> 표면적으로 극장용 영화가 무대극과 가장 유사해 보인다. 이번 세기[20세기] 초 상업 영화의 시초가 극이라는 것은 분명하다. 하지만 영화는 몇 가지 중요한 면에서 무대극과 다르다. 영화는 회화 예술의 생생하고 정밀한 시각적 잠재력을 가지고 있고 서사적 역량은 훨씬 더 뛰어나다.[5]

---

5 같은 책, p. 329.

그의 주장을 살펴보면 비교를 통해 영화와 연극 모두에서 '장면'이 극적 구성의 기본 단위이며, 모든 장면의 본질적인 목표가 스크립트로 짜인 것을 '말하는 것이 아니라 보여 주는 것'이라는 결론에 이른다. 여기서 주목할 것은 아리스토텔레스도 극에서 스크립트의 역할에 집중한다는 것이다. 극작가와 시나리오 작가 모두 상세히 서술하는 것이 아니라 '보여 주는 현상'을 그려낼 의무가 있다는 것이다. 크나페는 아리스토텔레스가 설명한 극, 특히 비극의 분석적 범주를 극 텍스트나 스크립트의 허구적-미학적 차원, 스타일의 구조적-미학적 차원, 연극적/영화적 '보여 주기'의 실행적 차원, 인지력에 대한 호소의 수사적 차원으로 구분해 꼼꼼하게 분석해 나간다.

10. 수사학의 미디어 개념

우리는 미디어의 홍수 속에서 살아가고 있다. 미디어라는 용어 자체도 혼란스럽다. 미디어 연구 전반에 대한 회의론과 비판도 쏟아진다. 다음의 언명은 미디어 연구의 저간의 사정을 잘 보여 준다.

지금까지 미디어라고 불리지 않은 것이 과연 얼마나 될까? 몇 가지 예를 들어 보자. 의자, 바퀴, 거울(매클루언), 학교 수업,

축구공, 대기실(플루서), 선거 제도, 총파업, 거리(보드리야르), 말, 낙타, 코끼리, 축음기, 영화, 타자기(키틀러), 돈, 권력과 영향력(파슨스), 예술, 신앙, 사랑(루만)[6]

이렇게 정리해 보면 미디어라는 용어의 사용이 '불가사의한 개념적 명제'와 연결된다는 점도 놀랍지 않다. 위의 언명도 용어 사용에 대한 문헌학적, 어원학적 설명과 역사적 분석으로는 아무것도 얻을 수 없음을 분명히 보여 준다. 이처럼 '미디어'라는 용어에 대한 구어적이고 불특정적인 이해는 '미디어 제국주의'라고 부르는 현상을 낳았다. 무엇인가가 전달된다고 표현하고 싶을 때는 '커뮤니케이션'이 아니라 '미디어'라는 일견 매력적인 용어를 사용하는 것이 표준이 되었다. 『루만 어휘집*Luhmann Lexicon*』의 미디어 항목을 보면 "불확정성을 촉진하는 어떤 가능성, 가능성들, 형태를 취할 수 있는 느슨한 복합체"라는 구절을 비롯해 이렇게 정리하고 있다.

가장 일반적인 미디어는 감각이다. 그 밖에 어떤 것이 미디어로 간주될 수 있는가에 대한 구체적 내용은 어느 정도 열려 있다. 중력, 청각, 시각, 언어, 인과, 돈, 권력, 정의, 진실, 사랑 등이다. 걷기에는 중력이라는 미디어가 필요하고, 지각에는 시각과

6   같은 책, p. 368.

청각, 그리고 다소 느슨하게 말하자면 빛과 공기가 미디어로 사용된다.[7]

여기서 '느슨하게' 말하는 미디어의 개념은 마셜 매클루언Marshall Mcluhan으로부터 가져온 것이다. 매클루언의 확장적 이론에 따르면, 인간의 신체적 도달 범위 이상으로 인간의 감각을 확장하고 행동을 촉진하는 인간의 창조물은 모두 미디어로 간주될 수 있다. 따라서 매클루언은 『미디어의 이해Understanding Media』에서 빛, 전구, 철도, 화약, 거리, 돈, 언어, 텔레비전을 모두 여러 유형의 미디어로 분류한다. 이러한 정의에서 미디어의 원래 라틴어 의미가 연결을 형성하는 수단으로 인과적으로 사용되고 있음을 쉽게 파악할 수 있다. 이 밖에도 미디어를, 전달을 수반하는 현상, '사이에' 있는 '무언가'로 다루는 글들도 쉽게 만날 수 있다.

이제 수사적 차원에서 미디어를 다루어 보기로 하자. 크나페는 미디어를 '텍스트의 저장 및 전송에 사용되는 커뮤니케이션적, 도구적 장치'로 보고 있다. 이는 논리적으로 장치가 텍스트 그 자체와 동일하지 않음을 암시한다. 그렇지 않다면 우리는 다시 미디어의 동어 반복에 빠질 것이다. 이것이 수사학 이론에서 '미디어'의 정의이며, 이론적으로

---

7 같은 책, p. 369~370.

이와 별개의 개념인 '텍스트'와는 다른 차원을 다룬다. 수사학의 관점에서 텍스트는 '무늬'로, 미디어(플랫폼)는 '기반'으로 이해할 수 있다. 텍스트는 언제나 미디어, 즉 자신이 표시될 수 있는 플랫폼을 필요로 한다. 하지만 텍스트는 기호학적 차원에 존재하며, 따라서 더 높은 차원의 정보에 의존한다. 이처럼 '텍스트의 저장 및 전송에 사용되는 장치들', 즉 미디어 각각의 기술적 조건들은 장치들의 구체적 커뮤니케이션 역량을 결정한다. 구식 전화기는 음향에 의해 기록된 텍스트만을 전달할 수 있고, 종이는 시각적으로 기록된 텍스트만을 전달할 수 있다. 글말 텍스트의 미디어적 조건들은 어떤 텍스트가 생산될 수 있는지에 영향을 미친다. 따라서 우리는 미디어의 구조적 결정성이 텍스트에 대한 지각뿐만 아니라 미디어가 저장, 수행, 전송하는 텍스트 자체도 어느 정도 결정한다고 말할 수 있다. 커뮤니케이션 도구로서 미디어가 가진 역량은 정확히 무엇일까? 일반적으로 말해 미디어는 텍스트가 커뮤니케이션적 상호 작용에 삽입되도록 만든다. 나와 같은 인간의 신체가 강의실의 사람들 속에 놓이고, 그 안에 저장된 텍스트를 어떤 '상황' 속으로 수행하듯이 말이다. 신체의 외부에 있는 미디어, 예를 들어 책, 영화, 텔레비전 등은 시간과 공간을 거치는 장거리 커뮤니케이션의 형태로 또는 텍스트의 저자나 커뮤니케이터 없이도 디미션dimission(의사소통 당사자가 직접 대면하지 않고 인터넷을 통해 시간과 공간을 넘어 행해지는 소통)

으로 텍스트를 전달할 수 있다.

'저장', '실행', '전송'이라는 용어를 짚어 보자. 수사학은 고대에도 텍스트를 신체 안에 저장하는 방법에 관한 이론을 발전시켰는데, 기억(술)memoria이라고 불린 분야로, 무엇인가를 기억에 고정하는 기술이다. 실행과 전송에 관해 말하자면, 현대 수사학 이론은 텍스트가 미디어에 의해 전달되는 방법을 '행위/행동' 또는 '텍스트 실행'이라고 부른다. 고대 수사학은 이 과정을 '연기actio', 즉 생산의 다섯 번째 단계로 보았다. '실행'이란 텍스트가 미디어에 의해 커뮤니케이션적 상호 작용으로 들어가는 프로세스를 말한다. 실행 프로세스가 가능하도록 하는 방법을 수사학에서 '실행'이라고 부른다. 텍스트의 실행에 있어 인간의 신체가 미디어로서 실제 무엇을 하고 하지 말아야 하는가의 문제는 고대부터 수사학 이론의 '연기(술)actio'의 주된 관심사였다. 인간의 신체는 단지 잠재적 미디어가 아니라 멀티태스킹하는 장치다. 신체는 텍스트의 생산과 텍스트의 미디어를 동시에 표상하며, 더 높은 차원에서는 때때로 신체 언어에 의해 일종의 파라텍스트성paratetuality(텍스트 너머에서 암시되는 의미)을 구성한다. 이 대목에서 생성주의와 도구주의의 기준이 미디어에 동시에 적용되어야 한다는 크레머krämer의 주장은 설득력이 있다.

미디어는 외부에서 부여한 목적을 위한 도구나 운반 수단이 아니다. 오히려 미디어는 자신이 전달하는 것을 동시에 생성하거나 생산한다. 미디어에는 창조적 특징은 물론, 구성주의자와 생성주의자가 모두 있다. 미디어는 자신이 전달하는 것을 생산한다.[8]

수사학의 관점에서는 인간의 신체만이 생산자와 '미디어'로서 동시에 기능한다. 다른 모든 도구는 정의상 외부의 조작자가 있어야 자신의 기능을 다할 수 있다. 수사학 이론에서, 도구가 스스로 구성하고 작동할 수 없다는 점, 자신의 목적을 스스로 결정할 수 없다는 점은 확립되었다. 도구는 언제나 도구를 사용해 자신의 목적을 달성하려는 외부의 조작자를 필요로 한다. 수사학의 관점에서 인간의 신체는 주요한 언어적 텍스트의 전송에 사용되는 순간 먼저 미디어가 된다. 동시에 신체적 파라텍스트가 될 수도 있다. 이를테면 누군가를 칭찬하기 위해 설계된 텍스트의 수사적 요소는 미디어로서의 신체에 의해 생성되는 커뮤니케이션 외적인 요소, 예를 들어 반어적 제스처의 사용에 의해 상쇄될 수 있다.

---

8 같은 책, p. 389.

11. 나가며

크나페는 수사학을 우리 삶의 문제를 평화적으로 해결할수 있는 원리로 규정한다. 여기서 '평화적'이라는 단어가매우 중요하다. 수사학의 고전적 정의는 설득인데, 단순히상대의 의견이나 입장을 변화시키는 설득이 목표가 되어서는 안 되고 반드시 지켜야 할 법칙이 있다고 한다. 그는칸트의 『영구 평화론Zum ewigen Frieden』에 나오는 정치적 정언 명령에 기대어, '타인의 권리를 존중하지 않고 공공성의기준에 입각하지 않으면 모두 잘못된 행동'이라며, 선동과조작은 수사학에서 배제되어야 한다고 힘주어 말한다. 말로써 영향력을 행사하는 면에서 유사해 보이지만 연사의비밀스러운 목표가 겉으로 드러나지 않음으로써 타인에게피해를 줄 수 있는 속임수의 의사소통이기에 수사학이 아니라고 단언한다. 이런 식으로 정의하면 조작과 선동의 언어에는 수사학이라는 말을 붙일 수 없게 된다.

아울러 그는 수사학이 '변화 발생 후의 질서와 관계를 재정립하는 방법'이라고 역설한다. 여기서 눈여겨볼 것이 있다. 그는 수사학 이론이 커뮤니케이션의 일반 이론이 아니라는 점에 주목해야 한다고 한다. 수사학은 매우 특화된 분야의 커뮤니케이션으로 오직 설득을 위한 행동과 관련한커뮤니케이션 문제에만 집중해야 한다고 강조한다. "실제로 수사학은 성공 지향적이며 전략적 커뮤니케이션 과정을 확실하게 알려 준다. 수사학은 인간 스스로 중요하다고 생각하는, 연설 목적의 주제에 대해 사회적 타당성을 주장하게 만드는 의사소통의 가능성이다."[9]

크나페는 현대의 문명 조건에 부응하는 새로운 수사학을 탐구한다. 본래 수사학은 언어적 행위 전반을 다룬다. 크나페는 수사학이 언어 행위를 넘어 삶의 다른 영역에서도 작동하고 있는지 묻는다. 그의 『현대 수사학』은 이런 물음에 대한 답이다. 학문은 물론 문화와 예술 분야에서 수사학이 어떻게 활용될 수 있는지를 총체적으로 보여 준다.

참고 문헌

아리스토텔레스, 『수사학/시학』, 천병희 옮김, 숲, 2017.

크나페, 요하임, 『현대 수사학』, 김종영·홍설영 옮김, 진성북스, 2019.

Blumenberg, Hans, *Wirklichkeiten in denen wir leben. Aufsätze und eine Rede*, Stuttgart, 1981.

Cicero, Marcus Tullius, *De oratore. Über den Redner. Lateinisch/Deutsch*, 4. Aufl., Übers. u. hrsg. v. Harald Merklin, Stuttgart, 2001.

Kant, Immanuel, *Zum Ewigen Frieden*, Königsberg, 1795.

Knape, Joachim, *Was ist Rhetorik?*, Stuttgart, 2000.

---

9 같은 책, p. 13.

새로운 단행본을 기약하며

이렇게 해서 한국수사학회 창립 20주년을 기념하며, 그 성과를 갈무리한 한 권의 책이 세상에 나왔다. 20년이라는 시간은 학문적 성과, 특히 인문학적 가치를 평가하고 검증하기에는 충분하지 않은 시간이다. 수사학은, 적어도 서양의 레토리케로 시작한 수사학의 역사는 2천 5백여 년으로 추산된다. 수사학은 인간 삶의 현실 속에서는 활발하게 활용되고 있으며, 교육의 주요 콘텐츠로서 독보적인 위치를 차지했었지만, 그러나 지금까지도 여전히 학문으로서의 위상은 취약해 보인다. 단적인 예가 대학 학과의 이름으로 보기 드물다는 사실이다. 한국에는 단 한 개의 대학도 '수사학과'를 가지고 있지 않으며, 강좌로서 수사학이 개설된 예도 많지 않다. 이런 열악한 상황에도 불구하고 한국에 수사학회가 창립되어 20년 동안 유지되고, 이와 같은 단행본을 낼 수 있다는 점은 고무적이다. 이것이 밑거름이 되어 한국

대학에도 수사학과가 생기는 날이 오기를 희망한다.

책을 마감하는 마당에 잠시 개인적인 이야기를 하는 것을 양해해 주기를 바란다. 2003년 말, 프랑스 스트라스부르 대학에서 아리스토텔레스의 수사학을 시학과 비교하는 연구로 박사 학위 논문을 마무리하고 있을 때였다. 논문을 지도해 준 페르노 교수는 한국에 수사학회가 생겼다는 소식을 전해 주었다. 우리 둘은 함께 상기된 표정으로 기뻐했다. 그는 나에게 박사 학위를 마치면 한국에 돌아가 수사학회에서 적극 활동해 주길 바란다며, 특히 세계수사학사회와의 학문적 유대 관계를 맺는 데 노력해 달라고 당부했다.

그 후 2007년에 스트라스부르에서 제16회 세계수사학사회 학술대회가 열렸고, 페르노 교수는 회장으로서 학술대회를 주관하였다. 나는 그의 추천으로 얼떨결에 그 대회에서 아시아 지역을 대표하는 프로그램 위원회program committee 위원이 되었다. 2004년 LA 캘리포니아에서 열린 제15회 세계수사학사회 학술대회부터 한국의 수사학자들이 처음 참여하기 시작했는데, 스트라스부르 대회에는 한국의 수사학자들도 대거 참여하였다. 그 학술적 관계는 지금까지도 발전적으로 이어져 오고 있다. 나민구 현 회장과 안재원 부회장, 김기훈 학술이사 등은 연이어 세계수사학사회의 상임이사로 활동하고 있다. 우리나라에서의 수사학 연구의 환경은 열악하지만, 한국의 수사학 관련 학자들이 국제적으로 중요한 활동을 이어 나가고 있음은 자부할 만한 일이다. 언젠가 한국 학자가 세계수사학사회 회장이 되고 한국에서 수백 명이 참가하는 학술대회를 개최할 날이 올 것이라 바라 마지않는다.

그리고 이 책의 후속작을 기약하며 지금도 계속 수사학 아카데미가 월례 행사로 진행되고 있다. 2023/2024년의 주제는 '수사학이 빚은 토픽'이다. 고전에서 토픽으로 초점을 옮겨 수사학의 핵심을 파헤쳐 가는 중이다. 이 모임의 성과가 또 하나의 책으로 묶이면서 수사학 연구도 더 큰 힘을 얻게 될 것이다.

이 책에서 이미 보았듯이, 수사학은 많은 사람의 오해와 달리 사람들을 현혹하는 말재주나 글재주의 굴레에 묶일 수 없는 고귀한 학문이다. 인간이 언어를 통해 자신을 형성하고 다른 사람과 소통하며 사회를 이루면서 행복을 추구해 나가는 한, 수사학은 인간에게 가장 유력하고 소중한 도구이다. 따라서 수사학의 연구는 단순히 학문적 활동에 그치는 것이 아니라, 인간의 삶을 풍요롭게 하는 데 크게 이바지할 것이다. 수사학은 인간 활동의 가장 중요한 핵심임을 강조하며 이 책을 닫고자 한다.

2024년 1월, 20명의 필자들을 대표하여 김헌 쓰다.

저자 약력

김기훈

서울대학교 지리학과를 졸업하고, 같은 학교 대학원 서양고전학 전공 과정에서 고대 로마 역사서술 연구로 석사, 박사 학위를 받았다. 서울대학교 인문대학 강사, 인문학연구원 선임연구원으로 활동했다. 『그리스의 위대한 연설』(공역), 『*Confucius and Cicero*』(공저), 『*Empire and Politics in the Eastern and Western Civilizations*』(공저) 등의 저역서 외에 「로마공화정 말기의 역사서술과 수사학」, 「고대 로마사 문헌 편집 사례 연구」, 「키케로의 반反영웅 카틸리나」, 「고대 로마의 연설가와 수사학: 모의연설 교육의 의의」 등의 논문을 썼다. 주로 서양 고대 역사서술, 고전 수사학을 중심으로 공부하고 있으며, 현재 공주대학교 역사교육과 조교수로 재직 중이다.

김월회

서울대학교 중어중문학과를 졸업하고 같은 학교 대학원에서 「20세기 전환기 중국의 문화민족주의 연구」로 문학박사 학위를 취득하였다. 주로 고대와 근대 중국의 학술사상과 중국 문학사를 입체적으로 재구성하는 연구를 수행하고 있으며, '인문적 시민사회' 구현을 위한 교양 교육과 인문 교육에 대한 연구도 병행하고 있다.

지은 책으로는 『맹자에게 배우는 나를 지키며 사는 법』, 『깊음에서 비롯되는 것들』, 『춘추좌전』, 『고전과 놀이』 등이 있으며, 『인문정신이란 무엇인가』, 『무엇이 좋은 삶인가』, 『고전의 힘, 그 역사를 읽다』 등을 공동 저술하였다. 또한 「'놂[游]'으로서의 순례」, 「포스트 휴먼과 죽음」, 「선진시기 복수의 인문화 양상」 등의 논문을 발표하였다. 『한국일보』 등에 기명 칼럼을 다년간 연재하였으며, 현재 『경향신문』, 『문화일보』 등 여러 지면에 칼럼을 연재하고 있다.

김유석

숭실대학교 철학과를 졸업하고 프랑스 파리 1대학교(팡테옹-소르본)에서 플라톤의 초기 대화편 연구로 박사 학위를 받았다. 현재 한국연구재단 학술연구교수이자 정암학당 연구원으로 있으며, 고대 후기의 플라톤주의 전통에 관해 연구하고 있다. 저서로는 『메가라학파』, 『플라톤의 그리스 문화 읽기』(공저), 역서로는 『소크라테스』, 『티마이오스』, 『스토아학파』, 논문으로는 「스페우시포스의 필리포스 II세에게 보내는 편지의 수사학적 성격」, 「견유 디오게네스의 수련에 관하여」 등이 있다.

김종영

단국대학교 독어독문학과와 동 대학원을 졸업하고 「나치언어에 나타난 요구적 성격의 분석적 연구」로 문학박사 학위를 받은 후, 독일 뒤

셸도르프대학교에서 독어학 박사과정을 수료하고 박사후연수를 하였다. 서울대 외 10여 개 대학 강사, 고려대 레토릭연구소 연구교수, 현대독어학회 회장, 한국수사학회 회장을 역임하였다. 서울대 기초교육원 교수로 정년퇴임을 한 후, 현재 서울대 인문학연구원 객원연구원, (사)건강인문학 자문교수로 있다. 저서로는 『파시즘 언어』, 『히틀러의 수사학』, 『당신은 어떤 말을 하고 있나요?』, 『히틀러의 대중연설』 등이 있고, 역서로는 『리더의 커뮤니케이션』, 『공포를 날려버리는 학술적 글쓰기 방법』, 『현대 수사학』 등이 있다.

김헌

서울대학교 불어교육과를 졸업하고 동 대학원 철학과에서 플라톤의 『파르메니데스』 연구로, 서양고전학과에서 『일리아스』 연구로 석사 학위를 취득했으며, 이후 프랑스 스트라스부르대학교에서 아리스토텔레스의 『시학』과 『수사학』 연구로 박사 학위를 받았다. 저서로는 『김헌의 그리스 로마 신화』, 『신화와 축제의 땅 그리스 문명 기행』, 『천년의 수업』, 『고대 그리스의 시인들』, 『인문학의 뿌리를 읽다』, 『그리스 문학의 신화적 상상력』 등이 있다.

나민구

한국외국어대학교 중국어과를 졸업하고, 프랑스 파리제7대학교 대학원 중국언어문화학과에서 석사, 파리 사회과학고등연구원(EHESS)에서 언어학 박사를 취득했고, 현재 한국외국어대학교 중국언어문화학부 교수로 재직 중이다. 세계중국어수사학회 회장, 세계수사학역사학회 이사, 한국중어중문학회 회장을 역임하고 현재 한국수사학회 회장, SETI Korea(Search for Extraterrestrial Intelligence 한국 외계지적생명체 탐사) 사무국장을 맡고 있다. 저서로는 『중국 수사학』, 『중국어 레토릭』 등이 있고 수사학, 사회언어학, 우주과학 관련 100편 이상의 국내외 학술지 논문을 발표했다.

박우수

한국외국어대학교 영어과를 졸업하고 서울대학교 대학원 영어영문학과에서 문학박사 학위를 받았다. 충북대학교 영어영문학과 교수를 지내고 한국외국어대학교 영문과 명예교수로 재직 중이다. 현재 한국영어영문학회 편집위원장을 맡고 있다. 저서로는 『셰익스피어의 역사극』, 『셰익스피어와 바다』, 『셰익스피어와 격정의 드라마』, 『셰익스피어와 인간의 확장』, 『종교개혁과 르네상스 영문학』, 『수사적 인간』, 『수사학과 문학』 등이 있다. 역서로는 『햄릿』, 『리어왕』, 『한여름밤의 꿈』, 『베니스의 상인』, 『로미오와 줄리엣』, 『줄리어스 시저』, 『소네트집』, 『폭풍우』, 『안티고네』, 『수사학의 철학』 등이 있다.

손윤락

한국외국어대학교에서 스페인어와 철학을 공부했고 동 대학원 철학과에서 플라톤 연구로, 서울대학교 서양고전학과에서 아리스토텔레스 연구로 각각 석사 학위를 받았으며, 프랑스 파리 소르본대학교에서 아리스토텔레스의 존재론과 자연철학에 관한 연구로 박사 학위를 받았다. 현재 한국수사학회 부회장 겸 편집위원장으로 봉사하고 있으며, 동국대 다르마칼리지 교수로 재직 중이다. 공저서로 『서양고대철학 1』, 『서양고대철학 2』, 『신화와 콘텐츠』 등이 있으며, 주요 논문으로 「아리스토텔레스의 수사학에서 성격과 덕 교육」, 「아리스토텔레스의 학문 분류와 그 의의」, 「아리스토텔레스의 『수사학』에서 감정과 판단의 문제」 등이 있다.

송미령

덕성여자대학교 중어중문학과에서 학사, 중국 남경사범대학 중문과에서 석사과정을 공부하고 연세대학교 중어중문학과에서 「현대중국어 은유의 언어학적 분석」으로 박사 학위를 받았다. 현재 서일대학교 비즈니스중국어과에 재직 중이며, 한국수사학회, 중국어문학연구회, 한국중국어교육학회 등에서 회원으로 활동하고 있다. 연구 논문으로 「현대중국어 정론어체 연구」, 「노신 「아Q정전의 파토스 분석」, 「노신 「광인일기」의 파토스 분석」, 「현대중국어 풍격 연구」, 「공자의 수사관 고찰 ― 『논어』를 중심으로」, 「전국시대 종횡가 소진의 수사 전략 고찰」, 「고문운동의 수사학적 분석―한유와 유종원을 중심으로」, 「중국 수사학에 대한 소고―서양 수사학과의 비교를 중심으로」 등이 있다.

신의선

연세대학교 중어중문학과에서 고전시가 전공으로 수학하며 「唐宋 禪詩의 心象 活用에 관한 연구」로 박사 학위를 받았고, 중국사회과학원에서 문예학/미학 분야의 방문학자로 연구의 지평을 확장하였다. 현재 가톨릭대학교 학부대학에서 조교수로 재직하며 강의와 연구에 임하고 있으며, 한국수사학회를 비롯하여 대한중국학회, 한국동아시아과학철학회, 한국중국문학이론학회 임원진의 일원으로 활동하고 있다. 주요 논문으로 「고통과 극복의 시적 체현」, 「한중 선시 속 불이 관념과 갈등 해소를 위한 제언」, 「선종 문예 심미와 인성 교육에 관한 소고」, 「당대 王維와 통일신라 崔致遠 禪詩의 禪悟 世界」, 「蘇軾 詩의 禪的 心象 考察」 등이 있다.

안성재

건국대학교 중어중문학과를 졸업하고 중국 베이징대학교에서 『시경』으로 문학 석사와 박사 학위를 받았다. 인천대학교 중국학연구소장 공자학원장을 역임했고, 현재 인천대학교 교육대학원 교수로 재직 중이다. 저서로는 『노자의 수사학』, 『공자의 수사학』, 『2020 대한민국을 통합시킬 주역은 누구인가』, 『군자 프로젝트』 등이 있다.

안재원

서울대학교에서 언어학 학사, 서양고전학(협동과정) 석사(「헤시오도스의 『신통기』에 나타난 호메로스의 수용과 변용 연구」) 학위를 받은 뒤 독일 괴팅겐대학교 서양고전 문헌학과에서 로마 시대의 수사학자인 「알렉산드로스 누메니우의 『단어-의미 문채론』」으로 철학박사 학위를 받았다. 현재 서울대학교 인문학연구원 교수로 재직 중이다. 저서로는 키케로의 『수사학』, 『Hagiographica Coreana II』, 『로마의 문법학자들』, 『인문의 재발견』, 『Rhetorical Arguments』, 『고전의 힘』(공저), 『Hagiographica Coreana III』, 『Receptions of Greek and Roman Antiquity in East Asia』 등이 있다. 주요 논문으로는 「교황 요한 22세가 보낸 편지에 나오는 Regi Corum은 고려의 충숙왕인가」, 「On Xiguo Jifa(『西國記法』) of Matteo Ricci(1552-1610)」,

「Cicero's Rhetoric vs. Baumgarten's Aesthetics: A small comparison of decorum of Cicero with magnitudo of Baumgraten」 등이 있다.

이상철

동국대학교 영어영문학과를 졸업하고 미국 이스턴워싱턴대학교에서 커뮤니케이션 전공으로 석사를 수학한 후, 1998년 미국 미네소타대학교 스피치 커뮤니케이션학과에서 「레토릭 평론」으로 박사 학위를 받았다. 한국 소통학회 회장, 수사학회 회장, 중앙선거방송토론위원회 위원 등을 역임하였다. 현재 성균관대학교 학부대학 의사소통 과정 〈스피치와 토론〉 주임 교수로 재직 중이다. 저서로는 『스피치와 토론: 소통의 기초』, 『토론의 방법』, 『하이퍼텍스트와 언어문화 이해 교육』 등이 있으며 대표 논문으로 「미국 수사학 평론의 전개와 역사」, 「미국 대통령 TV 토론의 수사 기법과 전략 분석」, 「한국 대통령 선거 방송 토론회 운영 규정 개선방안」 등이 있다.

이영훈

고려대학교 불어불문학과를 졸업하고 동 대학원에서 석사 학위를 취득한 후, 파리 소르본대학교에서 중세 및 르네상스 불문법 연구로 불어학 박사 학위를 받았다. 1997년 이후 고려대학교 불문과 교수로 재직 중이며, 번역과레토릭연구소 소장직을 맡고 있다. 중세 및 르네상스 불문법, 라무스, 번역학 관련 60여 편의 학술 논문을 발표한 바 있다.

이재원

한국외국어대학교와 동 대학원 독어독문과를 졸업하고, 독일 뮌스터대학교에서 「텍스트코헤렌즈 유형」으로 언어철학 박사 학위를 받았다. 현대독어학회 회장, 한국독일어교육학회 회장, 한국수사학회 회장, 그리고 한국외국어대학교에서 대학원장, 교무처장, 대외협력처장을 역임하였다. 현재 한국외국어대학교 독일어통번역학과 교수, (사)건강인문학 자문교수, 여성가족부 자문위원, 중도입국 청소년 지원재단 이사, (사)아름다운 공동체 이사, 다문화TV 시청자위원회 위원장으로 있다. 저서로는 『텍스트언어학사』 등이 있고, 역서로는 『전쟁』 등이 있으며, 「'내로남불'의 언어(철)학과 프레임 의미론」 등 100여 편의 논문이 있다.

이현서

중국 베이징대학교에서 중국 고대문학 전공으로 석사와 박사과정을 마쳤다. 현재는 경인여자대학교 관광외국어학과 교수로 재직 중이다. 춘추전국시대를 배경으로 한 열국지 계열의 문학작품을 연구하고 있으며, 고대 병법서와 중국문화사에도 깊은 관심을 가지고 있다. 저서로는 『도설천하 손자병법』, 『손자병법』, 『손자병법』, 『중화미각』(공저), 『중화명승』(공저) 등이 있으며, 『삼국지사전』과 『송원화본』을 공동 번역했다.

전성기

고려대학교 불문학과를 졸업하고 동 대학원에서 수학한 후, 프랑스 폴발레리대학교에서 언어학 학사·석사를 하고, 스위스 제네바대학교에서 기호학을 공부했으며, 프랑스 리옹II대학교에서 「메타언어적 발화」로 언어학 박사 학위를 받았다. 불어불문학회, 기호학회, 수사학회, 번역비평학회 회장 등을 역임하였으며, 현재 고려대학교 불문학과 명예교수이다. 저서로는 『메타언어, 언어학, 메타언어학』, 『의미 번역 문법』, 『인문학의 수사학적 탐구』, 『번역인문학과 번역비평』, 『『어린 왕자』의 번역문법』, 『번역인문학』 등이 있으며, 역서로는 『영어와 불어의 비교문체론』, 『번역의 오늘』, 『수사 문제 ─ 언어·이성·유혹』 등이 있다.

전종윤

한국외국어대학교 철학과를 졸업하고 프랑스 릴대학교와 파리 고등연구원에서 수학한 후, 스트라스부르대학교에서 철학교육과 교육철학으로 박사 학위를 받았다. 해석학회 부회장, 현상학회 편집위원, 수사학회 기획이사 등으로 활동 중이며, 현재 전주대학교 한국고전학연구소 HK+연구단 부단장 겸 HK교수로 재직 중이다. 공동 저서로는 『동서양의 인간 이해』, 『인성교육, 인문융합을 만나다』, 『인간과 공동체』, 『고등학교 철학』, 『인성교육의 철학적 성찰』 등이 있으며, 역서로는 『폴 리쾨르, 비판과 확신』(공역), 『신의 뜻을 따르는 길』 등이 있다.

최선경

연세대학교 사학과를 졸업하고 동 대학원에서 한국고전문학 전공으로 박사 학위를 받았다. 한국수사학회, 한국사고와표현학회, 한국교양교육학회, 한국문학과종교학회 등의 임원을 역임했으며, 현재 가톨릭대학교 교수로 재직 중이다. 저서로는 『향가의 제의적 이해』, 『향가의 수사와 상상력』(공저), 『향가의 깊이와 아름다움』(공저), 『고려가요 연구사의 쟁점』(공저), 『미래 사회를 위한 리터러시 교육의 다각화 모색』(공저) 등이 있다.

하병학

중앙대학교 철학과를 졸업하고, 독일 에어랑엔-뉘른베르크대학교에서 철학·독어학·사회학으로 석사 학위를, 동 대학에서 철학 박사 학위를 받았다. 한국사고와표현학회, 한국수사학회 회장, 가톨릭대학교 교수협의회 회장, 민교협 지회장, 교수노동조합 위원장을 역임하였으며, 현재 가톨릭대학교 교수로 재직 중이다. 저서로는 『토론과 설득을 위한 우리들의 논리』 등이 있으며, 역서로는 『논리 의미론적 예비학』 등이 있다. 주요 논문으로는 「묘비명에 대한 수사학적 소고 — 국립5·18민주묘지 묘비명을 중심으로」, 「수사학적 공간, 구의역 추모 포스트잇에 대한 수사학적 고찰」, 「현대 수사학으로 소환하는 노회찬의 말하기」 등이 있다.